◎山东省社科理论重点研究基地齐文化研究基地重大项目

淄博古代文献丛刊

王志民　主编

刘一相集

（明）刘一相　撰

周庆贵　整理

山东大学出版社
SHANDONG UNIVERSITY PRESS
·济南·

图书在版编目（CIP）数据

刘一相集 /（明）刘一相撰；周庆贵整理 . -- 济南：山东大学出版社，2024.1

（淄博古代文献丛刊 / 王志民主编）

ISBN 978-7-5607-7968-3

Ⅰ . ①刘… Ⅱ . ①刘… ②周… Ⅲ . ①刘一相—文集 Ⅳ . ① Z429.48

中国国家版本馆 CIP 数据核字（2023）第 203213 号

责任编辑　毛依依
封面设计　张　荔

刘一相集
LIU YIXIANG JI

出版发行　山东大学出版社
社　　址　山东省济南市山大南路 20 号
邮政编码　250100
发行热线　（0531）88363008
经　　销　新华书店
印　　刷　山东蓝海文化科技有限公司
规　　格　710 毫米 ×1000 毫米　1/16
　　　　　34.5 印张　670 千字
版　　次　2024 年 1 月第 1 版
印　　次　2024 年 1 月第 1 次印刷
定　　价　129.00 元

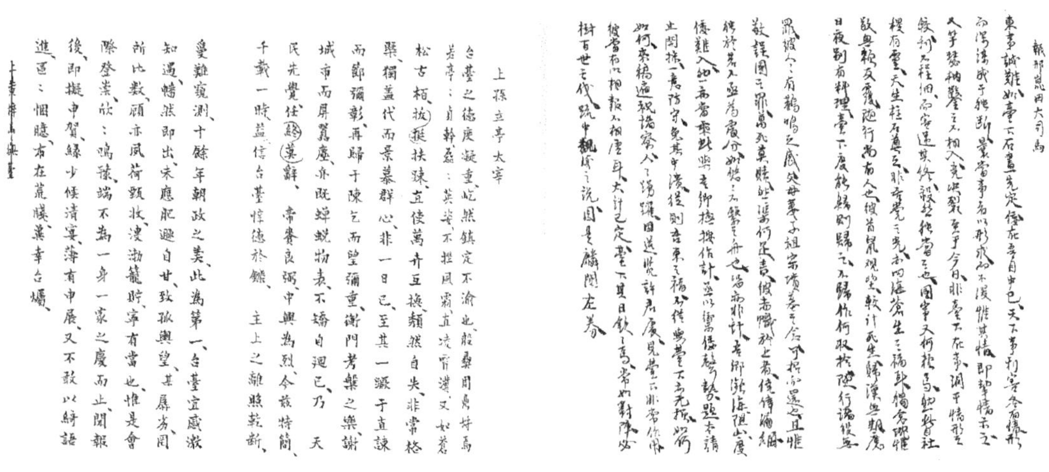

《燕喜堂集》书影，山东省图书馆藏清初钞本

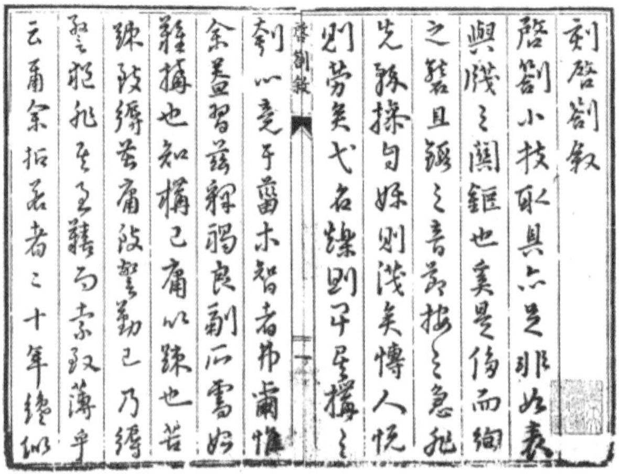

刻啓劄敘

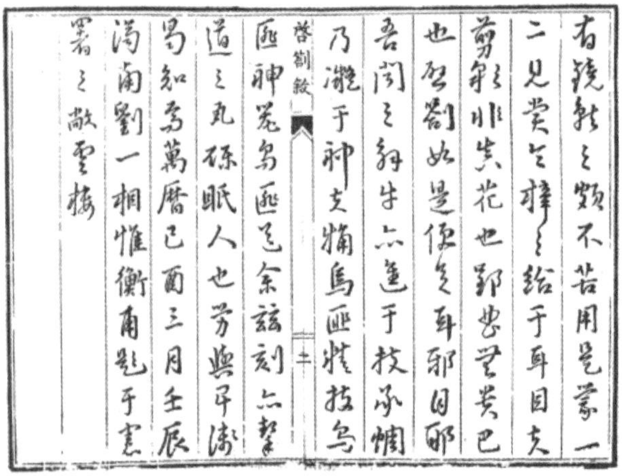

頊陽子啓劄卷之一

除拜類

上朱金庭座師

側聞考績遂荷恩綸官階進宮保之崇榮登一品世賞列中書之貴切近三垣盖魚水君臣喜起流通於殿陛而鹽梅舟楫交脩媲美于阿衡當尼父矩心渾化之時適周公橋梓竝輝之日木從繩而歸正非大人嚐能格君爲有實而慎之故黃耳急需用鉉爲念逍遙樓上挾來悉萬里陽春還從

稽山頭布出是九州禹績有謝太傅鎮浮之雅量卽捷奏淝水而不驚如王沂公之當國雍容能調和宮閫而胥豫誰曉嘉謀之入告我知秉非之無遺威鳳食琅玕舉四海欣聆風釆應龍作雷雨盡入荒盎發精神況是鰤生風叨鼓鑄伏衙節而遥瞻氣色慶雲繞北闕霏微遡桃李之舊列門牆化育倚東風駘蕩敢申尺牘仰溷台墀縱豁毛無當於王公在岩穴亦存夬明信可勝傾企伏匄鑒涵

上孫玄亭太宰

《顼阳子启札》书影，国家图书馆藏明万历三十七年（1609）刻本

《淄博古代文献丛刊》编委会

总　序

淄博是齐文化的发祥地，有着源远流长的著述传统。先秦时期，齐地沃土孕育了诸多文化经典，包括我国第一部手工业技术专著《考工记》、齐文化的百科全书《管子》、“无传记之名，实传记之祖”的《晏子春秋》、兵学圣典《孙子兵法》以及《孙膑兵法》《司马法》《六韬》等兵学著作，还有《慎子》《尹文子》《鲁仲连子》等稷下诸子文献。战国秦汉间，齐人在经学方面成就突出，《易》《书》《诗》《春秋》今文经学的传承，均与齐人有密切关系。魏晋以后，淄博文献众多，有史书方志、科技著作、笔记杂著、戏曲小说、诗集文集等，各呈风采。西晋左思《三都赋》曾令洛阳纸贵，北魏崔鸿《十六国春秋》是研究魏晋南北朝历史的重要著作，贾思勰《齐民要术》标志着古代农书的成熟，唐代段成式《酉阳杂俎》和宋代王辟之《渑水燕谈录》是唐宋史料笔记中的代表性作品，元末明初贾仲明的杂剧“骈俪工巧，有非他人之所能及者”①。特别需要注意的是，明清时期，淄博文风兴盛，涌现出了众多文化名人，留下了大量的文献著述，其中很多被收入《四库全书》，如毕自严《石隐园藏稿》、薛凤祚《两河清汇》、孙廷铨《颜山杂记》、王士禛《居易录》《池北偶谈》《香祖笔记》《古夫于亭杂录》《分甘余话》《精华录》《渔洋诗话》《衍波词》等，而蒲松龄《聊斋志异》被誉为“短篇小说之王”，成为淄博文化发展史上耀眼的风景。

古籍文献是中华优秀传统文化的重要载体。淄博古代文献不仅是研究淄博地区历史文化的珍贵史料，也是中华优秀传统文化的宝贵遗产。党的十八大以来，传承、弘扬中华优秀传统文化成为国家重大文化战略。2017年1月，中共中央办公厅、国务院办公厅印发《关于实施中华优秀传统文化传承发展工程的意见》，要求“加强中华文化典籍整理编纂出版工作”。2022年4月，中共中央办公厅、国务院办公厅印发了《关于推进新时代古籍工作的意见》，指出：“做好古籍工作，把祖国宝贵的文化遗产保护好、传承好、发展好，对赓续中华文脉、弘扬民族精神、增强国家文化软实力、建设社会主义文化强国具有重要意义。”为发掘保护淄博文献资源，传承弘

① 无名氏：《录鬼簿续编》，《中国古典戏曲论著集成》（二），中国戏剧出版社1959年版，第292页。

扬优秀传统文化，推动中华优秀传统文化创造性转化、创新性发展，助力淄博文化强市建设，山东理工大学和淄博市政协决定联合编辑出版《淄博古代文献丛刊》(以下简称《丛刊》)。山东理工大学党委和行政领导高度重视，给予了多方面的关照与支持。淄博市政协专门召开党组会研究，将《丛刊》列为市政协文史工作重点项目；张延廷主席、朱正林副主席非常关心该项目的实施和进展，提出了许多推动措施和指导意见。山东理工大学齐文化研究院和淄博市政协文化文史和学习委员会具体负责项目实施。

淄博历代文献数量宏富，根据《中国古籍总目》《山东文献书目》《山东文献书目续编》等书目及各类方志资料，今天保存下来的淄博古代文献就有近1000种。《丛刊》的收录原则，一是水平高，具有重要文化、学术价值；二是未经过点校整理，或虽有整理但不够规范系统。根据这两项原则，在充分调查的基础上，《丛刊》选取了淄博古代23位文人著述进行整理，共16册(部分文人著述篇幅较小，进行了合并)，总计700余万字。

《丛刊》项目酝酿于数年前。张宇声教授提出编纂整理《明清淄博文人别集丛刊》的建议被采纳，经过专家研讨，根据实际选目，后改为《淄博古代文献丛刊》。为做好整理工作，我们组建了四个编纂小组，分别由山东理工大学张宇声教授、巩曰国教授、上海交通大学朱丽霞教授、山东师范大学王培峰副教授担任组长，张宇声负责《孙廷铨集》《赵进美集》《张笃庆集》《高珩集》《王培荀集》，巩曰国负责《王象晋集》《王象艮集 王象明集 王与玟集》《王象春集》，朱丽霞负责《王教集 袁藩集》《刘一相集》《刘鸿训集》《毕自严集》，王培峰负责《段氏三代诗文汇编》《杨梦衮集》《何世璂集 王祖昌集》《张象津集》，延请上海交通大学、中国海洋大学、山东师范大学、重庆师范大学、山东理工大学、西安航空学院、商洛学院等高校相关学者组成了一支水平较高的整理队伍。《丛刊》编纂日常工作由山东理工大学齐文化研究院执行院长巩曰国教授负责。

整理过程中，我们统筹组织，多次召开会议，制定具体措施，严把质量关。各集整理者广泛搜集各种版本，科学选定底本与校本，严格执行整理体例和古籍整理规范。初稿完成后，各组成员之间对书稿进行了互审，各组组长对所负责的书稿进行了通审并提出修改意见，书稿汇总后，王志民、巩曰国、耿振东等又组成终审小组，分别审阅了书稿并对各集的前言进行了统一审稿，逐一提出修改意见。各集整理者根据修改意见对书稿进行了修改完善。2022年8月，《丛刊》书稿交付山东大学出版社。山东大学出版社对《丛刊》的出版非常重视，王贻社总编、刘旭东副社长、刘森文主任统筹协调，精心组织编校，保证了《丛刊》的出版质量。

《丛刊》学术价值主要有以下几个方面：

其一，首次对淄博古代文献特别是明清时期淄博文人著述进行了较大规模的整理，填补了学术空白。文献整理是文化建设的基础工作，历来为人所重视。省一级的文献整理，前有《畿辅丛书》《云南丛书》，今有《齐鲁文库》《荆楚全书》《湖湘文库》《江苏文库》等。近些年来，地市一级的文献整理也不断推出，如《金陵全书》《苏州文献丛书》《金华丛书》等。淄博文化底蕴深厚，文献资源丰富，古代文献虽有整理，如《管子》《晏子春秋》《考工记》等先秦齐文化典籍，左思、王士禛、蒲松龄、赵执信、徐夜等文人的著述以及部分方志，但零散不成系统。《丛刊》作为第一种淄博古代文献整理丛书，弥补了淄博文化建设的这一缺憾。《丛刊》16 册中，有 11 册的全部内容均为尘封数百年后首次整理面世。

其二，注重规范、全面挖掘整理，为淄博地方历史文化研究提供了详实资料。《丛刊》各集，对原著者的各类著述尽可能全面收录，如《张笃庆集》，不仅收录其诗集《昆仑山房郢中集》《昆仑山房诗集》，还收录传记类著作《先相国少保公年谱》《两汉高士赞》以及史评类著作《班范肪截》《五代史肪截》。每一种集子，书前都有前言，介绍作者的生平、著述及贡献，书后附录详列相关传记材料、诗文唱和、诸家评论、著录题跋、诗文辑佚以及作者年谱（年表）。这样一册在手，即可全面了解其生平、著述及各方面贡献。文献作者均为淄博人，他们有关当时历史地理、风土民情、名人掌故、名胜古迹的记述，是研究淄博历史文化的宝贵资料。如《张象津集》中《新城水利四议》包含了小清河、孝妇河、郑潢沟、乌河等河流的诸多信息，是研究淄博历史地理的重要文献。《孙廷铨集》中的《颜山杂记·琉璃志》全面、系统地记述了当时中国北方美术琉璃生产中心颜神镇（今博山）的琉璃生产工艺，包括烧造琉璃的原料、呈色、火候、配色、产品、做工、工具、吹制等，对研究名闻中外的“淄博陶琉”具有重要史料价值。

其三，整理发掘诗文、戏曲创作资料，有补于中国古代文学研究。《丛刊》的文献作者均为富有才情的文人，有很多在诗文、戏曲创作方面卓有建树。如王象春是公认的晚明山左诗坛巨擘，主张“重开诗世界，一洗俗肝肠”，推动了山左诗风的转变以及“济南诗派”在清代的繁荣；张笃庆诗歌创作不拘一格，各体兼擅，《四库全书总目》称其“才藻富有，洋洋洒洒，动辄千言，风发泉涌”；毕自严博通经史，雅好文学，高珩誉其文章可比韩愈和苏轼，《四库全书总目》认为“虽乡曲之言，未免稍溢，而以经济兼文章，则自严要不愧也”；赵进美是明末清初诗坛上由“前后七子”的格调说至王渔洋神韵说之间的一位重要诗人，同时也有《瑶台梦》《立地成佛》等戏曲作品；高珩诗文丰富，其诗“近元、白《长庆集》体”，又有通俗弹词《醒梦戏曲》。《丛刊》各集，全面呈现相关作家的诗文、戏曲创作成果，其中包含了一些稀见的稿本、抄本，为丰富拓展古代文学特别是明清时期山左文坛的研究，提供了重要的文献依据。

需要指出的是，《丛刊》文献的作者多出自文化世家，与国内著名文学家、政治家广泛交游，其活动与当时全国的政治局势、文化创造颇有关联，其意义不局限于淄博一地。像毕自严是关涉明末政局的人物，王象春、高珩、赵进美的文学活动都与明末清初文坛发展有很大关系，段成式家族在唐代全国的地位更具代表性。因此，《丛刊》的出版不仅有益于淄博地方文化建设，对于推动山东乃至全国的文史研究和文化建设，也有积极的学术意义。

整理古代文献，弘扬中华优秀传统文化，是我们的历史使命。《丛刊》首次对淄博古代文献进行较大规模的整理，我们深知责任重大。整理中，我们尽管力求严格学术规范，严把学术质量，但校书如扫落叶，疏误在所难免，且《丛刊》是集体项目，出自众人之手，各卷质量不尽相同，恭请专家读者批评指正。

王志民

2023年10月16日

定稿于山东理工大学齐文化研究院

前　言

一

刘一相，字惟衡，号静所，又号顷阳，山东长山太和庄（今属淄博市周村区）人。据刘鸿训《先考妣行略》记载，刘一相生于明嘉靖二十一年（1542），卒于明天启四年（1624），得寿八十有三。

刘氏先祖自宁津迁至长山，传九世而至刘一相。刘一相十一岁失怙，在母亲的抚养下发愤苦读。隆庆四年（1570），中山东省试第七名。万历五年（1577），中进士，亦名列第七。同年，赴山西泽州高平知县任，在任六载，以法治邑，县风为之一振。万历十一年（1583），选授南吏科给事中，以罪言外补，降为陕西按察司佥事。“丙戌（1586）大计，以知县降闲散，且离秦，城中数千家悲号震天地。即日，诸军民于西城玉泉山负土构木，为府君建生祠二区，盖军民各一，今屹然与李白祠并峙。且秦自国初二百余年，治兵使者不啻百易，未闻尸祝一人，而有之自府君始，可询也。”（刘鸿训《先考妣行略》）此后，刘一相迎来漫长的五载家居生涯。刘一相任县官时曾得到朝廷奖励，但因事耽搁，未领敕轴，故于万历十八年（1590）重新踏上仕途，补茂山卫知事。万历十九年（1591），刘一相升山西稷山县知事，受到民众爱戴。次年，再升南驾部主事。万历二十二年（1594），播州（今遵义）宣慰使杨应龙叛乱，刘一相题改职方司主事，随军赞画戡叛。万历二十三年（1595），擢升为刑部河南清吏司员外郎。万历二十六年（1598），改任四川司正郎。次年，“播酋以当事之激，复猖獗，残破綦江等处，势岌岌”，刘一相“奉特敕以少参备兵叙泸”，选兵督饷建功。（刘鸿训《先考妣行略》）万历二十九年（1601），刘一相以浮躁降级，再度还乡，家居五载。直至万历三十三年（1605）冬，刘一相因戡定播州叛乱之功获得朝廷赏银二十两，并准予复职。次年出任贵州都清道，在离京赴任途中改任陕西，治理商洛地区。万历三十六年（1608），在巡抚和巡按的联合举荐下，刘一相得以升任清军兵备道副使。万历三十七年（1609），年近古稀的刘一相上疏乞休，还乡奉养九十高龄的慈母。晚年的刘一相以吟咏著述自适，偶尔也参与到乡邑的公共事件处理当中，树立了德高望重的乡贤形象。

刘一相性格耿介，不善逢迎，“强毅沉挚，务自信，不辨訾謷，故含沙之射，所入不免”。他为官清正廉洁，勇于任事，颇有谋略，“自髫至暮，抱婴赤心不少变。目不识阿堵何物，乃跋历畏途三十余年，无择言、择行，而一遇艰大，奋身独往无返顾”。刘一相相貌不凡，宛若仙人，“嶙峋颀干，岳峙渊渟，丰准博颔，眉骨隆起，音琅琅如鸾鹤之鸣，修髯尺许可数”。作为封建社会的士大夫,刘一相终生“不置侧室”,亦是难能可贵的。(刘鸿训《先考妣行略》)

二

刘一相雅好文辞，著述颇富。本书所整理的《燕喜堂集》十五卷、《顷阳子启札》七卷,是其全部文学创作。此外,他还编纂有《诗宿》《汇古菁华》《船政要览》等杂著多种，不纳入此次整理的《刘一相集》。在刘一相生前，“所著启札既寿梓,其它古文辞若歌什,未质宇内”(刘鸿训《先考妣行略》)。现将《刘一相集》的主要内容以及文史价值略举如下：

首先，刘一相生活于明朝中后期，此际的中国社会正发生着剧烈变化，复杂的社会矛盾不断积蓄、发酵,在刘一相的著述中保留了大量的相关史料，可供研究者参考。例如，刘一相对乡邑社会生态十分关注，对不合理的现象多有揭露,为后世了解当时真实的乡土中国提供了依据。“谛阅吾邑地……今逋负相寻，日烦敲扑已。租税守者，往往席为市，恣所牟取，今长吏任殿而彼膏润，此何公何私也。掾吏掺便文，鬻请是常，法几骫骳。里中豪，引势六察，持有司长短，眈眈虎视，至格政令。少年亡赖，日宇盗供劫，膻利什五，急则辗转成乌有，稍弛更易与有司，意扬扬，置酒高会，众莫敢忤视。又重以榷税朘剥,几何不民鱼肉而官弁髦乎,盖吾邑之瘝极矣。”(《赠李明府入觐序》)当目睹故乡治理之积弊日深，民生困苦，刘一相常常不为避讳，向执事者仗义直陈。“夫民瘼比比皆是也。大弦急则小弦绝，今朝常不可谓不急矣。有司不治事而迂谭民瘼，何益殿最之数，舍是而功利是骛，将迎希合之为斤斤也，又独奈作牧谓何。”刘一相不惟指出弊端，更洞悉原委，并提出改进之策。“在昔熙宁之朝，青苗首实，流毒生民，亦孔之棘矣，独鲜于侁于奉行国法之中，能不病民，故称三难之在委曲中耳。委曲之心，真实苦心;委曲之道,经济大道。上易知,下易从。王道本乎人情,正谓是耳。敝邑之民颇淳，赋税亦曷办，催科之政，不漏不烦，劝惩明白而止。”(《报李云台明府》)此类对故乡民生疾苦的记录，为解决相关问题出谋划策的做法，莫不是刘一相对乡邑的深情倾注。

其次,《平播赞画》为研究万历年间播州宣慰使杨应龙叛乱提供了珍贵史料。《平播赞画》凡二卷，详尽记录了平播之役的全过程以及运粮、用兵、对敌策略、善后事宜等方方面面的细节。《燕喜堂集》卷五《题平播四草》一文记录平播之役称："兹帙余治兵叙泸漫草者。余孱绵不能杀贼，强焉尸露布、铙歌笔，亦云大谬。顾播酋之役，余始以司马郎往谕，继奉简书，以藩职领兵宪，共襄斯役。若选兵、缮具、治饷、纪功诸经营，种种颇效一臂。"考察《平播赞画》内容，可知"种种颇效一臂"之说并非虚言，今日读之仍给人置身彼时紧张战事的真实感受。

尤为值得称道的是，《平播赞画》不仅具有较高的史料价值，还凝聚着刘一相的军事智慧。比如，论布兵，则曰："合江进兵，看来进娄山为便……惟有顿镇雄兵于野漏子，是为娄山总路，隘口最险，守此则合江一路可以省兵，可以运饷，一切无虑，而大事可成也。不则畏首畏尾，进不能如永宁之顺适，退又不能如永宁之坦夷，岂谓计出万全耶？"（《上李霖寰司马》）辩证分析，考虑周全。运粮饷，则曰："方差人提锁运官，立责发行。又使人视合江水运可达而不误事否，议定取船，庶免纷更。据报袁鏊令五百兵驾言摘茶，分明窥探，方使人侦探果真，并仁怀观望有据，则蚕食当举，马湖甘肃兵不为无用，而运道益无虑矣。"（《上李霖寰司马》）严行法治，揣摩敌意。论进攻，则曰："稍闻刘省吾兵两次交锋，初小胜，次日伤损颇多。酋久历戎行，善伏善诱，非兵足食足不可轻动，非势定不可轻战，非左右前后联络策应一切俱备不可轻试。鸷鸟将击，先匿其形，矧贼党方在肘腋，戎心叵测，须灼见情形，万无一失，而后雷霆迅发，无疑也。"（《柬吴少武》）极讲究策略，以避免不必要的损失。论用人，则曰："乐荣县之勇于任事，闻命束装，无几微难色乎。以此君之才之志，可平吞夜郎，饷事又恶足虑。此制台选择而使，以佐三军之司命，端不枉知人善任也。乞门下破格优遇之，渠踊跃自效，于共济乎何有。"（《简吴少武将军》）刘一相慧眼识珠，建议破格提拔人才，颇显胆识魄力。这些对于研究明中后期的军事思想乃至源远流长的兵家文化思想体系皆不无裨益。

最后，刘一相的著述除了补正史事，还可以从中窥见其生平交游、思想志愿以及丰富的文学创作理念。刘一相认为："文章从德性出，始非窾言事业；从德性出，始非矫饰。"（《语范儿》）由此出发，他形成了较为完整和成熟的文学观念，推崇文质彬彬、相得益彰的文章境界。在八股取士的时代背景下，刘一相深谙文章之道。他不厌其烦地向子弟传授作文、应试之法："吾愿尔为文勿瘦勿淡，稍媚时眼。"（《语训儿》）"夺锦之文宜艳丽，艳丽则俗目亦赏，何处不收"，但依然强调"实"的重要性，"不得采华忘实耳"（《寄语训范采三儿》）。刘一相的骈文创作也非常具有特色，他对启札一体青睐有加，展现出相当高的造诣，“为四六韵语，食顷可数百言”（刘鸿训《先考妣行略》)。刘一相的启札作品既对仗精工,引经据典,典雅华丽,又灵活变化，诗化特征明显，洋溢着韵律张力。“自笑年华之虚掷，纵古稀于迈,恒河乌算一沙。曷当大雅之轸存,乃郑重有加,筐篚谬膺三锡。”（《谢王康宇见贺初度》）“文章华国，盖尝振铎于嵩洛海岱之间。武略匡时，亦既建牙于玄菟乐浪之境。”(《贺督府霖寰李公考绩加右都御史》)“念观察百二之维艰，亦曰人有九德。握刑罚三千之最巨，须夫计用六廉。”(《贺李祥宇廉访》)类似佳句层出不穷，颇具艺术感染力。

刘一相“诗企陶谢”(刘鸿训《先考妣行略》)。“我从尘坌里,昂首见青山。山青云舒白，镇日容尔闲。桑梓有余润，萱花驻好颜”(《段桥道上望长白诸峰漫赋见怀三首·其一》)，“山空喧鸟雀，却不受纤尘。我自狎云山，萧然寄天真”（同上题，其二），“问是谁招呼，神情寓玄圃。遐哉复遐哉，那能俯簪组”（同上题，其三），皆不失陶诗神韵。至于“有严者姑，翼彼颓龄”(《失题十章》)，则显然由陶诗“有风自南，翼彼新苗”化出，可见刘一相对陶诗的接受程度之深。刘一相的诗歌以徜徉山水和友人赠答之作居多，乡居期间与道人过从甚密，这一定程度上导致他的许多诗歌近乎玄理，诗味较淡。“谩道山僧拙，山僧味自真。有茶分柏叶，无磬礼金身。那习人间世，且听果里因。良缘随地足，了此度迷津”(《春日偕张养昆张季辉山中即事》)，“仙凡知几何，殷勤叩胎息。蝉蜕谢尘靰，上德固无德”(《赠云庵道士》)，皆属此类。至于“毋炽尔情，毋灰尔性。性则如何，玉莹冰净。尔生所冯，帝天明命。探性无物，触物情作。淡情不淫，平情不攫。攫乎淫乎，漏其冲漠。起灭万端，于何救药……”(《缮性篇自砭》)一类，则流于说理而难言诗味了。

刘一相作品的思想内容非常丰富，往往于只言片语蕴含真知灼见，体现出一定的先进性。《顷阳子启札》卷二《上朱金庭座师》称:“是知邦之为宝，在贤不在珍。从此富之所藏，以民不以国。”这是在重视人才的基础上，明确提出藏富于民的经济思想，非常可贵。刘一相对于军国大事也多有预见，东南倭患，未及山东，然而他率先指出，“吾乡濒海阻山，度倭难入，然亦当乘此与吾乡抚按作计”(《报邢昆田大司马》)，展现出战略预见性。《刘一相集》中更多有价值的思想火花，有赖读者朋友亲自去发掘。

三

此次整理，《燕喜堂集》所采用底本为山东省图书馆藏清初钞本，是目前可见的善本，业已收入《山东文献集成》（山东大学出版社 2007 年版，第二辑第 28 册）。《燕喜堂集》是刘一相毕生文学创作的结集，共十五卷。其中，卷一、卷二为诗歌；卷三为赋、奏疏；卷四内容庞杂，包括表、判、策、论、引、议、传、记、说、解、警、箴、赞、铭、联等十余种文学体裁；卷五为序；卷六为启札；卷七为家信；卷八、卷九为祭文；卷十至卷十三为书牍；卷十四、卷十五为《平播赞画》。这些作品种类繁多，呈现出刘一相的整体文学成就。

《顷阳子启札》七卷之底本是明万历三十七年（1609）刻本，现藏国家图书馆。经校对，该版本与《明别集丛刊》（黄山书社 2016 年版，第三辑第 93 册）所收录《顷阳子启札》相同。《顷阳子启札》按照内容分为七卷：卷一为除拜类，卷二为闻问类，卷三为答谢类，卷四为令节类，卷五为诞日类，卷六为宴饮类，卷七为饯送类。各卷篇数参差不等，以前三卷为多，卷七则仅有寥寥三篇。《顷阳子启札》是对《燕喜堂集》的重要补充，乃刘一相生前唯一刊刻的文学创作。刘一相《刻启札序》云："余拈若者二十年，才似有镜，就之颇不苦。用是蒙一二见赏，令梓之给于耳目。"可见他对启札一体的重视，甚至不无自负。或许《燕喜堂集》钞本的从事者考虑到《顷阳子启札》有刻本行世，因而没有重复收录。将《顷阳子启札》与《燕喜堂集》卷六的启札作品两相合璧，能够对刘一相的启札创作成就乃至整体的文学观有更为清晰的把握。

需要说明的是，自整理工作启动以来，整理者虽然多方搜寻其他版本的《燕喜堂集》和《顷阳子启札》以作校勘，可惜至今尚无收获。这固然不无缺憾，然而同时也充分证明了现存版本的珍贵，以及此次整理工作的重要意义。

四

为更加清晰地考察刘一相生平履历，整理者编撰了《刘一相年表》列入附录，仅作为勾勒刘氏生平梗概之用，故不做烦琐考证和详尽称引。另附刘一相之子刘鸿训所撰《先考妣行略》，该文洋洋洒洒数千言，叙事详尽，足堪填补《年表》之疏漏。此外，国家图书馆藏《山西泽州高平县举东乡石末镇乡约碑记》拓片一件，高 195 厘米，宽 86 厘米，碑文由刘一相撰写，李兆膳书，田世宽刻，明万历八年（1580）六月碑立，该文为刘一相各集所未收，颇有价值，特一并辑入附录。

在查阅古籍版本过程中，整理者得到国家图书馆、山东理工大学齐文化研究院的帮助和支持。此次整理工作艰巨漫长，业师朱丽霞教授自始至终给予了悉心指导。附录《先考妣行略》采用重庆师范大学阮爱东教授的标点本。上海财经大学司思老师协助电子文本录入,付出了大量时间和精力。上海交通大学牛晓岑、冯璐、王浩、张亚欣等多位博士同学，在钞本的文字辨析方面亦多予帮助。在此向他们致以衷心的感谢。

由于整理者水平有限，帝虎之谬，在所难免，敬请读者批评雅正。

周庆贵

2022 年 2 月记于上海交通大学

目　录

燕喜堂集

顷阳子启札

附　录

燕喜堂集

燕喜堂集卷一

诗歌上

简俞定所年友

十载复江城，相逢是旧盟。弹冠双泪眼，涉世一浮萍。
玉树天为际，金瓯帝覆名。多君沧海意，瓠落有余情。

颜复宁都护入贺还引疾乞休遥有此赠

我本东土人，虚薄投秦关。眷言在枌榆，摇魂相与还。企彼素心者，沂水狎潺湲。四序温如煦，入涤发朱颜。无复缁尘委，安留恫与瘝。小智弄间间，大智抱闲闲。岁华畅以永，紫芝饶青山。餐之带烟霞，居然麋鹿班。振衣动遐想，那能圉区寰。日海接沧海，啸傲俯一湾。始信长安人，神仙未许攀。

咏韩克从中丞久视楼

谁氏当年城受降，于今降志更昂藏。神龙自解弢灵迹，头角何劳故故张。

漫道纤浓味转悠，也知花萼敛芳秋。无情驹隙谁堪贳，根柢绵绵只自求。

都说仙人最喜楼，楼居脱阂那生愁。自从讨得长生诀，半点流云果是浮。

楼南岱所踞，楼北海所都。二物足气色，入视还其粗。视山视空洞，视水视于于。于于与空洞，视之常不枯。不枯讵外假，恬漠宅生理。谓是太极先，无名且疑始。抱之不欲剖，盎之九垓是。所以学道人，真元不受滓。无滓安所营，太上擅久视。为问楼栖翁，玄酒旨不旨。

问靳牧鹤

牧鹤鹤应肥，肥却不似鹤。不牧鹤应瘦，鹤又还须牧。牧之等不牧，不牧其实牧。不知那是鹤，不知谁作牧。鹤牧存真空，顽空徒自娱。无有亦无无，执着归碌碌。空空空也饶，不枉鹤教牧。

九日山游喜午晴得觉字

寻山穷纡曲，住山远剥啄。素心属岩阿，风物存太朴。高秋复良辰，相将之旷邈。阴翳谁与开，山光启岳岳。清籁下林峦，入耳钧天乐。方拟叩虚牝，一洞经先斫。托足有余饶，与世又安角。盎然扪紫虚，因之得大觉。

赠胡肖山明府

名贤安所钟，汉水清且广。灵液注银河，颢气流沆砀。孤清未可缁，浩然秭万丈。濯之铸元神，挺之格肮脏。肮脏岂虚骄，栖志九霄上。左欲翊圣真，右将扶盖壤。所为牧邹人，三载敦抚养。田畴植阿谁，子弟孙侨仰。云汉搅殷忧，周遗回年穰。如此茅靡中，乃有品璆璗。晶光切紫虚，文彩干纬象。何物荆州豚，腼颜奉鉴赏。驽经伯乐题，顿教售直长。漫云赤水珠，突如收象罔。剪拂动色鲜，煨烬亦竞爽。那更沐膏施，不吝敝帚享。被兹汗淫淫，千百劳向往。士为知己庸，耿耿在崇奖。眷言文叔文，升朝等日晃。僎也亦勉旃，滥竽或勿枉。

寄李本宁

李本宁先生才名绝代，余倾盖自蜀，先后秦官，臭味相入，往岁己酉，余以赍捧出关，先生饷自晋，高咏见怀。迄今诵之神飞，直恨夫把臂无从隙驹之疾驶也。五章漫赋，附经邗贾客，赍致遐思焉。

自余攻铅椠，迷瞀玄与黄。神情但榾榾，何由会圆方。晚遇郢中人，匠心契泥茫。片言揭大象，尺度含飞扬。皇坟未足诧，七曜长辉光。为是勤追逐，冥心寄翱翔。珠玉聆謦欬，蓍蔡讵能忘。

蜀游意不惬，江上却逢君。入秦君之晋，汾水眷流云。孤鹤不易偕，幽兰保余芬。悠悠阻且遐，怀人寤寐勤。春华弗长煜，老大重离群。因之歌伐木，放恚得御君。

斯文擅天趣，涉世疑未工。竽瑟各有操，趣操安必同。首阳一饿甘，柳下三黜穷。穷饿众所麾，二子扬高风。入染色以别，素丝还此中。我贵非外假，禀领自鸿蒙。

我役西出关，赠言侈行李。如何再逾霜，咫尺未料理。传闻楚大夫，卜居广陵水。弄潮托一舟，跨鹤易万里。相望恍云霄，相期洞疑始。岁华驶流波，寥寥眷知己。千秋事若何，周车我南指。

何山无白云，我爱长白幽。长白集群仙，时挟白云游。白云莫可据，仙游迷出处。止留一丹炉，云是老君作。老君有耳孙，湖山恣来去。傥与白云期，福地好逸豫。招摇千里喜相过，海蟾玉兔共婆娑。

颂阳白事

三弟顼梦九十老人赠奇杖，一日游山语及，余洒然有会于心也。韵言相谂，愿证无生。

无生应有证，有证许难知。觉路原无二，多猜始自岐。
三车凭所演，一鉴那容私。矫矫龙筇在，拈来即我师。

挽王烈妇

良缘宿世结，所恨独不长。谁其缀且割，倏忽失颉颃。雏凤一摧羽，祥鸾碎肝肠。琅玕不下咽，那复更回翔。所图比翼谐，异世与昂藏。玉露晞云易，英标激烈霜。追逐赴元化，千秋扇郁芳。名阀不虚孕，彤管播辉煌。

王丹衷明府举令孙一时长白人士欣欣交庆余托之四章志喜云

最爱淇园竹，孙枝奕奕生。清真衔玉露，轩举象金茎。
解作苍龙势，营将彩凤鸣。琅玕风格别，天际亦峥嵘。

此日举兰孙，宁馨托有根。可知荣楚泽，早见赋梁园。
喜与棠俱茂，因之祖益尊。都言春事好，花县竞开樽。

玉箓题仙格，生来伟以长。阅啼英有概，探策信能昌。
太室通真气，洪河等未央。伫看门祚迥，驷马剩回翔。

拥孙人未老，凌竞御骖驔。弧矢雄三叶，声华起二南。
凤毛云表堕，竹素笥中探。舒盎君侯在，联翩履若簪。

初阳丁老年丈以训儿馆选遗诗奖借有答

惭愧弓良业绩箕，谈经有子未为奇。笥留书蠹还相习，门起嘲题稔自知。
脱颖几堪踪赵客，弹冠猥荷向豚儿。只将清白充衣钵，薄慰同袍眷眷私。

初阳老年丈望重朝端东山且起有来芳讯感焉赋答

琐闼英风耸八埏，未应海国尚高眠。从知衮阙喁需补，也自衡门望愈县。
老矣龙钟惟视荫，勖哉夫子为旋乾。可堪未歇缁衣好，芳讯飘飖恍自天。

惺庵丈与余有梁邹之约余阻雨不果追逐赋此代荆

淄水先生气最豪，凌冲风雨不为劳。可堪衰白慵为癖，西望踟蹰把首搔。

瘴疠曾清海国东，凌烟那不诧英风。只今诏促山中驾，便与朝家奏肤功。

一邱一壑漫相将，谁影谁形谁尔强。有杖任教叩原胫，到头也自惜猖狂。

送林学瞿广文赴试南宫公八闽旧家学有渊源者

与君契何世，遂博二年游。游来非媟邪，直谭坟与丘。衔情惟竹素，一饷作千秋。世味尽遗忘，不忘激好修。有子君南指，我亦托法舟。虽老敢视荫，堕为赵孟偷。蒸蒸企君子，桑榆效必收。合辙室轨定，驾能通九州。隋珠解流照，那于暗际投。致用乃竟体，无惭箕若裘。况乃属侧席，弗售又奚谋。

嘲三五叔弟荒年尚恋酒会

酒会损多却无益，况是饥年悬磬家。若不及今停罢手，春来枵腹眼生花。

笑语

嫖热不愁精屁股，输穷便作盗先锋。看来一样葫芦画，那管羞惭祖与宗。

一时松放几时愁，惹得愁来没趣头。子弟行藏野老笑，也曾嗤笑老迂谋。

先人辟土树根苗，为甚掘抛日里焦。多少辛勤都不晓，痴来飘堕当逍遥。

送李尉归豫章有序

尉之才而且贤也，理长白余二年已，据其能绝脂韦之态，可谓于今莲幕之良。方伫莺迁，遽罹萋菲，一时士人诧异，百尔道路咨嗟。余半世浮沉，一生倔强，是非之心不枉，青白之眼颇明。尉职虽微，公论自在。为是薄陈俚什，聊寄编怀，即落叶难复归条，而一谔似当千诺。苟存知己，那恤讹言。

豫章信材薮，生植即能邛。取中墨与削，薄任亦称良。斤斤当入幕，画诺庸不臧。棘心惟抱赤，泊澹好相将。卓哉有李君，拮据理吾长。存真恒自矢，操文文无伤。五斗食宁浮，蘖味淡于尝。那是苞苴崇，乃云渎官常。矮屋业局促，青蝇复尔妨。但存白璧贞，拂拭有余光。托身口碑在，胡为不昂骧。去去毋芥蒂，江天恣翱翔。

赠姚望海武举君家世渤海秦台筑望在焉故篇中及之

倍怜业武出能文，拈得韬钤便不群。石上黄公投契密，渭阳渔父出来芬。
秦台皓月横沧海，长白晴烟属蓟云。闻道官家劳拊髀，老夫特为赋从军。

寿带溪口号

挟将英概整如矩，隋和珍重畴与伍。岱岳灵光钟不虚，神降爰从五月五。朱明生动喜南讹，龙舟飞捷江之浒。多少豪奢斗物华，且喜诞降时卓午。当年闻道迈吾先，讵惮药石茹口苦。致身高列迴银台，声施区夏焜皇黼。归来近水望垂纶，还似伏生老稽古。何时鼎鼐藉盐梅，览揆兹辰旱作雨。有人相傍即东村，称觞为效翩翩舞。

送胡怀南省郎春日之任留都

博将春色正堪怜，晓日流莺忽报迁。自是上林分淑气，且从画省贯芳年。
渡江梅柳青青袅，绕路烟花渺渺鲜。几倍风光归逸少，南游那不拟登仙。

都道南中称吏隐，那知北阙注经营。朝常领略非杯斝，底里操修是杜蘅。
纵有余容搜性命，还思稽古作平成。轻轩世局闲休论，二水三山好共盟。

送韩伯让姻丈之训兴化

名儒不靳理青毡，般水流澌放紫烟。一片晶光玉壶里，海陵应晓奉真仙。

宝鉴空明晃碧虚，就中端只是如如。到来有客窥心印，也拂尘埃见本初。

泊淡交情可有秋，曾将药石当真投。只今别尔堪何付，珍重逍遥不系舟。

曾于江北渡江南，何处琼花只浪谈。从此先生添宝重，一番色泽傍云探。

问君何以发琅玕，嬴[①]得婆娑带笑看。为道迟君归数载，森森共对玉生寒。

丁巳中元喜雨

追惟比岁倍伤秋，那是湘江宋玉愁。入目萧条禾黍赋，逢人歔欷旱干畴。
只今白帝勤挥雨，便以黔甿置乐丘。更喜拊摩凭卓鲁，饱余宁阂放歌讴。

谒董孝子祠

祠乃四贤讲艺之所，皆成进士，一日会饮于此，各赋一律。
当年弱翰几招呼，屈指今称四大夫。孝子祠前云影淡，星君台上月明孤。
每从早梵论邱索，半听残钟说有无。为向箧中探旧业，到来何似汉醇儒。

① “嬴”，底本作“羸”，据文意改。

别邵泸州崇雅

别忆君如许，衔情不可啼。任真泸是浅，用义岱为低。
感慨歌燕市，萧条入会稽。天涯中脉脉，流恨入新题。

由来不晓事，况复此头颅。敝策真驽马，亡羊亦博徒。
机从沤海尽，爱与酒垆俱。勉矣青云客，昂骧定不孤。

何处无荆棘，相呼任马牛。难凭蕉鹿梦，不用塞翁忧。
皓月侵书幌，轻烟拂钓舟。生涯随分足，过眼一浮沤。

岂不惜芳春，花飞讵待人。雅知风雨妒，枉是蝶蜂频。
上苑深深闭，天香片片沦。凭将余岁月，霜雪炼松筠。

别王合江塾

肮脏难消鬓已皤，别君江上意如何。春风西国宜棠树，秋雨东山但薜萝。
万里漫嗔鸿雁少，百年翻怪姓名多。殷勤知己还相忆，长白烟霞曳绿蓑。

归舟漫兴

谁使重来谁使归，几回说是几回非。疏慵只好群鸥鸟，萧散何妨弄翠微。
阊阖尽教云物化，汉妃谩怨画师违。山人错理棋中着，潦倒于今才息机。

别董翼董为二茂才

昔人曾赋董生行，今日行时别董生。我已挂冠入长白，君其簪笔向承明。
庭连玉树千秋色，地接天香五夜清。相忆不关儿女态，喈喈拟听凤凰鸣。

伯氏吹埙仲氏篪，和来空谷日舒迟。相将有子题凡鸟，更为雄篇叹色丝。
引对谁从渤海郡，潜心久下董生帷。江头樽酒堪长别，眷尔翩翩慰我思。

别张芝阳年丈

性拙还憎巧，名污那用诗。出门天浩浩，抚景我嬉嬉。
乡月渝州迥，雄风大国驰。不堪回首处，几度隔山陂。

旧亦怜同调，今其意不违。无衣君已赋，有翼我分飞。
长白秋光净，峨嵋月色辉。范张千里思，鸡黍尚依依。

对月人何处，停舟倍所思。不因随薏苡，那遂别琼枝。
疆圉烦筹划，衡门愧羽仪。素心君自鉴，采采是江蓠。

江净人依练，舟飞镜度梭。春光能复几，归兴是如何。
但负三峨信，谁劳五噫歌。凌云君自惜，夜夜视星河。

别傅金沙年丈

青山常召我，白发解嗤人。自有烟霞分，而将金紫珍。
乘轩拘野鹤，寄辙顿枯鳞。去去日云暮，采薇不是贫。

刘伶难禁酒，傅说好为霖。形影怜知己，高深寄鸣琴。
持金谁说误，抒杼我思因。大道无非是，悠悠独赏心。

才得抽簪趣，回头却恨迟。青山谁是侣，白发任成丝。
刷羽樊笼外，寻真沧海涯。待君十载后，好共采灵芝。

尔已推诗禅，又有张平子。时芝阳丈共事渝城。簿牍不难消，江山俱可喜。
毫挥五色烟，妙契三车理。世谛任恢恢，吾从东海企。

夔门别谢凤渚参知

羽扇飘飘泸水过，貔貅十万拥琱戈。功成不受黄金印，却向西江理钓蓑。

龙渊独抱忍轻弹，纵食无鱼不作欢。匣抚琉璃频自爱，五云星斗夜冲寒。

亭亭风格绝崆峒，凌厉还窥东海东。一片白云寄明发，紫芝拾得啖而翁。

由来安石眷东山，破虏功成早又还。云浸薜萝衣带润，照人明月不须关。

鲋鱼涸辙忍栖迟，濡沫相看知几时。湖海茫茫千万顷，神鳞飞动好谁縻。

蓬莱处处是烟霞，海上神仙别有家。自信分缘钟宿世，芝眉几度挹光华。

过来孺子谁供榻，归去林宗那共舟。月冷西江人玉笛，梅花虚忆陇山头。

弹冠结绶总休论，领略烟霞是此身。独喜傅岩贮霖雨，不时飞洒救商民。

五老仙人鹤发明，沧浪深处棹[①]歌声。抵今膝下娱方岳，惯向西川弄甲兵。

几载风霜两鬓秋，芙蓉摇落不禁愁。先生归去还堪赋，篱畔黄花当酒筹。

五云丹穴有鹓雏，爱食琅玕格自殊。君去摩挲勤爱惜，好翻彩羽映皇都。

夔门东下楚江遥，白帝城头望泬寥。才到解携多郑重，殷勤梦里逐春潮。

别越万县应虞

白首应非旧，黄金却易疏。论交倾在石，所羡佩为琚。未尽江阳兴，还从花县舒。逐臣同落叶，托宿是籧庐。敝帚堪隆享，停舟讵索居。晨昏千古见，然诺百年摅。何处夷门监，宁须长铗鱼。春烟蔼合浦，秋月临前除。去去萦如线，摇摇曳似裾。林峦吾足老，簪绂尔维初。芳绪敦无射，荣名薄太虚。襟期良不小，莫为托踟躇。

酬韩绵源留守名似甫，字孝可

当年藻誉企韩康，又识荆州接苾芳。袖里龙泉含紫电，师中羽扇拂清霜。竞翻笳鼓将军咏，递发箕裘昼锦堂。谁氏名卿绵自晋，君家大雅盛为唐。虞公

① “棹”，底本作“悼”，据文意改。同卷《四月一日舟出巴东》有“棹歌声”，可参考。

相印真堪委，范叔绨袍义不忘。病骨秋风摧老骥，盈眸晓日上扶桑。萧条短发羞形影，潦倒长歌托肺肠。慷慨荆高千古事，抵今磊落更江阳。

江阳韩立可茂才业绍箕裘清白奕世更精心艺圃时有启予比握别江上佳什相投读之则词调金石毕抒缱绻情文郑重解携怅然漫赋还答式存交券

璁珑玉树拂庭除，就是青箱业不如。谁使五云飞入笔，还疑三秀折为蔬。风尘我堕芙蓉色，藜照君翻天禄书。频语华光须早借，怎教日月枉居诸。

余部将刘子安世英年习事顷周旋戎行护余甚谨比余拂袖凄切攀依漫赋临岐勤眷用著

跃马非吾事，挥兵是尔才。野猿宁见捷，羲驭也冲回。
白璧殷勤护，青萍郑重开。相期推大树，不枉映河魁。

圣代标华裔，英风想豢龙。光辉分日月，扞圉当垣墉。
秉钺何人事，封侯万里踪。愿言君注意，江汉永朝宗。

巫山榷使徐云将归京师手一卷索余题答之

高唐几度话燕台，无那帆樯梦里开。眼底茫茫千万里，青山何日召君来。

商榷谁应作福星，博来豪客故亭亭。那堪飞入云霄里，浪与人间品渭泾。

万里绨袍一故人，倍怜华发老松筠。春风也解探消息，故入桃花流水津。

巫峡阻风六首

十二仙峰伫晓过，石尤无奈转蹉跎。可知帝女神通大，云雨才消风又多。

峡路风烟日已斜，轻舟摇荡冷天涯。山灵不管萧条客，一夜乡心寄落花。

皛皛江流浸太清，春风寄绊客舟行。乘槎不分当年事，踏浪能禁此夜情。

豪兴扁舟捷欲飞，撩人风伯忍相违。晓来无米堪供粥，且买鱼儿更采薇。

好景巫山十二峰，江头葱翠起芙蓉。不堪徙倚东风棹，神女瑶台隔几重。

舟畔泉飞泻玉壶，停桡一夜绕清都。仙凡咫[1]尺劳虚梦，更问雄风今有无。

四月一日舟出巴东

日暖风恬峡又过，片帆不动紫烟和。楚江是处饶芳草，归去王孙逸兴多。

樊笼乍卸一身轻，况是清和江上行。只有韶华留不得，桃花半入棹歌声。

去蜀写怀

世路多参差，无缘履周道。驱车度太行，挟此轮辕好。咫尺履轗轲，衔橛何能保。失足浪生悲，胡不抽身早。繁华如可持，朝露常浥草。

有妇勤嗟怨，晓夜白头吟。不悟韶华过，反嗔妒口侵。宴尔惟兄弟，乍试莲花簪。桃李笑东风，霜叶辞上林。时乎不可再，敝笱莫关心。

重关静处子，跬步托鸣玉。目睫无横驰，良夜出秉烛。自护抵千金，抱一不能辱。斤斤亦有年，姆氏存检束。无端污蔑生，瑾瑜谁适告。肠刃不可除，名垢于何赎。深闺匿吾影，却扫杜吾躅。只叩苍苍知，竟世忘可欲。

嫫母那堪饰，西施本自妍。连城非所抱，再刖亦谁怜。道以希知贵，荣名每不全。后身身用存，所宝雌与玄。冥漠栖吾府，恬愉旷我天。宠辱浮云过，惊心恶足言。有山供白云，有溪纡清涟。筑室荫嘉木，好鸟啭便便。村酿易成醺，数局五柳边。樵牧亦吾侣，偏习竹林贤。青藜当安车，芒屩破苍烟。时时涉场圃，孙枝绕以牵。果栗耽袖中，摩挲喜蹁跹。随意问桑麻，脱粟吾以饘。阴晴摄出入，租税惯输先。安寝梦何有，仿佛羲皇旋。舜旦希重华，太平永不骞。虽无隐褐玉，聊足终天年。

---

① “咫”，底本作“只”，据文意改。

荆门有感

三度荆门两鬓秋，风尘争似五湖游。相如词赋成虚薄，方朔诙谐作赘疣。云暗楚台何处望，歌残郢曲未应酬。世情莫漫牵魂梦，只有苞茅杓杞忧。

吊宋大夫墓

莽旷山川大国风，先生词赋旧称雄。青冥有鸟应难狎，白雪流歌自不同。哀些那禁湘水畔，萧条谁忆楚王宫。一邱黯淡余荒草，摇落千秋思未穷。

保安驿占谢吴卫滨王少庵良医为疗安人之急

湖海烟霞天外奇，闲情还爱采灵芝。从君觅得长生药，救出齐眉两鬓丝。

想像蓬莱好遇仙，何来驿路有壶天。青囊一粒千秋事，省叩玄门问大还。

仪封感述

神圣天所开，于世为仪轨。于铄尼山灵，麟绂应阙里。玉振叶金声，江汉澄弥弥。有鼎忍居膏，有宝忍终汇。入卫动遐心，康叔欲同揆。问陈何悠悠，蜚雁劳漫视。击磬思深哉，荷蒉浪云鄙。独羡仪封人，龙光切倾企。一蒙介绍通，芬芳挹兰芷。投契不烦胶，悦溢刍豢美。木铎眷维殷，大人庶休否。灵秘不虚钟，应践禹皋趾。气化顾参差，凤图怅已矣。汲濮无王明，衡宰畴相俾。长夜惜漫漫，删述聊且理。群蒙与诏迪，大雅洋洋耳。万亿为春秋，步趋未宜靡。怀古览遗辙，勃勃吾兴起。凭轼发讴吟，为寄此悬颏。

代成生送淄川郑明府调繁益都讳继芳

我自甘樗散，如何亦灌培。还因书带草，又起郑公台。色笑歌芹泮，调和忆鼎梅。缁衣宁待敝，白雪可容裁。有分依槐市，无缘结蚌胎。颍川虚借寇，北海倍怜才。谩把骊驹赋，且倾绿蚁杯。沟中身作断，劫里世应灰。回首留膏雨，斋心听法雷。相将意安极，上界五云回。

秋日恭谒王万泉先生墓以诗挽之

宿草今如此，秋风泪转频。愁云横绛帐，淡月曳青纶。
潭影虚为剑，蓬心浪作人。顾瞻无处所，列宿有精神。

可惜王夫子，河汾旧所宗。登瀛惭妙简，闻谤仿从容。
去国风烟阔，怀人雨露重。回头今梦幻，唧唧但寒蛩。

想像横经日，凄凉展墓年。泠风回远御，明月抱长眠。
酹酒先生馔，招魂弟子篇。湘江人去后，芳杜好谁搴。

恭挽栾太孺人一章

秋谷凄凄望转赊，仙媛不定五云车。琼枝带雨朝含泣，鸾镜栖尘晚竟遮。
谩以霜飞惊落叶，也知天际拥浮槎。独怜令伯悬乌鸟，才说陈情泪似麻。

寿右肃安翁近体一章

松柏偏凌十月霜，千年玄鹤五云翔。从知矫矫名仙品，几见亭亭匹众芳。
长白有灵开宝秘，瀛洲谁道隔苍茫。安期容接临初度，神枣垂涎我欲尝。

送车见吾教授南京武学

长城万里伏胶庠，大似天闲列骕骦。逸足不妨留泛驾，雄心直欲付干将。
秦淮对酒东南气，虎观谈经日月光。公有余暇询在昔，谁从两度惜刘郎。

六十初度

一着风尘意不昂，只今得意是沧浪。天容白发狎鸥鸟，海曳青霞当鹔鷞。
翻恨鸱夷归棹晚，好从莲社老吾狂。向来甲子成虚掷，试问壶中几倍长。

代咏韩惺庵中丞仙洲园

中丞乐事付仙洲，海外相看是此游。山有晴岚和翠树，水将空色印朱楼。

不妨歌舞深留月，还为蒹葭倍惜秋。四十九年尘梦里，韩终何亦许同舟。

酬王续泉学博二绝

握中有宝堪谁视，弹得无弦只自闻。试向子虚看漠漠，不须苍狗诧浮云。

真仙度世有灵根，桃李芬芳荫在门。更乞青城山下水，长生博向老人村。

代咏上元游韩中丞仙洲园八韵

上元佳节拂楼台，可是中丞乐意催。珠履雅堪辉绮席，青毡浪亦惹蓬莱。霞分沧海先迎日，星簇鳌山近接台。万转歌喉知鸟妒，十分明月为谁开。梅花片片飞龙笛，竹叶纷纷倒羽杯。未许素娥耽寂寞，尽教长袖舞徘徊。尽酣忘却霜移鬓，逸兴还烦诗作媒。三夕猖狂君莫笑，百年乌兔那重回。

哭李嗣白茂才一章

吁嗟有深思，风尘眷尔少。珠树自翩翩，云霄伫缥缈。遐哉仙李根，烈矣祖武表。司铎接司徒，世美清以皛。燕翼尔服之，埙篪逸奏绕。既怜尔多才，程品更矫矫。事我匪攸宜，他山愧尔皦。矧是两豚俱，青松施以茑。百年视不迷，畴谓尔遽夭。长吉诏玉楼，贾生赋鹏鸟。喆人禄不延，触之泪如淼。明河恨已过，乘槎何处渺。天道诧微茫，修短真莫晓。怀人不可极，姻娅犹其小。

新正二日大雪志喜

才觉春光动，还怜瑞雪回。三冬何处乞，一夜却谁摧。问柳疑飞絮，探花浪作梅。野田千被合，琪树万家开。混沌谐重睹，机关莫漫猜。空心乘漠漠，乐意畅恢恢。至宝宁论价，丰年见有媒。高堂呼玉醴，稚子弄瑶台。便效斑衣舞，难窥兔苑才。婆娑双鬓白，戴尔日悠哉。

送王螺川少府归颍[①]川

归去乐不乐，问君君自知。老来贫不贫，君其视原思。贫兮不谓病，那恤鹑衣垂。所志不在谷，所乐原不亏。千秋狷介耀，于士为蓍龟。我亦风尘客，不耐衣上缁。倦游息岩穴，长白足茆茨。多君存古意，皭然附由夷。夷也槁首阳，由也颍水涯。颍水属君家，先民讵卑卑。陶唐可糠秕，世味谁能羁。送君复送君，君去采紫芝。紫芝不染尘，食之甘于饴。赠君以难老，揖君以羡期。但得凋三光，一切堪屣遗。

挽聂南冈世丈近体二章

从来桑柘拂葱葱，况是松萝递递通。处士有星分紫气，丈人何物揖鸿蒙。
繐帷只解萦飞絮，蒿里谁其问转蓬。入目青山成黯淡，谈天十倍惜英雄。

亭亭老干是灵椿，五桂生来大有神。便说镃基横万亩，不妨车骑拥十轮。
风霜饱阅龙鳞出，岁月还开凤羽新。此日飞仙人不见，只将小什映情亲。

春日偕张养昆张季辉山中即事

及此春光好，相将恣所如。山因青草媚，人以素心舒。
兴尽遗簪绂，情亲得鸟鱼。回头庄梦杳，栩栩更蘧蘧。

谩道山僧拙，山僧味自真。有茶分柏叶，无磬礼金身。时礼佛，僧不鸣磬，故云。
那习人间世，且听果里因。良缘随地足，了此度迷津。

昆海赵明府牧我长白欣欣期月属以太母讣归相看歔欷脉脉衷曲又辱别什投琼大雅可念不揣谫陋用韵置答谩代骊歌耳

别情谁忍奏箜篌，只为弦歌失子游。紫燕飞飞春莫莫，几回相望大刀头。

白山真气接秦山，玉树飘飖霄汉间。无限清光摇我思，梦魂夜夜出函关。

---

① “颍”，底本错作“颖”。诗中“颖水”亦当为“颍水”。

家有青箱万卷书，人无白发倚门闾。杯棬此日成追忆，禊饮何年奉板舆。

余山居之乐乐与山人乃从阳邱之墅得术白石山人友之山人共伯氏思庵考盘而乐时有瘖言人目曰小术余念挽近世兢骛荣利恶睹肥遁如君者良可风也赋赠

山中偶白石，白石映素心。志士耽寂寞，林壑宜萧森。好鸟哢便便，山花舒我襟。笙竽寄万籁，樵牧狎中林。会心象之先，歌动石与金。襄阳兴不浅，辋川味独深。桃源几开落，飘飘昔与今。次尔肮脏姿，不枉栖云岑。道以希知贵，荣名非所钦。我自倦游客，不能废讴吟。大隐未驯习，小隐时招寻。泠然眷流水，赏识在鸣琴。百年从兹始，雅道存盍簪。

黄山野集

路入黄山曲，情耽白社幽。披衿从贳酒，到谷厌鸣驺。
法鼓传三界，龙钟啸一丘。同人沾野趣，畾畾见云流[①]。

宿大岭庵忆常能道士

故人不可见，古洞有余清。树色含青霭，山光散玉英。
羽车存想象，芝盖失纵横。双鬓今如此，空悬桂父情。

赠云庵道士

积欲托云房，云深不可识。一旦敞玄扉，真气通五色。晞发葛花间，降心黄石侧。仙凡知几何，殷勤叩胎息。蝉蜕谢尘鞿，上德固无德。载我五云车，挥手玉螭勒。回翔悠阊阖，逍遥等万亿。

① “云流”，底本作“流云”，据韵律改。

路惠月道人往师事常能山田力作不厌胼胝一味真诚弃世尘晦朔忘之似亦有鹿门之风者今岁且八十加一焉余爱其古朴而长年大足讽鄙薄也赋赠

最惜桃源惯隐沦，还羡鹿门耽耘耔。高风远韵跨千年，于今林壑伏高士。向来秉锸向石田，云根劚处草飞烟。春眠不教流莺唤，秋作何妨促织牵。春去秋来历多少，晦朔回环都忘了。陌上红尘隔几重，驱车度马任憧憧。冥心疑是巢居者，洞里栖迟倍潇洒。青山长伴树为林，我贵何妨知者寡。

别蔡友直馆宾

景升有子呼豚犬，中郎不文开黄卷。凤竹虬松护一斋，晴窗月幌光流转。徐徐好雨土膏宜，春风澹荡偏及时。桃红李白各欲媚，小园迟日眷华滋。岂知绛帐席未暖，横经负笈成披离。送我江上舟，劝我杯中物。欲言不言倍踟蹰，德星分散真郁郁。为君歌，从君索，君囊点铁有金砂，幺曆尘障那堪剧。抟[①]将一粒豁然开，投赠未数径尺璧。他年慧性现晶光，峨嵋月照东山白。

襄阳冯大咸使君招饮昭明太子文选楼漫赋

宿耳章华台，不闻文选楼。章华久芜没，谁复觅残丘。独有层楼结帝子，星辉霞蔚襄阳起。当年开局半天隈，词臣缃帙撷珠蕊。绮文奥衍富纂组，千秋万祀存华黼。杨马挥毫指顾间，建安邺下艺为圃。向来左史抉典坟，又推屈宋骚坛雄步武。自是楚多材，何必矜邹鲁。梁台博古喜翩翩，牙签锦轴环如堵。藜照曾分太乙精，瑞连奎壁图书府。朝暾五色散扶桑，夜光十乘流合浦。晴烟汉水飞，云雾[②]岘山吐。璇题法象翊昭回，武库琼林讵足数。滕王高阁漫夸陈，子晋吹笙何处睹。我爱文选奇，缅想昭明雅。亡恙抚江山，精神恍潇洒。不然梁家亦有清凉台，崇奉西方圣人者。四十二章属杳茫，洞天福地成虚假。何如崇构衍斯文，乾坤宝秘由宣泻。婆娑术艺会冥诠，栖息还应怜大厦。我欲揖太清，遨游恣上下。空阔倍风流，南金竹箭倾诸夏。白云同社复同心，开樽此日邻星野。无那齐客老猖狂，不管虚舟与飘瓦。亭亭吊古爱探奇，长啸临风挥玉斝。与君江汉万古情，不是寻常将臂把。生平不朽付何人，耻效公孙斗白马。

① “抟”，底本作“博”，据文意改。

② “雾”，底本作“物”，据文意改。

武陵谣却谢姚顺山遗使远护之雅

武陵山水清且奇，洞天福地春迟迟。中有仙人负汋约，风尘不惹兰雪姿。瑶华若木掩映好，霞城栖息餐灵芝。炎凉回顾①长若此，襟裾八表挥为规。喜将凤管时一弄，驱寒布暖生葳蕤。云门雅奏谐嫫母，肯怜西子工颦眉。武陵何窈窕，主人何旷邈。桃花开落不知期，秦汉递代那能晓。冥心疑是上皇人，风霆作驭龙矫矫。我思神仙隔绛霄，徘徊几度望泬寥。怪来世路多蹊径，魑魅魍魉成欢嚣。岂无在御琴瑟偶，朝为靓丽暮成丑。可堪兄弟剖参商，下石落阱亦惟友。浓艳容几何，清真默默守。达人俯仰视篴庐，桑田沧海怵心否。大道相忘寝是非，桔槔不理汉阴叟。直将肮脏托烟霞，五侯七贵凭炙手。

代送淄川郑明府调繁益都

河阳花树春飞飞，河阳茂宰今我违。岁星未应来复去，坐令蔀屋失光辉。要假徽缠十万丈，珠躔不定谁能靰。淄水清，清以洌，我欲拟候修姱节。西凌夹谷东云门，亭亭高概云霄切。嘘来一气发阳春，阳春有脚随朱轮。朱轮翠幰耀北海，赤城霞色迎仙人。觅得安期如瓜枣，不妨仁寿翊枫宸。

又代宁太学送郑淄川调繁益都

我自愚，存眉须，父书未读空踟蹰。好从胄子探夔乐，九韶之舞聊自娱。薄游谩追四海士，挟来一椟无明珠。郑侯宇度旷以渺，晴空万里笼海表。惠风不厌苏靡芜，膏雨石田良不少。洵直羔裘我亦窥，蟪蛄春秋未了了。恋侯无限送侯凄，泰山北斗意不迷。下体葑菲如可采，下里一曲共解携。

双龙篇挽王柏峰廉访洎李淑人

双龙金颖称绝伦，双龙铸处合有神。奇文半识干将髓，漫理全窥镆耶真。闪闪芙蓉未足数，寒芒星斗摇秋旻。当年平水试锋锷，紫电白虹千里焓。曳来气色动文昌，明光草就飞兰若。颍水茫茫掬掌中，三河少年亦不恶。持将神物压淮南，一时魑魅魂零落。海若有波遂不腾，冯夷也解归吾约。逼目英灵世所稀，堪扶日月共辉辉。庸知造物能衔妒，匣中双宝遥驰骛。想象延津逝二龙，怪来

① “顾”，底本作“固”，据文意改。

咫尺迷烟雾。徒抱琉璃生叹嗟，雌雄奕奕惜张华。寒留十月崆峒跸，误把霜花作剑花。只有精神贮霖雨，不妨世世佑商家。

赋得肃然山仙桃寿右肃安翁八十九

先生玉格并金精，肃然真气合太清。岘南钟鸣谁扣发，山中桃实何英英。此桃绰[1]约种何许，沙弥频频携授汝。一桃一岁历韶华，晶光分得赤城霞。百年服食未足诧，仙分直将惠霄跨。春日钟传花萼间，钟清霜落桃实下。拚取千回春与秋，肃然白兔伴翁游。纵是真仙惜灵药，翁食此桃亦不恶。营得多时好啖吾，不枉追随翁矍铄。

苍松吟酬许绳斋使君

何人结伴苍松子，亭亭标格青冥起。万点龙鳞岁月深，藤萝倒挂千尺矣。幽姿端不冒尘氛，劲节何曾昵桃李。隆莫隆兮太行巅，澄莫澄兮淞江水。中间一物傲睨之，老干扶疏烟雾里。冰霜转为发精神，金玉才堪作比拟。别后山川隔阂多，只劳梦寐相依倚。襟期不负岁寒盟，古道今人天畔频。扪循已是鸡皮翁，雪华入鬓蓬蓬尔。江南春信有梅花，万里神情几席是。呵护还知造物灵，洪滋未艾千秋峙。下有茯苓上兔丝，可凭宝液扶吾纪。

少峰盛明府以不耐簿牍辞去还为学博赋此送之

一樽春蚁带愁开，又入骊歌恨怎裁。赖得河阳花欲笑，多情好借侑深杯。

花市何如槐市清，寒毡转觑羽毛轻。东风谩道吹嘘少，汉帝于今急五更。

白山笼水匝弦歌，况复元宵乐事多。此日遮留浑不得，断肠春色在菁莪。

元宵步月偕术白石山人联句

酩酊归来兴未阑，通宵不厌月光寒术。闲情已逐清虚远，百岁和君仔细看。

① “绰”，底本作“淖”，据文意改。

十六夜月晕

来朝风色是如何，明月今宵且放歌。湖海茫茫三万顷，不妨潦倒醉渔蓑。

九日米山眺集诗有序

自昔大雅，每眷登临，我辈何人，兴亦不浅，矧九日乎哉。窃忆百年而内，暇豫几何，览胜探奇，畴胥惟意，以余所宿负峨嵋何如哉。兹家食无恙，罔有攸靰，则先九日约史茂才、术山人，洎三二昆弟之好，式凭令节，作米山游。儿训、采并在。夫米山非有大奇也，直介侧小园，信步而是。此日又靡梗风雨，造物无妒，兴飒而未可阏，情融而莫为扞。团圞小酌，裀草幕空。四眺之界豁然，沆瀣之气足挹。徐焉数酌，清吐斐亹，良亦足适焉。已而返小园，布几柏林，森疏掩映，且觞且局，少长洽款，为意各得也。迄夕而罢，余致油油，则有篇什迭陈，寄舒长啸。盖余倡而众应，体裁恣意，各抒性灵耳已。若云登高能赋邪，则吾岂敢。万历癸卯重九日顷阳山人漫序。

一岁几登高，登高意何极。远山谢峨嵋，近山介圃侧。丘阜亦有姿，所狎便堪陟。托致信悠哉，那不通紫色。泠然揖太清，陇亩瞰如织。翠柏抚千章，时焉供采食。豪意附诸贤，素尚欣可即。二子亦随携，曾是爱岐嶷。快游不妨俱，烟霞恣所得。相将及大年，灵椿共不忒。

答闵鲁岳山人

兰茝无媒自不疏，筑歌燕市意何如。芦花颇解栖明月，柳絮还将逐太虚。
万里风尘三尺在，百年心事二毛余。知君此日留青眼，未惜瑶华到索居。

代送淄川朱明府调繁上饶

饶江滀滀好濯缨，淄水将来第孰清。才数瓜期堪入直，又烦竹马伫前程。
瑟余妙响还东鲁，舄为仙飞只汉京。此去有人衔委润，骊驹赋处岂胜情。

寿金乡郭观察八十一代作

闻道黄钟数九九，行年于君今是否。黄钟才扣与天通，如君涉世尽铿空。当年射策动天子，咄啐之间曳金紫。浮云世界几关情，好任飞来亦飞去。山中日日探青泥，三秀和之不尽茹。椿算何难阅大年，还分宝液将人饫。公两赈邑荒，故云。一度阳和八十一，十度阳和八百溢。彭城阿叟未足多，洪崖结伴浮丘匹。我羡真人奇，未悉真人面。真人紫气望中遥，我曾想象青羊观。五千之后更无言，洞天福地由翩翻。早晚欲拉张邋遢，五游好共觅真源。

代林少尹赠李侯入觐有序

伏以礼严入觐，虞廷辑瑞于诸侯。政切分猷，汉吏承庥乎三锡。自非脱鹰鹯而媲鸾凤，曷鷖乂赤子而副重瞳。恭惟我邑侯丹衷李老父母门下，金玉其相，江河莫御。虽三仕而为令，曾不撄情。业历试乎诸艰，乃言底绩。盖当其得对大庭之日，固已永肩惠下之仁。既抵于陵，倍怀仲子。挥羡金而不顾，荷春生之泽者，奚啻万家。达嘉石而无冤，慑秋令之严者，并遵三尺。文延正脉，胶庠矩矱于西京。武兢维师，后载飞扬乎渭水。首实行而鲜于独苦，调停犹利烝民。乘舆济而子产为劳，普渡宁庸小惠。大类武城之宰，偏知子羽之贤。会明堂当受计之期，向使者促还朝之驾。悬鱼且返，命鹤琴以相将。折柳方殷，傍河桥而祖饯。老稚之攀舆种种，无那朝天。宾佐之注节翩翩，末由缩地。于是征词不佞，写况无涯。含情赋杕杜之诗，临别乏吴钧之赠。直念千金为薄，一言可托于仁人。更思四牡告劳，千里顿违乎慈母。触风霜而瞻依莫释，眷雨露而踊跃何其。爰有小什之投，为博大方之笑。逡巡蛙奏，仿佛骊歌。诗曰：

眷言畴昔，梓里若荼。民之瘁矣，跂侯以苏。载嘘载覆，饴焉在餔。岂不拮据，苍赤是图。我思上理，方而不割。侯也居之，煦妪可掇。笼水泠泠，肃山亭亭。酌之侣之，侯也独醒。杜若之撷，于彼芳洲。苾芬令德，挹诸我侯。脂侯之车，秣侯之马。于迈云何，魏阙之下。虞廷茂绩，汉吏徽音。玺书煜爚，天府予金。耳目是畀，阅自帝心。亦云孔迩，播之讴吟。

赠李侯入觐有引

朝天卷，为吾邑李侯作也。侯莅长仅九阅月而入觐，囊空如拭。吾无以佐行李，而佐之言。夫里言恶足贵哉，第口碑摭诸道路，而大圣不废蒭荛，即言不必贵，而可贵者在侯，何不可纵言之有，而缄嘿为邪。于是乎放神天籁，取义民谣，捃而致之君侯，不自知其骑驳之甚也。

眼见仙为吏，双凫入紫宸。上方饶气色，下界作阳春。
早茹三枝秀，才飞一镜新。所思回玉树，象纬夜振振。

霜清飞晓骑，寒色薄征裘。我有鹤琴梦，君其社稷谋。
上林真可赋，大壑漫藏舟。杞国情何极，烦将动冕旒。

有家从苦县，是处可甘棠。秣马还宜瑟，悬蒲不下堂。
剑流天际色，珠泛夜来光。莫漫嗟留滞，神京伫凤凰。

赠邓斗垣学博会试有序

南宁邓先生，绍世青箱，蚤举孝廉，何难一第。往丑岁之上春官也，曾奉母入都，视姊萧太史邸舍。比未第，念归路迢迢未便，不得已，领长白。薄禄将母，躬半敩学。余三豚无似，猥列宫墙，诚受策非任哉。乃频荷耳提，骎骎鼓发。余通家，时入接引，嘘拂春风，久之畛域毕豁，于于甚适焉。今先生又上春官矣。以先生之才之识，之愤发于三年者，金石匪坚，青紫若掇。顾余与儿辈均眷眷深情，解携未易，独无那先生迈往何。则相与吐露衷款，托之小什。夫雕虫亦何俾大雅邪。而怀而企，于彼上林，春日载阳，关关鸣和，它计未遑也。

有客从振铎，矫焉怀青冥。青冥亿万丈，入目汉与星。九关接阊阖，虎豹吼雷霆。绛霄自缥缈，上帝闳以扃。不惮一叩阍，志意何亭亭。丹衷愤毕吐，赤子苦图形。下界氛且扬，谁云处太宁。世局业已尔，胡不卑乃听。上帝宜憣然，区别渭若泾。药言抵金石，拔擢首大庭。鼎宰跬步间，明德翊维馨。孔铎响弥振，举世属耳聆。清以回滓垢，众醉提之醒。憔悴立以苏，呻吟立以停。于今作邦殿，夙昔命说铃。此行不为枉，长白分宠灵。良缘混尔我，洪钟扣以莛。

美玉篇赠王明仲茂才余孙婿早有令名亟望卓竖遂有此赋

美玉发昆山，造物输灵秘。有质擅无瑕，有气均虹霓。赏识世所希，就此亦不易。既劳挥斧斤，还借他山石。良工效苦心，岁月穷攻治。密理出文章，贵作瑚琏器。荐之登明堂，宝之厝金匮。十袭不惮烦，忍令纤尘累。累之美以骠，于何命纯粹。矧肯抛掷之，而与抵鹊类。护谨足千年，一掷安所寄。宴安众胥耽，鸩毒亦何异。尺璧与寸阴，宝惜视伊志。希禹便禹徒，孳孳良不置。吾衰安所庸，终不罢一蒉。持此诒朱颜，庶几亭亭植。苦口信难嚅，真赤意独至。嗟余匪途人，拭目深翘企。

喜雪

同云回禹甸，瑞雪下瑶天。乍拟梅花信，翻怜柳絮篇。
酒人谁论价，钓客一飞仙。最是三农意，欣欣大有年。

清净谣

我有浮杯绿，而无佐酒红。红也解撩人，迩之意瞢瞢。三年蒲团上，不敌一瞬攻。所操匪戈矛，柔蔓毒我躬。流毒非一事，胡不牿于橦。放焉安所极，检之恬以融。矧矣岁迟暮，于人称老翁。榆景已堪惜，又忍作螮蝀。潦倒不自持，何异牛马风。牛马罔受督，听之蠢蠢终。窃怪襟裾者，不一扪此中。吾言几廓落，饵兹辅无穷。

张介石学博乞寿人诗许以绝品牡丹见酬戏以三绝订之

只闻金谷有余春，谁道金乡花更新。魏紫莫教空人梦，姚黄只怕不成真。

才罢吟哦就望花，可知国色借谁家。寒酸莫惜十分力，富贵还凭五斗赊。

一片苦心老未休，年年三月展双眸。于今剩办宜春酒，花若来时好倍酬。

术白石山人将归守岁调以四绝

为甚归囊尔太空，等闲不见觅奚童。春来景色般般足，领略还须大国风。

有客亭亭啸白云，绣江春色占氤氲。无边花鸟供调笑，肯把韶华掷半分。

半惹轻红半惹黄，几川花柳较新芳。个中滋味君如许，忍不携来我亦尝。

几回星宿转精神，诗宿于今尚隐沦。自是少微成懒慢，不攻黄卷斗青春。时方纂《诗宿》。

题吴学博杏花图二律送邓斗垣先生会试

玉律飞来万壑春，杏花偏解长精神。彩毫五色凌云赋，瑞气千寻捧日轮。
长白泥金天上堕，琼林仙宴座中新。婆娑为羡高堂醉，不枉明珠握掌亲。

何来春色入宫墙，得意看花剩有光。未数遗珠从洛浦，还宜傍竹媚潇湘。
东风嘶马穿霞急，北阙分衣度岭香。不是吴家传妙洒，齐纨那复挹芬芳。

和术白石赠王生韵

谁其丹凤阙，我则白云乡。棋畔逢仙客，歌中寄楚狂。
风尘飞作障，杯酒失论行。结袜千年事，于今誉有光。

用术韵简丁初阳年丈

小隐青山曲，还渔绿水乡。此身从汗漫，吾道托猖狂。
丁令宜沧海，刘郎怯太行。相望存气色，何事不辉光。

春日偕边汝良徐得精王任之夜宴王心一宅得酒字

于木为社栎，于乡为祭酒。岂是薄荣华，戆气未可掊。几载阅世氛，无那濒阳九。谁能翳缁尘，青山失回首。为忆白兔公，千秋尚不朽。而我生自今，披豁存良友。春日及迟迟，击鲜更剪韭。醇醪作大浮，长鲸恣吸口。六博不妨呼，取枭寄吾手。酡颜破桃花，颠舞随杨柳。火树拟天葩，纷纷散琼玖。今夕属何夕，酕醄并忘偶。竹林昔所贤，兰亭墟已久。我辈不尽欢，电光几时有。高轨希旷达，一切委敝帚。云林深更深，明月上东阜。此时共徘徊，清虚亦消受。浮沉总不关，长白一臞叟。

三月三日吴仪冈学博小集南园于于甚适赋赠

韶华不可軏，荏苒已上巳。选胜乏兰亭，流觞怀曲水。我有千章园，氛氲拂翠紫。注目春色饶，乘之风日美。谁与叶赏心，翩翩向吾子。不数汉明经，不数秦博士。素心寓图书，妙洒辋川趾。何来拥青毡，铎响存仪轨。大雅吐玄言，金石清吾耳。王谢失风流，森疏映珠蕊。傲睨松柏姿，成蹊艳桃李。南山挹龙光，北斗殷所企。兹日不可常，兹会良足侈。须臾抵千秋，祓禊畴适是。小咏托深情，君子乎乐只。

清明集外弟孟米渠山庄已移尊五里许共眺米泉泉在凤凰山东麓

山人最惜林泉幽，寻源更结春山游。春山媚我芊芊草，片片桃花春欲老。此中泉石解相招，苔藓那烦石径扫。漱玉醴，喷珠沫，山头一泓机活活。凤凰盘礴出龙津，米峰邀向东北斡。明月镜千秋，天光范一壑。有时也会布氤氲，为云为雨连溟漠。田家报赛社春秋，讵念涓涓亦足托。灵液还从太乙分，时人错误将尔薄。我欲深护之，虺蛇不得掠。冯夷半钵更烦将，摇摇一带付汪洋。无那冯夷不肯顾，春晴仅尔清浅度。眷尔不乏赤城霞，眷尔不乏博山雾。为尔寄暇思，酬尔杯中物。由来分不齐，不须衔抑郁。山水主人递递改，于今主人米渠在。米渠有黍不吝酒，携来为我浇块垒。藉兰芳，沼沚旁，同心有侣酣斜阳。眼底清明倏渺茫，山头牧子下牛羊。韶华共尔成翱翔。归路轻尘隐隐起，若木枝头烟气紫。沧浪一曲海天空，绕绕白石与绿水。

送署君崔见洲郡伯还泰安二首

陆鱼枯眼见恩波，倒注还疑自绛河。两度欣欣同竹马，十分怅怅起骊歌。
海门气色仙源渺，岱岳声华魏阙多。借寇无能春又老，霓旌飞动野烟和。

神情秋水器为瑛，到处鸣琴入耳清。不分岁星频转换，倍怜长白渐零丁。
河阳春色空三月，笛里梅花却几声。何限离怀倾未得，断肠一曲为君行。

韩邃之朝觐事竣再赴嘉定赠行六首

龙渊作颖玉为标，气足虹霓射海潮。谩道阳和飞不到，只今倾耳是云韶。

杼柚谁堪赋大东，就令嫠妇也冲冲。可凭白鹤青龙宰，料理时倾葵藿衷。

江南风景近如何，山水犹然寄恨多。为幸春风响万室，海隅终不废弦歌。

碧海波涛夜夜生，海东日上赤霞明。瀛洲可是神仙窟，凫舄翩翩下玉京。

年来锦制报为章，不说天孙费七襄。拭目征书飞蓟北，江南又是咏甘棠。

白首浮湛只自惭，骊珠煜爚许谁探。虞门伫辟君先入，那避龙鳞劲笔簪。

张蓝田年丈解任观察不胜瞻溯赋赠

虎帐龙沙勚几秋，幕南遁虏夜生愁。何人不爱长城峙，故把金汤狎水沤。

白门蜀道总茫茫，记得居庸再举觞。身世萍流君莫讶，畹兰只抱九秋芳。

明知修姱取人怜，芳泽还羞斗巧妍。自许长门终寂寞，千金不为赋来捐。

谁将绿绮托深情，流水高山递递清。才得赏心应不枉，那因烦渴忆金茎。

同袍落落惜晨星，皓首于今眼倍青。往事不烦萦计较，渔歌好放蓼花汀。

几回斥卤又桑田，始信仙家别有天。失尽白云歌浩浩，得来元鹤舞翩翩。

寄朱兰隅太史

文通彩笔横如椽，太白宫袍宛是仙。玉笋朝来分玉露，金銮夜下拥金莲。

肯将温树为人言，耐得承明出入烦。日日起居君记取，也知彤管解调元。

几年上苑挹兰芳，想象于今只断肠。明月萧骚频顾影，灵均夜夜逗湘江。

天禄石渠揭五云，燃藜接水占氤氲。銮坡出后还相忆，可有金茎为我分。

纂组凭君入鉴裁，无端弱水隔蓬莱。野人浪自题诗宿，子夜神情属上台。

生涯寥落欲如何，赢得渔竿又一蓑。风雨自来还自散，不关醉里舞婆娑。

简陈良乡

四岳诸侯天上归，凭将双鲤岂相违。也知穷谷春来晚，借得阳和几许辉。

魁名三晋映吾曹，冯翊分符尔倍劳。犹自殷勤怀敝帚，太行相傍未为高。

十年砥淬一龙渊，惹得光芒夜烛天。左辅试君君自爱，鹓班原是仺神仙。

几载相过弄笔研，花封此日切幽燕。逢人莫话枌榆事，丹水金峰意惘然。

老去子云不晓事，记得当年从问字。区区玄草欲如何，还将覆瓿萦君思。

四月一日喜雨共术张二友用四月清和雨乍晴句演七绝

兰友芳袭人，况是并美四。花落不关心，且理樽前事。

羲驭迅于飞，容易过韶月。但求风雨时，山中饱薇蕨。

好雨朝来霁，山容洗倍清。凭高堪送目，百宝露生生。

芳树晓烟和，晴原气色多。老人从杖屦，娱耳是农歌。

田家跂有秋，早是沾梅雨。饱食不知愁，喧喧鸣社鼓。

嗛嗛是恒旸，膏雨夜来乍。那复艳黄金，万顷滋禾稼。

麦陇看新色，乘之雨后晴。葳蕤泫雨露，不用觅金茎。

王泰宇明经见过余谢以小折覆勤大札赋此却之

君自凤凰毛，翩翩好纵翱。撩云分气色，搏海吸波涛。
江表青箱迥，郢中白雪豪。流尘还入盻，古道可谁操。

叔弟杰颇佞佛顾宿耽麹蘖屡为痰苦犹自禁酒不力以诗砭之

尔肠应似铁，此物利于刀。便欲休千日，还须恋二毛。
脱身从滟滪，失性堕醇醪[①]。试向如来叩，无生可是糟。

浙医叶心源闲雅风流温蔼可即为范儿治痰有效将返都门萦萦离思援笔挥赠情见乎词

千金不抵一茎草，巫咸何似岐伯好。为人蠲苦但手挥，荡却沉迷直若扫。扫去沉迷真觉还，灵根不蚀存真宝。三宝个中持，散失煞费讨。独有慧性人，秦镜深深抱。一照根识清，再照通元造。青囊剂脱布阳春，阳春盎发真浩浩。仙源何处觅行踪，想象茹芝逐四皓。人工奥处即天机，技到神明是大道。吾儿向愦愦，忧心只如捣。携来五色付金丹，吞之讵数安期枣。中流一楫力不薄，营得昂骧等阿宝。我欲追逐物外游，乞得生生不受槁。

贺于泰寰令孙登泮一章

人家有孙不好古，偏尔孙能绳祖武。灵根慧性气如虹，婆娑浑向篇章圃。花开花落不知春，但知黄卷先民伍。撷芳咀润味何长，寤兮寐兮游邹鲁。豪欲赋三都，贤肯狃五羖。何难六府修，忍视七德舞。和羹思想作盐梅，满拟大旱为霖雨。只今发轫自青衿，好凭唾手臻华黼。还看驷马门，所重世德溥。德輶如毛鲜克承，定须不茹亦不吐。

他山谣谢焦涵一见饷

有玉有玉尧门阿，太乙注精生则那。悬黎结绿质如何，脉连伯仲粹且和。摩挲肤理迴迈珂，殷红内发斗朝霞。午夜流光荡银河，黄琮苍璧用不颇。当年不惮勤琢磨，他山之石恶足多。程功课勚良幺麿，更徼缘分牵松萝。彤廷射策儿同科，居今溯昔缕以覼。远道相饷来云俄，曰余硕人之轴薖。岂知桑榆成蹉跎，夕晖难竞鲁阳戈。倍怜营蒯道嵯峨，聊踪考盘为谣歌。

---

① “醪”，底本作“胶”，据文意改。

喜雨

岁乙卯，自四月雨，越两月，恒旸若焚，秋禾且槁，众嗷嗷。迄七月六日，始雨，雨五日禾苏，几卒岁。余赋志喜。

旧说太平十日雨，谁耐愆阳过七旬。禾颖拳挛难向秀，钱鎛欲下只含颦。几回逼井窥石燕，百度呼天鼓社神。歔欷结愁云，上帝安忍闻。阳穷阴始媾，二气作氤氲。疾走丰隆驱旱魃，旋教屏翳荡游氛。银河劳喷薄，禹甸博膏沃。乱点讶抛珠，挥洒惊漱玉。珠玉虽珍不受餐，雨来家户欢食粟。刀可牛，剑可犊，亟乘屋，为播谷。卒岁宁乏衣与褐，团圞妇子那生蹙。无用垂涎万户侯，太平日日娱清福。

沁水王玉源大雅英风余游旧矣比治兵僰道远奉佳什回环瞻溯赋答二章

雁字飞来下碧鸡，迢迢星汉耀青藜。山中招引饶松桂，塞上从戎荡鼓鼙。
横槊顿将诗句废，游园宁借月华低。关河万里劳相问，不定风烟望转迷。

骚屑风尘鬓已皤，长卿为客竟如何。千金买赋谁堪奏，万里题诗我亦过。
谕蜀有文成潦倒，游梁无分日蹉跎。摇摇意绪悬霄汉，羁绁而今且荷戈。长卿蜀人，乃久客梁王兔园，作赋以文词幸啬天子。余适役蜀地，深有慨于中焉，故特及之。乃玉源殿下之贤，视梁孝王不啻过之也。

合江阅兵舟中作

不数吾曹惯典兵，倍怜华发映江明。平蛮有颂应题柱，系颈何人顿请缨。
飞乱寒云笳鼓叠，沉昏斜日羽旄横。把来一剑西风里，好荡尧天万里晴。

题百仙图寿肖松陈君六十

六十于于茹太和，一回甲子弄婆娑。从知白岳饶仙侣，营得轩辕龙驭过。轩辕问道指崆峒，犹是岿然问道宫。只今歙有灵，灵山出浩荡。试探齐云岩，纡曲几千丈。招摇老人星，颢气流相饷。为羡陈君风格好，崚嶒岳立证不老。也尝生事迹白圭，不妨勤啬能梯道。饷之集之如许仙，相将傲睨跨紫烟。紫烟如织复如喷，逍遥托迹畴能牵。神仙得来是何窍，绵绵只个玄中玄。此窍可理未可绘，绘人那晓吸沆瀣。沆瀣沉寥收腑肺。长白老子邻东岱，集灵飞动喜相邀。为君歌向佐陶陶。

双龙篇赠曹吴二将军

才挟双龙气倍雄，不将倚剑说崆峒。山清瘴疠千岩日，水断蛟螭万壑风。
雷焕骨教虚异物，蒙庄偏解发神功。符阳剩有凌云色，会见妖气荡扫空。

送盛匊泉沈太素二年丈朝京二首

使君倚棹锦江头，江上分携奈尔舟。万里秋光霄汉迥，十分春色蓟门收。
含情杯酒相看进，着意绨袍未可留。不是牵裾儿女态，于今霜鬓思悠悠。

别意秋江拂紫烟，仙舟李郭并朝天。十城白璧看投楚，千载黄金说入燕。
相送几堪歌杕杜，频留端不为杯棬。亭亭岁晚怜同操，羡尔年来雨露偏。

重阳后二日偕庄泰岩督学史纬瞻徐韦承兵宪王升庵杨桐山二将军登锁江塔

九日城头兴尽豪，相将此地又登高。为留夕照供多眼，未许西风笑二毛。
塔拥锦官饶气色，江抛素练长波涛。茂陵深锁拾遗杳，惆怅千秋也倍劳。

凌云寺

生来眼界自不小，才到凌云又倍开。三水镜摇天际下，九山玉立座中回。
卓泉飞锡人为幻，洗墨传经我亦猜。多少翠微收未得，博将新句倒深杯。

暮秋雨中石门熊丈招饮翠屏山二首

翠屏山色旧如何，以我游来觉媚多。历乱千岩分紫气，苍茫二水傍银河。
几愁暮雨寒松柏，且喜秋烟拂薜萝。酒力不禁归棹促，东君还是笑人麽。

赢得清江绕翠屏，芙蓉秋色斗娉婷。树从天畔看疏密，人向云间问醉醒。
肮脏未消东海意，羁縻久负北山灵。相看酒杯情安极，别棹萧萧暮雨零。

陪张紫阳年丈再游中岩

宝地崚嶒谁与开，山灵应不笑重来。钟清万壑诸天渺，江冷三岩一镜回。
竹树有情能拂袖，烟霞会意肯停杯。相将郢客堪歌和，白雪翩翩醉里裁。

简张芝阳年丈

流水高山赏尔音，几将词赋博黄金。中原兄弟谁牛耳，上将旌旗自羽林。
屈宋倍怜衣钵在，曹刘忍向路岐寻。凌云意气空千古，尘壒宁教半点侵。

顾悦庵观察三年奏最赋赠

闻道瓜期近已过，使君脂辖莫蹉跎。政成五凤征书下，春满三巴瘴疠和。
载酒有人贪问字，朝天无计住鸣珂。长康诗画倾江左，乞与刘生发浩歌。

俚句从张芝阳年丈乞寿母八十诗

笔底飞飞五色鲜，得来萱草倍长年。堂分玉润浮莱彩，座拥珠辉胜玳筵。
黄鹄独怜明月影，青鸾频下白云翻。埙篪况复称同调，谁道文通吝一言。

龙蟠寺迤左有方丈三楹远眺可人余怪其面墙无当也亟檄郡撤之而颜以云屏精舍四字比再过大喜赋以壁韵

云屏山色为谁开，梵宇萧萧不厌来。老我扁舟摇宦海，宜人清磬发香台。
松窗月引诸天近，竹院风撩一枕回。住世何如出世好，荷衣应傍衲衣裁。

小诗二章谢徐锺岳参知见枉惠画因送入贺

筚门晓日弄晴晖，曾是恩光下紫薇。野鹿已随春草荡，山猿还啸庆云飞。
撩人赤舄分清梦，媚我萱花动舞衣。赢得此身流水似，闲居那复叹知希。

散漫无因傍祖鞭，遥知四牡欲朝天。云从岱岳深深护，日拂燕台烨烨鲜。
采俗有谣凭引对，承恩不次为旬宣。大东杼柚今如此，前席谁人说更贤。

陆企云郡丞远讯山中赋此却寄二首[①]

烟莽萧森未易寻，只今空谷堕希音。霜来欲冷虬松骨，风动还骄凤竹吟。
瀛海潮声回远梦，肃然山色畅幽襟。为怜霄汉亭亭迥，煨烬吹嘘意不禁。

酬王续泉学博二首[②]

极目遥遥注德星，白头犹自解传经。明堂天子怀三老，瀛海神仙狎四灵。
梅月翻教清梦稳，竹飔欲掠醉魂醒。紫关镇日谁应扣，道是候芭问字停。

冬寒事琐客有以文字之役计日见督者诗自嘲

白发萧萧岁月过，忍教铅椠[③]冷蹉跎。风尘未解怜骐骥，霜露偏能折芰荷。
惟有愁肠逢腊剧，不随啼鸟荡春和。子云错阅人间世，浪拟年来识字多。

李祥宇参知邀余偕祁念东督学游崇仁寺

安禅应不妒三支，萧寺何妨纵百卮。见说青莲生慧法，喜从白社畅心知。
汉皇乐事难回梦，秦主离宫漫问基。此日探春追二妙，醉来搔首忘参差。

夏日过蓝田张老年丈园亭次复斋刘太史韵二首

闲园芳径恣徘徊，日日娱真小宴开。万里长城留想像，十年绝漠赋归来。
棋中车马鸡田迥，笑里烟霞蝶梦回。瞥尔相将怜皓首，天涯伯仲果谁哉。

半倚林塘半倚城，幽栖讨得世尘轻。花娇为许丹颜驻，竹嫩浑同碧玉莹。
瀛海三峰春未老，烟波一钓叟元清。我来不识游仙意，长白深深的证盟。

---

① 仅存一首。

② 仅存一首。

③ “椠”，底本作“堑”，据文意改。

孝妇泉

玉练摇摇更不枯，千年此际拥冰壶。寒山锁住尘埃绝，沧海飞来明月孤。
自是天仙通地轴，有将青鸟过玄都。寻源洒落人多少，为问衷肠孝也无。

白下送伍冲吾年丈观察滇南

十年踪迹百年心，万里成抛未可禁。洱海有人清瘴疠，钟陵无计破寥岑。
片帆晓动寒江色，只字春劳塞羽音。为道离筵浑恃酒，只今云树转萧森。

张莲洲水部沈太若观察邀余同张蓝田年丈宴仲宣楼

登楼会向楚南天，作赋劳人忆仲宣。地脱巴江真自阔，山连衡岳为谁悬。
豪来不禁燕齐客，歌动还惊屈宋篇。任是云霞千万里，尽教六翮恣翩翩。

宜城吊宋玉墓①

莽旷山川大国风，先生词赋旧称雄。青冥有鸟应难狎，白雪流歌正不同。
哀些倍怜湘水曲，萧条谁忆楚王宫。一丘黯淡余荒草，摇落千秋思未穷。

长陵恭述

山连大漠郁苍茫，王气霏霏讵可量。三净龙沙威荡远，四维宝鼎庆延长。
衣冠月出还原庙，殿阁风生旧未央。辇路翠华频注望，可堪云物点凄凉。

陪诸曹长历览西山梵境

山木高秋半叶黄，耽忧偏是觅林塘。乍看法界云霄出，恰拥仙车日月旁。
宝地雨花宁作幻，石床绿藓并相忘。竭来不负青莲约，万壑风泠侑我狂。

---

① 与前文《吊宋大夫墓》内容同，字句稍异。

游香山寺

梦里烟霞几度游，香山应是半空浮。霜林着色偷三月，萝幌安禅薄五侯。
涸迹漫为朝市隐，闲情都付海天秋。朱颜华发应如此，何似空门荡法舟。

诏旌毕烈妇殉夫毕翼吾王太史配也赋挽

玉树明河未许留，潇湘泪竹可胜秋。妒来风雨催连理，飞去龙渊却共游。
藜照旧悬天禄阁，箫声今忆凤凰楼。最怜夜夜祥光发，知尔双珠寄一邱。

丹诏不难衔彩凤，白云何处觅青鸾。芙蓉并蒂还生色，宝婺流光迥自寒。
谩以洪涛摇砥柱，那将弱草斗琅玕。乾坤烈烈金闺梦，撩得千秋泪与弹。

杨济寰年丈以滇南方岳秩满加恩三代赋赠时有倭警

雨露天南蓟北春，龙楼缥缈下恩纶。倍怜宝玺辉三叶，且喜庭闱捧二人。
香动紫微连太乙，光分旸谷向寅宾。昆明事业堪舟楫，好假威棱荡海滨。

眺隆恩寺

凭将萧散意为真，况是看山及暮春。客到上方亲碧落，僧从初地失红尘。
千霜怪木虬龙出，一带寒烟涧壑临。无那崦嵫侵暮色，匆匆意绪又征轮。

春杪山游

宛委青山媚帝都，十分春色为谁敷。闲愁都付游中尽，好景疑从梦里俱。
金谷何绿留笑语，桃源有路漫追呼。韶华如此堪成醉，不依东风唱鹧鸪。

书杨济寰却金卷

远人未悉汉官清，浪尔怀金作世情。方物只消充禹贡，飞尘无用点蓬瀛。
天南湛湛昆明月，蓟北昂昂帝室桢。娉节于今谁也似，君家夫子旧知名。

挽朱丹村先生二章

玉树青葱拂紫霄，灵椿何事夜来凋。汉宫有路分仙掌，员峤无尘俯海潮。
风雨不关春色老，江山却忆旧京遥。飘飘丹旐飞千里，漫拟招魂恨未消。

撩乱风尘梦里过，凄凉无奈使君何。浮云不驻看山色，上苑才听白雪歌。
木落寒云迷晓日，花飞昼锦怨阳和。江南蓟北应谁望，只是萧朱意不磨。

清江卢明经瞻南落第赋赠

深秋倚棹暮云孤，万木萧萧酒一壶。西客咸阳貉足敝，南留荆楚玉谁沽。
长空目与征鸿远，寒水情浮解缆徂。意气昂藏星斗轧，忍将霜锷堕昆吾。

书周东华父子别驾卷

索寞松杉二十年，翻令风骨转堪怜。岐山凤羽霞为彩，潮海龙吟气作烟。
那有黄金容竹笥，只烦白璧树蓝田。漫云富贵喧车马，别驾无如桥梓贤。

早春雪后偕吴子修明府饮李侯惟寅宅得卮字

雪后凭衔金屈卮，东风也自惯相随。漫因镜里羞华发，却向樽前倒接䍦。
盟引河山春未改，交从臭味梦先知。百年快意还今日，酩酊何妨逼玉枝。

几度春风看柳丝，相将喜就日舒迟。向知北海能胜客，又得匡衡解说诗。
豪宕拟蠲千古虑，交游忍负百年期。尘缨细琐非吾事，摆落于今付酒卮。

送许绳斋守宁国

虔刀入梦得来真，都道江天别有春。为信烹鲜饶上理，可容渡虎只前人。
庭飞皓月梅花净，榻醮香风桂子新。名郡只消君卧阁，陵阳花鸟亦精神。

沁水王玉源宿称大雅与余旧矣属年登五帙远遗见怀置答

瑞霭烟煴路不迷，真人遥忆太行西。桂山窈窕堪成隐，蓬海苍茫好任栖。

欲托琼枝霄汉迴，还劳锦字塞鸿携。欢情为拟千秋颂，早见长庚属玉题。

荆州别张蓝田年兄

坑禹从军王粲并，方舟摇曳又归程。弹冠有日滋华发，推毂何人壮请缨。
雨雪千岩蜀道绝，江干一带楚天清。相将咫尺凄分羽，可奈提携万里情。

别易霍冈观察

十载重逢意转亲，蓬飞历落惜风尘。敢云白雪元同调，似向沧波一问津。
南纪载标铜柱烈，北扉遥下凤书新。木兰漫叩瞿塘曳，五色霏微入望频。

宿建阳驿梦课儿

百年生事鬓如丝，五夜还劳梦课儿。黄卷蠹鱼忘遂老，青云飞鸟为嫌迟。
蓬莱弱水怀舟楫，璞玉荆山急匠师。闻道扶摇抟一息，鹏翻不是羽差池。

送高都护东归二首

世谛飘飘一叶舟，临风西驶又东流。缨横未竟单于系，抒里翻惊慈母投。
不定烽烟关细柳，难消画角送高秋。燕然事业还都护，那许卢生海外游。

四十功名万里身，还从豪宕溢清真。毛诗弟子饶风雅，鼙鼓将军耐苦辛。
任是歌酣燕市筑，那教缁惹帝京尘。由来意气千金尽，结得荆乡客几人。

中岩寺读宪使顾悦庵乔梓诗碑有感

晓日明湖放紫烟，谁家簪笏世翩翩。鹤琴西蜀澄秋水，声价南金媚远天。
宝树又连棠树影，素丝重和色丝篇。风流前辈应多少，小谢于今更可怜。

燕喜堂集卷二

诗歌下

季子歌谂叔弟椢

尔赋亦不恶，尔学是如何。学文困毛锥，学武弄干戈。也闻苏季子，术艺尽婆娑。数乎出其奇，咸阳久蹉跎。与秦扞竽瑟，万言浪悬河。业已殚资斧，貂裘敝于蓑。计诎返吾庐，妻织吝停梭。觅炊炊乌有，只蒙毒嫂诃。此时窘豪杰，豪杰抑奈何。鼓箧理残业，下楗苦吟哦。悬头忍刺骨，奋发荡睡魔。术欲倾鬼谷，变欲极揣摩。出来舌六国，诏之逐连和。投水易为石，顺风讵难呵。提兵飙以西，颐指畴或佗。秦人蹙函谷，季子娱凯歌。累累跨相印，黄金孰与多。如云拥车骑，锦旋侈巍峨。犹然妻若嫂，悔罪傍玉珂。仰视亦不敢，凭轼抗颜过。前也一何倨，婢膝后则那。世事乌足诧，寒暄态易俄。志士松参天，宵人出地萝。亭亭关所树，风霜概不磨。兹味吾久茹，今昔证岂讹。砥淬眷手足，毋令霜鬓皤。

再砭杰弟

便漱曹溪水一口，绝胜中山千日酒。留得金刚不坏身，就流麹涎尚为人。醉中有趣君自识，四大如金也解蚀。清净路头君颇知，舌锋角胜亦为痴。弱水扁舟弄不得，猛地回篙还惜迟。

术白石山人夜梦悬崖路绝已忽跃身而上便陟云楼余奇而赋之

尔路失梦中，讵效阮公哭。悬崖出层霄，云楼势逐矗。无从觅丹梯，竦身风动谡。六翮畴假之，凌厉卸局促。还欲挹绛河，飞作下界瀑。日月丽东西，闪烁抵双目。太清绝垢氛，谷神凭浴沐。阊阖为尔开，豁达许驰逐。上帝发玉音，尔姿不碌碌。左之舞元鹤，右之狎白鹿。珠树抚婆娑，又见蟠桃熟。不作方朔偷，长生注宝牍。神仙响噏间，视尔能雌伏。

缮性篇自砭

毋炽尔情，毋灰尔性。性则如何，玉莹冰净。尔生所冯，帝天明命。探性无物，触物情作。淡情不淫，平情不攫。攫乎淫乎，漏其冲漠。起灭万端，于何救药。人乃侣禽，生乃促賈。胡为蹈之，耽兹疾疢。狂澜欲折，眷力须强。常年操柁，不惮瞿塘。握之灵扃，奉以圭璋。无云弗觏，幽独煌煌。情日以恬，性日以缮。太甲归亳，周处称善。欲仁仁至，是诚在我。圣域匪遥，将荼将果。早自拔擢，脱诸水火。一或弗矜，畴挽其堕。钦哉钦哉，药言非颇。

赠署君崔见洲郡丞诗六章有序

海门崔见洲郡丞，系承宗伯，标似瀛洲。学不乏于三余，政宿闲乎五事。虽入粟佐县官之急，亦犹卜式助边。乃临民有长者之风，不失倪宽上课。业已数蒙推毂，借之再署于陵。帑藏胥清，苞苴莫入。讼庭下乌雀，神仙一任飞凫。官舍悬蒲鞭，和气更翔圈土。方且褒衣博带，擅雍容而世美箕裘。兼之舞鹤鸣琴，崇简易而神超案牍。会吞噬虞貂珰之逞，而调停适水火之宜。顿戢枭音，免罹荼毒。因忆松柏之亭，亭正原是贞根。可知凤鸾之琐，琐栖终归泰岳。顾慈母乍抛赤子，将哺覆以何需。幸召公余得甘棠，尚咏歌之有托。某等共沾膏露，饱挹清尘。采两度之口碑，端非矫假。连万家之心醉，窃效揄扬。即白雪殊操，乌用巴人之什。而流星□□，宁□赤土之瑳。驰情乎太昊之墟，瞻曦曜只从日观。遐想夫我遘之子，赋衮衣遂及鸿飞。六韵粗成，伴池蛙而传鼓吹。寸心遥忆，假瓦缶而寄精神。语则蒭荛，意同金石。倘思郑重，当亦挥存。

人亦有言，月展重轮。我侯戾止，再煦阳春。兰芬玉映，敻矣缁尘。岂以为谀，赏以清真。

谁哉刍牧，不靳牛羊。侯也视事，勤闵彷徨。尺棰在握，倍轸如伤。虽则代庖，作牧维良。

长白真气，响嗡岱宗。片云度雨，爰浃四封。础基之润，花浥而浓。流莺晓日，载鸣喈喈。

斤斤佩玉，祖武可寻。冰兢乃戢，蚤夜此心。宣兹湮郁，托诸鸣琴。白山笼水，式畅德音。

彼夭者桃，春则媚兮。何如松桂，零霜挺翠兮。维侯令德，浴神粹兮。宜尔簪组，不忝于位兮。

跃跃扶桑，海门曦驭。眷言大东，痌瘝是恤。置之衽席，施膏鼎实。如斗于陵，永歌乎师帅。

有犀篇送安曰睿之任岳阳

有犀有犀灵彻天，以尔朗睿更翩翩。有凤有凤五采扬，以尔绣口能文章。漫道龙渊出光怪，不敌脱颖英锋快。昔年我作湛兰醽，今日花封膏露洒。花封旧是陶唐墟，安仁领之乃在初。此日赠行为茂宰，别有三种凭君采。有鼎逾万斤，闻在水之汾。曜曜霍山石，蔚蔚上党云。云来播雨四疆渥，石势崚嶒天际卓。千年宝鼎称大物，镇重如山气葱郁。䍃中肯与世相劘，神器还应韬以沕。犀兮凤兮自不知，双龙在椟那能窥。直须明主勤物色，到头不枉负雄奇。

送邓斗垣先生之任遂溪诗八章有序

先生学臻实际，智湛灵源。绍芳绪于箕裘，奎星振曜。琢英姿于瑚琏，清庙堪登。顾才名震世若刘蕡，挂漏作厚颜之惜。而器量空尘如黄宪，汪洋著有道之称。白雪特操，青毡寄迹。肃山笼水，春风鼓桃李之精神。点瑟回琴，时雨畅性天之活泼。士有模而有范，谁摈宫墙。度可圆而可方，讵淆枘凿。盖三年造士，已小试行道之端。而百里提封，遂日见成德之行。播鸣琴于花县，代重华解愠南风。效制锦于雷阳，为苍生请命北阙。方将调宽猛慢残之节，济水火而不偏。务在合驰张缓急之宜，兼韦弦而并用。寒潭秋月，助明珠合浦之辉。瑞日祥云，轧美玉琼山之秀。功名未艾，鼎鼐可期。仆潦倒孤踪，高明猥托。矧幺麽三子，均禀度于师承。乃卓荦四科，恨及门而莫预。情介金兰之好，迷离眼底骊驹。神摇山斗之宗，迢递天边庾岭。临歧把袂，驻飞盖于行云。对酒强歌，寄愁心于明月。义同折柳，技奏雕虫。

洪钟在县，空洞乌有。发响扣兹，敻绝瓦缶。有士如林，轨仪琼玖。赤社攸提，蔼蔼父母。

奕奕德音，青青子衿。三年泮水，介此球琳。球琳敚矣，于彼海浔。眷然铎响，易之鸣琴。

浥彼溥露，媚于谖草。岂无缁尘，视履浩浩。于此范型，于彼褓褓。母氏载愉，畀之难老。

逸珠合浦，集于孟尝。君兹作牧，膏露瀼瀼。嘉谷蕃殖，以暨蚕桑。春台牢飨，岂曰小康。

嗟嗟赤子，瘁于貂珰。彼浚之膏，我泽用滂。荼苦可茹，宅牧斯良。士也眷眷，印尔甘棠。

壮君之迈，惜君之遐。翩翩鸿渐，莫迩孔嘉。妒彼雷阳，羡锡光华。岁星拂映，而娱万家。

铅刀虽饰，顿敝罔庸。孰于干将，水断蛟龙。桃李之华，旦夕失秾。孰与松柏，秀耸严冬。之锋之干，鸿造攸钟。能无拥护，为国之墉。

祖尔兮河桥，縻尔兮星轺。班马鸣兮萧萧，去美人兮余安招。朝搴兮兰若，暮弄兮海潮。色笑仿佛兮梦寐，茫无涉兮云霄。悬鱼兮为续，惠人兮为侨。君慎旃兮自爱，伫耳目兮清朝。

谒陈仲子祠祠是熙庵来观察建

在昔忌太洁，于今惜太滓。太滓岂胜污，太洁骄湜水。恶木及盗泉，志士肯留趾。我思战国中，乃有陈仲子。世禄餐不怡，入咽却螬李。不能荫华榱，甘向于陵从。灌园自安之，三公非所频。苦节信难茹，疾首风尘靡。风尘素渝缁，垄断错朝市。履足乞墦间，却将妻妾侈。饵芳遂忘钩，亦犹鳣与鲔。死生且固然，矧是护廉耻。独植亦独芬，幽谷见蒡芷。抗意匹巢由，尧舜置糠秕。高踪日以沦，冠裳不厌褫。举世属滔滔，末流忍置齿。来公闵薄俗，寄怀先民轨。祠宇杂喧开，泥淖标玉蕊。巨擘恶可轻，长白存仰止。九原未为亡，千载翱翔此。

慈母吟为太安人夜起视曾孙女作

眷慈母，厚抵坤。深情含发萦儿孙，年跻耄耋神不昏。起来五夜还翩翻，拊摩弱息殷且烦，床头那觉日渐暾。上扶桑，扶桑煦日媚萱堂。吉祥善事畴能量，儿孙衔此乌可忘。

食邓斗垣先生椰子浆

琼浆不信人间有，琼山椰子包天酒，为问杜康知味否。知味否，树头春，深秋霜冷酝成珍，携来万里剖如新。剖如新，啖难再，个中香冷清尘肺。金茎雨露汉宫遥，冰桃雪藕瑶池在。瑶池王母西复西，不逢青鸟终茫昒。食君滋味忆君长，海南海北成隔阂。他年设遇安期生，得来巨枣堪相贷。椰乎椰乎介分合，一笑掀髯忘大块。

庭中海榴歌

宝尔树，忆尔根。从海上，树山村。蓬莱仙子分瑶琨。红英五月摇翩翻。摇翩翻，结珠实，蚌胎簇拥黄金室。凉秋八月风瑟瑟，遥天桂蕊通芬苾。明珠虽耀谢而姿，以尔入口灵津溢。碧玉盘堆玛瑙寒，葡萄美酝侑而餐。一子一杯醉不惜，月明谁厌露华溥，白榆历历凌霄看。璁珑莫漫思琅玕，仙种含滋殖未阑。

太安人寿筵四章

萱堂五月耀朱明，恰有榴花万朵生。不是天工勤盼睐，人间那得许多荣。

膝前四世拥芝兰，赢得慈帏带笑看。多少冰桃饷王母，翩翩五月下青鸾。

苦节霜清更不忘，竹孙层出见琳琅。年年乐事繁初度，为报斑痕旧洒湘。

亭亭高概云霄迥，霭霭春晖岁月长。两个老莱霜作鬓，千年孟母玉为相。

王申宇孝廉幼为余婿不忘世好爰有寿母之章赋谢

郗家曾得婿，中允早知名。凤藻文章贵，龙渊气色横。
向来欣桂馥，此日拂萱荣。潦倒余何似，云霄注尔情。

为忆青箱旧，还怜白璧新。英锋凌泰岳，旷度薄秋旻。
珠树风尘远，兰花臭味亲。欣欣歌寿母，鹤发盎精神。

晚岁耽诗趣，如君气早雄。未须穷汗简，便已布长虹。

结缘丰神迥，飞黄步骤空。钝根浑自失，雅欲叩圆通。

弱羽来题凤，萧条弓与裘。无能窥半豹，况欲了全牛。
芝室通芬苾，参笼见勃溲。仙游知几许，相望玉京楼。

磊砢篇再赠王申宇孝廉情深感激词涉支离为笑

海鱼额抵华山顶，万顷波涛一吸并。邓林有木扌云看，千里婆娑拂荫寒。独是英雄存巨目，睨之不殊虾与菅。我从世路阅人久，磊砢如君所希有。天亘长虹喷薄间，笔锋错落饶琼玖。八极挥斥走风雷，四序枯荣笑蒲柳。谁家递代擅青箱，翩翩宝树摇星斗。灵莹智海夜光珠，华藻腾文凤楼手。右军早御得清真，晚从子敬挹芳尘。旧毡护惜君家物，逸轨飘扬江左人。几度牢骚叹白发，还忆弹冠傍门阀。不愁世谛[①]爽朱陈，颇怪同盟冷胡越。偏君修好气如兰，附玉蒹葭旧未歇。襟期慷慨许谁知，古道今人看突兀。

秋日偕术无知榅弟酌庄楼偶接黄冠漫赋

儒乎不中程，稼也有余味。场圃漫开樽，中不乏清贵。

清疏寄一楼，呼吸是新秋。颢气分多少，人今亦凤洲。

神仙栖海上，只是望中遥。我有飘飘侣，相将问泬寥。

天半接浮丘，黄冠积欲投。几回溯甲子，漫浪笑蜉蝣。

当年赋春草，此日洒秋风。莫令颉颃羽，萧条霜露中。

四眺乘秋霁，山楼几倍清。苍茫何处断，欲掠赤霞城。

山人麋鹿性，绂冕未相应。落拓从丘壑，夷犹自有朋。

① “谛”，底本作“缔”，据文意改。

送张鸣梧之洛川任六章

畹兰滋秀几多年，此日芬芳动晓烟。最是清风能领略，也催花县赴翩翩。

三峰秋色是如何，仙令乘轺早晚过。玉女莲花堪借媚，不妨剑气属嵯峨。

岁星茫焰起东方，才照金微剩有光。露冷深秋勤自爱，只今畏垒系庚桑。

汉家冯翊接河东，制锦何人说最工。夺得天孙霞五色，到来衣被万家同。

铜章墨绶许相分，三水鸣琴昼夜闻。待得及瓜棠荫满，好操一曲傍南熏。

零霜谁忍见蓬蒿，欲诉还愁天听高。十万生灵归掌握，肯教犹是色萧骚。

拂须得鱼骨刺

鱼刺堕须中，见柴不见异。果是知白人，何须黑为媚。

中秋前夕喜白石山人见过寻登楼玩月之作

此夕人如玉，相将弄月明。楼虚凭下榻，羽化注登瀛。
颢气杯中堕，尘缘梦里轻。只今谁是我，飞动紫箫鸣。

风舒

莫苦匪荼，尚亦足茹。世味交加，畴能胥豫。吐之无从，茹之有处。甘也如饴，彼苍默助。

风恬

不揣者蛇，欲吞象巨。我擅其盈，诎则孰处。天道张弓，高抑下举。所贵喆人，介然取与。

风恕

茫茫大道，举世所咸。蕲人则圣，自托于凡。如彼车马，辍驭与衔。胡不循省，惟众是缄。

风慈

见痛起悲，见溺亟拯。如何障之，虐用悻悻。物受其残，天鉴非迥。我闻释氏，冤亲平等。

秋夜共边汝良徐德精术无知南楼小集得灯字

漫惜宵无月，青荧共一灯。有珠探象罔，如玉拥良朋。
老去狂生剧，歌来昊欲凌。只今人不醉，虚负此楼登。

书怀

好从生我后，识却未生前。蝉蜕元无碍，蜗封只作牵。
能将天镜拭，更抱海云眠。了了真空在，方中若个圆。

挽李春宇秀才

怜尔以形骸，酹尔以杯酒。形既返于真，酒欲尔开口。开口为衔杯，侑之霜前韭。更有达生言，豁君倾数斗。殇子共老彭，均是成刍狗。尔已脱桎梏，黄卷好覆瓿。清风狎竹林，明月媚玉友。可笑亦可歌，畴较美与丑。李白赴采石，应是就纪叟。添得李秀才，雄饮亦濡首。翩翩酒社中，不辞涤盎缶。乐哉复乐哉，天长而地久。

积阴

无那天晴倦不开，九关深处浪疑猜。几回欲向飞廉乞，荡尽阴魔送日来。

晚秋书怀

秋色撩人几欲裁，西风骚屑又悲哉。非关白发还多事，为惜黄花竟少栽。
雁阵不禁霜候切，渔歌忽忆晚舟回。江南江北情如许，都付山中浊酒杯。

谢韩隐庵封君饷九制黄精三首

一段逍遥曳白云，黄精相掷又纷纷。几回想象真人诀，乞向言时却不闻。

海上求仙事转幽，十洲瑶草几时收。云窝指点韩终处，灵药分来恰素秋。

漫道神仙茹紫芝，铜山药饵亦珍奇。向来漏处知多少，补铸于今只恨迟。

重阳后登眺长白诗有序

长白为东土副岳，居海内外福地之一。既幸托兹域，岂不亦稍湛清淑，含有知识。自宜攀跻名胜，一周览蕴结盘礴之概。向虽一游历，巅则未穷，兴致尚未豁然也。兹岁约登临九日，牵疐不果，拟后十日偿之，将期又作风雨，窃意山灵我妒，应隔尘缘。已而阴霾顿霁，长天如洗，是日长少鱼丽，不惮巉巑，短衣登顿，遂抵北峰最高处。顾瞻三峰，宛屏列鼎峙。俯挹翠微，远纵眺摄，殊足发蓬莱县圃之想，不知身世谓何耳。于是各命意墨乡，寄诸篇什，取昭胜一时，舒怀六幕，纪述不能已也。若乃南峰未讫，企伫方来，山情诗债，酬之在我，又安计烟霞嘲癖。万历甲辰秋九月赤城司马漫书。

长白丰棱几万秋，招来我辈长风流。不须九日才堪赏，便是重重更好游。

不分登临狎小山，相将拟上白云间。肃然高揭三千丈，拾得琼枝好驻颜。客岁登米山，史盘石与焉。长白旧称肃然山，故云。

青阳篇赠子婿韩溥

青阳青阳何骀荡，谁其吹送青冥上。羲驭翩翩跃六龙，海水精神通郁畅。冲融匀满盎寰中，紫翠葱茏纷色相。条风轻漾日舒迟，好雨滋之宝膏养。朱明相见各葳蕤，吐华结实信垂垂。雨露金飙淹历饱，时来摘取献珍奇。回想青阳好，青阳未应老。东帝年年发景鲜，春去春来好自保。九天消息嘘噏中，九地拥培存襁褓。不妨钱鎛艺频烦，为尔薅薙障前草。厉烈炎威总教慈，忍令脆薄成颠倒。吁嗟乎，为青阳，青阳未几零秋霜。秦楼气色从萧史，弄玉箫声接凤凰。又不见江左风流王逸少，标表人伦兼墨妙。当年坦腹寄东床，郗家快婿千春耀。我曾高揖丈人峰，紫霄宁阂苏门啸。尔亦年来趾岱宗，逍遥似欲凌圆峤。便学真仙功亦苦，几转丹成几岁补。青阳青阳不待人，如何不惜坐沉沦。

将登长白山先敕家人载酒

沆砀山灵喜见招，西风衰鬓听萧萧。元来荷锸图酣醉，百斗相将未肯饶。

秋杪偕诸子登长白山得迥字

长白气色连溟涬，昂骧势与云霄等。此日相将跨彩虹，遥天流览将搜并。左看沧海浸青齐，右招欲扪华山顶。湖水茫茫北镜摇，南踞三峰势如鼎。川原纠错浩无垠，万井回环散畦町。我来仿佛历太清，逍遥六幕游仙迥。方外谁能柙五候，丘壑何曾艳黻珽。紫气黄花郁且芬，玉露深秋好注茗。岁岁登高递递新，领略烟霞神炯炯。凭将世味冷霜华，老柏扶疏独秀挺。年去年来是此山，泡幻何人醉已醒。沆瀣堪从腑肺收，普度还须大觉拯。

秋日登长白六绝

青城赤水望全孤，长白仙踪半有无。不是高秋飞逸兴，那知里畔拥方壶。

晴峦缥缈写芙蓉，玉液还分自五龙。名胜不虚尊副岳，千秋才子孕重重。

衰白登临兴未阑，不妨秋老堕轻寒。青山媚处饶红叶，伴着黄花醉里看。

山好谁分东与西，但生云处便堪栖。由来泉石能成癖，谢傅何须侈会稽。

晒袍峪里拂天香，芳草于今半绿黄。怪得仙公难物色，云霞多少乱斜阳。

青蔼霏微弄朝暮，白山深处藏白兔。我欲从之历万霜，逍遥歌里将虚步。

秋词二首

不禁西风黄叶飞，白云片片弄晴晖。玉关此际应肠断，戍老龙钟尚未归。

霜鬓惊飙惜转蓬，可凭无事浪书空。百年缱绻一杯酒，醉后何如江上风。

饭屑粳口号

玉屑霏霏色笑中，凭将喷薄漫凌空。几回欲揽星河望，海外仙槎思不穷。

醉语

醉里人间几许过，无端月日望蹉跎。秋高肯抱牛衣泣，白石离离扣角歌。

自问

慧灯护惜问如何，撩我风尘惹恨多。爱处有根生作蠹，嗔来无药结成魔。
直从意海留清净，便倚灵山放笑歌。最是东波遮未得，忍教西驭冷蹉跎。

读近代七子诗有感

肮脏谁收尔辈才，纵横旗鼓动群猜。只应丹穴深栖羽，未许黄金又筑台。
赋就那能凭狗监，侯封不是为龙媒。稻粱凫雁寻常事，东阁由来几度开。

和术白石赏四弟菊用酬字

金谷当年结晚游，分来几色媚庭幽。英姿忍逐春风冶，逸气还冲霜霰留。
得句不妨篱畔醉，探棋如笑局中筹。山人潦倒无拘枊，十度看来惹唱酬。

喜王荩臣世丈第后归省突尔见过

簪笏于今第几家，怜君帝里久看花。付来一砚穿应未，飞到三天望转赊。
莱彩轻翻星宿动，衡门高拂庆云华。为劳太史从占气，五色霏霏起莫邪。

客舍画竹飘风遂捺盆菊

以尔凌霜操，无根还自嗟。有时风拂起，犹解耦秋花。

闰月九日集聂园

晓来漫诧西风冷，再度重阳再阅景。有意黄花斗晓霜，无情白发妒蔗境。黄花白发映如何，景物萧森动扪省。百年多少历芳辰，抚此同人兴足骋。不妨徙倚睆青冥，千峰气色来合并。凭凌画阁发清狂，弱水蓬莱注万顷。主人不爱酒如渑，送却夕阳招月影。醉里吴歈潦倒听，山中傲吏谁能整。为托逍遥放浩歌，归去星河摇耿耿。

鼓进篇

有美不足矜，有景还自惜。景去堕桑榆，美市乖纯白。一日等千秋，万里阶咫尺。曾是学道人，容得生渝斁。度岸有津梁，拓落奚诛责。真源反照通，泊淡含金液。握我玄中玄，为主不为客。伏猿峻若墉，乃能托安宅。九逵直于弦，狭斜足投跖。撑拄是天纲，凭吾铁作脊。只恐局井蛙，眼界欲广辟。尘坌恣嚣杂，端不废闲适。瑾瑜我所规，不厌他山石。砥砺逐青阳，毋令驹脱隙。

冬日酌韩约庵参知宅喜隐庵惺庵振庵俱在

宿缘良不薄，促膝意何亲。森森盱玉树，格不受风尘。风尘撩乱我日老，颠毛种种如衰草。玉树因依瑞霭间，博将色泽还鲜好。霜亦不复忧，雪亦不复愁。秋冬霜雪偏宜酒，眼前知己世希有。谑浪倾欹总不拘，棋局争道亦不丑。半点浮云变换多，白衣嘘噏成苍狗。填门罗雀总翟公，尽教石火电光走。百年一笑第吾曹，为问七贵五侯今在否。

王秋澄选部挽歌

浊河中流抗底柱，千冲万啮撼不足。他山之石交磊磊，未抵[①]昆冈一片玉。纷拿此世是何局，乃有豪贤勤澡浴。尘缨濯向清复清，不信大白还若辱。茹荼

---

① “抵”，底本作“砥”，据文意改。

滋味信有余，矫世丰棱曾不曲。万金麾去只如毛，三事傥来宁入瞩。主爵主计总刚肠，澄泓欲敚潇湘渌。今日弹冠朋，明日挂冠客。舒啸就烟霞，膏肓寄泉石。谁云渫井罢相怜，层云无奈天阍隔。羡君奇，游君早。注铮铮，范皓皓。君自蘅兰我自草。留将萧艾欲如何，幽芳霜霣畴能保。牙期生死倍关情，君今仙去依浩浩。悲君忆君知不知，酹酒一些中如捣。送君乎佳城，瘗君乎琼瑛。地下修文通纬宿，彩茫五色流纵横，十二楼头俯玉京。

赠会仙山阳道士

玄关才觉路，紫气便昂霄。矫矫谁能畜，闲闲只自飘。
千年频种玉，万里纵吹箫。未许尘氛接，何须问桀尧。

泸水尔为家，峨嵋忆雪花。不因怯九患，那得下三巴。
已抵神仙府，谁消博望槎。洞天原自迥，正好漱烟霞。

何处礼玄真，相将定有因。电光刚似瞬，海水易为尘。
镜里惭霜鬓，山中注葛巾。凡缘吾欲了，谁忍坐沉沦。

那思营火宅，只好握金丹。大道希夷际，仙游汗漫端。
河沙亡去住，蕉鹿浪悲欢。最识仙人骨，天球六月寒。

哭李弟六首

游我宁嫌早，知君却恨迟。无情一流水，为咽不成澌。

都道生余拙，如鸠复有君。那知司命妒，一旦促飞分。

如圭浑未玷，无病肯羞贫。渺渺殊今昔，谁教阙我邻。

入目不成欢，所历饶荆棘。加之松柏摧，林壑无颜色。

爱汝青山隐，逍遥处士居。此番空堕泪，去去复踟躇。

不惜韩康乐，宁余陆贾金。生涯书半箧，有子抗儒林。

雪咏

六出应谁剪，寒深翻作花。不须嗟冷落，转盼是韶华。

瑶阶不让鲜，龙沙亦劳复。嗟哉远征人，天子歌黄竹。

映尔冷萧萧，还餐北海遥。向来扬苦节，千载未应消。

振鹭如相识，寒梅遂不孤。只余僵卧客，谁复念瞿瞿。

雪中简心海处士

玄冬密朔风，不送南来雁。尔自爱幽栖，如何冷顾盼。

穴居疑遁世，僵卧拥残书。雪里风光别，萧疏只自如。

雪冷覆穷檐，于中伏孝廉。由来鹤骨异，清苦有余恬。

孺子宿来亲，黔娄可耐贫。还怜诗社冷，为我赋阳春。

寿刘国用世伯九十六首

散漫林丘渐百年，谁言尘坌阙神仙。只将世味从中淡，却是逍遥别有天。

四十年前揖黑头，而今鹤发一浮丘。阿翁宿自忘机者，怪道相将是海鸥。

青衿队里逐郎君，为窃芬芳璧水芹。老大还持犹子意，不妨酌醴侑薰薰。

儿齿森森新瓠子，春来偏好饭青精。海蟾挟得神仙骨，一任翻飞弄玉京。

囊空不索羡黄金，鼎里真丹岁月深。火候足时天路现，紫云穿动玉箫音。

九十肮脏人未老，神仙那更分瑶草。入餐偏解驻红颜，大年不数荣名宝。

寿李年伯母八十诗有序

母夙秉慈航，式符灵鉴。赋振诜于麟趾，浚尔长祥。申煜爚于龙章，受兹多福。时则岁登八帙，颜渥九丹。瑶池之宴弘张，杂雪藕冰桃而云璈载作。仙掌之珠日丽，集兰孙桂子而莱彩交娱。某等谊附通家，欢均一体。谓仁人之履纯嘏，心和气，气和形。在犹子之望清晖，喜斯陶，陶斯咏。顾开樽而歌寿母，纵效颦毛氏以无惭。直操斫而代郢人，竟蒙质虎皮而滋惧。勉裁十韵，为祝千龄。

眷然世父，长白高骞。母氏毗之，令德维瑄。曷具弗厘，曷共弗虔。以尔内则，拓之浚贤。

澄潭不波，濒洞千尺。淑人匹之，德音斯貊。跬步罔逾，诏世清白。肃雍载播，如考金石。

陆亦有莲，绡亦可咽。灵异母钟，毓兹邦彦。东省鹗横，上林莺啭。扪质非伦，自昔攀援。

玳筵弘闳，于彼萱帏。程年迄耋，晓日清晖。眉寿斯介，旨酒罪罪。我欲蝉联，阶陀莱衣。

仙李之殖，布自玉衡。西母之算，演以金精。当其入怀，放悲长庚。比今绕膝，婆娑蓬瀛。

睆彼蓝田，匪毓草木。玉立森森，伊谁之鞠。鼓翼雄飞，云逵注目。云胡不嬉，母氏戬谷。

有苾金液，爰酌兕觥。珍错如林，傧于堂皇。母曳鸠杖，色笑洋洋。左许右董，仙奏未央。

冥海有枣，钟山有李。如瓜如瓶，宁侈修髓。世母茹兹，什伯燕喜。覆露孙枝，累累珠蕊。

青莲朱草，以莫不珍。何如人瑞，煦妪长春。亢宗维子，补衮维臣。母心闿豫，婺宿精神。

祥鸾不攫，抑谁荡之。温温恭人，中壶象之。载符冥漠，百祉穰之。

用柏梁体进李母八十寿酒

世母春秋八十滋，驻颜应是茹青芝。睐兹斗酒乌足佳，寸肠卷曲倾注之。有子天闲逸足骐，驽骀竭蹶曾攀追。有酒不供须几时，我欲课岁荐母卮。百年受酳何累累，鹤停鹄举神不衰。酕醄世代安所知，埙篪不厌恶鳞错吹。二八递舞凭参差，当筵浩畅谁能軏。婺星属焰光陆离，东山昼锦西瑶池。却忆当年供齐眉，熊丸诏苦树佳儿。始知坤舆厚莫窥，千秋乐事雍且熙。称觞勤款侑乃词，置身仿佛蓬山垂。

寿八十张母韵语海蟾化身迂怪子嘻嘻书

老来看蔗境，母境似茹荼。粗粝固所甿，宁必豢与刍。亦忘华荫昔，茅茨适托躯。但取隔风雨，何事不于于。怕憺得冲融，无用别锱铢。有子毕万虑，矧兹几丈夫。侠者由若侠，那烦缧索居。拙者鸠亦得，终不罥绳趋。亭亭出一季，曾是披尧禹。所丁中叶瓟，尝胆唉竖儒。博浪恶足惮，降心黄石摹。仙游希汗漫，腥浊浑欲刳。九丹向七八，黄白滋洪炉。勤修拉犹子，牢笼早晚逋。成仙拥仙母，母拥仙不孤。初寿欣八帙，继寿八百娱。八千豁春秋，此理宁怪迂。我为仙母祝，仙筹凌海输。赤城霞不乏，瑶池液敻殊。逍遥恣母啜，清都稔弄雏。所宜在邋遢，时时笑以俱。有欲欲与供，无欲供无无。仙即惯游我，我亦海蟾徒。相视以蝉蜕，那能给我徂。

题百岁团圆图

规彼灵曜，媚我华毂。珠树流辉，宝膏畅馥。连理谁纠，葳蕤长郁。殖矣来兹，毋忘式穀。

课儿偶成

有钵有衣蓄在笥，几堪了得西来意。梦中锡杖耳边敲，到头真法还无二。

万里提携但一筇，无端云水乱行踪。等闲放出扶桑日，遮莫苍茫也识宗。

巨鹿将军战气豪，旌旗摇荡五云高。于今破得沉船力，那恨囊中乏宝刀。

春日偕李泰寰给谏王申宇孝廉洎诸茂才陪张在田明府游长白山诗得大字、年字，有序

仆托域长白，游仅再，兹游实张候宿戒，而我辈从焉。山固雄奇秀发，当名胜。域中之祀，侯实主之，何可不一登望。登望何可无纪述，且亦千载所阙也。而候躬之，欣欣茂对，共跻春台，可不谓胜游乎。随取昔人“山静似太古，日长如小年”句，分韵赋诗，依咏和声，至乐。而仆以齿猥长，独赋二章，又嘱短引，要以志胜托贞珉。侈观千载，吾辈何其幸哉，何其幸哉。时万历乙巳三月既望，某漫书。

长白长白疏地肺，峻嶒直欲摩苍盖。炼丹故迹托烟霞，葱茏拟发升仙桧。云屏玉兔弄毫光，风门倾耳聆天籁。西江有客赋思玄，倏倏逸气红尘外。上善由来抱谷虚，微明混合还如昧。有时一窍敞天倪，宇中灵境恢恢大。闲情无阂舄飞翻，纷煴爱结春山蔼。几日阴霾指顾消，繁华谩侈扬州会。君家仙派洞天幽，九丹一粒谁堪丐。开门何似闭门心，兀然恬寂常塞兑。我欲寻真引一筇，衰迟潦倒今安奈。只喜春深谷雨晴，追陪仙令饶通泰。

为信蓬山别有天，白云常是护真仙。千秋佳气阊门接，三月韶华福地偏。
瑶草含英分作饵，玉浆通圣领长年。从他五盖能笼络，火里何妨涌瑞莲。

谢张在田明府见过东郭茅屋

山人罢逢迎，颓然依茅屋。相将是老农，所话麦且熟。忽传县大夫，宛转勤华毂。岂曰干木庐，文侯来穆穆。灭明亦何营，折节言游独。托之寸心丹，肮脏不受束。相望在古昔，便堪抉世局。拟作他山石，庶几荡结绿。

晚春韩丈席上桃花口令

醉里桃花也晕腮，春深还共菜花开。刘郎最惜天台会，无那玄都招得回。

夏日喜修庵石丈见过

小构荫槐龙，开轩清卓午。鸟雀语檐栊，稚子弄三五。美人喜经过，促膝据场圃。及兹麦已秋，田家不言苦。澶漫恣夷犹，局战宁须数。相习已忘年，

相视游太古。剥啄不在门，岁足供二釜。呼儿荐村醪，酩酊羲皇伍。眷尔日盘桓，里墟几步武。兴来嵇吕俱，青山贯作主。入目散幽情，烟霞与林莽。世谛付悠悠，那容恣多取。

赠明医朱蜀溪县尉名文用

垣墙即九疑，肺膈顿谁见。独经慧眼过，底里剖如电。何年饮上池，何处长桑觋。仙裔接丹溪，玉箓名籍撰。一叶奉慈航，拔苦不知倦。来游北海滨，所籽南海善。春台普攸跻，杏林树几遍。行矣拊黔萌，是处甘棠延。医人不言啬，医国不言羡。无用植三槐，上宰世流转。赠言千古心，那能薙依恋。

赠义乌明医张方塘名问明

谩道芙蓉不耐秋，瀼瀼膏露许谁收。只教颜色常如此，好证仙方为我留。

元龙意气擅肮脏，扁鹊神奇接混茫。付得青囊还未解，合来玄德剩流芳。

述感

棘心徒自赤，未足奉恩晖。怪得萍踪易，悠悠逐浪归。

桥梓谁所归，一昂还一俯。昂者不言尊，俯者不言苦。

丰城三尺剑，中山一杯酒。酒里堪托身，抚剑搔白首。

宿昔肮脏行，只今化乌有。绕指讵所甘，垢来亦须受。

可怜钟结绿，乃不容磋磨。冷落他山石，荆人掩泪过。

有饴恶足侈，靡靡只自戕。几回剂苦口，未得涤柔肠。

玉清不受尘，石顽不受水。谁能斡先天，后天许相似。

代送鲍学博令宁津

虬松虬松何太古，亭亭拟介天尺五。流将宝液向瀛洲，那知淄水商声苦。

送王邹平任仪部

美锦擅制，倬矣硕人。亦有令绪，世秉丝纶。文章黼黻，施于东秦。东秦十二，据胜梁邹。长白嵯峨，紫气油油。朝嬉洪崖，夕驻浮丘。子侨在叶，飞舄交俦。花明晓日，媚彼河阳。公门桃李，雨濯芬芳。闵兹空柚，噢咻如伤。何难鸷击，鸑鷟则祥。岩岩白石，不可以缁。大夫之节，羔羊素丝。宝鼎握固，讵睆膏脂。家声逖矣，介然四知。彼操来湿，厥里滋芬。神情莫莫，静为躁君。于中遐味，用之不勤。茕茕赤子，眷言顾复。青社焉提，泻以霡霂。百里春台，三齐明牧。皋原鹤唳，曾霄彻倏。妙归兰省，文属凤毛。含香视草，仲禼伯咎。寅清奉秩，伫尔天曹。心旌攸寄，摇曳千旄。河之委润，侈言九里。候之闾泽，柔远基迩。浃于衡茅，佑我桥梓。愿言福禄，二华八水。有俨象阙，揭伊北极。君之入矣，五云生色。天阍载叩，矫矫司直。毋忘大东，万室孔棘。

喜雨谣

籯中无金金注土，椟玉何如粒食溥。苍生有命悬灵雨，于今沾足周原膴。秋来多黍还多稌，报赛冬冬喧社鼓。是处如狂歌且舞，穰穰露积谁尸主。卒岁优游还知祜。但得九重珍草莽，不枉子天众也父。

寄陈少溪年兄

在昔穆皇御九五，元龙牵我抡东土。十二河山气色明，一时领袖扬膴膴。雁行鱼队作绸缪，下乘猥蹑青云武。会稽竹箭揭丰棱，冀北骅骝鲜匹伍。几年开社迩神京，貂珰之窟还旁午。就中窾却亦微茫，庖丁鼓刃桑林舞。我来把臂发情亲，恰从铩羽宕风尘。王贡弹冠庸不恶，荆高击筑好谁论。漫云鸡口湔牛后，还是吹嘘黍谷春。白门杨柳金台雪，执戟郎疲蜀道迍。也知萍梗随流泛，何处兰馨入梦频。百年篸里虚华发，隙驹驶去真超忽。相看历落惜星晨，岩穴萧萧存榾柮。时凭北海伫清光，流得精神寄明月。月明飞羽下遥空，帛书为系通愲愲。十分契阔几时消，千觚拚却醍醐竭。

大术山人夏日相过稍理清课时挥笔山水恣意尘谈甚适也赋赠

想象灵源别有春，云林散漫总成真。由来竹里红尘远，才到榴庭白发亲。玉麈元风流下榻，金茎膏露洒清旻。山人好为图行乐，踪迹还应问野宾。

余既传术双泉先生企怀犹未已也复以三诗咏之

有龙矫矫兮莫适靰，虽沦泥淖，罔愆于仪。

底贞白兮安所渝，彼已盱盱，我则瞿瞿。

我驾以蓬兮，我蓬累以壅兮。奚荣奚垢，惟德之共兮。

水月篇简邹尔瞻年兄

东山举明月，飞影西江水。西江旷无涯，受此常浾浾。玉液发灵光，桂霸浮清泚。相湛不相蚀，蟾蜍有余喜。净于辟尘犀，快于洗颍耳。万里信迢遥，亦犹密错咫。尽令世参差，不妨递伏起。苏没信有期，真明常不死。闻道东海东，仙人宇珠蕊。水月弄清虚，澄神入无始。一脉吸西江，那交半点滓。谁与缔深盟，披素共如是。

岁乙巳老母八十有五矣张在田明府伻然临贺重以赠言小什酬之

上林富春色，长白景亦熙。烟煴从所扇，化日舒以迟。好雨零时若，淡荡惠风吹。柔条翠可把，老干亦含滋。玄钥才嘘拂，百嘉呈葳蕤。我欲叩青帝，天倪莫适窥。行春有茂宰，韶华无参差。萱花迴树背，受拥五色芝。宝液历清霜，芳艳乘朱离。黄金曳翠带，为映光陆离。缁衣古所钦，好爵今所縻。一挥白雪调，再读黄绢词。佑我莱彩欢，阶下舞垂垂。百年托寿域，灵根不知衰。相望春晖里，相将命酒卮。

潘绣南茂才素有诗名遽勤向慕遥属题扇漫作答之

连城荆璞未开熠，双刖空山独抱泣。燕山之石何累累，烦而宝视倾十袭。山人疏放首如蓬，倚啸白云纷蒻笠。山中藜藿本相宜，吮毫但觉肠枯涩。绣江澄漾玉津生，长白芙蓉也带湿。安仁容与擅风流，掷果车箱如许集。饶将逸兴赋闲居，牛耳于今好谁执。

清秋吟赠山人靳牧鹤山人儒家子晚托岐黄偶过小斋弹琴月夜喜赋此

牢落无端华发侵，凌秋一啸破迷襟。座中更有嵇生在，嘹呖偏能发玉琴。

药囊题罢下琴囊，金鼎翡翡玉轸旁。为问深秋几许恨，月明凄切遍潇湘。

已怜秋色夜流清，又耳冰弦弄月明。曲度层霄看下鹤，仙人原是步虚声。

乙巳中秋共白石季弟赏月四首

我从玉斝泛金波，老去清狂未许过。那似蛩吟深唧唧，不探秋色傍天河。

几回把酒月澄空，况是萧萧两鬓蓬。为问天阶顿何许，到来一醉广寒宫。

天镜遥飞不驻尘，可凭谁氏拭秋旻。尽教露洗嫦娥面，散作瑶光万里新。

小院梧桐弄玉蟾，秋光那不控珠帘。素心有客看如此，露底絺衣耐尔沾。

明月词步中秋韵

明月清闺欲散愁，良人犹戍古梁州。金微只是通乡梦，玉箸难消作水流。雁字西风天际断，渔歌南浦晚来收。直须早放轮台诏，不枉婵娟媚素秋。

怀弭少庵学博

玉树相看四十秋，霜枫寥落抱悠悠。风云未惬尧天会，色笑曾开鲁泮游。

笥有残经当耒耜，家无长物憺沧州。白山绣水还堪绾，县忆其如雪满头。

几度参差冷岁华，封侯无骨浪于嗟。未应肮脏消白日，直托逍遥控紫霞。臭入芝兰流梦远，情钟山水泛音嘉。文章雅属君家事，漫侈江淹弄笔花。

九日小楼漫兴

何处登高兴不孤，最怜秋色满平芜。撩人只付江州酒，适意难凭淞水鲈。杖履总虚踪汗漫，楼台却使费踟蹰。黄花白发疑相妒，寥落柴桑望里枯。

挽王嫂张宜人

莫烂匪华，莫彧匪绮。猗与淑人，淳姿修履。坤静而方，式汇章美。淄水澄渟，关雎风始。

喆人作匹，于归及笄。爰讫黄发，雍雍在闺。倚呲夫子，允迪不迷。贤书良牧，讵玷白圭。

睆尔婺宿，遥丽渚宫。小星嘒矣，罗以太冲。用基子姓，螽羽绳绳。徽音载播，百祀綦隆。

谁云离里，始命克昌。亭亭三秀，护抵珪璋。毋滑神理，日就芬芳。所谓硕人，不独庄姜。

祀事孔严，蠲尔蘋藻。拊緊臧获，扬休富媪。曷怨曷恫，琴瑟静好。君子宜之，于于偕老。

捧盈不二，丝枲维虔。岂无簠笥，质任所便。作则自我，惜殖于天。斤斤没齿，抱朴以还。

我有石交，吹埙视伯。亦云丘嫂，企重璜璧。化钥不居，晦明迭易。百年梦幻，大块一宅。

谁谓幽兰，不霜摧兮。谁谓皓月，不云来兮。淑人逝矣，集瑶台兮。悠悠世谛，委尘埃兮。放悲鹤驭，引酹一杯兮。瘗珠惨黯，拟释去而僵佪兮。

挽诰封邢太夫人诗五章

霜冷谢蘗砧，茹荼不言苦。督子视机杼，雅意型诸古。学焉绩大儒，释屏扬华黼。柱下肃惠文，塞上挞戎虏。于铄盖代才，鸶鸾发灵乳。

大河东注海，漭瀁汇无涯。所濡概万族，布散即云霞。精神鼓星宿，气母洞而遐。回环发三叹，何处识仙槎。

神木三万围，婆娑荫数国。此树于何营，应是仙人植。仙人来北海，云门吐气息。间世耸异标，亭亭扶皇极。仙人无羁靽，去往安可测。

太华亘首阳，合沓好谁辟。巨灵一挥动，遂以疏地脉。神力天所开，孕结亦不易。我思母德渊，更怜收母魄。魄兮瘗玉棺，玉京魄所宅。灵津应不枯，千秋扬光泽。

幽兰载芬芳，皑皑厉白雪。在室勤恤纬，属毛挺豪杰。翟茀映六珈，五兵开阀阅。蝉联企簪缨，食报柏舟节。只今卸天弢，不薤金石烈。

葛藟谣为季弟惟建四十生孙也喜不忘规

葛藟葛藟根如许，吐来长蔓那能圄。商瞿而齿子才生，而齿如商孙即举。天公有意敷后昆，也应庞德先人贮。庞德庞德暗中持，暗中机括畴及知。檗苦亦足茹，水淡恶足辞。唾蒙乾亦得，屋漏安忍欺。就中茅甲似眇小，散出精光色色奇。花飞甫就果，干栎焉传枝。自是根荄基命脉，湘江兰茝商山芝。此日良也欣，此儿良不偶。遗尔片扇并点玉，玉定洁兮扇定友。娱尔山中谣，觞我瓮头酒。瓮头酒涸尔须酤，欢呼那校升且斗。尔须短以黄，我须白以长。长短黄白都莫论，且弄珠玑合浦新。十日平原兴未了，百年潦倒凭伯伦。盼得春来我更生孙子，任是沽断春衣不厌贫。

冬日青州即事二首

晓色才分日，清霜动客颜。谁人眈驿路，我自狎云山。

白发红尘里，霞城沧海边。生涯元具足，鸥鹭有余闲。

大国存东海，泱泱即旧风。有碑题敬仲，无垒吊桓公。
稷下谈锋杳，云门气色雄。回环千古梦，我欲问鸿蒙。

冬日坦庵临轩二藩邀游云门山

云门山色故苍苍，况是氤氲接海乡。掌上芙蓉怜秀结，望中雉堞欲回翔。千秋霸业空名寄，一代人文瑞气扬。时青州才雄宇内。极目蓬莱意何限，豪来挥袂掠扶桑。

龙蟠何处不云根，颇怪云游但此门。定拟灵枢疏地肺，还应玄铃启天垣。闲情那阂东山屐，空谷偏宜北海樽。玉树昂霄浑自失，探奇谁复羡昆仑。

老去看山较似迟，兴来蹑屐不知疲。尽教霜冷侵白发，任是风高接玉卮。片石峰头还二子，山有元美、峻伯诗刻。方壶海上又三思。钟鸣鼎食知何事，好逐佺期茹紫芝。

次韵送术白石山人岁暮归阳丘

客有西山梦，东人未可留。离歌凄画角，寒色动纯钩。
不尽青樽意，还添白发愁。仲宣频入望，早晚肯依刘。

又

君去雪山明，君来绣水清。春风弄娇鸟，明月忆吹笙。
为惜经时别，难消一缕情。千金抵然诺，镇日说侯生。

余曩役陇右知冯少洲先生德政洎读诗纪倍钦凛问学独先生篇什不多见殊用嗛嗛比令孙璞庵丈以先生诗刻见惠始知昭代明家乃在梓里间也洒然神爽敬赋三章宁独寄慕乎执鞭亦窃见情乎责沈

先生天下士，芳躅托西秦。地有豳风古，碑如岘首真。
玉标存想像，珠蕊却沉沦。后死怜千载，谁云阙尔邻。

大雅不矜奇，踪之未有涯。晶光星曜起，飞动海山移。
紫府通真气，黄垆寄远思。虫肝与鼠臂，枉自抱支离。

有武谁今趾，能文发若孙。为裘称世治，相木识玄根。
蚤鼓抟风力，常疏通德门。先生原不死，何事更招魂。

余五载岩栖春来北发辱王申宇孝廉以诗劝行诗中用禹锡故实如韵置答更以自嘲

雄虹万里俯雌霓，谩拟龙蟠遂脱泥。才有好风催鸟哢，便教明月付璇题。
桃花那禁元都笑，常棣行看上苑齐。衰白只今余瘦骨，可能托足更旁蹊。

送赵含所社友守凤翔友尊人旧为令长高致诗及之

凤去岐周未可求，只今灵羽下神州。谁从丹穴探奇毓，我向青门识旧候。
贺世有声秦塞暖，来仪不羡舜韶秋。相过铅椠当年事，留得文章赋远游。

余旧识冯元成先生于司马曹越三十载候补都门备极悃款又奉四什琮投漫赋置答幸终教之

匪直怜同病，还从臭味亲。琴心怜逸调，鹤表得芳邻。
闲旷尘堪远，崚嶒意倍真。石交方此日，不数旧雷陈。

邺架容生蠹，伶杯也自通。君其推大树，我则慑雄风。
吹接埙篪在，神教形影同。时时矜得意，那复浪书空。

由来具侠骨，底事敞天真。未有町畦阂，谁令肮脏驯。
筑歌凌易水，慷慨薄西秦。意气横如此，千秋调可因。

浮名当敝帚，胜友藉芳兰。采采意非薄，馡馡盟岂寒。
夜分清梦远，露惜晓珠洿。未易逢人道，殷勤只自看。

题汝南汪中宪公忠孝册

相彼璠玙，亦云播种。树兹令德，璧焉在拱。斤斤夙夜，盈卮诏捧。恬漠无营，自天畀宠。繄谁无亲，尔殷明发。莫莫元真，载以不滑。勤斯绾斯，匪直力竭。终天孺慕，钟也未歇。有田肆服，嘉谷殖之。卒岁优游，明农食之。懿兹喆嗣，邦需直之。惟尔弘肇，食毋忒之。桥梓为映，企彼南山。汉郡股肱，殚力孔艰。亟牧卒瘏，遂不生还。九河泛涕，倍尔潺湲。于家令子，于国荩臣。金石固握，矢诸君亲。霜清卓概，暖焉煦春。抱淳奕瑞，世适凤麟。不有秩祀，恶托明神。

酬许周翰使君四首

华发相将亦自迟，挑镫逆旅酒盈卮。对君已了十年恨，况复殷勤授我诗。

谁将伎俩斗时名，肝膈如君好共倾。世事不烦存计较，白云明月亦多情。

莫怪无端白发新，长安九度亦为频。只今落拓还牛后，谁惜当年谏猎臣。

东皇昨夜试春风，促膝镫前绿蚁同。潦倒主人先自醉，也应二妙快心中。

辛亥九日米山眺集了尘道士与焉

紫虚道人踏五云，登临处处堪作主。会有昂藏谪降仙，冲襟无阂常栩栩。不妨九日共夷犹，小山四眺恢恢宇。颢气平分漱太清，旷莽挥之凭玉麈。一抹齐，半臂鲁。海镜摇，岱砺古。豁我双眸即县圃。仙人跨鹤自倏倏，仙也吹笙鹤也舞。任是三千与大千，等闲觑破属尘土。失笑卢敖浪荡身，五游不用生毛羽。

贺惺庵韩丈举曾孙

干云大木真恢奇，下蟠岩壑昂蛟螭。十丈之干度百围，灵根偏解发孙枝。秀峦要挺千条玉，日月光濯膏露浴。饱含津液出葳蕤，县圃琅玕呈琭琭。中丞七十孙叠生，更喜曾孙载举英。琼楼剩有璋堪弄，贺客鳞集汤饼横。为问此来何许客，商山昔皓今长白。长白二叟都皤然，旧与先生升同籍。同籍均不老，相望林端好。绿野逍遥伴作仙，何以赠君但芝草。食之不尽付儿孙，玉树阴森常不槁。

带溪丈挽歌

大吕奠千钧，一钩恍自失。岩岩抗岱宗，丘垤敻非匹。共君接迹生，形影属比密。何物作权舆，映带见华实。君也殿邦家，凝重竖轨律。我则干具微，叠蒙柳下黜。分限所固然，只期永师帅。讵谓元宰悭，趣驭七十七。百年泫草露，触是涕洟出。辅车落只单，尚为尘劳桎。炽灭信有期，觉迷迅若飋。愿君盎帝乡，坦率诸虑毕。

送友人钱复古燕游浩浩歌有序

古挟持锋颖之士，曷尝不周迹名胜，交臂豪贤，娱耳目，廓灵源，引百年乎千古。繇今睹乃有钱君其人者，君齿不逾强力，而交论海外；貌不逾七尺，而历测千春。临池，则挥毫唐晋之交衢。篆镂，则妙摹斯籀之型范。亦云奇矣。倘老厥岁月，渊厥造履，当闳妙愈不可量。即令章亥隶首共规之，弗能也。余壮其志，行昂藏于燕游，赋歌浩浩送之，诚亦中有合焉耳。

南条巨浸日滔滔，宕作排空万丈涛。何处钓神鳌，白云万点日牢骚。收不定，任风挑，六极俯仰恣酕醄。谪仙原有分，时纵也时弢。由来莽旷寄贤豪。黄金那足眴，赤社等蓬蒿。区区株守计徒劳。直将胸浩浩，省却意忉忉。无量可知天外面，逍遥逃得一卢敖。

南国有巨浸，奔放未可靰。迅捷役风雷，转盼千里驰。流行亦坎止，道固存委蛇。际高却善下，污纳良弗辞。轨度拟至人，何区不可之。往讵受凝滞，来也罔云疲。本真元浩浩，百折常自怡。所繇通四极，圆妙为世奇。

失题三首疑咏韩振庵逍遥楼

在昔逍遥公，托足逍遥里。夫子亦逍遥，楼阁横云起。云来拥作幕，云归净如水。谁能汩清真，闲情弄无始。长公掖金相，快婿玉映美。长啸入紫虚，天籁流羽征。冷然肺腑中，应是嚼珠蕊。一旦离东山，遂能佑天子。

又

夙昔企山阴，奚啻中道渴。况是喆人宅，雅志属衣钵。楼居抗烟霄，大块睨空阔。返照眷夕辉，朝霞鲜可掇。逍遥揖真仙，金丹授囊括。挈来散作剂，疲癃亿万活。我则发浩哥，洞天若为豁。

又

琅琊有奇峰，飞来卓东武。雄峙跨龙蕺，因之辟元圃。有楼贮烟霞，真人日与伍。湖镜映眉睫，不能翳尘土。禹迹信茫茫，周原视膴膴。吐纳尽云物，岁旱作霖雨。雅欲杖屦冯，遥憩清虚府。

题友人燕山别业逍遥楼

楼也命逍遥，逍遥贮何许。谓是托市朝，又或托村墅。市墅喧寂分，畴谢畴应侣。我汩宇不澄，恬乃万累去。真趣不烦赊，烟霞耐人咀。冥搜不知疲，夷犹失寒暑。太虚莽无畛，动蠕亦启处。嘘噏与千年，谛之均逆旅。及尔逍遥游，痛醉花间酹。莫谩狭漆园，蝶梦信容与。

酬徐心溪三首

圣代才何限，谁其讶积薪。璞令三献误，瑟听几时陈。
有兴拚棋局，无怀作酒人。只今燕市里，孺子倍情亲。

又

衰鬓几胜簪，相将有素心。郢歌怜以调，庄舄忆而吟。
握得明珠在，宁教尘坌侵。元都春事好，不惜费招寻。

又

谁忆从齐楚，燕台密此游。不将春入梦，只任海为沤。
世味难成趣，冲襟易与投。东风杨柳陌，那作异乡愁。

王曙峰招饮张氏园林

八载离芳丛，名园恍惚中。神仙游作侣，诗酒意如风。
卜夜银缸接，留春金谷同。飞飞横逸气，那复叹飘蓬。

又

老去易生狂，豪来未可当。聆歌浑欲舞，入醉反为乡。
最是东流驶，难稽西驭光。只今青眼在，任诞又何妨。

题赵含斋嵩山纪异册

龙降宁作幻，土净亦犹恒。才说无生理，须归最上乘。

金光从隐现，宝座谢阶升。妙觉心心在，枝枝漫认藤。

失题十章

有严者姑，翼彼颓龄。只将愉色，瀡瀡于铏。属之喘息，注也惺惺。爰洎小姑，湛尔娉婷。于铄闺阃，丽以婺星。

所离里兮靳之田，所弗离里兮字以怜。女将兮百亩，胤砥兮三迁。视式縠兮惟汝贤。

方兮若觚，圆兮若轴。觚方罔渝，轴圆机速。军中讹言，销诸片木。丈夫且希，倬哉芳淑。

凝一壶范，曷艳女红。孤骞鸾影，弗耀镜中。荼之苦矣，茹则从容。岁辰告浃，无腼穴同。

岂其爱钏，霜节兹铭。弢之弗炫，跐弗逾扃。九原夫子，遑恤归宁。黄泉白日，明神属听。

易谷以缟，代膏于蔬。人称未亡，砥节璠玙。无哗阈内，不替厥初。驷车之历，尚式贞闾。

荧荧青镫，兰膏续之。烨烨华胄，慈母属之。有仪鹄之，有传束之。而昌而胤，揭扶桑而旭之。

百年罔系，藁砧未瞑。宗祊谓何，降鉴匪迥。企彼鸰原，玉树载挺。于拥于滋，追琢致珽。亭亭爽鸠，既荐五鼎。敬共杞事，僾如聆謦。

我闻女士，式亢厥宗。毋树者孤，再命愈恭。我则习之，西署雍容。百釜胥购，不抵一镛。芬芳欲播，企管维彤。嵯峨岱兮，厚舆载兮。不滓者概兮，疑食夫沆瀣兮。我仪母德，肃然载兮，能勿三慨兮。

谓繇占毕，内则旧矣。谓开耳提，邈然姆兮。抱一不忒，严屋漏矣。汇美坤贞，千秋茂矣。

题耿侍御劲节卷

龙挟昂藏未可驯，几将矫矫堕风尘。也知刘累虚施巧，豢者何曾得是真。
女萝寄托总堪怜，只有松芒上拂天。玉骨虬姿摧不得，雪霜犹解发苍烟。

金飙作势楚山秋，任是闲云也似愁。独有当年骢马使，不教尘土翳吴钩。
碧空月侵长珠胎，为甚蜗牛缩不开。壳里余涎成底事，抵今谁是庙廊才。

恭挽临淮侯秀岩李公诗四章

昔余役白下，鞭弭共诘戎。燕台接逾纪，诗社严宗工。随州鼓长城，未抵陈思雄。有负不底展，经纬还泰蒙。金兰缔已矣，涕泗横衰翁。

姬公谂由礼，尼公欣言诗。诗礼属干城，青莲抗白眉。世禄匪所慆，大业绾在兹。沧桑无确据，流盻作参差。曷术探宫羽，英风阒繐帷。

远驭规带砺，丹书盟岂寒。雍雅君所尸，兰芬亦未殚。重轮企回照，春色先琅玕。有酹输滴沥，有咏合汍澜。所介昔音徽，茫茫云汉看。

江汉纪南国，勾陈翼北极。世有鼎吕臣，具瞻乃不忒。倏尔霣上台，碧落荡颜色。造物亦留妒，席盈骇缺蚀。缓带曳清飙，逍遥宁逼侧。

丙午春日毛丈星岳招饮署中白云楼毛与余旧同寅者回环今昔寄发一慨

我去楼如失，我来楼亦亲。燕山输媚色，魏阙捧长春。
未了谈天意，还偕视草人。百年容几许，酒进不知频。

失题二首

亭亭松柏出云间，历尽冰霜注好颜。最是贞心抛不得，忍教突兀只南山。
芝兰幽谷保余芳，几似桃花媚短墙。赖有东风解相惜，不教寂寞漏春光。

段桥道上望长白诸峰漫赋见怀三首

我从尘坌里，昂首见青山。山青云舒白，镇日容尔闲。桑梓有余润，萱花驻好颜。恨不及蕤宾，称寿莱衣斑。

云间恣所之，大似无怀人。山空喧鸟雀，却不受纤尘。我自狎云山，萧然寄天真。如何负尘鞅，炎蒸蒙苦辛。

本来还足爱，皮相□安取。不解人伎俩，涉世恶乎补。我欲跻太华，莲花鲜作宇。又欲绝蓬瀛，偓佺递宾主。一日抵千秋，便当命父父。问是谁招呼，神情寓玄圃。遐哉复遐哉，那能俯簪组。

酬张云从明府四首

积薪应避后，劝驾许当前。越石生焉薄，渔阳使者贤。
只因怜白首，便欲问青天。存得桑榆力，殷勤效日边。

又

袜线赴朝家，如何奉制麻。才名惭北海，心事仿西巴。
为觅金茎露，还分紫阁霞。未须叹埋没，早是际张华。

又

贵竹成虚幻，秦关更薄游。黄粱①频入梦，红蓼半惊秋。
转忆条风里，深情笼水头。珠玑分脱手，漫浪未能酬。

又

薜荔座深横，垂垂玉露清。仙人依贝阙，颢气下长庚。
净耳流琴曲，凌云逸鹤鸣。个中天籁足，澄澹月偏明。

夏日韩中丞仙洲园三首

仗钺凌玄菟，垂纶习白鸥。不将蕉鹿梦，而作漆园羞。
世谛虚舟里，生涯丰水头。但凭君啸傲，吾道足沧洲。

又

觅寂还憎动，营来意以舒。山横分秀霭，水溅落深渠。

---

① “粱”，底本作“梁”，据文意改。

云护诸天近，风回一榻疏。行藏何处是，好只付如如。

又

涉园应得趣，况复凌仙洲。六月不知暑，三山别有秋。
桃源翳深树，渔父劳孤舟。我自矜缘分，逍遥托一楼。

海旸篇寿王太安人八十

金母驭西清，颢气凌八表。葱翠挺琅玕，望之属缥缈。旭日揭扶桑，渤澥荡温温。万顷未足拟，万状窥莫了。赤城输彩霞，瑞蔼浮青鸟。云帔拂阊阖，雾縠乘风袅。呼吸尽沆瀣，空亘恣龙蟜。回首阅世局，辛夷未为少。玄钥不任机，畴豫畴应悄。我亦海上流，玉蟾抱皎皎。好拉佺与期，宝露抵清醥。一酌发童颜，再酌等昭兆。三五递酌之，妙舞董许袅。先天程讵先，后天后犹矫。此日捧金仙，此日映浩渼。才歌海旸篇，不觉泰蒙绕。

燕喜堂集卷三

赋

憨鼠赋

世说有茂才，鼠曳网去，遂第。夫鼠曳网，于第何与？容偶然耳。余夜浴网，卸书室，晓亡网。案存网二截，知鼠也。索焉，已从架书得之。书，进士考、平播奏、康德涵先生武功志也。视网啮二孔焉。鼠哉鼠哉，何祥也，乃啮网乎老生，老生尚欲第乎？余笑鼠无味，曳弗穴，而委架书，又遗网案头，憨之乎其为鼠也。昔东坡赋黠鼠，余作憨鼠之赋曰：相鼠兮舞智，窃弄兮莫停。尔胡不东廪兮餍粟，西庖兮沾腥。睨严橐兮空涎，懒如厕兮臭丛。尔顾凭夜莫兮，罔攸怖兮。穿吾精舍兮溷净几，啜液砚池兮饕衔未已。有一网兮宜颏，简鬣白马兮素丝孙美。曾是罔腆兮，乃婴尔齿，几欲碎兮踟蹰止。余也视截绾兮萦思，伊善遁兮茫何之。探营窟兮灭没，莽奚奴兮迷离。倏邺架兮注窥，式掩映兮参差。奚奚告余兮获止，横列帙兮呈奇。余也欣网存兮，特傍芸荪兮。览二孔以回环兮，良亦厚颜兮。浪纪功兮，盻也。付科名兮，幻也。渺太史之芳躅兮，末适□也。白发刀骚兮，蓬蓬乱也。要回日驭兮逼崦嵫，觊昂骧乎儿曹兮，宁所惯也。乱曰：耗鼠兮宵征，曳吾网兮奚营？虚劳兮夜饥，阅伎俩兮安程。偶弗偶兮关紫清，胶胶扰扰兮尔独纵横。苏赋黠兮信彼黠，噱女舍憨兮奚名？

紫薇赋

余山居懒慢，怯溽暑，趾不逾阈者累日。庭畔有海榴数株，垂垂睟悦。近发紫薇，又高下因依，次第飞艳，嫣然之致，端自潇洒。闲情相属，托之漫赋，操瓠贤乎对博耳。其词曰：维衡门之栖迟兮，罗芳树以为朋。粤紫薇之轶品兮，傍下除以浡兴。柯亭亭而扶疏兮，叶黝黮以错承。时蜕肤而玉腻兮，奕新梢乎相仍。接海榴以舒采兮，纷烨煜乎炎蒸。色夭冶而轧绣兮，错珠英以回响。衔露华以葳蕤兮，宛美人之神王。拥层累之修嫮兮，霞戢砉而色盎。不随风以披靡兮，历膏雨兮如荡。视彼紫荆见秃，蔷薇无光。李贫女兮焉饰，桃倚门兮如倡。压绯罗兮莹润，阅缥缈兮是常。森秀兮翩翩，簇拥兮穰穰。金蕊兮点缀，绛绡兮飘扬。恍隋观之树琼，睨杜若兮三湘。忆尔自昔，托根华省。清切兮凤池，流丽兮澄景。映丝纶兮芬蔚，荫中秘兮闲静。左右兮夔龙，昕夕兮崇璟。耀蓬海之贝阙兮，接琅玕之疏影。尔其婺星挥锦，丹鼎飞砂。金茎受润，合浦凝华。直超国色，作耦天葩。胡不挺姿禁近兮，顾猥艳乎山家。或者系自承明，偶殖柴荆。流五云兮环堵，等七宝以敷荣。匪芙蓉兮易落，讵杨柳兮质轻。方狎我兮百日之娟娟，娱我兮万朵之英英。蠲兹兮岑寂，谢彼兮尘缨。鼓藻思兮铅椠，撩飞越兮神情。挹绰约兮姑射，揖安期兮东瀛。我将护尔雕阑，翼尔枝干。抱瓮兮灌滋，薙草兮历乱。倒杯斝兮徜徉，披襟裾兮流玩。月赏含清，朝欣甫灿。扬袅娜兮金飔，茹沆瀣兮银汉。又将购薛笺兮西蜀，访道子兮名山。假丹青之妙技，洒名卉兮斑斑。并海榴兮交肖，令昭灼兮周环。揭轩楣兮游目，饱藜藿兮安闲。挹芳菲兮莫萎，佐皓首以开颜。①

奏疏

急补部臣疏

南京吏科给事中臣刘谨题，为恳乞圣明急补部臣，去烦察以重根本，以隆教化事。臣待罪该科，责在讲求吏事，弼成化理，以奉扬休命万一。兹考诸职掌，参以时势人情之大概，所当及时计处者，有二事焉，曰补南部右侍郎之缺，与免特考提学是已。盖南部旧有右侍郎，自万历二年缺而不补，至九年裁之。至十一年，允南京福建道监察御史杨鸣凤之请，准复如旧，然仅补兵工二部耳。顷兵部右侍郎辛应乾入协戎政，而其员复缺焉。科年考察提学之例，前此未有也。

---

① 《燕喜堂集》卷三之后有一夹条，考其内容，则为名词注解，凡“琅玕”“婺星”“合浦”“禁近”“承明”“柴荆”“五云”“七宝”“铅椠”“薛笺”诸词皆出《紫薇赋》，故将原文整理附录如下：琅玕，《书·禹贡·厥贡》：“惟球琳琅玕。”注：昆仑有琅玕树。《续仙传》谢元卿遇神仙，见丹柯碧叶，云琅玕树也。婺星，婺女星名也。合浦，《后孟尝传》，合浦人采珠易米，时二千石贪珠徙去，及孟尝行化一年，去珠复还。禁近，晋元帝为晋陵公主求婿，谓王珣曰：“如谢琨便足。”未几，袁山松欲以女妻琨，珣曰：“卿莫近禁脔。”承明，《严助传》：“君厌承明之庐。”注：翰林有承明金銮。柴荆，唐杜甫诗：“日长惟鸟雀，春远独柴荆。”五云，周天官保章氏，以五云云物，辨吉凶水旱丰荒祲象。七宝，《酉阳杂俎》：“本仁表弟游嵩山，见一人枕幞，呼之，其人曰：‘君知月乃七宝合成乎？’”铅椠，前杨子云好事，常怀铅提椠。注：铅，美铁也，椠，木板也，谓以铅刻于椠，好记忆也。薛笺，蜀妓薛涛，好制小诗，惜其幅大，乃狭小之，人以为便，号“薛涛笺”。

至万历叁年始行之，而学校病焉，迄今未有议除者。此官职考课之法，于祖制有违，于人情有拂，于根本教化无当焉。臣于二事，其何能无言。夫官以职定，职以事设，此职事可废，则此官可无设也。若南郡之职事，讵可废也与哉？留郡为祖宗根本之地，扬粤都会之区，百僚九赋非鲜也，五典六师非细也，诘群慝、鸠群材之任，非眇小也。故必一卿一贰，才足集事。如本部尚书员缺，则以本部侍郎署便。本部卿贰并缺，则以别部尚书署便。使别部尚书偶乏，则以别部侍郎署亦便。惟是有卿而无贰，则官常困于职事，而职事常足以诎乎官。至于员缺弥多，则职事弥浩，职事弥浩，则并举弥艰矣，此章明较著者也。臣初至南京时，特缺户工二尚书耳。工部缺尚书，即以本部侍郎袁洪愈署无异矣。户部尚书及督储侍郎员缺，洪愈以苏州人，例无与户部事，此以刑部尚书陈道基署。督储则署，署户部尚书则勿署，而兵部尚书刘尧诲署焉。未几礼部尚书杨成以给由行，承署者洪愈也。未几吏部尚书毕锵以给由行，又未几兵部尚书刘尧诲以致事归。六部之中，止得一卿一贰，而道基不欲兼署三部也，至使司官往复，印绶交驰，而后勉承署焉。此无他，洪愈署工礼二部，犹易为力。道基以一人而领四部，即勤敏赴事，臣未睹其便也。机宜多所变迁，簿书极其烦偎。衙署之相距辽廓，职掌之奉行错杂。务甲而弃乙，则停格者众；驰东而骛西，则形神交疲。且以留都之重，而旷阙若此，废阁若此，于治体亦甚舛矣。然则各部侍郎，何可久缺而不补耶。合无敕下吏部，将南部右侍郎员缺逐一补完，仍移咨陕西湖广抚按，促令南京户部尚书魏学曾、工部尚书刘一儒刻期赴任，斯无旷庶官，而留都之政日有可观矣乎。提学官奉有专敕，风宪在握，师儒拭目而观法焉。每遇员缺，在两畿则以台臣往，在各省则以臬臣往，此其初岂不遴择哉。既遴择矣，而又以专敕诫谕之，在外抚按、在京都察院，以弹压之台臣，则随京堂考之，臬臣则随方面。考察之法非不备，而检束非不严矣，乃科年考察之举，何为也哉，将谓督学重寄当加意防闲与。则百尔报事，孰非官常，不应宽于众而独严于此。其为士与，是使士气之沮也。其为国与，是使国体之亵也。以众望用之，而待之则轻，以重责畀之，而驭之则刻，岂所为崇师儒而作其任事之勇耶。且好恶未必皆公，采听未必皆审，黜陟未必皆当，劝惩未必皆服，而冒焉为之，适足以快恣睢之口，贻中伤之罔，而督学者亦将重自疑畏，而莫知适从。语曰："畏首畏尾，其身余几。"则今日提学之谓矣。审欲其得人必也以材品、以器局，必也德行纯固、学问优长，必也执法而不挠、安静而不忧，慎选于始，观效于终，而量为处分焉，何所不可。至其考察之期，止随京考大察之例，而勿复赘举焉。如是而人心不感奋，文教不风行者，无是理已。大抵先年当事者，务节省之名而遗其实，故以大僚之不必裁，留都之不可轻者，而敢于革易，尚苛察之政而暗于礼，故以学校之当宽，师儒之当崇者，而忍于拘持。其所以耗国家之元气，而乱祖宗之章程者，何止二端。而二端则臣所偶见而舆论不平者耳。近者旧章渐复，法纪渐宽，天下想望升平，而沐浴洪泽也，何啻曦旸之照，而膏露之滋。适今南部侍郎不补，提学考察不除，恐非所以奏明作之功，而成惇大之禧也。臣拘挛咫尺，据臆抒陈，思官充其职，人习其官，而无丛脞督责之患，庶于圣治有裨耳。果如臣言不谬，伏乞并敕吏部参酌施行，臣不胜企望竦息之至。

万历十二年二月初五日奉圣旨，南京各部堂上官，前已有旨复设，着便推补，未到任的，上紧催促前去，不许迁延旷职，吏部知道。

保圣躬以承天眷疏

南京吏科等科给事中臣刘等谨奏，为保圣躬，以承天眷事。臣等待罪南垣，奉职无状，惟是日祝，愿圣德纯茂，与圣躬闿豫康强，以迓天休，以副兆民爱戴之诚耳。顷接邸报，知皇上因慈宁宫灾，深切警惕，一时台谏诸臣疏陈修省者不一而足。臣等欲循例具疏，则诸臣之献替已备，皇上之听纳已深。继此有言，恐属疣赘，用是逡巡未果。至二月初一日，复接邸报，内开正月十九日，鸿胪寺接出圣谕:“说与鸿胪寺，朕偶感风寒，暂须静摄，朝讲暂免数日。二十三日，免宣捷差来奏捷人员，照常给与赏赐，祭告郊庙，遵前旨行。领敕辞朝官员，不必候面，具本奏来，钦此。”臣等览此，不觉震怖。仰惟皇上富于春秋，精神强固，御极十余年来，未尝感婴疾疢，以萦圣虑，诚以皇上之禀赋者厚，亦以其调摄者周也。乃去年十二月初三日，骤感风寒，甫尔月余，风寒再感。夫皇上之身，宗社生灵系属之身也。自臣民视之，其休戚相逮，其疾痛疴痒相通，与人子之事父母何殊哉。诚欲其无日不闿豫，无日不康强，而甚无乐乎侵于疾也。不意旬月之内，再冒风寒。夫寒暑风雨杂操而不齐者，天之气也。感寒暑风雨之气而生疾者，人身所不免也。以天气之不齐，与人身所不免者，皇上偶尔感之，若无足异，且无妄之疾，亦将勿药有喜矣。第念风寒之中人也常乘其间，试使无间可乘，则虽有风寒，安所中之？故善养身者，固元气而已矣。夫皇上之所为致疾，与元气之固与未固也，臣等无从知之，惟皇上自知之耳。皇上自度夫元气之固耶，则宜益加充养，无使或斫。自度夫元气之未固耶，则诚愿及今保爱，无使耗损，以为此身之疚。盖观《尚书》一经，帝王保身保民之道具焉。皇上十余年来，经筵日讲，何尝不谆复于此哉。如书所载，怠荒之戒于虞也，风愆之戒于夏也，声色之远于汤也，于观于逸于游于田之警于成王也。由今观之，岂帝王以天下为桎梏，而动不自由耶。人主一身，不检则纵，不义理则嗜好，不强固则萎薾，如阴阳昼夜之相反也，是故人主当慎之。顾盘水可捧而志难持，六马可调而气难御。艳冶清扬，扶情而伐性，而人每怀之；肥醲甘脆，适口而伤神，而人每耽之荡之。众欲莫不风靡，故始乎一绵而终于滔天者，比比然耳。此虞夏商周之君，虽当明圣，不废戒饬，而无逸乃逸，有由然欤。臣等愿皇上左图右书，不以伎胜；前疑后丞，不以物滑。雍雍在宫，肃肃在庙，不以幽独燕闲而懈弛。务学以澄心，澄心以寡欲，寡欲以固元气。元气固则百邪不能入，将心志日益清明，精神日益强固，疾病不作，福禄永绥。山峙川流不足喻其盛，日升月恒不足喻其久，而亿万年无疆之休端在是矣。臣等荷恩优渥，涓埃未报，区区忠爱之心，敢因修省，窃于圣躬调摄有厚望焉。傥蒙圣明鉴纳施行，则臣等幸甚，天下万世幸甚。臣等不胜勤恳祝愿之至。

万历十二年二月日。

俯容直谏疏

南京吏科等科给事中臣刘等谨奏，为恳乞圣明俯容直谏，以彰盛德事。臣等闻有容德乃大，主圣则臣直，贵受言也。仰惟陛下道冒寰区，智周物类，一时大小臣工，乌能望圣德之万一哉。又乌能矢陈卓荦，以裨赞圣德之万一哉。乃圣德虽茂，而圣心则虚，御极十余年来，何尝不擢用骨鲠，茹纳药石，迈止赞之休风，追建鼗之盛节耶。于时台谏诸臣，自谓遭神圣之主，履不讳之朝。职在犯颜，义难缄口，莫不愿输诚以谋国，毕智以匡时。顾有拘窔奥而未睹通方，采风闻而莫详端委。或忠悃虽具，而条贯不竟于辞；或事理虽明，而辞气乃过乎激。议论太烦，忤于圣衷。自去年九月以来，如给事中冯景隆、黄道瞻，御史孙继先、曾乾亨、孟一脉，相继以言得罪。近邹元标、范俊，复一时斥谪焉。夫或不谅圣心，窃谓倦于受言矣。臣等知陛下非倦于受言者，亦诸臣之言不无过当耳。但臣等思之，荩臣不为触忌而废昌言，明主不恶切直而塞忠谏。葑菲可采，则下体不计也；美芹可食，则野献勿却也。不坠之天，而杞人以为闵，莫罪其迂。他山之石，而良玉借以攻，不弃其恶。狂夫之言，而圣人择焉，不厌其狂，何者？臣有失谏，而君无纳谏之失。听畀者德弥高，纳污者德弥洁，不自圣所以成其圣耳。诸臣之言，傥亦有芹献杞忧之思乎，似未可遽以狂废，而不优容之也。计曰:“士有争友,则身不离于令名;父有争子,则身不陷于不义。”夫以匹夫之贱,家庭之近,犹赖谏而后名义成也,况君天下者哉。故建言而不当,犹贤于勿言也;慕直而抗言,犹贤于不直也。以过言而听,犹贤于以过言而督也。盖古有却坐嘉之，当轮从之，折槛旌之，引裾受之，叱驭而抚床，撤帘而焚诏也，勿罪之。彼诸臣所遇之主，其虚怀纳谏，孰与陛下，而犹见优容也。近日得罪诸臣，则诚倔强直戆，不能婉和，及未察机会而率言矣，曾何敢效昔人之折槛与当轮也。乃进用未久，辄蒙摈斥。况邹元标、孟一脉曩以言废，顷以言起，兹又以言废，圣明如陛下，当鉴其狂直，而怜之矣。诚怜之，乞下丝纶并复原职，或以京职处之，用而倡鸣凤于朝端，壮批鳞于司直，则两情常通而不阏，庶政常理而勿壊。四海九州，臣妾亿兆之众，共仰圣德，而帝王万世无疆之休，端在是矣。臣等待罪南垣，惭无补报，区区狗马之忠诚，愿陛下之大德有容，主圣而臣直也。是以冒触雷霆，谬陈一得，惟圣明垂察焉。臣等不胜陨越企望之至。

万历十二年三月十一奉圣旨该衙门知道。

邪臣附势献谀严赐究处疏

南京吏科给事中臣刘谨奏，为邪臣附势献谀，大负国恩，恳乞圣明严赐究处，以正法纪事。臣闻淫朋比德，盛世所不容；媚灶乞播，名教所不齿。清议至重，宪典甚严，即乡党自好者惕之矣，何文学侍从之臣，顾有冒焉为之，恬不知畏，如见任礼部左侍郎兼侍读学士高启愚者。谨按启愚猥以卑琐庸流，行能薄劣，叨蒙世宗肃皇帝拔为进士，继入翰林，洊登华要，亦既被隆宠矣，乃于往岁己卯，典试应天，首以论语“舜亦以命禹”题试士。臣曩为山西县官，一目此题，即知其为媚悦故相张居正而发，臣切齿恨之，第时无言责，姑蓄胸中耳。今臣仰荷简在，承乏南垣，而启愚方微冒逾涯，腼颜卿贰，尚未有显斥其奸者。臣诚不能与此辈共处清朝，请发渠心事，以告陛下，而伏听电决焉。先是去年五月内，遇故相居正之诞辰，维时奸臣王篆习知居正厌称伊周，乃绘舜禹禅受图以寿，居正因留饮尽欢才罢。已遂传播京师，而启愚侦知也，遽拟题“舜亦以命禹”试三吴士。当其棘围未局，三吴士业已欢哗，知出此题无疑也，既果乃尔。启愚之心，即王篆之心耳。夫王篆乃穿窬妾妇之徒，其与居正也，凭里姻之旧，为绕树之萝，党恶献谀，忍心负主，罪诚不容诛矣。启愚以中秘词臣，曾不能树羔羊之节，壮砥柱之操，乃垂涎九列，睥睨三公，谓居正可媚而结，通显可弋而获也，辙效尤王篆，驾言舜禹禅受复见今日，以歆艳夫居正。陛下试问，启愚之意指果何居耶？如欲陛下为舜也，则胡不以无怠无荒之说进。而欲陛下效舜之禅位，亦以禹望居正耶，则胡不以不矜不伐之说规。而欲居正为受禅之禹，其谓道统之传欤，则陛下一中允执，诚大舜矣。居正何人，而可承危微精一之训。抑谓先皇为舜，而陛下为禹乎，则世及之祚，枚卜何烦。少海前星，久矣神人共戴也，又安事乎阳城之避。且陛下御极，在先皇升遐之后，非若舜倦勤而禹总朕师得诸面命也。岁当己卯，陛下统膺宝历，已越七年矣。稽之时数，漫不相符；质之舆情，佥云谄附。夫谄附犹可言也，至于知有居正而不知有陛下，使居正为受禅之禹，诚不知将置陛下于何地焉。夫以先圣之微言，而为启愚迎合之具；以宾兴之盛典，而为启愚巧宦之媒；以陛下之神器，圣祖神宗之正统，而令启愚之邪慝，托禅受以媚权臣。臣不图馆阁之间，乃有若人，圣明之朝，乃有若事，将使天下后世谓何也。盖昔者杨雄摛藻篇章，非不称儒矣。及其剧秦美新，一亏大节，终贻戚于投阁，而见麾于宫墙。此自蜀人故实，而启愚稔闻者，何蹈其覆辙耶。况启愚妙龄登第也，孰与雄之拓落，滥竽紫禁也。孰与雄之守玄，宠荷三朝，洊登卿辅也。孰与雄之久淹下僚，犹然寂寞哉。今若此，罪又浮于雄矣。臣固谓济居正之恶者王篆也，济王篆之恶、煽居正之焰者，高启愚也。拟之以媚灶乞墦则可耻，律之以淫朋比德则当诛。夫臣非有纤芥之怨于启愚也，亦非务搏击而不欲以长厚自居也，又非不知启愚之词足文奸，而计能闪烁自解也。臣念有乾坤，斯有上下。有上下，斯有君臣。启愚阿谀权臣，几无君矣。至于弹劾官邪，臣职所宜，尽言报主，臣心所安。此而不言，是使杨雄脱灾于天禄，而圣朝之法纪，犹弛而未张也，臣愚所不敢矣。臣是以据见征闻，直指启愚朋奸负国之状，为陛下陈之，而不计乎其他。诚愿陛下察臣言之不诬，将启愚并篆，数以为臣不忠之大罪，尽法处置，于以昭乾断而明臣节。后虽有同恶相济之小人，亦将褫魄寒心，顾忌而莫敢发矣。其于世道纲常岂小补哉。臣冒昧陈乞，不胜悚惧企望之至。

万历十二年四月二十一日，奉圣旨，王篆党恶献谀，坏法乱政，高启愚出题妄谬，阿媚干进，本都当重处，姑照前旨革职，为民当差，原给诰命，都着追夺了，该部知道。

乞赐宸断以定国是疏

南京吏科等科给事中臣刘谨奏，为故臣罪状已明，议论未一，乞赐宸断，以定国是事。臣伏睹近日议论纷纭，国是不定，大抵从故相张居正而起，故居正之论定，而国是定矣。语云："盖棺论乃定。"兹居正盖棺已久，迄无定论，非皇上其谁定之。臣谨按诸臣奏疏，除查参居正，已荷允行，及老成念旧，务存国体者，无容别议外，其他有谈居正之功者，有谈其功罪相当者，有谈其罪浮于功者，有谈其傲物好名者，有谈其身任天下者，有谈其矜持于五年之前而后乃恣睢者，诸如此类，其说甚长，臣不敢雷同附和为也。彼谓居正有功者，岂不以为顾命之臣，与能制服四夷乎，臣则谓此非居正之功也。当先帝弥留之日，涕零奉诏，首定大策者，岂非故大学士高拱乎。居正时为副相，难谓顾命元勋也。比恶拱压己，而嗾党力击去之，始逞其胸臆，而擅作威福，举动狼狈，不可收拾矣。胡虏贡市，南北大捷，统由庙算，与诸将勠力成之耳。居正偃然尸功，是为贪冒，且功多粉饰，是为欺罔，二事果居正之功否也。傲物好名，渠诚有之，然色厉内荏，静言庸违，如却馈之版，大揭朝署，而四方苞苴，自总督而下，方面而上，无日不将。皇上试召朝士而诘问之，然耶不耶。父子媵妾，不减百人，服饰器用，穷奇尽丽，即曲学阿世之公孙弘不为也。《帝鉴图说》纂于词臣，而献自居正，不可谓非盛举矣。但以帝王望君，而自蹈共工欢兜蜚廉恶来之辙。君子不以人废言，亦安得听言而信行哉。至于身任天下之说，臣尤不敢知。盖古之任天下者孰如伊周，伊尹怀耻于推沟而兆民允殖，周公躬勤于吐哺而四海永清。居正何人，而曰身任天下。若谓其功罪相当者，是骑墙之见也。谓其罪浮于功者，是护短之辞也。谓其有初鲜终者，是不知矜持非本心，而恣睢乃真态也。女子终身贞白，才称节妇。少而拘检，中道而淫奔焉，犹曰彼初不苟也，其谁韪之。臣但见居正当事，录囚者以多杀为功，督学者以汰黜为能。抚按之赃罚，郡县之积谷，止计取盈，何恤乎赤子之凋瘵。职官一于减，丈田一于增，止猎虚声，何思乎祖宗之旧章。其甚者则父丧之不终，人心已死，三子之滥进，公道尽亡。刘台名御史也，乃谪死于见忤，狠若豺狼。吴仕期誉髦士也，致毙命于流言，毒如蛇蝎。结冯保为心腹，而表里为奸。纵尤七为爪牙，而贪噬无厌。湘王非高皇帝之子欤，居正夺茔地以葬其父，安知有君。辽王之开藩旧矣，居正挟私忿以绝其封，安知有国。有一于此，即不容诛，而居正之恶枚举难尽。由前言之则无功，由后言之则多罪。其身免也为幸，而其破家与子之自经沟渎也，仅足以明天道之好还，臣不知贤居正者何心也。说者谓近日抄没居正金银不盈二十万，可信无招权纳贿矣。臣则谓自居正颛擅除吏，吏兵两部之职掌，什九见侵。当时奇玩宝货，车轮辐辏者，何可胜纪。自尤七发觉，诸子虑祸噬脐，将非常宝玩付之回禄，烟炬不绝者累日，荆州人类能口之也。自去年藩府事发，诸子大骇，伊子简修，赍金宝巨万，潜匿锦衣卫都督刘守有处，窥探营免，京中人亦类能口之也。若毁若捐，亦既耗损，所存者则又辗转藏匿以备缓急，于是家赀尔尔矣。执见获而遂云居正之不贪也，犹云匿赃之盗非盗也，又其谁信之耶。臣为此论，非欲皇上之穷追也，又非欲罪其妻孥也。盖居正诬上行私，神人殛绝，而抄没断自圣心，原非已甚，乃天使一遣，即多游说之辞，圣怒已平，频上暴白之疏，称功者近厚颜，讼冤者若剥肤，何忍负皇上而不忍居正如此耶。说者谓议论贵依忠厚，如徐阶去而高拱蔑之，高拱去而居正蔑之，抵今为恨，苟深罪居正也，如厚道何。臣窃谓厚道宜存，公论亦重，人苟无缺也，何患指摘。故拱虽蔑阶，阶贤自在，居正虽蔑拱，拱之瑕瑜自不能相掩也。居正之获罪，自作之孽，于人乎何与哉。而谓罪之恐伤忠厚，抑亦不达于忠厚正直之义矣。无邪之谓正，不曲之谓直，忠者不欺，厚者不刻，此非相背也。正直而发之和平，无害为忠厚，而搜索搏击以沽风力之名者，正直之反也。忠厚而协诸道义，无害为正直，而淫朋比德以邀惇大之誉者，忠厚之贼也。正如大舜诛四凶，太公戮华士，孔子诛少正卯，非正直忠厚之标的哉。挽近世諂詉成风，脂韦成习，无但乖于正直，而党同伐异，并忠厚失之焉。其究则是非颠迷，耳目壅蔽，前有谗而不见，后有贼而不知，而家国天下随之，甚哉忠厚之说，能误人国，而不可不亟辨也。故臣谓当居正柄用之时，而为宽大之说謪訕者，忠厚而兼正直者也，如余懋学、赵世卿辈是已。当居正浊乱之后，而为振刷之说者，正直而兼忠厚者也，如正檘辈是已。此数臣者，皇上或显擢其身，或嘉纳其言，其渊识闳抱，臣不能至，然私心向往焉。乃如诸臣，上之不能秉道以嫉邪，次之又不能引嫌以自安，居正既败露矣，方呶呶置辨不止，臣不敢尽谓其私也，然果皆无偏无党者乎。即使志在调停也，第恐熙宁之党未消，绍圣之衅且启，独张惇、吕惠卿之罪也与哉。伏愿皇上察诸臣言之公私，人之邪正，一以立居正之断案，一以决诸臣之用舍，使朝无幸位，法无遗奸，则日月明而鬼火熄，雷霆夺而狐鼠伏，国是何患不定，人心何患不服，世道何患不清，天下万世，晓然知圣上为皇极会归之主，而歌颂天保无斁矣。臣戴德穹窿，罔攸厝报，故不揣庸愚，不恤孤远，婴群怒而非邪说，明正直忠厚之相成而不使借忠厚以保奸者，滥觞而莫之底止。傥臣言蒙录，即九死而不悔矣。惟圣明亲览施行，幸甚幸甚，臣不胜激切企望之至。

万历十二年七月十四日，奉圣旨，先年废辽家口，岂无一冤枉的，彼时并无一人声说。张居正所犯情罪深重，遗祸家属，都是自作之孽，如何纷纷党护，掩饰其罪，本当查处，干连众多，姑且不究。这所奏知道了，该衙门知道。

慎举动消隐忧疏

一本谨奏，为恳乞圣明慎举动、消隐忧，以隆万世治安事。臣等侧闻皇上欲练兵内廷，臣以为圣明在上，必不有此，不敢妄有陈渎。顷接邸报，见刑部广西司主事董基，首疏陈不可状，未蒙俞允，且降调边方矣。臣等窃念事关大计，不胜杞人之忧，敢冒昧为陛下陈之。盖闻先王耀德不观兵，以兵为凶器，用非得以，故不欲观之耳。我国家旧制设京营于畿内，时其训练，以内固根本，而外备四方征伐，其载在会典者，至周且备。二百余年，未闻有练兵内地者。今陛下预为圣母山陵扈行之计，臣等何敢不将顺其美而妄置喙哉。顾惟内廷非阅武之地，近侍非习武之人。其为扈从乎？则本兵之所节制，京营之所教习，与夫缀衣虎贲之士，环侍而星列者，岂谓无人，而安所需此辈也。盖古之圣王，出入严夫警跸，游豫度于诸侯，于棠之观，春秋示讥，习射殿廷者，夫岂不兢心于武哉。而史氏不谓为贞观盛举，则诚为人君举动安危以之。而内廷清严，非诗书礼乐不陈，非庶常吉士不迩，胡为以兵事假诸人也。夫兵戢而时动，动则威，观则玩，玩则无震，今奈何陛下欲观兵内廷耶。且陛下即位以来，无事不由旧，无举不法祖，使内廷可以操练，而左右近侍可授之甲兵乎，则列圣当先为之，而载在令甲，有明征矣，若之何其不闻也？盖上下有体，安危有机，如监司之职，六卿侵之则舛矣；六卿之职，宰相侵之则颛矣。以陛下之尊严，而欲躬习兵事也，即陛下无惮劳瘁，如大体何。且神武如陛下，所为耆群情而密综理者，计无可虑，第恐以豢养之辈而投以戎事，不绳之以军法则不整，而任法则怨生，不激之以赏罚则不奋，而赏之所不及，罚之所独被，则衅启。夫尺棰当猛虎，奋呼而追击，徒手遇蜥蜴，变色而却步。傥内地操练，而不能保衅之不启，怨之不生也，则亦虑变色于蜥蜴否耶。圣祖之法，凡宫禁阉宦止供晨昏役使，无与外事。今渠辈三千，实繁有徒，甲兵在握，非可为狎玩具者。陛下其谓不然耶？则英、武两朝，曹吉祥、刘瑾之事，居然炯鉴已。至于操演赏赉，取足内帑而不烦太仓之积，陛下固谓无损矣，然臣等窃以天府泉货，不自神输，一钱一帛畴非百姓之膏脂耶。以无名之费，养无名之兵，而实以朘百姓之膏脂，且居尊之体谓何，万全之策谓何，而可若是为哉。臣等又闻之，曲突徙薪，功先烂额，萌蘖不剪，将寻斧柯，则信乎事贵谋始，而不可不慎其防矣。故董基身非言官，抗言大计，迹虽越俎，心则无他，无亦曲突而剪萌蘖者乎。诚愿陛下慎未然之防，纳过激之论，及今俯徇舆情，急停内操，仍还董基原职，以作敢言之气，则陛下迁善之勇与宥过之仁，辉映宇内，所以光圣德而隆治安者，计莫是过矣。天下幸甚，臣等幸甚。

敷陈营卫切务疏

南京吏科给事中臣刘谨奏，为敷陈营卫切务，恳乞圣明早赐议处，以固根本重地事。臣待罪南垣，奉命巡视京营，匝岁于今，爰念留都重地，而大事在戎，所有营卫一切利弊，悉心体究，除琐细不敢渎陈外，谨择其紧切事务，列为十款，冒昧上请，傥蒙圣明采纳，敕下该部复议旋行，是尧舜不废蒭荛，而尘雾可裨山海矣，臣不胜悚负企望之至。缘系敷陈营卫切务，恳乞圣明早赐议处，以固根本重地事理，为此开坐具本，专差办事吏高元赍捧，谨具奏闻，计开：

一修葺京卫以诘戎兵。方今筹时务者，谁不曰武备废弛，戎兵当诘也与哉，第未知戎兵之所为诘。夫有诘戎之官，则当有诘戎之地，盖卫分是已。臣见外卫虽旧而未就圮败，犹可托处而庀事焉。惟是南京诸卫，大半陵夷，外无垣墙，内无厅事，有门者不可启闭，无门者委为交衢。至如孝陵一卫，关系尤重，今并一椽一厦无存焉。祖宗根本之谓何，而令至此耶。如是即欲责若辈诘戎，而栖身无地，其孰从而诘焉。此武备废弛之征，而又何怪乎官军之虚设也。夫琳宫梵宇以奉佛老，而游食缁黄托处焉。戎政之切，孰与异端之崇奉，何可坐视夫卫舍倾圮，而莫之省忧耶。及今规模尚存，犹可修葺，又不患无具也，工部之芦课，兵部之房地租等银，何者不为军国而设，取而鸠工，可谓之靡费与？若使可修而不修，是玩目前而不恤意外，惜小费而忘天下万世之大计也。伏乞圣裁。

一丰犒赏以鼓士气。照得北营选锋军士月粮，犒赏倍于常卒。新江口选锋，除月粮一石外，操院月给犒银二钱。今三营选锋月粮，有妻一石，只身六斗，视常卒何殊焉。夫既曰选锋，必望其力之骁雄，艺之惯习，器械之精利，而后缓急足恃也。苟平时拊循不加，而欲其用命于有事也，得乎？臣愚欲别立科条，用示优恤，即不能如北营新江之厚，当于二季初操，每名粮给犒银数钱，及每季日操赏内，量添选锋银一二百两，以备操练加赏。仍注意教习，视其技艺之高下，以为赏罚之重轻。夫上能厚下，而下乃薄待夫上者，无是理已。伏乞圣裁。

一校阅卫官以备推用。照得弓马韬钤，武弁所有事也，自非居常闲习，时寓激劝，何以备折冲乎。今后合无令各卫指挥等官，岁终听兵部同巡视官严行考校，用觇武艺而品题之。遇有坐营把卫总员缺，查照赏格并考语推用，其于营务所补，岂浅鲜哉。伏乞圣裁。

一擢用将材以励人心。照得每岁终，兵部会同巡视科道，举劾将领官员，次复有将戒存留革退四项，其于黜陟旌别之典，亦既明悉矣。第其间中才甚多，而贤不肖之相悬者无几，夫黜者既不逾时，则举者升迁何可独后。今一人之身，历任数载，荐者何啻什九，而久淹不迁，是恶恶长而善善之道未尽也，安望夫人心之激劝耶。合无于考察之后，该部会同巡视科道移咨揭比部，将坐营把总等官，廉能任久，累经保荐者，循资擢用，无令淹滞而生伏枥之嗟。庶人心兢劝，而戎政益修矣。伏乞圣裁。

一简拔卫总以振下僚。照得各营卫总，于卒伍分最亲，关营务最切，一得其人则多益，一不得其人则多损，非细故也。臣见南京五十一卫军政员缺，往往先尽新袭，而独遗卫总。夫袭替之初，即程艺或优，而营垒未谙，阅历未深，岂能如卫总之练习耶。乃需次听用，动博美任，而卫总淹蹇散地，上进无阶，有志之士，率耻为之。合无今后委用卫总，听该部比照把总事例，查历年贤否考语，参以弓马，协同守备重臣，悉心简任，勿取充员。果有才识异等，劳绩懋著者，上之则超补把总，及铨补军政员缺；次之或管屯、或佥书，与听用新袭一体参选，庶进才之途广，而营卫两得其人矣。伏乞圣裁。

一停益家丁以省烦费。近议将三大营都督家丁，除见在外，每营添设一百名，合用器械月粮，查照旧例，每名月支银一两五钱。臣窃计家丁一名，岁费银一十八两，三百名，计费银五千四百两矣。夫今当财诎之时，而重滋烦费，于计未为得也。臣愚以为省之便，如欲拣选精壮舍人，舍余余丁以实行伍，合无比照操军月粮支给，与同家丁并隶中营操练，则费省而兵足用，于戎政有裨云。伏乞圣裁。

一添设将领以固门屏。照得留都濒于长江，东控溟海，南连襄汉。新江口一营诚为要区，所有水陆战船军马，既有操江动宪二臣督其事矣，但该臣俱驻扎城内，簿书杂沓，势难日操。即该营设有把总指挥三员，更番直守，顾事权既轻，且无专责，万一猝警，动见周章，非所以重要害而固根本也。合无于都督二臣外，比照里营事例，添设坐营官一员，总统训练，驻扎江口，听提督二臣节制，巡视科道官一体举劾。其把总三员，分为水陆三哨，照例分摄卫总，庶事权重而门屏之势壮矣。伏乞圣裁。

一恤池河军余以资保障。照得池河新营当南北咽喉，所有摘取飞熊、广武、英武三卫舍余余丁三千名编为队伍，听该营守御官操练，非不林林众也。比程其武艺，十九生疏，诘之则曰春秋二季番操，每名止给粮四斗，停操住支。夫士非饱歌，何由而超距。军如挟纩，良激于御恩。衣食之不充，而望其武艺之熟，人情乎？合无令三千舍余余丁合并操练，月粮通给，夏冬两季，比照京军事例，每季量给布二匹，庶恩泽均，衣食足，而行伍砰磕兢奋哉。伏乞圣裁。

一选官市马以壮军威。夫蹦跞冲敌，非马不可。如马而低小羸弱也，与无马同。查得近议江南各府州县，岁额解南京兵部马二百一十七匹，每匹官价银一十八两。试使尽银市马，则凤阳亳颍之间，良马固不乏也。何官不经心，止凭积揽人役，买羸小马匹抵塞俵解。该部不难于驳回以得良马，又念往复辗转，劳费不赀，于是姑息印烙，而追捕官价贮库听买补倒死马匹。此事臣窃惑焉。十夫尫羸，不当一丁壮，谓丁壮可用，而尫羸不可用耳。今马不取其利驰驱、耐岁月，而旋死旋补何益也。臣反复思维，如劣马驳回，则难乎为下；如解银到部，部发银南太仆市马，傥马不足用，又无驳回事体，则难乎为上。不若该部于每岁春秋二孟之月，慎选廉能佥书指挥二员、卫总二员，各领前项官银，分投江北产马地方，尽价拣买壮马，听该部会同巡视科道印烙发营。且以马匹之强弱，定差官之贤否，年终随营官一体举劾奖戒。如是而马匹不壮，营垒患无马者，臣不信也。伏乞圣裁。

一酌议折绢以恤下僚。查得南京文武官员，岁用绢一万四千五百一十匹，间支银年分，用绢六千一百七十匹。每匹抵俸银七钱，初岂不善哉。比来人情巧诈，上纳内府折绢十九粗纰，营干收受。惟是当紧之职，领到绢匹，尚堪实用。其杂流官员及给用武职者，出鬻诸市，价银仅三二钱，是岂养廉初意哉。此后除供用绢匹，照常办纳外，合无将前项折俸绢匹一概征银七钱，上纳户部，无论文武崇卑，照数支给，则既省转输之劳费，且百官并沾实惠哉。伏乞圣裁。

万历十三年二月初八日，奉圣旨，这条陈营卫事宜，兵部看议了来说。

敷陈末议以裨考察疏

南京吏科给事中臣刘等谨奏，为敷陈末议以裨考察事。照得万历十四年，该天下官员朝觐考察之期，仰惟圣明御宇，锐意太平，既厘百工而熙庶绩矣。顾人情易玩，约束当申，所有考察事宜已经吏部题行，无容赘述外，臣等偶有窥见，可备采择，敢循例条为五事，冒昧上闻。伏惟圣明，敕下该部，斟酌施行，幸甚。缘系敷陈末议以裨考察事理，为此开坐具本，专差办事吏高元赍捧，谨具奏闻，计开：

一破拘挛之见。臣等见往年考察，刻礉者劣处欲其多，博大者劣处欲其寡，至蹈常袭故之人，又每每准诸旧数，不逾寸尺。夫虞廷黜幽，何论封疆，商世官邢，要在惩墨。苟沿袭故套，有心多寡，安在其为举措之公耶。今次考察请无怀成心，无查旧案，一观其人品之贤否，公论之重轻，可留则留，可去则去。方面不拘省分，有司不拘府分，如不职辈众，即所黜浮于旧也不为苛，不职辈少，即所黜缩于旧也不为纵。譬诸农夫耘田，期于毕草莱稂莠而止，不谓试钱鎛也。如是则以物驭物，非以我驭物。既明且公，其谁不劝以惩，而又谁赀议乎哉。伏乞圣裁。

一杜侥幸之门。夫巧宦亦多术矣。怨讟在民，则侥幸于媚上。考刻到部，则侥幸于求援。迹著贪残，则侥幸于申辨。方听调勘，则侥幸于经营。遂能因败为功，转祸为福。或自边方而调腹里，或自烦难而改善地，或方抑而即扬，或当黜而反陟。贤否溷淆，用舍倒置。人将目大计为故事，而密网漏于吞舟矣，如吏治民生何。臣等愿皇上于考察前申饬吏部都察院及抚按官、将听考官员，平时多方体察，勿或偏听，临时尤虚心参酌舆论，折衷归一，至于过堂之际，苟有疑信未定、耳目相左者，再三根究，各该监司苟得真实，不妨间一改正，以风庶官。然须以抚按考语为主，用绝夤缘请托诸弊。其听勘官员，一一从公处分，毫发不移，渠虽巧宦，不能侥幸万一也，才足詟服人心，保无异议。伏乞圣裁。

一周下僚之情。大都为吏之难，不难于崇而难于卑，不难于近而难于远。其崇者近者，力能自达，贤可立见，恶在其为难也。惟是遐方小吏，足不及于辇毂，目不睹夫铨衡，九阍万里，如望霄汉。故有功不录而反罪者矣；有以迎送不周，供应不备，而蒙谴责者矣；有挫折于长吏，雌黄于妒口，而冤抑不白者矣。甚至监司采访，寄诸舆录，不满需索，辄有烦言，于是佐贰以下，视官如传舍，人亦葛芥视之，曾无定衡，无固志。至于教官，原系老儒，履任无何，动以老注，抑郁如是，几能自表见而达宸聪耶。夫圣恩汪濊，草木不遗，至于下僚，垂首丧气，无异桎梏，此非所以令众庶见也。臣等愿圣情周下，严谕抚按藩臬之臣，及郡县长吏，造报佐领等官考语，勿谓易与，一秉公心。除果才守卑卑、年力衰残者劣处外，其有一节可录，一胜可原者，有当去短集长，舍旧图新，教官非动履艰难，不任衣冠者，不得以年老注考。比考册到部，尤须的查资俸浅深，历来考语，斟酌去留，无徒以下僚散秩，充数大计，是谓仁义并行哉。伏乞圣裁。

一褒循良之吏。臣等伏睹圣上御极以来，日思加惠元元，以登至理。顷缘一二酷吏，草菅民命，则尝逮系正法，惩一人而千万人惧矣。然未闻嘉循良之吏，举宴赏之典，以风励有位，则臣窃惑焉。夫有功不赏，虽唐虞不能化天下，而玺书褒异，增秩赐金，两汉之被礼循吏，史不绝书矣，是何可废而不举欤？意者为往年曾举宴赏而后多不效欤？是何可执一论也。天下事以实举，斯以实应，惟是卓异之举犹文也，故后效藐焉。今若致诚行之，先期责成抚按，悉心咨访，据实报部，无以深刻右宽和，无以儇巧右悃愊，无以奔兢右恬静，无以才华右操持。果有贤能并著、治效异等者，不拘出身资格，概得宴赏，更揭名交衢，纪录该部，檄下各省直抚按衙门，通行激劝。至于大班纠劾，预示特免，仍不时破格优擢，用表优异。审尔，则赏当功而人奋，即风行水流未足为喻，又何必纯任法网，而后吏治蒸蒸耶。伏乞圣裁。

一严徇情之禁。臣等闻私交盛则公道衰，意向偏则是非紊，甚哉徇情之为累也。况大察之举，海内观瞻，此而不禁，恐媚灶小人猖狂而肆志，羔羊君子廐骫而不安，朝廷黜陟之典，何以称平乎。方今皇极大明，王道正直，一时中外臣工，争先祓濯，计应无此，傥有党同伐异，掉弄眩惑，溷淆皂白者，为害不小。兹当计吏，相应申访吏部，将抚按监司，加意廉访，察其品骘贤否，孰公孰私，孰得孰失，而赏罚加焉。如恣心爱憎，潜谋报复，至目贪为廉，目宽为暴，目罢软为风力，目强盛为衰惫者，罚勿贷，轻则降用，重则罢黜。此法一行，如铁钺在侧，师保在前，即有邪念，亦将慑惕，而中止矣。伏乞圣裁。

恭谢阅视叙功蒙圣恩荫子并赏白金四十两大红纻丝飞鱼一袭疏

臣惟疆场修守，臣子是常，纶綍恩光，边庭独懋。酬劳可胜逾分，疏荣何止及身。曩因久历三陲，畀云中而填抚。遂以申明八事，巡塞上以经营。虽故事相沿，颇效拮据之力。顾绵材未称，几收隆茂之勋。正如缮城堡，治甲兵，练士卒，诸务诚烦，不过有司之职。若夫扞冀方，联上谷，护神京，一筹莫展，良多尸位之惭。锁钥奚取于北门，干城只歌于南国。三年而别殿最，幽黜是甘。八柄而驭臣工，显膺非望。讵期天恩翔洽，普樗栎以旁滋。遂尔帝命辉煌，被草茅以异数。重惟臣之愚，官叨再转，既猎卿贰以为荣。更惟臣之子，学愧无成，敢向天阍而觊宠。兼金郑重，仍分云锦之章。胄监清严，误录绳枢之贱。春弦夏诵，埒髦俊以为朋。朱绂白镠，集幺麿而袭彩。士子而常为士，绍世恩隆。臣邻而艰厥臣，捐躯意切。方综播事，敢爽机宜。自当察实虚向背之情，用而酌操纵方圆之的。无使防风未至，瘗玉帛于涂山。忍令有扈弗恭，废戈矛于右社。庶倾葵藿，足报涓埃。臣不胜感戴屏营之至。

万历二十四年。

请改敕命疏丙申五月二十三日

刑部河南清吏司署员外郎事主事臣某谨奏，为比例陈情，恳乞天恩，改给敕命事。臣原籍山东济南府长山县人，由进士初任山西泽州高平县知县，遇蒙万历十年九月十一日钦奉诏书内一款，在外州县正官，历俸三年以上无过者，俱准给与诰敕。臣当时尚在地方，蒙该管衙门查结去后，续该山西布政司咨送吏部，至万历十三年十一月十二日，该部类题，本月十四日奉圣旨是。比时应领敕轴，撰述恩命，因臣已任陕西按察司陇右道佥事，离京三千余里，敕轴未领。未几谪任，继升调南京兵部车驾职方二司主事，差勘播事已完，途中报升今职。扣至本年二月十七日，历俸三年，给由赴部，考称复职。切念臣父母及本身妻室，各应得恩典，前任虽经题准未领，今任似应改给。查得近日南京工部虞衡清吏司署郎中事主事钱谷，以先任外官，未领敕命，后因升职考满，比照往例，乞改京官职衔，蒙圣恩俞允给讫。如臣薄劣，受恩逾涯，但臣父早逝，臣母孀居四十余载，今年七十有六，生成劬劳，种种在念。臣幸际圣明，猥叨京秩，乃分荣未及父母，私心重用不宁。更惟臣事体实同前例，敢披沥陈乞，上干天听，几幸恩宠。伏望圣慈怜臣下私，敕下吏部，查照前例，改给今官敕命。俾臣得借此荣亲，是皇上锡类无方之仁孝，真同天地，而微臣之阖门感激，捐糜未足云矣。臣不胜陨越待命之至。

万历二十五年。

修省弭变疏

刑部河南清吏司署员外郎事主事臣谨奏，为宸灾迭见，不胜杞忧，敬陈修省弭变之实，恳乞圣明亟反前辙，以答严谴，以图永绵宝历事。臣历观往昔，灾异罔不求言已，第言难切直，直言难入。日食之变，禁封事不得言圣，三代而下，仅见光武，余惟避殿减膳，徒事弥文，求言无当也。夫天以灾异告谴，而人主托虚文应，究且天愈怒愈灾，势至莫救。陛下视年来灾异如何，去岁灾两宫，兹且并三殿两门而毁之。夫两宫象两仪，陛下所燕息也。三殿象三极，陛下所临御也。会极归极二门，是百官万民之奔走承序而不遑者也。此居之甚尊，享之甚逸，而缔构之甚难，不谓两年之内，尽付回禄。然则变果虚生，而孽果由人作耶？陛下其亦思圣祖名极之意，而知迭灾之由乎？盖皇极之名，阐于箕子之洪范。训者曰："至大之谓皇，至中之谓极。"中者，不偏之谓也。故曰无偏无党，王道荡荡；无反无侧，王道正直。夫惟荡平正直，举偏党反侧尽无也，而后称皇极之主，臣民胥会归焉。陛下自省，其亦有偏侧乎否也。偏弗偏，侧弗侧，不系乎他，系乎好恶之情。情者，性之动也。陛下每以静摄为言，性宜定，情宜平矣。顾频年好恶，顿异曩昔。如匹储贰之际，姑不深言，详察举动，猜疑不日烦乎，刑罚不日峻乎，诛求不日急乎。三者皆大拂人心，重乖天意，而灾异所由仍也。

臣窃谓君臣上下，通乎一体，翼为明听，元首是承，此和气致祥之道，圣王端拱而治者。陛下独事事多疑，裁抑言者，章奏入而不报，推拟格而不行，缺官久旷而不补，有司逾期而不迁，是使大臣不能行其志，小臣不获展其采，或仰屋而窃叹，或进退而维谷。夫既无师师济济之风，又安有荡荡平平之治。猜疑何为也？

数年前本部狱囚仅仅三百，今将至七百矣。无异故，自陛下习于抄没，频开告讦之门也，遂使株连蔓引，辗转相害。往往罪不应死，与法无可罪者，陛下率以意加之，令积愤囹圄，莫适控愬。即如御史曹学程指陈东事，未甚舛错，胡重怒抵辟，至今淹系莫解也。宫闱之事，臣不深知，但闻道路喧传，谓陛下忿气易动，近习寡恩。夫宦官宫妾，虽诚易与，而迩不可泄，况恣意棰楚，立毙须臾，草菅之，粪土之，此岂人情耶？盖古人有以渡蚁活雀，食报无穷者。陛下顾贱人命于蚁雀之下，恬不爱惜，于己快矣，独不思人命关天。囚且覆奏，唯诺之未捷，奔走之弗闲，亦有何罪，而遽死之，且冤死之鬼亦能泣诉上帝作厉降灾。逞淫刑于一时，而不为万年之计，臣为陛下惜之。

不殖货利，成汤所以为圣，而头会箕敛之事，琼林大盈之积，汉武唐德之所为丛怨厉而遗讥后世者也。陛下日跻之德，宁减成汤，何物年来搜括未满，又中于无赖尝试之计，纷纷开矿，扰动闾阎。或派矿编户倾赀而抵沙石者，或捏陷平人无端而名盗矿者。窃威福以行私，甘鱼肉而罔忌。一切骚绎鞭挞之苦，违怨诅咒之状，有耳不忍闻，而口不忍言者。又加以开店抽税之中遣，流毒商买，滋害更无穷乎。夫始岂不以大工方兴，内帑告诎为名也，然所用非所入，所入非所用，徒为敛怨无益，名利而实贾害也。及今不改，窃恐闾左之戍，揭竿之呼，一旦横发不虞，噬脐无及，又何囊橐之能操耶？

三者皆起于用情之偏，好恶之失平也。夫好未必是，百诤而不止；恶未必非，百诤而不回。岂惟诤弗回也，又任情，倍低昂之，此讵细故哉。结怨于众，必干怒于天。火者，众愤之盈而天怒之宣泄，势所必炽，人力不能胜也。《大学》末章语平天下之道甚详已，总之亦不出好恶两端，如曰民好好之，民恶恶之，则命曰民之父母，而好人所恶、恶人所好也，则拂人性。而菑必逮身，此与洪范作好作恶，不福极而祸极之说，何殊耶？则两宫三殿，年来之迭灾，示儆也，可但诿罪典守，致饰弥文，遂谓天灾足弭，富贵可长保乎？此亦大谬不然矣。

臣常思陛下有尧舜之资，不难永亿万无疆之祚，惟是数年来托言静摄，深居不出，耳不入师保之言，目不接诗书之训，遂以任情莫捡，日甚一日，渐戾皇极之大道，濒危乱而不知也。设知之，当必凛凛危惧，不待言而喻矣。昔杞国小民，有释耕而忧天坠者。夫天非块物，何坠之足虞。忧诚过计，要不可谓不忠于天。臣部署小臣，身无言责，惟不忍见圣明渐愦，而金瓯之全盛易缺也。用是不避斧钺，冒昧直陈，窃附杞忧，聊伸款款。伏乞陛下深惟皇极之义，急求致灾之由，即出告郊庙，痛自悔责，仍下罪己之诏，举朝讲之常，罢一切无益之举，晓然与天下更始，而不惮改辙，则日月何厌重光，江海何厌善下。如是而不足转灾为祥，易祸为福耶？请重治臣欺妄之罪，以谢陛下。臣素禀愚戆，独抱忠悃，无他也，惟圣明垂察焉。臣不胜激切战栗之至。

万历二十六年五月。

乞休疏 己酉六月

为母老身病，职任莫能，恳乞天恩，俯容休致，以毕分愿事。臣惟仁臣任职，如人负荷，负荷者竟力之所胜，不胜者莫举也，委之已耳。任职者量己之所能，不能者莫任也，亦委之已耳。臣至不才，叨中万历五年进士，初任山西泽州高平县知县，选授南京吏科给事中，以罪言外补，未几以县官论调闲散，家居五载。以先作县官时，曾被覃恩，未领敕轴，强出补茂山卫知事，升山西稷山县知县，历升南京兵部车驾司主事，题改职方司主事，随邢侍郎赞画勘播。事竣，升刑部河南司员外郎、四川司郎中，满考六年，升四川布政司参议兼叙马泸兵巡道佥事。播酋之役，以选兵督饷微劳题叙，旋以浮躁拾遗降级，又复五载家居。蒙录播功，补陕西布政司参议，抚治商洛。已蒙抚按会荐，部覆升今职。窃念臣不善涉世，畏途再蹶，迹既同于陆沉。又不善养生，多病交侵，身何殊夫薤露。况臣有老母，当年三旬孀居，抚臣兄弟。母今年八十有九，兄亦七旬而左痹。追惟母茹檗餐冰之苦节，妇道所难，和熊画荻之辛勤，母仪无忝。而臣也历官无状，职业罔修。既无立身行道之实功，安有扬名显亲之盛事。一官牢落，禄养非乏。六十无闻，善养安在。矧赋质孱绵，早伤脾胃，齿渐长而渐惫，业日颓而日瘝，既不成其为臣，又恶成其为子。虽有臣十百在事，无所用之，而家庭则不可无臣也。臣顷来祝禧，途中感病，九日始汗，亦危已。抵阙下，拜舞艰难，仅免陨越，亦幸矣。向缘只役未毕，罔敢言私，今毕矣。以亲老多病之身，正进退宜决之日，无力可陈，审时当止。盖揆诸臣子之大义，反诸寤寐之深衷，惟有解组长往，依恋老亲，躬菽水，终天年，始毕分愿。臣之仰戴高厚，又安有底止耶。臣倾心乌鸟，极目首丘，濒出都门，不得已披沥陈乞。惟圣明体恤下情，推广孝思，俯允休致，幸甚。臣不胜喁望悚负之至。

敬陈科场未尽事宜以杜幸门疏

南京吏科给事中臣刘谨奏，为敬陈科场未尽事宜，恳乞圣明俯赐酌纳，以杜幸门，以光盛典事。自迩年科场滥觞，人心愤懑，先后诸臣封事，急欲振刷更张，用还雅道，盖详哉其言之矣。顷礼部题覆，既荷允行，臣若无容喙也。顾弊窦难塞而易开，革言三就而后审，苟有意见可审补漏罅，又何以言为讳哉。臣夜日驰思，偶有一得，遂忘其谫陋，列为六事，上干睿览。倘与众论相发，有裨宾兴，伏乞敕下该部酌议施行，臣不胜屏营翘企之至。缘系敬陈科场未尽事宜，恳乞圣明俯赐酌纳，以杜幸门，以光盛典事理，为此开坐具本，专差办事吏王化，赍捧谨具奏闻。计开：

一曰议文体。夫文无定体，不可以字句限也。限字之法，自驰骋枝蔓而起，然戊辰、丁丑之间，文以六百字为率，彬彬可观。比辰未两科限字四百，士于是务刻削而习艰深，愈工而愈不文矣。臣尝取坊间文字一目，大都语气局促而不可读，其佳者亦惟是色相庄列，而声口左马，实则优孟已耳，安所用之。然则欲正文体，须宽字数，或听复六百，或以五百字为限，无所不可。盖文章关系国运，既厌浮靡，又恶局促，非盛世之文也。昔季札观乐，而知列国之盛衰，臣愿陛下尚雍容而崇大雅也。伏乞圣裁。

二曰议罚禁。臣闻迩年考官，多受贿取中膏粱子弟，曰："吾得若业足肥家矣，何以名节为哉。"嗟嗟。此盗贼之行，而中智之所羞也。彼冒然为之者，罚轻故耳。臣伏睹律云："凡贡举非其人，一人杖八十，每二人加一等，罪止杖一百。若主司考试艺业技能而不以实者，减二等。"于法似轻，然臣窃思律文本意，指护短为长者耳，非为受财言也。官吏受财，计赃科断，有禄人一百二十贯，罪止杖一百，流三千里，非律之明文乎？人往往忽而不察，遂以长奸，无怪乎考官之狼狈而不可收拾，科场之冒滥而不可驱除也。今欲绝受贿之弊，请于贡举律下，附以受财计赃科断之文，行贿者如之。至于附势行私原无赃迹者，究黜如律，庶贪邪敛戢，而衣鹑食藿，握瑜怀瑾之士，免晋如愁如也哉。伏乞圣裁。

三曰议帘官。臣顷接邸报，内开礼部一本，议覆科场事宜等事，覆礼科都给事中万象春等本，奉圣旨："科场事宜，既酌议停当，各处考试官，准照嘉靖七年例差用，还酌量地方远近，先期奏请。监临等官，不许干预内帘事务。其余俱依拟，着实遵行，有故违的，你部里及该科参奏重治，钦此。"臣查得嘉靖七年各省乡试，实以科部名流充之，一时得人为盛。今陛下一旦采纳群言，光复令典，美不复加矣。然京考必择其学行两优，确有执持者，才称任使，必兼用两京科部，才免雷同。其西北省分参用南人，东南省分参用北人，必其疆域辽阔，风马牛不相及也。而后提衡鉴以往，才能杜关节而清贤科。至于同考试官欲精欲广，无踵前辙，则诸臣疏内备矣，臣可无说也。伏乞圣裁。

四曰议回避。科场旧例，凡父兄当考试提调，则子弟回避，无得应试，其防何密而其为虑何周哉。迩年不戒，始有父辞提调而子进场者矣。夫曰回曰避，此从卑视尊之词，非为尊者言也。若父兄回避子弟，岂惟非法，于理且难通矣。臣请令今后京官，凡有考试提调之责者，子弟仍照例回避，不得与试。臣为此论，非阻后进而病先达也。君臣父子，巍然并重，私恩公义，自有重轻。义之所在，不得不存形迹、远嫌疑，此天理人情，风俗世道所关也。伏乞圣裁。

五曰议坐号。臣思科场积弊无穷，诸臣搜剔殆尽矣，独未有以坐号之弊为言者。坐号之弊，弊在号榜。有号榜则生儒于场事前得买嘱吏书，贿通五七名士，编集号内，为之分合代笔，三场文字如出一手，盖既无怀挟之恐，又无传递之劳，膏粱子弟拱手受成，弊孰工于此哉。今欲革坐号之弊，莫若场前预备齐一号签，点名间监临官亲手掣签，填号卷面付生儒促归号舍，无得换签。至巡绰官不许束带，跟官人役不许先入仪门。生儒进毕，将余签封住，仍差廉能官两员搜过各项员役，才命入闱。夫坐号既不先定，临时又加密查，虽有神奸，臣知其无能为已。伏乞圣裁。

六曰议变通。照得国家以明经取士，遂以五经分房。夫经以房分，贵专也。岂谓经可拘额，而房考人人中数同哉。今五经中式有数，房考所中亦有数，数务取盈，不必确当。然则珠玑容或见遗，瓦砾容或杂进，甚矣拘泥之为害也。如欲罗真才以裨实用，当惟文是程，勿以经限；惟俊是录，勿以房拘。如某经某房多才，不妨数溢；某经某房乏才，不妨数缩。仍又于分卷前，将试卷插匀而后发房。上榜后，仍将房考姓名分中试卷，揭报礼部，以听覆核。斯无滥进，无遗才，此旧规所当变通，而未可胶固者也。伏乞圣裁。

燕喜堂集卷四

表

拟圣驾大阅赐廷臣白金文绮谢表隆庆三年

批：绮丽精确，一字一句皆自肺腑流出。

隆庆三年月日具官臣某等恭遇圣驾大阅，赐臣等白金文绮，谨奉表称谢者。伏以圣武布昭，万国仰精明之治。皇恩覃被，百僚荷慈惠之仁。载明时狩之规，用广多仪之赐。声闻绝域，喜溢中朝。臣等诚惶诚恐，稽首顿首上言。切惟容民畜众，易昭寓险之资。外攘内修，传纪经邦之要。蒐苗狝狩之典，厥有常期。伍两卒旅之兵，爰惟定制。三时务农，一时讲武，良知古法之精。兵识将意，将识士情，允见师中之律。故周宣建中兴之业，六月勤师。汉文著有赫之威，三营劳士。折冲御侮，干城远迈于长城。训民练兵，内治殊严于外治。采薇日远，细柳风微。州郡撤兵，遂肇五胡之乱。金帛遣使，罔回二帝之銮。是皆武备之既弛，故尔战争之多事，威之不振国乎。何为世际昌期，共仰皇图之丕赫。时遭圣典，偕承骏惠之弘敷。旷古希闻，于今肇见。兹盖伏遇皇帝陛下，至神至圣，乃武乃文。德配精金，应乾元之刚健。光昭文绣，同贲道之英华。崇俭约以先民，如金如锡。励忧勤以图治，不兢不絿。兹乘文教之洽，轸念武功之重。金章覃涣，神威欲鼓于雷霆。纶旨特颁，英彩用昭乎日月。爰同卿辅，共视戎兵。紫盖飘翩，望三军而驻跸。翠华至止，萃群伍以扬威。锦卫列貔貅，坐见九天之变色。羽林腾虎豹，兢闻八阵之先声。律严步伐，止齐偷惰，俄消于指顾。机运起伏，阖辟英灵，奋发于驰驱。介胄呈能，爪牙献技。明明赫赫，雄威允壮山河。肃肃森森，神气遥传沙漠。识圣人之有勇，知王者之无敌。大典告成，皇仁肇锡。既匪颁于武弁，复厚贶于儒绅。赐以白金，用表范围之义。赉惟彩币，式期黼黻之猷。潇洒出尘，绚烂夺目。梁州宝贵，殊恩特布于天朝。东海奇珍，圣惠时敷于寮采。金与情重，币随意多。臣等学愧多疵，才非补衮。叨洪炉之鼓铸，罔窥型冶之神。沐[①]大造之裁成，未效经论之绩。感兹优渥，莫罄涓涘。臣等敢不去驳还纯，用勤追琢，救偏补弊，冀副弥缝。磨不磷，涅不缁，

① “沐”，底本作“沭”，据文意改。

务跻坚白之域。保王躬，补王阙，勉图辅翼之功。愿铸鉴于千秋，喜投机于一旦。伏望元精日固，众美时集。四夷来王，尚求圭璋之彦。万方归命，犹勤丹扆之箴。如日之升，如月之恒，宗社保金瓯之固。极天所覆，极地所载，蒸民荷衣被之休。臣等无任瞻天仰圣，激切屏营之至，谨奉表称谢以闻。

判语五条

照刷文卷

批：五判明当，不用旧套。

周太宰计群吏，考岁会于司书。汉丞相课百官，察文移于内史。故考核利弊，非纪录无以详明。而审究是非，舍情实何以稽考。今某惟知肆意，不识怀刑。窜墨留丹，殊失卷宗之旧。挂一漏万，大非明允之文。宜行罔赦之罚，用儆舞文之辈。

欺隐田粮

任土作贡，大禹之成赋中邦。彻田为粮，公刘之厚民豳国。盖以下奉上，乃黎庶之常经。而以私灭公，实臣子之大戒。今某负贪饕之志，失公正之风。请托于吏胥之徒，甘为飞洒之计。出入于里书之手，敢为诡计之奸。法难逃于宣公之税亩，罪宜从夫萧相之明科。

禁止迎送

上交不諂，下交不渎，大易示介石之操。忠臣不私，私臣不忠，汉史著坚贞之节。况荷戈与祋，候人自有常规。而送往迎来，守官岂无定制。今某狐媚存心，猿狂作计。不思拂须丁谓，正言见绝于莱公。岂知解印渊明，折腰懒施于郡督。既失廉隅之正，当加退黜之刑。

辨明冤枉

明罚敕法，大易昭厚下之仁。弼教明刑，虞书垂好生之德。故钧金束矢，冀有孚之获伸。而教朴赎金，宜惟明而克允。今某职虽居于司命，志实怠于求情。孝妇含冤，致三年之大旱。忠臣负屈，乃六月之飞霜。有伤天地之和，宜付国家之宪。

盗决河防

救灾恤患，乃先王睦邻之仁。视我惟人，实君子公物之度。虽以时蓄泄，在周礼固有常规。而无为曲防，彼齐桓亦明王禁。今某擅专小利，罔有仁心。曲为排决，何恤乎邻国之灾。妄肆激壅，那计乎小民之垫。大禹顺治之道，不若是也。白圭自私之术，窃有类焉。邦有常刑，法其无赦。

策

第一问

批：敷对剀切。

帝王所以会纯天之德者，懋宪天之学者也。人臣所以成正君之功者，有格君之要者也。盖人君之德以法天为极，而人臣之道以正君为急。然德不自成也，由学而成，则务学以成其德者，故人君之所不容已也。君不易正也，由心而正，则格心以成乎君者，尤人臣之所不容已也。吾以格心之学而事乎君，君以宪天之学而纯其德，此明良相遇之盛而天地交泰之机也。噫！是道也，吾于尧舜而探其原矣，吾于禹汤文武而浚其流矣！而我圣祖之所以媲美帝王，皇上之所以绍休圣祖，而陋汉唐宋君臣于下风者，端在是矣，请因明问而敬陈之。且天下果有本乎？曰君身是已。君身亦有本乎？曰君心是已。人君一心，必有所用，不用之问学，则用之嗜欲。问学胜则明，嗜欲胜则昏。昏明之际，治乱之机系焉。是故古之帝王，若惟精惟一之授受，只台盛敬之允迪，敬止敬胜之家法，率皆以务学为急，以正心为要，而俟后世于无穷者也。降及后世，上鲜纯德之君，下鲜辅德之臣，格心之义久矣，其不闻于天下也。间或庶几者，若典重经筵，而伊川诸公少试其启沃之力；仪隆召对，而魏相诸贤得罄其敷陈之蕴。他若史官之设虽备，而掌之者未闻，其有潜消默化之机，则虽国史却观起居有注，亦奚为乎。谏官之员虽设，而听之者未见，其有虚心乐受之实，则虽不冠不见疏比弦韦，亦何为乎。此汉唐宋之主所以实德未备，实效未臻，而不得与帝王并称隆也。洪惟我圣祖开基之初，明目达聪，广咨博访，日与刘基、宋濂辈讲论图维，咨诹善道，其载在《圣政纪》及《大明日历》者，可考而知也。则我圣祖宪天之学，纯天之德，与夫诸臣格心之学，致主之功，夫固两得之矣，列圣相传，守为家法。恭惟我皇上嗣大历服绍休笃佑，御极以来，所以懋敬典学者，何其渊以穆、光以大也。在廷诸臣，感会风云，依光日月，其形诸纳诲敷陈之际，见诸纪录谋猷之余者，亦既精白而敬应之矣。兹欲弘启沃于经筵，效赞襄于召对，直笔纪诸兰台，昌言协于彤陛，以辅养上德而光昭祖烈，夫岂无其要乎，亦曰尽格心之道而已。盖所谓非心者，不必其悖理之甚、违道之远也。一有杂焉，即非心也。一有间焉，即非心也。必也声色货利勿使诱之，宦官宫妾勿使昵之，狗马射猎勿使玩之，神仙土木勿使蛊之；且出入起居皆有常度，前后左右罔非正人，而日汲汲焉，举圣祖之心法以告戒之，述帝王之心学以劝勉之。如此而启沃，如此而赞襄，如是而为直笔，如是而为昌言，渐焉渍焉，习焉熟焉，则学为宪天之学，德为纯天之德，而高明博厚，悠久之业，有不难致者矣。愚何幸躬逢其盛。

第二问

批：得明经之旨。

明天下之道者，圣人作经之功也。晦天下之道者，诸子谈经之陋也。夫六经一道也，道一心也。心苟得于道，则作经可也，谈经亦可也。苟无得于道，则不惟谈经之谬，而且失作经之意矣。执新奇之说以求希世之名，泥局曲之见以要非常之誉，即其心固自以为圣人复生而六经再作矣，然不知议论之杂、真实之疏也，支流之滥、本原之昧也。将以翼经，而反以晦经，将以明道，而反以晦道，则亦何贵于议论之纷纷为哉。执事策士秋闱，而以经学为问，岂非以穷经之功乃诸生之所素负者乎，敢不掇拾所闻以对。且经者何也？吾心之常道也。是故《易》以言乎吾心之时也，《书》以言乎吾心之中也，《诗》以言乎吾心之性情也，《礼》《乐》以言乎吾心之中和也，《春秋》以言乎吾心之名分也，然非圣人乐为是辞说之烦也。于《易》焉，吾见其触焉，而得之也。于《书》焉，吾见其适焉，而得之也。于《诗》焉，吾见其感焉，而得之也。于《礼》《乐》焉，吾见其周旋焉，而得之也。于《春秋》焉，吾见其愤激焉，而得之也。故方其为《易》也，若不复知有《书》；其为《诗》也，若不复知有《春秋》《礼》《乐》。苏子所谓不索而获、不求而遇者是已。圣人之作经，岂圣人之好为是赘辞哉。夫何天下之不皆圣人也，又何天下之不皆谅圣人之心也。遂使六经虽仅脱于煨烬之余，而终不免分沓于雌黄之口。是故易更四圣而象以著《易》，若无容于拟也，夫何九师兴而《易》道微，而《易林》《易通》诸家皆以拟《易》而不知其为《易》之奴婢也。《书》载坟典，而古以备《书》若无容于拟也，夫何蝌蚪泥而《书》体紊，而九家三家诸辈皆欲拟《书》而不知其为《书》之赘疣也。《诗》备经纬之妙，吾知其难乎其继也，而《义驳》八卷、《奏事》一卷之属，皆拟乎《诗》

而不知有《诗》者也，非诗教之罪人乎。《礼》尽经曲之烦，吾知其莫能加也，而删为八十五、合为四十九之类，皆拟乎《礼》而反失乎《礼》者也，非礼家之聚讼乎。至若《春秋》，为圣人笔削其奥旨微辞，虽游夏不能窥其蕴，而四家、二十三家，殆非圣人所修之旧矣。左氏、公羊、穀梁皆传《春秋》，其醇疵瑜瑕，在先儒固尝发其秘。而五始、三科、《繁露》殆愈昧乎圣经之旨矣。是诸家也，持拘滞之见而不窥其大，则夏虫井蛙之陋也；泥狂瞽之智而不究其微，则管窥蠡测之失也；忽圣经之意而不探其原，则棘刺白马之诞也；修藻缋之词而不适于用，则尘饭土羹之戏也。使圣经而可拟也，则苍梧人娶妻而美以让其兄者，可以为让道也乎？使拟之而得其真也，则邻女见西子之颦而美以效其颦者，可以为善学也乎？昔人云仲尼祖述尧舜，宪章文武，亦未必居九五之位，处南面之尊，而后谓之相配也。知此则知诸家之谈经者，不惟无以明经而反以晦经也已；不惟无益于圣人而且得罪于圣人也已。故吾所取者，程子之主理，邵子之主数，朱子之本义，而《易》之道以明。《诗》传于朱子，《书》解于蔡沈，而《诗》《书》之蕴以著。陈澔解《礼记》，而中和之理以昭。安国传《春秋》，而褒贬之义以悉。经学之所以大明于天下者，秋毫皆其力也。然则欲穷经以适用者宜何如？亦曰求诸吾心之时而得圣人之《易》焉，则顺变化以达时中者在我矣；求诸吾心之中而得圣人之《书》焉，则亮天工而熙帝载者在我矣；求诸吾心之性情而得圣人之《诗》焉，则观风俗而洽教化者在我矣；求诸吾心之庄敬是非而得圣人之《礼》与《春秋》焉，则谨节文而昭劝惩者在我矣。由是垂之为经常之训，措之为经国之猷，树之为经论之绩，炳之为经世之文，又何六经之不在吾心也哉。谨对。

第三问

批：识见卓越。

君子所以立天下之大本者，其至一之心乎；所以懋天下之大养者，其至正之学乎。夫学非他也，即事心之实功也；心非他也，即务学之本原也。事心而兼之以学，则其心也日纯；为学而求端于心，则其学也日粹，此交养之道而互发之功也。舍心而言学，则问学有未尽矣；舍学而言心，则事心有未至矣，如之何而可以言内外合一之全功也耶？请敬陈之。

夫君子之所以利人国、裨圣学者，其具有二：曰心术，曰学术。学术者，所以致用也；心术者，所以立本也。学术之不足，则志眩于纠纭，识迷于蔀斗，而求其大有为也不可得矣。心术之不正，则偏曲之习胜而胶固之弊滋，欲求其大有养也不可得矣。心术得学术弘其用，然后斡旋之策不穷。学术得心术为之本，然后运用之枢不谬。此一德一心学古入官之训，所以载于《尚书》。而心则贵一，学则贵正，所以兼体于君子也与。是故自今观之，若伊尹之阿衡佐命，而成吊民伐罪之功。周公之笃棐辅德，而弘制礼作乐之绩。丹书矢戒，太公所以明敬怠义欲之防也。典学沃心传说，所以广霖雨盐梅之化也。此其学术之纯，心术之正，当世为楷，后世为则矣。嗣是而后，若张良之始终为韩，孔明之感激驰驱，范文正之心事清白，文丞相之精忠贯日，其心术正矣，而学术或未之纯也。董子之下帷发愤，韩子之原道诋佛，温公之鸣道涑水，欧子之力复古文，其学术伟矣，而心术未必尽纯也。此其德业闻望若不可及，而较诸伊吕诸公未免有余歉矣。洪惟我国家明道正心，崇文启学，二百余年，凡在菁莪棫朴涵育圣神之化者，率能以正大光明之心，而为纯粹精微之学。其卓然彪炳于《皇明名臣录》与《理学名臣录》者，可考而知也。是故以皇明名臣而言之，炳几运筹，昭回制作，诚意伯刘基其人欤？德容学问，外夷钦仰，学士宋濂其人欤？章溢之为中丞也，忠孝全归。宋讷之为祭酒也，臣僚让德。推而及于张辅、陈瑄、黄福、顾佐以下，固皆历历可稽者矣。以理学名臣而言之，河东薛瑄之学以复性为主，余干胡居仁之学以主敬为本。起于征召，则有若吴与弼、陈献章。列于科目，则有若罗伦、蔡清。推而及于周瑛、庄杲、黄仲昭、章懋以下，固皆彬彬可数矣。是诸君子者，蕴之为心术，则神明可对，天地可通。心术一何如其正也，而其心一伊吕之心也。积之为学术，则万物为体，天地为怀。学术一何如其纯也，而其学一伊吕之学也。视之汉唐宋诸君子大不侔矣，其所以翊景运而裨圣德者，岂无自哉。虽然学术、心术二者固皆在所重也，若究而言之，则心术尤学术之本也。盖天下固有言孔孟而行盗跖者矣，亦有貌比干而心蜚廉者矣。若此者，非徒以其学术不明，亦以其心术之不正也。君子苟能先立其心，而不为威惕，不为利诱，纯乎其不容间，确乎其不可拔，则存之为圣贤之学术，达之为帝王之事功，而万世之模范在我矣。呜呼。此固愚生尚友古人之志也，执事幸勿以为狂。

第四问

批：能言利弊之源者。

夫政未尝无弊也，识其弊而救之者，虑贵远。夫民未尝无患也，悯其患而防之者，计贵周。虑不远则弊不止，计不周则患不息。故不为目前而念逮他时，不滞一隅而意期兼济者，虑远者也。《诗》曰“吁谟定命，远猷辰告”是也。百姓欲就惫而起之使生闾阎，有隐忧而察之至著者，计周者也。《书》曰“若保赤子，民其康乂”是也。既远且周，故弊可救而患可防也，利可兴而民可育也。而元后之责，父母之任，此其克尽而无余歉矣。执事策士而以东土之时事为问，此固与民同患之盛心而亦愚之，愿为执事者告也。

山东，古齐鲁宋卫之墟，太公之所培也，伯禽之所育也，微仲康叔之所治也，其富厚之甲天下，夫人而知之也。传之今日，则有非昔日之旧者矣。屯营之政，废堕而不修。水泉之利，泛滥而不制。田野苦于荒芜，民居苦于汩没。疆域之疲弊甚矣，蒸黎之困穷极矣。愚也目击其弊，而心忧其患久矣。宁无所以为东土之计者乎？盖尝思之，自井牧废而屯营兴，议者谓其为厚民富国之要图，信矣。而古之人行之者，若孟德之田，许下子仪之田，河中是已。而唐、邓、襄三州，河北东西皆行之而有成绩者，可采而行之也。自阡陌起而水利兴议者，谓其为奠居裕民之急务，信矣。而古之人行之者，若萧何之决滑河，召信臣之引洩口者是已。而废土变为沃壤，巨洋复为腴业者，可举而行之也。山东地多卤薄，民轻逃徙，汶泗之河屡决，济漯之源久湮，则营田水利二者如之何而可以不讲也耶。乃者千里蓁芜，四望萧艾，招抚徒办于文移，经画率滋于浮议，司牧民者其可徒以秦越为心矣乎。兹欲招募贫民而兴辟旷土，则谷种、刍粮、牛具、农器，官可给也，而不可以泥也。计亩分川，贷征蠲役者，间可为也，而不可常为也。求其可以为经远之猷者，必也察侵占之人而罪之，究里胥之弊而惩之，而又并里以宽流离之民，招募以厚来归之众，如是而复有豪梁垄断之害者，吾不信也。鱼台泛涨，卫河溢流，沿大小之清河，亘青济而巨浸治农者，其可徒以邻壑为谋矣乎。兹欲杀济兖之上流，浚清源之下流，以避其冲而导其势，可矣，而未尽也。或东筑乎小清，或西开夫柳塘，以入于海而归于河，善矣，而未至也。求其可以底平成之绩者，必也陂塘浚其湮塞，斗门时其启闭，而又谨蓄泄之夫，惩贪渔之吏，如是而犹有水道未复、民居未固者，吾不信也。大抵欲起累世之弊，当博求善今宜后之策；欲兴不世之利，当广求跌宕瑰玮之人。不得其策，其弊不可拯也；不得其人，其利不可起也。必也若南阳之杜诗，则修治陂池之政举而草莱辟；若青州之富弼，则多方活济之策行而流移赈。任法不如任人，虽书生常谈，然究本之论恐不出此也，不识执事以为何如。

第五问

批：议画正大。

君子之加惠乎斯民也，先时而预为之图者，则其为力也易。后时而始为之计者，则其为力也难。盖天道之运无常，而所以预为天运计者，吾人事也。民生之命靡定，而所以预为民命计者，吾人责也。苟非规画于未然之先，而徒补缀于已然之后，则为力愈劳而为惠愈隘，君心虽尽而民命愈残，欲其体上天之心，立下民之命，而成救荒之政于天下也，胡可得哉。执事发策终篇而以荒政为问，见奉扬圣化之忠焉，见景仰往哲之怀焉，见责成守令之心焉，敢不据实而折衷之以对。

尝闻天道不能常泰而无否，岁时不能常丰而无歉，故放勋之世，怀山襄陵，太乙之时，流金铄石，乃九年七年而民无狷瘠者，何则？备素具也。三代而下，遗人禀人之政弃而不讲，缓刑薄征之法废而不修，有志之士不忍民之告病也，随时规画，缘俗变通，虽人人殊法，然心存拯救，均之有所济于天下。试举载籍所记者而言之，若李悝之平籴，耿寿昌之常平，戴胄之义仓，长孙平、朱元晦之社仓，皆立法以济民者也。他若汲黯过河东而矫制发粟，富弼守青州而区画赈贷，以至观察宣歙而不抑米价，职任耀川而谕民平籴者，皆随时以济民者也。兹数君子者，泽被生民，光流汗简，至今为不泯矣。往岁东南水旱频仍，灾沴相继，而齐鲁之地尤甚。我圣天子轸念元元，俯从台臣之请，遣使赈贷，万民踊跃。间者秋获既登，民赖安堵，诚可上纾九重宵旰之忧，而俯全亿万蒸民之命矣。然时难必于常丰，政不可以无备议者，谓先时为义仓社仓之建似矣，吾恐其济有未遍也。临期为常平通济之规似矣，然生民未必其尽周也。发粟赈贷权宜之策则然也，然而初无益于老稚之颠连。均市平籴调停之法则然也，然而未能及夫陬壤之遐僻。兹欲建经常可久之规，为生民无穷之利，其道果何如而后可。吾观王制有曰："三年耕余一年之食，九年耕余三年之食。"以三十年之通计制国，用则可以除田租而不税，弃地利而不采，熙熙皞皞，相忘于帝力何有之中，而区区荒政特其余事焉耳。是故为君者，与其为遇灾思惧之宣王，孰若为时雍迓衡之成康。为臣者，与其为弛禁惠民之博文，不若为心劳抚字之阳城。为民者，与其遇兴造救荒之仲淹，孰若遇不为蠒丝之尹铎。此惠民者所以不当于其变而于其常，而救荒之所以无奇策也。狂瞽之见如斯，惟执事进而教之，幸甚。

论

圣王修身立政之本

批：千变万化不出一个敬字，而脉络步骤愈出愈奇。

论曰：帝王所以建极于身而锡极于天下者，非可以袭而取也，惟其心之一于敬而已。夫以身而视心，则身固外也。以天下而视身，则天下者又吾身之外者也。而何修身立政之本乃独于敬而得之耶？盖身非他也，即此心之统贯者也。政非他也，即此心之运用者也。而要其事心之功，则立敬焉，尽之矣。故吾心能一于敬，则心极之内有凝然湛然者寓焉，而天下之大本立矣。由是以之而建极，则身可修；以之而锡极，则政可立。天德王道由一敬以达之裕如也，苟敬之不存，则本原之地已汩焉，而莫知所主矣，又安望其能修己治人而会天德王道之全功也哉。呜呼。此真西山所以论圣王修身立政之本，而必于一敬焉归之也，请竟言之。且人君一身其所系者大矣，上而为天之宗子，下而为民之元后，大而为内夏外夷之宗主，纤而为昆虫草木之命脉。是故本之于身，则天下于我乎观德焉。施之于政，则天下于我乎观化焉。吾身之不修，则观德者失其望矣。吾政之不立，则观化者失其资矣。兹欲修吾之身以成其德，立吾之政以达其化，使观德观化者咸有所仰焉而不孤，而吾亦可以自立于天下，则又岂徒泛然以求之，杂然以务之，而不于本原之地求端用力乎哉。吾知求之于一身，则视听言动之间，出入起居之际，一一而检制之，未能也。求之于庶政，则礼乐刑政之运，纪纲法度之施，一一而整饬之，未能也。吾将何自以为本乎？盖吾身之用虽烦，而所以纲维乎此身者，吾之心也。庶政之施虽博，而所以宰制乎庶政者，亦吾之心也。身之纲维、政之宰制者，固皆系于吾心，而所以凝聚乎此心者，则敬也。是敬也者，非心外物也，即吾心之至一者也。吾人之心，一则纯，二则杂。纯则天，杂则人。天与人之间，而敬与怠之所就，各别矣。身与政之得失，亦因之以各异矣。然则有天下国家之责者，不欲修身以立政则已，如欲修身以立政，则舍敬将奚之焉。是故圣王知其然也。而主敬之功，吾知其不容已矣。盖天下之人固有矫饰于事为之著，而于隐微则忽之者矣。忽于隐微，则独知独觉之中，其敬犹未纯也，而修身立政之本丧于隐微者多矣。亦有矜持于大德之闲，而于细务则忽之者矣。忽于细务，则一动一静之际，其敬犹未密也，而修身立政之本失于细务者多矣。圣王者，有至一之心者也。一则无不敬矣，敬则无不纯矣，纯则此心与天合一，而敬者无时之或息矣。是故处大廷之上，不异深宫；临讲读之臣，不异师保；信典谟之训，不异蓍龟。俨乎圣贤与居，穆乎神明与游。几务以至燕闲，何地不敬，即幽独不废也。常伯以及虎贲，何人非敬，即蒭荛不废也。居食以及服御，何时非敬，即寤寐不废也。于是乎为时几之敕，于是乎为兢业之虑，于是乎为有严有翼之诚。是故上而承天则有昭事之敬也，下而临民则有颙若之敬也。推之而穷天壤，周物类，亦莫非一敬之所流贯者也。故敬无外，则吾之所以存此敬者亦无外；敬无息，则吾之所以存此敬者亦无息。而检身之要，宰政之原，已浑浑乎统具于吾之一心矣。故由是以此敬而形于身，则视听言动皆成法也，出入起居皆天理也，而身无不修矣。以此敬而发于政，则礼乐刑政无过举也，纪纲法度无妄作也，而政无不立矣。以此敬而流通于修身立政之间，则本之于己，而体以涵乎用者，身之修也，而实政之原也。推之于人，而用以达乎体者，政之立也，而实身之运也。而内外相须、神化合一者，胥此矣。故由吾昭事之敬而推之，则修身而宪天之政立焉，而三辰之所以顺轨，七曜之所以贞明者，一敬之上通乎天也。由吾颙若之敬而推之，则修身而宜民之政立焉，而凡六府之所以克修，三事之所以允治者，一敬之下通乎民也。由吾虑周天壤、心通物类之敬而推之，则修身而尽人尽物之政立焉，而中国之所以顺治，四夷之所以威严，与夫昆虫草木之所以并育而不相害者，亦不过此敬之洋溢于无外焉耳。此敬一立，真若天枢运而列宿朝宗，玄极定而万象顺轨，何有于修身，又何有于立政。故天下有观德于我者矣，而吾能修身以建极，则可以慰天下观德之心。天下有观化于我者矣，而吾能立政以锡极，则可以副天下观化之志。而圣王立敬之功于是乎无余歉矣，使或敬之不存，则声色货利得以诱之，宦官宫妾得以蛊之，身且未之修也，而况望其能立天下之政以成天德王道之全功也耶。甚哉，人君修身立政之本不外于敬也。故自尧舜以至于文武，其德均可以配天地之德，其业均可以配天地之业。人徒见其身之修也，政之立也，而不知允恭温恭之妙，只台圣敬之精与夫敬止敬胜之懿，则固有以为之本焉耳。自是而推之，若伊尹之训太甲，周公之相成王，不曰严恭严畏，天命自度也，则曰治民只惧，不敢荒宁也；不曰以敬作所也，敬典在德也，则曰皇自敬德也，奈何不敬也。是故道若多端，而一敬之外无异道；词若更端，而一敬之外无费词。此二君所以成修身立政之功，而为商周之令主者也。然则有修身立政之德者，果将以敬为本耶，抑将以漫为事耶？少知义理者必能辨乎此矣。大抵为君而不能以敬自治者，自贼者也。事君而不能以敬责其君者，贼其君者也。必也为臣者以吾心之敬而使君之进于敬，为君者因臣之责敬而汲汲然日存夫敬，则上下交而德业成，修身立政之功有不难致者矣。虽然辅敬在臣，克敬在君，此西山之立朝所以虽尽夫格君之道，而卒不能使有宋之君与商周之主称隆也。吾是以因其言而有感。谨论。

与李禹门令君论政

日枉车骑，勤勤咨邑政，咸虚雅度，挽近所希。仆眊矣，安佐下风，直仰孤清问未敢，辙就耳目所及，于时关切者，倏为六事，冒尘睿览，乞贯狂瞽之罪。

一曰急安集。比岁大荒，死徙无算，似宜首招抚流移，设法安插。俾知乐业，其死于饥疫者，不难按籍除豁。既恤枯骨，又免见在户人之赔累。庶流离慰鸿雁之思，墟里动室家之庆，事无急于此者。

二曰徐催科。钱粮除四十三年全灾，已经题免外，其本年灾免未尽。应征分数钱粮，势须催办。倘过急，民不堪命，恐至逃遁。请将七分粮，分作七限，续征，半月一比，每限止征银七分之一。庶数少易办，民乃乐输。其粮银最少，难分七限者，听便截纳。

三曰省刑罚。刑以绳顽，是乌可废，但用刑欲当，数不须多。夹棍更不宜泛用，正如诸葛武侯虽以严治蜀，乃不厌时亲决杖，重民命耳。倘乘怒滥刑，朴责多数，只骇观听，未足示惩，所损仁闻不少，恐非所宜。

四曰崇俭素。大荒之后，民穷到骨。惟官府樽节爱养，毫无糜费，务令市肆乡村，帖定不扰，民始渐苏。羔羊素丝之风，乃官常民命攸关，非细故也。

五曰清衙宇。衙役夤缘为奸，处处皆然，况敝邑二十年来，令君频数更代，坐令案牍如麻，奸弊如猬。舞文者幸逃公绰之诛，侵牟者取餍私囊之润。设非立法稽查，提纲在我，将衙宇人人为政，有如向来景象，那能清楚。想来本正则万事理约，而易操之政，只在衡鉴高悬耳。

六曰弥奸盗。盗贼大而啸聚，次而劫掠。鼠窃狗偷辈，又其次也。年来境内盗不胜猖獗，至东西两烦官兵，驱而后定。中间巢窟养乱，猫鼠为奸，隐隐线索可知也。今欲弥盗，当先治盗贼之源。源乌在？在淫店，在赌场，在坐地分赃之窝家，在为贼作耳目心腹之番役衙役。彼根株盘据而不可拔，呼吸相通而席为市，奸庇盗，盗养奸，盗安得不日炽。谓宜申保甲之妨，峻窝通之禁，悬密告之金，申捕盗之格。刑赏必信，作用莫测，务令真盗不得漏网，玉石不至混淆，积奸怵法而改辙，斯盗贼惕息而屏迹已。

此外头绪繁多，曷可枚举。惟明府居以澄定，特以有恒，识力自然莹畅，注措自然卓荦，虽以宰天下可也，于敝邑乎何有。

引

诗钞辨体引

诗体欲辨也，辨明向往，学当如是。邑大夫关西杨公，才情俊亮，雅耽诗，一日过不佞，叩以诗体，应据《诗宿》谬谓有闻邪，则付以古十九首，旋有今钞。钞不备代，代人与诗无几，略矣。夫诗之体犹医方也，医妙无方，汇方者不尽洞医；诗妙无体，汇体者不尽工诗。古人因证立方，妙在方外。故方创于神圣而人述，体铸于豪俊而人守。篇章句子之长短，古风近体之蹊径，奚待豪俊而后能言也。是故虞夏浑噩，汉魏尔雅，六朝浸淫，转而为诗道弘鬯之李唐，始有五七言与六言近体，无不创之格，亦无不比之音。然而古降今也，今不复古也。无异故，风气渐泄，操尚多岐，虽玄宰不能尸，而况于人乎。试观古逸体裁，响疑天籁，晶光焕发如珠，要不失淳庞渊懿之真体，何可局也。苏李五言，柏梁七言，均矢口为体。魏氏父子，犹斤斤步武之，六朝莫望焉。初唐诸公力振芳轨，然亦止唐古。譬则山祖昆仑，水祖河，余子孙支派耳。何者？古无囿，后人囿焉。囿于体，则体反桎梏。古今体别，世道升降所关也。乃有圣有明，有作有述，相待不相悖，在所悟入。《记》有之，审声知音，诗被乐者也。师旷之聪轶耳，清庙朱弦，疏越有余音焉。诗远邪近邪，在音在耳邪。拟议变化，神易无方体，明辨足言邪。故曰，服习至神，巧者不过习者之门。则今钞固渡河一筏，到岸不须船也。

诰封王太宜人耋寿诗庆引

太宜人诞于公驷马之门，式钟纯固。培王氏槐堂之荫，浚发长祥。盖自赋喓喓草虫于大夫，早已歌振振麟趾乎公子。百鹗不如一凤，矧丹山尽鹭鹭之英。无成而代有终，知玄极笃期颐之祜。悠悠岁月，麻姑望海水而忆桑田。浩浩神仙，金母宴瑶池而荐雪藕。以坤贞之载永，符天道之好生。某等施蔓女萝，猥有青松之托。瞻芒婺宿，遥分银汉之章。从文子，发文孙，茂衍箕畴之福。由斯陶，播斯咏，载赓寿母之诗。愿乞露于金茎，用和玉屑。更借樽乎北海，为祝南山。

议

永宁宣抚司木价议

永宁派木，前道果是扰事。适来督木道议罢，良是。第前发木银，今欲即抵兵饷，只恐银属画饼，而土兵不能不枵腹待，重自可虞。如台谕饷兵如例，而木银姑置之勿问，以俟成功充赏，可谓虑之审已。职敬奉以从事，保无异故。

免撤永宁[①]土兵议

永宁兵，素亦播酋所惮。比惧我调发，虚声恐喝，不独欲牵制永宁，且谋弱我。酋谋甚狡，台台来札，洞烛酋肺肠，诫留土兵防守，不必发回，是谓知彼知己之概，何患一酋耶。粮饷时给，自是用兵紧关，但泸储且空，接济未到，职用是夜日焦心，急需藩饷，不啻燃眉。乞谕速发，且催各州县，查照原议，速运本色，以充饷馈。再查泸合兵已万余，分布要害，稍足吐气。又念多而未精，似宜责令领兵官，稍汰老弱，或发回另换，或径回地方不用，庶兵精而饷亦省耳。乞台台酌示。

① “永宁”，底本作“宁永”，据文意改。

募兵汰兵防兵议

昨陈李辈所言募兵，未敢信以为真。即有之，亦须拨十得五，通候调发，庶免縻费。然亦未可峻绝，恐一二无赖，反生他肠可虑。王参将原领镇兵，即日遣官旗押回。合江兵，诚宜拣汰，职即檄杨游击奉行，职往再简。初土兵果扰地方，今日有宣抚令剑，本道又密察之，似无足虑。各兵万余，分布合江者九千二百八十员名，泸州三千五十六员名。纳溪地小，今止发土兵一千，以指挥魏绍祖同长官刘谦协管之，发有禁扰牌面。眼前兵事，渐有头绪，直扰乏饷与器甲不堪耳。火药事，职抵泸方检宪牌出，促州差官市买，尚未举行，容即日督责之。

答于抚台京兆募夫议

伏承台台以京兆驿募夫，频数告替，不堪苦累为言。台台不轻准词，而下询职，洞中肯綮。又职之职掌攸关，向来目击，敢不冒昧言之。夫京兆何地，驿递何事，使者纵横，差多马少，业自难堪。又有在省各衙门，日直小拨马，三五匹不等，十分琐碎，往往赴愬。见有前部院告词，批道行府，府不回详。彼非不欲回，惮而不敢回也。占役难清，忌讳易触，即职也稍似督邮，尤惧恶其把持，议其颛擅，止省自家，而况丞若卒，视之如泰山临卵，畴敢忤犯。自二监撤后，苦情端在此耳。驿马四十，占役六十以上，有此理否？小拨占役，正差不废，不雇不赔，马从何来？言之可为太息，但仔细参详，任是十分苦楚，受气者代役，赔钱者则原募正身也。正募颇有身家，夫直之外，又有私帮，日朘月剥，总是此辈。真是不堪，那累代役。然驿中支撑，非积棍又谁能之。假如退了积棍，另召募夫，依旧是转雇积棍。以硬柴傲巨斧，处处皆然，不但京兆一驿。乃尔调停裁省，全在台台主持耳。但就中另有一说，当初二监在地方，虐焰任煽，使出十道，动有生死，驿递莫支，始有加添银两原文，事已径革如旧。今事已日久，增银如故，屡行屡议，屡议屡阁。募银增之易，削之难。削则告退，不削则愿当。彼射利如鹜，嗜利若麋，规利若鬼蜮。语在此而机在彼，市井驵驓之言，抑又何可尽信也。斟酌独断，台台行之易易，然议从下起，乃尽人情。府官新到，好以此事语之，另与长安共议妥当。本道酌呈，庶几不至背驰，惟台台垂查焉。职右目作眚，如乱发飘扬，可畏也。思多耗心血，受累已久，比日更甚，暂尔假摄，又幸台亮。

答张明府徭议

明府清丁于大荒后，势不得不抉恒格以苏困。假如去一丁即补一丁，是寻常拘挛之见，即里书能办之，究与伪增户口者等耳。日者明府见逃亡众而申愬切也，每陨涕开豁，以宏德意。审后自然亏额，如要于人丁亏额中不失丁银原额以，给公家，只得从见在丁数，每丁量加一二分补之。设加银不足条鞭用数，更请于地亩内量加一二厘补之。盖有丁有差，有地有粮，丁粮加诸丁内，原不为过，只为穷丁不堪重派，所以稍加诸地亩。原来条鞭银内，已兼力差，多加又难。总之事出权变，变以求通。迟之，生聚日烦，又不难减今日所加银数，以复故常。且因俗为政之谓循，循民为政之谓良，今日循良，舍时其何之焉。我牧父明烛穷帘，仁声鸿雁，则劳来安集与奉公体国之义，不能不委屈图之。若不肖蛙见，恶当虚怀之访，惟会诸邻封，折衷孰便，更沉思独断，力作主持，当事者应自亮察。不尽。

漕米事议始末

漕米议折，委官吏籴米上纳，一以省运米脚费，一以纾百姓赔苦，此杨父母美意也。申文中，原无囤头批头之说，其后上司批查，该房关会邹平，添出二项头役，原属未妥，遂有投充召募，领银赴德州籴米者。切思今年谷价，市斗止钱二十，可谓极贱。近议米价，视岁增减，原是活法。大粮顾募二十名，即兼漕粮在内，未尝别有顾募。顾募殷富，须查照本家物力钱粮，取有什伍保结，方许应募。何待投充，又指称乡宦预闻哉。为念生一片热肠救人，一生真性苦，便快我意，所以有顾募殷富之说，屡恳如铁，千金不易，九折不回。近日投充籴米七家，全未见面，并无一字干县，天地神明共鉴之，东衙父母知之，不足深辨，但以救民疾苦之心，反为群小蒙蔽，不明之罪，其又何辞。再照近议顾募殷富，原为拨救挨甲之苦，顾募得人何害，顾募不得人番受大害。一法立，一弊生，全赖仁明县主。如今新县主已到，自有良法美意出来，造阖县无穷之福，维持个好好县分不难。大家静听，不消分外营求，心劳日拙也。好共知之。

收解贴费议

长山自挨甲收粮以来，小户不胜赔苦。近奉明文，改为募役。非募无藉之人，取殷实能干者耳。但殷实能干之人资其力，便当恤其私，所以有一十二两之工食，有解银百两。官给一两一钱之耗费，其耗费取给羡银，此系抚院明文。乃承募之人尚怯懦不前者，有三端：一则见向来赔苦，一则恐前银不足上纳，一则恐羡银未必尽得，是以不前。又据合县公议，每纳粮银一两，先出贴费银二分，不分士民及本县外县，但种境内地土者，一体交付收头，方收正项。夫正项之外，又加贴费，岂不知人情惮烦。细算来所费不多，众毛攒毡甚易，如此则良法可行，承解者永不受累，不拘大家小户，都得安稳。为是不揣庸愚，传单知会，单到阅过，即于尊衔下书一知字，以便申行。

与守道王公议收解

本县钱粮收解，先年从上六则，内佥揭不及下户。后行条鞭法，官收官解，总不累民，有碑可据。乃官多大家不愿在官从事，告改挨甲收解，于是阖县六十三里，佥大收头六十三名，漕粮收头六十三名。十九小户不及大家，连小户攀扯朋伙，多至二三百名，终岁扰扰。城市衙门一切取办，溪壑难堪，及兑银又重入轻出，不胜赔苦[1]，鬻产完官，沃壤半卖邻县，地去差存，赤历可考。去年乡民张国光等，告乞比照章丘县复行条鞭之法，除将漕粮及王府禄米，依去任杨知县申文，归并大粮内，征银籴米上纳外，通议顾募，收头二十二名，内收粮银二十名，每年工食银十二两；京库布二名，各工食银六两。又先奉抚院明文，每解银一百两，县给羡余银一两一钱，以充耗费。又虑羡银未必给与，即给与尚恐如往事多赔，是以应募诸人怯惧不前，半年未定，恐误收解。为念议法欲其可行，强民难以持久。东野氏之马佚，佚以疲也。民疲亦然，自当体恤。但有司惮于驳议，故尚因循，衙役不乐于头役减少，罔遂渔取。其而在二十头役，又虑髓枯渔取，殊无帖辔之心。如是则长山穷困赤子，厄运何日出脱。今据阖县公议，只求个官收官解。官收与民收分数一般，只是官解免收头诸般赔苦，省得一边耳。民困倒悬，事关桑梓，计划总出无奈，不得不控诸台台也。语言无次，亟望老公祖俯谅无他，留神拯救。幸甚。

与郝丞言收解事

敝县旧亦不恶，频年凋瘵，只为挨甲收粮，往往令贫肩富差，不鬻产，即逃去，好地半归邻县，各处所无。生等忝列缙绅，虽幸免役，坐视安忍。比乡人具连名状，将用上控，要如条鞭原议，不挨甲而召募，其收解工食耗费，俱于粮内带征，令小户息肩，大家无恐。除害兴利，法莫善是，谨此预启。幸明

---

① “苦”，底本作“若”，据文意改。

府体念民穷，又以贵职掌所在，切切向卢公祖处力赞，并杨父母所申漕米改折事，总以详请，批查议报时，断断成之，不听阻挠，自是千百年功德，家户尸祝无穷也。倘事机一失，重审收头，里胥骗诈，害将安极。事干阖县，不揣为万民请命，重念机牙关纽全在明府，披沥呈真，仰希垂察，伫有俞命。不次。

传

术双泉小传

阳丘术双泉先生，殁余六十载已，未有传。以余游先生季孙也，得概先生。视子姓舄奕清白，又足证先生不滓。是可述，故不揣谫薄传之。先生讳洁，字廉甫，寄号双泉，濯缨而乐之也。远祖实金术虎丞相高祺，宋元间避难，去虎从术，不复姓，世次无稽焉。先生固轩轩颖耀，蚤为舅氏王司空赏识，诏之学，辄酷嗜学，婆娑术艺，寒燠若遗。弱冠游，庠蜚骏声，已则登嘉靖壬午乡书。岁壬辰，以数不第，谒天官，除知涿房山县事。房山石美饶，中贵人衔命厂治。先是胡侍御督学畿内，试竣例勒碑京兆学，纪成事，檄石房山。时署者县丞任璋，以石应。已先生至，则昝文鉴狼阉横索，先生篾应。引之觞，弗就。把袂，遽挥之。比征役六十，先生又白部毋给，遂大衔，诬奏先生媚要，擅凿玉石，事违禁不法。时高忠太监势方张，表里鼓煽，激上怒，众怵先生祸不测。会阁学任丘李公、大中丞涿鹿史公、通政使涞水郑公，宿向先生，力从中地道，得不死，谪戍青州。密里闬，居数载，邑人李选部、王侍御、袁郡伯辈，念先生卓荦，官两月，螫不及救，令上书讼冤，事白，复其官。先生既悬车，放意林壑，则偕乔宪佥龙溪、袁藩史乐盘、夏郡丞黉山、袁西溪张柏岩两别驾、刘北滨谢慎庵陈泰峰三令君暨刘太学亭山，结社诗文，月再集，扬榷千古，片言药石。若乃杯酒啸傲，睥睨尘寰，真率徜徉，形骸脱落，有洛下香山之轨焉。先生方强年逸兴，飘飘仙度，畸足控束，宜寿。即著述立言，声施不朽，不减旗常之绩。无那修短冥漠不可知，一疢莫瘳，还先生乌有。将凌厉逍遥之况，厌浊世而纵汗漫，六虚凭御，九万犹其细耶。且用不必究，享不必羡，不必广荫连陌，积朽腐而御喧阗，然后愉快，直取足当下，以其半还天，以其半食子姓，此先生意也，盖先生所有。世嗛嗛，世所蝇营得者，先生则吐之不有，正不知孰凫孰鹤，孰嫫孰施耳。

先生以弘治丙辰生，化于嘉靖庚子，年堇堇四十有五。讣传之日，遐近并歔欷焉。先生二子，长鸣时茂才，晚归农，于世儋如也。次鸣吾。各有令子，乃人称大术小术二山人。大良贵，以墨妙闻。小良知，即余游者。余习见丰标玉立，响吐金石，虽一命未膺邪。顾家鹿门而趾桃源，居今逼古，久湛愈洽。

竹素大业，加臙肿肉食百等，又恶知清白吏子孙不有鱣堂环雀，效之灵异，拓先生未竟，邦家剩有光邪。余雅喜论世传先生，惜岁远，事多遗逸，莫适物色，亦寥寥据摭大都，俾异世知阳丘清品，不独张茂兰计部而止，俟观风者采焉。

于陵稗史氏曰：士弋名需贵，乃名或在下不在上。乾初九遁世而不见，是不成名也，竟称龙德。可贵在我，名又孰加焉。以今观双泉先生，大白若辱，终始自将，有希知之贵，自食而食后人，则房山胡谓失利，绣江亦足忘饥已。设宝荣名以丧吾鼎，猎寸尺而堕寻丈，是尼父"彼哉彼哉"者，视术氏家世有余愧云。

记

长山县永久便民碑记

钱粮募役收受，官吏支解，此先年白侍御题准条鞭之法。吾邑曲通政使，复条上于给事时，法最便民。乃行之未几辄罢，以奸豪鼓众陈言，改令邑六十三里人户，除京库布大户、马解户外，每岁挨甲佥揭。大粮漕粮，收头一百二十六名，中多告贴帮丁，与一切渔取赔累之苦，民不堪命。至万历四十年，乡民张国光等备将前苦上告，乞照条鞭法稍加通融，每年摘一六、二七、三八、四九、五十各二甲。官募收头二十名，每名派给工食银十二两，止令守柜，勾销赤历。纳粮银钱，花户自封记投柜，完日公堂拆封，秤足倾锭，交押解官吏上纳。耗费俱用羡银，不累募役。其京库布另募役二名，每名给工食银六两等情。屡蒙驳议允行，无奈猾积巧特耗费莫给，仍令募役解赔。至四十二年，乡民张国光等复告批查间，知县冯拘集告人，与士民刘孔脉等公议，俱称近议稳便。申讫，又卷查巡按山东监察御史冯详批，该县免挨甲编佥大户，每年召募收头二十二名，给工食银二百五十二两，派入条鞭征给。其解纳等费，俱取羡余，不必明加，以开厉阶。续蒙按院司府明文，收头募役，一如前议。银至千两以上，差佐领官解。五百两上下，吏领解。盘费银两在羡余银内动给。再蒙抚院批详，募役收受，官吏支解，法莫良焉，该县既行矣，张国光等何为复有此告，无乃官存虚名，民受实害，有莫为禁止者，仰分守道[①]严加查核，悉如原行，不许累及募役，有弊举发，从重究治。至四十三年九月内，蒙本府帖文，奉分守道副使兼参议吴札付，蒙抚院钱、按院赵俱批如议行，令永远遵照等。因看得法贵便民，恶病民。便民之法，甚不宜徇情轻变。长民者肯实心爱

① "道"，原脱，据文意补。

民，特法果毅，民便永久，不则溪壑难填，民病日迫。吾侪徒虑切桑梓，而毫无补，惟有吁天耳。为作箴，箴曰：良农殖谷，良牧殖畜。殖理匪烦，败种莫蓄。法行自近，斯畅远犹。远犹者何，民瘼是求。娱民我娱，利民我利。食报弘长，天也不寐。

清军道诗宿纪版略

《诗宿》之纂辑，匪积渐莫成也，匪从事秦省莫梓也。梓矣，匪石识，版贮莫久也。纂辑之勤，叙详已，惟缮写版镂，役五十，工八阅月，事烦且久，费何直四百金，而纸刷梓后，不与焉。经营文物，大敝精神，取酬宿愿而止，乃谋所以藏之也。清军旧有署，而无籍版，贮若不棼，又不可无收架具。爰市木制四棂阁，阁区各六，凡二十有四区，版一千一百九十有八，次第标贮，翼翼井井，令检之易、贮之宁，莫或淆乱。移次舍，慢藏促敝，尤需大雅君子时庀焉，畴为己物，畴为人物，共惜之，足永永已。宇无华，华于篇翰。兹署有焉，正亦不恶。余将东，频顾踟蹰，若别故旧，数行漫勒，勤勤殆有属云。

万历己酉夏五月二十五日济南刘一相谨识。

重修协宪公署记

协宪署旧已，门巽辟，宅则离拱，势也。经短纬长，宇局焉，莫拓也。楼五楹，后踞壮，前厅事湫隘，弗称。退非棂轩，左偏地嬴，莫治也。岁戊申，余兹副宪，长安杨令鹤亟规恢，简材宏构，撤堂一新，渠渠楚楚，视下孔严，是名壮猷轩。窗南辟，退食委蛇，揭颜容与已。楼无加于旧，敝云新榜，通终南葱郁焉。楼东构一区，门之牖之，宅幼便。前东西小筑，曰爱景轩，曰芳润斋，翠柏交荫，摄静居学，悠哉。诸葺旧，纷员拮据，居靡且劳，惟取具半撤税府，半市购，匠作佣直，公衙赡足，官民罔厉焉。工鸠于七月杪，毕九月，一劳永逸。因旧得新，亦云快。顾经始匪余，令持筹。工督薄王重教，掾雷英亦佐吉蠲。余也乐成，而概述如此。

万历己酉六月壬子记。

杨侯去思碑记

萧索哉吾长乎。十四年而宰八易，绥靖之谓何。家无常督则日耗，牛羊无常牧则日羸。多事之乡，不丰之岁，久未葺理之政，我杨侯莅之，如睹苍披雾，决水苏鳞，众欣欣戴永，渥湛洪慈。乃仅十月而忧归，如婴儿割慈母，依恋何向。去之日，老幼道拥者万计，攀号之状，行旅胥怜。已聚谋曰："侯去以太母，而吾侪母侯，释兹在兹，何日忘之，惟石堪勒耳。"乃谒记余。余曰："侯贤余知，第官十月而碑峙，化尔捷、感尔浓邪，兹圣贤为难也。"佥曰："嘻。不尔。秦越肥瘠，喜戚恶注，情钟孺慕，久近曷择。先生应未悉侯之为侯邪。盖尺挺匪械，团沙莫胶，政须才且良也。"吾乃棘焉。杨侯之波泛以航，拯溺之顷不吝手，侯才轶而恤民良已。始至岁大侵，设急课督，民直死徙耳已。侯力白当事辍征，迄秋登输岁辨而止。无羡入，无烦朴，冋马之俵悉予预金，马汰协补私无。窘岁荒忧盗，侯令峻钩钜，多术小犯，市挺立配矩者，讯无枉付。辟罔贳仍犁窟，民酣寝焉。恶少虎噬里中，莫谁何，侯锄之迅，如拉朽。且堂皇宣序，辰毕是常。暇披览典籍，间一野望，睹禾黍之油油也，喜欲舞，槁为嗟咨。稸牧有厉禁，罔敢风马牛者。比冬乏雨，侯步祷龙湫舍许，坛宇历遍，匪饰也。岁暮践更虑馁窭，粥之，仍穴郭外，夜栖寒乞。讼勿勾集，诸告者至，则折片言，息听。邻封疑狱竞赴质，各厌意去。慕子则之亲贤也。时有造请吐虚纳无填逆耳，誉髦斯士，以迪以课，以急周。即句读童子也，诏亦不废。粟输德州，弊弊已。侯遘愍尚，削牍折官市登庚竟俞，一何快邪。岁租收解，弗程力而挨甲，民惫甚。德仓折麦，席耗脚费，额数金。曩役者虚喝牟利，科金至八百，此何遵邪。两役罢民，侯欲祛而往，注眷眷也。吁。倒县困苦解即纾，更摩抚之。风雨震凌，假一盖一袭足已，而托之乎夏屋，是可谖也，孰不可谖也。余曰："侯在事非久，政乃尔。今之从政者，急非民命，民安仰尚，尤疾视惑也。民亦何知，己向其利者焉。有德亡论挽近畏垒之民，不尸祝庚桑乎。庚桑无情，而畏垒之民有情，情诸尸祝中发之，不期然而然者。吾邑人亦垒也，碑焉不朽。侯且未艾，甘棠蓍蔡以之，后之君子不彼已。趾焉厥绪，子惠元元，侯千秋一日耳。"侯讳呈秀实，甫号洙源，关西之华阴人，万历庚戌进士，师事冯少墟先生。先生简肃恬穆，卓然仪轨，侯所象也，并记之。

书斋小谂

朋友讲习，君子所以法丽泽之兑。兑，说也。乃不曰说而曰兑，无言之说，说之深也。夫讲习非言不可，又有不专恃辞说者。精恳处，片言可了；玄奥处，一语难施。通在神情，契在相悦，益在滋发。试想两泽相临，自然互相滋润，受益而不自知。则朋友讲习，讵在皮毛。口耳一时之契，一时之益也；一日之契，一日之益也；终身之契，终身之益也。不契不足以几悦，不悦不足以几通，不通，只见其损，未见其益，即日日群居，与丽泽之兑远矣。相与诸君，方共几席，宜深体此味，敦说无言，期共收丽泽弘益，乐莫大焉。咸之象曰："山上有泽，咸。君子以虚受人。"夫咸以无心为感，兑以无言为说。虚中善入，何等浃洽，何等快乐。咸如是，兑亦如是。讲习正是受人事，虚受正是讲习之本。如何如何。

大岭庵新修玉皇殿记

大岭庵之胜，南长白，北会仙，左右朝元山交翼，蜿蜒葱茏，结奇蕴秀，兹殿宇所为起也。旧传此际有玉皇殿，尘劫递代，址据茫然，恶从究质。嘉靖初，吾邑人王常能二十学道，卜筑此庵，实偕弟子路惠月，龛洞莳木，开山自食，蚤夜诵黄庭道德，寄神索漠，殿宇未遑也。晚年，又得弟子刘惠仙氏。刘圆通，慕道喜汗漫游，弗庵栖也。已常能道人仙逝，惠月亦倦动，庵事几费，乃时时念惠仙干材，力请主持焉。惠仙至，念此地殿宇未立，肃帝何所，亟谋诸梁邹张封君一亨洎张佩兰居士等。相度鸠僝，不吝厚捐，而土木丹垩金碧，诸具次第就理，无爽事，遂起殿道院之右，盖功肇于万厝，而辛丑岁始告竣。殿四楹，中像昊天玉皇上帝，左南极勾陈大帝，右北极紫微大帝。森森翼翼，英爽于烁。于是盘亘有台，迭石如裁，神路郁起，门阈宏开，式廓尔田，香火是恢。以若建奠，若区琳宫宝地，霞蔚云蒸。山川草木色泽，殆什伯曩时已。余往读书长白山，以先大父古玄公夙善常能也，一再憩庵洞，端委颇悉。用是惠仙砻石，征余记。余为是感于名胜奥区，虽坤舆自酝哉，乃亦匪时弗兴，匪人弗营。地灵耀发，绛节玉京，更追惟常能当年。仡仡开山，功行不薄。我大父偕程强居士，实勤佐佑，阶之昌炽。而张封君家与碑阴若而人，经纪盛事，羽翼惠仙，挥之弥广，奚啻有终。良缘宿世，均附不朽也已。

太和庄记

吾庄向无定名也。顷别驾卢公署县，过余，询里名。余曰："呼郭复方，呼寨更庄。恶知其仿，托息昂藏。不有标表，下里曷章。"公应声曰："好名太和庄乎？"余酌而谢公已，公扁知众。余谂里人曰:"若知名庄义乎？和诏无忤也，太和诏无崖略也，思深哉此名乎。"古乡井友助扶持，油油亲睦，离徙莫能，和耳。和基厚，基仁。里美，美斯。俗善，善斯。亡论三代，汉不有通德乡、占星里邪。想象和气，千载可掬焉。气弗和弗泰，土弗和弗昌。君子弗和则政庞，小人弗和则事悖。族党而内，暇侣也，动劄也，匪和恶属。鼓之自我，故近人则和，凌也非；坦度则和，猜也非；崇让则和，锱铢较量也非。曰凌、曰猜、曰较量，皆仁厚之蟥而和之蠹也。政取数也多，里弗爱已。余粥粥犬马且长，猥尘一命，愊志何敢，亦奉世则，仁厚罔攸斁耳。吾党尚比密融洽，町畦莫设，消阋墙，杜震邻，怨不构鸡距，大难曷从，害并祛虎蛟，卒为善士。礼相序，欢相与，缓急相许，斯里俗美善，太和盎吾乡不薄。不者，如卢公命名之意何。先是华阴杨公，每过余，必曰:“太和在翁家。”今名里式符杨公，似属神授，余因纪石。卢公讳煌，陕西汉中府石泉县人。是举也，藻识雄题，与里人永戴之已。

说

孟环中别号说

孟环中茂才权，屹然玉立，夙所器，兹从韩伯让氏乞号于余。向余邪，余欲若不器也，号之曰“衡虚”。非臆也，冯环中得之。中贵权，权须衡定，实则靡定。铢不可齿两，钧不可齿斤。石累于钧，非钧足齿。五权司运，一衡司守。物情纷纶，曷可胶固。当其物与衡值，衡与权值，何金何羽，盈缩低昂，倏焉各得，接构以忘，则权尸邪，莫之为而为者邪。存体而待用，无感则无形。玄同非先，缕析非后。有揣摩所未周，折衷所未彻，隶首鬼谷所未罄。环中以应不穷者虚与，虚则莫为而为，而卒无以为。权衡之宗，而变化之府也，中之所为归也。故曰:天人存虚名，久至德，顺变化，达时中。权而得中衡，宰而虚应，器不得而囿也。持是命君，宜毋腼，乃余实胶焉故常，恶知哉，尚叩诸太虚氏。

解

孟环中别号解

环中茂才名权者，屹然玉立也。夙所器，兹从韩伯让氏乞号于余。向余邪，余则恶足向，而又恶乎知。诚器之欲底不器也，揭而号之曰“衡虚”。何以也？曰:非臆也，冯环中得之。中贵权，权须衡定，实靡有定也。铢不可齿两，钧不可齿斤。石累于钧，非钧齿也。五权司运，一衡司守。物情纷纶，曷可胶固。当其物与衡值，衡与权值，不谋不券，不后不先，倏然忽然，井然犁然，则权设邪，衡设邪，莫之为而为者邪。未应非先，既应非后。环中以应不穷者虚与，虚则莫为而为，而卒无以为。故曰：天人存虚名，久至德，顺变化，达时中。权而得中衡，宰而虚应，器不得而囿也。持是期君号君，应无腼。若余实胶焉故常，恶知哉。君欲知，尚叩伯让氏，而更叩诸太虚氏。

警

晴晖堂左右警

而弗懋乃德而居是彭不戒将倾
而躬之弗谷乃华此屋不戒将覆

箴

考室箴

采儿向肃宾无舍，余仡仡五载甫就，惧儿之室兹弗检，忘作者之难也，爰箴考室，用谂方来。

尔室兮迄成，尔宇兮毋盈。累数载兮经营，烦食指兮纵横。取资兮力耕，日砰磕兮丁丁。拮据兮将荼，畴弛兮枝撑。肆考室兮生色，溯作室兮疲精。惧宅今兮忘昔，日溷浊兮弗清。临汝兮父母，察女兮神明。薙蔓草兮湛杜蘅，趾共节兮维家声。庶几逭人非与鬼瞰兮，室历永而罔倾。

赞

慈猫赞

匪钟自腹，胡然载鞠。茕茕四狸，乳之底育。为畀丹青，映以慈竹。雉罳何人，翻荼骨肉。

铭

漱盂铭

贵女纯，需女洁，女佐喉舌。

酒盂铭

以女通，黄流在中，所注弗穷。

水火炉铭

水先畜，火先灭。灭之畜之，罔玷缺。

联

题淄川王柱石园联

松下石盘可局可弹可酌
洞中瑶草而搴而佩而餐

次徐州舟中梦得七字句遂补上句为联

日暖风恬仙棹稳
山光水净月明开

赠杨济寰书屋联

窗含桂月邻天阙
槛倚巴江挟地灵

堂联

清白映关西鳣鹳堂开奕世才贤簪笏永
忠勤昭蓟北麒麟阁画掀天事业日星明

晚秋共友人观长春花

花则嫣然但少娉婷笑语
吾诚老矣好同隐逸逍遥

赠牧鹤

市隐那须穷五岳　牧

元同应是慕三皇　鹤
橘水来新液　　　药
蓬山接旧游　　　室

赠张介石司训庭联

有地横经就是拥毡浑自适
随人问字不妨载酒亦相过

才接春风思伯子
又欣宝树发中郎

赠安小山

酒不沾唇座上春风能醉客
诗常信口郢中白雪自惊人

燕喜堂集卷五

序

梁立夫先生瓮几迂谈序

先生固不迂，迂谈自命，逊词也。先生深涉世故，博综古昔，所投宜无不适。乃谢政强年，轩构知止，日俯仰瓮几间。耳之所收，目之所触，篇籍之所疑信，神情之所独得，靡不托迹墨乡，积久成帙。举其大，则法象元会总属囊括。举其切，则日用饮食并存炯戒。即有奇诡细琐，捃摭不遗，疑若稗官小说之为焉者，独不曰契勘归一，拈来是道，学竟游艺，即千种万品，心印寄托，而云玩物也与哉。故知先生之自命迂谈也，词逊而寄意繇远矣。若乃先生之与物无竞，世味莫缁，守谷守雌，后其身而身先也者，世亦或且迂之，又恶知先生迂于俗，不迂于道。迂邪？非邪？以此易彼其能邪？故知我陋我，吾将相忘而化于道。则先生有以自信，而不佞亦有以信先生者，固可述也。

江北武举乡试录后序

人有言："江南饶文，江北饶武。"此概言之耳。夫南则何尝少武，北亦何尝不给于文。惟是大江中汇，灵秘迭发，或以蜿蜒清淑之气钟南而为文，亦或以激吼奔腾之气钟北而为武，世遂谓江北饶武，而文诎于江南。夫经纬天地与戡定祸乱，不同类而同猷，不同术而同功，故武未可少。而江北奥产鸿殖，要亦有足多者。今方以武举江北士，计非征所乏，以强以所未习之事。邓林之材，冀北之马，输乐因而索之，以适于用，非谓其所饶邪。地以武饶，吾从以武索诸士，固不难于应我。而亦惟其饶也，夫是求之甚具，望之甚殷，蕲在相与靖献，毕于若武，以无腼邓林冀北之选而止。是故气足撼山岳，志足吞江海，呼吸风云，鞭策雷电，则武之，不则软。建拂天之旌，鸣振地之鼓，谋如涌泉，动如骇机，则武之，不则沮。泰华陨而不勃，麋鹿突而不眴，畴知其所兴，又畴知其所止，若是乎镇定邪，武矣，而易震者不武。家所轸也，受命则忘之，身所珍也，援枹鼓则忘之。胡芥乎利害，胡二乎死生，若是乎忠贞邪，武矣，而易挫者不武。武则可正可奇，可众可寡，可开可阖，可攻可守。究且无天于上，无地于下，而软而沮，而易震易挫，总命之曰不武。而无一之或可，则譬诸文士然。六艺其韬钤与，圣贤其正鹄与？默立象而语成文，出元亨而处利贞，其动静方圆之机与？轨之惟一身，握之惟一心，独往独来，莫知其所以然而然。惟一神，故知文之所以为文，则知武之所以为武，人又何得以一技视将，猥云未足多也。胡不考高皇帝翊运之臣，自中山、开平、岐阳、黔国而下，是何材何竖，产自何所，安得艳文物于江南，而忘万世太平之所自出邪。语云："天下虽安，忘战必危。"今天下非无事矣，且又淮扬濒海，漕粟所喉，而陵寝旧京之所关也，倭奴狡焉叵测，春潮如骛，风帆直指，恶得赋一诗御之。尔诸士久膏沐皇泽，称武薮，一旦脱颖贤科，鹰扬作配，匪致力报效，什伯它郡国举士，何谓饶武而不蒙垢声。武不武，在多士所自忖耳。

题陈比部恩荣录后

作述辉映，世所欣艳，必传者亦何可数数。有如陈梅冈先生，起明经，而子成进士，旋以比部郎之封封先生。恩荣足逮，而弗以郡博竟也。则陈氏乔梓之际，不讵显烁，抑畴知夫枝达于根，培有以基之，而无以凿之。故匪直子蒙燕翼，而更绍之以光大。当先生殖学砥行，蕲奋青云，宁不亦夙夜之为兢兢邪。而弗售，冀方振铎遐不作人，惟是俯仰趋承之弗娴也，遂以投劾而去，穮蓑丰年。斯若不可知者，乃先生竟用比部君式敬，俨然被纶綍于三年之课。而官如其子，配刘，比部之所自钟也。得褒太安人于既歿，兹何异翱翔白云而视草明光也者，恶嗛嗛一第与功名弗己有邪。无冤之讼在民，非宝之诫无爽。斤斤三尺，守文无害。比部君之奏绩天朝而阶之恩荣也，固也。恩荣者，圣王风厉天下之具，弋获所不能也。盖恩与威并，荣与辱角，出此入彼，毫难假贷，亦必毫无瑕阙，而恩荣始从焉。作述苦心，载德奕世，真他人所不及知者。此封此录，宁偶然邪。《记》曰："良弓之子，必学为箕。良冶之子，必学为裘。"夫奚以弓而冶也，又奚以箕而裘也。学不学，必不必，吾又不知为人事，为天道。盖制词已举其挹注之概，而温陵李太史又详言之矣，余小子其何与于斯文，乃命殿录，几盛而传。嘻。是可殿也，孰不可殿也。

送胡生归稷序

余顷再令稷，亟课诸生，于时胡生斑与焉。已而余量移南驾部郎，去稷之日，生偕六人者，送余乎绛之汾南，至把袂歔欷不忍别。余时有药言，今犹可覆绎也。已三年满，余叙迁比部受事矣，乃胡生亦应例拜爵至都下，欢然道旧，曾不啻高梁谭艺时。顾嗛嗛乎下帷之绪弗竟，而青云之业罔终也，余当其归而谂之。生嗛嗛庸非一科名邪，是无用尔也。丈夫立世蕲树德，匪直树名。名湮可疾，而德湮又有甚焉者。道不足刑妻子，恶以家为。德不足表里闾，恶以吾乡为。吾族党播孝弟，言行操信果，即于四方事无裨邪，尚亦斤斤为士，有足定品，不贤于斗筲从政之人乎。故孝友是亦为政，羹墙自有余师，端揆黼黻奚必贵，一命韦布奚必贱，累裀列鼎奚必丰，衡门考盘奚必啬，诚冲适在我，把握在我，吾无所忮求乎众，而所得已多矣，何嗛嗛之为。吾半生碌碌无当，直向来所耳于贤士大夫者尔尔。曩别生汾水，今别生春明，不能侈说，知生资足用为善，宜懋乃德，以无堕令闻，无腼颜为士，舍是良无以佐尔也。

余龙伯两征诗序

诗境在区寓，色色触目，尤是长征历览，景物杂出，兢秀争奇，瞬息异状，感时逢适，良亦多端，目恶乎不摄，神恶乎不遇，口恶乎不呻吟，而篇章遂不可胜收耳。汝南余龙伯中翰，世胤青云，刳心诗道，属上书阙下，愿捐粟三千石佐急东事。天子降优诏褒之，许乘传南下，抵里舍。维时衔情靡盐，四牡骓骓，跋涉既勤，耳目亦扩，壮游盛事，题满随囊，而皇华杂咏出焉。已而连艘飞挽，泛泛仙槎，近眺远招，穷搜毕弋，感晦明之异候，动今往之深思，而舟中闲吟出焉。夫触景为兴，发兴为诗，境虽外来，兴非外得，当其未境，兴则何潜，比其际境，兴则何溢，未境而强探兴，际境而兴不勃勃者，其为诗端可知已。龙伯之水路两征，视众人有以异乎？顾神情独旷，摅发独多，于风尘飘泊之中，寄俯仰优游之趣，吾不知龙伯胡以臻是，而足脍炙人口也。意其翩翩豪举，不涉脂韦，重资可捐，局蹐非步。是将席太虚以为室，引名胜以为朋。一寸珠在握，骎骎乎追躅开元之盛，薄钱刘而[1]者。吾何以助龙伯之嚆矢哉，盖吾友闵逸之证，属吾序而序之如此。

送林士孚郎中守抚州序

抚郡于江右称雄，又民乐耕桑，士风流儒雅，无锥鲁习。夫耕桑则不迁于业也，士不锥鲁而儒雅则礼乐诗书家户自有，因而为政易易耳，胡仕人往往难之。说者又诿若地，讼烦而赋重，民朴质俭苦，其细已甚。夫朴质则讵宜漓之，俭苦则雅宜泰之，烦讼起于纤啬，平纷足已。或者参以成心，深文是务，株连

---

① 此处有文字脱漏。

弗解。最下者因而为市，是棼丝而几其理也。终岁勤动，不厌粗粝，顾租税倍溢，践更顿弊，月蚀岁耗，诚不知催科抚字长吏几何。郡大夫又绳以一切之法，诛求使者，旁午于道，彼绎骚频而望闾阎勿扰，供亿烦而望穑事勿废，镃羡欲饶，井廛欲乐，此必不能兼得之数，而曰彼中盘错难治有是哉。士孚擅兢爽博大之才，而凝重屹屹，何有乎一郡。方君之起家进士，再领岩邑也，无程量细节，不有讹言倭至，而君且单车郊出镇之乎；不有饥民恐喝，君徐以片言解散，而境内晏然乎。盖士孚慷慨大略，则毗陵北海之口碑，今尚啧啧在耳。比为郎西曹者四载，凡三历省署，而斤斤一禀科条，即里闬姻娅，比肩错趾，毫不能居间关说以觖骫我三尺。兹又余稔诸耳目，洞士孚肺肠甚悉者。矧今之刑官，大非畴昔，法滋章而日敝，良懦重足，而慑奸有所不行，不亦有凭城负社，多方沮格，又匪直姻娅里闬已者。惟是士孚以凝重居才，故才不挫而职业亦易举。抚州虽难，何如辇毂掣肘邪。彼朴质而吾培之，无务漓而务全其天。彼俭苦而吾恤之，无务泰而务保其素。彼犷悍而健讼邪，吾不示以争而示以礼，不胜之以武力而胜之以和平。斯民三代，安知虞芮之不始而质成，终且履庭而愧，旷田而弗有乎。履亩之税，比岁以朝家多事，额外取给，民不堪命，亦何但一抚为然。事动而增，不事已而当罢乎。况岁征每溢岁报，什九天府而什一实囊橐者，有司比比而是。厘之汰之，俾民受一分之赐，是在良二千石之加，意次第上请，停缓诛求，不知省绎骚几何，供亿几何，井廛膏髓之不为镃羡几何，所遗殆无穷耳。士孚磊磊落落，雅非常人。夫业以宿昔效两邑，以两邑注厝之概效比部，其自今守郡而上，肩弥巨，效弥远，其何不适之有。即时事孔棘，席城社而鸱张者十道而出，江右为烈，独不睹士孚通材，镇以雅度，不茹不吐，一张一弛，是将有方圆不失之妙用，上不触忌，中不诡驰，下不至鱼肉元元，以孤千里封疆之寄。斯无睹吾侪爽鸠共事，而赠言亦非弁髦已。

寿前亭谢封君九十序

教子而成封君，行年而登九十，两者偕之，宇内几何人哉。江以西乃有前亭谢翁，为参知君之尊人也者，业已郎署封承直，贵矣。春秋之阅，距期颐仅十载，寿矣。膝下有轩翥昂霄、亢宗干国之子，而堂上有庞眉皓首、褒衣博带之人，使人望若景星，诧若鸾凤，于人伦为弁冕，于邦家为上瑞，畴不愿一瞻承下风，共参知君盘辟揖让，抯载色载笑，称觞万年乎。顾无从侍几杖、聆謦欬，而吾侪又以游于参知君，为通家子，宜有世父之贺。第卮言之非情，窾言之惧，于翁盛美悠悠无当也，是将胡以扬之，标奇祝嘏，抒此勤惓邪。意者翁禀仰独异，摄生宜有秘术，不则山川风气，钟灵孕秀不同耳。乃翁不可知，可知者参知君在兹，而神采、而蹈迪、而崇闳表竖，历历眉睫，无之非懿，无之非翁肖象。譬之芝秀商山，玉产蓝田，人不必尽履商山蓝田之境，而想氤氲于三秀，揽辉映于连城，不有足述邪。盖参知君今所称高贤大良，荐绅共左袒，吾实从伐播之役，奉鞭弭以从也。则于参知君浸窥所安，以可信参知者信翁，举翁之眉寿无害有以焉。盖性莫纯乎恬惔，意莫要乎诚一，器莫逾乎恢弘，度莫懿乎温恭，神莫儗乎镇定，几莫尚乎沉潜，志莫贵于专确，行莫隆乎退逊，自昔好修之士，勉勉仡仡，坐进此道，即拱璧驷马，无以易兹，禔躬与教子钧焉。吾从参知君依稀想象，七者具体而不微，无亦翁生平实然。参知君似之式谷，濡染之耳目，渐涵浸渍于习惯之自然，而根诸父子之天性，有不知道足之蹈之、手之舞之者。盖参知君尝为某言："机心不可以预于纯白，胜心不可以预于太冲，天下事为乎其所可为，亦信乎其可自信而止。所不必信诸人，而我不得为者，一切听诸人，付之太空，无胶扰，无击恋。此不佞所奉诸家君，不懈夙夜，要于生我无忝者。"参知君盖既立登朝，守颍则守，郎署则郎西川敭历，由宪佥少参而副宪，七八年所视蜀为家焉。盖巡西烦剧，松威绝徼，烦剧则剸割之难，绝徼则驾驭之难。参知君惇天成裕，明作有功，犹其常者，则尝勘西南两土妇交讧也，不激不随，蠢蠢两妇，举俯首帖耳无恙。到今松潘腻乃之役，属櫜鞬者乏人哉。他人可少，参知君不可少，而必以监军，亦惟是神情闲适，不声色加人，而其中井井莫紊，屹然砥柱，不可摇夺。恩信丰棱之夙著，浃于人心，言乌乎弗雍，行乌乎不风，岂惟西川军若民，靡然顾化，戎翟异类，亦加额谢君无二，迄于今，家户尸祝，不有明征邪。参知君居而不盈，滇南之命，天参亦贵倨矣，直情殷陟岵，陈乞而归。一日之欢，三公不易。承颜绕膝，是习是便，忽不觉翁且九十也。顷播酋跳梁，县官大举，则物色岩穴，索茂才异等，习播事而持重者，无如翁子参知君。就家起之，用今秩，复监川南军。川南人望参知君，如闵农望岁。乃参知君重违翁耄，翁则谂之曰："以吾父子之沾被雨露，不浅鲜已。县官有急，奈何恝视之而以絷我。且蜀尔之所习也，尔旧履戎行，悉播酋伎俩，不难从事。抑又不闻唐且之事乎？昔齐楚恶魏之折于秦也，约攻魏，于时唐且春秋九十矣，以魏王之强而使之也，则约车之秦，说以魏媚秦，秦何得负魏媚，秦始发兵救，而魏急解。此徇君以身也，彼岁九十弗得顾，而尔徒以吾九十，恋恋弗释去，如后君何？且桑弧蓬矢之义何居焉？尔趣尔往。"参知君为是亟戒行李，戎服别膝下，勤王也。至则简卒画策，毕夜日精力于戎事，惟机是视，操纵无爽。人以烦，参知以简。人以促，参知以舒。介士之拊勉，进正之机宜，不以械而以诚，不以章而以密。弗邀功，弗近名，弗徇于姑试一掷之技。卒用是入关镵坉，得其大首，累累俘囚，致之阙下。崇功茂勋，遂为诸路之最。正不必九十翁自出，而功成于九十翁之子，犹翁也，何让唐且。铜标之伐，旗常之烈，过庭义训实开之。诛残去暴，蚕丛息肩，喆嗣造福，翁之自求多福耳。而一时共事，所信于参知君之竖立，以诚以廓，以恭以定，以沉潜，以专确。参知君方欿然不有，日汲汲返棹西江，躬怡菽水，非所谓恬憺退逊，高寻常什伯者与？翁家桥梓，信不愧不怍，得人得天之至。宜贵倨如彼，绵绵未艾又若此，庸知不黄发儿齿，徘徊三径，摩挲三槐，形神浩畅，不受羁束，日月安有底极，伦类安可仿佛邪。吾又用是而稍窥翁神采蹈迪，不规规表竖，而亦恶乎不表竖。非直以地灵秉殊，操摄生宝秘，独世味不缁耳。语不云乎，辞爵逃禄，不以利累名，不以位亏德；大智闲闲，小智间间。若翁之年弥高，德弥邵，不讵闲闲，称大智，何富贵利达之入于心。而参知君五十之慕，终不亏德以博位，利名健羡，脱若浮云，何所不自信，而又安芥蒂乎所不必为，仙格超轶，益又衍我翁福算，伉迹九如。吾侪之游于参知君者，谁不深衷胶漆与蜀父老子弟，十万貔貅，持三祝而效之翁，手舞足蹈不知焉。则翁之天年，又自人情卜也。盖鲁颂侈寿母，吾侪为贤参知寿九十父，欣受多祉，翩翩燕喜，词不雅驯无害已。

赠李明府入觐序

在昔成周，以六计弊群吏，九职任万民，谓民之任职关吏，则举柄授长吏，旁无掣，后无疐，得毕力任民，已乃弊吏六计，区别能不殿最之，宇内太和蒸蒸焉。我国家迹周为治，重三年计典，要在任民。祖宗朝，纲纪修明，官民晏如，享太平之日久，迩非其旧矣。貂珰充斥，利析秋毫，民命莫必，何职之能任，吏亦日抱廪廪焉。谛阅吾邑地，平衍十之六七，常岁取给俯仰，办租税甚易，今逋负相寻，日烦敲扑已。租税守者，往往席为市，恣所牟取，今长吏任殿而彼膏润，此何公何私也。掾吏掺便文，鬻请是常，法几骫骳。里中豪，引势六察，持有司长短，眈眈虎视，至格政令。少年亡赖，日宇盗供劫，膻利什五，急则辗转成乌有，稍弛更易与有司，意扬扬，置酒高会，众莫敢忤视。又重以榷税朘剥，几何不民鱼肉而官弁髦乎，盖吾邑之瘵极矣。天畀我侯，以进士高第，赋精敏，三试为令，井井万条，何异令庖丁治牛。然彼大窾大郤，目注神融，恣刃游到，莫之阏遏，十九年霜锷犹是，故足术也，侯讵全牛长邪。当侯下车日，即锐意九职，遐想成周，岂其浅鲜，独虑夫操术用数，师狙公朝四暮三乎，足用笼众，竟乖醇闷之理。抑或如郅都宁成布，法秋荼，张苍鹰，乳虎烈焰，使人重足，将何威不树。顾又非中所安，直虚心咨度，某利某弊，民夙胡以饶，迩胡以索，租入胡渐缩。课额大戾曩昔，人情日鬼蜮，莫可方物，咎亦或不专在下。且吾闻之，政畏张急，理善烹鲜。人知赵张辈摘伏挡秘，民不寒而栗，称神明已，不知龚渤海之治民务在安全。刘襄诚悃愊无华，亦不日计而月计，吏民委心，亟称于章帝，洎澹至味，讵非作牧荆蓍乎。吾羔羊吾操，乳哺顾复吾赤子，徐调停适可。赋有程，提揆有经，即宿猾善乾没舞文，耳心宇盗，亦自狐鼠，姑置之。语不云乎，正其本，万事理。子苟不欲，虽赏不窃，谁能为雕为觚，徒耗民元气罔裨。盖医人扶未病易，祛病难；祛病犹易，扶病愈犹难。参术而外，饘粥是恃，非慎摄起居，一无滑和，何由目神王骨劲，血气充盎，步趋左右均适邪。不腆长白，抱七年之病，夫亦去其太甚，谋其所可及，半疏而半卫之，九职可任，为天子劝导民任，无替乃职。貂珰难御，直以鲜于三难行之，如偃师御幻，九方御马，妙寄神情，机脱象貌，所操所纵，己喻而人莫喻也。即貂珰亦人耳，幺麿狐鼠，何难革面，夫然后惟吾所为而罔不如意。侯行矣入觐，圭璋此理，输之明廷，即百旅庭实何啻。于时天子操六计，大弊群吏，剖幽明，谁哉循茂，式荷褒嘉。余与三博士洎弟子员辈，宿承风宇下，泠泠然善也。方来朱绂，拭目君侯，汗不至阿其所好。

送邓斗垣先生之任遂溪序

南宁邓孝廉先生，振铎敝序，三年于此已。先生秉德四术，多方开士，士亦禀承指南，兢兢淬砥，罔轶能文好修者，先生更殷勤鼓冶，融若一体焉，斯不亦为师而师哉。日被命提封遂溪，师帅万家，匪直青衿也。夫士也，自离经辨志，迄九年知类通达，学乃大成，故渊渟勃发，居成德，出成俗，扣罔弗鸣，投罔弗效，治教惟所用耳。挽进士，褒衣博带，不亦侈学说铃哉。顾艳心利达，朝华易陨，高者骛功名，希踪不朽，不则遐慕乎乾竺太上之风，曰我空而照，玄而理，土苴天下，何郡邑之有。嘻！兹时所谓学，而果学也乎哉？学欲适时，不欲狃时。时适，则身当乎纷纶轇轕之冲，低昂万变而锱铢不爽。时狃，则身靡乎风波震撼之域，出没万状而形神交离。人有不娴应变而娴从政者乎？有神情不定而堪应变者乎？故适时可用，狃时不可用也。今时事错迕极已，遂溪何状，吾未能度梅岭目摄之，又用何术哉。独以先生性灵犀映，万境委蛇，不狃时而适时，所优优者，不观卢扁视证乎。澄神妙运，洞垣见腑，不尽关上池之水也。先生操白雪，拥青毡，栖不翳风雨，茹不厌粳稻，拟牢落书空已尔。不谓嗜学如饴，荫敝如华榱，士问难响答，不窘不疲，金石在考焉。视有司委署，峻却若浼，远伊繄尘坌，乃先生所耳目敝邑三年者，恤隐剔蠹之术，起蹶苏槁之理，深概于中，待扣即发，泽不必需于己也。夫秦越肥瘠，茫不相涉，信宿邸舍客顾过而低徊焉。何故？彼其衷有入有不入耳。先生方闵瘠敝邑，什伯低徊于去留之际，则广文亦有甘棠已，何疑遂溪。遂溪待牧如待岁，得先生即得岁。岁，天所为也；牧，人所为也。天以良岁谷万民，而不尸其功。君以良牧寄百里，而不匮其德。德曜诸政，政潜诸德。而学则德之府，政则学之裔也。先生之于学渊矣，令德宜民，何政不谐。吾盖于先生之世故洞晰也，印其明。世味不淆也，印其定。世变参差，平情剂量也，印其周。夫明达之朕也，定果之枢也，周艺之符也，孔门三子所不能兼之禀，而先生兼具。以此辨政，亦以此辨学之大成也，讵偶然哉。盖先生绍世箕裘，酝酿一德，学之为经世务，两粤知之，一时诸从游知之，民社在握，不亦易于承蜩，捷于转丸乎。抑谓貂珰鸱张，民命莫必邪，则先生行方智圆，弛张时出，放之胥准。矧南海桂筦所连，百尔相习，时之适而不狃也。亦惟持诱易长白者，拓之乎围洲合浦之乡，其何珠不还，何境不仙，于于栩栩，华胥钧天。曰斯政也，何政也？曰先生之政，先生之学所注也。占毕簿牍之外，先生超然穆然，深思遐览，又非几治空玄者，原原本本，治其教之绪邪？殆精华贻之长白，而糟粕贻之遂溪邪？究之无精无粗，无末无本已。余知先生、吴仪岗先生洎诸士，又知余爱赋缁衣也，兹俚言所为匄，顾余徒心醉先生而涩于词，夫恶知其不伦也。成德成俗之概，行质诸南海问俗者。

刻张太翁诗序

人间世元有真趣，匪浓匪艳，匪扰扰汩汩之场，直寄之我，不寄之物，需内而不需外也。顾外即内户，物亦我因，究之奚物奚我，奚外奚内，至一而至适焉。盖真则忘言，而亦或假言以鬯吾真，乌乎言，乌乎不言？吾人元趣，世固希知耳，吾于晋得陶渊明一人焉。彼辞赋归来，意真忘辩，大类响出空谷，绝无仅有。唐则白乐天寓意于醉吟，宋则邵尧夫著集乎击壤，均之逍遥放意，脱轶形骸，正不知前后身谁也。乃近世又有张太翁，翁玉轸高士，世素王之业。蚤擢贤科，继谒选天官，贰郡常德，政简直廉而不刿。又慷慨大略，定难勋勷，功名且耀颖矣。一不谐蛾眉之妒，辄引去，飘飖自适。摅发声诗，雅不规规唐调，角奇篇章，曰昔者吾友，有陶白邵三先生在焉。三先生材诣不同而同趣，人往而趣不往，盖趣由人生，生生之谓性。夫吾性吾真也，吾意趣寄吾真也。趣动而诗，诗就而真趣弥鬯，不知手舞足蹈奚从焉。是故有三先生之真，即有三先生之趣；有三先生之趣，遂喜和三先生之诗。翁讵流连光景而诗邪？出灵根，响天籁，古人实获我心，彼朝槿繁华，电光岁月，太虚惟我凌厉，浮埃惟我蝉蜕，旷乎无垠，沛乎无阂，一一见声诗焉。皮毛神髓，若合若离，意可会，口不可得而悉。会之，则三先生宛然在目，安隔形骸后先。故自脱屣常武，舒啸青原，五斗讵肯折腰，三径岂容荒芜，有陶先生之峻洁焉。远引迹杜鹃之征，邃理括皇极之数，仿小车于花下，追浩歌于微酡，有邵先生之寥廓焉。若乃白传风流，尚婴蛮素，乃至晚年逃名沉寂，叩禅结社，清磬在拊，顿息繁声，达人取节，乌能易与先生邪。或曰，三百篇而下，作者如林，缥缃横溢，风云月露，转换千端，曷翁独深注三先生为？余则谓，士固有志，志人人殊，亦各从其好也已矣。好生于情，情发于性。滑性则情吾累，缮性则情吾适。适情非丧志，缮性和天倪。天倪和，则所抱皆真。任真成趣，而歌什随之。夫非和三先生之诗，亦自倡自和尔尔。昔考盘寤言于硕人，衡门高咏于忘饥，贤人君子诚不能绝世而能超世。世之所浓，彼泊；世之所艳，彼淡。世之所扰扰汩汩，老死不休者，彼直举蔓藤立断，不留寸尺。其中澄定有余，晶光内映，无之非趣，亦无之非诗，倡和两不知也。翁之和三先生，殆亦神交百代，波流未足靡乎。以翁仙格，胤仙令，翩翩双凫，卧阁长理，则以鸣琴余暇。检翁手泽，慨慕神响，孝思维则，寿梓永言，是将揭芳躅于千秋，诲豹斑于一管者。弁言付嘱，乃以不文某当之。夫某也，仰企高山，望洋海若，则信有之；若翁之遐轨，吾恶从知。吾知颂诗论世，从牧父过庭者，问独立所闻而已矣。

寿王母于太宜人诗序

今宇内文献最王氏，而母教母享亦踔。如往日刘太淑人，壶范代终，赠司徒世父，科第骏发，视子姓累累簪组，九十余年如一日。今侍御母太宜人，亦代终计部公如姑刘，岁几八帙未艾，德福交映，侈宇内尔尔。宜诸婿踊跃，乞言称贺。而仆得效鹏鸣，歌申三阕，仿佛竟管弦节奏，附颂遗意焉，工不工弗计也。

张侯在田三台荐奖序

士人税蔬跷而登仕籍，务誉煽膴跻，曰:“无孤吾宿负也。”顾机值往往错迕，不则明与暗参，通偕阙半。孰有如我侯在事，鸿毛扬举，飘飖娟便，才逾期月，并三台隆重，荐劳恐后，荣施啧啧，直令长白士女踊跃不居。于时，客有过余论政者，曰：“吾邑二百余年，司牧岂不亦贤豪接武，昂骧是祈，乃表见当年、追思去后者，则一黄两张，卓然超轶，乔毅温敏，邢洽刘肃，韩才调而再迁，马仡仡于丞郡。他或英懿而在事未久，或拮据而仁闻弗彰，则治长何难也，今侯又何易也。吾将于子大夫问故焉。”余应之曰:“子徒知长之难理，而未镜所易，亦怵难于黄张诸君子外，而未睹今侯才局迈挽近而方驾黄张不啻乎。往事戴星出入，食据案，寐分更，簿牍杂还，㵎起猬毛，有如侯之雍容都雅，咄啐立办，闲情挥洒，逸兴吟哦乎不？往学舍草鞠，博士竽滥，曾不知命性何物，经济何术，有如侯之缓颊诗书，盘辟礼乐，揭先秦之旗鼓，抗制义之旌旄乎不？此犹其绪也。往里甲疲于供亿，桥梁逾于冱寒，胥隶毒于虎狼，催科扰及鸡犬，力诎膏殚，莫适控愬，致令四野污莱，秽而失薙，萧条闾里，莽旷起氛，有如侯之痌隐恤惫，无异四肢，噢咻抚摩，不减赤子乎否？且不但敉宁域内，家室嬉嬉，抑又恢张绪余，粟赈旁邑，捐瘠亟拯，不下万余，令口碑腾于实归，河润倍于九里，此又通材难兼，马腹靡措鞭长者。然则侯也自踔，众也自庳；侯也自舒，众也自诎。畴霆而难，畴羽而易，天有独授诸人，人有善成夫天者，僚丸丁宰，胡然而然，众茫昧而窾莫得，侯得心应手，超然余裕，吾亦附医折肱稍窥一二，非所谓上信下获，融通无迕者邪？且融莫融于神恬，迕莫迕于虑棼，吾棼胥棼，吾恬胥恬，融迕在内不在外，外者景响，而中则景响之枢，表动声传之以尔。且异时黄张数君子，张弛文武，各擅攸长，侯渊汇众流，局谞毕具，如斗斯邑，起呻吟而讴歈何有。然则誉匪自徼，有可誉之实；膴匪自媒，有可膴之基。吾拥吾奇，吾乘吾适，畴得而控扼之。昔漆雕氏仕却于未信，尹何宰靳于未学，彼所拥犹虚也。倪宽始殿而后最，阳城政拙而心劳，彼久而后适也。侯所拥所乘，度越四君，推毂三台，取诸期月，操此究竟，何患乎一日不千里邪。”客闻言唯唯，趣余走管城子诠次如此。

寿凤台张藩伯九十序

盖豪贤涉世，自负磊磊，如超乘逸足，驰追风霆，不一日千里不休。乃所受所享不同焉，或履泰而啬于后，或取盈而敚其年，诚不知司命何轴，纠错若是。吾独有羡于古苑张公之为人也。公负瑰奇踔踸之才，意气轩举，直将跨宇内而吐纳万有，不谓豪贤丈夫哉。蚤奋泽宫，第嘉靖己未进士，出宰岩邑，英声既骏播已。中稍稍纡回，擢棘寺，式敬苏公，实克由狱。已拜少参，提兵驻云朔，行观察事，夷情边备，毕犁理。无何以失欢贵人去位，谹抱莫展，似有靳于亭毒者。迄今则膝前四世，算九帙，喆嗣举孝廉，箕裘辉映，以莫不增乃公虽耄年哉。什伯恒人精力，而无所用之，则用诸家政，食指且千已，尺帛斗粟悉综理，钤束惟谨。然公非多藏厚损者，居常念曾大父能亲务施，至舆梁之建，虹亘两河，既以为人己愈有，行年逾九十而后仙去，世踵未改，业诏我前茅矣。普济斯惠，匪绍无亲，匪勤节经用无给，公筹至熟也，不者，传家有年，尚闲家如《易》初九何哉。内宗盟，外闾党，急所应周，亲所应笃，材可以玉于成，孤可以翼而覆者，时时有之。彼何人，我何人邪，岐情分膜，仁者不尔，我不欲仁乎。盖族里相属，不知待爨者若而人，待家室者若而人，待圹待槥待拥而后起者又若而人。其大者莫如学宫之重构，厥材孔良，郁起宫墙，多士回翔，芝秀芬芳，所耳诸里人讽讽焉。又不独两桥时葺，以似续祖考，究之实本本原原。

曾大父之明德在，根柢微芒，拓绪千百，而贵而禄，而诜振麟趾之孙子，孰则是殖。公春秋九十，善食饮，鹤停鹄举，一如曾大父行有加焉，孰则是贻。且人知公善治生，而未知其得遵生秘妙，难示诸人者。昔范大夫功成身退，泛泛五湖，举不世功名付之乌有，不与世相遗哉，乃千金频致，不废修息之业，讵区区夜日持筹者。实以居，虚以运，运有余，毋运不足，而不足者常操之以有余，实实虚虚，我握而人不知，人叩而我不诎。以此治生，即以此遵生已，故得优游五湖，以引其天年。始知范大夫向用勾践，非为勾践用也；能使财，非为财使也。烟霞仙侣，与天徒，不与人徒，宁程功量名乎。吾故论公于功名之外，不直慕善居而慕善运，惟运成居，居而弗运，善朽善腐，何不视户枢流水哉。韩君将寿公，问所为寿。夫寿可致，不可传；可传，不可言。我何敢知。兹即公亦恶得有言，试问诸户枢流水可也。

余少源侍御阅边十事序

岁丙午，侍御余公承制阅延镇，极情经略，规度万年。于是简驺从，穷狭塞，夷虏要害，沙碛不毛之地，罔不历也。力田三老，道路舆人之言，罔不撷也。往行边使者，辙迹未抵，耳目心志莫营者，公毕弋箧藏已。比讫事，更殚精夜日，察里表，悉源流，要情形利害之极，以无腼使命，疏十事上之，荷俞旨，亟下部行焉。无何滇南告警，东北属夷生心，严敕所司，有阅陕议在，毋轶，某盖重有慨焉。边事易言而难行，然亦难言已。易言者，缓颊搦管，蒿目攘臂，立见其奇，故易。难言者，尘饭于充服，窾言于肤公，貌里迥别，而又奚行之匹。几乃十事，言言可底行焉。今观其经食者有四，曰积贮也，开屯也，理鹾而定制也。经武者有六，曰缮塞也，练兵也，精器械、收故马也，散逆党、酌抚赏也。之十者，人习言之，不必习知之，亦或窥一隅而暗大致，情形不副，利害相参，齿之铮铮，试之辄蹇蹇，以号于人曰经济，然乎？公端毅忠说，学镜原本，潴经济，尤习边事，又言言摭实，事事要宿，疏固可覆也。故语积贮，则民屯盐商之给也，贾太傅之策也。语屯田，则耕有劝，掊克有罚，垦塞毋租也，赵营平之画也。多方惠商而鹾政理，何必桑孔。去浮从约而经制定，何必管刘。险隘则天树人营，葺新乎旧故，力啬于长城，而攻信车攻吉日，是周宣中兴者。吾帅良简劲，士腾马饱，中兴可伫。未忍卒予敌，故器械必利。晁错言之已，第责诸制与藏之人，则有要而不烦。胡马之收，因利为利也，滥焉弘焉则贾害，何如取之毛仲，稍资乎外厩，而不恃之之为得邪。逆党之散，谨亡命出入，则夷不奸华，而渊勒中行说，赵信辈安逞。酌抚赏，则豫吾武，罔听要挟，故利收乎魏绛，而不蹈宋人金缯之覆辙，恶乎不宜焉。且自什一废而官山海，自地水邈而岐兵农，守不在四夷，而取足戍守，故多事，狃目睫而远瞢，玩细娱而巨失，故多忧。曾不知衣袽之具，非于中流；桑土之葺，实迨未雨。耕卤莽而课丰，耘灭裂而邮岁，豚蹄操而满车满家焉。是祈，亦蔀斗之见，井灶之陋耳。其去安攘也千里，公条列一探实际，语津津有味，而断断行之底绩，乃人存政举一语，篇中三致意焉。意渊矣远矣，窃譬之车造室中，辙通九域，通之窍在造之先也。公意欲营诚预设，箸未画神预凝，无棼而不理之丝，无軱而不解之骨，总之制人而不制于人，贵于未战，出自万全尔尔。今天子神圣威武，长驾远驭，诸臣边略往往舛意指，而独公褒不大当，何由击节焉。昔汉臣多忠言嘉谋，而亦鲜奇，如和亲陋也，表饵疏也，徙民多事，而鬻爵为滥觞也。惟是湟中屯田，便宜十二，先零坐困，无逾老臣。公习言习知，故一时矢谟，千秋石画，何逊若。且将趾二甫，举德为宪，又何论言行易难邪。某读疏心折向往，亟谋于西安守张君舜，命付梓。梓成，守上览，属某首叙，控辞莫可，第谫薄而绘边计，何异画龙之想象，亦归于亡当耳已。

梁州曲九阕序送祁念东参知分守西宁

夫士各自负，才有偏长，矢函不相为用，而绛灌随贾之不能兼也，则所禀所受分限使然，强挈而授之与不揣而受任，两者均未有攸当耳。乃如参知君宅衷渊一，致用精详，行不假缘饰，而准绳蹈迪，一轨先民，中不设城府，而凝定神情，可当大事，仆盖一见而知为公辅之器无疑也。顷由督学使者擢行省参知政事，分守西宁。夫西宁远届天末，羌胡杂驭，至不易治。以君之雍雅冲秀，素号儒宗，当事者遽挈穷边相付，讵曰漫然，诚鉴于神情蹈迪，居凝定而协准绳，用之柄文而文乂，用之柄武而武乂，厥体常静，厥用还迷，得之渊一精详者居多耳。若夫致用之才，所谓大智闲闲，恬若无事，而事机一触，流畅交融，恢恢游刃有余地焉。益向来视学用文，而不为文用，有本本原原者，三秦士翕然信向，奉以荆蓍，亦既有成效已。继今用武，又独为武用，如间间小智乎哉。今边事之弊极已，上用以名，下据为市，边鄙之重，翼我者不必蒙休，窥我者不必创艾，用命者虐用而不知恤，不用命者反长奸于姑息因循之过，而彼终不为我用，则边事固难言也。参知君独渊一精详，吾知其中必无所梏，而行必无所诡，其用也以不用，而究以不用之用，为无方无隅之大用。则语文非精，语武非粗，用之安恬则处子，用之匆迫则猛士。处子与猛士，要不可岐为二人，安恬与匆迫又可分为两事，而谓漫无交涉邪。彼洙泗杏坛者何人，居申申夭夭于乡党似不能言，而夹谷之会，必从以左右司马，待机而麾用之，不激不骤，卒用不靡。夫岂惟不靡也，且有济，其为作用何如也。参知君禀受既殊，意学圣而有得者，故其作用异乎人之作用，而弛张文武由之耳。视世局偏长自负，虚骄而罔实用者，相距不千里哉，则仆之目以公辅，可当大事无疑也，似亦非无据已。仆生平迂曲，无杨子云玄学，而大类其老布晓事，惧嘲不免，而深幸有合于君也，故述兹赠行，且有韵语之投焉。古谓声应气求，吾不知胡以应其求也，声气存焉耳。

岁万历丁未八月廿日，腐子篝灯漫书。

刻诗宿序

列宿昭回，在天成象，“诗宿”何谓耶？诗以类分，类以部统，部二十有八，类符宿而名寄焉。乃兹编实阶稷山，稷梁理夫立夫二先生言诗。余官稷多暇，时耳绪论，又得阅理夫类律，神情寤寐，蓄意鸿衍。比赞军巴渝，不妨铅椠，举古选唐诗，各剖类，各自为卷，未汇也。汇之在戊戌饷边过里日，割诸集而栉比，具有梗概，犹属草草。携之北入都，西入蜀，钵心犁理，第拮据在事未竟。迄蜀归，五载长白，篇什是常，其自《雅》《骚》外，繇唐而六朝汉魏周秦，上溯黄虞之邈，作者递兴，美不可胜收已，就其调雅意至，体裁正而变态奇者，始部收之。大都以诗不以题，取严不取备，类也。而别世与体，务便咏便稽，瞰不失绎，行吟以之鼓吹，披览以之卧游。是余乐也，亦将乐人人也。顾篇章丛猬，疑信相参，或一诗而各部并收，或一语而诸刻迥别，精神欲浃，耳目难周，异同离合，纯驳周漏之关不小已。则以付术山人良知，山人风雅沉酣，烟霞足致，殚心雠校，术业不分。豚儿辈亦间预参质。汔就已，乃田间梓也未能。客岁余强起再役关中，关中翰墨都也，亟谋剞劂，犹虞舛讹，复招稷郑孝廉寅、梁太学蕙，共术君集署中，详订诸集，互回诘难，类严析于分合，功间施乎裒益，蕲协律度，乌惮改弦。盖自辛卯许岁，廑衷未释者竟焉旬日，则譬诸把握珠玑，交娱心目，以终始稷山之绪。岂惟现前踊跃，即理夫立夫二先生不灭神识亦党欣赏。是可梓也，梓焉而名从《诗宿》。不易夫云汉天章，象垂人则，人文炳而天象昭，俯仰遐近，安有异轨。余诚暗诗，乃耽焉逾声色，惄焉视渴饥，篇溢万，岁迄数千也，岂不变态纵横，光怪叠映，与周天繁星并揭。方且从棼杂撷芳腴，从渺漫揭要领，若纲丽纲，厥条自晰，依稀乎四七之罗象纬而不淆。繁星者，附宿者也。列宿者，纪星者也。经纬正隅，樊不渝整，故曰章。宿章于天，诗章于人，均灿然可纪焉。顾诗亦难言矣。无言而上不容说，而声而文而象数，分之又分，何拟议多岐邪。古之知兵者，挥动天倪，几烦阵布，阵之图之，夫岂得已，意固难于尽泄，神安挈而可传，以为恒众，教如是止。兹编区诗名象亦用阵图来者，俾游泳岁月，渍浸其中，手舞足蹈之会，恶知不窥藏秘密邪。盖神而明之，何下非上，即老氏称善师不陈，亦不能尽废陈也。且人皆观宿，亦睹所为宿乎？气何聚，明何生，畴斡而畴执其符？善言文者征之天，法象成而变化见。形表之物，域外之观，诗与宿一而二、二而一者，独上智神喻，庸众则口吻是逐，咫尺万里，言诗何为。且诗尼父雅言，余何人斯，侈言僭鄙，惟是代类陈，篇类析，如彼森森，亦如彼井井，倘足镜世辨才而明物，当说铃于诗邪，庶不孤蠹鱼岁月，然终未敢必也。

奉贺督府徐理斋大司马晋秩宫保序

今方内覆盂，九重无外顾者，岂非以重臣秉钺，臂指相属，长城万里之势，固足凭哉。维秦远奠西陲，迢迢四镇，综诸督府，中间幅员辽邈，陇阪阻绝，戎虏纷错，乍出乍没，而或兵力诎于扼控，耳目阏于旁达，情形眩于竟悉，轻发挑衅，重发又惧后时焉。而桀虏乘我，此其变在呼吸，应在猝遽，信不易哉。亦有谈笑折冲，从容决策，兵机运掉，为力不劳，举莽旷之龙沙，惕犬羊于胁息。即有时阑入，则小入小创，大入大创，蹂躏罔措，更往往失利负悔。此如比耦决拾，罕觏佽飞，则有养由绝射，惟所命之。兹向来疆场之臣，见不数数者。惟是明公在事，表树铮铮，桑土之预绸缪，虎豹之关丕赫，潜乎九天九地而难窥，运乎不先不后而终窾，盖所谓凝神之技，而承蜩之术也。用能洞虏目中，策虏掌上，直挥之斥之，挞之歼之，累累首功，京观堪筑。兹胡以臻也？窃谓铅刀顿敝，割鸡且靡，设易以棠溪皓锷乎。则陆兕水蛟，剸焉齑粉；七札星驰，难觊弱镞。乃有乌号肃慎，繁弱角端，淬铜铁以焦毒，驱箘簬之贞干，有不丽彀挞辀，应弦踣毙者邪，则材格殊耳。公自释褐牧扶风，早锐意经论，精心塞事，已从省掖封驳机宜条上，虏情忽换，有大司马莫筹、庙堂未及剖者。公立决片言，百不一戾。既而从秦臬观察才简云中，张掖酒泉，建牙开府之日久，耳目精神，罔非边事。一旦荷主知特达，从中丞拜大司马，挈授四镇，凡伯僚而御造父，意触擘画，号令震叠，似若佐运天符，而震曜斗纲之表者。乃又取兵果，弗取兵强，而矜而伐而骄，是老氏攸忌，兵家之唾余也。公一无所用，而不用之用，独有以柔众而基强。盖河投醪而卒战五，囊推粟而士战十，彼味不加喙，甘不逾嗌，而士卒用命恐后，岂曰强足奏效，而柔之素也。方辅以赏罚之大柄，喻以安危之大较，洽以金石巩固之大信，胡不融，又胡不克焉。盖阳气嘘而葭奋，库兵动而鼓鸣，畴开之而畴翼之，则神动天随之妙，坎止流行之轴耳。故人徒羡公之鸿抒发，而不知其湛思之密也；骇公之捷取效，而不知其观变之审也；讶公之出倒囊，解迎刃，泉倾万斛，乃机缄敛于无朕，而声色屏诸勿庸，孰知公有如是之作用邪。盖进不却于风霆，驻不摇于泰山，屈伸变化，不谢于神龙，而游乎六幕之浩渺。故十万之众，群羊而驱，沙漠之乡，阶戺而驭，功不邀而收诸暇，誉不炫而橐诸实。所为远跨穷裔，近彻枫宸，下儿卒伍，上格黼扆，岂惟阶崇少保，命曰弘化之臣，行历孤而公，屹然鼎铉，当伯仲周召，受祉方来未艾也，不腆藩臬，方欣欣然膏沐荣施，灵承罔射，云如之何。汉人有言，义民所克，工歌诗陈颂，书之庸器，列在明堂，显武功也。公武功炳烨如是，可歌可书已，则诸大夫属某式叙，毛锥谬役，不怍不文，亦展底燕喜而止，曷由望吉甫之穆如也。

大司马徐公甘肃露布纪略序丁未，代顾抚台作

大司马徐公曩抚甘肃且八载，虏或阑入，公兵之，往往奇捷。首功之课，积至千八百余级，於乎懋矣。已公开督府五原，军旅暇日，捡题覆诸疏，洎恩纶，刻之，曰《露布纪略》，是不可已者也。书成，使使属余叙。余不敏，亦犹疆埸臣也，以疆臣谭疆事，如榜人语水，樵人语山，言言习见，非窾，故不让而概言之。盖边事易言难效，难在首功耳。首功者，主帅[①]策帷幄，三军冒九死一生，获诸原野。已上功幕府，受牵文墨，又御史甄核，大司马疏覆，得俞旨，始告郊庙，付史策焉，诚重之也。原夫兵凶战危，变决斯须，生死休戚，于焉剖判，常胜谁能操之。矧北虏天骄，战阃是常，以汉武之雄才也，业蒙全盛，公私羡溢，兵力余饶，乃四郡之开，犹烦卫霍，提师数十万，绝沙漠，逾焉支，至于瀚海，军兴劳敝，海内迟久始定。今甘肃一带，非漠之张掖、酒泉、武威[②]、敦煌与？远界万里，春光莫度，当时拓宇之艰难可想也。我朝基丕圣神，兴图广斥，甘肃西控玉门，北连大漠，屹然重镇，抚畀重臣。公起家扶风，历谏垣，筹边大略，宿贮胸臆。藩臬之任，借箸塞上者久之，比简自云中，开府西塞，深惟此镇，要害孤悬，田腴则不朔也，士锐则不揄也，戎虏杂逼，向背靡常，缓失时，急难应猝，驭何容易。独念兵欲整、欲密、欲神速，不鼓不震，不可以风；不申明约束，信赏罚而示的，不可以肃；甲兵不厉，糗糒不充，战士不果锐，不可以使。法所谓养气养心养力者，关乎进退勇怯之机，当乎利钝雌雄之窍，是又恶可忽也。公夜日经营，务悉端委，号令霆迅，动中肯綮，终焉奏效，即初焉矢谋，其为计预也。兵家不诱来，不追往。塞人伺虏，每思诱之追之，快于一逞，乃诱永必至，至未尝不觉，觉则无功；追未必及，及或计是堕，堕则偾事。昔王恢马邑之诈，见绩若何。李陵乘胜逐虏，转斗千里，岂

---

① “帅”，底本作“师”，据文意改。

② “武威”，底本作“威武”，据文意改。

其弗兢，乃全军覆没，贻愧陇西，亦贪功而见事之晚也。公用兵不主诱追，又不主不诱不追，可诱可无诱，可追可无追，设伏邀击，绝后划前，豫具相时，握机妙运，倏然九地，又倏然九天，何不可焉。以此挥大兵，制虏命，动获全胜，端倪莫窥，则作用神也。且首功纪录，匪自多而后闻己也，将振厉人心，毋隳令绪，前事足绎，后事可师，共保封守无他耳。语曰，安注相，危注将。又曰，天下虽安，忘战必危。夫战可忘，则将不必注意矣；安是恃，则危且立至矣。西塞险远，敻别诸镇。我以番蔽虏，呼吸变幻，注厝稍乖，虏且得志，番折而入虏，如是者危。公临塞务在扞虏绥番，番障我而弱，虑不敌虏。番未可恃，兵未可弛，时时购谋臣宿将，布朝家威德，广用磨砺，拊三军，臂指如一，彼不爱死力而敢战，一抵百，百抵万，故能弄夷股掌，举孤悬绝域衽席之，又何周以虔也。夫舟楫未具乌涉，弓矢未调乌射，边鄙寥落，大费绸缪，赡养震耆，两者缺一不可。公向来焦心蒿目，瞬息千里，应自知之，故纪略不徒纪胜，纪八年边鄙之精神，拮据卒瘏，有姬公漂摇之思焉。所为图金瓯而敉紫塞，非一朝一夕尔也，固可述也。仆程武不绛灌，视文部随贾，乃数年恩公秦塞，叨窃逾涯，日虞覆悚，惟是枹鼓之事，岁时奉橐鞬以从，所不遽陨越，以为封疆戮辱，则公也实式灵之。既久挹雄风，阅茂伐，睹显镜，取则割艳，均属不薄，又兹叙公刻。夫公也文武宪邦，谋猷居壮，于襄闳勚，煜爚环区，行当跻上台，勒彝鼎。蔚然全豹，猥窥一斑。目习心委，用敷阐石画标表之，窃比于樵榜山水之言。文啬也而实胜，可信来兹无射也，不则以问塞上。

榆溪小隐叙

榆溪杜日章将军，往家食，营二别业在城南者，景十八，娱二尊人。又第西筑精舍八焉自娱，筑曰榆溪小隐云。将军耽文墨，征言四方，集诸梓，缅缅翰藻，不啻珠映。将军喜篇章富，而园林滋蔚也，日婆娑此际，将安焉。未几，复起家参戎神木，于时分虎竹，障龙沙，狼烟白草之警日勤，虑不复曩优游已。顾别业未忘也，暇日走使乞余叙。余谛视诸刻具已，曷能攸益，且余家亦有别业，翠柏千章，赏心不乏，乃抵今无亭可名，徒鞠茂草，又何代叙将军为。惟是将军向余也恶无言。将军席全盛督府，翩翩贵介，顾厌薄纨绔，喜豪客，客外散帙披襟，怡神长啸，别业是常。彼曰怀古草堂，曰缥缃阁，是所贮万卷也。曰柳径、兰畹、蕙亩、松窗、浣芳塘、翠微山房，是所收清芬也。横琴有石，栖鹤有轩，卓笠有山，带玉有泉，闻莺有馆，垂纶有矶，是所畅性灵也。曰饮仙亭，曰三珠灵洞，曰昙花精舍，则寄意寂寥，游象外者也。乃又台名倚剑，寓抗志焉。所谓十八景也，若八精舍，则规远者五岳草堂乎？慕仙者烟驾轩乎？

止观者水站台乎？而洞黄石以著韬英，楼琅环以肖福地，斋玉举以疏神况，馆投辖以敖嘉宾。而又堂揭止戈，目存安攘，思深哉。维时依将军者开以乐，习将军者嘉以乐，爱将军者美将军于乐内，而企将军于乐外。若虑夫台沼经营有涯，未若无涯也，乃将军于世元未尝忘。不观其止戈名堂乎，又不观其倚剑名台乎？止戈昭武，说剑自雄，天可剑而倚，日可戈而回，八极不难挥斥，九夷不难鞭挞，讵无意当世者，乃远识君子，乐伏惧矣，函徼宁局曲规瑱将军耶。盖去病愤虏以忘家，士雅闻鸡而起舞，越石兢心于着鞭，士行砥勤于运甓，彼犹曰事任存耳。乃若南阳卧龙，息志闻达，抱膝长吟，周回梁父，何恢奇也。柴桑处士，作赋归来，漉酒葛巾，傲睨东篱，迹遗世已，顾不忘荆卿之咏，又何志意远也。丈夫涉世，龙蛇何常，时驾时说，时闲舆而往，蛰用存身，屈用求信，匪隅一焉。将军簪缨绍世，国恩可念，讽万卷，诎万夫，讵令宿挟销诸乐事。集中如李本宁先生辈，属词托兴，均可遐思。余披卷神游，兴复不浅。千里几席，迪焉在德，亦直据止戈倚剑之旨，便足前茅。又不溯古乎磻磎之钓，不以鱼以四海。扁舟五湖易耳，尚须吴灭。彼志欲竟而俟诸时，功不处而善厥后。一纶一竿，畴非经济。一舟不楫，难泛忧难。或隐先而非漫，或隐后而非晚。人事天时，各有当乘耳。将军遐趾先民，无如师尚父与范大夫。师尚父不必黄发，师范大夫未便鸱夷。凌厉九霄，旷焉而不失实。澄静九渊，藏焉而不废显。此丈夫措大，榆溪小隐非时也。时乎时乎，龙之云，凤之旭，不妨小隐，不妨大隐。辞甲第而金门，雍长城乎玉塞，莽荡变化，万不渝真，则北山曷敢移文出也。那呼小草，卷舒文武，妙应惟时，伫将军不薄耳。

题平播四草

兹帙余治兵叙泸漫草者。余孱绵不能杀贼，强焉尸露布、铙歌笔，亦云大谬。顾播酋之役，余始以司马郎往谕，继奉简书，以藩职领兵宪，共襄斯役。若选兵、缮具、治饷、纪功诸经营，种种颇效一臂。欣武功大定，托鸽鹈蟋蟀之鸣也，是恶足愈头风而祛疟。浪付梓，佐索者游涉，捧腹尔尔。

万历已酉春二月济南刘一相书。

刻启札序

启札小技，取具亦足，非如表与笺之关巨也。奚是侈而绚之，砻且锻之，音节按之，急非先务。操自媒则浅矣，博人悦则劳矣，弋名烁则毕矣。构之剖心，竟于菑木。智者弗尔，惟余盖习。兹释褐良需，始难构也。知构已，庸以疏也。

苦疏致缛，苦庸致警，勤已。乃缛警犹非其至，艰而索致，薄乎云尔。余拈若者二十年，才似有镜，就之颇不苦。用是蒙一二见赏，令梓之给于耳目。夫剪彩非真花也，郢曲无贵巴也，启札如是便足耳邪目邪。吾闻之解牛亦进于技，承蜩乃凝于神，夫粗乌匪精，技乌匪神，器乌匪道。余兹刻亦挈道之瓦砾视人也，劳与卑浅曷知焉。

万历己酉三月壬辰济南刘一相惟衡甫题于宪署之敞云楼。

讲易手录叙

易教之洁净精微也，难言哉。彼三才性命之奥，匪洗心斋戒，抱常宁常湛无爽，将洁净尘汩，精微习晻，故难也。凤翔赵使君，以易世家，余知之。考艺都门时，第未及见讲易。讲易则若翁玉泉所口授使君，使君手录珍藏者。迩使君从比部擢今守，翁得以守封，相将邸舍。是时翁春秋耄已，犹孳孳假年学易，使君感而出手录梓焉，不欲终秘，美家学也。翁桥梓递发易科，四圣一经，宿昔乐玩，拟议变化默成者，非斤斤占毕尔也。吾知翁之厚蓄而薄发也，受廛九陌而志意则萧然也，茹粗粝而膏粱[1]不为朵颐也，斯不亦常湛常宁、洗心斋戒之有得与？盖学易者将见天心，洁净精微，天之所宅也。天人融贯，孰汩孰晻，孰涤孰通，机在我耳。翁之以易诏子也，奇谲恶事，期咀嚅洁净精微之旨，妙在先天无言者，言发不谓破道，兹翁可拈，使君可受。向勤手录，今衍汗简，是编也，抑翁家奕世镃基与？余学易茫然，滥竽负愧，奚易之足谭，行归息长白，栖真元初，惟易是轨。傥是编可托津梁，不枉学易，翁家桥梓，实终始弘牖我耳。

双忠集叙

文章节概，亦有觭乎不邪？曰：人函性，性生而不死之神，其真也，为节概，其灵也，为文章，介有觭无觭之间未可岐也，譬诸草木，本根枝叶，未可剖也，夫孰非性也。性常生常溢，宁固周浃，又论节邪文邪，容间隔邪。春华之与秋实，节概之与文章，一而二、二而一者也。圣贤抱一不脱，履险如夷。一者性，而夷险则性境也。境印性，非能蚀性。故羑里何妨演易，泽畔尤足行吟，文章句而已乎。吾披览蒋邠州刻《双忠集》，殆不胜感慨遐想焉。君与亲并重矣，忠君谊大矣，逢千而后，孰如椒山杨忠愍与斛山杨忠介二先生也。二先生际明圣之世，履不讳之朝，亦有逢已。顾肃皇帝御极廿载，后崇玄深摄，群臣岁时

---

[1] “粱”，底本作“梁”，据文意改。

莫觐。分宜方席宠贵，纳苞苴，虐用恣睢，章奏之入，杂付养子门客票拟。虎豹九关，牙齿磨厉，尤耽耽二先生切直。岁辛丑，忠介公忧时建言，淹狱七载，势九死一生也，犹精心学易，曲牖群蒙，一时风动波涌，而斛山文出焉。忠愍争马市于辛亥而被逮，劾权奸于癸丑而被刑，一时人士，胥悲愤扼腕，索公宿制，诵且泣，而椒山文出焉。二先生之文，非学士骚客之文也。蒋守今刻，实合刻容城者，续斛山于椒山后，命曰《双忠集》云。按集二先生忠鲠天植，仡仡问学，同笃事韩苑洛先生，日默育性真，澡雪培灌，以静以恬，不渝不槁，章溢暗然性也。性有两乎哉。幼学拓诸壮行，忠臣基诸孝子。犯言敢陈，与仗节死义，同条共贯，脉融光葆。含之则冲虚寂寞，不可致诘；触之则激昂奋迅，不可掩抑。即生死危迫，刀锯鼎镬介侧，与众所震撼，两君子直秉果毅，付从容，镇定而御，顺受而怡，柏府可，囹圄亦可，拷掠贬窜，赐环赐死，无之不可焉。其畴能之，彼缮之性真，写之性灵，而节劲，而文昌，匪漫语也。孟子曰：“我善养吾浩然之气。”气浩根乎善养，养善底乎定性，性真定而灵机日通，而文机日盎。夫抗廷议，奥抉心精，寻常亦摅发自得，流性皆文。故或乐玩周易，探性命而非局象占；或寄怀离骚，咂性天而聊输悃款。实际妙解，缅绪闳赅。真足抵金石宫商之奏，并二曜而贞明。余闻之，乐深者动天地，文极者泣鬼神，无异故，精诚洽也。以今视若集，文邪节邪，精诚之自注邪。有精诚即有节概，而绪余寄乎文章。彼忠愤生文，文尽忠也，若今集是也，良可述也。乃余也暮齿罔闻，恶知二先生精诣与所降所升之因，二先生文章又恶窥涯际而强尸叙，亦曰读渠不朽之文，稍识渠不死之性，是不能无言也，庸托不朽云尔。

万历己酉夏五月书于秦皋之敞云楼。

送明吾薛令入觐序

邑大夫明吾薛公令长白三稔矣，岁界庚戌，修述职常度，且行，邑诸大夫重公行，眷眷于脱慈母襁褓之难也。岁歉弗登，最急怙恃，于兹弗介，为不若是恝。是宜有赠言，申悃悰。窃尝读《鸿雁》之诗，而叹其三致意于劬劳也。夫劬劳咏于《蓼莪》，怀父母耳。兹以歌还定安集之政，岂不曰及矜人，作百堵，勤眷经画，良亦劬劳，是劬劳不独亲也。乐只君子，民之父母，又何必天亲邪。民之所注，将在怀矣。民怀在仁，就之也如水就下，水性导之易，拂之难；非拂之难，水固下而弗上，挽而之山，力什伯罔功，仁恶可已也。而仁又有文与真，仁真者一而弗二，流而弗辍，渐之涵之，游泳濡沐而不知。倘取具于文乎，哭笑之强，几欢于哀，休戚弗逮，貌属中离，恶乎仁，又恶乎怀也。不肖盖习于明府之政与用意之所极，殆仁而真者邪。厥度坦，厥矩虔，厥礼弗蔓，而视下孔严，坦泽于仁也，虔摄于仁也。弗蔓者木讷近仁，孔严视下，非毁肃以用仁也。盖吾邑凋瘵，而生民之疲瘠甚矣，非区区杯水之足润，而恩威阙一不可。城社易穴，闾阎生隔。近弗戢，则远弗注；威弗詟，则惠弗流。庇近习而示慈，非慈也。公为政，法行自近，剔在城社，翳是屏，阏是疏，柄弗假而莅用庄，令元气充盈，血脉融畅。公之肃畴非公仁，仁恒泽以摄也。近仁非鲜也，不色取而质直，安往弗信，亦安往弗达。公所敦仁夙已，故抒焉惠下，隐隐如伤，兢兢如保，以生以厚，以扶以节，畚臿弗相厉，而钱谷弗相渔也，何抚字劳也。抒焉造士，则手不携而事示，命不面而耳提，神喻，不色喻，故指南蹈迷，而型范铸纯也，何振迪劳也。抒焉交儆，则阳桥日绌，骨鲠日亲，萧艾易而兰荪，绕指化而苦口，今何受益，向何淬砺劳也。以公之凝定，之挹损，之缜而粹，其于民也，有阜无耗，有煦无峻，有系縻而无携贰。皇极之敷言，训行而耿光被，不弋美而美集，不邀誉而誉归。则以长白之政，三年一日，九皋鹤鸣而天彻，彻之以精诚也。民之怀公，公之真于仁也。声闻于天，是闻也，即达也。《易》曰：“射雉一矢亡，终以誉命。”夫当其舍矢，安计劬劳，比其誉命，劬劳忘已，而不忘在民，不泯在上。古有疏名御屏，玺书下劳者，今安知不公是属，曰长令何宜民乃尔，而就焉如水。民之父母，固邦家之光耳。是行也，士与民胥戴焉。戴生爱，爱生真，真生诸一念之不忍。夫上不忍负下，而下又忍负上邪？不肖辈之相将有言也，亦披沥一念之不忍焉尔，恶睹其为文也。

送邑幕杨君绍泉入觐序

邑幕秩细，是可俯而视邪？曰未可。幕弗符，弗肩鸿巨，业堇奔走，可易而视邪？曰未可。贵不在峻，洼有贵焉。艰不在巨，细有艰焉。吾不泥淖，奚庳，直洼流易委，洼据易陵。役我者众，我役者弗颛。酬应纷纶，躬难置顿。细有难于大者，无艰名，而尸艰实。幕固未易，矧吾长又艰之艰者。邑人不诚，三驱可用，今诚甚，下求多于我，视上求我更甚，势相轧相挫，貌与情违，溃冒冲突之势，疾于飙，险于浪，厥惟艰哉。杨君操何术，无溺幕职，举称良焉。夫良固可贵，贵在我，安问卑峻。和氏之璧，隋侯之珠，常伏于十百仞之下，而卒宝于世，入泥不污者非嫣然秀出之莲邪？杨君光辉莲幕，莹抵珠，润抵璧，美焉不炫，净焉不缁，亭亭物表，有君子度，故委毕受，陵不靡，御我者能安之，御于我者能宜之，宜足役人，安足役于人。惟邑疲是起，民玩是驯，不及不难情恕，非理不难情遣。纷相求也，不苦于相应，纷相应也，不苦于相挫，要有所以应与不可挫者存耳。不可挫之谓完，完固可贵，峻而不卑，图难于易，抑又何难。杨君知政体哉。昔人谓一命之士，苟存心爱物，必有所济。余亦谓卑官抗法，尊显莫挠，岂非以恩威两柄。臣子奉诸朝家，得为而为与不得为而不为，殊途共贯。爱有济，法莫挠，杨君无愧焉。属岁旱，君徒步祷长白，肃礼无算，龙湫作澍，一钵四境。又能剖疑狱，明断有声。城筑之役，君矢心经营，与奎楼之创也，计日无爽，无点濡，郁有令闻，于铄哉。法之所抗，心之所握，种种可知也。语曰："行比一乡，知效一官。"夫一乡非小，一官非大，操刀使割，神用乎操之先，小用小效，大用大效，宰社即宰天下，谁能薄户牖候邪。而又狭君之刀笔，君才且贤，百幕罔右，不佞深向往。于其述职行也，喜摭若概，纳诸行李，谨无曰卑之无甚高论也。

久视楼序

韩克从中丞，结楼于新庄左区，叠石擎阁，□驾丘楹，奕奕凌虚也。讫落成，则社中老人，五日偕集。时韩伯重氏又适问道牢山归，油油然披襟趣膝参叩长生甚适，居敷日。中丞来信取《道德经》，并乞余楼咏。余曰："咏生乎名义，楼弗名，曷义？弗义，曷咏？必咏也，请取老氏之'久视'名楼，可乎？"已过中丞，中丞目余曰:"某于世匪浅涉已，晚奚冀？冀久视长生几焉。楼之名，令不佞剩有顾思，好为我绎。"余自视懵懵，尊生靡素，常惧零先朝露也，胡绎？然窃有闻已，乾坤贞观，二曜贞明，贞观不迁，贞明不眩，力无庸也。迁与眩非上智不免，孰不云视，孰视云久难贞耳。镜之铸也，金体而照用，尘翳而拭光，光非天照，人力所通，然而拂拭功勤，光流莫晻，得贞之利焉。矧吾灵性，天神天明，神而明之，存乎其人。视久乎重积，积重乎早服，安所服，安所积邪？不曰知和曰知常，知常曰明乎？又不曰心使气曰强，不道早已乎？早已何如早服，服之不早，反之欲力。力恶在，在啬。啬居无事，非使气之强已。于是知和，亦于是知常。知常之明，视于斯定，视于斯久。承蜩丈人，志注凝神，纪渻之养鸡，弗贵恃气，贵望如木耳。彼气平而志不分，精神底一。一，生理之宅也，宅则无佚，无佚则无耗，无耗奚竭。人知宝无竭，不知无耗无佚之先宅之。宅能有益哉。为道日损，非日益。无弗强使气而居弱，弱之又弱，损之又损，灵扃无障，太宇无据，丹台清虚之府无滑。既知和知常矣，知常明，明乃正，正乃天，乃道，乃久。久者久此，视者视此者也。收摄之视，无视而无不视。视宜视，弗宜弗视也。冥焉栖焉，不眴而瞻；周焉游焉，不骛而兼，是谓微明。明所为视，微所为明。早服重积，道如是止。弗重弗早，弗早弗反，视恶久，恶乎道。取是绎君楼也，以君宅宅君也，楼真为君有已。乃咏之：楼南岱所踞，楼北海所都。二物足气色，入视还其粗。视山视空洞，视水视于于。于于与空洞，视之常不枯。不枯讵外假，恬漠宅生理。谓是太极先，无名且疑始。抱之不欲剖，盎之九垓是。所以学道人，真元不受滓。无滓安所营，太上擅久视。为问楼栖翁，玄酒旨不旨。

贺少傅大司马萧公洎诰封一品夫人偕寿八十序

国有重臣，翊皇极，冒区夏，朝野向风，愿跻难老，穆穆迓衡之为快。比功成身退，家食岩栖乎，志憺愈澄，气夷愈畅，游不校之途，息无营之域，日歌咏太平优游焉。年所多历，为世蓍荆，盖汉则张北平，唐白傅，宋文潞公，各齿溢耄耋无恙，而潞公又从告老起平章军国，天之眷佑老成，莫可限量如此。顾未闻梱内如少傅公夫人，均眉寿无害也者。夫道妻道，茂履纯禧，是世希有。于时韩克从中丞谂韩邃之侍御曰："吾侪夙树公博有寸尺，猗猗双寿，宜有同心之庆。"某不揣焉，谬役操觚也。窃惟公秉受鸿庞，早第，洊历台阶，勋业烂宇内，至公操迪不厉，而夐迈人群，容未悉，悉何如吾侪。盖公一代人龙也，神龙浩荡紫虚，伸缩莫羁而非诡，彼特时潜时见、时惕时跃，亢而偕时极者悔已。公涉世何成心哉，功名居后不居先，彼先听之，我后宜之，一竞一恬，恬何弗宜。有时先之，无意而先也。施报居厚，不居薄。我往彼来，憧憧滋扰，予不为厌，恶程厚，以是心至，恶程薄也。世谛娓娓，无意尸高，乃抉形骸之表，畴慧，畴瞢，畴夐，畴卑。河饮腹充，同然皆得，城府畛域乎哉。彼间间，我闲闲。旷莽无涯，并我且遗，又暇绳彼邪。动与时偕，可方可圆，执则泥。智圆无阂行方，外圆无阂内方，小圆无阂大方。圆则中规，方不逾矩。孤贵失和，何如与道委蛇之无阂。公之操迪，则可谓云尔已矣。若乃大疑易眩，大轭易挫，纷至易贸，突来易骇，泛应艰哉。公紘中而爽识，冲襟而负大，云水虚澄，几庸执着，触机旋转，掉运以茅，凝定屹然，象彼乔岳，与昔贤之调和两宫，定策两朝者，絜而较量讵邪。盖公智而勇，敏而定，天授名世，端不偶然。国家严戒虏，榆塞穷边，朔方远控，云中上谷，锁钥神京，肩之非眇。公自治饷，而备兵分藩，迄于开府，颛制控塞最久。每拳拳彻桑未雨，敉戎有�，拊循则挟纩投醪，令麾则使臂使指，士乐用，虏缩骄焉。邦政大务，几伐鸿枢，公控柄有年，倚毗绸缪，风霆斡运，边鄙不耸，则腹内甲兵，禁中颇牧，于公概见。倭之役，公拾已坏之局，当方张之寇，力排群嚣，主持戡定，不震不渝，究也岛夷大创，属国底宁。邢经略之锡圭告成，公之匪石不转耳。又忆公为大司寇也，某三载禀度，寓目承风，时诏狱沸起，九重震怒，畴弗沮，公不激不靡，斤斤三尺，曾不难补牍回天也。悻悻如某，亦逭罪功，实奉台德焉。公寅亮三朝，靖共无二，晚受特达之知，虽哓哓声吠，朋织空劳，乃璧抱连城，拂拭愈美。四十九年之伸缩，时经时权，一无涉诡，惟是躬厚莫磷，洞悉莫欺，宅宏莫界，竖定莫摧。莫磷者质，莫欺者神，莫界者宇，莫摧者干，曷弗适焉。故巘亦坦，棘亦旷，坦旷者，委蛇之大道也。道腴身腴，天下总属康济，康济则宁一，宁一蓄寿。翕辟惟时，曷人非龙邪。抵今耄耋昌辰，与夫人俱，德匹德，寿匹寿，张北平而下三君子，或未必齐一也。夫人坤道含章，莫探宛委，可征者小星戴惠，螽羽濬祥，大类公廓落。以兹茂膺百顺，寿考维祺，日月璧合而章天，海岳玄符而亘地，寿者巨矣。功名赫奕，蝉联簪黻其余也。是可风也，喜作歌，歌曰：凤昂兮拂霄，鸾雍雍兮逍遥。宛琴瑟兮迺虞韶，抱安苏兮神弗摇。百禄兮既遒，处一兮安求。历大耋兮夷犹，相颉颃兮丹丘。美缅缅而摅莫殚兮，荡八埏而千秋。

寿王孺人八十序

王孺人春秋八十矣。子明经，行且秉铎，表竖未艾。时方率子姓茂才辈，觞祝百岁，而不佞姻友边汝良，孺人母弟也，欣胞络之长年，谋叶戚里之洽明经者寿孺人，而征言乎不佞。夫不佞堪颂言哉。窃闻之，里言不出也而扇化原，坤道无成也而美时发，是故难言者几微隐约之间，而可言者俯仰交须之理。内则懋树不炫而徽音日播，是所为仪家也。而安贞迪吉，凝定立命，机亦通乎冥漠，阴教可忽邪。汝良尝言孺人当于归后，逮事迪功翁，霜严家政，只奉廪廪，日拮据井臼，不厌昕夕者若而年，夫子采芹，鸡鸣告儆，庶几佐成也。中道见背，甘荠于荼，膝下之孤，藐焉待抚，乃能爱不废劳，仪不爽训，机杼无庸中断，栖舍无庸频徙。季父表课，孺人内课，竟令绍世弓冶，学殖而不落，迄占明经。若乃度孰为剂，用以不靡，业孰为营，赀以日衍。□中操缩，锱铢不䅣，而优恤通乎姻睦，精心密理，根极纯白，有大夫不及者。臧获拊循，仰均覆露，苛责乌有焉。门以内肃雍并懋，真乐于于，蔗境委蛇，舒迟化日，曾不知岁序抵至而称耋也。夫年引于所滋，而生滋于无耗，人徒知孺人中年不造，而不知天骘孺人者，乃在于茕茕靡恤焉。历阻抵逵，从约起泰，迪吉乎安贞，立命于凝定，德基福，福用章德，正不必孺人之习长生也。惟是得一以宁，常静安久，曲全而洼盈，孺人桴鼓玄鉴者不诬耳。不佞涉世碌碌，独戴白舞斑，日婆娑于九十而嬴之母为快心事。明经壮齿，不时诏禄，就养无方，且树人乎百年，锡类不匮，福履日绥，夫庸知孺人覃受底止乎。

贺邑侯丹衷王明府三膺嘉奖序

隆庆以来，吾邑侯足述者，盖韩安阳之洞朗也，刘任丘之方严也，李米脂之廉介与杨[①]华阴之英敏也。虽表见各殊，要于职无窾，蒸黎弘禆。乃今侯以沉潜笃实之纯，禀踵华阴，来牧兹土，不数月而崇奖三至，讵从缘饰。先是华阴亟去，岁会多端，署代纷拿，事柄少专持而广滞牍，催科无定画而多逋负，蔀屋穷黎，方仰首濡沫，富厚者又善操金钱，串魁猾，营脱重役，而委之乎脆薄，牧难哉。侯牧一矢真蹈轨，斤斤治理，滞牍欲清，则求衣未明，燎庭事视，日中昃不遑暇食，不分更漏始寝，勤恪孰与。催科秉宽大，不任敲扑，于时良者输，玩者抗，负侯度，纯宽不足恃，而水须火济，用猛非得已也。赋税灌输，旧取办力饶，自挨甲肥瘠莫程，而小户不胜困敝。近采公议，从条鞭慎简募役，一切经费，公私补敷无窘，业得请两台已。诸豪犹习规避，百计作挠，几涂耳目。侯不厌苦口，不惮排异，玉于成，是侯第一义也。夫政非操术用数，刻覈刑名之足快，贵阶利，不贵阶厉，恶知四支之为我而足营，又恶知黎庶之不为我而若是恝。蛊之振饬，在先后甲三日，故可因可无因，讵绳韩准刘，步趋华阴之为的。侯廉如米脂而不以察缺易闷淳，究且辅沉潜以高明，呈辉光于笃实，下安上信，足述孔多。于是两台冋寺，同然褒嘉，曰黜浮崇雅也，曰冬之日、春之风也。冬夫日，春风以扬休，而黜浮崇雅以归真，则蒲鞭贤于击断，而日计月计，孰有余孰不足邪，兹不难知也。史称曹平阳治齐之美，括之曰清净宁一，而推效于盖公之师。侯以真惠居廉介，亦师盖公清净，坐理饮醇乎。吾邑民宁一必矣。余从荐绅后，序述侯美尔尔。

公举录序

邑有荐绅公举，为县大夫征拜旌异，受封入觐而设。亦有事遘不常，举不可已者，非泛泛也。厥举，则卿大夫守令孝廉皆在，示大同，不为崖异，雍雍雁序可风耳。往有举无录，无录弗征，安取稽，故或举或辍，即举也，莽浪亡当，胡以章轨维风表著里人邪。先是李幼实丈数为余言，久焉稽故，属有举相触，则令记室创一壮薄，薄纸百叶，便永久。爰咨名《公举录》，匪示公弗录也。举法，量人数时宜，酌醵金，大都长者主议，次主进。操觚之任，蕲辉映遐近，少长无择，毋居能而逊却不能也。举欲称，醵数欲盈，力啬者不以相强，要无厉主者，有羡，洎报礼，可资后举。明注簿，钤以图书。取次交主，无令泯泯干没如曩事，徒作口实。是举也，情之敦薄，体之伟陋，均此焉系，故名实欲其交符，作止便足重轻，耳目至伙，月旦清悬，固人品士风之鉴也。吾邑方兢于人文，洵直且侯，山川实式嘉之，盍共懋焉。

---

① “杨”，底本作“阳”，据卷四《杨侯去思碑记》改。

归山集序

友人丁允节以直谏去位，乐志岩栖，一日来使，征叙归山诗集。余流览且绎，作而曰：集命归山，渊意乎。吾闻张子房之佐汉也，功成引退，习辟谷，访赤松山中；李长源佐唐中兴，亦翻然辞相，归衡山，均之芳流信史，景慕来兹。乃子房不闻有诗，长源诗亦仅睹绝粒鸣珂之咏。吾友归山也，诗何累累，余为熟思，毛诗不尽咏庙堂，如考盘有咏，衡门有咏，伐檀、白驹有咏，幽岩空谷，适若适，诗若诗，性灵盎溢，轩然翛然，大足风焉。当允节左掖司绳也，入纠拾，出延访，鳃鳃国政，诗于何有。比放归弛负，顷觉薖轴宽慢，绰有余容，独寐寤言，真呈触境，遂恣意声诗，挥洒隐抱，放言肖夷逸，行吟托湘泽，用披露壮怀，消磨肮脏，矢口为律，有足风者。缅惟吾东人士，弘正亡论，如近代历下、濮阳二李公，相望而起，厥诗或以沉雄，或以流丽，虽嵇阮各调，要之伯仲夏盟，骚坛丕振，忤视抑谁。洎我隆庆午榜，一时海岱秀结，不乏喆匠，则有淹雅懋钦，飞爽伯俊，犁丘子愿，墨妙精工，遂使片言流播，津津众口，儒雅风流，词林回响[①]。顾剞劂在付，仅伯俊一人而止，无何灵翳天星，递归冥寞。余与允节，攻诗较晚。余更碌碌，才情莫属，作优孟乎负惭，象叔敖也何日。英挺吾友，诗思郁勃，抉剔之洞寻真，矫厉之标务卓，触时也信多感慨，比物也志存风雅。罔恢诡畔正，罔作媚散醇。殆益怀三苏，步踪二李，有味乎白驹、衡门者，归山又何能无集邪。且虚牝为籁，虚注为鸣，人籁蓄极，亦通天籁，美爱何患无传，佛首又忍加粪，想毗卢圆光，不遏而常现也。

赠郝澄滨少尹擢广宁监正序

关以西急戎马遏虏，于是平凉开七苑监，修马政，统以寺卿，重之也。监有正，阶七，握符，曳银，体貌视令，伟矣。郝君澄滨，佐敝邑贤劳，粤四载，擢今官。里人犹以君弗获令为嗛，余则谓吾邑六十年来，自王丞云鸿擢令去，畴嗣响。君佐疲地，拊瘵民，兹擢亦空谷足音堪庆，宜赠言重行，诸大夫顾余属也。夫余言重哉。余惟丞职赋催科信难，矧君之受事，频苦无年，民有啖草子木皮者，那胜峻眉。君焦心触目，不扑瘠，徐而熟也始劝租。躬谴，而民逭死徙。卒五尺籍，君申核有伦，清足额。不教里胥辗转，焉作厉。征解户往坐赢二百，非分诛求，民命莫必。比议募二十有二人，各给直金十二，省不赀。漕未募领值，就德州以时市纳，人乐趋。君裨弘多。初檄筦泰山香课，嗤陋辙，褎粿自随，

① “响”，底本作“向”，据文意改。

不旅饷，不没一钱，誉起。比署篆吾邑也，犹泰山之役，署桓台也，演笼水之清，抑孰常职，孰代庖，彼纵此操，众难独易，惧以终始无咎。贤哉郝君，大有足称者。君温良乐易，绝城府，偕者醇醉，乃中实井井莫瞀。以君视诸佐悬径庭，为忆先六十年，余童稚耳，王丞贤，邑人口廉惠勿休，余心蓄焉。君佐长曷膕王，王令而君迁监正，均贤耳。贤者自爱自效，邑牧圉牧，恶不适。余固庆西塞得良牧正，马之字者闲者，集如云，烂如锦，有驈有皇，有骊有黄，车用彭彭，洵美无疆，奚必牧一社哉。君云中人，起明经高等，宿有令闻者。

题百仙图寿肖松陈君六十诗序

歙区绝胜若三，天子都，皇帝所经游也，往真仙宅，是如崆峒，栖广成子，问道踵至，上之受宝箓长生不老，次不失黄发鲵齿延年也。于时肖松陈君蚤术白圭，翕富厚，雅能亲务施，绰然廓度，偕配程，于于取适。子六，仲子泮游有声。君复好山居习静，似服老氏之啬者。兹周甲子，正不知方来几周也。属里姻孙君寄宇奉尊人指，过余乞言往寿。余南瞻白岳，紫气葱茏，放悲遇之，则仙图之绘，端有因也。余稍稍想望风轨，作白岳歌付之，即毫端未足凌云烟，庶足佐霞觞与。

寿大中丞惺庵韩公七十序

官阶中丞，贵矣，此足概韩公不邪？曰未也。算跻七十，寿矣，此足圉韩公不邪？曰未也。概者，量所取平也，满则可概，未满，胡以概之。圉者，物所受束也，纵则可圉，弗纵，胡以圉之。天生才而致用，因材而笃培，故五石之瓠匪拓落，樽而巨之，不难泛江湖矣。灵椿之树匪寻常，绵而亘之，不难饶春秋矣。吾观公素，慧识则应照之水犀也，剸割则铦利之龙渊也，宇度则高山大川之恢迈也。若乃棼也弥定，撼也弥敦，浊而静也徐清，安而动也徐生，公其天挺人豪与。夫弗才乌豪，弗豪乌大受，公之为公，吾辈所习者。公饷浙，不戢民哗乎。饷上谷，不禁虏要挟，节市金巨万乎。观察冀北，不歼大矿盗，洎附虏史车二酋乎。抚驭辽左，不创标兵御虏，疏经略枢臣东封之谬，决战而遁倭奴乎。彼边陲何地，夷虏何情，兵戎何机，变故何际，当其分拿震荡，疑似参差，利害微茫，成败呼吸，微公大智大勇，才与诚合，畴其佐急县官，奠安无耸，真所谓社稷臣也。无那劲直不阿，受螫权贵，功未录而翻罪，竟解抚柄以归。归徐徐论定，朝家亟向用公，而或中格，然能已见于天下矣。丈夫涉世，下康民，上康国，锡蕃庶而勤晋接，足明得意，不则康济一身，亦为山中宰相，陆地神仙，何不可者。公了了此意，眷眷山东，不欲作小草也，曰："吾当年爱官，必不抗权贵，折东封，去位如遗。今业已七十，政在位，犹耽引年。从吾所好，鸡肋足羡乎。矧雅意方外，喜课遵生，觉乾坤之易简，道易知而易从，德业以久大而臻，三才以易简而定，此至尊至贵，浩然长存者，忍役役逐逐方内耶。"公殆知易者已。天易时也，时行曷止，时止曷行，妙与时偕，艮背行庭，思不出位，其道光明。方优游乎难老，又知有泡影浮名哉。故曰：龙蛰存身。存身者，利用安身之义。公犹龙，公之所为大耳。然则贵也恶乎概，寿也恶乎圉，吾侪寿公，直欣欣为龙为光也。

寿耿母许太安人八十[1]序

桓台耿母许太安人，是吾长鼎族，世有令闻。太安人禀局不凡，迟归有待，竟简对文学，封礼部主事耿翁，琴瑟接御，式叶静好。方入门，翁业有玉立两嗣君，长即旧侍御敬亭公，曾以劲直忤时宰补外，稍迁为礼部郎，比满考，绩上天官，封翁与先今两母各如制。侍御公色养，母甚安之已。而母又诞令子四，今之拥绣斧，正色立朝，轩然称真御史者，维母首殖。其三俱茂才也。众谓耿氏一庭，乃有乌府二贤，后先掩映，倾动寰中。孙主爵，早秩清卿，卓擅藻誉，偕诸季各缤纷供具惟恐后。福滋舄奕，世固希有。迄兹岁，母稽算八帙，春秋高轶，顾神王善饭，健步履，不恃鸠杖。太安人楝家，素庄整，诸子妇将事廪廪，黾勉求称。稍伪指，必谯无贷，捆内肃如也。乃意无偏护，无苛责，霡霂适均，栗不废温。洵哉令母。小子不佞，获周旋两世，命通家子，回溯今昔，嘉庆相逮，恭审眉寿之介，适兹仲秋，会见瑞霭房皇，浚发长祥，底里可倾，抃舞可展。窃惟母于许翁为少女，于卦兑又生八月，兑位金行，是生物囹遂，万宝告成之侯。《易》所谓正性命、保太和者，母昌期实式协应。所为左右封翁，光扬子姓，家用平康者，胥以之。我思母之栗也，兑金之肃清也。家人各正，而母神恬，恬者生之原也。母之不废温也，兑泽之滋说也。家人保和，而母体豫，豫者生之府也。原开之，府藏之，神于此不摇，体于此不牿。坤道资生，含章可贞，无成有终。无成之成巨矣，有终之终厚矣。惟有终，而后于封翁主始无负也。余小子不尽知母，直以母所生，知母生生。生生之谓易，说言乎兑，帝申锡之矣。寿有既乎是举也，吾当借阊阖以舒母，歌南宫以娱母，撷丹桂以馨母，乞金颢膏露以觞母。母也，应欣欣鼓豫曰："吾长刘生，乃能道生生易理，是善寿我。我百年外，庶几与西母洎上元夫人辈，逍遥钧天，流览八极，好拔刘生于紫虚，

① "八十"，底本作"十八"，据文意改。

似续尔家海蟾也。”

寿诰封太淑人徐母八十有五序

曩癸巳、甲午间，余再忝南驾部郎，则宣城钟岳徐公郎武库，日相将缙云之署，正玉树蒹葭非匹也。顾公能降心底款，密于曹耦。时余母太安人无恙，拊孙在里，尤壮。徐母盛里居，拊次公，篮舆均未入白门。公居常共余，话母氏家山清况，注向白云，眷然就养未能。比公移礼署，未几拜登州守，已观察青州，督六郡学政粮储，迄位廉访，前后莅东土十余年，人人知有公也。公功名日起，禄日丰，鼎养日备，母固或留或俱，称意是常。迨己酉，余以赍捧归子舍，长公业先致归，江关南北隔闻问者久之。会宁国吕山人少滨，常客敝邑，因悉公动定，知公今六十，母春秋八十有五，三孙曾孙近十，一时德门福曜，炳煜江左。余耳之，跃然喜曰：“有是哉，母祉之如川也。某通家子宜作颂。”顾谫劣，惧宣序莫称，还自踟蹰无已。其以余知廉访者知母，即述廉访向来眷余者寿母可乎？盖余之椎鲁无文也，直致而乏通婉也，三仕三解去，靡表见于世也，宁有一足录哉。乃廉访缔余逾二十年，注向日笃，迥轶世局，问讯未尝不上逮我母，下并豚犬，一切周到，象风火家人焉；更勤督儿辈学，无或陨越，用稍稍露头角，伊谁是德。《记》有之：“亲其亲，然后不独亲其亲；子其子，然后不独子其子。”乃我亲我子，被于公者如是，公所为亲亲者可知。亲亲，仁也，合内外以成仁。大道之行，天下为公也。公也，持大道为公之心。公心即天心也，天心即人所立命。母与公更相为命者，仁亲则顺召顺，和召和，何根不深，何柢不固。老氏所谓长生久视者，以之。余小子，其更胡以寿母哉。于是效野人歌曰：“企彼陵阳，金仙昂藏。雪梨雪藕，何用不臧。弄雏膝下，衮衣绣裳。懿兹兰桂，掩映芬芳。庆云纠缦，长白相望。忘忧偏殖，爱日偏长。还捋江水，于介寿觞。百年之谊，勤眷未央。”公若母亦知刘生矍铄也。

送吴图凡少尹入觐序

朝家令甲，三年一大计，藩臬之长，各率属守令，上治状，听蒙宰暨御史大夫差次，可不作去留，典最隆重，献岁其期也。是岁东土大祲，饥馑与盗贼骈并，虑廑执事，迩题免令长勿朝，佐代之。于时吾邑佐吴君当行，诸荐绅拟有言赠，而不佞操觚，庸何言哉。《尚书》有之：“无旷庶官，天工人其代之。”夫天工至崇也，庶官匪皆要秩也。第有官，则有职，当举；举职，则官无旷；官无旷，始为亮工有人。如天之高高冲漠，机缄莫窥，而四时五行之吏，举天工欲布者，胥代尸之。故一脉之注，毕属元精，一气之通，胥关玄宰，九重德意，赖庶官畼达令旁皇周浃。岁无沴，民无夭唐虞所称极治，无以逾此。今明主方隆唐虞之德，向来诏旨，曷尝不轸念民穷眷眷，望庶官代为噢咻共亮天工。吾长如斗，痌瘝如奄奄待尽之人，岁熟尚惧弗给，比岁恒旸，粟五获一，菽几绝，宿麦半就，殰靡所卒岁。民命莫必，一时孑遗，不亟填则跳梁鼓煽为盗。是贫者冒死以要生，不贫者又仅仅聊生而怵死。目前景色，迅发可忧，此其尽一二下僚之责，乃肩细者孱集，居卑者体局，理纠者易棼，救焚者难措，则庶官之职无旷，殆未易耳。君以大司马众子于穷塞劻勷，中朝枢密，恶乎弗谙，乃从胄监致典客。迟擢今官，初盖怏怏[①]意不自得也，徐之却明习吏治，事能洞源委了于情形，不至舛伪，岂非以宿为礼官与。礼者，堤防万民之具，而理道之窾也。观会通可行典礼，执典礼自闲于会通，胡卑细纠棼之足困，而佐长之职不举于掉茅邪。夫劲草别于疾风，中度取诸省括，一命之士爱物必有所济君于民心乎，爱矣，持之劲挺，运之省度，虽为令可也。此行也，当必绘图流民，流涕上之，计岩廊耸听，有怀靡及，或发帑以昭苏，或蠲租而纾惫。一言利博，百里春盎，奚必九官十二牧而后翼毗唐虞盛治哉。余顾谓邑人，其勿薄丞，丞亦无自薄，直保得赤心一与两袖清风，使作代天工于官无旷。是所纳行李者。

贺曲希黄初举令子序

吾世契希黄曲君，实银台丈少子，特继渠仲父学博丈。始婚爱王大司马，诞女且笄已，所衔情夜日惟子。兹举子别室，所贵希有而骤有之，曾不啻灵蛇之珠与和氏之璧也。一时戚党，欣欣交庆，爰乞余言鸣贺。余详绎云云，迅得之喜无涯耳。当银台丈初拟后仲氏也，于二子而剖其少，丈夫之视少子宁薄乎。盖曰:“而后吾仲毋替，吾业要诸明神，载在盟书，寒未可，而端而毖，无伐滋息，庶妥灵吾仲，吾永世罔攸慊慊，而亦有闻哉。”比举子三日，银台丈冠服而嘏仲氏曰：“吾子而子也，而子胤而孙也，脉相属，体相趾，叶奕世世承也。吾仲其谛兹无射。”余耳之，为动喜曰：“希黄岁三十有三而举子，得之匪晚，惟是所轸在所后，后复佑启，厥后罔极。又希黄倜傥，饶意气，能亲务施，滋息甫肇。此日之喜，喜前茅也，若右辕左追，中权后劲，喜且滚滚沓至，莫可罄殚。”余故不惮谫陋，代繄诠次大致云。

① “怏怏”，底本作“快快”，据文意改。

寿吴孺人八十序

世人齿忧乐，与有余不足之概，止狃于目睫，而未览究竟，甚无取茹荼也。不知冰霜栗烈，良孕阳苏，坎窞流畅，乘承不爽，屯乃所为亨，郁乃所为融耳。以今观吴孺人之阅历，信此理之不诬焉。孺人诞自王井陉也，归龙渠吴翁仲子一敬。一敬茂才俊爽，孺人共好合，不愆于仪。茂才雅善饮，有荷锸自随之致，中道賈，孺人才四十有二耳，遽称未亡人。茕茕四孤，半未成立。卒岁之计，堇取给三十亩，租税力田之外，余粒几何。孺人日哺婴牵稚，督诲就传之读，夜日仡仡焉，不少休废。时躬率女侍理组纠，伦绪秩然。讫就疋，则举而價市廛，易囊粟。徐口实诸少，公私需仰，大费枝梧。不佞固稍闻婚媾家，道孺人从失茂才后三十八年间，形影相吊与拮据卒瘏之状，未可殚述。乃足不逾阈，手不理膏沐，耳不入嘈杂之丝竹，厥相将相向相稔相习者，惟是晓日夕月，冷风凄雨，孤灯泪枕之辛楚。天牖四孤，咸只若母训，呻其占毕，鱼贯登黉序，政足副熊丸荻画之勤渠。今孙枝林立，蓑至十有三人，既两泮游，曾孙五，蒸蒸盎起，色泽安极。兹岁孺人春秋跻八十，易月十日，实初设帨之辰，会戚里李君元派、徐君孟明，邀余辈若而人共登萱庭，皆申祝觞，且属余叙述，余惟坤厚顺承。安贞有终，夫有终固殿无成也，无成乃善居其柔也。妻道母道，于是焉在，要论其常耳。孺人当藁砧奄弃之辰，乾纲忽堕，禀度何其，那须泥故常，一于柔而罔专遂。盖棅有时而当操，义有时而当制。无仪之仪，令仪也。慈而克断，严君也。壶范之肃穆，绕指胡庸，米盐之琐屑，漏卮非计，是将拓资始于资生。以母氏而兼父道，能乌得尽简，物乌得不作成邪。究也劳基逸，拂底顺，艰辛也怡豫，伶仃也炽昌，福履穰穰，天道有常。孰隆施而孰主张，盖钟鼓宫而外聆，章閟含而化光。子侄则瓜瓞绵绵乎未央，寿考则川至汩汩乎流长。吾其注筅水以登觞，俎副岳以馨香。孺人应载色载笑于嘏祝，而容裔乎难老之北堂。

寿筵十六咏序

岁丙辰，余春秋七十有五，恭人亦六十九也。两初度之前，会训儿予告至，偕儿范、采，绩效祝，为意恳到。兹咏发当筵，志喜耳，正忘婕也。

叙胡生鲲亭三瑞册

《鲲亭三瑞册》，胡生琎所纪家祥者。册名诸梁立夫先生，缅缅赓和可睹也。生旧出门下，顷介梁生蕙匄余叙。余惟祥瑞难言，颂美易诬，诬易言难，之二者，均非余所习，乃又不得而诿也，则绎之。稷，元圣树艺土也，地灵挺瑞，载记殷繁，如昆冈饶玉，故又称玉璧，玉之为瑞昭昭也。兹瑞集胡氏也，岂曰泛钟，想象名物有以焉。按三瑞曰：二色菊也，千穗竹也，并蒂莲也。三者世所希，觏一足侈，而居其三。夫菊本一耳，黄白错承，金玉其相已。竹之华，其将实乎，凤其来仪乎。开莲并蒂，辉映旖旎，好合既翕之象乎。斯物斯祥，烂然一氏之囿沼，谓有意化工也，则天道远已，谓无意化工也，顾不于他氏，而叠产于胡。抑胡也，滋培先世将兴邪？将鲲池鹏奋，为观宇内邪？则生也业儒未竟，而愿息乎赀郎，弗振自躬，其又安需焉。吾知之矣。大块一垆，玄宰一酿叟，太苏鼓扇，欣合凝成，可御之谓器，可旨之谓酒，甚不偶也。蓄有基，通有脉，罾发有渐。所作所受，辐辏如期。期乎期乎，有开必先乎。余闻生家素惇，种德罔稗，向来所渐蓄未受者，庸寄炉酿，日见郁勃，行矣茂受，是宜有瑞应。畴镜其倪，又畴要其抵，冥漠之内，开乃瑞，固开乃德也。德不虚殖，瑞不虚生，德孕瑞，瑞符德，如五瑞剖诸元后，惟章有德，以时辑之，光动九有，天乌乎不人，人乌乎不天，天人乌乎不桴鼓。吾为欣胡氏若德若祚，当匹休玉璧千秋未艾。余叙此册，亦庶几声施永永，与咏瑞诸君子共已。

上元史氏族谱序

溧阳史氏世家，旧有族谱，上元一派未有也。谱之自光禄君世撰始，以溧阳族大而枝蕃，不能不四徙，旧录称散处什五者是已。顾徙上元，即为上元史氏，是得不族谱，上元征前开后乎。盖史氏之世远矣，亡论乐陵而下，建侯宣城之季，即如溧阳侯笃忠竖伐，翊光武中兴景运，奕世载德，抵今尚簪绂累累未艾也。乃侯实祖庙溧阳，世血食，奔走伏腊宁弋获也。泽有所注，灵有所钟，庇而昆以洽里闬。神明之胄，拓用祢滋。盖自溧阳后什五散处者，在在生齿，在在蓊蔚，盛矣。兹录则断自宛平丞德润君，洎于光禄，为世有六，乃洪武间以章丘大姓徙上元者。光禄君绍世永言，眷眷乎水木本源之想，爰仿欧苏家谱制，因溧阳谱若庆传录，而世系之。按有图，稽有代，隐显终始，胪列不伪。故以著小宗，则虽云仍递发，而支派晢然，以继大宗，虽世代辽邈，而根本自若，昭穆于辨，源委可寻，正不必世世溧阳，而后亲不弛也。宋儒有言：“收宗族，厚风俗，须明谱系。”如史氏谱系明矣，后之人以谱昭世，以世溯德，以德系思，懋修备至，福禄尔常，是宁直雄视上元，虽百世趾美溧阳，累累簪绂可也。

贺大司礼瑞翁杜公八帙荣寿序

今世称寿者率以言矣，第未知言寿寿，寿亦寿。言何者？寿匪言不彰，而言中其实者，言亦附以不朽也。盖余所赘以觞大司礼瑞翁杜公者有焉。岁万历己未冬仲至后三日，为公八旬初度，先是公之属某公等，持父镇楚实政纪、榷楚奏稿五得说及当世诸名公翰牍赞诔诸刻而谒余曰："杜公今代名贤，其生平大略具是，敢惠徼一言以为贺客先。"余唯唯，因得卒业，作而叹曰：美哉洋洋缅缅，此可以得公之实矣。然公之所以自名其得者有五，而余所以窥公之得者惟一。一者实也，实者诚也，敷之为实政，宣之位实言。《易》曰："至诚可以格豚鱼。"无所不格，斯无所不得。因是以孚合漠而天心得，因是以格宸虑而君心得，因是以契缙绅而官心得，因是以通众志而民心得。总之自其所谓自得其心者，自得其所谓一诚也，夫诚而何所不得者哉。有味乎粤文宗之所谓一得众得、一得永得者乎？箕畴五福，而先以寿，前贤必大德而终以寿，斯众得永得，可大可久之旨也。公以壮年历禁近，文采映彻，亮节隐然，其救海忠介雒廷评一事，翕然为海内所艳称已，而帝心简注。出镇镇，楚兴。除曲中，园陵晏然。申以榷采之命而独能山一柱于颓波，令虎冠鸷击者无所肆其毒。读折减诸疏，洵德与江汉流，而思与甘棠永，宜学士大夫歌功咏德而不容口也。岂非诚心为质，一得众得、一得永得之较著者哉。于今谢楚政有年，年且耋矣，衎衎视履，康豫无恙，验之箕畴，必之大德，所谓绥以纯嘏，结以大年者，宁有量哉。抑闻之雍州之野，天地奥区，风气蕴蓬，实钟庞固，是以周原饴荼，蓝田产玉。夫公秦产也，存虚抱一，究观道始，用基难老，倘亦造物者固全畀之，而父全得之者也。语有之："天得一以清，地得一以宁，至人得一以为天下贞。"公也当之矣。今海寓多故，明主求旧，公方当以黄发备顾问，固未得遂侣广成而造轩辕也。余不斐，独嘉公之自得者，能实余言以不朽，故终以其得一者，抉五德之要，而藉手以侑公千秋之觞。

寿石孺人八十序

诗以令妻寿母颂鲁侯，称眉寿，无害黄发儿，齿盛已。乃齐民家亦有寿母，德可述，不妨扬厉，何必邦国是有乎。吾门婿石子允荐，知孝养，母赵，今八十矣，善步善饭，视听准当年，里闬姻亲庆希觏，不羡姬美六珈也。余欣然乐道，窃附鲁人之颂焉。盖闻钟在宫而声播，石裹玉而山辉，实莫掩也。孺人从田家归处士，处士不贫孺人，又至性过人，共勤节俭，衣不厌綦缟而斗芬华，食不厌糠糲而耽甘膬，需也有无黾勉，义也秉承惕厉，田馌如宾，会稽偕隐，德配可知也。洎乎算迄河图，藁砧先谢，朴真不二，荼苦能茹，仪足刑家，健足持户，是坤道铮铮者。孺人二子，伯允荐，学辍而农，能恪守镃基，家树岁，终事公家无爽。次受室，再抱子已，而蚤逝，呱呱二息，衔恤靡至。孺人耿耿夙夜，育鞠两世，惟虚中坦度，无偏无诐，一味适甘，均诸小大，煦妪无加焉。伯子又善将母意，聊不为忤，爰居爰处，靡依匪母，茕茕犹子。母氏憯隐，畴离里，畴非离里。地下何人，堂上又何人哉。忍薄字以为母戚。恒产中人，日拮据卒瘏从事，岁之登弗登，伯子表营，孺人中料理与时调，节岁不为菑，家用乂，二孤罔疚。孺人得含饴弄孙，受兹眉寿，讵无以耶。夫世称母子者何限，乃闺闼内外，时有反唇见怼也，虽寿何述焉。孺人家虽农，有令德令仪，足表乡人。余不娴于颂，而美不浮实，良所自信。孺人何知，余亦何知哉。叙且竟，诵诸恭人。恭人曰："君美孺人，得其概已，我更有闻焉。孺人贤而足心计，种莳孳畜各有程。尤善酿小黍，彼十五荡浆，酝也芬芳，曾持酌我，不吝惠方，酿如之果佳。夫酒乃和神人者，苟黍稷与明德交馨，祭也受福，胡寿不臻。孺人当之矣。"余闻言，遂载酒受指孺人者往寿，度气和而诸和毕应，恶羡冰桃雪藕也。

题百仙图寿肖松陈君六十诗序

仙至百如云也，自非玉京十二楼缥缈空旷，乌乎致之，致之者天上老人星也。老人星为天南极，不恒见，见也符寿，属者歙。孙君寄宇过余，以若翁指乞言，寿世缔肖松陈君之六十，阅图则是，意星象陈君乎哉。余惟岁六十周一甲子始命寿，遽上仙图或早。按舆地，歙区绝胜山如天子都，轩辕帝曾游是。想真仙喜宅埒崆峒，那不栖广成子，那高流不勤问道。渺渺洞天，陈君获托处焉。虽制生迹白圭耶，乃致啬也通乎养生，能亲务施也偕于道。抑涤除玄览无疵也，将脱火宅，抵清泠，豁瞀迷，臻觉圣，遂有偓佺期羡之伦，环向接引，宝箓之与探，而烟霞之与餐，庸何境非仙，何仙非侣。余亦注白岳，发葱茏紫气，雅意策龙筇南游，副我遐想。今姑为掀髯长啸一浩歌，依希乎鹤唳冲虚也。肖松子度长白老人，有仙分不？

燕喜堂集卷六

启札

韩王加贺谢启

恭惟殿下，亲贤乐善，好古传经，有东平河间之风，绍胙土分茅之旧。化行西国，望重宗藩。职钦仰雄姿，莫遂登龙之愿。属迁秦臬，频怀览凤之辉。一芹未输，寸丹方嗛。谦光下济，荷笃好于缁衣。豫极辄鸣，展区诚于赤牍。殷勤九顿，恍如帝胄参前。珍重世袭，何啻天孙组出。方图报称，先布谢私。傥蒙鉴于睿慈，庶慰情于谫陋。

谢赵怀璞送年礼

伏以阳明道长，朔易春回。顷方走一介以效辛盘，忽枉从五云而蜚锦字。兼金下锡，可知煦育之仁。倚玉何缘，得荷注存之雅。戢怀无射，鸣豫曷胜。敢陈不藻之词，聊著无涯之感。倘蒙电瞩，永戴鸿慈。

拟贺陈玉垒阁老

伏以黄扉为调鼎之司，式廑妙简。赤舄负经邦之略，遂作具瞻。光华交映后先，舞抃实同朝野。恭惟门下，圭璋伟度，鸑鷟灵姿。蚤岁趋庭，已发兰台之秘。制科脱颖，弥探金匮之藏。遂持经术而进讲筵，每矢明谟而补帝阙。盖箕裘能承弓冶，接迹熙朝。乃舟楫可赴江河，雅符舆望。特深枚卜，允协廷推。服寅亮而弼一人，跻保衡而均四海。泰阶丽正，色芒遥注于公孤。斗柄崇严，道德直参乎法象。再睹明良之会，还瞻述作之隆。陟济美而伋象贤，于今为烈。文经天而武纬地，旷古所无。华夷之延伫喁喁，颓波砥柱。社稷之倚毗汲汲，大旱商霖。保九域之无哗，果万方之胥庆。某材犹短线，秩猎陪枢。仰夏屋之帡幪，贺申燕雀。念羽书之旁午，愿剪鲸鲵。抱此葵诚，徼繄台烛。

寿张蓝田年丈邀帖

万里追随，百年初度。天涯兄弟，堪倡和于埙篪。岛外瀛洲，想招邀于佺偓。藕如船，枣如斗，荐元寿以扶天。龙为骨，鹤为姿，祝老臣而动地。江蘋可采，杂饵菊以申芳。海屋同欢，报仙筹而未艾。式蠲翌日，伫睹飞旌。

拟贺孙立亭太宰启

伏以中丞执法，英风已振于霜台。蒙宰提衡，雅望更叶于舆论。太平指日，士类弹冠。恭惟门下，气毅如虹，履端若矢。作人群之弁冕，式清庙之珪璋。固其钟二华而毓八流，出为名世。将使统百官而均四海，以佑王家。委眷重瞳，洊登揆席。太微肃爽，独严风纪之司。柏府清贞，几作稜棱之状。大夫厉羔羊之节，士人兴兔罝之思。属此天曹，实惟人镜。方圆欲理，需尺度以为章。朱紫将淆，待离明而后察。况忠良局蹐之日，正鼎鼐调和之时。迪简元臣擢司。铨部千牛之族虚，可洞神矣。庖丁万马之牝牡，相忘渊哉。伯乐渭清泾浊，并剖析于胸中。韶美郑淫，总抑扬于掌上。裴清通而王简要，应列下风。尹一德而旦硕肤，可追芳躅。宏辅綦隆之治，永绥沕穆之庥。某等猥玷留枢，欣逢除目。望星辰之曳履，清辉遥接于江干。羡鸿鹄之摩天，悃臆只陈于下里。仰希台斗，置鉴涓埃。某等曷胜踊跃翘企之至。

拟贺衷洪溪大司空晋拜大中丞启

伏以法星夜朗，向北极以成尊。帝命朝辉，长西台而为宪。识宸衷之简在，感耆硕之登崇。发庆弹冠，飏言司衮。恭惟台下，中立不倚，昭明有融。早对大廷，奥衍天人之策。洊登要路，俨为华夏之宗。节越旧京，指顾而貔貅动色。经纶大政，吹嘘而草木生春。爰从南司马而北司空，不惮朝拜官而夕上疏。轸存民力，杜工作于虚浮。感悟皇情，惜脂膏于糜费。表仪茂树，令望攸归。遂跻风纪之司，式领纠虔之棅。大哉国是，资謇谔以清明。凛矣官常，象方严而惕厉。盖鹰搏六翮，无处无威。而鼎列群魔，不逢不若。始信豫章，出地拥高概以参天。可知沧海，无津擅尾闾而为壑。伫升紫阁，载翊皇图。某朴遬维材，观刑在睇。仰禹揆时，叙则九山九川九泽之巨迹，尽属刊陂。佐舜旦重，华则四门四目四聪之毕通，乃询岳牧。特申燕贺，幸瞩台躔。

报郭叔奕启

泫阳深缔，金兰夙附于同心。廊庙清辉，瑚琏载瞻于成器。已分玉映，更荷鼎施。顿踞蹐以衔私，式彷徨而报命。恭惟某官，学探四库，才绝八埏。当余筮仕之时，偶值兴贤之会。上公交车于偕计，发莲峰丹水之祥。擢甲第于制科，夐附凤攀龙之彦。已而蒲城制锦，俨如单父鸣琴。播清誉于关西，四知怀畏。蜚骏声于蓟北，三辅来苏。春满华封，家户羡安仁之伟度。日临棠荫，闾阎诵召伯之鸿恩。业吏戢而民怀，真远来而近悦。名登荐剡，汉代循良。绩茂分符，帝心简在。行当应耳目股肱之寄，四邻肃而海宇同风。用无负盐梅舟楫之求，一德孚而皇天用格。为忆过庭诗礼，秉矩矱于当年。亦知令德珪璋，接夔龙于奕世。贪天工则吾岂敢，诵尧言固有余师。匪直青蓝冰水之殊归，实维尺寸毫厘之罔补。顾勤轸注，猥辱腆遗。奉五彩之彰施，烂然夺目。拜兼金之郑重，赫矣惊心。敢因银鹿之旋，寄谢瑶华之掷。戋戋作报，愧木桃恶当琼瑶。耿耿遥驰，有丝枲尚怜菅蒯。郁陶无那，披对何期。

谢蜀抚谭岳南惠扇启

仁风披拂，亦既有年。妙箑勤施，更逢今日。裁成西蜀，郁为上国之珍。致饰南金，端是寰区之宝。回清飔乎掌握，足涤烦疴。祛歊暑乎堂皇，顿收爽气。矧热中如不肖，每潇洒以无从。而念旧若明公，更炎凉之罔计。遥遥万里，堕羽翮于云霄。蔼蔼三春，恍朱明之节序。良工规制，玩之殆什伯齐纨。奇品光分，挥之疑翱翔贝阙。袖中明月，伫玉垒以团圆。座上微风，向锦江而轩举。始知班姬之忧捐弃，竟不逢时。复诵袁宏之克奉扬，勉旃及物。削荒笺而报命，眷画戟以陈词。附在大伻，仰蕲委照。

报张文兹启

天心顷动，一阳业勤清问。月正载临，元日又荷隆情。自惟濩落，余生华发，尚淹乎郎署。允宜亟还，初服考盘，托迹于衡门。窃禄怀鼫鼠之惭，负乘致寇戎之至。年光载易，几堪蒲柳之姿。邸舍萧条，谁忆椒花之颂。同心几席，辱惠琼瑶。客里新春，感温文而倍暖。河边芳草，凭淑气以生辉。德不独而有邻，自愧疏庸之无当。施虽勤而不厌，可知大雅之弗渝。辄勒荒笺，用陈谢悃。附有戋戋之庀，聊申耿耿之私。所匄鉴存，何负悚负。

谢谭岳南中丞惠川扇启

益州宝箑，方物奇珍。那思落拓之余，猥荷翩翻之锡。恭惟台下，深温德度，潇洒丰神。昔抗节于霜台，信是寒生六月。比抚填于玉垒，刁知暖溢三春。即若幺麿，宿蒙嘘拂。时虽移而不忘故，眷注何勤。序以改而更怀新，隆施未厌。制成七宝玲珑跨明月之珠，饰出兼金郑重齿连城之璧。画几烦乎仲祖，尘自辟于元规。怀袖殷勤，明德用昭乎顾諟。挥扬飞动，清风宛得于披承。倾企难鸣，结衔莫喻。

报杨济寰中丞启

恭惟台下，间世真才，康时硕辅。早登琐闼，伏蒲壮敢谏之风。洊历旬宣，行省底敉宁之绩。遂膺特简，俾陟中丞。地当百越，险有三江之胜。向桂林而开府，节钺霜清。为槐宰之前茅，夔龙日近。提揆十郡，即山壑海滏之域仰企来苏。感格群苗，纵断发文身之人并欣时若。方棨戟遥临之日，正冕旒释顾之辰。矧是同袍，弹冠更切。睹兹远翰，拱璧何殊。注瑞蔼于天南，怀令仪于蓟北。所望闵蒸黎之凋瘵，先保障而后茧丝。念时事之纷纶，文作经而武作纬。伫瞻星履，旋柄斗枢。某不胜踊跃抃欢之至。

柬王霁宇启

恭惟台下，洞晓夷情，久临边镇。西襟喉于全晋，南锁钥于神京。紫塞风清，识方叔壮犹之著。彤廷日永，发周人燕喜之章。伫卿贰之延登，信枢机之坐绾。禁中颇牧，将出入以均劳。殿上夔龙，美都俞之共济。某猥叨世讲，倍益欢私。顾惟拥肿之材，岂有匠师之睨。属兹于役，眷在遐方。地将入乎不毛，时且际乎多事。虎负嵎而侮视，壮士滋惭。鲸排浪以恣睢，长戈谁试。区区非任，蹇蹇空勤。何当置念之殷，遂动弹冠之庆。驰材官于上谷，千里风尘。惊殊锡于衡茀，五云色泽。漫将短勒，聊布下悰。可胜镂结之深情，所幸台光之委照。

谢杨桐轩参戎启

提兵要地，先声丕振于龙韬。注念同舟，腆贶蚤勤夫铁骑。漫裁尺楮，附答鸿私。恭惟门下，矫捷英风，深沉大略。壮犹夙抱，稔闻方叔之称。缓带余暇，共仰祭公之雅。时惟孔棘，特藉前茅。指顾而主客，情形历历，不烦乎聚米。

踟蹰而疾徐，甘苦恢恢，何异于轮斤。妙在伐谋，威堪夺魄。行见夜郎之俘馘，并听露布之欢腾。某东鲁儒生，南川从事，徼有三生之分，那禁一臂之任。才到泸阳，遽来鼎札。拜琼瑶而郑重，倍觉逡巡。肃银鹿以陈衷，预申缱绻。更喜瞻承之在睫，可胜踊跃。以难居莫罄名言，所蕲崇照。

谢杨桐轩参戎启

顷驻锦城，曾叨鼎惠。投琼未报，方只切于冰兢。御李何期，更悬驰乎斗望。绎来筐篚，并是琅玕。礼郑重而有加，情绸缪而无已。其为感怍，几罄名言。短勒舒悰，却与江流同曲曲。寸衷寄盼，好凭山色伫苍苍。稍憩尘劳，便申谢臆。

送赵准台侍御启

持斧宣威，江汉表澄清之概。及瓜受代，干旄扬拂拭之辉。来斯蜀道增雄，入则虞廷生色。敢驰下吏，爰佐长驱。恭惟台下，问学承家，精神协帝。蚤视銮坡之草，旋供柱后之班。白简飞霜，象太微而执法。乌台映日，叫阊阖以披衷。比叱驭而邛坂载驰，作忠臣即为孝子。更埋轮而豺狼是问，司邦直弥鬯家声。百僚被濯而改观，五位彷徨而侧席。遂匆匆以拦辔，藉寇何从。式缈缈于行旌，瞻云倍切。金茎露掌，羡沆瀣之独分。玉笋仙班，觉崇岩之隔绝。只增悬恋，莫写区悰。缘拮据始事乎江阳，故奔走少承乎宇下。殷勤一介，拥护三巴。方衔念于涓涯，冀鉴诚乎高朗。

报陈剑华遴玮刘陶宇之龙杨衡毓述中

夙钦鼎望，更慕玄风。方恨御李之无从，讵意识荆之有分。江阳重地，朴遬非材。矧四郊多垒之时，正五位焦思之日。权非应猝，愧胶柱以难调。责在除残，每卧薪而未释。方拟取裁于耆硕，奉蓍蔡以斤斤。那期垂注于幺麿，走翰伻而赫赫。充庭夺目，逾分惊心。第求友而未先施，只增局蹐。故有嘉而莫敢拜，竟是逡巡。归璧之意可原，报琼之私在戢。仰希澄照，可那冰兢。

寿李霖寰司马启

伏以根盘仙李，常依日月之光。瑞起长庚，还佑地天之泰。欣逢览揆，方在专征。道宁止于康身，德孰如乎辅世。恭惟台下，文经武纬，天挺人豪。鹤表昂霄，乱浮云而着彩。珠躔毓粹，蔼卿月以常辉。适是韶华，乃逢初度。生生色色，飞紫气于坤维。郁郁葱葱，洒金茎于禹甸。乃知福陈，向五应五事以开祥。伫看台位，登三后三光而不老。有如绵劣，叨庇崇深。得含垢而掩瑕，更醉心而饱德。喜符玉燕，未荐霞觞。敢抒不斐之词，用祝无疆之祜。得蒙委照，可任豫鸣。

送王嵩淮方伯刘易亭少参入贺圣寿启

尧天同庆，将飞四牡之车。禹甸分辉，遥睇五云之彩。我依北斗，君赋南山。恭惟台下，夙抱忠诚，为宗礼乐。擅清徽于玉陛，挹芳润于金茎。官非方朔之陆沉，屡餐桃实。状是景清之内召，俱羡仙舟。盖人臣以入觐为荣，而福极惟寿考居最。宜兹盛典，偏借名贤。蠲吉日以星驰，高轩缥缈。效华封而岳祝，圣祚绵长。行看举三礼以副舆情，更喜苏万方而沛时雨。此之为豫，讵作常游。某猥居寮采之余，更觉精神之属。惟是凫趋，未展眷紫气于函关。也知虎拜，方申绕瑞烟于阊阖。修兹不腆，佑乃前驱。倘纳纳而勿摽，式欣欣而生色。

谢金靖宇元戎启

恭惟门下，才堪保障，望重长城。竹箭英称宇内，纷纷左袒。虎头雄概军中，磊磊先声。擐犀甲而建熊旗，万人辟易。绾麟符而筦鱼钥，四塞廓清。久思通籍以无由，何幸同舟而共济。泸江涪水，烟波缥缈之间。僰地夜郎，组练飞扬之会。一鼓而渠魁授首，谁羡长缨。七擒而夷裔寒心，那窥妙算。席兹云庇莫效，涓私银鹿何来。误被琼瑶之锡，薛笺漫拂。聊抒葵藿之诚，少俟专驰。用申久旷，听莺迁于细柳，伫豹变于南山。

贺史纬瞻宪副启

恭欣荣命，适会徂征。兼华裔以治兵，威行方外。引轴舻而转饷，功盖蜀中。既因旧而得新，便经文而纬武。位都将相，汉武侯名重七擒。身系安危，斐晋公劳深四纪。仰惟台下，望重寰区。枚卜而惟吉之从，已隆简在。有民而用汝作翼，何忝明扬。行将开府而建牙，伫见浚明而亮采。某猥居寮采，均制马泸。蒹葭窃玉树之辉，驽钝愧骅骝之躅。弹冠动色，当年贡禹论交。先我着鞭，此日太真起舞。敢申不腆，聊展末悰。肯葑菲之无遗，自涓埃之毕纳。

崔振峰侍御禀

地当险阻，序逼炎蒸。台台之行部为劳，本道则陪巡未效。矧三泸之至止，实六察以维殷。多逋逃未逮之奸，留久系莫成之狱。事非可已而众难齐，法所当行而势靡遂。在此方则顽冥为最，密网反漏吞舟。在本道则驽钝莫前，错节空惭利器。属兹即戎之役，加以治饷之司。夙夜维勤，恨驰驱之罔效。简书可畏，讶职掌之几驰。敢布一言，聊明寸悃。果旷瘝有咎，即摈斥以甘心。审豁达能容，愿捐糜而报德。

谢吴环江参戎送年礼启

青阳逼目，喜韶华嗣绩于贞元。白发惊心，愧樗散空淹乎岁月。徒有献鸠之志，莫胜陟圯之怀。猥荷辛盘，实存旧雅。恭惟台下，星精孕瑞，帝赉为良。会二十八宿之精神，光昭法象。包三十六宫之生意，泽普阳春。当机则鼓发，足应条风，起蛰虫而昂首。布德则沾濡，有同时雨，转枯木以抽心。何物菲葑，并叨露覆。春回驺律，见融融和气旁敷。信寄梅花，觉片片清芬可挹。顾惟质同朽败，即甄陶日被无庸。况复礼任简疏，乃嘉惠先施有赫。承之局蹐，拜以逡巡。望云物于层台，五色映台垣而着彩。戒椒觞于下走，寸衷向揆席以常悬。赤牍难将，素心堪鉴。

为吴环江参戎送寿礼启

恭欣华诞，实在嘉平。于易卦为地泽之临，骎骎泰运。在豳风为猎田之候，赫赫武功。称觞者组练三千，作朋者篯彭八百。古来之庆，以莫不增。仆共事西南，交欢文武。遣昌辰于览揆，不骞拟颂冈陵。伫多福于永言，未艾还同松柏。欲申燕喜，敢借溪毛。

为蜀中诸僚贺正

青阳献一岁之春，坤维日丽。朱绂佐两仪之泰，沃野风恬。感斗枢干柄于随寅，知台履迎禧于始旦。杯添长命，节庆开云。恭惟台下，碣石谈天，金茎酌露。冲融抱粹，得五行四序之苏。高雅绝伦，擅白雪阳春之调。闻凤鸣[1]而叶六管，

---

① “鸣”，底本作“明”，据文意改。

神明宜辅轩辕。吹驺律而畅一元，煦妪顿生幽谷。夜郎氛靖，恰櫜弓卧鼓之期。晨正农祥，喜归马放牛之日。撩人则锦江春色，随衮绣以生芳。迎日则玉垒晴晖，拂云霞而动曙。春行有脚，泽渐无涯。信得天得地而得人，爰作时作昌而作乐。某太亟蠢动，巴蜀萍踪。渐入鬓之霜华，从新忆旧。触惊心之岁事，去国怀乡。幸袭被于惠风，更沾濡乎膏雨。寒崖枯槁，蒙覆露以偷滋。仙并屠苏，饫真醇而载德。雅欲献鸠于改岁，用广好生。直缘待兔于守株，有孤令节。八行子墨，代扶桑晓日之鸡号。五色卿云，绕太乙钩陈之象纬。敢羞蕴藻，明信攸抒。遥眷棘槐，清光若接。鉴寸衷之耿耿，忘束帛之戋戋。

公饯应试诸茂才启

槐花新弄色，欢传已动长安。桂蕊半飘香，攀折正需举子。三年际会，万里扶摇。矧白山笼水之奥区，发凤彩龙章之彦士。吉蠲月十二日，扫除一舍，肃迓高贤。美不在芹，聊识斯文之臭味。情非关酒，为增发轫之精神。公举攸存，遄临是匄。

邀龙斗冲观察启

兰茝之芬芳饱挹，旧自西曹。干旄之拥卫生辉，更从东海。剩有瀛洲之望，愿窥佺偓之踪。不揣疏庸，僭攀崇膴。霜芹薄味，野人之悃堪将。斗酒披襟，燕市之游宛尔。设蒙下贲，倍服鸿私。

贺王康宇登第启

十年砥淬，竟就龙渊。万里扶摇，乍翻鹏翼。式应芝房之彩，行分藜阁之辉。凡在荐绅，均兹恺怿。矧维瓜葛，倍挹芬芳。发子姓一体之欢，并手足不知舞蹈。出凤麟千年之瑞，于家邦俱是祯祥。伫效凫趋，共申燕喜。先驰单使，爰布下私。

请崔见禹学博启

玄铎载振，早开听德之聪。醴酒未申，尚阙尊贤之义。吉蠲某日，小庄扫径，浊醑盈樽。期法驾临卓午之前，伫见衡茆生色。且光庭侍春风之侧，也应樗栎分荣。如此机缘，可胜翘跂。

上邢昆田大司马启

当年从事，沾露覆以腾欢。此日栖迟，望景辉而骛想。盖士愿为知己者死，何假名言。且人不得其平则鸣，每深晤叹。以台下之忠勤体国，弼亮格天。西戡东征，揆文奋武。心事如晴空皦日，可以无讥。誉望如北斗泰山，畴哉与匹。犹蒙污蔑，顿发嘘唏。赖主上躬二曜之明，鉴孤贞于介石。念个臣为一时之选，竖茂勋于遐陲。折无端喙喙之嚚，伸有道铮铮之气。某生成迂戆，蓍蔡硕耆。积欲效匍匐于阶除，庶几布勤眷于肺鬲。无奈侵寻衰病，积终岁不越户庭。加之左右慈亲，供常职惟操菽水。追虚一展，扪负三生。肃裁咫尺之书，上玷高明之览。伏惟崇照，可任县驰。

李新城元旦启

寒梅乍吐，已探一脉之和。爆竹声催，又逼三阳之泰。惟是春台嗇桓台而开寿域，可知茂宰佐真宰而泛韶华。昨勤银鹿之匪，颁觉衡茆霏霏动色。日伫仙凫之近，御令岩穴奕奕生光。芹欲食而献之尊，自效野人末悃。日渐温而曝其背，愿陈画阁清香。不腆之将，挥存是匄。

答路瀛海启

春初梅使已叨芳讯之加，暑伏炎蒸又荷便蕃之锡。情有加而无替，眷在故人。官因屈而为伸，敢矜新宠。方念黔阳绝域，几入不毛之乡。又思慈母衰年，恐系倚闾之叹。方进止迟回而未果，顾情文郑重以隆施。有享曰仪，惟德其物。拜嘉则纯镠潞织，及杂佩之缤纷。归璧则文锦绮罗，见此身之局蹐。若乃施焉未报，重非所安。载以不忘，庶几报塞。

答汪邹平启

春风杨柳赠行，已荷隆施。秋月梧桐辉映，更分清问。自觉疏慵之甚，未申涓滴之私。扪省彷徨，沾承优渥。享非常于敝帚，徼有余荣。被异数于衡门，知无厌斁。信是濒河之润，还同吹律之和。郑重拜嘉，踟蹰布悃。

报陈少溪年兄启

黔驴短技，致用非宜。野鹿疏姿，投靰失据。偶为叙泸之役，谬叨商洛之衔。抚治抱鸿雁之思惧，罔功于安集。捍卫受干城之寄，渐寡力于撑持。借云移孝为忠，那并致身竭力。方踟蹰商度而未决，辱翰腆勤渠以相遗。谊注同袍，光分蔀屋。第便蕃之贶，受以冰兢。郑重之怀，感同岳峙。谨拜三事，诸仪附璧。

报王养初藩伯启

恭惟台台，西江道脉觉先，峙望于阿衡。北阙恩光简在，特隆于黼座。伫名藩之填抚，为有位之具瞻。讵曰匹俦，乃称寮采。自念夙呻占毕程伎俩，业不如人。更惟仕每蹉跎课勋庸，胡以报国。顾头颅之种种，惭栈豆之沾沾。驽骀曷望于追风，朴遬尚需而作室。是将推毂，寄深好于缁衣。遂用连茹，顿婴情于黄发。既辱勤眷之命，更叨优渥之施。享敝帚以千金，觉非其据。借中流之一苇，所恃无虞。盖前事即后师，尺寸举称轨度。而旧途乘老马，驰驱敢爱捐糜。就道有期，衔私待展。

答赵连城司理新春见问启

荏苒韶华，又见条风布暖。殷勤知己，偏怜旸谷生春。清问为劳，深情可念。惟是惊心白发，无情却解欺人。感兹入目青阳，垂老还羞作客。便图归计，为报同心。

报牛泰兴惟曜启

盖世重兼材，长于文或难从政，乃三秦偏毓豪雄。士贵通方，宜于北容涩于南，而百里宁淹骐骥。久钦锋颖，未遂抠承。向殷寤寐之怀，顷入芝兰之地。挹芳芬而清肺腑，可是天缘。畀商洛而待抚摩，那堪职守。方抱循墙之惧，顿叨注念之勤。奖借有加，如嫫姆骤施乎粉黛。仪章备至，似凫鸥乍遇夫绮罗。目之骇神，肩之竦体。直因予从贤者，讵宜却之以妨。恭又念颁自遐方，岂是受之而伤介。遂登扇墨果补之四事，即同珠玑琼瑶之并陈。遥忆卿云，只眷天边烂熳。还期郎宿，行飞帝阙辉煌。走兔颖以明私，伫龙光之锡照。

答熊进士应捷启

仆受材拥肿，逼景衰迟。当年无所能人，此日那容置喙。追惟叙泸，从事值干戈倥偬之时。恰逢庚子，开科擢珪璋特达之彦。疆域生色，邦家有光。只缘去位匆匆，遂尔寄声泯泯。顷以播劳之诠，次犬马亦在甄收。再叨商密之官，联藩屏犹然株守。兼之承乏，俾我代庖。适当省会要区，时阅往来诸节。顷报长卿之拥传，声动题桥。忽惊飞舄之遄过，空传赐履。礼未伸乎东道，情倍切于西驰。驿使何来，猥奉梅花佳信。岐山暂驻，遥瞻凤羽祥光。几回欲往从之，安得似出岫白云舒卷。百尔末由也已，只烦将挥毫赤牍徘徊。伏匄照存，可堪延结。

贺薛明吾令君启

盖真人动里社之鸣，瑞应久传西土。适茂宰荷简书之锡，芳声已盎东山。知是阳春，来逢大夏。如祝融之司令，见品物之咸章。恭惟台下，慧抱灵珠，神凝止水。兴不待文王而称豪杰，一代儒宗。量真侔叔度而负汪洋，万民父母。何意凋疲之邑，顿开生息之期。颜水澄波，拟擢良工之锦。白山吐媚，偏依画阁之琴。聆绝响于扶提，共诧岐周威凤。露奇纵于变化，还疑沧海神龙。何止歌来暮于五裤之充盈，更喜颂有年于两岐之挺秀。士民厚幸，遐近胥欢。某章句腐儒，蠛蠓下品。喜郎星之拂照，雅欲趋承。想竹马之缤纷，倍增鼓舞。只缘株守，莫遂凫趋。薄有一芹之将，遥注五云之表。式存明信，计王公无摈于溪毛。愿借宠灵，庶日月常临乎蔀屋。

答姚通判希曾启

时当员缺，偶署宪司。代庖有类尸人，耘彼遂沦舍己。负山可惧，焉用蚊为。欲渡方迷，觊蒙津指。不是弹冠之会，误来拱璧之章。有贶缤纷，珍错虽穷，水陆无涯。郑重琼瑶，翻怵心神。非所敢蒙，只余衔戢。

答陈安化启

人有黑头，而作三公。仆须皓首，而阶四品。自是冯唐易老，敢云河水难清。骤叨圣主之恩私，雨露还滋蒲柳。正赖高贤之庇覆，春秋夙共枌榆。顾惟素弄毛锥，与之兵如夏虫而惊神冰雪。又念生居陋巷，授之传似驽马而竭蹶山陵。

何有昂骧，方滋震慑。不谓仰勤轸注，遂而下被隆施。币拥元黄，郁缤纷其载锡。章分琬琰，烦郑重以为文。所不敢承，只存知感。

谢李槐墅参知启

白云梦绕，难忘玉树之辉。紫塞风清，忽堕瑶华之丽。雅知怜旧，谬荷匪颁。恭惟台台，汇粹元真，育神嵩洛。名家标迥，联伯仲以腾骞。干国勋劳，界华夷而拥护。信是珪璋之彦，而称社稷之臣。秦晋皆需，声猷骏播。喜莺迁还留，雁镇开府非遥。笑鸠拙亦践，鹊巢抚躬莫称。讵意百年之知己，顿踊跃以弹冠。爰勤千里之材官，分宠荣而下被。奉之局蹐，拜以彷徨。从二陵风雨而忆三晋之云山，如翔天际。以河上之仙翁而念关门之令尹，欲度人间。感不知休，言殊莫悉。冀台垣之拂照，宛几席之抠承。

报刘蔚伊冏卿启

伏以官崇大正，简伯冏于周王。思重无邪，美僖公于鲁颂。有如台下，特借秦中。为三边戎马之区，慎七监佶闲之政。干旄初莅诸僚，已动弹冠。币帛未将下悃，尚淹积牍。何物使勤银鹿，顿教赐拜琼瑶。好贤而不靳，缁衣省躬莫称。戴德而顾瞻，赤舄佩服维殷。载摛不斐之词，为谢孔严之度。行将薄戒，伏匄优容。

贺督抚顾公加升右都御史启

伏以两朝耆旧，荣名宏播于寰区。九载勋劳，特简新膺于黼黻。长宪台遂同右揆，兼司马还听专征。星辰曳履攸频，鼎鼐调羹无腼。恭惟台台，道该参两，望系华夷。澄清陆海，咸熙震叠，天山底定。顷上功于册府，爰登等于中丞。阶二品则崇拟三孤，统六师则威行九伐。龙沙远塞，欣欣草木生春。麟阁元勋，烨烨丹青映日。是人臣最盛之业，而朝家未艾之征也。职幸托帡幪，窃分光耀。倍切云霄之仰，顿生燕雀之欢。无地称觞，徒抱涓埃之悃。遥天伫彩，为申缱绻之私。伏匄鉴思，可胜颙若。

报郑安轩启

仆学未通方，业非启后。只存占毕，有子略读父书。漫守镃基，力田少登年谷。

岂曰璞怀莫剖，亦犹貂敝空归。毛羽愧鸿鹄之修，敢卑燕雀驰骋。讵骅骝之壮，仅列驽骀。谁作指南，屡经败北。想桃夭而莫赋，有如归妹愆期。嗟兰佩兮未纕，那倩蹇修为理。幸过时否，滥厕科名。效毛遂之锥囊，难称脱颖。焚孟明之舟楫，稍见收功。即小胜曷敢自多，若大敌尚怀余怯。进之兰省，安效其长。策繄枫宸，还惭非质。乃翁也爱而欲加之膝，于人也登而喜陟其巅。信是宇内之公心，亦出朋侪之私好。兼金载锡，情不减于缁衣。远道相存，宠顿增于白发。敢凭归使，聊布谢私。仰二华八水之灵光，伫四辅三能之骏业。

报邢怡亭观察启

二十年南北交游，似通兰臭。三千里关河隔越，乍奉瑶华。使来跋历金牛，光动宛从玉垒。恭惟台下，英标高峙，懿德渊澄。清真流桑梓之辉，仁厚衍邦家之祚。白门春色，曾相逐以夷犹。赤水玄珠，似开迷乎象罔。比从陆海，又对景星。虽平凉为盘错之区，而大雅擅烹鲜之理。政成报最，授龙节于维州。惠迪开祥，俪凤巢乎阿阁。讵但友朋之庆，端为王国之桢。某夙挹玄风，载欣旭日。别来间阔，锦鳞旷迹于蜀江。注我勤渠，帛雁翻临乎汉苑。拜兹宠渥，顿尔神摇。敢凭借以薄输，幸包容而麾顿。

谢阎立吾观察贺儿乡荐启

使从海上，宛授枣于真仙。人憩山中，将采芝而益寿。弄云怡悦，望气氤氲。恭惟台台，格铸琼瑶，道赅经曲。骏誉两魁高掇，鸿猷十乱齐徽。天固畀辅世长民，众喁向泰山北斗。微缘宿世，通籍有年。糠秕浮姿，何似粢盛之黍稷。骅骝逸足，顿绝策勒之驽骀。顷临蓬岛之墟，高拱扶桑之日。奉六条而检察，倾动汉官。播三事以飏歌，逍遥舜舞。鲸波不发，知东海恬于至人。译使重来，感越裳贡乎方物。楼台蜃气，时纵游观。长白楞材，尚廑轸注。既念远臣之入贺，往复经时。又欣贱息之登科，会逢其适。隆施非一，极感无双。仪既及而享，遂成何当。恭敬衣取新，而人惟旧，不泯精诚。把瑶札以回环，眷瀛洲而悚息。服之无斁，喜则豫鸣。仰匀台端，俯垂炳照。

答秦憭贺儿乡荐启

紫塞风清，缥缈度来鸿使。衡门日暖，殷勤注向豚儿。偶缘吹动于滥竽，遽尔光分乎载锡。信是枌榆照拂，敢云乔梓芬芳。好发缁衣，不受关河之圉。

情隆白璧，顿为沟壑之投。第续食劝驾之有因，故素餐伐檀之弗计。取焉非贺，自信攸凭。却焉弗恭，折衷未敢。爰固殷于一体，感将注乎百年。好勒荒笺，为祈洞烛。

会饯薛明府启

柳子厚河东之饯，雅意勤民。燕昭王蓟北之招，高风礼下。适是会同之际，可无祖道之张。恭惟台下，系出龙门，学探虎观。奉不欺为主本，揽太朴作权舆。赤社初分，不尚茧丝之理。白圭无玷，允为刍牧之良。真鸣琴而不下堂，使多财而可为宰。望如云，就如日，百里分得尧天。沅有芷，澧有兰，三载常娱楚客。倡白雪阳春之调，标黄绢幼妇之徽。冬昫方融，春光欲动。百辟将媚天子，赴海朝宗。左个而敞明堂，临轩诏对。正明公得志之日，实吾侪眷恋之时。想至鲁至道之可期，君子还应豹变。信足食足兵之不爽，诸侯剩有龙光。何难增职而赐金，那禁攀辕而卧辙。灞河折柳依依，眷望重临。倚县看花冉冉，总属愿借。一樽布款，千里萦怀。饯席讵涉虚浮，倩肃然当前作主。骊驹谩劳督趣，邀笼水觌面交欢。贸贸然来，行行且止。可胜喁向，皈礼之至。

谢耿华平寿母九十启

昨蒙台下垂念宿昔，以老母九十见贺。窃惟老莱子之娱亲，只凭舞彩。颖封人之锡类，尚借遗羹。由来孝发因心，此日仁推广爱。珠辉玉润烂然，璀璨之章。云锦天葩郁矣，元黄之赍。赠申杂佩，宠溢龙光。是谓不独亲其亲，乃能成夫老吾老。感深五内，奉以百年。亟宜只叩门屏，底兹悃臆为是。时俨褦襶，竟尔逡巡。敢上荒笺，仰干记室。礼不绳其疏莽，意惟鉴于兢虔。九鼎称隆，尚亚明公之雅谊。三台迴丽，方欣法象之崇瞻。

谢陈少溪年丈贺训儿登第启

弟春秋迈矣，兴味萧然。有子虽读父书，调瑟犹然。胶柱偶徼天幸，得录春官。非董子之贤良，滥竽对策。讵终生之英妙，妄意请缨。方负惭材品之无奇，敢遽谓箕裘之足述。谬叨雅眷，聿被宠施。洒琬琰以为章，掷琼瑶而示惠。遂令嫫母之陋质，顾盼生光。直愧驽骀之下乘，昂骧莫称。仰孤翰胰，俯动彷徨。第以尊而代卑，重睹新而念旧。用情周浃，荷德踌躇。拜楚饵之伥饄，蜜甘粔籹。耽海滨之珍错，美侑酒浆。至于六物之隆，大类十朋之锡。爰归赵璧，罔滞秦庭。

庶却受之不伪，于情文而得当。载九顿而肃使者，附八行以舒下私。未展勤渠，嗣容覃布。伏惟崇鉴，无那萦怀。

报张怀谷都运启

恭惟台下，瑞产尧都，阀承子孺。是曰圣朝之彦，当为疏附之臣。每忆秦游，曾获晋接。式令德如金如玉，拟议莫能。仰敷政不兢不絿，名言未悉。爰自古滇之牧，遂成万里之遥。闻问何从，音辉空企。讵意官家，念百费之告诎。遂咨南北，简庶僚之通方。理盐鉲以佐军兴，匪采山而惟煮海。操之有要，下罔至于病商。用之不穷，上无难于足国。岂但以刘君转运于江淮，而关中不乏。实则等管仲筹策于齐国，而天下称雄。以若勋名，犹存朽废。来瑶华于行省，色泽飞扬。被鼎贶于衡门，宠私优渥。不惟物而惟德，真弥久而弥亲。报之何繇，服之无斁。

答沈滦城启 名庭芳

仆与门下，里接枌榆，宝邻珠玉。恨抠承之不蚤，徒惄饥以为殷。客岁嘉平，远颁翰札。维以太孺人三十余年之苦节，曷惭古女史千百有祀之芳徽。爰诏腐儒，谬当纂组。时方值先慈窀穸之大故，百费经营。遂久虚明府葑菲之兼收，片词濡滞。厥繇职此，衷曲堪原。兹稍暇获简牍之披，于熟覆了柏舟之概。为忆令母行同乎我母，零丁称未亡人。更钦德门宠荷于旌门，光耀成不朽事。顿生感激，聊有抒陈。诗拟唐人，欲步随州之躅。烈踪汉传，空高子政之才。作者非黄绢之辞，直一泪一言，洒出足添江水。歌者乃巴人之调，愧弥高弥寡，和来可并阳春。所匄鉴涵，可胜悚负。

贺陈鑫源方伯启

南曹曾缀，鹓行宿勤寤寐。东省久瞻，龙德大沐浸涵。感顶踵以思捐，喜荣名之舄奕。衡茆胥庆，尺牍旌私。恭惟老公祖台下，命世鸿材，大旱霖雨。迪皋谟之九德亮有邦，翕受敷施。洞禹范之五行奉皇极，平康正直。既明刑而弼教，复畜众于容民。庶绩其凝，帝心简在。遂有八闽之擢，行登三事之阶。某宿荷帡幪，会兹踊跃。走墨卿而从事，望斗柄以输忱。不腆攸将，毋麾是匄。

简赵诚宇别驾启

恭惟台下，西塞雄才，东人福曜。司马政纠虔一路，布膏泽沐浴万家。似士元之闲闲，偏宜佐郡。仿乐天之洒洒，最是名流。守道与守官并臻，一张及一弛当可。舆人交诵，峻秩延登。某追维游晋有年，直恨识荆无地。兹潜林壑，猥托黔萌。觌德喜当机缘，感事聊陈悃愊。情生瓜葛，敢狱货乎吕刑。法重权衡，幸稍宽乎文纲。可胜悚负，莫已瞻驰。

报倪尉启

当年莲幕，溯想清辉。此日金台，尚廑雅眷。用辱瑶华之贲，更叨珍贶之加。谓社栎得保余年，才不才总所弗计。而粪帚亦叨厚享，称弗称实在包荒。徼有余荣，服之无斁。并今昔而镂结，安报琼投。眷南北之县驰，只凭梅信。会兹羽便，爰勒尺题。托明信于溪毛，冀洞烛乎衷赤。诸尔莫罄，直恃有容。

答张华东贺儿授馆职启

木天何地，乃贮腐儒。琐闼重臣，爰颁隆礼。信是同心之庆，那胜迈等之荣。恭惟老掌科，裨海神龙，岩廊威凤。寸丹自矢，原从孝友而生。玄素是追，不惮沥披而谏。朝野共服其骨鲠，文章还赖其题衡。忆癸丑分校锁闱，两收鼎甲。适训儿滥竽登第，并荷吹嘘。中心戢以不忘，高役缺然未报。适兹叨冒，又辱轸存。数墨何能，愧石渠之猥列。守株有腼，讶琼玖之误投。食品拜嘉，探五内已醇醲饱德。多仪璧使，仰三台其拂照渊衷。

简王醒东司李启

东人天幸，沐闿泽者有年。北阙龙光，作夕郎者指日。虽顾眄切攀辕之虑，乃征书伫如綍之临。舆论佥同，编氓倍喜。诚为夙昔之谊，合父子沾被恩施。是以今日之衷，共海岱欣愉盛事。爰驰一介，上叩三台。取溪涧沼沚之毛，姑昭明信。乞江淮河汉之量，特荷优容。卤率布私，勤眷待命。

简吴对廷参知启

菁莪之化作人，明效已收于渐被。鸿雁之需安宅，帝纶复荷于于昭。教养原自相成，缓急均之倚重。荐绅环庆，吾道增辉。恭惟台下，名世兼才，匡时伟略。向含香乎兰省，旋振铎于文衡。海岱有灵，借景星之拂照。誉髦斯士，得化雨之沾濡。讵是说铃，直传心印。禀承远肖七十子，育孔氏之坛。快睹昌期五百年，有王者之佐。属东人无岁，所在苦饥。劳北阙怀贤，有如急渴。更念兖西重地，简求裨海元英。将拔穷困于水火之中，且消乱萌于萑符之际。折冲寄樽俎，知有余暇。熟路就轻车，何难致远。某硁然株守，陋矣。岩栖金玉之度，夙钦盐梅之调。喁望后先，盛美多少光华。此日莺迁，大助上林春色。一时燕喜，曷胜向日葵心。聊展末私，伏惟茹纳。

报贾遂平启

鹤从皋唳，那圉九天之闻。凤不棘栖，快睹五云之瑞。声华自起，人力何庸。为念门下浴德，含真爱人。学道数年，佐理拮据畿内。为劳比岁，长民保障天中。见德哺婴儿，人呼贾父。锄奸宄众畏，神君吾党。有光虽爱，莫助何物。畴昔在臆仰廑，隆渥攸施。震耀衡茀，注铭肺腑。爰有八行之勒，聊鸣九顿之私。所匄照存，可胜瞻溯。

答耿华平贺儿授馆职启

木天秘地，豚子何人。虽云占毕久呻，竟是儒流迂腐。偶叨非分，良惧弗堪而乃。仰荷台端，俯垂轸注。爱也欲加之膝，怜而遂忘其媸。珠玉躔联，奖借之词真缅缅。玄纁错列，宠嘉之礼郁煌煌。可知谊笃通家，顿为喜生衷悃。其为激感，安罄名言。第锡予过隆，扪循滋愧。黾勉拜登三品，饱明德已自无涯。逡巡附上多珍，诵高义更属无射。伏惟澄照，曷任县驰。

谢耿卓吾启

适即事于城中，骤承芳翰。已返轸乎里舍，遂奉腆遗。惟以豚子徼非分之荣，遽辱将军颁殊常之惠。情益敦乎世好，感倍切于衷私。食品教言，拜登惟命。锦文杂佩，附使告旋。眷兹高厚之悰，都付结衔之鬲。

答林学瞿进士启

谊之所重久要，直从倾盖。情之所殷契阔，能勿称觞。会高轩来自日边，乃临况恰逢雨际。念惟学敩之半，人是宿儒。载欣岩野之求，霖兹大旱。第匆卒别去，鄙人投辖未能。更勤渠使来，大雅摛词相谢。扪循薄劣，弥觉悚惶。愿言南迈之旌，不彼东道之主。

答刘诚意启

衡门遁迹，仰神胄于云端。瑶札蜚声，传足音乎谷底。分缘宿世，寤寐通真。信故旧之部遗，宛光明之下济。缅惟在癸未甲申之际，适待罪陪京给事之班。猥奉教于太翁，似投石夫流水。一青田，一白社，在阴喜和鹤鸣。同后乐，同先忧，补阙敬修衮职。方欲排嚣哗以定国是，因而犯波荡以履危机。似叶轻飘，曷难去位。如梭浪度，莫问浮名。回顾已三十经霜，转眼阅百千幻景。真成潦倒，都笑浮沉。不期有豚子如荆州，偶尔谬校书乎天禄。黄金台畔，驽骀溷八骏之群。白玉堂中，凡骨冒十洲之选。端为因生赐姓，昔叨攀附于宗盟。那知开国承家，比幸重修夫世讲。高风县挹，朽质滋惭。列部位于三台，尚牧马渤。洒金茎之八斗，以润樗材。当今平治，其谁都伫五百年之名世。行见经纶，有要永扶千万祀之洪图。蔑所旌私，聊据悃臆。

谢王康宇见贺初度启

七十五春秋真成虚度，一千二晦朔未理玄修。方自愧视，息之苟延。又曷胜使，命之下贲。惟兹世好爱浓，常欲其生。被此隆施概却，则吾岂敢。敬登食品，饱德为殷。返上多仪，衔情已至。漫有八行之勒，仰希双照之辉。

谢王霁宇大司马见贺初度启

古称三不朽，自惭未能一焉。又闻三不祥，内省有其二矣。盖犬马之齿虽视台丈乎稍先，而贤贵之尊何为小弟之独绥。不祥孰大于是，有过欲掩不能。猥蒙师保之轸存，骤有珠玑之宠藉。见长白峰头，动色惊骇，下济光辉。仰桓公台畔，疏荣踊跃，还生局蹐。眷惟珍品中心，好而食饮斯加。恍自天厨正席，尝而口腹知感。至如九物，可烛三台。扪中叨受未宜，附使元函而上。于兹百顿，莫罄寸诚。稍待献岁发春，好傍上元祝嘏。伏惟崇鉴，不尽县驰。

贺沈华东都宪操江都御史启

江防重寄，控要害于东南。简命初膺，遽欢腾夫朝野。旧京托恃，大业勃兴。恭惟台下，浙水毓真，扶舆挺秀。守郡则济濮二水同清，开藩则山广两东并育。公辅之望已著，重瞳之眷为殷。属荷明扬，受兹介福。二阳临而三阳泰，当日月之重新。奋乃武而揆乃文，见丝纶之宠锡。恩泽由滋川至，群心喁向龙光。某夙自留曹，已钦至谊。迩从林下，重沐德施。今昔之感交横，云泥之栖顿隔。顾瞻棨戟，布贺臆于戋戋[1]。倾仰台阶，鉴悃诚乎耿耿。可胜厚幸，莫御县驰。

贺王霁宇华诞启

敬询华诞，乃介上元。是天官作福之辰，为名世悬弧之旦。春秋方七十有二，宴乐伫三万六千。情注皆怡，祉来未艾。弟久矣通籍，有同吹篪。论称觞则宜躬，虑作溷而未敢。直申薄献，伏匄鉴涵。

贺耿省亭华诞启

春令方中，卦名大壮。正大可通天地，气机偏发仁贤。柏府葱青，指佞端须乎屈轶。螭头简白，触邪共惕夫神羊。矧正直忠厚以交并，宜日月冈陵之等埒。渐称元老，用佐太平。兹陈不腆之仪，聊布欲将之悃。大年相望八千，直作椿龄。明世维钦五百，生扶王者。昌辰奕奕，台座欣欣。

答王霁宇大司马启

槐堂昼永，桂榭香纷。诜振歌麟趾之祥，盛美衍凤毛之瑞。信是家邦胥庆，偶遂朋辈申虔。未罄涓私，良殷冰悚。讵期台端之畀督，翻辱鼎贶之骈臻。将是承筐，见中心之好我。仪为及物，式修辞以立诚。玄黄之交错充庭，蓬荜之光扬骇目。琼报曷宜于薄往，丹衷由感以滋惭。第赐俨居，尊却非恭而未敢。而道宜如，意敬拜命以登嘉。七事璧归，五云台照。

---

① “戋”，原脱，据文意补。

贺王康宇华诞启

亲家业组青箱，躬操白璧。由礼爰从世禄，遵生莫滑天和。昼永槐堂，映袍笏油油芳荫。露滋棠棣，拂簪缨蔼蔼祥风。盖年方艾而祉迓川流，如日之升而蔚蒸霞彩。信大德必名必寿，眷诒谋宜子宜孙。某松际茑萝，玉边砂石。辱采葑不遗下体，论闻道原自先吾。感会生申，载欣纯嘏。坤土融而兑金盎发，濯来无限精神。北辰向而南极舒长，添得许多光耀。敢修不腆，聊展末私。倘茹纳弗拒[1]涓埃，庶荣芬被诸衰劣。只殷县企，伏匄照存。

谢洪高平寄去思碑刻启

伏以海边迂叟，忘机那复邀名。天上瑞芒，流照乃能烛隐。讵膏泽萦思乎去后，为糠秕作慁于当前。方校阴晴，乍惊翰使。恭惟台下，才雄三楚，量受八荒。从握符莲峰丹水之墟，便留意旌淑别慝之典。谓余不肖，旧亦兹官。窃禄泫氏六年，惟府辜功万状。虽兢虔救过，程资劳叨。奉征书顾狂躁难驯，抵陪垣竟干众怒。陇右之席未暖，东山之辔遄归。盖闻轴折于丛轻，何怪骨销于毁积。岂期波涛之涌激，亦有平时。徐看人事之参差，不无宁日。仰瞻秦镜，才高揭而腑肺洞然。向揆虞衡，甫取衷而低昂炯若。录朴直于卤莽，不畏疆梁。略肮脏于担承，还绥良懦。丰碑卓竖，似怜僬侥而抗之使崇。丽藻昭回，如护嫫姆而饰之教妩。信山泽咸虚之伟度，允葑菲下体之兼收。恐益其媸，反滋厥悚。更拜嘉乎鼎饩，倍侈色于衡茆。远道相怀，中心永戢。薄有溪毛之旅，聊申涓滴之私。统匄鉴涵，可胜餍戴。

贺耿华平诞日启

门下纯固象先，福绥覃厚。出处系苍生之望，中和盎紫府之春。履盛居冲，若捧盈而执玉。育神孔固，似服气之真仙。在《毛诗》摛颂九如，于《尚书》本原一德。喜临华诞，瑞蔼丹台海上。传筹宛委，十洲增丽天边。闻乐流通，八座均欢。某长白散人，大年攸庆。望瑶阶而欲舞，等元鹤以飞扬。薄淜相軏，抠承未果。稍有泥芹之展，只将野老之悰。伏乞台涵，曷胜荣藉。

---

① “拒”，底本作“距”，据文意改。

谢王霁宇大司马启

自惟薄劣，无所能人。淹历岁时，徒然愧影。猥荷台端之眷注，载叨格外之隆施。华衮崇褒，只抚躬而局蹐。琼瑶渥宠，重扪内以彷徨。即车骑之无勤，已衡茀乎生色。其为悚负，曷既名言。属八行以明私，冀三垣之鉴在。

简韩淄川启号管涔

岩穴老人，只存迂拙。花封晓日，窃迩休明。溯雅化于鸣琴，效诔歌乎击壤。恭[1]惟台下，毓真太华，苞异洪河。学之为圣人徒，出则作王者佐。策天人乎奥衍，夐自贤良。胙民社于盘错，便觇卓异。盖饥欲食渴欲饮，惟此时为然。乃禁即止令即行，方于今为烈。原原本本，未漓淳朴之风。正正堂堂，直率循良之轨。聆金声而知玉振，由近悦而致远来。某企向为殷，抠承未即。敢布悰乎一介，聊昭幸于三生。濩落余年，还忆陇秦之旧。瑰琦妙品，欣瞻台斗之辉。缱绻有怀，鉴原是匄。

为孔修孙请冰君启

小孙婚议，豫定高门。薄币筐承，式占献岁。吉蠲某月日，肃戒醴筵，仰攀冰教。赤绳可绾，对月彩以生辉。宝鼎当前，迓天庥之滋至。跂予而望，夙驾是希。

谢浦昆溟贺正启

伏以千里宰王畿，沨沨化洽。三年登上理，赫赫声施。行跻耳目之司，还注山林之逸。恭惟台下，毓真渤澥，射策天人。拔茅茹而汇征，奉简书而出牧。社开两地，要令骥足之舒。厦拓万间，用作黔萌之庇。纵频仍夫灾祲，恃普照乎岁星。盖分猷念以相从，保民如保赤子。遂终誉命而上逮，得君正得天心。何要弗跻，有容乃大。洒金茎之膏露，为殿邦家。和宝鼎之盐梅，依光日月。投闲如仆，与世成辽。偶徼缘世讲之绸缪，遂猥荷岁华之锡予。情文过腆，分量曷胜。稽首银鹿之旋，布悃台阶之下。

---

① “恭”，底本作“共”，据文意改。

贺王霁宇华诞七十有四启

六师夙统，起盖代之鸿图。三事简膺，树格天之骏业。阅春秋为甚久，佐勋华且无疆。兹逢岳降昌辰，胥发昴生嘉庆。爰修不腆，载布有虔。溯乡书附骥之年，先后已更五午。仰海屋增筹之日，逍遥何翅千龄。但能袭长庚长照之辉，即多分同籍同声之喜。凭兹芹藻，效祝冈陵。愿言师保之隆，俯鉴衡茆之悃。受焉蒙屑，徼有余荣。

简张云桥明府启

伏以世美貂连七叶，焜耀西京。多闻背忆五车，沉酣东观。丹穴喜翻凤彩，沧溟方跃龙光。恭惟台下，瑞孕蓝田，珠滋合浦。岁序朱明，当候人文，罗俊方殷。诏待公交车，家起明扬之子。光观上国，朝升迈德之英。沨沨际会风云，济济欣投鱼水。某栖迟岩壑，企向斗山。从孔李世缔之欢，靓元恺登庸之盛。百年豪杰，乘泰运以拔茅。千里王畿，焕奎光如掣电。用将不腆，展此末悰。仰冀台廛，俯垂鉴纳。

己亥之任川南留谢都中知己启①

某受材拥肿，甘分蹉跎。偶被命于泸江，实窃辉乎台斗。顾匆匆赴事，启居不遑。而眷眷勤施，佩服无斁。惜清尘之日远，将寡过以奚从。万里孤踪，何处得朋之庆。百年知己，只同恋阙之怀。漫勒荒笺，冀蒙炯鉴。

① “启”，原脱，据体例补。

燕喜堂集卷七

家信

报杰弟万历二十二年甲午十二月

来书画七策，颇得制播酋要领。吾弟有此抱负，不当以尘埃中人相视。已恨不获拉弟同往，以副壮游。独惟素暗兵机，止通章句，当事以室相剑谬加推许，不知作何结局。倘因人成事，如阶下之十九人乎，犹有以副厚望焉。

报榲弟甲午十二月

览吾弟近日两札，深喜用情之厚。读书是秀才家镃基，虽云待时，何可委弃。临渴掘井，智者应不为也。愿吾弟惜时。吾年逾知非，鲜所竖立。西征之役，未审竟作何状。但身业许人，敢不毕力，以副万一。薄物见私，惟幸莞入。不尽。

敬東长兄月台二十三年春月

大哥华诞在三月，遂不及遣人申贺，可是缺然。母亲春秋渐高，吾辈一喜一惧。弟身羁薄宦，远在万里，承欢之事，端赖大哥，比常越望耐烦也。大哥年亦骎长，清心省事，廓度让人，课耕课读，拊摩孤弱，自有晚年之乐，所幸采纳。儿辈学业未成，多所任性，大哥幸加意训督之。遣仆专代弟叩母千寿，薄仪布候，伏祈麾存。播酋事宜颇具，儿辈书中一问便自了然，不备宣。

東杰弟

弟年来可受用否？生一事不若省一事，多一言不若少一言。躬课耕读，睦族和里，真有无穷之乐。榲弟自能友爱，櫓弟亦自堪怜也。吾年逾知非，颠毛种种，羁身万里，日有白云之想，不知何时抵乡园，共一家促膝痛饮为快也。想吾弟念亦同此。寄去银钱铰川扇四柄，乃蜀王见赉者，挥之亦播仁风云。杨酋事略具儿辈书中，当一问之。不尽。

柬榅弟

南中欲会吾弟，不果来，又远役万里之乡，握话愈迟迟矣，可是惘然。岁前得吾弟书，云有读书之志，吾甚踊跃，但未审作辍何如耳。吾弟素善居室，闻年来以拓业负累，此是一着之错，早收早改，犹当不失故步，弟自详之。吾少不如人，况浸衰暮，功名之念不敌菽水之欢，每一兴思，便欲飞去，为之奈何。播事尚未就绪，稍待见局，便当一决。专人代叩母寿，便附讯私。四扇凉薄，实分蜀王之惠，弟幸莞存。

寄从子鸿问

农夫春耕夏耘，专为秋获。吾侄之于学业何如也？读书做人都要作百年之计。靠山盹睡，只顾目前，是尚农夫之不如，何以善百年也。愿静思之。银钱铰川扇四柄寄汝。见意东归，尚未有期。摇摇万里，可胜驰想。

寄训儿公年三十一岁

天生吾儿，必有好发拓处。如不发，是吾家积德凉薄也。愿益宏远度，益精问学，便是焚舟之计。刘特伊经吾赏识，应自不恶，幸终始善遇之。卢文斗夏秋间将自都下过吾家，儿进学未谢，不可不殷恳见意。家事一听尔母，人事儿作主张定不差讹。孙枝未秀，吾甚悬悬。然药饵亦难轻用，须待时耳。吾选墨卷，汝爱读否？看书曾落笔否？课程又进步否？吾亟愿闻也。

寄范儿公年二十九岁

吾儿岂不聪明，岂不标致，只是把捉不定，规模不见宏远，正如尔的举业三年，一考只是个三等，头儿便了秀才，如斯而已乎？吾选左粹并秦汉文抄，岂是为别人也。时文真是瓦砾，尔乃珍视，却把墨卷不理，只恐我年来严选墨卷又是枉费精神也。尔父不足法，尔兄非寻常人，汝当矜式，不得贵耳贱目。刘特伊天涯兄弟，最要终始，以礼貌毋亵毋薄。玄萃一帙，是我癸巳夏摘录南中者，除老子备录外，其采庄割列，自负精核超诣。朝家课士虽禁老庄，然善运自不妨也。与尔兄共商之。比来冀得孙报，马千户携来家书，胡未谈及也？吾甚悬悬。不他及。

寄采儿公年十一岁

人说你是个奇童，将来胜似你两兄。若是不收放心，不养德性，一味说谎，不肯下工读书，要跟上你两兄不得，况胜似他。成人只在立志，立志只在自己。谁拦的你，谁助的你，儿自思之。刘先生性格学业都好，你要十分敬事，守他学规，方合吾意。你两兄说话一一要听信他。你母处亦不可撒喇也。知之。不多及。

寄语训范采三儿二十三年乙未七月

昨来课业，范儿虽不及训儿，亦不至十分悬绝。若按台考卷，则相距天壤。岂非训儿学有本原，故随取随足，无异探囊；范儿骨气不劲，涵养未深，止靠记诵时文，又只会科题，小题全不拈弄，何怪乎临场窘笔、苦乏生机邪。即训儿向来考不甚利，屡困棘围，亦是吃累前项，不须他引。正如我做秀才小题，懒作为文，不媚时眼，考试不得大当，即乡试亦明畅而不奇伟，会试雅练胜前，亦养盛而局面不阔，不能卓冠，一时虽才气则然，竟是点化无人，钝根莫悟，仡仡程课，终落下乘，到今方醒，然亦晚矣。又闻南中有识之士，说唐瞿二公，行径在荆川，才情妙绝，多作小题，是以发迹甚早。昆湖多务大题，奇拔处视荆川少逊，从来考不甚利，直到中年养成才勾大发，亦足征小题之当，间作无疑也。昨会沈东霍年丈，谓训儿文字做成，但稍加松些艳些更妙，此语何人道得。文字有该加松者，有该加紧者，况夺锦之文宜艳丽，艳丽则俗目亦赏，何处不收，但不得采华忘实耳。他如宜健宜婉、宜疏宜密等项，在人自悟，真难强聒，须遇而后传耳。儿辈思想如何？我今替儿辈定个会文家数，如作三题，则一枯小题，一生一难二大题，一切熟题易题莫做。盖攻木攻节，举难而易自解。张蓝田年兄年来亦频以为言，儿辈何可忽也。集古之业，誊写正副本亦就九分，此书有二千叶，猝难成帙，要三部更难也。儿辈家中先勤选读之，两下印证何如。采儿懒病难医，然何可坐视而不医也。以为父之心为兄，以爱子之道爱弟，罔不济矣，正不必细说也。吾颠毛种种，无甚快心之事，望儿辈黾勉大业，稍豁吾众，真不啻农夫之望岁，他事尽末节也，儿辈千万留意。万历乙未秋七月十六日，父惟衡寄自巴渝署中。

为训儿论文万历二十四年丙申七月，公三十二岁

吾频见力学之士，刻苦为文者，或终身嗛嗛一第，而芥拾青紫者，又未必尽苦于文而毕力于学，然则学可弗懋，而文可易视乎哉？曰恶乎可，在所中

肯耳已。举业文字，原为古人传神。既曰传神，只在神内，不在神外。风骨意态，果尔相肖，一笔有余力矣，安在皮肤。业制义者，不务会文切理，取之目前，乃艰深是事，专攻调与词也。夫词调果神也乎哉？吾恐索之弥力，失之弥远。依稀色相，何关本来，果中肯邪，否邪？吾儿绩学有日，临文更苦，谓众浅，吾矫以深，谓众腐，吾矫以新，谓众卑弱，吾矫以亢厉，诚自负翩翩矣；第弗思应制之文，角胜于数千百人之中，而取捷于风帘寸晷之下。走马观相，阅历几何。只要摆布停当，过眼见好，便卖得去，那须太苦劳神。明极反暗，翻巧成拙，把天下好事，让他人不知几番矣，况乡试视会场又不同乎。“致广大而尽精微，极高明而道中庸”，昔人论学，吾以论文。反复绎思，当自有凑泊处。岁丙申七月六日，顷阳居士漫述于吏隐清舍。

与儿辈论制举义

举业至今日，率险僻聱牙是尚，而无复先民大雅之致，自是可恨，然亦俗靡使然。厌寻常，不得不骛谲怪。薄淳质，不得不兢雕镂。玩六经、孔孟、程朱之训，不得不艳慕二氏，浮游百家，引枝蔓不根之词，而掉迂诞不情之舌。兢相角相煽相眩瞀，沉溺其中，而恬不为异。主司者，亦往往以堂下之身混淆莫辨也，而漫收之。即号为高朗通儒也者，又阳斥而阴睉焉，所收竟十之八九。而通经学古、崇雅黜浮者，翻无由一售有司，至穷年枵腹一第，赍志莫与偿也。士生今日亦难哉。吾谓谲怪可恶，而寻常又何可蹈袭。雕镂可訾，而淳质又何可尽返。二氏百家之咳唾，一切不根不情者，诚宜亟绝；而欲还孔孟程朱之正轨于狂澜既倒之余，非惟势不能也，即墨守亦恐无当。时乎时乎，风会之既流乎。滥觞之究，非砥柱畴不摇乎。吾愿业举子者之为文也，命意必超天下，立调必高天下，摛词必耸天下，不沿旧亦不炫新，不漓古亦不悖时，朗朗乎如青天白日之光明，浩浩乎如高山大川之气概，矫矫乎如神龙之出没，变化乎两际而莫可端倪。以至苍中之润，正中之奇，宏大而不汗漫，挺拔而不直致，绚烂而不纤靡，浑雅而不艰涩，是谓百炼之金，百中之矢，万全必胜之兵，虽横行天下可也。主司非瞽，胡为不亟收耶。《孟子》曰:“我善养吾浩然之气。”《易》曰：“知几其神乎。”故语文而知所谓气与神也，则几矣。

又

场屋一番不利，自宜精进一番。但须攻其所不足，无弃其所有余。才胜者益以养，养胜者出以奇。无为久困而挫其志，无为世味而汩其真，无为玩愒而废时，无为逸豫而灭德。笔峰无以疑畏而消索，闻见无以盈满而距塞。从故得新，矫偏归正，而终不失纵横之气。真是愈挫愈坚，愈久愈励。如是而不收功桑榆，了夙昔未了之愿者，无是理也。

与儿辈论制举义丙申八月

训儿行后，再晤周瀛海，未尝不欣欣齿儿，曰举业如近作不必改弦，只要熟之。某当临中，时闻晋江学者谈举业，科场年分，每月要文三十首，大抵一日一首，三八日又会六首，岂不正合前数。盖宁少看书功，不少作文功，为看书工夫夫，日自应了当，此时不操练十分快利，当场如何去得。但作不中意，不厌一再更张，莫沿宿习容易放过，又是吃紧着数，然毕竟会不可少，为有比并工夫耳。场前一月直须二日一篇，稍养心力，以赴大敌，此作文大较也。至于举业，正脉博不如精古文，自精选外，一切勿看，时文自绝品墨卷外，一切勿读，熟中生巧，路路相通，头头是道，何等简径。又须知当场得力，只要气满。气满何由？只要久读四大家豪宕文字，而苏文尤是吃紧。秦汉文虽是高古，第节奏疏散，曲折太多，用之举业颇难为功，当场又不得力豪宕。苏文一了百当，得手应心。薛方山、汤练川、张洪阳、黄葵阳、王午山、黄思白，那个不是苏文得手乡会，无不如意。就是殿试鼎状，也只消一味苏文。枪法熟，刺必中；箭法熟，矢如破，多岐又何为也。又说乡试中后，不要听人说改手，改手吃累，身亲经过，无谓也。以上语大都出瀛海口吻，吾稍诠次，姑无论最高举业，即据目中所见文字修整，便得联科，枝枝叶叶，何为邪。瀛海要与训儿定石交，砥砺道义，期于无负是甚，梓谦冲真切。白省庵再见，又再叹服曰："大哥不是寻常人。"吾儿幸益加勉。范儿亦照此书一通守之。埙篪迈征，在所交淬。丙申八月二十有二日，顷阳居士书于吏隐清舍。

寄长兄帖万历二十七年己亥二月

初四日，得家报，知吾兄贵恙，蠲除大半，真吾家老少之福也。为喜可言直愿，独宿百日，时亲药饵，便自大佳。伫望伫望。冠帽并竹线二香俱如谕买完带去，外奉白米一榼见私，统希照察。不尽。

报杰弟

弟自不宜，应解户里人无知，报官县，公听之正亦不及致详耳。吾弟何不与本宅共商，而遽上一揭，致激县公之怒，不知何所恃而然。吾冷曹为郎，尺蠖自将，不胜其小，吾弟犹侈然自大乎？县公力量不小，喜怒之间，便足祸福，何可不忍。纵差繇关系身家，亦当计处，而徐图之。蛙螳易怒，亦易摧甚矣，血气之害事，而向来谈禅戒嗔，皆虚也。孟氏有言其兄，关弓而射之，则已垂涕泣而道之。吾愿弟详审于斯耳。吾天亲在念，宦况萧然，不日当作归计，消从前业障，有何不适。二月十一日寄声。

报榅弟

春风埙篪之想，旅人倍切。翻作无聊，端非虚语。大哥贵恙，吾劝独处百日，时亲药饵，才保无虞，弟亦不可不劝之。你三哥有门户事，何不从容商榷，遽忤县公，自取侮[1]辱，此后不戒，恐有祸至。县公处吾业已寄书谢之矣。岁考期逼，掘井之工若何？张养昆此来所关不小，就访招呼之事，一切不可开端，亲之反是疏之耳。待张三亲家最要以礼，终始善处亲友，正是要紧。学问愿吾弟加意。不尽。二月十一日寄声。

报从子鸿问

昨书来，知尔父渐愈宿疾，便是一门大庆，犹虑卫养易疏耳，我有书相劝，尔亦不可不加意。吾官已兴阑，安敢非分觊觎。采儿成亲，也完得一个前件，只怕怀耽日，潦倒无成，又重吾忧，与尔亦宜体此意。不备宣。

与训儿帖公三十五岁

吾儿学自不浅，制义亦不卑卑已，第跌宕英伟，最是乡场利器，时文虽不尽佳，势须涉猎，才发新知，勿遽弁髦之也。久抑未畅，越该鼓舞振厉，神且牖之。顷闻严课十一郎，不胜欢喜。姚江孙氏皆兄弟相师，途骑必下，言必称先生，终身尊礼，罔敢逾越，所以翩翩青云，赤帜宇内，愿吾儿诏督之。儿迩来精神倍常，足征爱养，亦宜率尔两弟课业。久未见，如何如何。

与范儿公三十三岁

向来李赞宇阅课之后，殷勤责望，不知吾儿遵信否？文章在气骨，不在皮毛；在大篇，不在凑砌。知此受用，不知此，白首犹是茫然耳。尔兄虽未成名，已

① “侮”，底本作“悔”，据文意改。

有其具，尺寸可法，无贵耳而贱目。我当初举业并书义熟于尔兄，高迈处却不及，儿宜知之。人事须加意，减省方有静专工夫，不者，粗心浮气，无益也。震孙吾甚念之，渠实慧而有仪，更宜以礼渐摩之，毋诿尚幼。万历己亥二月十一日，父惟衡寄语。

与采儿公十五岁

儿既冠而有室矣，父母之心既惓惓竭尽，无以复加已。夫爱深必虑切，虑切必责周，假如父母周责，而尔疏放，诗书之训不遵，师保之言不入，而惟欲是纵，惟便安是图，如是而日复一日，年复一年，光阴虚掷而尔渐坏，身家且不保，何功名之足立乎？故尼父谓后生可畏，而不足畏于无闻。子舆氏论子弟之多赖多暴，而深究夫心之陷溺。尔能知陷溺之可恶，而乘时奋励，日就月将，又何患学不上达而人之不足畏。尔兄大可师，尺寸效法，是吾亟望。吃紧又在，勿轻动收放心，知之知之。

寄杰弟榅弟二十七年己亥四月

比来检柙如何？闾里相安，在家无怨，便是圣门仁术。无微可忽，无近可玩，骨肉手足之间，此外人所难言，而我非外人可比，愿吾弟绎思之。古人有言，使死者复生，生者无愧，此岂漫言之也。一言可行，不须喋喋。诗扇粗茶侑往。左冲。

家信万历二十八年庚子三月

远别最苦，又逢地方多事。治兵犹可，治饷最难。山川险阻，道路迂曲，从来不是运道，一旦驱顽民输挽，石径雨滑，荷担而过，既难攀缘，又难照管，往往失足羊肠，堕身幽谷，担犹挂树，人则何之。坐是一往一来，十五逃匿，既烦勾摄，便误军需，苦莫苦于此已。赖兼行水运，亦助一半粮饷，渐充深入应有期也。贵州乌江失事，损兵有万，如何整饬。此路为播酋后门，水西安氏声势相倚，此隘不固，别路枉然。倘贵州不守，云南路塞，西南摇动，则天下之事去矣。所幸酋无远谋，斤斤守埘，尚可为也。川南汉土兵十万有奇，尽堪做事，试看如何。比来高堂念切，勉强从军，须鬓霜华，绝不修饬，惟俟灭贼，便当拂袖。人间至乐，不在宦途，槛猿笼鸟，惟深山茂树是思耳。家储好酒，以待归轮。看世道渐不佳已，一衲一盂，便堪了此岁月，攘攘何为也。

长兄书

三月华诞，弟不能走，一力奉贺，空是遥遥。母亲寿满八旬，人间上瑞，吾家厚福。遣一操官共刘勋往申祝敬。关山万里，恨无羽翰，辅之至期，望东百顿耳已。母亲供给谷豆，当在小分，原来弟曾吩咐为训、范交互奉养，采儿非此无以将心，吾兄当力主之，非训等不肯出也。收粮津贴银两，却当令训辈处给，难拘常格。鸿问长女乃有此变，堪怜。税粮不纳，却是何人可怪也。三弟四弟往往学抄没小户，亦是异事。于分骸骨，万万不能全归，即若侄亦苦辞，不能担当，只得火化，没可奈何，万物同归于土而已。吾兄弟雁行疏阔，无端愁苦，早晚解脱尘网，便是散仙。真切真切。薄将遥致，稍见区区，伏惟莞纳。不尽。

与杰弟

训儿不知生男否？得来书倍切，悬望何处得音书也。吾弟多女，果是累心之事。四弟任性，当劝之。五弟无知，当约束之，莫作空谈，无补指名。放钱者为谁，何不明说好处。川南景物颇佳，只是我无佳况，亟欲归田。弟能早来，尚有缘也。寄去俸金二两，聊明远私，勿厌其薄。吾到此日，日理兵饷，道属掌印官，个个运粮，军门严令，迟误者斩。看是何等景象，知之知之。不尽。

与榅弟

老亲康健，寿登八十，人子所深愿而未必得者，吾家得之，果是万分可喜。第此身无端，于役蜀南，日近而庭闱远，节疏音旷，斑衣菽水，魂梦相牵无当也。要解愁肠，万金一纸固难哉。早晚图归养，已里里差役。应承固当，须公心行之，当费则费，当省则省。兄弟间商量做事，差处自少，直遂不得。橹弟无知，当持正约束之，无令再误。吾弟夙昔相爱，真如手足，但愿大其心胸，抑其血气，即奴婢臧获之类亦视为可畏，不可忽也，忽则事或不测，悔将何及。比来文会如何，青云努力，莫作空谈。俸金二两见意，幸照入。不次。

寄语兄子鸿问

吾家所得于造物不薄已。尔祖母寿登八帙而甚健，尔父亦六十有四矣，年来灾退而福生，不讵可喜。吾身羁万里，拮据戎马之场，疲顿米盐之务，须鬓尽白，怔忡时作，非复往年精力，幸不大病耳。尔婶母近月亦不病，家人渐服水土，只有我日日思归，不愿做此官也。大孙女乃有此变，吾为怆然。尔学问比来何似？心红搜止五两，今付郭豸带去。俸金二两寄见。意不尽。

寄橹弟

闻人说，尔妄动又不受善，如此恐遂下流，下流则身家不保，后悔何及。鸿训他有正经，凡事与他商量，决不坏，尔当记之。俸银一两见意，查收。

语训儿万历三十年壬寅

梅花雅逸，处士耽之。松柏孤贞，正人匹之。学士大夫何可无此标格，染翰操觚亦何可无此丰神。第节序不厌暄炎，众目每夺红紫，徒抱独居寂，削尽英华，终身沕暗何益。吾愿尔为文勿瘦勿淡，稍媚时眼。

语范儿

久挫易靡，乍胜易骄。靡则废骄，速败亡。惟凝神定志，黾勉藏修，常如大敌在前，极力撑持，中有一段闲远之致，人窥不破，才是豪杰丈夫。

语采儿

吾生尔之岁，梦家门右角兽上产一芝草。夫芝芳馥斐郁，岂不可珍。然亦有祥有妖，惟人所召。德则转妖为祥，否则易祥为妖。原原本本之地，几微隐约，最不可忽。吾方揭芝原二字诏汝，令其触目警心，无时豫怠，甚不愿浮华无当也。

与训儿论文万历三十一年癸卯八月

寻常文字，怕不微婉，儿所少非此也。晋人清语，通之诗文，禅理有何不佳，独不甚宜举业。举业宜开大遒劲，得志者往往如是。乃守溪公独号白眉，今看他墨卷如中庸缵绪篇，何等冠裳。孟子兼夷狄篇，对待数语，各各天然轩发。当时一二阁学最称博雅，尚尔心折，故足磊落一代，非偶然也。大举在睫，正好体贴此意。

语范儿

吾所语尔兄者，是就尔兄言之。尔与尔兄不同调，而均期于竖立。竖立之道不在张之而使大，耀之而使伟。鼓钟在宫，声闻于外;鹤鸣于九皋，声闻于天。只一不可诬之中，便有不可掩之实。神之听之，式榖以女，章生暗然，圣贤非谩语也。文章从德性出，始非窾言事业；从德性出，始非矫饰。释此而外，吾无以益子矣。功名之大小久近，神实尸之所可自尽者，吾心耳。心乎心乎，其万用之枢乎，正好绎思。

送采儿读书南庄

尔既知向学，吾复何虑。第学不止，勤习占毕，用阶青紫之为快，将磨砻气质，弗任虚骄，并一切奇邪好尚，芟薙务尽，乃称俊髦。然此道须静专持久，需以岁月不至作辍，始见成效，不尔犹是故吾，何益乎？愿揭此座右，以当弦韦，毋谓迂阔可也。

寄长兄万历三十四年丙午五月

别来不觉三阅月也，气序流易，人事蹉跎，无足为道。独喜母亲康健，大哥精神，安居受福，便是神仙，又乌羡十洲三岛邪。主上多猜，好货几旷天工，不知将来何状。弟已冒入都门，姑待之耳。时久费多，遂遣归二仆，稍节口实，便附起居。不胜瞻注。

与三弟

我徒见年前朝政稍通，虑事不熟，冒昧赴补。比至则方面候补者五六辈，疏推不一，曾无一人得旨。久劳徒费，开通知是何时。大不如山居，萧散饮酒赋诗为乐也。吾弟家虽清淡，亦足自给，但饮不至贪，保无疾病，且不失口于人耳。别来所念如此，不多及。

与四弟

吾弟到家景象如何？人情如何？临行相视脉脉，不及一语，别后动许多思量。更念居乡无难，谦厚为美。谦厚，神人所佑而百福之阶也。一涉别境，即梦寐亦少快乐，况动有牵躗邪。日迈月征，诗人兄弟交儆者，敢为吾弟谂之。比来朝政弥塞，勉强在兹。可知聚首何期，不任耿耿。

寄长兄万历三十五年丁未四月

关河迢递，遂失华诞之礼，吾兄应谅原之。母亲高年，弟时时在念。亟宜投劾而去，不则非孝子，亦非忠臣。今秋或进表，便其时也。采儿归，薄附小讯。区区行径，时冗甚，不能缕悉，采儿应有述焉。

与采儿万历三十三年乙巳

父母与子，惟疾是虞。虞不早防，不密子之受伤，父母亦不得辞其责。至于防之太严，虞之太殷，征色发声若见相拂，总不失为慈父母。儿性自不愚，素业诗书，守身事亲，务莫要于此者，宜深味而时保之，以副勤渠之念，始称仁人孝子耳。企切企切。寄去法酒二尊，人参一两，查收。

燕喜堂集卷八

祭文

转南驾部告曾祖墓文万历二十一年癸巳

祖父有言:“尔曾祖朴茂勤恪，而弗渎于伦也，宜拓后裔，尔小子毋忘也。”於乎！是可忘也，孰不可忘也。余小子盖兢兢焉，以懋允迪，以服官常，既蹶而振。今由山西稷山县知县升南京兵部车驾清吏司主事，职业有常，脱绁殿最，庶几尺寸，用阐绎世德未艾耳。载告灵明，居歆精思。

告祖墓文癸巳

嗟呼！有翳宿莽，白杨悲风。顾瞻丘陇，实繁我忡。繄余小子，再肩社牧。茹檗戴星，既逭于衄。露之覆之，方来戬谷。顷于客岁之腊，擢南京兵部车驾清吏司主事，取道里中，展墓躬偻，不腆是羞，俨然在睹。

告先考文癸巳

儿曩者六载泫氏，以有南垣之擢，距今且十载矣。中间世路参差，人情崄巇，加膝堕渊，或使或尼。儿不能深藏岩穴，竟齿农夫，而强颜再出，为幕则幕，为宰则宰，岂爵禄可縻而不可驱耶。生我之谓何，而虚博一第，宠命未服，孰不为子而沕暗之如斯也。匪我知已，畴无垄断之深机耶。儿宿夜不遑，恪共乃事，拮据岁半，今升南京兵部车驾清吏司主事，专管马快船只。夫尺寸之进，得不掩失，儿岂敢自诧为多。风浪适恬，操我维楫，设天而不遏刘氏耶。或者以数年之后，湛余雨露，而有以置报吾亲耳。我母行年七十有三，尚尔康强，拭目六珈之�。儿行矣就道，桑梓渐逖，匍匐丘原，用申虔告。

迁刑部员外郎告祖墓文万历二十三年乙未

追维癸巳春中，仲孙将抵任南驾部，率然一展，迄今三易星霜矣。比岁以南京兵部职方司主事，赞画川贵军务，播事苟完，得逭罪戾，实祖父阴牖不迷耳。月前接邸报，得量移刑部河南清吏司员外郎，即资俸已及，无足为异。顾尺寸维荣，亦尺寸覆露之德，遂除道丘垄，蒲伏虔告，永言可鉴，僾乎在瞻。

告先考墓文乙未

吾父亦鉴儿之苦心乎？自惟具须眉而为丈夫，习铅椠而成进士，业有年于此矣。直以竽瑟世故，中道陆沉，腼颜再出，为幕为令已，为南兵部车驾职方二司主事。川贵之役，冒险恶而不辞，履冰霜而往复，是何异驽马长征，毛落蹄穿，勉服策勒而已。万里腾踏，讵所敢知。属事竣且抵里门，报升刑部河南清吏司员外郎。於乎。华发为郎，昔人颇怪其蹉跎；积薪未翻，志士重嗟乎淹滞。儿何敢以下大夫之量移，自为多也。独念褒嘉之典，往失事机，今部俸行满三年，给由在睫。以吾父淳茂之德，幽潜之谊，作儿露覆，庶几徼一命以报二亲乎。则吾母含饴于北堂，吾父含笑于地下，即令儿没身农夫无憾已。进不成其为忠，退不成其为孝，将恶用须眉，恶用一空名进士为也。区区苦心，实式在此，不知者谓我何求耳。掩泪抒真，灵明可镜。

告先太父文万历二十六年戊戌

小子无良，甫生十有一岁而天夺之怙。斤斤竖立，尺寸明德，小子何敢忘也。顾通籍逾二十年，而后徼恩命于二亲。分义所制，情不得而庸焉。兹借差抵里，将焚黄于父墓。顾瞻丘陇，追念彷徨，蒲伏陈词，只申悃臆。

焚黄告先赠君文戊戌

儿始仕高平，曾以覃恩普被，两台察儿之治邑三年无害乎，具题荷允，有赠可承。维时儿已远役陇右，耳目弗及，旋经落职，汶汶久之。顷以部考三年赠从六品，实陈情而改给焉。如纶有言，例当宣听，敢先告吾父。九天雨露，何事不到九原也。

升四川参议告先考墓文万历二十七年己亥

夫谁使儿生而不乏眉须也？又谁使儿之硁硁自将，甘阽仆而不一灰颓以易博世资也？矫矫难驯之禀义可伏，势不可怵，盖当有此骨，已有此气，固知其所由来耳。而升而沉已，又徐徐而升，总之沤萍幻迹，恶当一瞬，而维终始一德，不折而不废也。则儿所盟心在宿，早夜之为兢兢哉。儿登第计逾二十载，夫已司垣司臬矣，复为郎于华发萧骚之际，溢再考而甫迁方面，为四川布政使司右参议兼按察司佥事，奉敕管驭马泸兵巡事务，并制播永，作西南一丸泥乎。我父尚亦默骘之，以无爽厥事，几有寸展，于此骨此气不枉也，则东隅桑榆安计哉。吾父实照拂之。

升四川参议告祖墓文己亥

洁莫洁于吾祖，贞莫贞于吾祖，惟泊惟澹，逾七十年如一日也，亦莫如吾祖。小子宁有似焉，而浮沉中外，今博寸尺，为四川布政使司右参议兼按察司佥事，奉敕管驭马泸兵巡事务，并制播永。夫德之弗似，而祉焉侈享步武，有余惧已。五紽在咏，节俭正直，此不足以风有位作大夫之鹄乎？泸水之清，可濯我缨，亦惟封疆是庀，而稍有令闻，用无疚祖父之贞素，斯告墓不为徒哉。

补任贵州都清兵巡道告先君墓文万历三十四年丙午，公六十有五

儿涉世未深，再蒙迁谪，兹以播事题叙，仍复原职，以贵州布政使司右参议兼按察司佥事，钦差整饬都清等处兵备。取新湔旧，式藉宠灵，敢申虔告。尚亦开迷振惰，几效桑榆，尺寸表竖，儿何敢自为多也。谨告我父。

告太父墓文丙午

缅惟大父，诏世清白，终身勤恪，高年赐爵，不阶自荣。孙释兹在兹已，顷叨滋覆露，得从家食出补贵州布政使司右参议管按察司兵巡都清道佥事事，抗旌万里，用戢蛮方，握宪论兵，惟廉隅是饬，用服官常，以无忝清恪令绪，尚亦鉴而阴骘之。谨告大父。

己酉告曾祖墓文万历三十七年，公六十八岁

沕穆未耀，德则称渊。片真不毁，伦理曷愆。封殖默默，鉴观自天。勤则胼胝，绪则用绵。清白踔厉，一传再传。曾孙握宪，科名又玄。静言思之，殊耸乾乾。几筵载布，涓滴于虔。弗堕者神，来格翩翩。

己酉告祖墓文

於乎！以我祖之清真卓竖，见素抱朴，七十五载如一日也，宜有舩邈之报。乃有孙登第，未分一命之荣，今将休矣，则有第一曾孙鸿训者，科名步武，亦如一相之乡书第七焉。是亦曷敢自多，若谁则浚发，谁则操券，爰寂爰寞，肇响铿鍧未艾也，非后昆之力，实佑启弘仁以之。一年禾而十年木，祖德攸食，厥在百年之后。是可谖也，孰不可谖也。不腆滫瀡，式聚精神。冥冥玄觋，奕奕后人。

己酉告先考墓文

儿宦秦者三年矣，丘垅未展，荆榛茫然。顷以按察司副使入贺万年，厥役甫竣，梓里攸旋。适是长孙鸿训中己酉科山东乡试第七名，如儿在庚午乡书也。切念我父，有未耀之德，未引之年，未受之祉，赠章攸暨，仅仅为郎，降观之中，似尚有靳于我父。儿又以萱亲既耄倦游也，有孙耀颖，儿堪解组，左之右之。或将以儿未效，父未食者，阴骘厥孙，有源有委，学海至海，究尸诸冥漠，载德之弗偷也。儿方用迪诲，以无替向来之令闻，盖夙夜于兹耳。矢心虔告，会合英爽，岂其在远。

殡太恭人文万历壬子

嗟哉！我母之逝也，掩国瑞，敚家型，令七十有一之儿，茕茕靡至，莱衣倏委，天靳百岁哉。母此时神爽飞越，应界紫霄，窀穸之期尚远，宜早殡。乃月嬴五日而后厝，将槅柎未具，浮屠之足营耶？非也。南首几生，不欲亟死。母何人哉。乳哺宛只，顾复眷只。和熊画荻，俨若迪只。晨昏省定，转用奠只。茫茫驰恋，儿何人哉。枢悬许时，爰毕吊集，以死以生，以文以志，胡能弗尔。卜焉兹日，泥殡在堂。何以忘忧，树萱空背。感居诸之易积，杳音辉之无从。眷此彷徨，惟有血迸。而芬而旨，乌展寸肠。

开圹告土神文壬子

维万历四十年，岁次壬子，十一月辛卯朔，越十三日癸卯，原任陕西按察司副使刘某，谨用清酌庶豆之仪，敢昭告于土地之神曰：某有母为太安人高氏，葬有期已。窀穸之事，谋叶形家，将祔父承德翁壤次，癸山丁向，视往一轨。

第我父体魄，久安地下，罔敢翩动六十年之宿圹，以耸先灵，为子姓疚。惟是兆营切父，维母攸宅。比密通灵，方域兹在。爰穴爰筑，肃戒辰良。而辟而翕，坤舆司奠。神其作庇，俾无后艰。

开殡告母文王子

我母殡寝，淹历三时。温清既隔于承颜，晏旦只勤乎怅望。蓼莪贮恨，风木可胜楚邪。惟是吉壤就营，千秋宅奠。将以来月朔旦，奉柩安厝，爰侣先严。知鹤驭之难稽，伫金仙之接引。肃乩良日，开殡于堂。寥寥乎叹音徽之莫即，杳杳乎对咫尺以茫然。仅几筵之载陈，衔痛辛而只告。

堂祭先太安人文王子

嗟嗟。母抗操矣，母逾耄矣，蔗境恬怡，终坤道矣。儿则深悲焉，匪直悲逝也。以母溯父，以今壬子上溯六十年壬子，我父见背，茕茕一母将二孤，湿燥那能自由，荼蓼莫逾其苦，室中觥虺，俯仰窘恧，针毡日据，而冷灯索幕交凄也。居恒淬二孤曰："尔父嘱我，尔凌兢纾我。"忆我母三十迄五十乎，呴沫未足相濡，流荫未足托憩，不知羊肠几度而后通也。乃母不忘困，茅茨之旧欣栖，藜藿之食弥饱。投中者饷千金而弗睨，伫泽者罄囊索而莫悭。辅烈风也以仁，充姱节也以义。巫觋不阈纳，而臧获霡霂常周。母之贞也，淑也，慈令也，则可谓云尔已。若乃劲芳作则，纠束清严，不以姑息易劳辛，还以诗礼易门阀，则母德难企，而隆恩置报曷繇焉。一命如霰，五鼎如沤，七十、八十、九十之祝觞如幻，转盼乌有，只余繐帷悲风耳。凌晨辅驾，托息佳城，挽之莫可，愁云结障以销魂，淡日熹微而惨色。儿过安督，媠安趣，姻亲安属。矧儿亦向衰，可奉宣母德未艾否？愿家人羹墙仪轨，芬毋点素，亢毋窒冲，削毋害敦。令人曰渠亲虽没犹生，儿辈尚名人哉。永剖苦辞，五内欲裂，今夕何夕耶。

先墓下志石文万历四十一年癸丑

维万历癸丑，春仲七日，奉祀孝子某等，敢用牲醴庶豆，虔告于本茔土地之神曰：志石祔墓，率以葬日为常，乃我葬二亲，志获弗以时，书镌弗给，虽营藏志之区，尚淹再月，凛凛也，兹勒石。拟托坤函，惧时日未详，容触忌讳，讵衷所安。伏祈明神，鉴区区孝思，呴之和，通之顺，妥灵永世，不震不渝，惟神是戴。

先慈禫祭文甲寅

大祥后中月而禫，制也，不得违也。日月不居，我母仙去。荏苒暨斯，是用从吉。绵绵我思，音辉企溯。昊天罔极，敢以羊豕，粢盛醴齐，荐此禫事。尚飨。

除日祭长兄文万历三十八年庚戌

呜呼！今夕除，诘朝献岁，曷时序推斥弗居也，吾兄不少留也。留不可，曷能戢勿悲也。悲系情，情系感，牛山足泪，割雁行尤足泪。泪堕岁除，辗转新故，谁为除焉。盖吾兄吾家始蒂也，始蒂滋息，葛藟依命。早孀逾耄之母，两膝下阙一，能恝然与？三二昆季之间，三二昆季序之不欲忒也，翕之不欲隔也。非埙之倡，篪安和与？有子青衿，操缦安弦与？孤孙子立，怡寡母与？躬检柙无毁与？两童孙，似美竹箭也，省括度而释与？嘒彼小星，未艾而茕，又能赋柏舟与？毫厘千里，荧火燎原，玩亡恙，决将莫持。吾兄宿无怀，以若种种，恐不逮生前愉快也。接轸何人，释负何人。一线引乎千斤，铅刀效诸髋髀，某胜尔不邪？岁流兮弗居，荼茹兮莫祛。览差池兮烦踌躇，形影兮转盻，死复生兮何如。伯兮伯兮，宁不徘徊却顾而洞吾虑兮。呜呼！悲哉！痛哉！

祭先兄文万历三十九年辛亥

吾兄能亲而务施，急人难而周急，有足述也，然亦不废居积，称舒季攸凭，阅世浸酴，所茹为弘也，称快。不受检柙，乃大闲亦不逾轶，岁度古稀赢四也，称寿。又有青衿之子，斤斤焉世业之绍，虞有失堕，如兄也足以自老已。惟是奉母未竟，蒙孙慧而蔀斗未豁，程量身后，半付草草，是何盈缩之难齐邪。世谛无涯，逢休即休，休则事毕，事所未毕，不有劣弟与儿曹乎？弛担可委，绳尺可操，通之赤心，或不大谬，足慰兄九京也。四日奉窆，百年永睽。手足如何，涟洏莫禁。中庭薄酹，伫望销魂。

祭大嫂文

昔有位高多金者，宿不礼于嫂而靳之炊，非彼尘壒时邪。尘壒炊靳，迹于豺狼，偷俗是常，有乌足诧，无业足多。矧某之共兄孤贫也，兄不厌糟糠，而某寄食乎未室，固无位无金也，呻吟朝夕，饔飧无虞，嫂匪凉德已。矧菽水母奉躬诸嫂，里表小大，嫂与兄均劳，斤斤笃念而无它，又甚不易也。至于醇闷佐兄，垂髫革发，惟是三缄之口，一真之抱在。侧室任开，不难再四，若淡若浓，若诎若充，瞬付流云，无介于中，兹又难能也。岂其食羹，必伊鸽鹏，丘嫂以之，直嫂也。有子匪劣，宿恨殀折。有孙似慧，尚希砥淬，能安能待，而挺而耐，殁与存斯概。某所睇乎嫂止此，若乃无怀为怀，晦晦媒媒，靡軏其去，乌较其来，晅轰奚艳，索寞奚乖，则所悉于嫂氏由来者，生奚怼而死奚哀。

祭长嫂王孺人文

於乎！嫂之良弗良亦关叔邪？叔之困有罔炊于嫂者，比位高多金始惕，若是薄也，良乎哉？当某之少孤攻苦也，并塾师饔飧取给惟嫂，弗室怒，不腆孺子，是何位与金之有。则兄方宜糟糠，嫂也不惮操作，中馈勤惰，宁独兄恃，良也有母，茹荼井臼焉。须拮据卒瘏，维母范孔严，禀承颐指，夙夜兢虔，盖甚不易。维醇闷佐兄，六十载如一日，则有三缄之口，百炼之躬。在累累侧室，那圉当夕，畴淡畴浓，何屯何享，如彼流云，嘒彼小星，依稀螽斯，子姓攸钟，良更难能已。岂其食羹，必尔鸽鹏，居淡而贞。惜嫂也有子，我视匪劣，遽尔殀折。有孙似慧，尚乏砥淬。四女半沦，一寡一贫。眼底参差，谁氏主持。悠悠苍天，梦梦乌知。若乃无怀之怀，晦晦媒媒，繁华匪艳，索寞匪乖，恶軏其往，安较其来。良乎嫂乎，不知老乎。是足徜徉乎六幕之表而奚哀。

合祭四弟文

於乎！四弟四弟，尔逝矣，吾志尔圹石矣。尔行且即窆，冥冥莫可几矣。念尔衷向我，曾无后言，轶浅薄情形什伯，大有叔父洎我父敦睦风，兴言及此，安得不追痛长号，悲集未可祛也。古人兄弟四海，薄俗每秦越兄弟，谁异之，谁更维之，惟尔也我向，我亦矢竟世无负。顾我已衰迟，久近不可知，直切诏儿辈，视谊两世，犹然鹡鸰棠棣也，阋墙而不御侮者耻之。庶百足之虫不僵，葛藟之根攸芘。是我王父母、父母阴佑，何患乎弗若兄弟，异子夏所称哉。有酒于酹，有馔于羞，一日千秋之绪在兹也。四弟四弟，其陟降左右聆承乎。

祭曲夫人文

厥溯坤贞，事无攸遂。婉嫕夫人，凝一宅邃。窈窕载咏，无介容仪。家人六二，顺巽称祎。爰规四岳，不激不随。始基荆布，爰及象翟。三服恩纶，罔惊若得。琴瑟在御，静好以恬。俴俴俾子，怒詈罔觇。雍雍捆内，姻惠式沾。

缅惟令女，吾家冢妇。淡默自将，佐儿孝友。胡为中道，梦而炊臼。有丝如藕，理之无从。黄垆可念，白头憧憧。顷岁仙婺，言旋紫墟。应偕令女，而栩而蘧。荣生哀死，眷言相逮。湘些式陈，桂醑可酹。伫向五云，翔鸾蔼蔼。

祭宗弟刘福田茂才文

吾宗邈矣，系于宁津，曾检永乐初遗牒，吾宗已久籍长山也。吾弟自长徙莱芜，云自高祖世业钱鏄，忧百亩之不易，存太朴而未漓，其慎哉。迄吾弟，始服青衿，又督兄子浚源，学焉蕉莪，蜚声黉序，于休哉。客秋省试，儿辈始接浚源。悉家世，欢若平生。未几，训儿冒乡书，勤吾弟与兄子辈，相将见枉，耀吾闾以锦标，祀吾先以肥腯，举二百年梦寐者，一旦雍叙家人，燠生从冷，乡邦艳羡。真喜来而悲晚，又何天敓弟亟也。吾弟本仁陈义，力田啬年，仅仅下寿而止，何谓福田邪？或者田已畴，福未艾，薄发余乎厚积，人定伫乎天定，吾以之信福田不诬耳。宗祊一脉，属念眷眷，不腆之羞，居歆颙若。

祭赵近溪世伯文

於乎！世宁少人邪，亦宁不常生常死邪？顾安得若翁之太朴浑全，终始不凿，以还造化之真也。利人所骛而翁是泊，信人所渝而翁是确。炎炎易就而翁匪铄，寞寞易弃而翁匪却。小子盖家世陈雷，所印证于翁甚审，而索间乡邦亡有也。意其钟领独厚，根柢甚深，葵槿之华崇朝，而松柏之茂千岁，何怪乎。当先君早游于翁，结好雁行，缓急托恃，岂中有所歆邪。先君早逝[①]，余兄弟戛戛孤茕，翁又恶睹有今日邪。惟是交情契阔，倾盖白首，时移事改，曾不足以替翁金石之贞，盖迄今五十余年如一日也，是小子所仅幸有觏，而不可数数遭也。翁四十无子，乃卒有令子，始举之日，息券毕毁，以答庥贶，今蓊蔚维孙矣。守鳏服静汔二十年，应学士大夫所难。伯兄之弥留也，手翁而畀若孤，并其生产，翁抚之亡恙，服食而塾师之，谊均孙子焉。闾里表正，黠桀祓心，时时有官府所不能剖而衷自翁，片言得意，何术而何督也。岁则恒暘，县官遴耆年渊德，介坛而籲雨乎，里人实再以翁应，而获澍响答，于人心天意如何邪？吾固信翁为太朴浑全，还真造化之完人。而今且度纪黄钟，首丘正箦，曩寄兹归，孰欣孰戚。独小子以牛马风尘，不幸不及奉诀，犹幸及瘗玉之届期，抚棺决恸，藉训儿宿戒之几筵，昆季咸在，布诔而申悃焉。事亦非偶然矣。於乎。大隐在市，

① “逝”，底本作“世”，据文意改。

何必丘谷。今之成人，何必隆古。天性道叶，何必读书。奕世交情，黄鸟伐木。吾其操数言以慰翁，翁其含笑而入地下不？

同张蓝田年丈祭李方伯太夫人文

鹿原为关中奥区，土至厚，气至不浮。宁豪杰丈夫如丘，盖亦妇修妇贞，母树母程，于休哉方伯之堂乎。更如芷以如蘅，方封公之优游黉序也，日鼓箧是亲，占毕载呻，假操作乎无人，能保三余无虚掷，五车付讨论，托公家之廪饩，而蜚茂誉于三秦邪。故知少君谢饰，子都以遂其清直。德耀齐眉，伯举始食而委蛇。及夫二方挺挺，庆门锡羡，矫矫方伯，凌云掣电，射雄策于天人，俨飞龙之利见，令仪令母，声施众彦，已非阛阓寻常之眄矣。及其开社中牟，仁风驯雉，乘骢白下，之网之纪，虽亦诗礼之沨沨，独不谓抚字深诸属毛，而骨鲠阶诸离里。至夫陈臬开藩，辙满三川，时警小丑，复借筹滇，亦或翰晋，冕露帷褰。忽焉夜郎之弗靖，即倏焉望剑阁以翩翩。在方伯固以靡监之义而不遑将母，在太夫人亦安能刺刺儿女子之态，而不割爱乎膝下，以就叱驭之高贤。慈也无方，孝也不偏。夫谁使父老之倾心而不烦檄谕，又谁使西南之按堵而无事戈钑，诚以知旬宣召虎乎。自戎公而受祉，又孰知四方男子之事，亦内则之凛凛也，遂以抚蛮夷而心降。独奈何造于邦，弗造于家，西风一夜，遽萎兰华。将青鸟衔命乎金母邪，拂弱水与流沙。抑太夫人鼎食之弗怡邪，旨雪藕之交加。谢尘溷而翱太清邪，白云奏而瑶池赊。既封公罢御琴瑟邪？又独奈陟屺孝子之兴嗟。错愕传讣，痛彻三巴。走彷徨而竟夕，晓匍匐而度阁。悲饭含之靡及，遑遑乎将攀鹤驾于天涯。某等与方伯戎行从事，袭玉生辉。无它自矢，载德不违。寄可宗于永世，瞻具庆于庭闱。方深恺豫，仙驭遄飞。既一浆乎莫酹，欲讴绋兮何归。勤款兮在诔，恍惚兮音徽。阻莫阻兮天端，迩莫迩兮依依。

祭诰封王太夫人文

於乎！小人有母，终始相将，彼惟无可艳可歆之事，而又无以羁之耳。乃如陟屺兴嗟，北山鞅掌，太真赴事而裾绝，狄公望云而思发，义或有所制而不获纾，情或有所夺而不能固，令千古而下，抚卷有深惋焉，则孰如王相君之有母也。出处始终之弗离，而一形一影、一痛一痒、一荣一哀之相逮，固足风天下之为母子也。而某亦得以门下之谊，追述而跽陈与。盖太夫人毓真奠，合德赠公。用开相君之显烁，峃然擢第而处轴中。既以览相君之声实，烂宇内而崇鸿。抑不思养正基诸胎教，而庭训实佐以和熊。俨大人之格天，是恶能不发至孝于充融。胡形易隔，胡息弗通，胡热中之足介，而慕五十以遽穷。故勉奉燕邸，旋奉海滨。无何而再奉燕邸，又无何而再奉海滨。遂以毕太夫人首丘之志，而悼珠玉于沉沦。顾当相君之未出也，天下伺出处以卜世道之否泰，而又日伺行止乎太夫人，以卜相君之出处。故相君重于九鼎，而太夫人亦重于大吕。惟是其来也呴呴，其归也蘧蘧。其蘧蘧海滨也，相君安太夫人，太夫人安于子，而不知有轩冕之为尊。其呴呴燕邸也，太夫人若嗛于子，相君若嗛于太夫人，而梦寐乎桑柘之烟村。故公车之上，不抵承欢，大官之馔，不抵盘餐。衡门兮栖迟，黍稷兮离离。又奚必望九关兮待漏，而日诎体于羁縻。是何但相君之纯孝，抗一日于三公之上，而不足当一瞬。亦惟是太夫人恬憺无营之素，有以自老，而禄养何如善养之委顺。故相君未就，则勤督束而不为劳者惟太夫人。相君既就，则辞荣禄而不为矫者亦惟太夫人。太夫人被厚慈于子，而相君命世。相君躬大孝于母，乃太夫人薄世味而无毫芥蒂。故能令相君出处终始，惟太夫人是视，而形影不可以使二，痛痒不可以使异，生荣死哀不可以使贰，于休哉东海之有令母令子也，直足风挽近鄙薄之俗，托王尊而效吴起，不思吾天性谓何耳。盖昔者王沂公以脱略温饱成贤宰执，然不闻其有令母。独相君家有母有子也，而令又不止于斯也。于是乎可诔矣。诔曰：畴诞空桑耶，而母是屏。畴母之无爱芬华耶，而徜徉乎真境。又畴子方提揆宇内耶，欣欣然脱轩冕之縶，而恋膝下如形影。彼赘疣其亲，而姑嘬臭膻之场者，曾小人之弗若，独奈何不扪中而深省。

同连小嵩屈青门王柏峰祭大司马吴环洲荐师文

曩我师以少司马督兵宣大三晋乎，卑卑二三子，各受事一技，奔走下风，惧官常是戾，明德有腼也。一时砰磕兢奋，职业勉服，司理取则于平明，作牧观型于保障，烽燧销，桑柘衍，干戈戢，衣赭疏，轻裘缓带之暇，庠序弦歌之化，二三子实凭借宠灵，并尘荐剡，受赐今未艾也。洎我师晋贰枢筦，出督蓟辽，把孩以虏王授首，旃裘以望风披靡，直雪耻于百王，堪勒铭于万里，则以磊落宏襟，挥霍大略，无伫策勋于两晋，早闲边事于职方，目无全牛，塞宁牧马。比其锁钥西扃，长城东峙，既奔走而御侮，旋疏附以后先，当阃外之周召，号禁中之颇牧，九伐在秉，四夷咸宾，宫保之阶级崇严，世胄之锦衣宏远，朝家希数，仕宦殊荣，胥我师身有之，而二三子咸快睹之矣。乃抽簪脱屣，不六十而悬车，在涧考盘，拂烟霞而抗迹，茧足城市，绝刺公庭，恣丘壑之徜徉，茹藜藿而甘美，萧然物外，庶乎屡空，蔼蔼乎被兰亭以清芳，霏霏乎长东山之色泽。于是乎颉颃九老，睥睨耆英，优游林下者十有四年，安享太平者七十二载。蜕迹仙逝，大化委蛇，人犹惜其久羁疆场，立朝未久，位诚贵倨，鼎养弗充，志或赍而弗伸，羡宜锡而莫备，抑孰知功蕲不朽，德宝无营，苟鼎鼐之不惭，宁楼台之足侈，身可都夫将相，财无涎于赢余，我师究竟，可谓云尔已矣。二三子溯知己于生平，恨龙光之莫挹，生刍渍絮，遐展衷思，而更侑之以词，词曰：剸犀革兮干将，吸百川兮渤沧，国有重臣兮容与励勷。名王兮载馘，丸泥兮封疆，挈邦政兮匡四方。胡解组之太遽兮，耽夷犹乎未央。又胡不吊昊天兮，倏喆人之沦亡。生有涯兮行有芳，映千秋兮度珪璋。何嗤家无余资兮，仅贮书乎满床。

燕喜堂集卷九

祭文

同年祭冯仰芹年伯文

世莫不希完福，而完者几？彼气数杂糅，参差靡定。方此身之不谷，矧父子祖孙之玉莹，人邪天邪，而施而应，则孰如我翁之基于祖考而躬弥昌，佑我后人而烈弥胜。盖自大行公而上，蝉联科名，彪炳事业，士林向往，厥声煜烨。而翁也步武前人，射策枫宸，起家茂宰，枢筦载振，陈臬开藩，燕赵周秦，亦既贵倨，遂眷鲈莼。惟是鸑鷟之瑞，芝兰之英，应稚圭而入梦，兆策树于登闳。学探四库，赋奏两京。云逐胪而献彩，人称仙以登瀛。继掌词林，施贰春卿。黄麻紫阁，咫尺登庸。宁馨高躅，宇内铮铮。故众所盱诸九霄，实翁所玩诸膝下。重瞳寤寐乎夙夜，固翁家宝树之潇洒。何腼三槐，宁数驷马。敻济美而象贤，洵天锡之纯嘏。掩映芬芳，俨焉者寡。若乃原原本本，世有淳德，翁当其盛，淑问不忒。韦布而为诸生，一命未肩也。顾祁寒拯仆于宵涂，风纪而历外台，三尺当伸也。则烈日宣威于冀北，任萋菲之相倾，讵白璧而受墨，不昧者真，宁终晦蚀。芾西国之甘棠，流颂声于易水。瞻彼嵩洛，惠泽罔极。至其生平大较，则所剖破者，畛域形骸之迹。而所标表者，羔羊素丝之风。昂襄难下者，矫矫亭亭之概。而天日可鉴者，朗朗洞洞之衷。故委蛇屈伸，可龙可蠖。环中不穷，更表挥霍。注群饮以江河，任满腹于执杓。览景星之在悬，式照拂而偕乐。比晚岁之优游，更达观乎辽廓。恣意逍遥，谁复羁索。又何身而何名，讵执筹而图度。在翁也，诚自命夫娱快。在众也，亦畴不目翁之矍铄。则又独奈太虚茫茫，盈缩相寻，畴诲之妒，二竖交侵，桂陨落乎清霜，眷灵珠之渊沉。呜呼伤哉。翁未宜有此也，而倏有此也。翁之倏有此也，是翁眼界蜉蝣，而悼翁者不休也。直律翁以年，则甲子未浃，犹余不尽之福。计翁以享，则俯仰无忧，已登百顺之途。存也阶崇，没也恩殊。其奚芥夫尘寰，而又奚嗛夫黄垆。某等联籍长公，猥通世讲，有讣自东，忉然震悚。于是乎薄将蕴藻，千里勤渠，招魂漫赋，黯淡歆歔，恨不能援北海以为樽，而俎泰山于庭除。云旗乎连蜷，鹤驭乎踟蹰，庶几乎鉴诸子之彷徨，而英爽来歆以蘧蘧。

同乡祭李西坡赠公文

天之福禄乎人，吾恶知嬴诎久近何如哉。繇今而取证于翁，则形影桴鼓莫爽也。彼其英资鸿抱，意气勃勃，讵不足自致乎青云，翱翔乎八极，胡为哉起家功曹，而肩任乎邮丞，将卑职易副，薄禄易养，翁之所取足者廉，而一切付之漠然耶。乃驰驱则罔弗勤也，综核则罔弗晰也，拮据乎采木，而鞅掌于征苗，又若是乎罔弗效也。七年茂勚，滇南叙迁，胡以旌有位之劳，作贤者之劝，而翁业已倦游也。五斗宁以折腰，万里讵容将母。翁之所自处者峻，所供为子职者，于休哉无缺已。矧其束发从事，不三十而挂冠也，树立诚捷，而退休又何勇耶。乃若坟典之业，甲第之擢，剸剧邑而游刃有余，执法殿中，而三澄清于揽辔，则宇内之于仲公，畴不归名御史也。然而过庭诗礼，畴则开之；对策天人，畴则发之；作牧岩邑，廉惠蜚声，畴则覆翼而噢咻之。俨埋轮而执斧，宛烈日以秋霜。狐狸安问，豺狼遁藏。正侃侃而不阿，基太丘与彦方。於乎！秩之弗崇，厥嗣乃兴，躬弗殖禄，鼎养斯丰。而又以其始之弗畅者，畅于丘壑之四十年也，将何日不怡，何胜不探。朋好足以追呼，奕酒足以自老。三朝全盛，得七十有七之寿考，而不啻古稀已也。孰嬴孰绌，孰久孰近，吾为是侈艳于翁，殆乡国善士之寥寥者与。某等猥附枌榆，簪履相属，固亦钦丈人之英风，同侍御之臭味，而足命通家也。不腆之供，不斐之诔，是何足抒悃臆，发龙德，亦惟翁飘飘仙驭，炯鉴而居歆哉。

祭韩太淑人文

噫嘻乎！母之翩翩仙逝也，亦徜徉乎帝乡，志畅而目足瞑乎。彼累数十世而希觏，举亿兆之众，而惟甲第之为光华也，畴不艳而歆焉。而母之子两成进士，珠交莹而璧联辉矣。比斤斤受事，握重封疆，鞅掌为劳，不遑将母也，则母之所授者巨，而为计甚远也。晋阳之不茧丝，江淮亦推保障，非长公之铮铮与？而云中上谷，效拮据于兵食，玄菟乐浪，荡腥膻于节钺，季公茂勚，又何伟也。虽亦明经诏世，燕翼诒谋，自浚发于赠公。要知含章有母，则从王何患无臣。母啬之于阃中，子扬之于阃外，母固以不用为用，无成而无乎不成者欤。窃尝睹记母之生平也，九族喁喁而待炊，臧获熙熙而在覆，年垂白矣，犹躬操作之勤。服翟褕矣，无改缟綦之素。意其毓坤之贞，钟婺之秀，凝重也象诸山，涵育也视诸海，不诗书而生禀者合符，不智巧而运量者中窾。长公之粹，季公之达，皆卓然标表于世，而风波震撼之不摇也，微独命诸机杼，其亦自胎教而已预乎。掌珠发辉于照乘，宝树掩映于明堂，雅自于烁，母仪又何可诬耶？五命播诸九霄，饔飧备于列鼎，绕膝之欢，八十有七之算，天固纵之未艾，俾坐享令子之成欤。而豫而康，而终命，悠悠好德，以莫不臻。彼厌浊世而蝉蜕，委繁华于露零，潮汐耳，晦朔耳，何嗛嗛之与有。某等世讲攸托，茑萝攀附，谊缱绻夫犹子，情真悬于通家，盈耳徽音，醉心懿德，亦何日以忘之。慨琼枝之剥落，挽东流而莫返也。沼沚之毛，足通明信。式采而羞诸庭闱，而申之以些。母亦眷两姓之绸缪，而隐衷系属莫解也。陟降迟迟，我歆无吐。

刑部公祭少司寇鉴塘朱公文代大司寇萧岳峰作

自余得游于公邪，览英丰之屹立，循旷度以无涯。忠鲠历乎险阻而弗渝，淳庞追乎隆古而不凿。固已知海岳之有灵，羡邦家之奏瑞。神情倾注，宁以梓里。洎乎法曹共事，朝夕惟寅，余不自知其不类，而比附欣欣，仰为著蔡，公亦映此中之无他也。金兰之缔，情笃怡怡；药石之规，义切偲偲。当世故之纷拿，苦人情之崄巇。雷霆震耸而叵测，狐鼠凭陵而鲜忌。于是三尺格而莫伸，九阍叩而莫理。赤日翳霾[1]而不章，苍生鱼肉而糜恤。诚不知咎繇胡以弼谐，而四方胡以从欲也。余心之疚，公更疾首。汝辟勿辟，而杀而宥。夫岂不知螳臂无取于当车，泰山不试于累卵。惟是孤贞夙植，劲气不回，民命在我，此身何知，而又奚一官之芥蒂。是将以自靖者对一人，以好生者还造物。趾苏公之式敬而俾余臧，媲虞庭之协恭而衷以和。臣恶腼乎为臣，友恶腼乎为友。向所睹公之英丰旷度，忠鲠淳庞也者，亦其崖略，兹得之熏濡更切哉。若其志勤格天，计存经国，往往形之慨叹，发之时事，片言尺牍，何事不窥一班邪。乃雉膏鼎函，宏旋未溢。五十有六之算，讵应长毕。当世韩范之流，胡不憖遗，而倏忽蝉蜕如斯也。形影剖为参商，燕喜转为歔欷。畴忍见旅榇之索寞，而茕茕藐孤之长泣。夫岂惟西署之共悲，实式嗟善良而闵国纪。某等交念今昔，奔走彷徨，而赠而奠，寮友之常，招之些之，堕泪清湘。夫世畴不论交邪，而孰与吾侪之相将。公委我乎何之，依白云乎帝乡。薄旅在庭，合以馨香。眷螭骖龙，驾之洋洋。

乡同年合祭少司寇鉴塘朱公文

在昔庚午，举士于乡。公操青镂，掞藻生芳。抡魁周易，颖耀何当。雁行顾影，谁则颉颃。翩翩逸翮，眴息不停。朝离岩穴，夕陟帝庭。既从释褐，爰擢理官。吉州数载，玉洁冰寒。吏以严惮，民则诵宽。平反多绩，用达宸聪。畀之耳目，

① “霾”，底本作“狸”，据文意改。

留台生风。忠言之入，纲常是维。岂其异友，吾心不欺。不惟利病，而曰苦口。见麾柄臣，削迹南亩。云门阳水，乐而忘饥。食德有余，得道以肥。葵心日远，寸草春晖。柄臣不禄，天夺其魄。公则起家，再承言责。北台丰陵，西江直指。百寮望风，群然就轨。岁则不登，民无二釜。公也皇皇，闵其疾苦。呴之哺之，凿凿有矩。一时全活，莫可胜数。苟利赤子，畴非慈父。洊历京卿，郁起声华。素丝可风，无以为家。江上阅武，组练三千。鲸波偃息，以莫不虔。建牙开府，填抚江南。泽则雨润，度则海涵。何为不遑，蓄异窥探。幺麿伎俩，指顾而戡。天子嘉之，晋贰司寇。人不独杀，兢兢三宥。仰裨好生，受天之佑。直道事人，功名可浚。司理初心，内省不疚。天道桴鼓，仁者应寿。胡为一疾，环视莫救。某等生平碌碌，附骥以蝇。埙篪之好，笃自同升。都门从事，促膝良朋。何知造物，奇数难凭。兰陨珠沉，天问懵懵。苍黄匍匐，亦孔之哀。赎之无从，虚尔徘徊。生刍用荐，有酹盈杯。邀而陟降，恍惚昭回。

讨播告诸葛武侯文 万历廿八年庚子正月

当炎汉末烬，乃有三代遗才如公者。吾读出师二表，而重有激于精忠伟烈，真足泣鬼神而凌日月，恨执鞭之无从也。当其柄事受遗，勤渠征讨，北人畏之如虎，南人服其天威，隆中抱膝，端有概于中耳。相何人斯，而谬身乎军旅。亦惟是播贼不道，向入笠而今踯躅。吾不忍目击狂态，灭此而后朝食也。大兵且发，司命兢兢。惟英灵显佑，而底厥绩，无作神羞可哉。

讨播告关壮侯文

某习铅椠而暗戈铤，初不谓兵柄谬握，义在讨贼，试剸割于铅刀，实烦惴惴。已仰惟明神，精忠大节，卓称义勇，是四海九州所奔走，而神爽尤系于蜀也。播贼不道，荼毒生灵，众所切齿，神必疾之，何能不速夺其鉴俾，元凶授首，无令三军久暴露于外，而一方赤子皇皇也。大兵且发，戡定憧憧。惟神是企，亦惟神是觊。

祭王瞻吾文

金兰作缔，岂其校年。惭我颓龄，闻道弗先。以引以翼，凌竞祖鞭。分曹臧事，粉署翩翩。休沐余暇，相过尊酒。子良仲舆，森森琼玖。何者形骸，载孚盈缶。石则司盟，要孰与久。惟余仲子，处囊碌碌。君弗鄙夷，婚姻叶卜。荏苒女萝，青松附育。分窃乘龙，门阑播煜。计曹被命，君且西江。不遑启处，六师寄粮。余祖春明，相视彷徨。离合之感，捣焉心伤。伤不自先，亦不自后。于迈炎蒸，病八腹膝。日月侵寻，罢御粱肉。虽有医和，无那竖斗。造物茫茫，于何诘究。於乎。世无不死之人兮，而存不可朽之概。即数偶值其奇兮，而嚼然不滓者在阅。世美之芬馥兮，职抱一乎成贷。略二五之参差兮，羌逍遥乎海岱。天方挈君所未食兮畀后昆，嬉太清兮奚阂。吾则以千秋不斩之情兮，俯庭除而一酹。

祭李母白太孺人文

于铄太母，载诞我侯。长庚沐浴，颢气风流。熊丸时畀，攻苦是求。侯也服思，斤斤好修。殚精下帷，遐探索丘。青云黄甲，弱冠已酬。溯焉机抒，母德鲜俦。我侯领牧，自西自东。敝邑之莅，三试匆匆。下车问俗，太母维同。爰偕大父，琴瑟肃雍。弘迪锦制，喆嗣式崇。餐冰茹蘖，勤恤疲癃。笼水畅泽，长白沨沨。亦曰坤厚，基载綦隆。而依而恃，顾复永终。蹶起萎苏，宠灵在徼。胡为士女，昊天不吊。呴濡几何，婺星隐曜。郎宿西翻，畴烛窔窔。命脉万家，甘棠去召。忆侯入觐，顿失孔迩。念侯割慈，均悲陟屺。金母鸾飞，仙郎庐倚。何以慰之，维桑与梓。黯惨秦云，雨泪弥弥。桂醑绵渍，一介可将。短些长号，万里苍茫。银川如在，神逸高梁。庶几鹤驭，不罢回翔。

祭白太安人

于嗟乎！安人殁而弗克诀仲子也，亦有憾乎哉，抑无余憾乎哉？母之母子一耳，顾子非常有，爱容独钟，疾病死生之际，子有弗及知，弗及谋者。母夜日企之，焦心蒿目，至形诸梦寐谵语，所见无非子者，卒睽隔千里之外而不可几也。若是而谓无遗憾也得乎？而吾则以为无憾，谓仲子有不可解之心，而实羁于不可逃之身。安人能有仲子于膝下，而不能有仲子于周旋廊庙之时。盖义不得以情分，则亲有时而后。夫君事莫大于从王，则臣有时而夺诸子。铨镜在提，陈乞不可，仲子诚无能如安人何。矧主爵年来，又未易易然哉。彼其牵以貂珰，伺以憸壬，压以鼎轴，而又怵以明主之综核，而机缄莫测，胜此者谁氏之子邪。而仲子独撄之铮铮，付之无何有也。砥柱乎？金石乎？吾恶知安人何以毓仲子，而教仲子以何具。珠胎于蚌而蚌弗知，玉产于蓝田而蓝田弗有，究之珠彩莫遏，玉质不磷而不缁也，天下亦遂因珠玉而多蚌与蓝田之殖。故仲子之贞，维母之贞，仲子之功，维母之功，仲子之荣，亦维母之荣。始也，仲子褎然，以孝廉为举首。今也，仲子出孝廉余绪，而载锡邦家之光。故竭力为孝，而扬名者弥芳；许国为忠，而致身者无忝。母又何嗛嗛于疾病死生之际，而仲子弗及在侧邪？曩岁壬午，值三晋棘围之役，不佞实滥竽从事，而识仲子于俦伍，时仲子具庆无恙也。已而过其里，得御赠君，知为太学中朴茂端悫之士，四方以为友者间厥后已，乃安人又足承之。宜仲子之亭亭表树，而伯也季也先后里选，叔也方擢桂清秋而未可量。天之所为张白氏宁有涯也？不宁亦窃荣施哉。语云:“视子知母。”吾以仲子之大较，而想像安人徽音，良足风已。我辞匪诬，荐以清酤。安人将栖真玉屋邪，逐青鸟而向瑶池邪？灵无乎弗之，无乎弗知，岂以不腆之羞而吐诸。

祭王太孺人文

吾党天幸，有嗣君孝廉，接邓君，振孔铎于白山，抗儒林之赤帜，士大夫胥向往焉。桃李不言而蹊成，驺律载发而谷暖，端有所以徕之，讵无所以开之。吾习知邓君之将母也，三年迁去，母则拥新举二孙，欢驰祖道，观者动色。独奈何嗣君踵至，未几以母讣归也。夫与邓钧德钧望，弗钧将养之欢，以令母令子邪。鼎食未羞，而象服之未被，不吊昊天，爰靳母年，并敚我蓍蔡之英贤，能不匍匐歔欷，布诔而当涕涟。诔曰：相石城兮霄摩，俨母淑止兮嵯峨。注乐江兮玉清，溯母秉度兮澄泓。母载慈兮映子雍，母执恪兮映子恭。母仪罔骞兮，胡歘然而愍凶。数杂糅兮轨一，食弗竟兮余芬苾。扬嗣君之德辉兮鸾有祥，表坤舆之潴粹兮龙有章。咫尺兮较短，引丈兮较长。余掺兹如左券兮，庸知七十春之为俭，而拥肿百岁之为弱。

上梁文 代采儿，万历三十三年乙巳

小子何能，客岁草草构厅事，尚未有以对也。兹营建南房五楹。诹日之令，更用昌时。爰抗虹梁，栋宇次第。所望明神启牖，载锡清宁。斡诸煞以福星，化八材之机事。秉虔式告，仰伫庥祥。

祭林翁文

溯攸钟兮哀蓼莪，或匪攸钟兮劬劳已多。比形景兮中莫剖，系命终始兮酝真苏。载德如翁兮树喆嗣，视犹子夫离里兮畀主器。怙瞻膝下兮缀天属，阅有子之孚化兮式似谷。一课竹素兮再课功曹，文亡害而展采兮亦足称豪。参军瑱南兮倚画诺，孔璋才健兮檄何难于立削。奉职斤斤兮橐如拭，将养未遑兮抚长铗而太息。已宰贰兮莺迁，翁就禄兮安便。游目长白兮吸青霞，濯缨笼水兮弄玉沙。回环今昔兮亦孔之嘉，缅翁知道兮安所婴夫怨嗟。胡倏忽而一疢兮毕岁华，旦鸣琴兮夕悲鸦。有来彩服兮归以素车，注闽天之云漫兮恶乎家，眷首丘而归魄兮隔博望之仙槎。神飙举兮历太虚，蝶庄梦兮恣蘧蘧。絮酒伫酹兮祖道除，相与送翁广莫兮似彷徨以踟蹰。

祭牛近溪先生文

於乎！先生当年之赏识幺麿见收也，厚幸哉，顾阙然未报而先生殁，殁星霜再易，征表墓也而后知，已过仙里也而后得哭先生。於乎。小子将恶报先生邪。独念先生负亭物表之姿而不尽适世，挟恢恢游刃之概而莫究于庸，拮据于两令岩邑，不讵累劳邪。止拜留曹，卒瘏于亟赈青州，不讵勤恤邪。乃移边郎，盖或诲之妒，而罔作之媒，媒不预乎畴与合，妒既生乎乌以容。匪容与合，则留曹之擢，边郡之调，犹是岩先生之素，而莫敢重侮，抑亦回环清议，不得而尽蚀也。乃先生致而归，归而栖真者余三十年。夫先生已登上第，曳金紫，经画不愧二千石之阶秩，而享受阅七十八年之太平。嗣君虽仅仅孤骞乎，而凤毛池上，孙枝方森森向荣也。而玉树阶前，视一时同进，孰究而孰为莫究，孰适而孰不咸适。彼或秩不相逮，或秩崇而逊贤名，或荣名崇秩矣，而寿考子姓弗先生者不少已。先生豫弗豫，目瞑弗瞑邪？小子已不揣而表先生垄，又摭芳绪，布诸几筵，妥英灵于筵展。正言不足重，而窃附先生之知已，容亦副当年赏识万一耳。爰诔之，诔曰：龙渊发兮属斗牛，抑或弗当蛟犀兮室早投。东波驶兮未可留，还真亭毒兮生不偷。子姓殖兮遥箕裘，封如坊兮乐哉丘。放僊仙驭兮，弄泬寥而逍遥游。

祭诰封太恭人文母

来虞威凤，灵毓丹穴。亦有文母，熤爚生杰。胎钟乳保，百尔无缺。举莸授画，霏霏玉屑。拮据三迁，为意惙惙。投之如荼，爰砥苦节。讵曰掩慈，爱以劳切。嗣君式诲，戴攸准绳。云逵向往，厉用蒸蒸。既成进士，敢爱股肱。天津主计，齐牧旋膺。其皭竖耶，奉在饮冰。亦云闿泽，母鞠是承。千里歌沸，九重闻升。提揆玉宪，嗣君秩增。犹是巡济，纠虔所凭。母心载豫，不惮夙兴。孟博揽辔，亟意胥澄。何来母疢，二竖交陵。芳兰霜陨，仙婺星僜。天之不吊，孽在东人。嗣君失恃，域内畴旻。疾走龥呼，若敓天亲。安胁安矫，万姓怀真。矧余不类，燕市比邻。今庇宇下，分属编民。嘘之拂之，景母维春。怛焉如失，宁抑酸辛。欲赴且弭，哀些式陈。馨焉母吐，所荐采蘋。

卜岁文万历三十五年丁未元旦，公六十六岁

某材本孱绵，事多简旷。觉一官之碌碌，尚五斗之栖栖。每寄望于流云，倚闾勤想。更触时于改火，舞彩疏踪。眷荏苒之几何，尚归来兮未赋。会逢元日，式恳明神。卜根蒂于萱花，兹岁可能无恙。决行藏于司命，此身俾用不迷。惟神鉴之。

署中祷雨文丁未四月

守土之官，民瘼是瞩。闵兹雍庶，久茹荼毒。如何徂岁，四月恒旸。抵今春正，雨施未滂。名山大川，以暨社稷。气机细缊，神功莫测。膏之屯矣，亦孔之亟。于时为泰，于令则否。二麦且枯，民将焉倚。既艰于耜，举趾曷从。良田弗殖，岁且告凶。莫高匪天，莫浚匪渊。呴噏流畅，雨足甫田。为民请命，蚤夜用虔。停刑省疚，载吁重玄。瘝官待殛，赤子攸怜。

五岳庙祷雨文丁未六月

古称五岳比三公，三公近天子而翊戴之，阴阳燮理尸焉。山之崇岳也，非以其辨方正位，族云雨而殖嘉谷，举民命国本寄乎？雨旸不时，视诸阴阳之未燮，亡论天工瘝否，其若国与民何？盖三辅之涂炭久矣，匪火而焰，匪刃而残，家无担石之储，人抱县磬之恐，犹是吮血椎髓焉未歇。日拟一控天阍，无奈九关虎豹之雄据，民惴焉莫必其命，顾尚兹栖栖，重释秦而之他也。黄壤陆海之生聚，取给天年尔。二麦之弗登，民已嗷嗷，乃秋禾方树，再阅旬而弗雨，夏老秋濒，气序易改，旧谷付诸非有，新谷盼诸无是，公帑莫必而私藏安寄，则有死徙两端耳已。且民非山泽曷殖，山泽非下民熙熙穰穰，何色泽灵光之有，亦弗恤天之峙尔崔嵬，奠尔方位，以称大者何居邪。夫非社稷可变置而三公之可策免也，气足薄太虚而秘啬，神足毗元化而居寂，液足泛乎灵澍而韬弗注。吾不敢以问四岳，其自太华而下，诸名镇之玉立秦飨者相属也，亦于苍赤乎有意邪。布金行则亢销，翻珠蕊则霖沛，合诸寸肤，布诸崇朝，三农九谷之殖，与黄壤陆海称也。吾将领袖众庶，伐社鼓，奏田歌，人乐而明神俱之，兹亦嘉乎不也。乃若疏冤剔蠹之事，责在所司，吾不敢不与诸僚百执事共皇皇已。

关内祈晴文

嗟嗟！雨旸之系巨已。关中六月前，秋谷未布，时时赋云汉，奔走群望，需惟雨。既沾足闰月，油油芃芃之稌黍，时日改观，仰载玄贶，莫可涯涘。亦睇在眶实，毕勚乎田功，优游卒岁之为快。奈何淫霖逾旬未歇也，翳二曜而幕三辰，惨泰蒙而咨有众，设及今弗霁，害于禾稼，民命焉属。职等亦食不下咽，忧秦无已时矣。为是匍匐，吁明神为民请命，其不忍敚粒食邪。亟为卷轮囷，消烟煴，羲阳宣烈。俾嘉谷用登，民食而康，是明神有大赐于西人也。方踊跃宠灵，击鲜荐鬯，乐以喧阗之奏，兹神人协和无射哉。不则鞭阳石，鸣社鼓，神又安所色泽也。

谢晴文

阳穷伫雨，阴沴蕲旸。匪繄人任，玄宰明章。维雍膏土，宿称陆海。万宝濒凝，生灵焉待。比霖淫溢，晻抑三辰。寒之弗暴，奚翅浃旬。民则彷徨，卒岁勤闵。肉食何人，而独毋轸。庶征惟日，师尹非薄。静言介思，拭目云霏。惟神不赫，岁事攸肩。祓心吁之，匍匐告虔。爰微鹭斯，以叩阊阖。屏翳斡霁，民眷攸答。如彼炊食，佐濡曰火。欣欣有秋，芃芃亦哿。神之贶矣，降鉴匪遐。明禋祗荐，豫播无涯。

祭师母周淑人文

于惟师母，秉德茂兮。蚤称女士，慧而敬兮。相吾夫子，居慎靓兮。小大肃穆，是亦为政兮。鸾有文兮为仪，匹威凤兮陆离。溯源浚发兮，体先公之魁奇。而乃鸡鸣虫飞，儆朝会兮。芝兰攸湛，丽泽兑兮。曷茹曷吐，山甫式赖兮。入直承明兮弼不讹，出殿王国兮叶夫子于政和。货毋总兮法毋苛，赋羔羊兮咏五紽，坤章时曜兮毗乾孔多。而乃扇夭桃兮馡馥，化沨沨兮罔黩。偕夫子而开美兮鸫肓，业擢桂夫清秋兮听呦呦而鸣鹿。俯仰百年兮俾戬谷，夫亦畴匪涉世兮毋琭琭。算安徼夫期颐兮，子乌侈夫诜振。但灵光之未艾兮，珠虽瘗而犹新。某眷言夫子兮味道腴，受知国士兮乏鸿图。感阿母之归窆兮息黄墟，想颉颃以嘅嘅兮还凌厉乎仙都。相崆峒兮沆砀，荐牺樽兮郁鬯。神不我遐兮格以歆，俨数仞之宫墙兮，还颙邛而注向。

三司祭周仰谦少参文

嗟乎！孰使先生入贺而疾也，孰使先生舆疾而强入秦也，又孰使先生之疾不支于秦，里未抵而殁郢也。先生矫如鹤，清如湜，翩翩仙侣。比行以赍捧急在公家，触暑长征，良苦。入都门，则轩冕缅缅过从，受弩一的，瞬息纷纶，寝食之弗适，而纳证深于腠理。先生方自负小侵无害，讵知侵非小邪。比税驾里门，方拟卸尘鞅，理松术，问黄老，课玄虚，冲和恬淡，闲况于于，云胡不夷。无那公交车督趣，又冒歊蒸而西也。江汉滔滔，舟楫遥遥，星轺遵陆，远迈牢骚，莫剧兹藩，而篆是操。彼钱谷何物，功曹何人，案牍何绪，尫羸何躯，受也卮匜，注也钟釜，不金不石，胡病不臻。犹浃月待命境上，命中格。甫驾及郢，大困，竟以如湜如鹤之仙侣，溘焉即世，莫遂首丘。则先生之来之去之迟捷，荣哀变幻，殆溟涬杳邈而难窥与，又安所致诘，安所尤怨，则有怛悼喆人之萎尔。先生坦衷而舒表，隆于宜而不介乎町畦油油适世，井井见犁。吾辈之游于先生者，靡不洞底里之无它已。顾倏云寮采，倏云今昔，回欢作戚，龙渊支离，是无怪乎牙琴不御而季剑之脱于徐也。悲风黯日，大块长天，眷言凄切，诔奏潸然，放悲乎先生之玉映，挟匡庐彭蠡而翩翻乎。

戊申六月二十七日祷雨文

於乎！民休咎，吏尸之，岁雨旸，山川尸之，的相涉也。徂岁始恒旸，既恒雨，秋稼汔实莫登，已为民疚。顷赖来牟之贻，公私企向，式介有秋。乃盛夏不雨者越月，且夏尽而秋焉，日炎炎兮若焚，土剪剪兮若髡。不树不艺，曷黍曷稷。吏之无良，而民阻饥。默殛显罚，吏甘之，民则奚邮，而荼毒相属，罔攸覆露。山川有灵，是秦民共戴，为请命上帝者，旱魃恣虐，云漠切忧，大火迄流，金行渐肃，五日底苦，十日底悲，过此又不忍言已。明明鉴观之神，嗷嗷待哺之民，其有意无意，能为不能为，直在数日之雨不雨耳。恫瘝方棘，走望控吁，言之无章，亦云彷徨，尚亦亟叩于昊苍。谨告。

入清军署告神文

协宪有署，旧已。厅事之湫隘而沕暗也。诸庐舍因循圮败，弗治也。能勿新，又能勿稍恢邪。一新一恢，凌高渫下，增损向背所不免，干神多矣。神之聪明正直也，于颛蒙实闵恤焉。闵恤则无苛责，无渎无害，且牖之吉祥善事，穰穰也。某不敏，方仰戴闵恤，夙夜敬共，以罔戾聪明正直之轨。经不云乎，“岂弟君子，求福不回”，持此率下，即持此报答神庥耳。

秦中三司合祭余笔峰封君文

翁兮耽文，载峙笔峰。顾瞻自命，抱膝雍容。文耽伊何，朱脉诚正。与世乌营，与物奚竞。栖志凝神，澹泊宁静。泌乐洋洋，衡门托咏。然诺之重，藐彼千金。里闬诵义，比德于琛。琛亦可种，德亦可莳。萌芽一掬，条达琼枝。懿彼象贤，实维侍御。威凤高骞，云汉鼓翥。底柱狂澜，瞿塘滟滪。翁则诏之，安怖疆御。三秦凋瘵，涸辙鲋鱼。亦惟侍御，委润回舒。讴歈阳春，迪知在初。庭有节训，绍之五紽。再命滋恭，翁则伐柯。既荷王纶，服绣婆娑。贵不自逸，耆艾嗟磨。是亦为政，纯白无它。雅宜单厚，受祉孔多。不吊昊天，胡若是恝。期颐罔俾，六十有八。昕而青鸟，夕而白云。夷犹帝乡，响嗡氤氲。讣耳侍御，五内突焚。某等提揆乘骢，霜宪懔懔。不乏坦中，沃德良稔。三载式序，醇醪湛饮。放悲翁宿，尚絅衣锦。若翁我翁，离里何别。侍御之戚，畴毋惙惙。婺水大鳙，怅望呜咽。有蘋可荐，一介攸虔。南国几席，明信宛然。翁其鉴止，歆也翩翩。

己酉六月朔祈雨文秦省

於乎！夏云六矣，迄秋几何。民之有秋，惟雨殖禾。旱焉旬日，农罔蹉跎。脱尔愆期，万姓沉疴。惟神闵下，岁尸降厘。一请上帝，霖雨及期。匪官是庇，恤在烝黎。民砦国计，雨旸转移。忧心如捣，神其鉴思。

祭许仲葵廉访文

於乎！客岁祝釐，实偕魏阙。伊矫鹓鹭，我脆虞蹶。缅想玉立，应挟龙骨。既襄虎拜，式会莺迁。俨临海岱，综度纠虔。日严只敬，六德罔愆。拮据三月，遄驾幽燕。爰修述职，劳也独贤。有突莫黔，有席莫暖。栗烈可冲，王程敢缓。比焉受计，庶绩其凝。天子嘉之，异等伫登。匪直翰邦，咫尺疑丞。云何告瘁，沴也凭陵。归途狼跋，体惫攸增。堂皇弗御，魄堕魂升。於乎。萱荚六易，别来几何。瑶华在眷，报则嗟咤。讵甘自戾，家食则那。视尔君子，弗沦靡俗。令而股肱，大受维局。既载令德，胡算尔促。殁诸勤事，悠悠亭毒。某也触同袍之落落，嗟世水之滔滔。希龙烛于蒙汜，怪鲁阳之罢劳。操生刍兮靰莫谐，仿天问兮哀有骚。惟是千秋不遏之休光兮，伉星汉而曷高。

明诰赠特进荣禄大夫右都督金明杜翁神道碑文

大业之不朽者三，而最立德也何故？夫非谓功拓于德，而言抒德之菁华与。以余视公兹碑也，则言又何必自侈，功又何必自崇。德躬而爚于永，人殖也而天作酬，又恶知拙耶巧耶。天之阴骘善人而长锡祚，微耶章耶。然则公树碑四叶后，而诏余立言也匪诬已。按庄宫詹传公云，公字某讳公器，其号金明先生也，以公旧家金明。金明即今延安地。后虽调宁塞，而怀钟旧寄，号有以耳。乃公先实苏昆山人，祖官兴以高皇帝募兵，实西塞，隶延安卫。子观如观保俱随，观如从军，观保于城东耕且读，因号城东隐君，即先生父也。先生早慧，隐君诏之读，日了万言。长魁梧工射。学使者程士，奇若干，拔问谁氏，响应，课文立就，置诸生高等，顾屡困有司莫售也。会伯氏殁，虏大掠榆西，时亟搜卒伍，则隐君殁，家无次者，督先生，先生急莫解，遂罢业于役宁塞，意气勃勃，慨然于上马击贼，下马草露布，曰："吾宁能下人者，已虏北，久寝烽火，亡繇一当单于，试鲁阳挥日之戈，直枕藉韬钤，敦说诗礼，竟天年止耳。"顾先生当隐君之后，虽愤发莫酬，而蒸蒸欲起之概，郁郁莫遏之光，有足多者。先生性纯孝，宇度深重，慷慨而能让，重然诺不啻千金，渊矣懿矣，宏启佑矣。先生殁后若干年，逢今上辛卯覃恩，以曾孙桐贵赠特进荣禄大夫右都督，元配屈氏赠一品太夫人，公之元子璟，元孙汉，洎张黄两世元配，秩赠悉如之，各有贞珉，纪焉。兹钟也曷秘，殖也曷芒，昌也曷彀。茫茫穆穆，畴焉轨度。渠渠绳绳，岿焉长城。酝诸二百祀前，而食报于数传之后。玄德耀而军功，军功迭而阀阅，阀阅炳而金石。言从功，功从德，是足碑不朽焉。系以铭，铭曰：昆山玉脉，液注西疆。融之胚之，结缘鸿藏。而所未售，而所孔章。孔章维何，倬彼曾孙。拥旄控钺，细柳云屯。蜺旌矫矫，龙震蜿蜿。蠢兹猃狁，敢称匪茹。万里折冲，九重借箸。茂绩于襄，方叔兹庶。溯基绵亘，乃自有初。佳城攸瘗，允殖璠玙。联蝉舄奕，乔木扶疏。于铄皇灵，被之如拭。八锡八命，丘原滋色。丰碑式勒，奠斯千亿。

乡社祷雨文 万历三十八年庚戌四月

致仕陕西按察司副使刘某同本庄人众拜祷于本庄土地之神曰：顷岁之不乂，民既困顿，需二麦登，百谷殖，有以自存耳。乃历春入夏，亢阳弗雨，众嗷嗷，莫知所措，相与竭诚布坛，取龙湫圣水，籲告明神。愿亟为一方赤子，代请于境内山川社稷之神，风云雷雨之神，旱驱旱魃，作云雨。俾四郊沾足，麦有秋，油油禾黍，丰稔可几，是神功显佑，大有造于生灵也。有众彷徨，焦心请命，那能漠漠，弗勤闵恤。夫民之荣枯，神之灵与弗灵，将斯印证，激切言之耳。谨告。

祭卢剑石明府文

嗟乎！吾邑凋敝而民倒悬，棘已。比岁之弗登，嗷嗷旰哺。我侯胙青来，保乂赤子，于痌若躬，膏若浼，煦妪春温，色笑泮水。敦朴存素丝，剔刷严城社。其谓宽邪则不绿，谓猛邪则不竞，谓简邪不涉挂漏，谓详邪不任烦苛。视事仅再月，而渊意则注百年。提揆直堂序，而闿泽则盎四境。廪廪乎吏无漫舞之文，于於乎民有可帖之席。故虽恒旸无害，悬磬无恐。邻鄙也，向风而质成。颇僻也，观型而祓濯。数十年未有者，一时士女惟侯怙，思戴永永。乃拮据始事，启处不遑。劳作暍，暍作痢，病者三月，尚强视簿牍。小民之叩医者，向卜者，侦动定祷明神者，不下千百人。卒不起，民又匍匐焉巷哭，市罢，辍杵相，行阒讴歈。吾侪更怛悼，不知涕泗横也。噫！侯来曷因，逝曷穷。夫孰无终，慼侯独众且切。果畴为之，人心有不可欺之神，不可泯没之天。侯得之呴噏间，亦足征斯民三代已。吁嗟乎。怅余侯安驾乎，安匹乎，白榆碧落，茫茫安驻乎。肃然堪俎，笼水堪酹。秋猿之肠易断，霜林之怆难消。惟有甘棠可怀，岘碑可勒，春秋秩祀之可崇耳已。于是乎抑痛志而布诔言，用昭公共之真虔。

合祭王建吾明府文

嗟乎！胡为哉吾邑罢极，如东野氏之马也，又频荒灶炀墉隼之为厉。须拯茂宰，何减焚溺，我侯其人矣。侯飞才趠略，业试秦，声奕奕起。比下车，辄鞭创一二无良者，众凛凛焉。恶盗横，多方用薙渠魁，倍挞下难付桁杨，灭耳次之，便砰磕击断罔逸，旬日内无窃钩者，讵家户传垣镝邪。风霆迅布，震荡窟穴，如良医之剂一当十，而奏效也日易月。阖邑赤子，方拭目永庇之为快。顾视事五日辄疽，十有六日而逝。前此二日，侯呻楚犹力簿牍无爽事，胡遽不禄邪。为念卢侯贤也，五月殁，神明如侯也又殁再旬。天曷靳，地曷吝，士民曷衅，将曷挽曷赎曷置力。人疾痛呼父母，急则呼天，皇皇域内，呼侯莫闻，呼天愈茫茫也。辗转荼苦，畴兮投荠，直忆侯闳负啬施也。应没为明神，永绥吾社，熙穰是常，千秋秩祀。侯固不亡已，黎民亦有利哉。

祖茔棂星门上梁文

惟神基厚，孕育未央。矧是茔域，祖先攸藏。环堵既筑，门辟孔阳。是曰棂星，疏纳晶光。山川清淑，坤实括囊。先绪托永，后昆式昌。讵产凉德，以凿纯常。纯常作脉，和溢昂骧。葛藟蕃殖，仁贤珪璋。孰是浚发，而阖而阊。穆卜刚辰，兑气金芒。乘兹寅爽，载驾虹梁。日濒诘旦，瑞起扶桑。蝉联舄奕，百祉千祥。偕尔子姓，似续毋戕。明神鉴止，赫赫洋洋。

祭孟米渠处士文

於乎！我与尔均从白屋，或出或处，似各有竖立。且尔姊之糟糠我也，勤俭孝敬，相将五十余载如一日，既佐我攻苦，以荷封章，四诞育又似不恶，足共休蔗境。娶妻何必齐姜，而梁鸿不欣对孟光耶。尔娱意不？尔淳朴不二，至性过人，懦而毅，鲁而藏慧，未学而近道，赤诚相映，更多所匡持，又难能也。以尔善良，宜寿且宁，有子盎发，乃仅仅五十有九，敚魄奇祸，旋殁于天菑之流行。诸郎日参差也，果不必尽因耶。苍苍可问不？我行年逾七。尔家事能闻概不？不能理若曲。生材之不齐也，身后之难定也久矣。尔颇习命理，应无挂，无挂然后君子，吾爱尔以得焉。米山之阳，米水之旁，是尔无何有之乡。吾诔尔送尔，有不腆之几筵在，尔御不御，闻不闻也？晌息今古，谁为木若石耶？牛山之泪如绠，素车白马，似偕悲鸣。尔自霄游，千秋宅兆，于兹乐不减于为王已，乌在其不浩然也。

祭昆田邢大司马文

大哉浩漾乎北海耶，是称巨浸，濯双曜而殖万品，厥灵秘吐纳，孕为名世之臣，如大司马公者非与？公风格遒上，竑中逸表，常以八埏为匡郭，万钧为力干，慧犀为映照，呴噏为斡[①]旋。探无津，测无涯，规无端，运无辙迹，公亦泱泱海若之匹也。寻常遘会，雅不欲峻绝于众，惟履要害而当猝发，彼庸暗脆薄局曲士，虽什伯无所用之，公也据英概素贮，灵机一触，出环中，运掌上，挥之而尺幅不窘，烛之而微暧莫遁，剖之而轇轕立解。晷刻罔滞，故制虏云中也，则修守战伐，应有余暇；勘播西南也，则先抚后剿，卓有成算；征日本督三镇也，则张弛进止，尺寸协宜。事方图而镇定，事欲赴而飙捷，事迄就而善后，始若

① “斡”，底本作“幹”，据文意改。

倒囊，收以括囊。有美善居，臣道含章，令忌者无由恣其毒螫，谗者无隙投其鼓簧。则有雄风大略，川驶云扬，凯歌曳履，九重悦康，赏延绩勒，阀阅无疆。方且身退功成，鸱夷是踪。识时务者俊杰，阻退遂者藩羝。正如比岁嚣兢聚讼安停，戈矛日逞，搅阱畴平，独公也名盎北海，而不中孔北海之祸胎。滔滔世波，下风公者多矣。当不肖为郎船政，事公南枢也，稍以集事，猥荷青眼，遂有勘播一行，谬叨协赞。夫都雅远谢长卿，才敏乌抵孔璋，而谕蜀草檄非其质矣。又录薄勩，勤推毂，天津蓟门之属，章虽未报，业已炳炳缁衣，耿耿伐木。知己可念，副塞无凭。不定乾轴，倚伏代谢。睹瘗玉之在睫，怅台芒之莫觌。中庭一酹，临圹一别。赤诚倒泻，词动衷裂。已事付之太空，悲风劲于九野。只有荒诔，言言实际。金石可勒，足非溢美。公其谓刘生，是未死钟期否耶。

祭张安人文

安人蕙秀而玉莹，产梁邹儒家，宿聆姆训不讹也。当仪部成安人即世，中馈乏主，时则采芳媒氏，亟向安人委禽焉。于是琴瑟袭御，继成敌体，遂为司徒翁季妇，偕大司马太仆丞名配，抗颜娣姒之间，良厚逢也。乃成安人遗有三郎君，参池其羽，维安人子之，夫子人之子亦难矣。毛非属也，里非离也，而分则相绾。虽三郎君蔚茂芝田，天所弘殖，仪部方阐世德允迪之，雅非落莫。至如形骸易隔，喘息难通，难易合并，首尾交畏，安人方削觚为圆，就中调剂，锜釜丝枲之理，与奴仆臧获之驭，务琐绪棼，规条时廑，自曙斤斤，能使仪部安为父，诸郎君安为子，喜不至于姑息，怒不至于溪勃，以次授室，以次登黉，渐腾踏九万之逵衢而莫可抑制，何可谓安人之赞阳教，声而已耶？吾家女孙，幸奉箕帚，室季而母安人，非真能习事，善伺颜色者，直以凛钦禀度，不至枘凿，宛委安全，畴非含育，畴非坤弘，可念也。且安人事仪部有年，足命交爱，且树子矣。一旦委佩，不获长抚掌珠，视厥成立，良所嗛嗛。亦恃诸子妇，共体隐安人，作吉祥善事，阿保玉成，则缺陷中有圆满。其谁谓桓台王氏不世扇淳风，踵青箱旧躅未艾邪。婚姻之家，庆吊相望，兹逼窀穸，几筵载布，政不得以里外无涉而靳一诔也，安人亦居歆否？

村中祷雨文 万历四十三年乙卯

农亩勤渠，所需卒岁。两月不雨，禾稼将毙。食之有无，民命所关。是用遑遑，涕欲潸潸。爰乞圣水，仰恳名山。兴云致雨，顷刻之间。惟神司祐，亟拯民艰。

却蝗文

维年月日，某谨祷于境内山川社稷之神曰：本年亢旱已甚，陨霜又早，秋禾业十减六七已。所恃宿麦播种来岁，犹有望也。兹蝗蝻复来，将食麦苗。一去一留，实关民命。爰念上帝后土，佑此下民。八蜡有灵，顺成是宰。孑孑遗氓，有怀戚戚。愿及今屏去蝗蝻，扫除灾祲，庶麦秋可冀，民用小康。匍匐哀陈，幸垂覆闵，洪慈无量。

祭安孺人文

呜呼！孺人为般阳世家之芳淑，来归司李，时司李尚未第也。绪承结发，子抚昂发。矢交儆于鸡鸣，佐力学乎机杼。虽阳律之鼓宣，亦式叶乎阴吕。迹抗青云，声流激楚。至其有孕抵珏，蓝田所钟，方勤追琢，渐露英丰。乃吾家女孙有季，夙字而仲。喁向乘龙，将提汲瓮。百年是注，永视绸缪。讵图仙驭，倏尔归遒。呜呼。花飞绰约，风雨则妒。黯惨祥鸾，长寐不寤。数之遘值，云如之何。境情了了，漆园且歌。我有樽俎，傧诸庭砌。短些于将，聊以代涕。甡甡子息，莫圉精神。不亡者是，盎拂秋旻。

祭张义轩封君文

於乎！世谓天无私厚，余阅公终始，则天非漫然已者。伯氏之中丞豫州也，嗣君之给事天垣也。中丞贵而太翁以封，给事贵而公以封。乃太翁之封也近晚，公封则遄而再。太翁振于方蹶，而公际乎方升。故程委蛇于拮据，校荣芬于缔构，何可侔也，天似私厚公哉。惟是著薪之火，由微浸炽，阳春朱夏，原肇隆冬。权舆机缄之密，拓大似续之实，时分早暮，几动微彰，就中一脉。引莫窥厥端，规莫穷厥际。问公，公不知也。天问乎，恐天亦不知也。不知者，无思无为之谓。无思为，庸何私邪。柱下不云乎，无私，故成其私。故给事得为令子也，公之绪也。公得为给事令考也，太翁之绪也。太翁一开中丞，再开公桥梓，蝉联所为兢发，貂珥所为弘张，发也莫圉，张也莫索。虽西京七叶之张氏，世公卿，户朱毂，照耀信史，声施到今，公家曷让焉。余少贱，犹及见太翁肃穆，以有中丞端亮也。余久游中丞与公，而儿辈更追游给谏也，良习见追琢金玉，为邦家光，乃其钟也有核，其梃也有干，其蕃殖也华而实。究焉实复归核，食有既乎，故谓无私以成其私也，天真非漫然无因也。既彰彰于公，而不能不还公也。夫官何必自贵，齿何必盈百，申锡之庆，古希之算，勿替之融朗，公所昭受苍苍者不薄已。吾诔公，诔曰：公才兮，弗作研桑菑大荒。公祉兮，弗蠹汗简纶煌煌。邦司直兮家弄璋，帝股肱兮策未央。视子姓兮都以穰，跨腾海岱兮流馨香。时至拂袖兮返帝乡，并去来与忻戚兮付茫茫。我酾旨兮荐于觞，公飞盖兮集以尝。

祭王子正光禄文

於乎！子正世青箱之业，当蝉联之阀，抗金锡圭璧[①]之品，十倍余也，而友余。齿少余七岁，同一学使者录青衿。若丁卯之魁名，子正捷先庚午。丁丑之徼冒，琨乃鞭先祖生。及夫庚辰龙跃，胪动彩云，河内分符，阳城改领，余也迩芳尘于泫氏，连镳轨于潞泽，声影交加，神情融洽，是余与子正冠绶弹结之时，而生平莫逆大定于斯。快矣快矣。嗣是岐分南北，余坐陆沉，子正拜殿中侍御，纠虔正色，斧绣按部，铮铮升升焉无阙。亦蛰于妒口，家食者几廿载，徐起部郎，未几擢光禄于望复，乘风九列，朝野倾企。讵知沕穆苍苍，平陂莫常，二竖作耗，溘尔沦亡。夫以孝友如子正，直谅如子正，温良乐易如子正，畴不弁冕攸瞩，羽仪回向。而乃售不竟能，爵不雠德，令一时人士慭遗发叹，呜咽莫禁，匪直茑萝如余也。余于子正，得阳城循绩，与不畏权豪之概。迨役蜀，知子正旧按彼，持法平允，不一妄挞人。比受代日，委供应三千金弗睨。居尔名贤，所在萦思。思生颂，尸祝伏腊，未艾来兹，福禔绵亘，印子姓甚晰，桴鼓响答，天固不爽耳。余谫劣不能侈颂，而宣于诔。一觥之酹，瞬底千秋，子正忍我吐不？

公祭禹门李侯文

嗟嗟吾邑，久惨待舒。以时以事，宜有乘除。坦直如侯，未斫厥初。磊魄綮概，刚亦不茹。振起自蹶，高秋下车。甫尔用妥，弗遑启居。憔悴是轸，跳梁欲锄。束矢骈集，片言立疏。风激电掣，注水成渠。萱荚甫再，士女交誉。所需久道，膏露载湑。霡霂百里，庄蝶蘧蘧。云何此氓，厄劫未除。有氛作疠，岁星失居。黯黮无色，长白斯墟。人文曷轨，畴奠菑畬。余祲未泛，有众趦趄。忾我寤叹，洎彼欷歔。气冲作雾，泪洒为潴。吾侪何人，提在井庐。动焉蓍蔡，服则襟裾。属兹不禄，仰吁太虚。长跽布诔，荐以盂蔬。伫飞丹旐，千里徐徐。有寄须归，侯也如如。

---

① “璧”，底本作“壁”，据文意改。

丁巳六月朔日祈雨文万历四十五年六月

嗟嗟！卯辰二岁之旱灾，民苦万状，目不忍见，口不忍言。顷麦稍获，惟以暮春初夏之雨，比又不雨者五旬余矣。此时禾伫秀，豆伫播，序距徂暑无几，雨不雨，关系甚重，某父子何能无忧焉。激切控吁，乞降甘霖，有以卒岁，庶几与里人共安恬也。上帝好生，惟司土司穑之神，殷恳布而图利之，幸甚。

二日致祷

侧闻附近地方，既雨既处，菽焉载播，不知此土何以恒旸也。夫兴云致雨，惟山川社稷实尸之。视此皇皇，能不亟请昊苍，沛施膏润，无令枯槁。

三日致祷

旱则已甚，能勿勤祷。欲号泣而随之，则雨旸非一村一家事也。惟明神怜察。

公祭李学博文

於乎！士人涉道义芬华之畛畔，易瞀沉已。先生学欲窥鸿秘，而不辍冻燠；性能甘泊澹，而罔谢苦空。比操一箭，扶一苍头，领一命，冷秩谕兹，寄踪万里外，而家室若遗，讵区区程囊粟耶。某等一再聆謦欬，辄洞底里，自待非浅鲜者。乃来遘接荒，居未匝岁，士方半菜色，未遑鼓箧，又遑携酒问字耶。先生处之，如头陀穆然兀然。未几病，未几陨厥。仆邈邈乡信，难从日筹。比季至，先生遽捐馆舍。未定之局，彼苍沕暗何如。夫先生以二十四岁登乡书，又二十四岁振邑铎，学未究于施，位弗雠德。遽尔长夜，吾侪嗟向往之未艾，闵井渫之不食者，倾盖殊白头邪。浊醪可酹，仙驭可招。不隔之元神，南海北海，安軏也。

祭王曙峰姻丈文

士难相知，非相知果难，貌焉阔略，而中无所距之难也。以公之豪爽卓荦，艰巨相畀，众所次且震骇而不敢尸者，公毅然力操，掉以茅，色不渝而神不竦。视余之拘挛咫尺，无所能人，不啻朋孱绵于乌获也。公独鉴椎鲁无他乎？交殷注爱，意气相许，且重以子姓之嘉缔，百年盱豫非眇。忆客岁祖席乎三秦之游也，守凉穷塞，功名梯筏，伫玉关金城之远驭，踵颇牧夔龙之芳轨，指顾间耳。讵期耗劳深于拮据，荣卫竭于谯修，朝亲填委之簿书，暮谢朝那之馆舍，顿令两月使君，如云竹马，衔哀考妣之状，震空同而沸泾汭。矧余戚也相逮，逝居也作映，今夙也溯沿，安得不郊原布几，楚些申悲，共清霜落木萧骚邪。於乎。六合委寓，四大泡相，一切安执。洞人我之俱幻，则胶滞安从。了得丧之非真，则憧怀乌起。故至人蘧庐区寓，并适来适去，听时顺之交耳。刘生不悖，早晚好追公霞辔，话心知乎逍遥也。

新辟学门文

儒通三才，学业之儒，学之门要已，是宜巽。矧长山孝水，畾畾来东南也，逆之茹秀，汇美无涯，旧坤是辟。且右县嚣，弗中程。顷师儒以改作请，县大夫许焉。爰拓地于东庑宪司之交，当万物洁齐之地，吉蠲此日，贤关肇启。惟神兹佑，令文运弥昌，师铎丕振，绎圣教，浚鸿儒，三才鼓罾，接武云衢，弘裨于朝家信门之利，亦山川社稷之荣哉。

祭韩母聂淑人文

呜呼！世有磊落豪雄之丈夫，未应以凡品俪。有如淑人之静慧而端一也，及笄而名阀归也，作配于轩轩楚楚之中丞。夫既附翼青云，蹑景赤日，采不炫而自煜，势不抗而自尊。故知有大中丞者，畴不知有中丞淑人在。拓之子姓，亦既昌矣闳矣，罕与伍矣。茑萝依托之家，迹相望也，倍相属也，相映蔚而徽也。吾以象厥德扬扢休美，则采蘩其肖顺乎？卷耳其肖共乎？鸡鸣其肖儆乎？小星其肖坦乎？无非无仪，为絺为绤之概，其肖贞且淑乎？故中丞所为宜家，即吾侪所为钦挹。乡邦所为观刑，即风人所为采摭。可咏可绘，可度可传。大夫之配，匪直大夫之光也，而犹嗛嗛乎祉不副懿，齿不副躬，眷言纯固之敦，未臻下寿之佑，繄谁职之谁靳之。鹓鸾不尽长年，夜光不恒耀世，有所丰亦有所啬。天道人事，往往难于把捉而取券，是达者所不必介，硕人所足自宽，吾侪亦足持慰芳魂于九霄之表，洞然其无圉乎。不腆之荐，侑以荒俚，偕谁子而陈布之。江蓠楚些之于美人也，无亦恍惚陟降于庭邪？

祭杨太母文

呜呼异哉！造物之回换莫居也。太母继相太公，抚我侯，何殊离里，宜徐视阶崇，羞五鼎食，余乎先太母之为快，胡敓若算之亟也。算敓，是敓命乎万家之煦妪而阶之厉，抑阳九厄数莫脱邪。嗟嗟。长白岁频诎，五年易牧四，我侯之莅，方秉仪只训而将诸民，郁极与疏，罢极与纾，租欲登而闵岁，良欲进而绳顽，力罔余矣，怨罔谢矣，里中耆艾佥曰希觏矣。岁星拟驻，膏露拟滋，民乃乂。奈何遽丁此邪。槁濒苏而阳骄，鲋濒起而辙涸。然则西江之水安啜，南亩之农蒿目，是使侯苦靡依，邑人苦侯去而靡瞻也。虽商霖之沛计日，如目前槁落鱼枯何。六十三社之士女，有苍可吁，无泪可挥，徘徊乎九关之虎豹，作诔使，仿岘碑，执绋还将卧辙，舆情悉尔。仆家则又切焉，向江蓠而采采，奏楚些以忡忡。紫气西飞，千山作偉。灵也仙逝，亦何堪长白千丈之愁云也。

同年祭徐理斋大司马文

龙驾兮骖云，撩太清兮焉群。奄八荒兮呴噏，恣振荡兮氤氲。畤规兮要眇，畤圉兮缤纷。黾虔共兮北极，莫廓清兮西雍。郁离兮有斐，简车攻兮折冲。葺玉关兮绵密，领星海兮朝宗。历落兮三垂，视芒芒兮未可极。握枢筦于七寸兮，宣敌忾乎绝域。邕则澍兮洒无垠，肃然霜霰兮散青旻。之屏之翰兮伉甫申，殿周邦兮钦虞邻。方贲兮朱绂，楝干兮鸿钧。望高秋兮飞旆，拥万灶兮鳞鳞。严刀斗兮五夜，胡阒寂兮无尘。拟渭原兮壁垒，俨用兵兮如神。来何矫兮昂骧，归何溘兮况沦。洵勤事兮野死，夫恶腼兮为臣。归真兮寥廓，谢天弢兮游广莫。算有时而销歇兮，化又恶乎图度。某等猥列兮同籍，逐三秦兮翱翔。禀尺度兮倕指，肩一枝兮禹疆。政奔走兮式序，企美人兮西方。蹇莫靰兮仙驭，挥尘坌兮相羊。杳音辉兮莫聆，闵乖隔兮涕滂。处椒芷兮芬苾，抒哀些兮彷徨。眷灵爽兮丕赫，下遥天兮[1]。

① 以下原缺。

燕喜堂集卷十

书牍

柬邹南皋年丈万历十三年乙酉，公年四十四岁

尔瞻年兄足下，五月护役南旋，曾附小折，道我肺鬲。至天雄，闻年兄北擢铨曹，则不觉当筵踊跃，为吾道大快，且举手加额，叹圣天子转圆之度，知人之哲，即载籍所称察王无加焉。愿南一疏，发自真赤，读之触我戚戚，即载籍所称仁人孝子又无以加焉。盖昔危论以攻楚，今陈情以报刘，总为纲常，有苍在鉴。然事有同形而异情者，又不可胶固而一切论也。报刘之说，令伯非诬。且以蜀汉之旧臣，俯首事晋，彼其中鯢鮠不宁，故有所托而逃焉者也。方今勋华当天，岂同典午，伯母又康强未艾，孰与九十有六之刘哉。陈情未允，自南自北，谁得以迁就议之，何物年兄迟久不来也。弟陇右之行，私心所安，第回首长白，道里不啻三千，陟屺兴思，寸肠百结，惟年兄可与道此耳。

柬石望泉

薄禄之人，性复褊狭，一旦操言责，便欲螳臂当辙，系发引千钧也，岂不悖哉。只今卸耳目之司，身疆埸之寄，虽见指直，则伛偻而不昂，谒开府则唯唯奉命，而莫敢异同。然丈夫诎伸荣辱正不在此，不兢于势而兢于义。苟上不负天子，下不负民生，中不负所学，夫复何疚？直恨绵力称职为难耳！若以内外为重轻，则非弟所知也。

柬石见吾宪副

门下清时仪凤，所诞必灵鹭也，而胡以痘殇邪？伤灵鹭，则九苞之色不扬，而朝阳之鸣不发，能无令门下戛然而兴悲哉。岂惟门下，即僚采亦惨黯无色矣。然不肖所伫望门下，则直欲齐彭殇，了沤浮，达观无阂，以俟夫灵鹭之应期而诜生也。门下其尚鉴西河之陋，而一拭啼痕，勿徒自苦为哉。

上屠瞻山侍御

职恪奉宪令，以前月十八日行役羌宁徽礼等六处，至本月四日转秦州，皆兼程赴事，堇堇告完，然疲顿不可支矣。即欲五日西谒台下，料理今务，然有辨问等数招，节摧问官，抵今才解道听审，须假两日方完此项。大抵豁一冤狱，锄一强梁，畴非台下一大功果，且持以报圣天子为有词也，职何敢以怀居替王章哉。七日的发秦州，九日至府，十日早谒台下于太微堂，应不误会审事。惟台下镜而无督之，斯为厚幸。

报李肖峰殿元万历二十年壬辰，公年五十一岁

览韩墨，知足下之不偶于辰科也，咎固不在艺耳。又窃闻兵家论将，务治心而养气。为气不养，则力不完；心不治，则神不定。古人终日钦钦，常如对阵，功固不在八战时也。足下欲取胜万全邪？愿毋忘心气交淬之理。仆半生碌碌，未有尺寸表竖可副知己，惟是微缘宿世，早定石交，丙戌之不绝如线也，与今之搏雾而睹天也，此心皦日，敢忘足下大惠。仆月内可度仙里，杯酒相劳，幸与仇云屏共之。游子耽归，直欲假千里捷翮，瞬息海岱，未能也，应是亮我。鼎贶谊难概辞，肃此拜命。晤言在即，遂不喋喋。

柬梁晴石万历二十一年癸巳，公年五十二岁

以先生证世局，则苏合蜣结之分辽邈也，固也，乃先生实敦若朴，旷若谷，浑若浊。盖世有接先生者，其谁不向往神醉，而竟莫窥所以。意者姑汾有灵，钟其最于先生之门，而先生尤最之最。程淳公而下，可幸得与。不肖东土竖儒，蒙先生勤渠接引，诏德则德，诏业则业，于是不肖浸霡霂于先生，即石不能取滋乎水邪，而和云和雨，石窦固不枯耳。

柬梁承斋藩伯

今宇内靡不知有梁仲子，讵直以魁名文物称雄长，为其载世德而恢廓焉。始乎为士，中乎为政，以洎乎解组悬车之日，衡门泌水之风，总之略声而崇实。乡邦维护，而始诸不愧乎衾枕。不肖盖未觏而倾企之，既觏而荆蓍之。即先生亦略下体而收葑菲，作盟金石而游于形骸之外。古谓“未见若弗克见，既见亦弗克由”也者，何幸于先生睹之，而莫知今日之为叔季与。一别姑汾，便觉天

涯之阔，令不肖怪去往之匆猝，而吊形影之离索，谈心握手，其又何期。至若矢交情以不渝，而敦世谊于将来，的不令陈雷擅美于当年，而翻覆致同乎云雨，兹不肖所敢自信，皦如白日，古人实获我心耳。

报周毓所明府

门下当涂宅牧，莫副闳才，即鼓牛刀，尚淹骥足。年来理繁推择，元自公心，而乃绝调难谐，殊姿起妒，连城白璧，拂拭愈见其美耳。况夫棠荫方滋，口碑未改，靡裘何病，衮衣褚伍，竟歌谁嗣，声实为映，南国无两。不佞半生拓落，尺寸无补，偶以一支之任，得附高贤，与闻盛美，是以慰劳课最，谬效揄扬，则如色泽西施，终掩天然之格，门下弗用为鄙也。顾鼎翰珍腆焉是辱，而俨然昭之郑重，以明有合也。不佞盖受之洪涊，彷徨莫为容矣。漫裁抒谢，附在大伻。琐物无当侑仪，稍布区区，莞存是匄。

简周儆弦学博万历二十二年甲午，公年五十三岁

朗宇冲襟，相见固恨已晚，足下视不佞何如也？不佞至沕暗，乃僻性耽古文词，旧业而外，多所旷阙。此中幸有余暇，携来篇帙，得肆搜罗。独治书三四辈，尚不足充若选。比取足县官，又往往笔底生疏，尘俗满眼，览之安有佳况。学校文窟，又足下儒雅风流，当必有操觚左右、稍谐字义者，肯借一以副急需邪？可胜戢荷。不宣。

柬张仁轩中丞

年来门下抚中州，即当灾沴。又赤子弄兵潢池，仓攘可虑。正使由也综赋，需效三年。乃足下运以承茅，捷均偃草，不逾时而解啸聚，穰嘉谷，变刀剑而犊牛，脱水火而衽席，所全活奚啻百万而盈也。士君子得时行道，非为于可为之难，而惟能为于不可为之日。令霜锷不挫，膏施未屯，此真难之难耳。鼎铉事业，汗简声名，敢为门下执券。如不肖华发为郎，陆沉有日，则蓬蒿远迹于松柏，而鹍鹏莫顾夫鸴鸠也，亦独且奈何哉。

柬周心铭侍御

客岁过仙里，无缘一奉台尘，又不能庀只尺之书，申束帛之悃，同心之谓

何，而甘此疏莽，何能逭罪。比来白下，时时从元冲丈处稍耳动定，知台履多福，聊副遐思。惟是蓬飞之迹难居，驹隙之过易迈，颠毛种种，把话何期。仰惟吾丈诚心直道，亮节鸿猷，卓荦声实，雅负端揆之望。而累疏在告，积耽泉石，恐非所以应简在而答苍赤也。北上青骢，计宜旦晚。弟南曹窃食，漫无寸补，碌碌堪羞，恶足为知己道。元冲丈荣旋有日，得附荒笺，不腆见私，所希函内。

柬韩惺庵中丞

筹倭一疏，足伐狡谋而寒奸邪之胆。乃公论所韪，当事所屏，昌言计在万年，而彼已朝不谋夕，犹舍曰欲之而必为之词，谓足安数年也。於乎！以数年计国，是谓远犹辰告乎，而况未保数年也。彼直以国为市，当宁为路人，宗庙社稷为孤注，而亿万赤子为草菅，又恶用此辈为也，姑拭目待之。设圣祖有灵，神州有焰，则冥漠之中，宜开圣主，必不令嘉谋勿庸，而久栖公辅于衡门之下。此非区区之私愿，而宇内所共倾企耳。

报徐荐所公祖

福星在御，千里生辉，矧不肖沾承更渥乎。尺牍未布，实戢明威，匪敢自外为尔。仙舟相藉，更戴鸿慈，附此声谢。不它及。

柬王柏峰

甲第举世所珍，千万一遇，独庆门累累如贯珠，步武相属，愈出而愈争奇也。即姚江之孙，灵宝之许，足以俪此否邪？以是知松茂而土不肥，尚滋培之未至耳。贵不骄，富不侈，乡则高月旦，而仕则咏甘棠，故泰华之势常峨，而河汉之流未息，诚植本固而发源深，取券固不爽也。

柬杨亦所观察

丙戌春朝，非弟以负罪去陇右而老丈未抵天水时乎。追惟绣斧甫临，乘骢未税，遽颁温慰，重以非常之锡，同袍关切，急赋无衣。此自春翻谷底，世味所希，诚不知东方鄙人，何物受此于老丈，众渊堕而独加诸膝也，衔结未足云矣。西秦行部，大梁观察，老丈百尔其旋，戎心尚启，是诚未解。第老丈鬒发强年，精心邃蓄，俨承家之节操，擅康国之吁谟，乃尔久耽泉石，公交车未上，东山太傅，系念苍生，矧弟且什伯翘企耶，愿言命驾。弟负蔑不薄，义无可出，徒以家慈相迫，潦倒强颜，服役戎行，尤非所事。惟是得游天府，伊迩仙居，足云厚幸。直以羁身匏系，只尺莫睹，又自怏怏耳。荒笺代候，不腆攸将，大惧腼于厚雅，得蒙涵内，博宠无涯。播事稍焉就绪，匆匆未悉，去役略能口之。

上魏见泉大中丞

自台台被命抚晋也，士何论识不识，靡不加额称庆，谓耆硕所至，稍脱绪余，足按堵七郡，举三关而泥封之，隐然重于长城，而哺席乎赤子，于于然作息不知也。则谁谓冀方不依稀陶唐，而堇侈艳近代于肃愍，秦襄毅而下诸君之攻伐乎。此自某所接于耳目甚稔，即卑卑无当，应不阿私所好，以苟取容为也。鼎鼐事业，会须转盼间耳。某至不类，获御有年，瞻溯休光，什伯踊跃。第台躔高丽，攀跻无从，宪令森严，又未敢以束缣申悃，徒勤耿耿，可奈之何。别折冒昧陈私，实凭夙谊，万祈崇鉴。

柬莫荆泉少参万历二十三年乙未，公年五十四岁

敌国宾至，不废饻刍之供，兹周官常秩，而诒宾以如归也。方今天王一统，常秩具在，宁宜畛秦越而肥瘠之，以玩视军国，而令宾启处不遑耶。驿传供应，制府的不欲门下控辞，致有异同，令地主局蹐不宁耳。此举业檄主者，并知会两台无爽，愿门下安之。

报王遂初侍御

巴渝之役，获向迩台光，沃承矩诲，既逾望生平，早夜殷殷私喜，不谓注情勤切，亟辱腆加未已也，又缤纷投赠于匆匆言迈之顷，宁驽劣驰驱是轸，将亦洞底里之无他，感离合之不偶，托是以证好缁衣乎。则有中心永戢，载以罔斁耳已。使旋率然勒谢，夔门需发，尚泥旬朝，骢斧西飞，日遥瞻太微舄采，紫气葱茏，执御应知何际。出巴之日，别有荒牍报之，兹不能悉也。

上邢昆田左司马万历二十四年丙申，公年五十五岁

台台之底定西南，事逸功倍，省驳何为者邪？侈烂额而薄徙薪，贤折冲而抑樽俎，真挫磨壮士，而灰苳臣任事之心。亦竟何如公论，上卿荣陟，大赉便蕃，

中外共弹冠矣，敢用为贺。张蓝田得加宪副，雅自堪喜。而某亦早晚署郎中事，庶几博一命以报二尊人，纵华发蹉跎何憾。更夜日颂台台功德，愿福禄无穷极也。石大司马与张左中丞推毂，统是推分台台，敢忘布谢。第奉到刑部凭限，已在二月上旬，欲急赴恐增一番劳费，不赴又推补杳然，谁数太仓稊米，徘徊殆难为功也，敢向台台决之。士诎于不知己，而信于知己，愿言终始。匆匆不尽卷曲。

谢稷山会中诸茂才

不佞二十年一老进士，考六品部满三年，斯亦不足奇已。惟是先君早逝，老母垂白，生我育我，罔极未报，赖多贤宿昔引掖而覆露之弘滋也，遂徼宠一命，稍慰区区，不至枉悬弧初度，然亦自家门私庆耳。多贤交念，雅仞同心，又何当华轴之赠，而珍腆之相遗乎。齑盐清苦，朝夕是虞，乃尔作繁费事，非其任矣，却之不可，勉拜多贤之贶。不腆二物，匪报琼瑶，逖矣故人，用之见依依耳。隙驹易迈，学海无涯，云霄事业，相与淬砺无怠。无那翘切。

报韩惺庵中丞

家慈诞辰，轩车枉重，已自希数，不数日又以家慈受封典而宠锡之，隆礼焜燿，雅谊勤渠，何台下之亲亲旧旧若是乎，有加无已也。里闬童稚，尚尔诧观，矧不肖之为人子而闻此，宜何如为感邪。直仰祝老伯母长生久视，享人世无穷极乐。更当引东海以为觞，崇泰岱以为俎，通家小子，亦翩翩杂舞，腾欢未敉也。职方误拟，大非所宜，不肖亦绝无经营，得不得总付之恬憺无何有，而又安惊辱假得之者，一一奉来教擘画万无一失。是老成谋国之忠，足对天日，要朝夕赐环不爽耳。

柬韩振庵

生平第一知己，孰与门下。晤一晌，欢莫量。聆片言，益无疆。恨区区萍梗逐流，凑泊良所希也。家慈初度，游子缺然，徒一叩东南何补。门下顾岁岁亲礼，微冒一封，宠灵是藉，而又以勤车骑之重，错元黄而赉锡之，即手足骨肉有加耶？五内之戢，厥惟永世。职方荷巨而地险要，不肖一无希冀，当事者念年来寸劳欲偿之，又以流落老进士乃尔，亦独如圣明独断未俞何，不肖实安之也。此身再出，得人不我訾诟，曰刘生品亦不恶，至足已，又何必好官多得钱耶。衷肠隐曲，惟知己前乃始敢缅缅道之。三官读书如何？老骥千里，又喜见神驹蹑影也。

报马景溪明府

我牧父贤声久著，当路无一不倾心推毂，望征书日夜下，独无奈九重圣人，雅不利苦口之诤，而利立仗之不鸣也，尚久虚耳目，未招致以充若选。大蒙宰不能得之，而以移大中丞，又不得。于是政府言之，大司礼又言之，而漫无一应。大阿独操，它人措手何从。直愿我牧父宁耐，白璧在握，偿城应有时耳。训儿北来，又叨大惠之暨，往来常事，何当轸注不遗乎。附谢，不既卷曲。

报黄慎余年丈

二十年同袍兄弟，聚散升沉，何可齐一。上之则伯仲夔龙，次之则作用韩范，近而疏附后先之济济，远而奔走御侮之皇皇。吾丈虽久羁封疆之事，然已威行领表，士女怀绥，奏最明廷，宸衷眷切，固知开府拥旄，晏旦而是。颉颃云路，为世具瞻，所增重同袍不少。如弟附骥有年，风尘历落，既遭中蹶，几复昂骧，故南曹旷职于艅艎，西蜀谬参于幕府，白云分署，弥见瘝官。幸而秩满三年，得逭汰黜，徼恩一命，稍慰家慈。便足了措大行藏，菟裘自老，又那知华发萧骚而月日之不足邪。

报邢昆田大中丞

日者四川抚院谭公移咨吏部，要将某升补上川东守道之缺，意诚厚，官与地亦自并佳，但老母在堂，远游何能数数，业已面太宰力辞，得允矣。独惟旬月来，内欲处以岳曹，外欲借以方向，区区绵力，扪省何堪，总之台台拥殖所诒耳。咨稿附览。

报耿华平

南北逢山阴客，不知几何人矣，罔不诵门下治行卓绝，始操而渐舒之。夫舒人人所适也，第舒初易，舒后难，操而渐舒则见德，纵而后操则征怨，此无论近代云尔，即经称有制以和之理，有以异乎。书以道政事，乃门下业试诸山阴。山阴牛刀盘错之区也，尚迎刃而解，究而宰天下何有乎。不佞盖亦尝冒筮为宰，六载拮据，已惟失于舒操之算，而诒之口实。胡门下英年顿若是，竟有誉乎夙夜，毕垂成于为山。不佞于门下翘企之矣。

柬白梦山年丈

老公祖覆露之德，既湛桑梓，施于莅晋，则又嘘阳春于幽谷，转煨烬于再燃，自南自北，并自今而往，尺寸胥明德耳。所不顶踵思捐，置塞万一者，人乎哉。侧闻老公祖司漕飞挽，鞅掌为劳，千里轴轳，应期毕至。夫士也饱歌超距，思一当以报汉，而又纾九重宵旰之廑，则老公祖隆茂之勋，宁减挞伐用张邪。中兴吉甫，为宪万邦，实拭目翘企耳。

报吴太轩侍御

都门骢发，同袍便尔寥落。惟是霜斧西飞，风清禹甸，柏台遥忆，化播尧封。倏奉瑶札，知夏仲已抵部中已。方今军国告诎，大工在鸠，黼扆宵旰，皇皇日忧不给，百尔臣工，亦早夜殚心，冀仰承德意，莫适措手。诚不知利孔胡以加浚，闾阎胡以不罢，司计胡以周应，主上又胡以中度丰啬。赋不加而用自足，不持筹却顾患贫也，老丈诚纠虔是柄，实督盐荚，国课稍赢贤于加派小民什伯，直恤商阜贿，两利为难，在老丈应有善画，无庸过计耳。区区腐谈，实发杞忧，敢附闻下执事。

谢谭岳南中丞咨荐

铅刀遇盘错，驽马涉长途，讵惟无当，鲜不敝已。某顽钝抵用奚适，台下久矣洞知，徒以当年之雅，历久不忘，虽分隔云泥，迹阔万里，曾不阻阂，情真殷勤弥笃。巴渝之役，孟浪实多，苟且完局，悉禀指授，幸而得免指摘，从容入京，较诸东事，已属厚幸。台下尚倾好缁衣，猥相推毂。川东分守，责任为隆，咨部滥及，仰叨嘘植，使嫫姆骤尔生光，而朽株亦含春色。览之汗浃，念之醉心，宁不感鲍叔之深知，敢谬效越石父控辞平仲为邪。第游子久羁风尘，疲于道路，老母春秋七十有六，舐犊之私，日甚一日。不肖生不空桑，靡依自切，隐衷爱日，远游实难。为是重违大雅，面恳太宰，蒙恤所私，尚夷犹西曹，澹泊自遂，犬马贱躯，未敢易许台下。若乃区区矢报，何难一死，会须有际，看竟如何耳。事涉规避，谊孤高厚，此之为罪，何能强解。第乌鸟私悃，难用恝然，辞显秩而不顾，拂深谊而不恤，此中可鉴，台下谅不为讶也。使者促归，匆匆勒状上谢，并陈鄙曲，摇摇心旆，已在锦江玉垒之间矣。展对何期，可胜怅结。

报马景溪明府

循良之政，泽如濡，绩如陟，声实如揭。濡不厌深，陟不厌崇，实政不厌昭揭，此地方赤子之心也。老父母久劳鞅掌，诚汲汲，一旦脱卸，履华践膴之为快。不肖亦企切夜日，愿一望北上旌旄，恭迓春明之舞，犹然未谐，当宁何心。老父母释负有期，长白赤子瞻依尚有缘耳。属者仁圣遐升，主上恭默，渐有开发之机，拔擢次第，会见施行。伫四牡骓骓，早上长安道矣。

报李固始

岱宗酝秀，遂诞名贤。架学飞才，南宫振彩。海内业想象清辉，龙门在企。暨夫周南分牧，大啓王风。凫舄翩翩，远踪仙度，谁得而俦匹之。兹者三年报政，殊绩烂然。属知简在宸衷，清华虚左，倚毗耳目。菁蔡宁烦，猥荷翰贶之辱。率然占谢，不腆侑往。

柬乔皓畦

川东去住，过眼浮萍。忆老丈戴星而西驰，不佞弟下陕而东发。萦萦两抱，脉脉一腔。托殷勤于太空，付离合于造物。谁得而主持之，又谁得而究诘之也。别来家栖再月，抵署白云，颇尝味于凄清，愧陆沉乎末僚。夫甫知播事，孟浪参军，虚入幕中耳。所幸郎署三年，得叨恩典。纵含香而无补，犹贻亲以开颜。总是天道乘除，人谋莫与。身何嫌于吏隐，伫台丈于云霄耳已。夔路旷茫云山，江流狭急，居民历落，静抚为宜，正台丈仁人能事。第鼎望方隆，宸衷简注，长城锁钥，早晚相畀。会干旄之北指，拟尸祝于夔人，非漫说也。

柬张逢原

曲士执一隅，未睹大方。率易视管刘，此直斗空吻耳。夫管刘则何可易也，彼定伯业，佐军兴，百用不乏，始足命经国通才。腐儒守章句，自喜沾沾，投之剧曹，见错愕周章，百不一效。曾不足奴隶刘管，尚何言世务也。老丈之在计曹，直优优耳。天津钱谷，视诸边虽数不敌，不曰漕之喉、倭之户，军用尤亟。此不得通方博大如老丈，能握筹出入，百不一爽，而又以余力酬络绎之宾乎。是在县官真善用老丈，而老丈亦致用罔不谐也。

报张蓝田年丈

缁尘碌碌，数奉瑶笺，知仁丈怀我殷至。即弟亦时时系神情左右，庶凭不病。计钟鼓羽旄，遍两淮赤子欣欣焉，安得不善饭而善病也。秋高疏爽，摄慎而精，毋摇于形，劳乎何有。不者，仁丈不讵神骨亭亭邪。如弟障念牵缠，种种未断，既足伤脾，人事参差，又恒抱无聊之气，时欲弄文墨稍稍自娱。顾精力大弗畴昔，反坐怔忡，夜不善寐。比酬应倍见周章，何用之足承，而更议前途乎。惟老母康强，九月杪且至邸舍，菽水良足欢耳。古抄竣，刻自快，彼中与仁丈共事者，序此翩翩，端不索莫，其安事赘疣。矧弟苦属词，深以窜名为幸耳。惟幸怜察。

报江念所黔抚

庙堂不可一日无忠谠，贵竹万里，必借台丈，宁阳尊阴疏，蠲所惮而已耶？将彼中苗夷错处，军民杂治，匪台丈兼有才诚驯服之，固威亵而泽莫究耳。士君子处世，如景星庆云，望之起敬，所应必福，何内外遐近差殊，而中怀轩轾，以拂大同，必不然矣。弟碌碌生平，落拓无似，独稍稍以意气相属，有令台丈足命知己。晚年行径，雅不欲毁方瓦合，有负畴昔，又不欲悻悻自好，作少年状。无益，台丈且谓何也。顷都旆荣发，满拟追送以布卷曲，会是日循例拜堂，遂不果，抵今嗛嗛未释耳。台丈亦亮原否？远辱清问，漫荷轸存。审节钺已莅贵竹，山川吐气，增胜坤维，晶光直属微垣已。鼎铉事业，竹帛勋名，敬拭目台下，为艳同袍莫量。

报王守原

乡谓翁丈谳畿辅，良托恃高贤，脱沉滞愤懑之命，又虑或从旁提之肘，未易卒遂，漫奏蒭荛，实未身亲之，而漫侈口吻为，亦讵知翁丈之式敬尔尔，必祛两短，必苞六善，固足副重华钦恤无疑已。犹自谓循省无当，而淑问不古士师，则九德靡关五刑，而明允弗出诸迈种，不佞的不敢信为然耳。大疏每入，署中未尝不咋舌、不委心，争相录蓍龟肺石也，则不佞业种种被大惠，而又劳以分馁，以昭之郑重，则不佞有彷。

报杨环山年兄

雁行析羽，寥落参商。忆当年攀附奕奕，弹冠之会，直梦寐耳已。吾丈耀颖真才，历亭制锦，既余期月，计奏肤功。且彼中事简民淳，不烦敲扑，舞鹤鸣琴，日有自公之乐，即目为仙吏可矣，其又何虞焉。弟跋疐有年，再涉畏途，西曹陆沉，宁堪齿颊，惟眄睐威凤翱翔，和鸣盛际，实窃荣施耳。

报李胤寿

南中备员，谬综厂务，朝夕共事，实赖匡扶。至一切师心孟浪，暴露去后，非知己又谁盖覆之。先后深情，缺然未报，番辱问馈之加，故旧不遗，足下真有之矣，为感曷已。厂事称烦，贤劳最久，宜有峻擢，恨区区推毂非任耳。不佞淹蹇如昔，生来拙讷，不能一向人鸣，即鸣之亦属无益。积薪生叹，从古为然，矧今日又何疑焉。知己相关，漫及胸臆，所希亮察。不腆将私，并叱纳。

报马景溪明府

帡幪在眷，何日不殷。色色生生，朽株宿沐，为惠既不薄矣。时勤之轸，载锡之嘉，情文郑重无已也。则牧父之遇不肖，周浃固无涯哉。不肖碌碌西曹，安所策树，随行逐队，浪度晓昏。虚惭国士之知，只切冰兢之悚。衔私莫释，鳌戴摇摇。

刑部十三司揭帖

刑部十三司谨揭，为法官概蒙诬诋，于义难堪，聊抒不平之鸣，以明官常，以伸士气事。顷吏科刘给事，疏论本部河南司曾郎中骫法受贿，已经圣明处分，无庸喙已。独云刑曹暮夜往往受金，不则互讲关节以图货取，盖龌龊之极，而曾又其尤甚者，职等殊愤懑不能堪。夫论即论一人耳，果不公不法者众，不妨历历指名参奏，用儆官邪，何得将衙门一概诋毁，令正人君子垂首丧气，谁能偃然承受不试一鸣乎。嗟嗟。刑官之设久矣，贤不肖亦所从来矣。盖虞廷九德，共推士师；王氏三槐，庆延治狱。则刑官何可尽少，而不刑官者何可尽多。不知刘君何以易与吾曹，而概诬之。其谓今昔势殊，此曹应待庸劣乎？则往往名公巨卿发轫西署，文章德业，彪炳后先，无论王伯安不朽儒林，当代仅见，即数十年来，豪杰耀颖，斌斌逵路，掌故可覆也。谓刑狱出入易于染指耶？则狱货非宝，惟府辜功。国宪神明，森森可畏，谁敢干之而以为利。利诚易动，宁濡好修之夫，纵使中人，亦莫不引嫌自安，冀免罪戾。彼所谓往往受金暮夜、互讲关节以图货取者，谁氏耶？本部专理刑名，三尺凛冽，诸狱之集，多由参送。

爰书既具，则有大司寇主之，大廷尉评驳之，毫有偏私，洞如观火。而又掣肘于辇毂之下，却顾于议论之烦，是以怨嫌不辞，荼荠在茹。一事之当，匕箸加餐；一理之乖，寝食不怡。比部之苦心，视他曹大相径庭也，曾不相体，更以为訾。人情乎通关节以图货取，世固有之，不应独在刑部。刑部之法度甚明，而清议甚重，假令有势者通之，必附势者徇之；挟私者通之，必营私者徇之。人不私而公也，士不势而理也，见之确，持之力，虽欲通关节何由哉。而况受金暮夜，归于货取，盖人品不同，制行倍蓰，毁节易行，即攫金白昼，亦所不羞，浴德澡身，纵暮夜怀金，亦所不屑。利可远不可浼，士可杀不可辱。济济法曹，岂其乏人。故四知之畏，不必伯起；贪泉酌爽，亦有吴君。耳目具在，是非安可诬耶。语云："无好人三字，非有道者之言也。"今不揆大体，易与西曹，辄尔凭私逞臆，侈口妄诋，曰刑部龌龊之极，窃恐良心公道、正直忠厚之风，虽有存焉者寡矣。试清夜一思，安乎，不安乎？职等法官，代圣天子弼教，刘君言官，亦代圣天子司绳，原无轩轾，各欲持平。法官失平，命曰不职；谏官失平，谓之举职可乎？诚不知刘君设意何如也。职等此论，非敢偏护衙门，饰词求胜，特以概蒙诬诋，志士难堪，事关公义，阖署扼腕，不得不显言控吁，明官常而伸士气，无腼面目云耳。方今国是清明，老成在列，淄渑之辩犁然，雅郑之奏不爽，虚心垂听，便自了了，多言无当也。惟幸台鉴，为此具揭，须至揭者。

报张诚庵

三秦谳狱，天末经行，即出关老子，青牛未易遍也，直紫气霏霏相护耳。膏火自煎，丈心独苦，顾事有次第，卒办何由。惟毕吾力之所能，以不疾不徐行之，亦何患尺寸之弗寻丈，膏煎何为也。闻四疏俱经再覆，径行该省衙门，原非停阁，亦无应驳，无顿置虑。署中查例宽限，须用呈乞，然后堂题，丈亟图之。此时吾乡熊恤部亦乞宽限，呈稿附览。弟与仁丈交情何啻骨肉，来谕相属宁敢自外，乃鼎望岿然，其旋元吉，正无俟区区居间为也。

报范跃龙挥使

雍容儒将，折冲樽俎，盖自昔难之。乃足下负有此具，泛南赤帜，踔厉先登。甲午之捷，是足下耀颖之辰，不佞亦会逢其适而推毂之，方借重国士以传色泽，日望秉钺践枢，挞伐扬烈，趾美雄风顾未即也。将舆卫以日闲而毕具，鹰隼以将击而修翮，千里昂襄，九霄搏奋，直从掌握间耳，愿足下无灰初抱。沈徐二知己，切好缁衣，自是公心抒发，一切拥植，大有属于方来耳。印务调烦，犹是暂为之兆。幸淬厉乃事以刷尘习，骐骥固不追鼠也。如何如何。

报周海门年丈

断蓬漂梗，每恨无踪，不谓吾三二兄弟当之，有是哉参商之曷，而神物合并之难乎。宿世徼缘，会须有日，无那些忡忡耳。藩臬亟推，吾兄宜早晚腾踏，腰金纡紫，令伯母娱耳目而快心志，更称觞万年，为人世第一乐事。又闻沈文谭公郎鼓箧孙业，不废过庭。吾兄方自公多暇，图书日课，基奕世青云之业，俯仰有余容矣。弟小春三日，老母亦至燕邸，稚子相依，差亦自慰。顾训范两儿在里，未足朝夕，知是何态，不能不置落怀耳。同年辈大者九列，次之亦不失方面，几见蹉跎华发，为郎尚未中也。朱门先达笑弹冠，怜者惟吾兄哉。

报邢昆田大中丞

迩时庙堂重爵赏，就中曲折处，总不可知。若无事常如有事，使过不废使功，则台台安得久家食。职亦不久稽西曹，若此，天下事盖难言矣。顷公席两晤大司马，未尝不语及台台添注无当，乃萧堂翁注念更切，谓大司马当遣人敦请，始分金湖为本兵时，吴环洲亦以右都御史兼少司马，到兵部任，何所不可，石东老盖亦唯唯焉。间又闻一二知己，谓台台诚与才合，必大用，但蓟辽宣大间，还须借重一番方得优游九列，熙载宅揆。将相身都是武侯，讵寻常富贵人止邪？职部俸垂四载，不转一郎中，势不得换腰间所横以副家慈之望。想台台极力推毂不后诸共事，谓何也而今独落落，台台忍睹此否？

报钟文陆中丞

台下春风化日，所至嘘拂，乃拯溺救焚之仁。则中州一赈，种种苦心，如销弄戈于潢池，怵贪墨于解绶，疏恩勤恤，噢咻抚摩，遂以乳哺嗷嗷脱于沟壑，悬磬之众，胥恃无恐。则台下无量功德，直满须弥，百世云仍，方食报绵绵未艾。此非区区作谀，而实中州赤子，家户尸祝，亦裨海涌慕之忱耳。开府一推，甫惬舆望，好事者顾影捕而声吠之，诚不知求全谓何，又何人开府方优也，足付一笑。日奉瑶札，知台旆已莅中州，衮衣欣觏，千里笙歌，彼无端萋菲，恶足介怀。矧笃棐已鉴宸衷，精白夙符有众，何事不怡然自信，而或自阻邪。圣贤学问，豪杰事功，方跂予望之矣。

报胡莲峰

仕每蕲通，黎公篚仕数月而蒙指摘，将竽瑟难投与？抑居卑不厌处巽，为龙亦可，为蛇始无患，诡时不逢也。总之认是则是可非，认非则非可是。无是无非，无非无是，在黎公环中处之耳。

报熊忠浒恤部

齐鲁非旧，往往任侠负气，而轻丽法，诚习尚偷哉。乃中亦有迹涉疑似，情极微曖，事属影响，狱从文致而成者。五年一谳，望恤部旌旄，如自天下，而釜鱼之希更生，覆盆之望普照，不啻切焉。以台丈仁明临之，计以恕求情，冤抑毕烛，自明者无用拊心，求伸者宁顿叩地，当以幽谷春融易不时飞霜之惨矣。轻入轻出，故出误出，总之师心者所为，台丈一何有焉。东海无冤，槐堂永荫，正台丈无穷阴骘。不佞弟亦得之里人口碑，匪漫说也。

报张蓝田年丈万历二十五年丁酉，公年五十六岁

台丈荣擢宁武，始不枉南北司马与曩者边才之推也。推而用，用而竟效，则向推其今日前茅，而今用殆异日开府之权舆乎？设庙堂推毂人才，一一中程如是，又何患士颖弗耀，而疆圉弗敉宁邪？弹冠踊跃，同心倍切，敢谓比岁从事亦有微劳也，而生希冀乎？且欂栌弗适栋宇，而飞黄轶绝蟾蜍也，弟亦稔知之矣，薄劣自安，鼹腹已满，即欲多求于江河，无谓也。抚膺轸念，雅谊丘山，纵不能副，式衔罔极。

报许绳斋

数日来甚思门下，无奈尘弢之不可驱也。以不能时时促膝，安取同心邪？天下事付之天下人，惟有吁吁耳。送王太玄诗，凄清逼人，疑是孕珠秋月，吾直欲吞而浸吾肺肠，貌专哉。摘训领知白之雅，律例归璧，不愿得敝司极头钱也，容谢。书每本刷印钉裁，渠索价六厘，较南中多取一厘，刀锥辈面孔固如此，旦日令渠往。

报张蓝田年丈

菁华竟足十部，然诸奚啻千金。又累累盈箱，用勤从者，激感中私，并以悚仄，肃此谢恭。审台丈西征有日，紫气霏霏，行增重边陲，建牙开府，播于襄夫歌咏，列茂勋于旗常，亦转盻间耳。弟夷犹散曹，差容鸠拙，腾骞非事，辱台丈勤切相存也，衔戢宁有已时。不腆侑往，莞纳是匄。

报江念所中丞

缓用人而急理财，诸有言往往不报。来札数语，于时事可谓曲尽。非台丈勤心体国，雅抱旋转之术，谁能身从万里，时时悬恋阙廷邪。旧枢臣欺误多端，何止东封一事，蜀黔诸土夷，小者亡论，大者如播州、水西二酋，历年跋扈，半是枢臣纳侮，彼利其赂而忘其狡逞，直从中作之奥援，甚且劳未效而先之饵，封章何物，蠢夷何功，而为之请息三代，此安氏母子所为日骄，而播酋凭借无恐也。台丈不忍目击，力疏弹射，更暴恶旧枢，令投贿与纳赂者两无所容，而安氏知青天白日之下，鼯鼠罔所售技，则台丈之作用宏远矣。但土夷之制宜后不宜急，宜扼制不宜动众。彼中有一二用事之群小，乘便计除之无问，其他足不烦一镞，而地方按堵万万无兴师问罪也。此辈从来不法，然实不反，彼既不反足已，遇激挑衅，知台丈必不为之。乃弟不得不言，为今日不为无事，西南更难言兵。黔地兵食与土酋死命之能制否，台丈所晰知也，故不惮喋喋，以报生平知己。叶龙潭之负眥，王泉皋之失算，林锦泉之多事，居然炯鉴，所幸裁察。谨无谓区区，偷安取容也。

报邢昆田大司马

方今难事惟东耳。辽左虏警，岁月不虚，而又乘以越境谋人之事。彼倭与朝鲜，强弱虚实完敝之不相及也，其情了了，而朝鲜所恃惟我，我又其谁恃哉。将弗良则简焉易也，兵弗充则请焉易也，惟语及饷馈，则部寺不难应，而难主上之有距色。如昨延绥请士赏，知亦无几，直托言内帑匮乏，而取给于冏寺之焉，价居可知已。今日用兵，宜速疏紧切机括上请，务在不中制、不疑贰、不多议，以泄凭事，而又严禁偾事不情之邪说，以防阻挠。若昨者王曰乾所请之类，害事讵细，恐左右因而生心也。台台千载功名在此一举，不可不精心远度，极力担承，更须节欲凝神，起居有常，以植酬宰根柢，令寒暑不入，喜怒不摇，才足任事。至于彼中用人行法，可因则因，不厌故常；可变则变，不为喜事，直以提纲挈领为主耳。若乃小胜毋溢，小挫毋沮，此自兵家之常，台台所宿闲者，正无用曲士喋喋也。岁里曾持台造询卜人，彼云定取封侯，夫封侯非丈夫事哉。善始令终，愿台台勉之矣。得台札知已受代，万钧在荷，一着草草不得，视巴渝更宜加意。恨鞭弭从事无由也，当预拟凯歌以伫露布之入。不能尽不能尽。

柬李云台明府

不佞生平洳劣，未有寸长，自起家科目，迄于今且三十载，未尝敢毫杪干公事，与营私出息逋负惟正之供者，盖已誓诸明神，诫子弟僮仆也。几于唇吻之敝，第此身羁绁于外，恐家中难保其无耳。切念牿牛豮豕，惟制其初。明府审相爱以德邪。坊闲须自今始，庶情以义诎，私以法禁，宦门绝请托之端。明府无不行之法，而不佞亦获终始寡过，不为名教罪人矣。

报李云台明府

明府晶莹内敛，不蕲外炫，则何理弗析，何物弗泾渭胸中。而孳孳首询，乃在民瘼。夫民瘼比比皆是也。大弦急则小弦绝，今朝常不可谓不急矣。有司不治事而迂谭民瘼，何益殿最之数，舍是而功利是骛，将迎希合之为斤斤也，又独奈作牧谓何。在昔熙宁之朝，青苗首实，流毒生民，亦孔之棘矣，独鲜于侁于奉行国法之中，能不病民，故称三难之在委曲中耳。委曲之心，真实苦心；委曲之道，经济大道。上易知，下易从。王道本乎人情，正谓是耳。敝邑之民颇淳，赋税亦曷办，催科之政，不漏不烦，劝惩明白而止。故里老赴比，免责保家；排年赴比，免责里老；花户赴比，免责排年。一甲先完，即放归农。花户带此，惩其太甚，虽烦实要之道也。派征一事，最关民命。派必有经，挈其纲领；征必有期，循其次第。务令飞洒者无所容，侵渔者罔所售。催科抚字，端在此乎。词颂欲简，问断欲速，昔人谓中正明达果断宜无出此。片言折狱，正明府之能事也。乡约保甲，可行不可泥，宜静不宜扰，问耆宿当自知之。窃见世局将变，保障更急。城池操练，视曩昔百分关切，最宜加意。比闻邻封弗成，城中失盗，于邻之虎，应有先事之防耳。且滥杀足干天和，而纵寇亦酿大患。安民弭盗，时政第一当沟者，其他条教，令甲有常，何难修举。以明府之赤心，临长白之赤子，下车询瘼，皇皇若弗及也者，充此便是四境春风。一邑三代，政贵有恒，先民固已言之矣。仆辱忝旧游，仰承清问，不敢不效其愚，匪直作计枌榆，愿保生息尔也。惟明府矜其无他而裁择焉。

柬韩惺庵万历二十六年戊戌，公年五十七岁

焦烂之力，何如徙薪之规。乃规者自规，置者自置，何人更效徐生上书也。且已事难追，世局将变，否塞之极为决裂，愤懑之极将土崩，不知当事者胡以晏然乃尔。兹嫠妇所为切忧，而杞人不为过虑，直付之莫可奈何耳已。又念老丈业奉旨待推，起家有日，尚爱养精神，益闲舆卫，丘壑之道，便作岩廊，椟里龙渊，风雨且跃而出矣。不材壅肿，于世何适，早晚解去庆鞅，从吾所好，敢向知己吐之。

报蹇理庵

往岁乙未，谬役名邦，眺绝胜于江山，挹高风于文献。维时太公祖安享鼎食，正自优游，百尔承欢，春晖动彩，人世桥梓之乐，如老公祖者有几。而今太公祖仙逝邪，总之有寄有归，有生有化，星精所孕还复星精。乃流光映诸后昆，荣名载以不朽。矧膺恤典，显被懿章，士君子进成为忠，退成为孝，斯亦足矣。若乃功名方张而未竟，公论暂蚀而复明，盖业已委照重瞳，伫听曳履，即吉之日，应是大拜之辰乎。人情向慕，充充在耳，殆不止渔阳老将、鲁国诸生尔也。

又

往从军多暇，今虽冷曹，却不知攘攘谓何。朝市之为樊笼，而浮名之为羁靮也，若此乎。巴渝胜地，日日烟霞，托屐迹于涂山，濯尘缨于锦水，会心真不在远耳。曹荔老起居何似，久不闻焉。恨匆匆于役且迫，不能题尺牍作候，棋酒相过，幸为齿及。

谢邢昆田大司马

明德服膺，冷曹愧罔以报，翰腆过辱，其又何当，拜之震悚耳已。季兄英伟绝伦，又是长城之选，不日蜚英黄甲，接武云霄，足雄一世，讵琐琐毛锥束高阁无当者。敬贺东事不难振荡，难在馈粟，早作料理。又彼中大将纷纷，五大在边，昔人所虑，此辈率朵颐功利，宁禁染指，纵之则莫可收拾，才加操束，易生嫌怨。幸台台留意。某顷从兵部借宣府马价一差，了此便归省家慈，颇觉愉快。前程姑置之度外，得常作太平民可也。

报邢昆田大司马

东征所难在饷，人人知之，独不能神输鬼运以佐军兴之急，则智者亦无如之何也。屯田持久似缓而实中窾，闻台台已图之矣。张元老抱病甚真，乞骸未得。台台凯旋尚早，得再一大创倭奴，彼气已夺，朝鲜稍振，留兵训且守之，保不为害，而后台台还朝，为有辞于天下。比时人心险谲，议论烦多，进退甚不可草草。久羁绝域，须以忠义胜私悃，才能不挫，反觉精彩，台台其谓如何。某久淹下僚，才劣宜然，安敢尤怨，旦日且发而南矣，家食优游，俯仰何所不适。竹帛事业，伫仰台台。不尽。

报周怀白

历览时事，直令人痛哭流涕而不可止。反正人何负于国，而必欲打尽一网，以遂其恣睢之为快。此昔人所谓感时发愤，甘赴河蹈海而不辞也。且方今难事，往往众所不乐为、不能为者，付一世豪杰为之，又从中阴设机阱相倾挤，是诚何心，吾求之真不得其解耳。玉碎弓藏，吾辈亦复何颜色。安得共足下把臂剧谈，一抒发胸中郁瀸。早晚晤元冲丈，为我言之。

报邢昆田大司马

东事诚难，如台下石画先定倭，在吾目中已。天下事利害各有情形，而深谋成于独断。曩当事者以形求，而不深惟其情，即挈情示之，又竽瑟枘凿之不相入，竟决裂至于今日。非台下在事，洞于情形之较，利不程细，而害递其终，毅然独当之也，国事又何赖焉。然此自社稷有灵，天生柱石奠之，非吾党之光，亦四海苍生之福耳。独念沈惟敬无赖反复，随行尚有人也。彼首鼠观望，较计死生，归汉无期，应日夜别有料理。台下度能归则归之，不归作何收拾。随行诸役无罪，彼人人有鹳鸣之感，父母妻子祖宗坟墓之念，可招而还也。且惟敬误国之罪，万死莫赎，然渠何足责。彼赤帜于上者，侥幸漏网，独于若不亟为处分，如悠悠不系之舟也，恐亦非计。吾乡濒海阻山，度倭难入，然亦当乘此与吾乡抚按作计，亟以御倭声势，题本请止开采，一意防守，免其中溃，从则吾东之福，不从与台下亦无损，如何如何。来稿遍视诸寮，人人踊跃，因送览许君处，见台下非常作用，彼当有所相报不相虚耳。大计已定，台下其日钦钦焉。常如对阵，必树百世之伐。疏中观成之说，固是麟阁左券。

报杨致庵

缅惟吾丈，渊乎似道，清而有容。以不佞之局曲无当，于吾丈宁有裨焉，只以朴鲁相将，得称知己。南北交游，或于十载之前，或于十载之后，乃披襟相示，情好弥敦，金石不渝其贞，兰荪无改其臭。吾辈交道，视势利风尘乎孰若，乃倏合倏离，蓬转萍流莫必也，则吾辈又恶庸颛擅，付之造物耳已。吾丈选期果迫，都门把握，欣幸有期，直机会恐相左耳，应是如何。

柬周瀛海

邸中卑湿，庭可舟，灶可蛙也。积雨苦人之甚，又旬日不见叔度邪。竹扇四握，丈幸书近作相示。同心兰臭，片言固足珍耳。恕不躬悬。

次涿鹿寄谢知己

某系属景庆，雅难分剖，匆匆于迈，便作参商。更惟芝兰日隔，惧有蓬心，悬恋中私，旌摇不啻。正不第濒行沐爱，寤寐河梁已也。送役言旋，率然勒此附谢。清光霄汉，千里如觌，伏惟澄照，不次。

报李乾斋

顷恃谊同袍，遽以舍亲李寿州为托。比得南立，道老丈提携左右，不啻膝上之加也，衔结顿衷。讵惟李在，年来宇内艰大，洪水夷狄尔尔。老丈职业独当其首，诚胼胝焦劳，亦孔之棘已。乃皇陵所为底定，漕渠所为疏通，纾宵旰于九重，而百官万姓凭借以无恐者，非只台克勤之烈，而谁则诒之，故老丈之明德可歌也。玄圭告成，宅揆又足多邪。蹇劣如弟，西署夷犹，只以顺家慈勉赴之心，填涉世业缘之障，胡尺寸足称，与龙蛇之教分也。长白秋色，讶入客单，行当拂袖归矣。

简沈华东使君

济上多幸，徼福星而临之，乃实自南而北也，讵屯政犁举是恃，将妪煦霡霂，举三十城错列赤子哺覆焉，亦何芳不袭，何膏施之弗洽。而区区拭目观化之思，则又以昔占今，以今证昔，识真心真效之必然，匪直以遇合恒情，漫词贡谀为也。

昨有来自会城者，谓台下初政简肃，不堕世局，而又以恢恢行之。素丝之概与烹鲜之理，即此便是龚黄大致，正不必钩钩尽能之为愉快耳。向来诸贵人之莅是邦者，即素游未敢通讯，为台下夙昔今日之不同，踊跃不可禁也。戋戋之具，聊以志喜，伏惟麾顿。

上邢昆田大司马

某自二月饷上谷，三月携贱累而东之，盖朝报稀疏者凡七阅月，真不知倭奴何状，台台何如动定。夜日拟鸿雁且过，尺帛之寄有凭乎，而竟寥寥也。东征捷书，某北至涿鹿始知之，不胜愉快，谓一动万全，凯旋有日，剖盟带砺可企已，胡至有董帅失利顿挫士气而骇听闻乎。策应翼伏，不知当初悉具否，总之乌合之众，驱喝为难。设从是一大惩创，须灭此而后朝食，应有必然之画，屹不可摇之势，在台台尺度间耳。万经略且到，应是同心，又鼓士气，日望露布之至。某五月叨转郎中，三推方面，孰非台台之嘘植，即非真，固有余荣也。马良实东辔匆迫，附之小讯，无那县驰，不尽依依。

报沁水王玉源

览蓬池祝咏，知殿下年登知命。累九百年为千岁，拓之，即绛老不能数甲子，庄叟不能记春秋，不肖固悦怿无量耳。下里漫陈，为颜自厚，聊抒悃臆，惟幸麾顿。墨刻侑往。

报张蓝田年丈

交情虑欢尽而渝久要，如仁丈之系心乎？弟亟问而亟馈之，不惟繄物，将骨肉手足之念，有以逾不？居庸分携，宛然似昨，忽不知雨雪霏霏，视当时杨柳若何。家乡千里，萱亲且耄，聚首数月，定省凭何旋，以秋辟大务，郎署不可久旷，狼狈归来。寸肠如猬，功名鸡肋，自惭抛掷不早，非分希冀，抑又何敢，仁丈属望过矣。方今朝家多事，任职自艰，冷落者郁抑而不通，显膴者救过而不给，市廛与山林共扰，东倭与北虏交讧，惟有云中上谷，虽当穷塞，尚无掣肘。仁丈缓带轻裘，而控赤城之重，屹然壮锁钥而护京陵，则殿邦为翰之勋，卑卑弟实窃荣施焉。东事难成易败，机括谁忍言之。十夫操瓢，昔有成说，总是没可奈何。嘉颁腼承，悚负以身为壑。不腆侑函，戋戋可吝，凭幸鉴存。

报张文兹州守

日晤同州一二荐绅辈，谈足下守同，廉惠不扰，仁行如春，独惜为失欢上官，蒙简调。夫简不简何伤乎。金频炼而精，士求智于悫，凝神之极，兼剖棼解，令人谓足下非复吴下阿蒙，不妨再肩繁巨，崇膴日跻，即谓延庆为塞翁之马亦可矣。仆初仕不娴吏事，世故枘凿，一踣不振，那堪侈口。惟是他山亦足攻玉，而淮阴不废左车，义取相成，乃贵诤友，足下试谓如何？仆入都未几，旋辱翰腆，勤施未厌，将安报塞。附有涓滴之将，聊以明私，所希鉴亮。

柬顾襟宇年丈

涿鹿邂逅，虽以夜中，乃能令二十年郁况，便尔倾倒，不复如曩昔摇摇，歌美人而咏蕙茝也。望外奇遭，良属厚幸，直以旁午之途，日诎酬应，一羹一蔌，总费拮据。弟又无端作溷，投琼损饩，种种隆施，在仁丈谓不可已邪。乃弟则今昔交念，局蹐莫为容已。衔感私悰，宁岐寤寐。属敝门生焦君元卿之任香河，得附小讯，更以此君为托。此君诚悫而玲珑，沉静而练达。生平知己，便同骨肉。香河虽小，诸贵人纷纷瞩目，自非仁丈之嘘植，脱颖其何繇焉。恃爱陈乞，可胜悚负，亦幸怜察。

报焦敬斋万历二十七年己亥，公年五十八岁

相别不再旬，足下又视事在初也，何为勤翰贶而暨及之，以隆重不佞，令不佞受之局蹐耳。宦情世故，总是心印印出，正用之则万事理，倒用之则万事隳，静而澄之则明，杂而翳之则暗，此自实理实事。以足下介介自将，寿于此际了了，持而应世，十香河不足为也。然须日新又新，一篑九仞，靡不如是。不佞非能为吏者，为知己不能不虑周详耳，足下幸勿哂之。敬谢大雅。是后往来俱副启最便。不他及。

报邢昆田大司马

天下事易为而易就者，即中材办之已。播事之难十之七，倭事之难十之十，夫非独以主客劳逸之势不同，惟是败局我收，多口我排，掣肘我挥，事败群幸，事成亦未尽与。稍时局面更移，却又画蛇添足，生出许多议论，谓焦心为慢，早见为迂，荡平底定为诡，遇悠悠凿空之谈，殊令人莫可究诘，只以灰壮士任

事之心，旁观豪杰，亦相与扼腕而解体，则时信难之又难，而台台独身婴之，宜多是不平而鸣也。第此时东事虽完，而议论未一；圣明虽已独断，而忌者犹自眈眈。播事一疏，稍迟亦可，详于抚院而稍略于按院亦可，为按院无地方之责，难与抚院并论。微微见意，渠自愧屈，过于动气，恐渠竟不能甘心，而议论从此又起，党人复就中簸弄，越觉多事耳。然今大疏已入，挽之不可。顷见萧堂翁谓本中稍去峻语，不甚妨事，独私心兢兢未释。为台台一世豪杰，义当重任，此际宜从宽茹，更觉受用，令人以古大臣相视为优耳。狂瞽谬见，恃台台宿爱，乃敢喋喋，伏惟矜恕不诃幸甚。

又

猬壳恋濡，不能自割，到此时更觉世途崄巇，进退惟谷。引身弗早，惧楚人将髡我于市，非无试漫言之也。风霜阅历，世故浸深，检柙亦毫未敢轶，而谁则怜之。惟台台溯念畴昔，亟为推毂，国士之遇，不讵什伯，真切。屡谋中格，造物实然，区区何敢尤怨。缶眷之量，樗栎之材，到此已属逾涯，直须大计后便作料理也。

报窦泗斋

客岁輶轩入计，亟辱相过，更以珍腆相加也。仆亦诚一再造谒，而会逢莫适，又无奈尘坌纷员，时日弗计，无能操卮酒一芹，布款款于门下，是仆负门下宿昔为罪，端不薄已。嗛嗛之况，抵今靡歇，夫安知门下迹罪弗讨，翻眷焉宿昔，暨之问馈，则门下无涯之度，殆越轶寻常什伯，只令仆局蹐莫容耳。恭审花封春积，实及瓜期。伉驯雉以蜚声，羡鸣琴而大治。崇伐茂勋，太华翱翔。伫九重嘉绩于弘农，而三锡显膺于刺史。旦夕征拜用表异等之效，则仆又剩徼荣施焉。踊跃踊跃。漫裁布复，并以戋戋侑函。西瞻紫气，无那翘企。

报许敬庵司马

北扬旌旆，日烦企伫，谓宜遇之旦暮，少副宿昔，中道迟徊，又以浮言挂意，力疏求归，殊与区区襟期乖迕，何怅怅如之。毁誉失实，自尼父已厌，当年托之麟笔，又何异乎今日。且台下矩度先民，躬修已久，正足自信，吠声之讹过耳，其又足留邪。自性学不明，议论多岐，亡羊莫觉，谈锋求胜，坐失真诠，患非一日。盖不混淆于兰陵，则悠谬于天竺。性无善恶，善则何来。彼睹墟墓以兴哀，见逼井胡以怵惕。顾乃逆天侮圣，门户自高，见来教惊汗浃背，不若不肖则只奉金石竟世作指南耳。

报王霁宇中丞

客岁役上谷，猥荷隆雅，衔感无斁，入京来不放一通小讯，惧溷从者，端是真赤。潘丈云云原是同心之义，渠亦宿奉台谕，与不肖所面承无异，遂有昨札。要以窥瞰机括，不得不尔，何敢遂求可求成邪。且时事盖难言已，进可加膝，而退亦可堕渊，有力则寒灰可燃，而无力则积薪徒尔浩叹，又何怪冯唐老而刘向久不迁官与？昨见周余台世兄，道亦如是，不肖愈信有命，而非分正无庸觊觎耳。仰辱深存，附此鸣谢。

报张养昆内弟

心猿最难束缚，制得便是大勇。故寡尤寡悔，只从慎来。《大易》有言，吉凶悔吝生乎动。吉一而已，动可不慎乎？慎则不晚，不慎悔无及矣。愿老弟终始之。五弟事不难处，先之以天理，次之以人情，终之以鬼神法度，有不洒然易志者否也。当与大哥共图之。

报李本宁

门下文章行谊，鼎吕区宇，不肖二十年来所载以寤寐，北面之无由者，而堇堇得诸合江半晌，倾盖便足千载，又孰禁转盻参商邪。不肖钝根，由来百无见解，希心玄草问字，何期得瑶札，知渝州且发，尚勤遐念。谫薄自扪，业非所堪，而又渝涯宠被，越重悚息。永川吴茂宰资望深崇，夙所向往，直左右无以耳。明命之辱敢忘在戢，遇吴当如事门下。区区中抱，嗣图申展。

报吴永川信

承风慕义，夙自勃勃。直识荆未卜，御李深期。抱切缁衣，神交不爽。瑶华音被，深感先施。冀轩翁一世蓍荆，旧企新靓，片言金石。仆自知钦，又何敢不推诸足下。冀翁报札，当嗣图之。

报李榕崖

深秋令节，两地同之。顾驽钝末姿，拮据戎事，形神委顿，辜负黄华，注望美人，只增怅结。误烦邺下之书，宁减江州之使。佩茱可念，作赋其谁。漫停西风，率然短勒声谢。心旌摇曳，笔舌语屈，伏惟崇鉴。幸甚。

上邢昆田大司马万历二十八年庚子，公年五十九岁

近阅邸报，始知台台上便宜，天子举东征将士毕撤而西，在中国则归焉放牛，省转输羁绁之困；在朝鲜君民，亦得遂赡养休息，有生人之乐。即台台亦缓带轻裘，释东北二荷之一，以专备胡有余力。仄又闻以潘舆奉太夫人幕府，太夫人善饭无恙，甘毳之供，穷海陆夷夏所珍罗致之，融融于于，匪孝曷忠邪。意者当宁念股肱劳四方日久，虚轴枢而揆宅之，则尚方大官之馔，金茎玉屑之酌，太夫人所昭受宠锡宁有涯也。某盖亦有八旬之老母，尚健无恙，往在西曹，亦曾奉入都门。继闻报蓟州一推，似欲往，而今隔蜀道万里，终岁不再信，则亦恶在其禄养，而又何取乎为子邪。大计之定，势不得斋捧，便自投劾而归，万万不能留蜀也。

报许周翰观察

忆握别丙午，入关之役，虽两寓书，末由奉颜色，抒我勤眷，惄如也。仁丈棱棱仙品，渊抱而敦植，正不易逢。不肖徒以椎鲁质直，仰荷茹纳，交映襟期，竟自扪落落如石耳。谢事后，日企起仁丈佐急县官，酬宿昔，阒久无闻焉。兹春正廿二日，倏奉德音，缅缅尺牍，暨之隆贶，始知台下此日方观察河东。河东汉股肱重地，当晋半，以丈在事，陈常贞度，绩茂可知。乃勤注岩穴若兹，感恶可云。更念贤公子联翩玉立，伫睹飞骞，不谓两赴修文也，殊悼怛久之，丈达观宜无重介怀，勋猷福履，彼苍且厚诒之已。不肖藜藿无恙，衔情綦切，九顿声谢，瞻溯曷极。

报周敬松廉访

不佞某江阳承乏，岂不亦步趋芳躅，寤寐羹墙之为眷眷也。顾景星遥企于层霄，而龙门尚阻于崇觌，心旌飞越，将之无以。方是作责沈之文，渴仪封之愫，惟未见既见，日回环于胸中耳。乃锦屏银鹿，仰荷翩翩，而俨然被之琼玖，悸神眩目，令薄劣奉以彷徨也。九顿登嘉，片言抒悃，殊不尽慺慺百一，伏惟澄照。

报潘雪松玺卿

“同居洛城陌，镇日不相求。”台下诵此，其有意乎？不肖乃登龙一再，御李稀疏，实不肖汩汩风尘之以，而非玉树峻绝也。一别春明，天涯旷邈，欲往从之能乎？台下云霄振羽，士类襟裾，岂其以说铃解顺兢当世，澄寂之舍，恬憺之乡，凝神为独远矣。下风之袭，何必几席，兹不肖所为勤眷向往，雅不欲淈泥啜醨止者，台下亦幸许之。不肖少不如人，今为华发，恨秃笔之无芒，将挥戈而罔补，早晚投劾而归耳。播事结局，庙谟实然，与一二提揆之力，不肖群策一指，抑堂下十九人哉。吴幕朴茂精明，虽未及见其人邪，业已得渠英概，所云刮目，辱明命益当推毂之，如叙府无所事事，便好取用于泸。率然勒报，长溯燕云。惟亮察。

报祝石林给谏

数年来，官家穆然广邃，视听不烦，日持筹皇皇，惟九府弗羡之虞。至征求四出，使者不啻十辈。江以南，非财薮艳心之区哉，所不至横侈决裂，以亏缺金瓯，则门下司绳之力。纠虔调剂，阴干其枢，曾不觉掖垣多旷，而交颂骨直之有人也，宇内固喁喁哉。某驽骀下走，曩司言领职之咎，门下耳之甚稔，年来从事蜀南，会逢多故，奉以拮据，令颠毛种种如此，则铅刀无效之征，何得贪天功，以自重不德为也。初拟播平即投劾而归，念计典方严，渎请非事，坐是逡巡莫必，早夜懔懔，胡评鹭人群之足谋，而清问骤泊之邪。比为承行献俘，久羁会城，日不胜琐猥之困，报命久稽，职此之以门下亦谅其隐否？卤率摅陈，管窥是吐，伏惟崇照。

上邢昆田大司马

向蓝参将至蜀，得奉台札，惓惓注念，周至无加焉。夫某久陆沉于世，无所比类，何足齿颊，乃万里云霄之清问，台台独郑重有加，不损葑菲，容亦鉴其朴直，或足肩事，而实大谬不然，虚负明德多已。剿播之役，从事戎行，罔所裨益，即时效片言以佐幕府，亦惟是台台石画。昔所次第未竟者，摭拾成牍，聊以塞责，非能自为说也。大抵播事反复多端，总之无出剿抚两字。时可抚而不可剿，而一意主剿，是谓尝试，尝试者无幸。时可剿而不可抚，而一意主抚，是谓失时，失时者亦无幸。台台当日处剿抚之间，而以剿为表，以抚为质，以归之乎勘，此当宁深意，千万人耳目睹记，难以一二口吻淆也。即如近年綦江未破之先，庙堂犹未坚用兵之志。用并不疑，端自綦江之变而始决。某盖左右李大中丞甚久，神情论议，一一甚稔，与台台易地皆然。李大中丞亦未尝一语不推重台台，良心难昧，真是不渝。台台宜畅然已事，无庸更发一语。且台台以播事未竟者，施之东事而既效，李大中丞以台台之锐意东事者，施之播事而亦效，事固有待，而非偶然已。蓝参戎雄才大略，入目所希，李大中丞亦以大将器许之，无奈来迟不偶，未获亲履行阵以竖勋伐，又未几而抱病乞休也。某直以水土不习，请待痊赴部改选，庶不枉英雄手段，一县官亦缓急赖之耳。自入蜀，拮据焦劳，无缘通刺都门诸贵人，纵台台生平知己，恩施均大造，向来亦闻问缺然，罪埒渊鼎。材官之往，漫附一缄，唯唯嗣图申展，卒卒莫罄，冀幸怜察。

报李棠轩宗伯

今宇内领袖斯文而狎主齐盟者，无如阁下大雅。乃舆情犹为阁下嗛嗛，谓廷对不作真状元，廷推不作真宰相，黑头公辅，久恋泉石。柄事者杳然推毂，虚九重之寤寐，其畴不阅渫恻心，勤眷匆幕，而不释于怀邪。计东山峻望，丘壑难淹，亦剩有丘壑之乐。即今又膝下青云，蒸蒸奕世，桥梓岩廊之映，举人情梦卜均焉。翁且脂车，有司亦劝驾恐后已。某山东鄙人，忆丁丑南宫鱼贯，宜北面阁下，如所事山阴朱夫子，惟是风尘潦倒[①]，阔绝云泥，每用为恨。属天幸尸素川南，抠承捷便，比拮据戎马，更诎簿牍，即一介行李弗通也，翻长者先之问馈，不诒之汗悚，靡适为容乎。逡巡拜命，会匆猝行役，入夜抵玉蟾萧寺，漫裁抒谢，方诹期申展，台鉴是希。

上崔振峰侍御其二

始台下被命益部而惮于一来也，盖深情惟有封翁耳。职窃视台下方富于春秋，封翁宜强健未艾，又每每视台下不虐不侮，万物一体之襟度，真锡类不匮，仁孝允迪，萃兹百顺，贻亲难老，即台下崇跻三事寿考罔有极也，讵意骤婴此哉。讣闻入耳，乃在念三，猥在宇下，举身愿赎，恨无繇耳。台驭遄飞，于例应不候代。职拟随诸执事追送前途，图度弗及。匆匆具禀，上慰台安，缱绻下私，统容嗣展。

---

① “倒”，底本作“到”，据文意改。

上朱庭[①]亭座师万历二十九年辛丑，公年六十岁

客岁夏经历初任，得奉老师鼎翰，几席万里，伫切依依。爰念老师埏埴鸿慈，不废泥土，纵泥土无知邪。而象象色色，随物赋畀，苟一分肖貌存乎。则型范非远，犹自日日洪炉耳。惟是萍梗泛流，栖泊靡定，神情寄向，尘鞅靰缚。盖自都门凭借长兄，漫通一问。未几遂借差归省家慈，限满抵部。又逾半载，则长兄已主爵天曹，分宜远避，迹于参商。旋有蜀南之役，炎蒸就道，疾赴戎机。至则播酋猖獗，人心动摇，汹汹泸合，若不终日。而小子以悠谬无当之身，托授非据，蚊质冰兢，募兵数逾六万，督饷头须为白，一粟一刍，万愁万苦。比灭贼又大费锁算，剜心善后，与土夷疆事之难清，则夏经历耳目甚悉，而不能削片牍，上起居于门屏也。疏莽之罪，何知为文。顷闻老师母仙游，又倍念老师中壶凄凉，瑟琴歇奏，亟宜申展，用副勤眷，忽不意又以负谴行也。理棹濒发，徘徊东眷，正不知锦水胡以滌濊，峨云胡以送目，而纡什伯无聊之衷耶。短勒鸣私，姑以请罪。稍俟图所将之，小子临楮可任，悚负喁望之至。

上朱金庭[②]座师

当年小子持铅椠薄技，厚徼天幸，误辱首录。更以质直端雅相奖借，不居以国士勖哉。何期再挂吏议，总关名检，三至投杼，又焉知老师不深罪无良，将麾出门墙，而摈之于夷狄耶。已矣已矣。顾迂戆难谐，途多崄巇，容亦不尽系影响而方寸可原者，此士所以甘死知己。举嚣欢多口，悉足付东风也。老师其谓如何？小子自冒青衿，讫干皓首，未尝一干有司，一纳苞苴，借门人以营私，倾县官而修隙，此所谓豺狼不食其余者。小子虽劣，应不至是，惟老师谅之。家慈年已九九，久烦陟屺，春帆疾驶，足慰明发之怀，又小子所可自宽耳。夏幕干操并优，极力推毂，匪直以老师相托，缁衣真好，谁能阏遏。且彼与阮希思吏目俱习老师，又可印证小子之罪状。去路匆猝，肝膈莫悉，伏匄照拂。

简朱石门太常

比来主爵无完局，微独以当宁总览大柄，称旨为难，恐亦感格无术耳。如台丈擅美题才，水鉴无爽，调停均节，曲当机宜，遂以契宸衷而永终誉，清卿华膴，

---

① “庭”，底本作“亭”，据实改。

② 同上。

暇豫得之，所谓乐只君子，邦家之光乎。老师高卧东山，岩廊系望，槐庭掩映，何事不怡，直有师母之戚耳。然而蓝田发光于瑞玉，合浦泻采于明珠，宝煜而基，固声施无穷也，则师母应含笑地下，老师与吾丈亦有以自宽乎。弟自出都门，便入苦海，既不能通一刺于长安，又不能以一介行李上老师起居之状，疏旷负罪，真自勚不可耳。兹弟以谴归，闻夏经历将有抵里之信，停舟短勒，附彼归装，稍俟当专力申候，用舒积悃。诸所未悉，颇具老师启中。统惟澄照，可任翘企。

柬庄泰岩

盖末俗才势是席，鲜轨道义，目前烜赫，真味索然，那复有台下纬经世守，孔铎远韵，抗世尘而不缁，完太朴而不凿，则台下非叔季之人，而羲皇以上人也。不肖从识荆燕市，已切向往，比从事蜀中，瞻承更沃，芬芳之湛，道腴实津津焉。无奈孱绵兹禀，竟乏英骨，才尔倾心，便已漂梗，是不肖之去位无足道，独得朋西南，失之东北，是不能不怅怅于怀耳。昨来长途多舛，室人遘病，坐是蹉跎，迟至五月初十日始抵敝里。所幸老母康强，兄弟无故，再除三径，尚足夷犹，则不肖之优游卒岁，夫亦仁庇之诒乎。

报赵翼堂

袂剖鸠曹，便乖影响。自我不见，于今三年。或北海以开樽，或东山而采蕨，升沉之判，遂作云泥。回想当年对局衔杯，谭心抵掌之致，飘飘梦幻，何处寻真，则有赋美人于寤言，歌考盘而肆志耳已。白衣苍狗，物态何常。倘有知我之鲍子，即槛车未足为辱，而一切雌黄随人，牛马于太空何翳，掀髯一笑，不枉作狂生也。翰贶之辱，为谊至都，附谢。徐钟岳公祖湖海英标，绝无城府，与台下正好披豁，一时共事，端是奇逢。区区为发深庆，与三齐人士共之已。短勒草草未竟。

报张逢原

不肖共门下抵掌宿昔，何快哉。一别春明，便为漂梗。忆考问之无从，怅模型之日阔。智愚分数，愈益敻绝。则门下之功名卓荦，跬步开府，而不肖再不理于人口也，恶足为异。门下顾怜而慰劳之，其谓人不如旧，而菅蒯未可尽弃乎？则一谔贤于千诺。人不必尽信，而独取信知己之为快，视宿昔不锱铢替也，不肖即蒙诟何伤哉。海鹏之与斥鷃，小知大知之径庭，材量畴能齐一之，夫亦各适其适而已矣。询赵君知门下台履大佳，靖虏要害，当宁者简才而畀，出自拊髀之余，何可久旷，徒亲戚情话是昵乎。读二刻知门下纯孝大雅，而不肖碌碌焉，甚愧。年来小草，酷似效颦，上呈可博一噱。不任县企。

柬高东溟侍御

自昔交游辈，不知几恒沙矣，乃堇堇侈谈管鲍。夫管子即逢时致主树烈一匡乎，然非有鲍叔宿知，抉迹形骸之外，欲脱辱槛车难已，乌言后日。不图叔季乃有台下高义，于议论蜂生，铄金销骨之日，犯众怒而伸一节，不欲隐白日于蔀屋，付榾柮于煨烬，恐当年鲍叔不过。如区区生平，寸竖无闻，负纷纭訾诟也者，视敬仲又当愧死。惟有深衷衔戢，当不朽异日黄垆而戴之孙子，犹是丘山真切耳，台下应自谅之。不肖行能薄劣，受谤有因，独操戈起于入室，落阱而复下石，兹张陈刎颈，只诒口实，而嗟嗟伐木，友生之弗侪黄鸟也，诗人亦末如之何已。不肖华颠樗质，高堂云耄，敝庐饘粥颇足自给，又何人间世可萦嗛嗛，弗丘壑之相宜邪。五月过般阳，南溟丈操具，劳我东郭，未几居里又辱长公桀戟焉。通家骨肉之雅，不今昔隆替如此，彼结绶萧朱足道哉。会车丈北上，附兹见悃，不祥姓名，诸贵人不敢泛通。又望照拂，史纬瞻书扇附上。

报韩晶宇

奕奕海邦，乐只君子，有不徒以簿书期会为能者。神明之政，与父母之称，发自真源，万井渗漉，即扬人多心海埂课最为难邪，直挈领举裘，悬镜晰物，帖然就理，亦孔之嘉，不枉仁人为政也。三载陟明，用章卓竖，虞廷应不爽耳。不佞尺寸无奇，颇知自好，独以涉世不深，弹章再挂，纵使厚颜，尚存垄断之想乎？老亲宜侍，长白可栖，三豚失教，尚思以早夜督之，无令偷逸，区区生事，乐亦在其中矣。怀白人豪，绳斋大雅，俱吾畏友，亲家相与周旋，必同臭味，渠尚不以訾议见鄙，隆德可知，顾扪者转用滋羞耳。

报王云泉萧鹤侣侍御

顷役三泸，只拮据戎马之场耳。地方利益，宁有寸尺，乃辜功攸积，倍蓰不啻，蒙纠大计，其又何言。台下尚恻然加念，好而蔽其媸也。若将谓斋沐恶人，堪杞上帝，而不知才非孟明，年将蹇叔，济茅封殽之事，百不可几诸，不肖弥滋内惭耳已。长白英英，笼水清清，载考之盘，载濯之缨，政足优游卒岁，他非所及也。顷申不腆，覆辱琼玖之报，受之澳涊，惟有心戢。

报邢昆田大司马

台下东征劳勚，卓荦非常。其著者则伸威天朝，雪耻高丽，斩馘献俘之烈，盖遐迩震詟，耳目睹记。抑又树铜标，绘麟阁，声施后世，更用追躅前人耳。若就中曲折种种，焦劳愁苦之状，则人心狡于岛夷，风波不在东海，抑情忍辱，拮据调停，有图书所不能悉者。劳苦功高，有明主鉴之，皇天后土临之耳。某久栖宇下，割猎荣光，然而乍进乍退，倏得倏失，升沉可付傥来，而是非总归乌有，又安知此身之为牛为马，而尧桀果足凭邪。西山有蕨，白云可怡，纵我肮脏，畴得而雌黄之。已矣已矣。鼎贶瑶札，烂然交贲，剩为草茆生色。询贵使知台下台履清胜神王，东征十倍，锦旋在睫，共太夫人团圞家庆，人世希有，则喜而后可知也。方来事业，又自未艾，小子实拭目延伫。短牍抒谢，不既百一。

简冯琢庵年丈万历三十年壬寅，公年六十一岁

朝家大典礼，数年旷而莫举者，主上一旦举行，不复疑贰，令宇内举手加额，诵天子明圣不已。则台丈启沃自昔，而寅清敦秩，遂修鸿巨，文章黼黻，国本盘石，真待其人而后行哉。畴咨枚卜，百揆是宅，计台丈匪朝伊夕，中兴辅佐，翼兹万年，端不诬耳。更惟矿税二事，欲罢不能，不识竟作何状，明圣忧危之思，即岩穴亦憧憧也。杞忧嫠恤，直翘企大拜，回天端有术耳。弟星星两鬓，日依鹤发之慈，世故已捐，独愿作太平一萌，庶作息无恙耳已。

简崔继洲郡丞

陈仲子巨擘三齐，脍炙千载，久拟建祠以风来者，顾未即如意，伟哉来公祖盛举，而明府汲汲举行之，正自雅道。第墓碑委属疑冢，又地当十字街头，杂以屠沽，不堪肃礼。仆欲将南大街路东空宅三间，付县营建。此地后接县治，前镇西司路口，既不猥琐，又非寂寞无人之乡，舆情似允协也。惟明府裁度，即以闻来公祖，诹日鸠工，便足竣事。不它及。

上朱金庭[①]座师

客岁以蒙谴去蜀，曾削椟付夏经历，道旷阙焉。一抵家便溷农圃，无从购鱼雁，则小子之阙大礼、负大戾于门下者坐是，非区区竟世不背之真也。大拜后喜而不寐，又闻问旷阙久之，总为山居。兹幸豚儿妇兄王生蕲应例北上，得以小讯附往。第以二十年不觏之门生，修候于四海斗瞻之座师，而疏莽如是，抑悃款之谓何也。盖举世无如小子迂阔，岩穴自分，偃仰终身，衣冠礼乐之事，从此悬隔，老师应亦怜察，不至重督。戋戋旃曲，仰希麾顿。小子中外罪状，老师一入都门便自了了，那烦小子喋喋也。王生通家小子，操贽叩谒，望无峻绝。不能尽，不能尽。

柬沈华东

宪司之陟，纪峻而体崇，将沛然濊泽六郡乎。捷于置邮，而力不仡仡，孰与典郡省会之难也。然台下向惟以不难肩之，而旁午，而盘错，恢恢丁刃之剖，则易不在十二牛，而在肯綮先镜，一朝奏技非偶耳。不肖伏处蓬累，欣浣无量，第不敢以莺迁贺，省事厌生，又宪体霜严尔尔，台下应自亮之。弱豚采日叨寸进，即训、范两儿之岁试亦不落拓，则台下覆露明德，何啻九鼎，奕世载之已。新生随例上谒，附此申臆，九顿主臣。

简耿华平[②]

盖万品妍媸，了了水镜，今都操诸门下，目中不渝毫毛也。知人则哲，信有难而易者。九流汔清，四海何有，则门下之茂勋伐崇藻誉者胥此焉基，用是进取者祓志以弹冠，幽栖者承风而诵美，夔龙步武，勋华方恃咸熙耳。不佞窃附通德，发有深庆，独以年来杜门匿景，闻问缺然，区区向慕，大不其然。会舍亲某北行，附兹申臆，卿云在望，千里悠悠。

报王见山

玄风旷度，日日思量，况是晚年邪。无奈仁丈茧足，弟亦病足，竹韵松声

---

① “庭”，底本作“亭”，据实改。

② “平”，底本作“苹”，据实改。

又作岁寒希构，怅怅可知已。独喜仁丈涉世之长，古稀遂阅，犹是龙马矫健，海鹤昂藏，百年正无足异。公郎超轶，汗血翩翩，又何数幺麿豚犬，郑重有加如是。以彼之不为白丁也，脱畚锸戈殳之役，至足已，敢生他羡，直戴明德无涯耳。来惠拜品味已腆，双币璧谢，可任悚仄。

报韩晶宇

日从边汝丈，稔亲家嘉定之政，清媲悬鱼，捷均掣电，鸣琴飞舄，以御棼错，持此宰天下恢恢耳，何惧吴人多心也。又有人道周苏州方、许松江圆者，二公皆不佞知已，所称正人君子者，一方一圆，应有节度，圆不至毁方，方不尽废圆，不失我，不失人，崇功令名庶几夙夜为守为令并行不悖之道耳。怀白书中甚推重亲家，自出其素，又有缤纷之贶。衡门有此种种色泽纲目，望裹贮停妥，早早寄览。更为觅善本《五车韵瑞》一部，助晚年声律为快，谨毋曰望蜀也。

报周怀白

人无俱非，我无独是，自是不命明，自见不命彰，故一诟成犁，再诟成缁，夫亦愧不为君子耳。吾恶知不容之足见我，又恶知道之谓何，而我足容物，束教云云，是足下信向之过，好而掩其媸尔。不佞年已衰迟，迩多婴疾，茧足杜口，惟一编一局之娱，差足消永日而送余齿。兹可闻于知已，不色怍者。韩嘉定之露覆，感不容口已。足下又勤翰惠，更遗大编，奚啻百朋为宝邪。谢谢。三豚子昨试，长叨首，次一等食廪，少者亦滥竽黉宫已，辱念敢以相悉。不佞方取选诗至唐体部分类析，业就八九，不知可竟附不朽否。不尽。

谢术思庵画扇

扇头佳洒，得右丞之神髓已。流览把握，抑怀袖三年何啻。敬谢大雅。

报沈太素

藩宣一莅，海岱生色。矧春台太牢之享，岩穴亦不枯槁乎？翰腆之暨，为谊孔硕，感何容教。第前此驰情，未敢以一介行李上干记室。即今叨宠渥，被之魂摇，竟不敢拟报琼玖，知琼玖无庸于报，而亦不能报也。生来涉世，每困荆棘，应阳九阴六至适然，尤人不足，自信尚有余耳。更惟一编一枕，足送余齿，稍有绪便当印证。第了此未易易也，明春有请。三豚儿粗理章句，徒溷青衿，恶知其他，辱笃念及之。附谢大雅。不尽。

柬韩振庵万历三十一年癸卯，公年六十二岁

昨乃扰甚，喜甚，而狂又甚。亲家亦非笑乎不。令孙英物，昨小字尚未惬志，欲以英奴诏之，不则慧奴、清奴、雄奴，俱依希六朝，不堕田家窠臼，却是措大家风也。幸裁示。

答曲莲石茂才

贵宅兄弟和睦，伯叔子侄之间勤恳相属、犹父犹子者，六七十年所矣。比来相较，起于细微，但能容忍，便易消融，若只见己是，见别人不是，越讲越多，越久越离。惟尊者忘其为尊，贵者忘其为贵，长者无失为长，幼者无失为幼，虽千年雍睦，万年富贵可也。仆忝在通家，于彼于此，原无厚薄，安有偏向，直肠之人，不敢不披沥上陈。

报蓝云鹏参戎

门下仗钺东陲，登坛足伫，乃不忘区区旧游，谊何隆也。尧蓂开落，堇堇再更，使命之临，殷勤接踵。加之方物缤纷，珍奇璀璨，委之圭窦，并洎豚儿，意又何有加无已也。夫仆今直敝帚耳，于世罔用，于门下又安所裨补。祓之除之，享重千金，义则侈，顾当之滋惭怍耳。缅惟门下，玄识旷度，骏略紘才，季布之诺无二，侯嬴之言可覆，世尚有貌索而遗其衷者乎。然亦止为横诋邢大司马，无端波及，旋亦晛消无翳也。不然则院部咨覆皆不足据，而令绝代贤豪猥与奔走炙手辈，同类共观可乎？门下毋挂臆为也。方今国计大诎，民碞可畏，长城隆寄，非门下而谁尸。仆虽岩穴，良亦大厦盱之已。匪谩。匪谩。

简王晴江

今海内文章家，盖十九左袒于鳞已。以吾兄英资天授，嗜学如贪，又早得游于鳞先生门，衣钵心印，蹊径尽脱，则向来盈庭簿牍，塞上风尘，夫孰非证心之物，匪直以绨绘敲琢斗奇也。向令于鳞而在，应自点头无疑也。弟生长下邑，耳目阛阓。稍长，从诸生就试省会，庶几一北面于鳞。而于鳞仙去，堇堇获攀

附吾兄，私淑有地。无奈世路参差，披对不数数也。今吾兄厌薄尘鞅，暂尔栖迟，道里非遥，挥鞭可抵，顾弟又懒惰无匹，一介不先，徒区区悬注，寄之寤寐，吾兄信之不邪？秋日两豚赴试，猥荷接引，重以宠锡华筵，多方奖借。以吾兄之尊之贵之挟持，而令瞀然小子披拂春风，益足证宏度渊蓄，世谊笃厚无加已。顾豚儿落寞如昔，靡有副塞之日，弟亦溷迹农牧，与草木同腐已耳。独有分类《诗宿》，上自黄虞，下迄李唐，部而列之，凡二十有八，而目又不啻倍之，盖用力十年，绪就八九，方在检查，献岁足发抄也。倘抄成一卷，便好请教，幸毋为烦。

燕喜堂集卷十一

书牍

上朱金庭[①]座师 万历三十二年甲辰，公年六十三岁

寅岁王生蕲入京，曾附小讯，仰辱裁答，属意甚殷，即王生亦蒙优遇，脱略崇卑，旷度谦光，赤舄硕肤之风，时时诵悉焉。小子盖日夜想望风采，笃棐论思，行且奠万世太平，直须指顾，不谓圣意难窥，深居高拱，造膝无日，即老师时进药言，金石可抵，漫不加省犹故也。夫业不省不成，不成斯挫。业挫之极，无端妖生，倡浮游枝蔓之词将以摇国本、乱国是，令人人自危，善类莫保。作俑何人，世局何似，而耐此辈炫惑耶。缅惟老师，粹白好修，终始一轨，宁复有纤芥可疑。简在之命，人情梦卜均焉。乃云日月有私，爰立有意，直欺天罔人之甚，三尺童子能辨之，何举国若狂，议论如呓。圣怒日炽，罪人未得，燎原之火不知将何所底止也。窃念青宫已定，宝册烂然，九庙有灵，万方共戴，谁敢奸焉以自取赤族之祸。设主上洞览群情，置之勿问，是谓以无心待有心，一片静定，伎俩安施，天下后世，不亦歌圣明无斁哉。今事已蔓延，大成狼狈，就中截断，犹是可止。纯忠如老师，意者操自牖干巷之术，多方启沃，密勿收功，如彼雨雪，见晛自消，小子有厚望焉。草莽之臣，越俎非分，无奈区区忠愤未已也。伏惟崇鉴。

又

往岁台札中曾奉尊谕，令小子再出，越岁未答，草野为然，应不深讶。夫小子少不如人，矧兹衰劣，兼有逾耋之母，即在仕途，尚应陈乞，而况腼然再出，曾不足展报尺寸，而只益其丑，兹小子所为永矢耳。平播之役，小子实有罪无功，迩闻滥叙，终非所安。即部覆见俞，复授一官，应自扪省，而敢冒昧出邪。惟老师谅之。王生以点卯入京，附兹明臆，且为王生先容也。王生曾拜鼎饩，辗转在念，一芹之布，渠乌可已焉。又幸台瞩。

---

① “庭”，底本作“亭”，据实改。

简朱兰隅太史

以仆之碌碌无奇也，更多缺颣，亦恶当门下。且门下以盖代鸿才，仙班峻品，士倾跂清尘，愿通籍无阶者何限。不谓从南中一日，盟定百年，至折节相存，不知有玉笋金闺也。盖江海善下，瑾瑜覆瑕，旷度诚然，实增踊跃。顾自成年解携，萍流间阔，川南之役，尺寸未竖，竟以畴昔衅孽，再蒙指摘。干鬲之剖何繇，桑榆之景日促。兼之家慈云耄，乌哺未伸，既不能报效朝家，又胡以塞望知己。惟甘心藜藿，栖迹岩穴，至将与草木同腐朽耳已。更惟仆百不如人，营家亦懒，数年来稍有余暇便搜括诗卷，除三百篇外，上基姚姒，下逮隋唐，得佳什七千余章，部列二十有八，僭名《诗宿》，就绪八九，时方检查，期以两月内发抄。恨南北隔阂，请教莫适，谨录总目一帙，上尘台览，俟竣事别具乞言。兹会逢北羽，得附小讯，并以戋戋侑往，所睇鉴涵，可胜延结。

报徐钟岳督学

夫妍媸有定质，而重轻之有定分也。物不齐而均齐于权度，则老公祖分内事哉。常虚常定，百试不爽，权度之握，此齐鲁士所共夙信，老公祖应亦自信于心者，何逊美之深也。不肖山居日久，懒慢成习，不但无片刺入都门，即只尺省会，老公祖相望依依也。而嗛嗛申展，则亦野人故态，所不被督过厚幸，又损大饩以存之，何深情笃眷若是乎，有加无已邪。询来吏知太母而下，并纳新禧，老公祖日日在公，精神倍爽，安得以多病为解。清卿不次，行且相酬，跂予望之。老母粗安，兼情喜惧。三豚如昨，无奈庸劣何。士之子常为士，得不迁异物足耳。类诗垂成，待就帙便好请教。九顿槐阶，遥遥紫气。不悉。

简张蓝田年丈

弟材局呰窳拥肿耳，每自谓攻玉惭夫他石，而补苴劣乎木屑，其于仁丈宁有当焉。直以椎鲁质直，不存机械，久受知左右，不但庸众，即同袍莫逆无两焉。顾弟蒙再诟，分自攸宜，仁丈何人，雌黄不免，弟则甚惑焉。居尝谓仁丈吐寸丹而倾日，控长剑而倚天，直足鞭挞四夷，敉宁宇内，何事不恢恢也，无端捕捉风影，举生平砥砺铮铮者，猥以悠谬点之，壮士负不白之冤，则同病抱切肤之恨，又何言哉。第黑白变乱于集蝇，金骨销铄于积炉，竦慈母以投杼，成市虎于三人，则由夷安在其不污，周孔安在其无类。崄巇风涛之状，畴捍勿来，畴麾即去，惟芥功名而傀儡世局，此际不当一眴，始命曰达观知命之君子，不人知而天知耳。弟宿昔推重仁丈，夐绝流俗者在此，不平之气，分外之戚，一切无庸也。岁渐迟暮，隙驹几何，吾兄弟痛痒关切，虑罔不至，便中为仁丈一披豁之，幸照拂焉。

报沁水王玉源

记在西曹，曾奉瑶札，不佞亦漫上起居，小草为寿如昨耳。忽不觉六稔于今，则信哉人事参差，良缘契阔，萍流不自由也。恭惟殿下，广辟梁园，邹马在列，从容词赋，一日千秋。矧是春秋鼎盛，时接八公，宜强固无虞，树屏未艾，胡云衰证齿髪，且有宿疾耶。计内摄真元，外祛柔曼，更不惮苦口，辅以药饵，计日收效无疑也。望之望之。不佞年逾六帙，壮心都耗，独于诗学酷嗜，勤心搜辑，冀成篇汇，以便来兹。比已垂成，图所寿梓，不知果卒遂否。难悉区区，小草侑往。

简安曰睿

足下于是乎司牧已。作牧隆节爱，节爱中不乏严整。乃在驭下，驭下亦任情喜怒不得，须时时检察，极力克治，才不受患。语云：“王道本乎人情。”又云：“圣王以人情为田。”夫王天下不离人情，况作牧与民倍切，父母赤子之意，不可不思也。仆向来作牧，罪状如缕，宁宜矢口谈政，第生平相知，临行恶得无言。不揣庸愚，妄有称说，更托之小什，载在扇头，窃附于昔人赠言之义。幸照拂之。

答李少谷

今海内称通家者至伙已，独势利场中，易炎易冷，翻云覆雨，安说交情，则翟公何异夫雀罗，而伏波失好于梁氏，彼不亦通家当年也乎哉。仆与庆门通家者，且将五十年已，痛痒相逮，而父子兄弟之均视，冷不却避，炎不加趋，非寒家居厚，而惟庆门之系属不薄耳。仆几能一日而忘歉岁之德，又何尝不为儿辈诵悉，期世世修好勿替，非谩也。日者辱桥梓见过，殷勤笃至，生色衡苑，顿慰十年之想。直匆匆薄礀，款曲莫抒，讵所为遇通家者，幸廓度优容莫督耳，又何谢焉。董公自长者，公即在侧承事，应得欢心，更宜恪共朝夕，慎于出纳，良保无虞。四种珍贶，险远相加，致之大非容易，拜之重自逡巡，未知所报称谓何也。使旋，率然勒报。不腆之附，用见悽悽，伏惟麾顿幸甚。

简刘东川万历三十三年乙巳，公年六十四岁

伯父历年迄耄，视百岁亦犹咫尺耳。不肖一通家子，宜申九顿，恭效祝呼，乃兄丈固辞也，遂辍往。不腆之庀，侑以下里之歌，极知辆亵，衷不可但已耳，乞笑而置之。异日毋勤车骑，毋烦报答，才是古人之义。又幸亮察。

简张在田明府

不肖盖晚岁而后学诗也。诗有别才，讵驽下所宜拈弄，而况晚乎。亦只见效颦改步，惊邻而诒笑市人尔。辱台下勤恳下索，不敢匿丑，遂勉录一帙，上干督削，设石距水而金耀冶，则有麾出门墙耳已。悚负悚负。白山之游，不肖比晤李丈议偕往，治具走邀台下，为山阴雪后，跋涉维艰，须迟过清明，路燥景和，爽然登顿为佳尔。敢告从者。

又答

万年福地，向来多少仙游，顾索之无踪，又秃然乏片石纪胜，大是荒凉。只今得雄篇，读数过，语语琳球，直足令云烟飞动，山灵生色，匪石胡以永之。独山下氓蚩蚩椎鲁，乌有诗。虽谬效高达夫，学诸岁晚，无那神慑雄篇，怃然小草，徒弄斧滋羞无地耳。不知还堪付郢削，借媚一石否，惟牧父终教之。

简王宏庭

盖仆与台下生来介有缘无缘之间者。已得卖其文，仰接其神，河润渐被，而弗类豚犬，亦蒙拂拭生光也，是可谓无缘乎？究也想象河东，寤寐长白，乃不获一奉芝眉，聆謦欬，则龙门扦迹于御李，而海滨抱志于责沈也。又仆所自惭俗物，称生平未了之缘乎。惟是丈夫涉世，有所当于大君子，而罔所腼颜名教，终始意气，稍稍相符，则亦不必面觌，无害也，兹又仆差足自慰乎。仆家食樗散，无意当世，独深喜正士登等，大行奕奕，树鼎彝竹帛之芳躅，令宇内知旧家玉树，扬辉未艾，方鳌极倚之不坠，娲石无所容补焉，兹仆夜日悽悽也。不腆之将，不缋之语，固是野人深况，或抶于世谛之外，不诒彼哉也。可胜瞻溯。

报邹南皋年丈

吾丈质量如严冬松柏，孤秀挺然，出处便关理乱，即儿童走卒知之，尚竽瑟当世未出，若弟则洳劣无闻，赋性褊急，再出再踬，自分为宜。且弟之再出，急在二亲恩命耳。三年郎署，业微萦名，田家分满，极已，知足知止。弟诚有味于柱下之言，不恨知稀，恨无可贵耳。有可贵则曳泥非屯，蓬累非辱，又何嗛嗛。矧世局大异曩昔，即在位高贤大良有旋转乾坤手段，尺寸莫展，况已栖岩穴，又想廊庙，难矣难矣。只私祷皇天后土，九庙威灵，及今启诱圣衷，急停中遣，宽恤民力，势可逭于土崩，人获免夫涂炭。一日清平，便是一日仙福，弟愿止此耳。又念西江僻远，罔虞寇盗，燕齐一带，自昔戎马场也，私忧过计，偏切杞人，丈谓如何？吾丈在先诞子，曾耳诸龙斗冲公祖甚喜，嗣有别信，久是悬悬，兹奉好音，始知主器有人，宗祊有属，足彰为善之报，良副一体之怀，拭目成立，欣慰无量。如弟碌碌三豚，每荷垂轸，惟是分限庸驽，策不加进，二大者徒縻廪饩，未见脱颖，小者虽泮游三年，齿应学礼，又无奈童心未蠲何。弟自凉德，无当师程乃尔。渊明有言："天命苟如此，且尽杯中物。"弟亦不深虑也。老母岁八十有五，犹称康泰，共家兄相安。敢告从者，遥辱清问，惄如顿豁。又奉诗箑之教，不腆侑往，可胜瞻恋。

报张在田明府

不肖茫昧鲜识，安灼时宜，抱病岩穴，又未宜越俎陈乞，以干大戾。昨冒昧有言于二父母处，为里中姻亲辈匍匐相恳，述收纳转输之难，强不肖稍稍缓颊请命。不肖为事关桑梓，辗转殷念，计划无之，又思台下立法在初，持意方锐，未敢径达下悃，不得已委屈请裁，期于小民沾惠，家户按堵，事简易办尔。遽彻清听，猥辱大札，举昨岁以为鉴，述调停之苦心，是谓设诚致行，官民两利之道，又云立严行恕，大得政体。民可由不可知，自古已然，岂独今日。若乃侵欺积蠹，往往有之。又在收受之付托何如，家道之虚实何如，稽查之条贯何如，岁挽之省费何如，道路之燥湿何如，斟酌通融之柄，天地父母之心，端在上不在下，下承泽上闿泽者，不肖固亟望台下闿导耳。今岁秋禾初甚盛，顾当其秀颖之时，三蒙毒雾，又间有蝗灾，粟谷之入减却三分之一，晚田又弥月不雨已。小民疾苦，匪台下其谁察谁怜之。二父母仁明在事，漕政佐理，殆其优余，意气神情，亦大非畴昔之比。况台下提挈大纲，定惠苍赤于委婉节制之中，又何至遗累解官如昨年故事。且天下有治人，无治法，今敝邑遭逢治人矣。不肖盖企踵明德，只效纪述，何敢为谩，可任悚息。

报李新城

岩穴中人，乌敢预闻政事，惟是郎宿生辉，河流委润，目击盛而躬渐慈，心可注之，口亦可诵之，岂其有所阿邪。且台下又何从耳状，而归区区之好。总之九皋鸣鹤，无窿弗彻，即仆亦鼓舄玄化而不知已。翰贶过辱，拜以逡巡，短勒附谢盛雅。鄙悰缱绻，嗣图申展。

简王申宇孝廉

顷闻足下乃遘戚乎西河，即贤者缮性哉，情恶能不动于是。通家若仆，亦恶能不关情痛痒，亟欲一唁，抒卷曲。无那受暑多病，日委顿一几一枕之间，乏力远涉，可奈何。憧憧之况，代以墨卿，愿言保重，且谅下悃，更叱名立宇亲家处，稍待动金飔，老态颇佳，便好竭蹶劝驾，拚话底里。未悉。

简徐怀迁

昨枉车骑，相笑一看，第细睹光容，大不如昔，甚怜，又甚恨之。恨不恨室中老妪，恨老弟不善安顿此身耳。此身可富可贫，可少可老，就不快乐中讨出一个快乐，就不方便中讨出一个方便。子孙之计，子孙自有。我省得一分人事，留得一分精神。藏头不叫无用，退步不叫懦怯。人止知颜子之乐不改，而不知其不改有因。亦止知范史云蛙甑尘釜之贫，而不知其处此有绰绰之泰。从我生以来想到未生之前，从未生之前又想到此生之后，孰为无，孰为有，究竟皆空，究竟皆有真乐。一刀两断，多少快活，又不在酒浇块垒、棋博度日间也。且贤公子皆长矣，劳可代，家可承，有何难处之事。就当下无以贻之，独不能贻之以安乎。门外官责租，人索钱，正自常事，亦煞有消灭之法，不能脱洒，与不能区处，总非豪杰举动。仆所望老弟似不如是，况生来止有此身，此身涉世几何，能禁得多少熬煎，熬煎不过，倏忽间化为异物，徒令生平知己者嗷嗷长号，翻恨无识，何益哉。且看约庵丈，少钱使不，有钱带得去不，只在安插停当与否耳。仆夜日虑及老弟，欲作摆脱之计，不好尽言，又不忍不言，故卤莽言之。此正仆所以为骇也，愿老弟熟思裁决之。伫有报章。

报张在田明府

训儿适归，道旧门再辟，瑞蔼飞扬，黎庶踊跃，将殷阜均于秀淑，通利浃夫公私，则牧父之作用神哉。又闻牧父欲亟撤文昌祠，以平孤削，以葆元和，又自吉祥善事。幸诹日年内行之，且致词文昌，谓非得已，然后撤像笼水，从容补建可乎？又思北门不高，则主山未立，百事罔宜，似不若高起寻丈，与元庙双护县治，大有倚负。仍将完钟悬之北门，如两都规制，庶几金水滋息，无方受益。此千百年局干，事逸而功倍者，牧父留意焉。再告仆非形家，安晰堪舆，直为形家所论头绪烦多，名称奇诡，要不越一停一疏，若向若背，阴阳五行之实理耳。况天时地利，须借人和，气和形和，惟心是筦。迂谬书生，侈谈地理，亦稍稍侧闻绪论，力宜赞成。昔澶渊之捷，断自莱公，而激于高琼之武弁，仆愿窃比高，而牧父居莱公也。伫有俞命。

请文赴部由语万历三十四年丙午，公六十五岁

原任四川布政使司右参议兼按察司兵巡下川南道佥事刘某，呈为乞文赴部听推事。某系山东济南府常山县民籍，中万历五年进士，初授山西高平县知县，行取，选南京吏科给事中，升陕西按察司佥事。十四年大察，以知县降补茂山卫知事，升山西稷山县知县，南京兵部车驾司主事，蒙本部邢侍郎题改职方司主事，随往赞画勘播。事竣，升刑部河南司员外郎，四川司郎中，升前职。以播事专敕，治兵泸合，事平题叙间，值二十九年大察拾遗，降一级听调。近蒙吏部准兵部咨文，题覆功次，奉旨准复官参议，遇缺推用。呈乞转达司府，给文赴部，以凭推补施行，须至呈者。

报张在田明府

当不肖北发之日，所叨惠左右，鼎重珠躔不啻也。乃奉别无几，问馈踵至，其时谓马周羁旅，相如薄游，郁况有足怜邪。顾失西而收诸东，报阙而施未厌，不肖肩兹，有汗潭潭浃体耳已。俸金白粲黄流，充溢口腹，令若醉饱知感，乃所为置报明府者，端亦有日，计蒙亮察。

简李云台明府

盖仆之不奉颜色也，逾七稔于兹已。成纪欣合，长白覆露，所戢中勿替者，俱付之陇云渭水之茫茫，则形影胡以相将，而东西秦真阔天涯矣，如之何勿思。仆年近耳顺，霜鬓萧骚，既再经轲轗，分宜却扫匿景，舒体衡门。顷以播事微劳，谬叨叙复，遂有此番举动。总是业障难消，徒增烦恼无益耳。比至京，见秦旧职，

备审老父母起居多福，日徜徉泉石竹树间，羡作陆地神仙已。于弁西，附兹申候，鄺况莫殚。诗扇小草侑往，希莞纳弗麾。

与梁若生上舍

此番五作，视乡也大觉融溜，端是发科消息。第文章大势如水，水一直流去而无起伏宛委之度，则直突而无情。文之所以为文，亦在乎高高下下，呼应开合，提点过度。一起一落，一纵一操，畅而不冗，简而不促，却自流动不居，乃为佳耳。吾友试默坐澄心，取近科会场元魁卷，日日把玩，大有入处。予日望之。二诗篚侑往。

简卞惺铭吏部

不肖昔漫浪游蜀，会逢多故，事贤阙如。比入都门，又怵于天官清禁，晋谒次且，非其愫已。不肖叨补黔南，实凭云庇，文凭取给，伫仰及时。盖此月下浣，老母诞辰且洎，千里一线，端自悠悠，倘蒙委照，敢忘报塞。

上萧大司马

日侍绮筵，渥沾德意，戴何容敉。次日到厅事，不敢通谒，惧溷清尘耳。刻下为出都有日，拟叩请勘合，值司官在内，阍者辞焉，遂归邸舍，短伏上恳，伫望遄发。且念万里投荒，家有老亲，倘例外得小勘合一张，火牌二张，用便一介之遣，或豚儿往复相存，庶天边鸿雁，稍慰遐思。此亦人情也，的不敢滥役，以干宪纪。统希矜亮，可任悚息。

报冯可亭

足下英标玉立，独抱纯白，自是云霄之概，偶尔掩抑，弥见孤贞。数年纡体衡门，洋洋泌水，良足澄怀，人则共惜之已。比来暂补芦台，会见光复，莫邪砥淬，曷措不攸宜耶。深隐悼内，疚切安仁，雅知足下近抱之苦，第稍纾鼓盆，煞有余旷。惟子女蕃育，续弦所宜慎重耳。仆不揣再出，谬役黔南，万里飘蓬，恶足为道。翰贶之辱，更荷不遗，肃谢。不腆侑往，麾顿是希。

简陈熙明

西曹清燕，结社论心，如三五兄弟，芝兰递臭，町畦尽剖，不可谓不逢已。无那周徐不禄，次第分飞，云间周翰，犹讶简旷。仁丈命世奇才，回翔两郡，雅自苦心，乃劲直莫谐于吴兴，而青衿失叶于色笑，含沙工射，端亮靡容。赋未购于千金，扇几委于秋笥。惟是盐车名骥，伯乐终遭，壮士雄姿，雅不受风尘汩没，良足多也，如何？弟囊役巴蜀，旋蒙薄罚，顷不揣再出，叨补黔阳，万里炎荒，终非所习，自分投劾归耳。直以百年知己，把臂无由，眷言今昔，空烦寤叹。别来计婆娑术艺，大富缥缃，彩笔如椽，散作云霄之丽。愿一披示，豁我蓬心。

报韩惺庵

亲串珠联，递扰不厌，第薄劣未堪厚雅尔。丰水避嚣，良愿，第一酒一蔬，不欲仰烦从者。寒酸得托迹名园，多收烟霞，便属大惠，倘念受累，翻是逐客，非所望也。真切真切。昨小庄未携柬札，失答为歉。弟意二十四日到园，不知天气如何耳。诗扇侑往。

报冯可亭

今昔异态，伐木兴嗟，伤友道之陵夷，重成人之久要，其来旧矣。乃足下独委心于仆，郑重有加，不数月而叨承翰贶者再，将同病相怜邪。抑亭亭高谊，迥谢风尘，松柏独挺岁寒，而翻覆耻同云雨，即此一义，足概生平。是不但仆殷驰向，即豚儿辈悉诵德无涯已。真切真切。尊翁载德淳庞，齿未甚迈，何遽早逝，向来失唁，实则莫闻，幸谅。过里得路友寄到芳讯，拜惠之辱，率然布复，并谢。琼玖宜报，实俟颛悃。

又

读副墨，知足下负蔑之因，总属风影，殊觉悠谬。第足下姱修亮节，历试不渝，白玉点尘，拂拭愈见其美耳。如仆蒙诟者再，恶逃朗鉴，巧与拙之分途，实与虚之易辨，夫亦安之而已。惟是不揣再出，逡巡畏途，曾不知终所税驾，匪知己畴翼覆之。千里谈心，可胜延结。

答张在田明府

仆二十二年前作佥事，抵今参议，南之北之，总庸庸，又敢受贺。矧仆又中暑病，走谒未能，徒抱眷眷耳，肃控诸使者。乡北役曾拜琼章，阙然未报，顷从床褥间漫就四首，载箑请政，若迟与陋之不才也，仆安所逃责焉。不它及。

上毕松坡尚书

景星庆云，世希有，有之人人仰戴，踊跃不居，如我翁非与？清不激，和不流，古大臣正直忠厚兼有。乃又神姿绰约，如姑射人，专气保婴儿完质，则翁非世品，海外之真仙也。某不类，往役陪垣，数瞻光霁、聆謦欬，式寄向往，别余二十载已。比从李少尹备讯起居，知岁登九帙，方矫矫轩举未艾，于上寿何有。某惟宿德难逢，仙缘欣羡，用是冒陈下里，愆布上台，阻远不敢操币，惧溷清尘耳。伏惟垂察。

报陈云洲年兄

海岱同袍，晨星落落，以吾丈之托迹蓬瀛，啸傲烟水间也，神仙之乐，正不假诸人已。沕劣如弟，种种头颅，分甘岩壑。比以播事叨叙，不揣再出，其于为人为己恶有攸当，而辱置之齿牙，良有余惭耳。初拜命都清，欣喜瑞南丈在彼，剩徼匡翊，足逭愆尤。顷又改而商洛，正如歒弓失檠，几堪命中，又荷珍腆之暨，弥重局蹐焉。汗颜登嘉，附以戋戋见私。神情摇曳，千里相萦。海上之游，未卜竟遂区悰不，可胜怊惝。

报耿华平

都门之被爱渥已，无论鼎贶华筵，鳞沓而集，更有勤恳嘘覆，迥泆恒情之外者，则门下世谊之笃，殆幽兰玉露而黍谷春生驺律乎，宜何如戴之。日阅邸报，知门下业推考功，骎骎主爵，九流铨管，实归掌中。丈夫用世，呼吸八埏，正此时为然耳。汰秽浊而贵清真，翻积薪而画用木，匪门下畴望焉。商洛一改，知属推毂，又最喜简僻，而地里近，恰宜衰劣，感更不浮耳。文凭拜手使者，薄犒见私，直愧田间之陋，亦幸亮察。

简邹南皋年兄

老师今日当国已，格天事业，吾辈当拭目焉。老丈文集相惠，时时披阅，恍如披觌，且稍祓蓬心，便作针砭，畴谓几席非接耶。老丈命世真儒，久系舆望，无奈屡推未俞，十年乃字，岂曰无期，顾言自珍。老丈近有公郎，箕裘可寄，便足慰怀。顷闻一长安客，谈老丈居乡，颇不宜于宦彼者。弟谓直节孤介之士，不请托，不侵损，安有亏欠，多为道不相谋耳，此又恶足以病君子也。弟望轻守拙，只有淳庞一味，终始载之。顾多不宜于时者，大概慎交接，省议论，似是处浊世善物。如何如何。弟不揣再出，以毕蜀中前件。到部之日，谬为杨少宰所怜，改推商洛，则老丈畴昔嘘植耳，向在留都曾口之。张在田明府为政，开爽练达，已播骏声。弟被德不浅，便中幸为弟一谢。不腆附候，所匄挥存。到关中，好凭贵乡一二长官，另修末悃。不尽。

简张在田明府

不肖卮言寓言均无当，晚而谬托于诗也。取三十年历目贮胸者，聊抒汗漫，敢望漆园乎。牧父弁语，几好而不知其恶已。独羡文成倚马，目鲜全牛，被嫫姆以色泽，似稍亦涂人耳目，则不肖实受益宏焉。九顿使者声谢。贮需付梓，即携西游，跬步台光，不朽维感耳。早晚抠叩。不戬。

简李新城容斋

瓠落之人，讵堪适世。不揣向用，方自逡巡。老父母顾汲汲奖借，被之宠数无已焉。不肖其胡以肩此，即顾我复我，不加于此矣。礼宜躬叩阶墀申谢，为骊驹之赋匆匆也，遂不果。肃专一力，操不腆而布私，缱绻在衷，惟炯鉴而麾顿之，乃属厚幸。行矣契阔，瞻恋何极。

报王曙峰

昔四皓出商山以安汉，不肖乃欲入商山以治秦，不知出者是、入者是，抑出入孰真孰假，而皓首孰为最也。但渠也招诸子房，而不肖受门下劝行，或亦可腼颜以出乎？毕竟还逡巡也。日于诸亲赆饯，概不敢领，顾难诸知己，谨辞赆而受饯，要以见不同乎它，即它人亦不得例耳。比台履何似，念之摇摇，正不知把话何期。顾言自玉，从容只候多福也。不尽。

报阮贞道茂才

仆初南游而睹足下之少也，再南游而睹足下之渐壮也。迄今又逾十载已，居诸渐改，情境参差。少者不能不壮，壮者不能不老。兹仆所为览镜滋惭，而注望足下不薄也。足下擅材开美，为尊翁当年珠玩，而仆共奇焉。白下之游，应有意乎青云，六翮之奋，九万何有，区区日为拭目，愿言矫矫，且淡中滋味，静里功行，非学子迈往梯航乎？焦弱侯先生，世所标表，足下与游，定有真诣，仆甚喜焉。年来再奉翰贶，故人之谊直逼云天，戢内不忘矣。清帕二方，小草二册，侑启焉。讯殊愧戋戋。鞭弭待发，西役匆猝。不尽。

报王洪阳年丈

居今每忆古人，托之尚论，犹是影响。以仁丈高蹈逸轨，不朝贲而贲丘园，精神联贯，不知东郡环向，让畔让路者几许人。恨征车未即，犹然初九潜龙耳，约之时数可已。弟皈依一念，不啻面吐，既别越增惘然。诗道晚肄尚隔千里，西京何敢知焉。鼎翰云云总属奖进之词，不敢不勉。晤许丈神采倍常，备道宿雅与仁丈真不薄也。使命之辱，跬步不忘。揽辔草草，不尽。

简王如水方岳

老公祖敦彝宿望，久播寰区，所倾企下风、冀承光霁未谐者何限。某也无良，既夙托部民，潜润德教，有年矣。兹又从蹶起之余，叨补商洛。一枝负荷，维宇下宠，灵焉是藉，而禀承倡导，庶几不迷，于生平为幸甚厚。顾自惟薄劣久摧，壮心渐耗，赴兹良是逡巡也。不揣冒前，期以兹月廿九之朝，受事左右，尺度匪遥，将抠请甘苦疾徐之节，而棣持之，老公祖亦无靳乎。伫奉进止，诸老丈处不敢概启。晤在旦夕，希为叱道。

上郧阳黄芳楠抚台

为到任事，职碌碌无奇，不揣再出，都清未赴，旋改今职任，自惟地僻事简，尽堪藏拙。加之叨隶台台，只承玉宪，帡幪攸戴，庶几纳污。兹于十月二十九日到任陕省，十一月初六日抵商於视事已。区区喁望，即欲驰叩阶墀，禀度分猷，以莫不虔，乃有关内守道之委署，控辞不可。且处远非所以治近，居略非所以宜烦，不得已。又将有会城之役，勉强代庖，仍拮据商洛政务。时下赴谒，势委莫能。除矿洞缉捕，选练标兵，地方重大事宜，刻下极力振刷，勉修职业外，所有到任日期并在事情形，肃此差官上禀，专候宪令。仍庀不腆下程，聊旌末臆。顾瞻台重，亹顿是祈。

上徐理斋总督

职品材均劣，污蔑再及，业已甘分岩穴，同腐草木，无复当世之想已。顷以播事叨叙，再补今官，鸡肋虚薄，赴焉忸怩。惟是以秦关旧游，玄都可再，矧举目有二天之庇，遂尔冒冯妇之嫌，洟涊厚颜，实以十月二十九日到任省城，十一月初六日抵商洛受事已。区区瞻注，极欲一叩台墀，缘怵奉清禁，逡巡未敢。适又委署守内道，宜移驻省城，盖百尔纷员，簿书杂沓，日惧业脞，不知竟作何状。且风尘牛马，左右尺棰，想台台亦恤其私，应有以嘘覆之也。衔情未敢有将，谨差官赍禀台端，只陈下愫。卿云弥望，目注神遥，伏惟崇鉴。

答焦敬斋

当年泫氏，交游端不少已，如足下之纯恪端亮，尺寸不爽者，屈指正不多得。已而提社香河，便一意为苍赤请命，力抗貂珰，虽久困左迁，正人扼腕，总之尺寸君恩，低昂惟适，达人所为于于耳。况在乾日久，英称俊发，荐剡在朝，回天可企，愿益自信焉。仆不揣再出，恐为知己之羞，又幸迩高贤，庶几不惜针砭以嘉惠故人，不胜大愿。翰贶过腆，雅不敢当，敬领徽墨二函，式昭明德。百罸琐琐，不既愿吐，伏惟亮在。

报常诚所

某行能薄劣，再蹶再起，宜无所比类当世，而尺寸弗中于程也。商洛之役，方用彷徨，谓入关首谒台丈，当禀承矩矱，叩道德之统宗，询百二之要领，最属庆快。乃适台丈方履任长安，弗获接轸，已行部高蒲，路岐未晤。私心悬注，百有憧憧，日拟走一介行李，上起居，用展慺慺。缘初事纷员，且往来商於不定，涓滴未效，可是缺然。顾使命匪颁，先辱珠辉星辉耀，而重幺麐以鼎吕，则不维繄物，而德之衔戢，宁有涯耶。九顿式承，容早晚殚兹末悃，更告不敏之罪，惟台丈照拂之。

报郑养冲宪副

不肖盖两仕晋而无当也，然居几成家，交游如许，乃独于名世大贤，尚神企而未交一臂，则惭愧仪封而负沈责不薄耳。秦关再入，寤寐良殷，第以初事纠棼，代庖鞅掌，汉之广矣，泳思漫赋，而一介稽滞未往，则不肖事贤之疏尚如此，使命远辱，鼎惠相遗，且奖借溢于篇端，情款脱于恒格，若以为不肖在晋，尚有尺寸足述者，而实非其质焉。拜嘉聆诲，宛若披承，第未识伏谒何日，徒有憧憧尔。早晚颛力代叩台墀，磷次不既卷曲，伏惟澄照。

简白省庵

自足下去朝后，而足下羔羊素丝、中流砥柱之概，益昭灼宇内，人人信足下高格无两，则仆所分辉贤喆不薄哉。度时策数，畜极欲通。日见曦阳流照，起卧析城，作清卿而蒙登等，人益信珪璋特达，竟致庙廊无负也。跂予望之，如仆庸谬，再挂吏议，无但人莫见信，即深衷省咎，半是摇摇，怡然自信亦难之，未审足下视谓如何也。商洛之役，以冒叙平播得失，据分非宜小草骤出，恐睥睨四起，终贻戮辱无当耳。时代庖守内，询仓官原道，稍稍得足下起居状，殊慰遐思。小启附若僮，致之左右，字扇二握，小刻二种，侑往。

答袁存庵见贺

今宇内程品较材，抑谁不蓍蔡翁丈，勃勃向往。如不肖区隐念，谓畿南广野，天植名贤，履惇固而抱真纯，于浮靡风会，得睹正自难耳。讵意顷谬补商洛，琐缀末采，日凝神西塞，企贮龙光，以株守莫获抠叩，又代庖守内，百尔棼错，即薄讯尚稽未展。乃翁丈翰腆，俨然先之，不敏循咎踧踖，宜如何也。九顿拜命，漫勒谢复，早晚颛有抒陈。顾瞻台斗，耿耿何极。

报陈还冲年丈

顷周旋都门，既以释十余载惄思，乃又堇堇吾两兄弟，如形影声气，相待不分。时以中所迷谬于世未谙者，叩之辙应，每虚往而实归，则弟与老年丈真系属依恋，不能分剖，端门面面，宁减苏李河梁邪。未几弟又叨量移，获附缀秦僚，大出望外，疑苍苍不欲断吾辈埙篪逸响，而序天边之鸿雁有以也。弟深念老丈，盖代殊才，人伦藻鉴，久宜建牙开府。顾尚滞穷边，未惬舆望，或者榆塞军民，微造物宠灵，留福星暂照拂之。早晚大拜，终不失端揆登等，日为拭目。弟抵商泱旬，即以署守关内趋会城，徒旋进旋[1]退，毫无裨补。开岁才返商洛，辱老丈注存殷悬，更拜鼎惠，感何容射。会时下棼错，裁答稽迟，统希澄亮。

报邢泽宇

球琳琅玕，瞻承意切，诚日日西窥紫气，望台下干旄之莅。则有赫然新命，托重金城，平羌之上方略，韩公之城受降，众方拭目台下，而纾九重西顾之怀。矧当事止台下毋来，总为皋兰要塞，一日有一日之经画，好及期视事，壮猷闳展，如登高招，顺风呼，万邦为宪之烈易易耳。不肖叨尘末采，割采分艳，端自不薄，欣慰可知也。远辱鼎翰，深荷罔遗，伻旋草勒报命，同心千里，可任悬驰。

简李祥宇参知万历三十五年丁未，公年六十六岁

灵雨之祷，诘朝三度已。地方大举，万姓胥瞻。以翁丈之清白好修，券符冥漠，向答何疑。弟叨陪朝夕，闵望綦切，适退食漫缀祷辞一牍，代言翁丈。匪敢侈文，亦自附祝史之末耳。设有当万一，幸加窜定，发诸生布于诘朝，惟狂僭毋罪也。

上孙立亭太宰

自昔名臣，如汉丙魏，唐姚宋，宋韩范、富欧、司马君实诸君子，莫睹已，徒以芳声茂勋照映史册，令人慨慕无已时。如台台当年立朝，躬素丝，持骨鲠，亭亭节概，正色不阿，至摧也弥贞，久也弥笃，举南北东西人靡不钦凛太宰翁，如千年松柏，苍翠霜严，又如护辰斗枢，高揭青冥之表，而辉芒四讫，遏阏末由，视韩范而上诸君子何让焉。此人心公论，非某也一人贡谀无当也。行见东山诏起，伫拥蒲轮，复忆当年台台握铨，职方员缺，曾亦误蒙推毂，虽绵材劣品，未奉俞旨，感私没齿不谖已。比不揣再出，冒昧入关，忝商洛守臣，旋有关内之署，日拮据承序，想望台躔，久稽抠叩，又不能早申一候，埒罪九鼎。兹且解署归也，摇摇中况，抒以薄将，稍用起居多祉。伏惟麾顿，可任悚息。

---

① “旋”，底本作“旅”，据文意改。

上张濠滨少宰

以某之拥肿濩落，于世莫适也，讵有尺寸伎俩，足当老公祖赏识。乃自令晋时，即从属吏末，谬蒙嘘覆，屡尘荐牍。癸未之役，又仰荷推毂，叨选南垣。士不难于伸而难于知己，如老公祖之覆露横暨，生平知己，真不再偻已。夫非草木，宁忘戢感，徒以踪迹如蓬，浮沉莫必，望景星于天畔，溷牛马于泥涂，神情向而闻问阻疏，则小子之负罪莽旷，欲文固不能耳。比来老公祖台履如何，佳况如何？侧闻时有著述，珠蜚玉屑，此自名山大业，信属不朽。顾有颐真一课，最是吃紧，不象逐而天游，不言诠而神摄，受用无量。陆地金仙，敢为老公祖喁望。小子入关几三阅月，日汩汩簿牍，未上起居，俗吏鞅掌之态，老公祖应亦亮原已。不腆专力代陈，聊佐一匕，涵内为荣。诸不悉。

报冯少墟侍御

不肖山东鄙人，恶睹问学，直一念倾企，恨执御门下之晚，盖昔人重登龙而切责沈有以尔。窃绎来教，始知所谓工夫本体。盖因本体下工夫，是不得天而遗人；由工夫还本体，是为尽人以合天。正如镜元无尘，明其本体，不拂拭便教尘翳，而本体灭；拂拭净后，明又非从外得。乃近代学者，耳食良知，浦拾顿悟，并闻见择识尽绌，而驾言坐照，恐玄虚无实地。来教合下该住，才是圣门宗派。且圣门博约，原祖虞廷精一，第精一入细，博约觉宽，究竟克复之学，精一工夫都有，然则博文其入门，约礼其归宿乎。“回虽不敏，请事斯语。”不肖于门下亦愿如是，故恨晚相见。四先生佳咏，足当心印，命之矣。容抠请未了。

答顾冲吾抚台

商洛一带，地莽旷而多山谷，民不知礼法，且不知有官府。如镇安尤甚，钱粮不纳，勾摄不行，案牍山积，讼狱猬起。至其南鄙，则东半接郧，西半接汉，健讼者此中难逞，辄改籍冒名，诳愬郧院。比提问，什九乌有，已属可恨。至于衙役勾摄，往往受贿卖法，径自发落释放，票亦不销，此他处所无。如刘大斌横杀焚掠一事，彼诚恃钩错关南，能制人而人莫制，乌合易而扑灭难，遂敢如此。昨见该县申文，即牌行抚民朱同知，严究招解，务伸法纪，揭开恶迹，视劫杀一事为细，急在大者当竭力图之。以后事体，本道拟移文接境道分，不分郧汉西安，但有倚恃险远，投托外处为盗构讼，不奉宪纪者，同心钳制，毋分彼此。仍请一台檄压之，更与郧院通知，庶便奉行。新守道二月的至，职释负有日，倘仰叨台庇，得免大察，则商洛蕞尔道分，似不难于措手。昔人有言，太刚则折，太柔则废，职恒虑其折耳，惟台台翼覆之。台札仰辱，不胜悚仄，冒昧奉报，崇瞩是匄。

简白省庵

生平知己，谛望各天。片羽相将，惊喜云中之堕。抑又双函潞织，华烨分辉。美人赠我锦绣段，信已，何从觅青玉案而报之，有服之无斁已耳。缅惟高贤依约，抑而愈光，衰劣素餐，动而有悔，则信乎时不可违，而出处不可不审也。大计且定，应足抽簪，赋招隐于山中，结松桂而容裔。不贤于随行逐队，视眉睫而趑趄，枉白头碌碌耶。恭欣三凤，已见翩翩，况是鼎盛之年，芝兰递发，日更芳郁，戬谷殆未艾耳。仆时方偕寮侪朝朝祈雨，忧意如酲。草勒鸣谢，附有不腆之侑，惟幸挥存。

上刘华石举主

客岁过仙里，获奉台颜，睹矫矫丰神，慷慨议论，曾不减当年垂绅正笏之英概，犹是滞家食也，不有九苞威凤，敛采丹穴，莫仪韶于虞庭，兹亦否泰一机也。又思金岳降神以生申甫，既迈若钟，厚若植，厥施未究，时数且极，会有特简之命，蒲轮伫驾，某也式当劝发，拭目俟之已。别来一入套笼，拮据鞅掌，几于委顿，亟欲申候台履，牵蹇未果，不敏为罪。兹署事代有期也，肃裁尺一，颛上起居，不腆之将，伏惟涵纳，并谢向者之款。

简王柱石年丈

同袍兄弟，当释褐雁行之时，油油而乐不知也。比陪京剖袂，天涯顿阔，虽成纪得申一候，上党得奉一札，亦犹悬注景星，只勤寤寐，倭岁华于百年，眷驶波于一瞬，能无怊惝于怀邪。老公祖立朝大节，宇内凛钦，徒以鲠介忤俗，逆耳批鳞，久耽家食，计旦夕圣明霁照，托重喉舌，中兴事业，非老公祖宏毗而谁也。弟材品最劣，止宜岩栖，不揣再出非事，独幸再游天府，伊迩台躔，庶几良晤，端是厚颜。短勒起居，侑之不腆，惟贳后时之罪。腒不一一。

简李祥宇祁念东

日者三刹之游，同心逸赏，正自欣欣，不揣冒承三韵，所见无非三耳。函三为一，始悟无前。元声起声有声者，有声声者，吾不知谁之声，谁之声之，请质诸太空氏。巴人孟浪，莫讳其丑，愿仁丈声而责之，令广长卷而无声也。一笑。

谢孙蓝石年丈

以台丈之司谏而竖姱节也，填抚而布大惠也，三辅知之，四海钦之，殆不啻太华为峻，而大河之洪长莫拟。矧弟猥附同袍，且神醉于白云郎署之日，其勤眷向往，蓍蔡罔替，不止颊舌间已。弟百不及人，再负诬蔑，几不齿世，年来以播事叨叙，补商洛，似是厚颜，独以百二雄藩，夙所乐游，不妨前度又来，听长乐之钟声，览玄都之桃烂。又得从仙里，问仙源，以求所谓蓝玉。则弟与台丈，应别有宿缘乎。不者，何二十二年后又有今日游邪？商洛自开采后，凋瘵孔棘，雅欲振恤，第莅堇旬日，旋署守内，耳目圉于兼摄，而精力疲于易竭，诚不知究竟何似，台丈应有以诏之。在事未几，尚嗛于起居之悃。早辱许翰贶，骇目惊心，若罔为容，则洟浻拜登附谢，亟图申展。不悉。

答满咸宁

所遇俱骑虎之势，两难下也。吾以理胜之，以智驭之，以定居之，到头来以法绳之。彼虽猛，安所庸爪牙哉。我辈同舟，敢不趁风波毕力左右，方整厉三尺待也。草草。

答满咸宁

适接手翰，言言真切，亦言言苦心，同舟之谊，正自扼腕不平，怒发上指冠也。世路倾险，小人得志，邪僻之党易合，而骨鲠之人孤立，此中支撑，极力翼覆小民，匪足下畴身之。惟是时处其难，地当省会，势须稍济以宽，勿或过激，故以大壮之君子，而文周孔子，为虑周详，知壮頄罔裨，而触藩为可虞耳。且足下直声义气，已遍环区，九仞一篑之兢兢，仆窃有厚望焉。量移之说，再与一二共事者图之。据案漫复，莫罄底里。

答郑孝廉寅

当年固逆知足下之必发，乡闱登贤书，翩翩擢桂，作剧喜，准拟连第，乃今尚迟迟也。力田不如逢年，然逢年亦须力田者，吾不释吾耒，不废吾钱鎛以待，耕也饱在其中矣。足下所谓消沮，吾不与也。做春元易生人事，尤怕喜事，自喜事而本分当为之事骎骎废已。矧奇邪易动人乎？愿毋忘穷措大滋味。乍接手翰，恍如披对，第不知晤言何日。时下将移驻商於，陪直指君行部。匆匆裁答，不悉卷曲。

报答张濛滨大司徒

字学浩渺如海，难窥涯涘。六书一赋，当为《尔雅》作翼，仓颉生色万年已。达意正足尽意，圣人立象，象不足而言从生焉，无有出意外者。此以知老公祖嗜学不倦，直是神明独到，曷让卫武睿圣邪。志稿未见掷下，从容有请。时困顿出巡诸册，遂不缕缕。

柬王似田

在昔所称无忧者，以俯仰交凑一无牵累之为快，而不知遇或难必，际者亦非偶然。前开之而需殖，后恢之而需培，则难必之中，真有取足于身，而适逢无意。则亲家之俯仰辉映，正亦阶暗然一念，不蕲章而章耳。翔垓亲家，虽尚青年乎，乃端凝纯笃，早埒彝敦，究竟品宜清庙。仆夙闻目击，果是不讹。则今日欣喜，匪直为寻常一黄甲尔也。不腆见私，亦幸麾顿，附谢乃者之雅。

简李翼轩

不肖时诎指，今所称豪贤盖代、主盟斯文者，仅一翁台而止。乃犹受才累，不受才济，究竟希知足贵，而不名之名，异乎人所谓名与。不肖曩入蜀，翁出，顷入秦，又适翁出秦，即一刘生稊米乎，不有山斗一向，蓍蔡一腔，翁虽不知而独知之，御李深情，视浅漫问孔之沈犹贤耳。闻大集已付琬琰，怀瑜饥渴，何可不一相视。即刘生衰齿，独见名篇翩翩飞动，故当视刘生耳。客岁都门谒金庭座师，盛追雅生平，推翁台经济无两，又安较艺世不乏知翁台者，千载下又当别论。曾记翁昔去蜀，曾留翰贶永川，不肖亦匆匆解去，未答。今得走墨乡，一告不敏，一释抱惄如，总亏欠一晤，无那摇摇，愿加餐自爱。宇宙鸿宝，吐纳并非容易，任操戈无赖，恶当一瞬，不肖请为翁护法。顷习于华亭冯定庵，其人率简旷，矢口为章，似翁台坛中布越，其谓如何。

贺李祥宇举子

顷有来自会城者，知台丈于本月初八日实诞公郎，为之作喜翩翩，举合掌称庆。伏念海中仙果，不厌生迟，李下真人，定应称老，正不比寻常弄璋。盖诒谋燕翼，于是乎基，邦家之光，于是乎在，喜莫喜于此矣。弟羁绁山城，末由趋贺，垂涎汤饼，亦待方来。不腆斯将，聊佐匕箸，惟爽然俞纳，乃见同心。设一如会城见却，似与人情相远，非弟所知也。昔弟生采儿于秦州，不概却守道耿丈之礼。当年情节，如在目前。惟台丈照拂之。不尽。

简周仰谦

此中僚采士民，日望台下之至也，夫农夫之望岁，何物已入关，尚未进会城邪？每从左右询台下，春秋鼎盛，神骨秀耸，居秦又风土能宜，宿不病，今病乌有，将苦新命之不下，而鄙夷不肖之莫适与游邪？泰山不让土壤以就高，而土壤又企泰山。良玉不避他山以就美，而他山又企美玉。不相埒而相须，不肖实翘伫干旄，幡然早莅，以快舆情，而修庶政，毋令滞阙无谓也。且以台下之资望，稔荷简在，行不次登崇，展舒底抱无爽，谩讶催官星未到也。华山静摄有日，不肖以陪巡委顿，起居不早为罪。薄程侑问，并以劝驾，幸俞纳。不次。

上金庭座师

老师往在史局讲筵时，无日不于于甚适。彼史局职编摩，老镜斧藻，取之神明耳目，绰有余裕，日讲虽进止肃毖，不易敷宣，然犹事颛一业，力殚一真，帷幄启沃，即稍涉苦口，要亦古训是式，不着时事，不见掣肘，何不适之有。自老师大拜后，中外瞻注台垣，日冀宸聪默牖，海隅生春，竖千古未有勋伐。老师秉清白上通，毅任重大，扞也巷遇，塞也牖纳，往往吐发忧危，直指命脉，为大臣用心之极，外人不及知，而天地鬼神知之。盖当妖书衅鼓之时，党论波涌之日，长安市上，畴不重足侧目为难也。老师直以精诚感通，干转安澜，妖不售而党不烦，为之犹易。不知年来何故天听益高，疑贰日甚，并心膂股肱之臣视如路人，逖如万里。老师即日日谟矢禹皋，训殚伊传，而石不受乎水投，暴不胜乎寒积，中外所谛望老师犹是，不知老师之甚苦而甚难也。小子处老师门下有年已，当时同门十九人，今不胜寥落。一衰白庸驽，恋恋升斗，曾不抵榱棁之任，惟系情老师，庶几一开寤明主，罢税使而通下情，令金瓯永永无缺，则小子虽此日长往，有余快耳。小子事老师，与老师所铸造小子，政不在区区世局也。愿一德咸有，时乃日新，不胜喁望瞻溯之至。

上金庭座师其二

长兄材格超轶，功名郁起，士类那不倾企。且其胸无滤瀎，雄峙如山，共拟茂祉方来，享受未艾，以弘拓令绪，佐老师无忧耳。不知造物何妒，突有今日之变。仰惟老师正色立朝，世味不染，通天下为忧乐，天下亦畴不视老师为欣戚。矧谬荷陶铸如小子，有不耳而心摧，怅望而气结乎。惟是老师一身，宗社生灵攸系，凄焉自秋，孰与暖焉自春，荣悴关乎亿万，则家庭荣悴正亦人世时有，不必凝滞。且达人观我，常自无我而上，以要诸我之极致。我且乌有，而又何有于此身之枝。故伯鱼之恸，不闻阙里；而子舆之诮，独向西河。曾谓矩矱孔氏如老师者，未应以气数胜理，而垂一世之宗。且天之西北，地之东南，何如哉。请以大物自况，以吾道自珍，以宗社生灵付肩，始足证老师生平学问到底受用，向所楼揭逍遥者不虚耳。小子自客岁夏五，拜违台范，想今秋得入表贺以奉颜色，而今不可得也。华诞且届，小子触时动念，不敢以绮语申祝，落恒套。不腆之将，用抒私野芹者，三十年一老门生，亦通喘息之气，万乞麾顿，可任摇摇。

上萧仰岱大司马

自昔黄发元老，身系朝家安危，当其在事，真有不动声色，屹然泰山之势，若台台非其人与？枢府重任，与政府等，不有平章军国之才，则具不豫；不有精白不贰之心，百炼百不回也，则本易摇。今天下不能无事已，乃宸居高拱，九边犹自晏如者，固台台凝定安辑之力，而心思独苦攸诒耳。以独苦者易天下安，即人情回互靡定，疑信相参，一切置之勿校，是大臣履正奉公之义，信理信心无害也。愿台台耐处，天若祚宋必无事，古人盖尝言之。一得冒陈，仰希采纳。

与杨长安论处置税珰党恶事宜

附珰群小，始宜密查而密缉之。俾入吾套笼而莫觉，才妙。今业已得其要领，而露却色相，惊饵之鱼，未有复出游者。况节次已就擒如许，似当内急而外示之纾，令渠辈罔所端倪。彼真去假去与暂去而复来也，总难定执，惟疏其罪而离其党，令彼自惊溃，而邻里不敢蔽匿，则技穷鼯鼠，隐忧自消，后来者亦莫敢效尤。足下所言良是也。手教之辱，勒复草草，幸照拂之。不备。

答王司理

吏中稂莠，宜勤薙，不宜滋殖。门下能时时加意，是为不负钱鎛，称明农耳。手教之辱，三莠行且刈已。附复不尽。

简李方麓侍御

某之不见韪于时也久已，叙泸[1]之役，恰是兵戈之辰，虽亦尝拮据戎马糇粮之事，以自效万一，顾负弩弗任前驱，荷殳弗胜后殿，文墨议论，其又何取。惟是封疆一事，当其用兵之始，则力排瓜分土地之说，为官家经营不易，何可轻付土夷。及其奏凯之时，则首倡行所无事之论，为土夷幅员已定，安得容易割裂。彼时当事者亦深然之，断断欲行，无奈宵人急于功利，窥探意指，旋以恢复之说进，遂主张南割水西之北鄙，右断兰州之左臂，以恢我土宇，定我疆场。谈之岂不甚美，而不知安氏之势方张，不比奢氏之易与。始欲与而终反取之，言甫出而旋自食之，出口易，结局难，欺人易，欺心难。兹某所为倡言排众，犯群怒而不恤耳。乃未几以大计去蜀，又不知后来者如何擗断，如何收煞。设非台下朗鉴高悬，洞黔蜀情形之窾会，毅然独断，以定千百大计，恐西南兵戈未歇，而天下之大事去矣。然此亦昭昭是非，大家公论。某偶言之而幸中，台下骤闻之而亟取，则某所弗获于万诺者，而获诸一谔，即百年不遇，而一朝之遇不薄耳。向来私心衔戢，欲申一讯无由也。闻台下顷旋禁近，尺一可通，庶有不腆之侑，云霄企向，澄照是祈。

简曹仰筠何乾室吴节庵侍御孙却浮孟麟野陈帘崖刘起南掌科

主上久高拱邃处，仰希穆清，似与万几辽阔，然而庶政不庞，百辟鲜淫心慆志，以宣虐下土，则蚴头之白简霜寒，而都亭之朱轮日耀，贤者自爱，不肖者亦震讋立朝之风裁，木矫就直，而豺狐罔所售犷狡，则熙时耳目，真举职明

---

[1] “泸”，底本作“沪”，据文意改。底本该情况甚多，不一一出校。

听无阙，股肱行寄之已。若不肖少不如人，抵今成老不晓事，不稳栖岩穴，而腼颜逐时以出，语干济则精力不副运掉，语性体则凿方不协枘圆，即商洛僻堅犹难之，更摄关内，日见偾辕已耳。顷者以职序并入六计，而幸不扦于文网，则台下实以夙昔翼覆之。顶踵之感，宁祛寤寐，缘逐逐牛马，日神溷，起居不早，并负客岁之雅，每一循省，汗流竟趾，台下其亦亮原乎。不腆明私，大惧犒亵取罪，又幸台烛。不次。

简安显吾王翔垓

亲家之问学，根极澄静，不受一滓也，真足罗法象、涉太虚。至其殚力三余，缥缃业富，如石室武库，宿储罔不有焉。用是奥衍天人，指掌理乱，用而擢南宫上第，响动垓埏，兹青衿玉振，而方来朱绂之金声也。乐只君子，邦家之光。乃不佞以婚姻世好，猎藻誉而窃荣芬，览报之辰，欣跃更什伯焉。顷小僮抵里，曾书数语，道喜于令尊人，未获申展于亲家处，政自阙然。兹凭北羽，得上尺帛，爰有不腆之将，仰希麾顿，可任县驰。

简丘鹤峰太史董汉醇户部汤斗南治中并贵州人

客岁曾叨补都清，虽炎徼万里，与北人稍稍不宜，顾丈夫涉世，万里一轨，百试一真，吾不渝吾真，不挠吾轨，即四极八荒，疆域风气敻殊，苟中足自信而信诸人，亦安往不伸吾志，行吾道乎。仆固于都清无畔援也，已当事者察仆有老母，遂改商洛。行也或閛之，止也或柅之，莫为莫致，即造物罔所操柄，而况于人乎。门下一代豪贤，文章山斗，士人之企向下风，阻分登龙者何限。而仆以东土竖儒，一旦凭虚名，获御门下，被绸缪礼遇，莫可名言，为生平厚遭，而又以后命中止，不获游名贤之里，登大雅之堂，一称觞祝嘏为快，是所嗛嗛莫释耳。且仆老矣，行归休长白之墟，把袂无日，不胜云霄之仰。小勒申私，恶当高谊什伯，仰希鉴纳，临楮神飞。

简王直斋刘祝阳二太史

齐鲁之于文学，其天性，门下又得之家学渊源，浚愈深，发愈渺，蓄愈厚，沛愈汪洋淜湃而莫知所底止。盖前所欲衍而未究，后所禀绪以无涯者，胥泻诸彩毫，而流自渊渊之紫府，始以知世德之懋，而海岱之有灵乎。馆事一定，天禄石渠之间，书不可胜读，将来表竖台鼎，纪载旗常之事业，不可胜纪。要亦梯航一念，举意脉先人者竟之，无异术也。仆早岁失怙，学无所禀承，壮稍知向往，又汩汩业举子，本领未探，虚负七尺之躯，而今日薄崦嵫已。宇宙内事，便好宇宙人共为之，更喜见诸门下。仆譬则海上一草，岱宗一木，芳华滋润之藉，于门下大有荣施焉。客岁冒昧入都门，诸率野旷，无当大雅，乃辱数数相过，推食趣膝。仆以乡曲祭酒侈口文墨，恬不为羞，亦恃夫相望世谊，不得以寻常拘检，且臭味容有合耳。久疏一讯，俗吏鞅掌，兹有短勒之将，极知犒亵，仰希澄照。

简史文溪

七年来才有客岁之聚首，乃转盻星霜又改，不知鬓毛面孔，又有多少态度，心事有多少曲折。惟达人以我御物，不以物御我，众人役役我适适，众人间间我闲闲。世所视峥嵘得意者，视之傥来，不为欣羡。乃目前萧散，不受尘鞅窘束者，直游衍于太空晴云之莽旷，卷舒聚散。天且不足靰，而况于人乎。此理非仆所能，而宿所窃闻也，愿以佐门下逍遥之致。仆受知门下素已，顷待补都门，又数数得奉清燕，一觞一局，大超物表，不似长安行径，始以知门下襟度，果是高人百等，持此有余地已。方来地步，姑勿言也。仆无端再出，讨出许多劳碌，真如跛僧说法，只欠一行，门下将毋见噱邪。北征一力，薄上起居。神况摇摇，那能披对，应亦亮察。

简李泰寰年丈

老丈高才而富春秋也，坚卧东山不起。衰劣如弟，强受一枝之任。泰垤泾渭之相距，天固限之，而人则所自处耳。向来被提携真爱，形影相将，可幸寡尤。自再入秦关，百尔鞅掌，翻令陆海成苦海，溯瞻清尘，迥如天上。过日积而不知，路日迷而莫返，几无人理，未审老丈何以诏督之。案牍窘束，久疏闻问为罪。漫裁申候，侑以戋戋，伏惟亮察。

简石修庵徐凤楼徐怀迁

忆数年山居萧散，时时得奉清尘，聆亹亹玄绪，划荆棘于蹊塞，挥曀霾而空澄，无但一觞一局，欢然道旧而已。无端再出，闯入樊笼，居则如三日小妇，见人不敢仰视，行则蹑新贵人步迹，尺寸有程，莫或逾轶。野猿之性难驯，林壑之思倍切，不待秋风，早已想望莼鲈矣。吾将赋美人于东方，结胜缘于白社，毕向所盘桓未竟者，以大快余年，吾丈应有词招隐相订也。

与焦敬斋

富平之行，仆意尚未耳，惧出巡务伙，临期周章非事。适闻足下已到富平，剖数事，大快人意。且云历来署篆有声，人思诸去后，此为真正学问，不枉夙昔襟期已。富平宿蠹难祛，簿牍难清，西安诸属中第一难理。足下第持大体，精心稽考，而不以声色示人，千条一握，要而不烦，只须旬日，奸宄自消。彼小人最善窥探，革面獠牙，昔人岂欺我哉。足下勉之，令名在此行也。就中主持，仆应无负。更念此时该县大需综理，寸晷堪惜，毋劳见枉，即合干上司，例应谒者，亦不必拘，先具一禀可也。三原相晤，便足倾倒。

与蔡商州

两关不许抽税，按台之意，难转如石。门下欲权宜措处，再三拟议，极知苦心。如该州各项头役，自募自征，自议自裁，谁敢阻挠。惟是标兵题自郧院，辖诸本道，骤欲减扣常直抵税，情法俱属未确。又马夫银三百二十两，增之为私，除之为公，甫除而旋征之，上疑下骇，仆亦莫知端倪，故驳府再议。革言不妨三就，执着不得，执着则商君一误，安石再误，遂为千古口实。吾辈虽事如一家，却是诡随不去，敢告从者。

简邹南皋年丈

老师晚年大拜，值主上深居高拱之时，虽调燮密勿，备极苦心，而咫尺或似万里，纳约格于自牖，天人茫昧之际，总不可晓。然而妖书一事全活不少，又能广休容而荡潝訿，散小群而成大群，一段硕肤雅度，可以无讥已。老丈所耳如何？石门丈大是奇伟，可惜不延也。比来老丈有书相慰否？度老师此时宜去，不知主上肯爽然赐安车否。世数渐似阳九，乃栖栖五斗，弟也犹然，视老丈当愧死，早可投劾去矣。不尽卷曲。

又

客岁秋，曾从里中附一札于张在田明府，未审彻记室否。老丈大节荣问，海内那不企向，乃当宁独以严见惮，不亟登岩廊之上，而纵之夷犹乎绿野，是击足骐骥，而缚孟贲之手，欲天下万年无事，能邪？然而忘饥泌水，遁亦能肥，子弟从之，遂沨沨孝弟忠信，不知邹鲁间当年何若，而今在西江高士已。郎君的是璠玙，股掌堪弄，不官有子，畅然余适。矧方来未艾，树不朽于天壤者，众啬而丈独饶。弟窃欣欣乎若，而万里常几席也。有役往，附兹申候，侑以不腆之将，清斋一匕，不可谓礼，愿毋麾斥。

上萧大司马

闰月内，曾具小札上起居，殊未成享，去人因之过里门，迄今尚未返也。比来台台果襟抱若何，眠食若何，时事机括若何？今岁先熯后淫雨，麦薄而谷黍多受害，秦中吏祈雨祈晴，忧百姓焦劳未已。又税珰时时作孽，调停罔所措手，幸掣回，复有满咸宁被逮一事。关中人大小嗷嗷，欲甘心此珰，直束于法网莫敢动，如荼滋味，都教满令担受。又未识官家意何居，万一圣怒叵测，尽泄之满令，大家扼腕何极。且满令始也为他人所不敢为，今也受他人所不堪受，某不类，方代庖关内，共事半载，极洞若无他肠，此际百分怜之，莫适为力。不揣冒渎，台台肯从得力处九鼎片言，阴为斡旋，俾满令受害浅而或瓦全，是台台无量功德，难以齿颊尽也。祁奚叔向之事，千载芳声未歇，台台能无意乎。

简王平溪年丈

年来秦中多事，总为恶珰，比益横恣，蛊按君，弄戈矛，以凌轹地方，不胜如荼之苦。满咸宁实身撄之，今反以税监诬奏被逮。锦衣官校，时日且至，虑有珰爪牙心腹之人溷杂其中，满君受窘辱，搢绅谁能甘之。因思官较俱禀度长公，台丈固所尊所亲也，得台丈发一习事老管家，在潼关外密分付一言斡旋之，即有若党与亦当解去，而群校亦不敢狂逞，此区区目前计无复之者。别札另差人赍上长公，再作都中料理。更乞台丈附片札长公，不啻九鼎之重。忙中草草，莫悉卷曲。

报袁存庵

红尘牢落，白发萧骚，终身汩没于名利场中，绝无闲适者何限。如翁台解弢归里，不用买山，一丘一壑之间，野鹤闲云之概，孰是热而托之清凉也，孰是喧而投之阒寂也。百幻不抵一真，万客难充一主，则翁台向来之乐，无逾此时。不肖盖倾心向往，恨抠侍以无从耳。翁台谓隔绝人世，盖武夷天台之言也。春月翁台出疆际，一切疏莽，犹勤珍腆相分，长厚之风，迄今在耿。兹辱远翰之暨，更仞不忘焉。蓬心猬牍，云霄遐睇，惟有汗赧耳。已漫裁布复，侑以戋戋，伏惟鉴涵，幸甚。

与杨长安

此时作用，无如百姓诣阙下保救为急。其次令乡约正副人等，洎三学诸生，故张声势，以此中民心示缇骑。恶珰耆之，不得狂逞，而又易出易收，令太阿之柄常常在我，毋使诸亡赖恶少望风生事，以酿害地方。区区志愿足已。大司马、大锦衣洎王平溪年丈书并书仪二函，马票一张，并送左右。人情汹汹莫必，统惟镇静处之。不胜喁望。

简李祥宇参知

恒人往往貌合而情不洽，洽矣而鲜道义，仅称相习，则聚也未极快意，隔也未极萦思，此亦罔交耳。乃台下御物，以恬以愉，以贞以厚，以寅恭，复以真恳，令日侍春风中者，曾不知敬所为作，爱所为滋。快意于聚而萦思乎间隔者，亦不知其所为极。则岂惟不肖如是，人人如是。台下其亦相念而不遐遗乎。此时王敬宇宪伯且归，得台下遄来代焉。三秦玉宪，一归提揆。俾不肖尚一瞻新节而后释去，则区区悬恋之积愫，未卜缘分若何也。陈幕役便，小讯附焉将悃。极目卿云，覙缕曷罄。

简周砺斋大司成

盖物之需铸急已。物铸于气，士铸于德。乃亭毒细缊，流布不息。大德曰生，亦何气之能圉。若小子造而成人有德也，导以固有，而非强所无；牖以同然，而不迫以高远难行之事，此亦声应气求焉。信匪言，威匪怒，在科条夏楚先已。用能迪德而铸士，功耦大造，无差殊也。盖后夔以乐陶胄子，阿衡以道觉斯民，要自骏业，士人每恨不得为，得为者无如大司成。振铎阐绎，而门下应之，且门下凤威龙德，所为铸群品者，甚粹而具。及今高招顺呼，善为师，不善为资，所铸德太和者，真有万形一形，万物一物，元宰妙用，畴足与程功量泽邪。故作师犹是，作相犹是。大道明行，安有二轨。视俗儒役役功利词章者，径庭何啻。仆故为门下深喜。客岁入都，时门下方赋黄华邹鲁也，仅晤长公，长公早已成德，追琢金玉之章，家学国器，果见耀颖，天之显眷隆德如此。门下良亦自慰，恢恢达善，更无涯哉。有羽燕翻，附之尺一见悃。当年熏侍，宛尔目睫，趣膝知于何日。侑音不腆，幸笑而存。不尽。

简公周庭太史

门下文章行谊，屹然岳立，声实郁茂，抑谁不闻焉。某也出自白屋，青云非业，乃恭敬系乎桑梓，而孔李或是通家，虽藜阁凤池，迥分标格，而芝兰玉树，倍切瞻承。徒以汩没风尘，清辉日隔，神情企向，只自依依。客岁骤入都门，奔同牛马，一再投刺，容易错迕。未几霓旌抗而星轺夙驾，抵今意未平也。东山苦李，能无一念相属乎。豚儿久困诸生，犹自兀兀墨守，未肯降意，第不胜屡北摧抑，菅蒯深情，不知胡以振督之。伫望伫望。幕官北役，得附小折起居。不腆修往，仰希函内。

谢稷山门人郑应期等

不佞之承乏仙里也，堇堇浃岁，而释去且十五稔，当年不知所竖，而去后不知所诒，每一追惟，汗流竟趾，而觍颜莫与容也。乃诸君子勤恳冥念，今昔不渝，若手足血脉相属者，天邪人邪，情之莫可敎，而理之莫可移邪。吾无以佐下风，而久要于诸君子无贰，此亦世交所希，而独得是，不可谓非厚幸已。老母逾八望九，有子不承颜晨夕，而游作远，自缺菽水，而藉诸君子深情隆礼黼黻之。是谓事亲以友，以荣名，窃恐本真疏也，诸君子以为何如？大章晚接，翌日即付家僮东赍，此时当高张草堂，烨烨吐清辉已。故谓荣亲以友，感诚无已时耳。不腆之陈，未足展慺慺百一，而忸怩致之，知诸君子谅我不以督耳，幸莞存之。愿诸君子各勉旃大业，莫论年也。又祝。

答冯少墟侍御

静观堂是老公祖澄真妙境，不肖以风尘羁绁之身，得入而侍清燕，奉玄提，恍然自失，又敢容易纵谈乎。若一二韵语，则董萝石虽老，不敢侈诸阳明，阳明道大故耳。老公祖学握心印，讵出阳明之下。不肖心折则口自禁，是用迟迟，非敢为慢也。猥蒙见索，早晚应勉缀请政，第星陨燕石乌当邪。署归草勒上复，伏惟崇鉴。

报顾冲吾抚台

胡珰必欲入关，讵是地方之福？幸有台台主持于上，府县条议于下，中又有藩司就里斟酌，守巡道安敢主张其事。地方大务有三：一兵防，一赋税，一刑名。刑名两道俱理，而有专地，稍亦兼之。兵防则各道仰禀宪令，整饬戒备。若赋税，两道不过查比挂销，始谋非所及也，且法所当执，权贵不能挠，俎未可越，庖职不敢侵。职昨已向府官言之，肯揽权主事以淆乱大计，为地方之罪人乎。顾台台以语府县，晓职耿耿之心。职不类，尚腼于兹，只为缺理，岂其冒昧隐忍，不能挺身树立者，惟台台谅察。臬长无恙，只是趋跄稍难，不妨卧理。粮道虽稍病，印务一切不废，精力尚不乏也，寒冬无放回之理。度两辖且将至矣。职临禀可胜悚仄。

简冯少墟

日中嚯市，那耳玄理。以不肖风尘鳖躠之人，而题老公祖静观之堂，蓬心野手，有之恶足为重。第上之即未勤行，下之不敢非笑。若不肖者，亦处乎若存若亡之界，而犹不见麾门墙乎，则踊跃太上而永言之，夫安知关门令尹未足发五千神理邪。冒昧尘览，仰希照拂。

上顾抚台

职最称驽下，岩栖之日最久，非竹素无以自娱也。不揣抄诗分类，开发后学，盖上自黄虞，下迄晚唐，为部二十有八，而细类中括，名曰《诗宿》，为类与星宿符也。家居不能刻，今称有俸资刻之，其梨板工价，俱从中处。而董以一官一吏，各有程，不烦有司，大约明春竣事。诚不忍十六年苦心，委诸尘土，不得不终竟之。敢用为请，总目上干台览。待刻完一本，即当上呈。

启余少源按台

抄诗付梓，原非要务，但癖性爱此，骤为之，不敢不白台台。弗蒙谯让，乃勤台札奖借，且以书叶工费为问，所仰戴明德至厚。此编若连序文、凡例、诗人姓氏并题目，计之大约可二千叶，梓完，费在二百金之下。赖有守道赎锾，除大工操赏季报公费外，尚有赢余，不难办此。所难天寒日短，梓人才二十二，日止刊七八叶，促迫不得。今方广招刊手，须满四十人，方早竣事。顷观风考三学优等生员，职覆考一次，稍有奖赏，谨查照原卷，录文九篇，上呈台览。伏惟垂察，职临禀可胜悚惧。

两台启事

税事宿蠹极已，胡珰来，望作一番好事，而实不然。彼心地玲珑而昏于利，何知仁义，已向其利者为有德，故难以口舌争而情款洽也。初七日有二手本到司，一并解秋冬二季至河南而后收，一责令府佐押解至京交割而后已，且口称解银，每锭加滴珠九钱。夫税银该府平解，司平收，滴珠乌有？且五万两之外五千，非耗银乎？京边钱粮，犹须少待，今那解秋季尚不收，冬未半而责通完，计将安出？且正项无可那借，挪借后拖欠谁偿？税监银府佐解进，向来秦中未有。夫既解该监，即不当用府官，既用府官，则银不必解该监。彼牟利而令人受害，谁能甘之。彼直以多端困我，无一可曲从者。至于解过一二次钱粮，方上本题减之词，恐亦竟属乌有耳。前事之鉴，急不可，慢又不可，就中应如何把柄，乞台台裁示遵行。幸甚。

答王推官大智

祖宗造万年基业，未宜教宦官动摇，何天怒人怨如是。主上尚不悟，而犹摧忠直，长奸贪，直令人欲扣阊阖无从也，天下事莫知所终已。救策方取给中台，区区那所预力，止于大司马、大锦衣二处各致一札，付杨长安差人赍致，未知若何。门下感愤慷慨，可动鬼神，卜他日立朝事业，附复歔欷。

简朱兰隅

客岁入都，获披对清尘，话契阔，神情欣畅，消十载惄如之抱。无何都旆朝鲜，仆亦以五月行，同心易隔，转盼梦幻，世路参差，真有不系人情者，如何勿思。执事翩翩仙格，今掌南院，镇日理清课与江山互作宾主，珠巩富贮，莫可较量，视仆之蓬心枵腹，蹩躠风尘，疲朱墨而伍吏人者径庭已。向来分部诗，数年搜辑，渐就规条，兹就梓关中，销我前件，亟需执事一序，将附青云而行焉。不腆润毫，伫挥入梓。恃爱宿昔，亦幸垂察。

乞李本宁序诗宿书

六月得翁台报章，损大惠，情词郑重，毕盎琳琅，把玩回环，不忍却手，则翁台之吐露真而挥洒绝尘耳。夫山水雅奏何必琴，郢中绝调何必歌，翁台百尔青霄，相应北面，乃称谓雁行何居，但得夷狄而进，不门墙而麾斥足已。某嗜学而赋甚劣，堇堇枵腹，无足矜世，乃长年酷意韵言，积十数年，纂得《诗宿》一部。大抵重分类，不重分体，而体亦相承。部头半从旧，半决胸臆。收撷务精不务备，无奈中乏玄鉴，未精也。时署守关内，付梓会城，必得翁台序之，此编始传。今宇内谁不企向翁台制作，片言玉屑，大篇便抵连城。顷南中刻《唐诗纪》，犹博雄制，以扬诩当世。彼徼厚利，而不知凭谁厚名也。某母耄，且归去，持此便不寥落。专力上恳，不腆聊以濡毫。暮春杀青，当先贡邺架，才敢他视。区区宿心，盱翁台甚厚，亦知翁台多大政，一挥便生烟云，不消多力，就乞写向朱格，携来旋付剞劂氏。某生平得意仅此耳，惟翁台亮察。

又

乡鼎翰，以六月十九日接自蓝田署中，开函见齿及两董，乃两董即以此际到蓝田，抵掌甚欢。始益信士人相与，果有宿世缘分，万里犹比肩也。神情意气，真有抉形骸而破山川者。翁台亦毋谓刘生俗物，不足定一世豪交，苟有以相注，不相扞圉，何世局之足程。彼两董后进，未可易与，区区与翁台共知之。继今愿自比董生，获置念于翁台也，为幸固无涯耳。近作一帙，附上请削，不既卷曲。

上邢昆田大司马

天下未尝无事，亦未尝无事事之人。以其人足事事者，而投之艰大，信之以不疑，要以岁月之久，而后考其成功，终始托重无贰，此圣王所以易海内，劳求贤而逸于得人者。今天下有此机括否？台台之才之识，底定劻勷之伟略，与镇定不摇之节概，于今几何人哉？窃念台台即吉有日已，九列虚席，宜及时起北海，用究拓鸿施，副苍生綦切之望，奈何其尚未也。客岁都门见朱相公，论方今材品，首推台台，谓天下有大征伐，非此公莫当，正自公论。无那人情多忌而树党，往往废公议而各行其私，令大受君子久耽家食而罔事事，岂天心不欲治平耶。某盖时时想望于东山之诏而不能已也。又念台台由来荷主上特达之知，谗构莫入，两有明征，抵今未应遂忘。两府柄用，行且简畀申展，伫见绩效之成。三兄英伟端凝，亭亭可仰，顷果掇上第，家有令子，国有荩臣，又何幸身亲觏之。某入秦且浃岁，拮据从事，又多兼摄，劳勚几不支，久疏闻问，罪岂在小。偶仆夫东归，附兹申臆，侑以不腆之庀。无当匕箸，惟麾顿，更贯不敏焉。幸甚。

简安念我

以足下敏妙之才，蕞尔岳阳，直弄丸高坂视耳。闻初政大佳，士民欢动，私心不胜慰藉。已骤耳别转，将长沙江都之邸，需贾董而增重邪。且汉之左宦，仕人涩往，若以之玩世取容焉，则一囊之粟，无用铁耕，似亦无不可者，在足下所审择耳。世局浮云靡定，达者独认晴空，中有真乐，取足自我，难为俗人言也。衰劣烦猥，通问久稽，不腆见私，伏惟照内。

简徐钟岳廉访

三十年来交游不少已，若情洽而不隔浮沉，谊笃而罔骡终始，覆露渥湛，匪直逮藐然此躯，并豚儿鼓铸有加焉，则老公祖凌云高义，不数雷与陈已。采儿夏月归，以途次褴褛，未敢上叩台墀，乃叨鼎惠，且命使者趣其行，惧流浪繁华致非也。父或疏于义方，师翻勤于绳督，邪之弗纳，型范肃然。昔人谓有子弟而子产教为众人母，吾则谓老公祖为众人父，而又足为众父父。非玄同妙用，而柱下史之逸轨与。感诵真无已时。岁杪走仆里门，便中小讯，起居多福，侑以不腆之将。《诗宿》已付梓人矣，明春竣事，驰上典签。诸不悉。

简王柱石年丈

老公祖原自仙品，不受一尘，二十年来，又往往习静山中，理淡泊滋味，世局翻覆，都被老公祖等闲看破，不足挂胸。老公祖此番[①]出山，直从虚白中做出掀揭事业，应不负东山召起。即驽劣如弟，亦窃分一段光彩，为映老绨袍也。又念江河世变，积渐下趋，人情险薄，触目而是，但得过去，便付相忘。但愿老公祖恢恢受物，省却一切烦恼，便唤做圆满功行。正觉金仙，当下即是，讨的多少快活自在。久不披对，又当远别，不敢以寒暄语进而进此，老公祖应不深讶也。临潼之约，竟敚雳莫谐。不腆犒从，麾顿是希。

简孙拱阳侍御

江汉之纪南国也，大莫望焉。南都为王业根本，乃之纲之纪，柱史握之。十年来，南中不堕清议，国是犹彰彰著者，则门下纠虔之功耳。有企斯瞻，江汉之间，仆与门下日有缱绻，而疏逖闻问，则迹之不符于衷也，为莽为慵，有不能自解者已。迩门下有疏请告，不知其解，亦未睹明旨若何。会有南羽，系之尺一，消我惄如之况。百雳方丛，有怀莫罄，惟幸照拂。

---

① “番”，底本作“翻”，据文意改。

简冯可亭

顷附小讯于董蓝田使者，得报章，而后知都旆南征有日也。南中仆所旧游，当时为给事也，不知有江山之乐；比承乏驾部，无言责而有余暇，稍稍得江山趣，而肤浅无以发之。别来十三霜度，梦中空有盈盈耳。以吾友之大雅而有此行也，毋较世情，毋论官况，直以江山为侣，闲适为襟，以游以咏，乐且未央，是造物所为怡愉高朗，而澡瀹性灵者，见前具足，难为时人言也，仆老来颇有吟兴，自入秦，便堕樊笼，犹是故吾，贤者而后乐此，仆当以此乐让吾友，愿无负也。抄诗付刊，乞叙朱兰隅太史，得布一候。溽怀莫殚，伏惟澄照。不备。

余按台启事

那解税监银两，职初甚难之，继不得已，竟以三万余金付若，一时权宜，谓足厌其意而不为忤耳。乃解官到彼，多方抑勒，原银二百两一兑，彼分作四兑，而五十两法马比司府法马却重一两五钱，又每锭索滴珠耗银一两一钱，比向所面云九钱者抑又异焉。彼冒抽二封，分开秤兑嫌少，要作挂欠，解官恐惧，不敢交银。银鞘留卢主簿看守，而陈百户持二封归，验有河南府印封，当堂对税监来人及西安府库吏秤兑，则三十二号银重六钱，三十三号银重七钱，原自不轻，彼视为短少，而不知毫不可加也。取之官，安从出，派诸民，又安忍，惟有据理与势，万万不可加者譬晓之，定须照原数收受而后已，不则未有处也。此时巽软不得，动气又济不得事，况此辈止知有利，不管是非，可竟如何。乞台台诏示方略，奉而行焉。差官赍原银二封候验，且愬情节，惟台台垂察。

与胡税监

门下贤名遍中州，不佞景仰有日，西来都旆，饱浥清光，大副夙昔之望。即三秦父老子弟，亦翘首代虐以宽也。不意解银一事，门下不相体，将原封分而为四，法马又不相当，必欲照贵署法马重收，则敝司法马亦是钦降，置之何地。且云要滴珠火耗，敝司收各府解银，原数转解，未解者那借七八，此银从何措处，官不能赔，民不可加，必欲加赔乎，便是虐政，谁其与之。且五千两非耗银乎？纵此不足，潼咸之税近万，犹不足乎？门下聪明才辩，冠绝一时，紧要该做些好事，留世上清名，种将来善果，不胜似黄金过北斗耶。不佞做人极拙，心极实，蓦路相逢，也是有缘，况门下入关来，出关去，两下相与之情，相敬之礼，尽有可观。原不为别，只想门下为地方造福，省些财帛耳。若不省事，反多事，便失人心，与前人勾当相去几何，有甚好处。天下事不过理势两端，理不顺，势难行，枉自受劳苦，生烦恼。吃穿几多，多积无益也。岂以门下之智，见不及此。或者委官不体尊意，中有希冀乎？早晚有以劳之，定不食言。两解官穷苦，囊中如洗，那有搭使。亟望门下行方便，爽快收受，早付回文，成一件好事，胜似盖佛殿、建宝塔多已。事关切身，万不得已，披沥而请，极知有罪，惟幸亮察。

简朱兰隅太史

仆齐东野人，恶知所谓诗也，而妄意区别付梓，井蛙之见，恐应麾诸大方。又不揣而以叙请，恃爱当年，借辉珠玉，图付不朽耳。直小札裁自簿牍间，寥落之甚，又不能函币而往，戋戋攸具，殊愧辅亵，总希台亮。奉去总目一本，角集一卷，并鄙作叙例一本，稍见梗概，容易挥毫。此时就刻者将半，伫此殷切，写序格纸二十叶，以备临池之需。渭北江东，喁喁待命。不尽。

简龙朱陵

台下才名盖代，嘘气成云，笔底郢斧成风也。年来建牙西塞，樽俎折冲，青海之箭不烦，天山之弓早挂，俨然有廓清万里之势，底定百年之规焉。非常之人，便做非常事业，端自不诬耳。不谓骤以伯母大戚归，是使西人悬忆于龙图，而东去仅留夫紫气，那不延结。不肖才托心知，便嗟契阔，渭滨一别，情神脉脉，未卜把握何期也，大是怊惝，途长栗烈，保重抑情，不肖依依焉。薄庀佐出关一飧，雅知辅亵，麾顿为荣。行役草草不尽。

上黄梓山司马

台台仙骨棱棱，尘根不著，寒暑所不能侵，喜怒所不能撼，病又安从生也。顷阅邸报，见台台有大疏请告，殊用愕然。意者蓬瀛想切，而轩冕情薄，将引疾而东邪，非其时也。天子命朔方，重于长城，惟文武吉甫是赖，计难代者，早晚下明诏，眷留台台，以巩固百二，翼天子亿万斯祚，安得效赤松黄石，逍遥旷莽，傲睨人间世邪。台台第安之已。职亟拟禀上起居，为诸印兼摄，致令疲病，遂稽许日，为罪莫逭。兹遣官驰叩台墀，薄展一芹，深情摇曳，恍惚龙光之迩。伏惟麾顿，可任瞻溯。

答胡税监

阅来札已悉深情，岂不欲委曲就之以见同舟之谊，但事有可行，有不可行，近人情者可行，不近人情者不可行也，事体易处者可行，难于计处者不可行也。昨解银，不但挪借别项，尽数解去，原无赢余，何处生出添搭？天平法马，止据原降，谁能依横索法马？向来梁公结怨小民，只为法马太重，以门下之贤，自宜痛改陋辙，归诸正道，才是贤者所为，如近日门下举动，何异前人。且向不能强之小民者，今顾强之敝司，人情事体能乎？从来说王道本乎人情，得丘民为天子，夫天子尚体悉人情，况门下乎？愿速收速发，实收甚妙，不然当头着错，后来种种荆棘，种种窒碍，费了精神，失了和气，怎么做个结果？且湖广之杜公如何反陈所为，兼云南之邱公如何反杨所为，门下岂不闻耶？好事由人做，歹事亦由人做，在所自处。门下去暗归明，以公灭私，则好事在今日，美名溢方来。慎毋听邪说而悖正理，有甚好处？不得不说的明白，惟门下熟思而勇决焉。仆可胜喁望激切之至。

答胡游击希瓒

昨送小刻，只申相望之怀耳。乃去役过辱厚款，匪所宜蒙，乃知兰臭足恰，世讲非偶，烈士感发于吴钩，骚人注情于郢调，神之所券，不胶而不可解已。边地之苦，畏途之难，自昔已然，于今尤甚，谁能甘之。但既入套笼，便作触藩之态，倔强义气，无所用之。只有降魔杵，顶门针，忍得住，受得过。可以此身许君父，不可令死于盗贼之手，是谓真正豪杰，不枉学万人敌耳。来谕缅缅珠躔，滔滔波驶，殊动仆慷慨之思。会是百𬒈不能罄底里，草勒作报，冀幸照拂。

答祁念东参知

《诗宿》就梓，堇堇了得宿负。此外则神情溷于簿牍，风雅扫于吏胥，加之酬应纷纶，寝食几废，又安如塞上风云，雄视万里，翩翩意致，横槊鸣笳，诗料未可胜收，诗思那须点缀，固知奚囊日富，珠玉唾如林已。台丈概委之乌有，是真伧父我也，仆将整兵讨焉。仆衰惫不禁，止存皮骨，行且拟休故园，日亲药饵。石杞绝品，惠埒南金，受之九顿而肃使者。

代答王养初左伯

窃闻涉世须通，用世须才，逢世须福，以台台视之，不肖有一于是乎。齿阅如许，而股掌间尚乏娱弄，每一转念，冰冷世缘。且持我观世，世孰为我，持世观我，我安知世，犹是蔓藤未割，汩汩红尘，计典汰余，业分甘丘壑也。无端叨冒，步屧后尘，则以藩司一空，取署商洛，频膺促檄，勉出枝梧。至则惄想风猷，芝眉可挹，无奈西方美人，岁星借越，吴山渭水，两地茫茫，兹神情所为恍惚，宵旦耿耿莫释。回环畴昔，几席函杖之欢，麈谈坐隐之趣，寐邪真邪？双龙合并，那能预睹。才入关，便奉鼎翰，重以珍颁，泰之九二，包荒不遐遗也，台台之谓与。归鞭银鹿，悬注绛霄。附上芜牍抒谢，百尔未殚。早莫申展，幸照拂之。

答王养初方伯

世谛纷员，未知孰是，乃有不设城府，太空历落，风流酝籍，擅金锡圭璧之美，如台下者，暂依之而春温，久怀之而月映。然则当世人龙，信在西江夫子，矩矱可宗，某盖恨执鞭之晚也。惟是秦失之，越得之，右有只，左宜之，究将颂满寰区，融洽一体，向所称永誉而无恶射者，吾将歌台下，干鬲之论，匪苟为谀已耳。客岁吏往贸丝，薄焉有将，未足报称。西来大伻，又损台惠，不惜瑶华之掷，为谊过涯，受之无居焉。重违远意，九顿勉承。别折附上溪毛，寸心江上，讵云报章，幸莞纳。

简邹尔瞻

素心人，风烟万里，淹积居诸，又何论雁行睽序，即尺帛之将，难已。夫形不属而意注，语不接而书达，乃书又不易达也，庸何恃？恃神情一脉，两地绵绵，弗约弗胶，久愈不解耳。顷见余按台，道仁丈有书相通，盛为弟游扬推毂，情笃无加。弟则乌宜此，惟有五内深锲乎。仁丈受材夐别，殖学更茂，日浚日清，日累日峻，令东西南北之人并企向斗山高揭，则仁丈缔构已弘，生也不枉。弟猥附同袍，又俱托朱夫子门墙，契合密而分量悬绝，益圣益愚之恐，能忘清夜？只今牵情世谛，白首夷犹，则圣道芬华之两岐，割藤蔓[①]而浪自纠缠耳。仁丈向来恢恢，晚又获双珠在握，未艾箕裘，弟良欣慰，仁丈当何如浩畅也。愿言珍护，坐阅其成。挥楮不任依依。

---

① “蔓”，底本作“慢”，据文意改。

燕喜堂集卷十二

书牍

报郭苏门太史万历三十六年戊申

长安市上，宁乏贵人，乃不尽翩翩也。曩获倾盖于门下，潇洒之适，风尘玉树，而温文直匹祥鸾，目接神倾，曾不知兰萧殊臭，日思约结下豯耳。一别春明，浮沉岁月，非不系情霄汉，雅拟奋飞，乃躬处淖泥，企向之不忘，而声闻阔，实踪迹职业岐之，匪自摈于大雅门墙也，亦亮原不。刘商南入秦，仰辱翰贶，奕奕光华，是何异笙韵遥落于缑山，鹤声切聆于华表，怳然自失，越动怀仙之想。九顿嘉惠，爰有溪毛之展。寸丹驰映，麾顿为荣，临风可胜延伫。不尽。

报常诚所

入贺一事，两台亦并面许，谓追随台丈为快也。顷按台移书抚台，为地方缺官之甚，必欲留吾辈勿往，却从陇右两道择一人，洎一司幕任之，如此则弟有投劾而归耳。老母春秋甚高，不肖漫浪远役，岂成为子。昨已向抚台再恳，谓稍需有至者，具文未晚，弟方日忡忡焉。行计早决，式候协请。不尽。

上顾抚台

本日据咸阳王知县申文及禀帖，俱称差人同岐山会手孙希仓，捉获窝盗巨寇郭槐山。行间，百余人蜂拥而前，矢刃交加，刺伤咸阳机兵二名及岐山会手孙守坤，各垂命，将郭槐山夺去。职看得贼盗狂逞止恃窝顿，而窝顿与盗贼之多，莫盛于岐山、扶风。彼名为西贼，勾连回汉，实繁有徒，不歼此，则窟穴不窒，扑灭为难。但此辈既敢肆劫，又屡伤官兵，彼应有恃，非三二十人力所能胜。添兵，又恐彼啸聚山林，招纳亡命，势日众而剿日难。且汧岐郿陇之间，山谷足恃，更属可虞。似不若阳缓阴急，密檄凤翔府厅，严督岐扶二县，明赏罚，兼文武，酌宽猛而行之，离其党俾勿聚，獗其势俾勿张，务次第就捕以安地方，兹万全之术也。此外印捕官，使过胜于轻易，令彼展布，察神情力量而雌雄之，彼砰磕兢奋，何事不成。惟台台指示幸甚。

答党中畤孝廉

仆不类，往岁癸未，与尊翁俱奉征书，同考选，同官留都，同巡视营务，百相信也，百相諏也，不亦称一德一心，形骸无碍者哉。未几，仆以狂躁得外补，尊翁犹弹压留台，浮沉异轨，云树千重，鱼雁阻于关河，神情只存梦寐，不知一合一离，畤幻而畤真已。忆尊翁赋德，深淳慷慨，屹然岳立，当时章奏，种种药石，种种蓍蔡，仆曷能放悲万一，吁谋寿梓，端自宜然。仆也，昌言则谢仲统，罪言则迹杜牧，未敢冒殃木而诒口实也。已矣已矣。客岁任学博之官仙里，为语尊翁英概，感念今昔，匆猝未将只字，明世讲，瑶华郑重，翻辱先之，仆回环把玩，不能去手，无但羡文章浩畅，用而证世德之作求，卜门阀之滋大。汉水不涸，家声亦滚滚不涸矣。顾殚精竹素，绝窥园于下帷，不难成大儒以光昭令绪，仆亦徼荣施焉。缘诎首尘牍，久稽裁报，殊嗛嗛。兹焉短勒，将之不腆。千里神交，披觌应有期也。幸照拂之。

答王如水左伯

老公祖之系望于三秦也，真如穹窿作覆，待命纷纶，无论洪巨，即蠕动喙息之伦，有以冒之，与无以冒之，便自滋槁异状，欣欣闵闵异情，是乌可不来，来乌可不亟也。自昔豪贤用世，重在展拓沦濡，弘所暨及之为贵，匪直荣名是宝。彼含生庶类，太和保合者，命之曰万宝告成。以老公祖而滋育秦人，膏日究，神日浃，浩瀚无际，秦人且世世翼戴明德，以真成并包永，赖之鸿宝，视九列三事眇耳，而又宝荣名为。且不肖熟讯来者，与见惠手札，遥知老公祖精力百倍，神情轩发，九皋鸣鹤，一昂清汉，那有恙相侵也。署中索寞，百尔废阁，直待理台下，两台亦定不撒手，调饥消渴，舆情方一日为岁，伫望前迈，幸毋邅回无益也。敬闻诸下执事。

简许仰亭参知

方今远塞，孰急榆林，为其境逼胡虏，龙沙弥望，士多勇敢，家为守，人为战，故樵采不废弓矢，妇女亦知兵革，于诸镇独称雄焉。向来保障，取重兼材，顷主上留神疆场，拊髀颇牧，台下遂拔自楚服，付以重镇，伫受降于三城，托金汤乎千里，则主上所注情台下不薄已，开府授钺，眷惟朝夕。某至驽劣，猥附寮采，方叔召虎之烈，实拭目焉。顷耳新命，喜发弹冠，不日获只奉清尘，副情饥渴，为幸莫量。金根之驾，愿言星迈，可任翘岐。

报王河汀

鼎吕世莫不钦也，凤麟世莫不欣也。以老公祖三朝耆硕，高标姱节，挫之而弥以贞，抑之而弥以昂，仕则守诚心直道，福星一路而滋露覆，家食则以孝弟忠信，觉来者而广所埏埴，即田父稚子，颂王彦方厚德无射也，凤麟鼎吕何啻乎。士君子学道爱人，随处盎发，不负乡曲，即不负海隅苍生。乃知七十后之英物，信三槐余荫，亦山川社稷之灵，而邦家之光也，敢用为贺。顷匆匆即事仙里，风尘俗吏，抠叩未能，不腆之将，聊用佐匕箸，明愫私。方惧辎亵，曷仰廑注念而必见报，所不敢承。顾俨然相贲，重在大贤，勉拜书补二事，分有光华，为幸已厚，余归璧，附谢。伏案草草莫悉。

上余少源按台

职材品驽劣，景入衰迟，须鬓皤然，强颜就列，又承乏代庖，不一而足，丛挫良多，过咎不少，此犹其细者耳。家有萱亲，今岁八十有八，虽安居无恙，而时念游子，齿焉不置。职虽不肖，宁无乌鸟之思？今秋斋捧，实便省觐。顷以为请，业蒙金诺，旋白抚台，亦见俞允，雅属厚幸。昨有人归里，即报老母知之，倚闾凝望，当即勃勃。且巡道三月到任，王方伯不日进关，守巡两道，行有归著，蕞尔商洛，人人可以兼摄，正无须于职焉。职近抱脾肺两病，尚在拮据，恐遂沉痼。一切废弛，越增罪戾，敢乞如初命，俯容斋捧。此时具呈批允，好及早催远道官评，四月可完，五月东行，公私两便，是台台不惟惠职，即茕茕老母，亦仰戴明德无斁矣。职临禀可胜喁望勤恳之至。

答张鸣梧

昔人有言，催科不扰，是催科中抚字。夫催科之与抚字疑若背驰，而竟以不扰为抚字，又以抚字心劳，覆催科之政拙，则古人所操以课最群吏者，良亟抚字，而催科犹薄之乎较量耳。挽近世，上下逐逐钱谷间，刀锥之兢而敲扑之烦，递相骛，即递相售也；递相售，即递相掩也。其以语抚字乎不扰，则畴复注念，又畴复睨而物色之。盖敝极于今，而江河之泛山无期也。是宜循良之吏，不获与桑孔伍，即贤如阳道州，劳心抚字如阳道州，亦翘企上上之考，邈若星河遐揭，可望不可几耳。则门下洛川之政，掩抚字以催科，而以催科格上考，正亦时事使然，无足为讶，又无足以病门下之高贤，而益以彰洛川之称上理，端不让美前修耳。且三年奏最之与四年奏最，所迁道里日月也无几，而彼以捷，吾以徐，捷者至，徐者亦至，宛委迟回之间，是又会逢适然，无足芥于高贤之胸次，又可为门下信耳。今日公私交诎，军民告困，即大司农在事，亦愁苦度日如岁，何但有司。藩司中查录部文附览，便知事体源委，罪不在一二功曹也。向来聚首会城，值琐琐，方嗛嗛乎交欢之莫罄，鼎贶胡辱焉。肃用归璧附谢，不尽卷曲。

简甘紫宁

今宇内基本西北，而命脉系于东南，匪独以幅员广阔，江山形胜，居六合之上游，亦以劲兵攸聚，饷馈取给，无事储才，有事需谋臣勇士，于焉具足。此虽控两浙，而东南半壁天下，呴噏操纵，便有机括，则信乎殿邦之重臣，而当宁倚毗不小已。缅惟弟百不逮人，当年攀附，丙申丁酉间，猥以比部郎，追逐长安，溷冠盖樽俎之末，时时奉清尘，聆绪论，为生平仅有事，今茫乎旷邈莫睹耳。商洛一壑，差足藏拙，乃年来诸司道，晨星落落，未免取无所比数之人，代庖于匮，并旷尸职，又焉能为有邪。头颅如此，兼悬想高堂，不获引去，心事可知也。会有属吏之浙任，得附荒牍，少纾间阔。附有溪毛之展，伏惟澄照，可任瞻溯。

谢制府理斋徐公颁露布纪略新刻

职衰白一迂阔书生耳，虽终始攀附，一再秦陇之役乎，亦恶知金鼓之为何节，挞伐之为何状，而漫浪饱食，与禽视兽息等耳。顷从顾抚台处，获熟读台台《露布纪略》，始知天保采薇之烈，虽辉耀于周宣，而车攻六月之劳，实懋诸吉甫。盖至于猃狁之襄，王国之殿，而益以服台台震世闳猷，近代莫望，有不能罄其揄扬者。乃请缨不奋于终军，皓首谬同于班氏，惟有击节嘆赏焉耳已。珍刻拜贶，宝逾百朋，且重识台台雅意，不以丝枲废菅[①]蒯，犹拳拳注念三十年一绨袍也，衔戢宁有已时。荒笺薄勒，聊明感私。九顿上呈，仰希崇鉴。

---

① “菅”，底本作“管”，据文意改。

答姚希曾通判

捕大盗颇似用兵，与捕[1]小盗不同。彼势大则难与敌也，赀饶则便于营也，巢窟多则难于物色，耳目多则易于窥探，非阳纵而阴操，始舒而终急，得熊罴不二心之士，利莫诱威莫怵者，莫与几也。盖始也须独往独来之人，始能深入而得情，厚重而不泄。比将动未动之间，不有悬赏，畴肯用命，不有睿断，恐遂失机。非常之功，惟非常人能竖，是在足下耳。

上顾抚台

西贼如许，须得西方印捕官擒拿。彼有垢，姑掩覆之；有罪，姑优容之。使过胜使功，或在今日，惟台台诏示。答姚通判帖稿，肃录上览，极知悠谬，聊示机括耳。职临禀可胜悚仄。

简高东溟

亲家读礼后歌鼓盆，鼓盆后，适当援琴而鼓，又作鸾胶之续，虽则悲乐相寻哉，乃太空无障，一切消受如如。忽又该赴帝阙，缀鹓班，左夔右龙，受彤弓湛露之宠渥。百年之会，万祀之观，正不知所以然而然，又不知孰为主而孰为客也。仆华发星星，犹是红尘役役，亟拟解弢，又为当事者疏留，弗获借斋捧而归子舍，姑待来年，仆也几不为人矣。别来日久，悬想维殷，未审趣膝何日。不腆申候，麾顿为荣。

上顾抚台

捕盗事切，职何敢不黾勉图焉。彼中总捕与两令自不得辞其责，长绳驭之，而尺棰驱之。职也亦只奉宪纪左右，誓与守关西者扑灭此贼，以无负台台指授。惟台台照拂之。

答岳仰山

台下从容洞朗，机务无所不宜，而阴设阳施，经文纬武，匪要塞未足摅发。

---

① “捕”，底本作“浦”，据文意改。

则部院之借重弹压，正取券已试，而收骏业于方来耳。不肖景逼崦嵫，材均樗栎，蕞尔商洛，犹惧弗克，授之烦剧，势将偾辕，乃猥与台下共疏题荐，无亦伤当事知人之鉴，而续貂忸怩莫支乎。伫望提携，题疏录呈，区悰莫殚。

简韩振庵

公子我婿，亲莫攸并，攀龙附凤之想，日依依焉。兹岁泮游，青云发轫，子女欢抃，晚年人大慰襟期，恨不能假飞六翮，直抵华堂，共亲家大笑鼓掌，剧饮狂歌，畅怀固无涯也。斋捧之役，竟梶诸当事，尘鞅靰人，那能自由。明春定投劾而归，好左右清光为快。不腆志喜，喁望莞存。不备宣。

与子婿韩溥

一青衿虽非驻足之地，第官家以此储才，即命世豪杰，思依光日月，作旋转乾坤事业，非此途自致无由也。只今小捷，便是科第先声。生耳之，喜而不寐，令尊人更宜何如畅快耶。方来行径，伫望黾勉颛精，泊淡明志，任世味芬华，把捉自定，那能眩惑，腾踏端有期耳。薄将见私，幸莞纳。小女洎英奴二姐，定见精神，幸语我为慰。诸不悉。

简薛明吾明府

客岁苍头抵里，适际匆孱不胜，罢顿萎薾，神情萧索。一札潦草，申候不虔，翻辱瑶华掷答，过叨鼎惠，情文周至有加焉。则老父母高风旷度，不设城府，方将嘘八埏于同春，普庶类而蕃殖，荒秽并纳，安所不宜焉。不肖盖日日手额东向，愿玄宰举阴骘下民者，显佑老父母以启以翼，躬单厚而受戬谷，进则耳目股肱，滋则松茂川至，孔固则山阜冈陵，无或骞且渝也。居尝谓一域之主，即一域之天。上好生则下率育，化不知其奚盎，亦不知其奚愉，一脉相属，蒸蒸流贯，生机郁勃，一域似别有天者。不肖固重为敝邑欣幸，而又以荷知特达，感什伯于恒人也。直役役风尘，积疏闻问，殊用缺然。会有力东归，爰上起居，侑以不腆。伏惟涵纳，悚负曷极。不备宣。

又

老父母抚临敝邑期月耳，中所振刷规画，施为次第，一纵一操，不涉兢綵，以摧科则不扰，以听断则不苛，罢地方籴谷之令，省民何止千金，宽缢溺人命之罚，刀风为之顿息。他如优礼士夫，作兴学校，苏息凋疲，无乎不至已。据人情喁喁想望，只有收粮大户，向来因条鞭之行，初议顾募，则苦积棍侵欺，再议挨甲，则累单薄甲分，富厚者巧于规避，绵弱者不胜包赔，致使里里凋耗，在在萧条。试观敝邑地土，不甚瘠薄，乃卖于邻近县分者，不减三分之一，其故可知也。原来收粮，应归大户，而敝邑多归小户。百小户不抵一大家，乃岁岁年年受累。事体承讹，端非一日。前米脂李父母，加意穷民，雅欲调停节省，而任不久。侵寻于今民嗷嗷待纾，无急于此，万望老父母详议独断，立法画一。要在便民，不挠于大家，不摇于浮议，察户口物力之虚实，为编佥大户之把柄，纵善天告陈上司之奸民，任他作用，绳以三尺，彼巧术无由而售，穷民其有瘳乎。此关系一邑，非一身一家之事，不肖夜日积思。上有明府，急于为民造福，能受进言，用不避谯责，向老父母言之。伏惟矜亮，采择幸甚。

答刘安世指挥

不佞曩役蜀，适兵革劻勷，百尔倥偬，赖毕力佐佑，逭于大戾。比辛丑去位，远护出境，临别涕零，不能仰视，何异手足相将也，迄今犹耿耿焉。远辱闻问，深荷不忘。若区区滇物之购无甚关系，又劳遗数千里外，诚眷念终始，不作世局。第使者亦大罢顿已，留若息踵数日，漫勒布复。相望天涯，聚首何日。戋戋侑往，莞纳是希。吴参将少物，不必向索。又言。

答闵山人鲁岳

门下之负仆有三，今用为讨，门下其心折否？岱游之无成也，夺纂弗过里相佑也，秦游之尚次且也。仆何如相望，门下恬不为意，深憾之，然亦不难释也。门下肯亟出函谷入长安，则无事已。客岁小力入都门，不知门下在焉，而缺一札，乃烦周劳若加诸膝，即尼父见使乎伯玉无加焉。翰箑交惠，抑又衔戢。咸宁杨进士自佳曾民部，未获相值，遂失瑶华。《诗宿》就梓未刷，方在校讹，门下肯入秦，不难手奉，远致尚属未便。芳讯再暨，匆猝勒报。

答韩明经位甫

仆尝忆喧杂中求高品，当以令尊人为第一，浇浮中求慷慨，当以令兄留守公为第一，今人中求古道，当以吾友为第一。父子昆弟间，正如珠玉兰雪，清芬辉映，举千万人未易值者，而萃聚一庭，将蜀地江山灵秘，尽钟庆门。三槐五马之祥，凤毛麟角之瑞，行见绳绳奕奕，勿替引之已。吾友绩学有年，和玉未售，明堂式荐，会且有期，不须作苦，直自信自养，以待既济。远翰之辱，万里几席，念单身健儿，不敢薄有所将。不佞役此地，尚有月日，握手或可几也。溽中短勒，不既卷曲。

答李祥宇参知

翁丈善摄不善病，乃亦称病，将弄珠掌上，顿忘汉南赤子邪。抑翻贝叶，礼浮屠，安禅制毒，生心无往，托维摩之疴卧，而流慈悲于群魔邪。惟病病，是以不病。不肖盖远照翁丈肺鬲于三千里外，有所托而言之也。询来吏，知公郎日见昂骧，食牛饶力，用而知翁丈不病。八月仙泛，汉水足乘，日望之已。不肖久乞斋捧，业蒙许两台而中格，奈何。衷肠千缕，想家山白云知之，区区凝望来年耳。守署已解，尚代庖巡内未卸。匆溽裁候，宣叙莫殚。

答张紫阳继芳

茶自可嗜，亦何可贪。嗜则不妨，贪则为病。生民之利，与众利之。我自有禄，民恃以生。敚其所生，生反受苦。禄则务饶，苦则谁茹。岂但百姓，所司亦不胜诛求。五两市茶，敬归来者。如是喜欢，官民何病。愿言照拂。

送王敬宇太仆出关

去就有道，古人去就以之。故清辉芳躅，万祀常新。彼无利，故无所系。无系，则人又恶得而縻之。挽近士去就昏于利达，性命决乎堤防，于是尽道休官者为口吻，仕宦终南者为快捷方式，颓靡已极，高风邈不可追矣。乃独睹诸翁丈，是时人情喁向，赤帜青云，俯仰遐近，共之而竟不可留也。鸿冥凤举，常寄意矿莽，耻同鷃雀。兹望之远谢二疏，而梅福夐轶子云，与翁去矣。不肖从是安索寄矩矱，方汩汩尘坌，不获引去，望翁行直作登仙，自顾真成俗物，早晚窃比，翁信之否。不腆充出关一膳，聊明悃款。愿言麾顷，不既覼缕。

上顾抚台

职窃闻名不可冒，权不可干。干权冒名，须臾不可，况久假不归耶。职材本樗散，承乏僻道，乃署内大道甚久，已非所宜。况臬司重地，讵宜冒干。小人负乘鼎折覆餗，有余惧已。刻下卢宪长且至，张右辖体亦稍嘉，以位以才，并堪兼摄。学道计七月回省，再听处置。又张右辖有意驻潼关调理，昨以字托，职维时漫应，熟思未妥。外之不可僭内，小之不可加大，甚明也。职何人斯，敢恣轶越，腼颜司宪安乎。谨控台台，稍悉曲折。得谕后，旋以文请。万恳台谕。

简李克庵少司马

今宇内谈文章家，何尝不推逊李献吉氏。夫献吉北地产也，而进之长民辅世，殿邦而翊运中兴者。则献吉未与，而实崛起于翁台。姑亡论触忤权珰，不惮跪跪，屹然称名御史，即朝鲜之役，不主封而主战，宁咈当事，而一意存国体，畅明天子威灵。迄于今昌言谠论，犹矫焉高出泰华，附日月而行焉。则昔人所谓天下文章，莫大于是。令献吉退避三舍，则北地山川之喷薄，而邦家之光也。

上李霖寰大司马

汉人有言，天下事不患瓦解而患土崩。以台台视今日，事势何如？驯者郁结而不舒，犷者蓄锐而待发，食与兵两不足恃，威与惠一无足凭，在位者欲展不获，欲去不获，而徒有仰屋窃叹，与苦口逆耳之危言。芹献而不见旨，杞忧而徒日瀎，嫠妇而空罣纬。兹不亦大可骇耶。所赖台台在位，从中斡[①]回，尚须救得几分。第天变屡乖，人情叵测，远之无问疥癣，近之所虞肘腋，一动百摇，一呼百应，恐事遂不可为也，可奈何。某西秦疆吏，未宜深言时政，第天下一家，圣祖开创可念，得天下一日无事，犹似太平之犬夷犹耳。区区系情在此，司幕于役，附上起居。驿路之难，势不能以一介往。小刻初竣请正，直难遍贵人，方嗣图之。

送诗宿帖

诗须慧性人作，慧眼人取，如七宝庄严，随地发现，宝山空归，正自可惜。不肖何人，而诗是猎，则意欲就，分欲满，此际未了，却栖栖此际不舍。盖十七年来，流浪世缘，参差多少，独此业不究不休。乃上自轩虞，下迄李唐，纵意采撷，既竭心目，部分类析，冀便流览。第不慧之观，妄意去取，纵抛砂砾，亦失明珠。我自不信，又能信人人耶。第业已菑木，宿愿攸偿，羊车小乘，量如是止，得失且半，罪业固不薄耳。冒昧装呈，伏惟麾顿。版付司守藏，永之已。

---

① “斡”，底本作“幹”，据文意改。

送各部院诗宿帖

诗非政要，职又扞于诗者，徒以诗学浩瀚，难讨津筏，部类罔分，检镜何适。职是以十七年来溺情此际，逐象漓真，受患不小。直念一篑蕲于就山，九十终亏百里，初志莫抑，校梓关中。夫关中文物不乏，空同少华，递起词林，而冯汝言《诗纪》一编，前茅载揭，畴堪后劲，苟持作羽翼，不至背驰，得逭于骚坛铁钺，良厚幸耳。锓事凡七阅而工讫，赫蹄梨枣，均借赎锾，靡它贻累，遂冒昧尘览，举板付司，不敢操而归也。冀幸台烛，临禀可胜悚负之至。

简济南司府诸公祖

夫丽天之星逾万，而独企景星，出岫之云亦伙，而快睹庆云，则以之二者，天地出灵秘，寄发精神，是焜耀域内，而福荫群生之征也。如老公祖恢恢涉世，真常湛而不漓，一载抱而不脱，神焉宅，天光焉发，嘘拂昭回，眷言回向，所谓景星庆云者非与？不腆齐鲁，徼惠宠灵，性命所为涵濡，志意所为恬畅，则晶光袭映，而吐润渥洽枢之耳。不肖长白编氓也，学未闻道，仕不谐时，今成衰颓已。秦关之游，遗讥濡鹈，直时时系情榆社，有大夫之贤而下土之式在焉。是矩是矱，即载瞻载依之恩光，又乌能涣而不属邪。直分限辽邈，无因不敢至前耳。分部诗苦心有年，比自秦，就此锓务，版留省而寄帙家山，谊当呈台览，禀诲指南，于它毫无干也，老公祖幸莞存之。簿牍猥溷，不能作绮语。主臣主臣。

简张岐东右伯

不肖以外道，久叨内道之署，已非所安。比又僭署臬司，如附庸而践位侯伯，名位不几舛乎。昨冒昧承乏，只缘老公祖静颐，王敬老无奈而转呈，不肖无奈而越俎，两非得已，情自可原。今老公祖台履既嘉，宪台足摄，不肖拟即还商洛，觉事妥而理顺，心安而意肯。不者，是名分倒置，一步不可行，一息不能居已。刻下即具禀当事，旋以文请，愿老公祖勿疑。不它举。

报卢五云观察

不肖之守商洛，正也，乃商洛坐不安席，迭署诸内道，已非其任。近且叨署宪司，是以附庸而僭列侯伯，方贻羞负乘，而陨鼎覆悚，日望老公祖俨然临之，以得弛负荷，怡然商山之曲，紫芝饱茹，亦足肥也。喜旦暮干旄且莅，玉树辉映，正足消十余年渴怀。第日来受暑伤脾，头目眩晕，惧奉教不周为罪，冀幸亮原。草略报命，不既愿吐。

简段青云督学

谚有之："精兵不在羽林，高僧不在禅林。"如不佞之刻诗也，亦犹嘒彼小星耳，而托之宿，窃恐繁星有万，终非四七之伦。冒尺籍而拥高座，人且以二林弹射之已，又劳物色之邪。昨寄刻，不敢以小牍往，远嫌耳，非敢蹈简薄也。竹纸方远弋未获，会须七月得之。奚囊诏携，应自不远，附告从者。不次。

又

世人那不愿做仙做佛，却不知仙佛不是单单寂寞，只脱离一段尘劳耳。如仁丈今日一官，便有超脱之趣，既收摄情缘，不向外走，又随分诱度，方便广行。度得一个，便有一种功德，度得十百千个，便有十百千种功德，而万而亿，亦复如是。若乃提撕谆勤，品题反复，非不覃精，毕竟清净，如衡如镜，万应不疲，高下妍媸，各各受足，真仙真佛，当下便是。如不肖束身簿牍，吏曹日伍，绝无清况，事多抵牾，万尘万累，那讨清爽，视仁丈不千里邪。日叨翰贶，旋拟申悃，只为进表官评，十分受累，刚刚赍去，才脱一命。不腆之庀，爰上起居。过在不先，伏惟垂察。不它喙。

上孙立亭太宰

恭惟台下，养重栖真，宇内企向。某待罪地方，宫墙伊迩，宜时时抠承请教，豁迷蔀斗。无奈诎首簿牍，风尘鞅掌，展觌之后，闻问杳然。自讼疏莽，曷能为文，兹者小刻告成，理宜呈览。附以不腆之将，聊佐匕箸。极知辒亵，伏匄鉴存。临楮无任，翘跂喁望之至。

报南弦浦太仆

顷小刻之竣也，不揣上呈，欲佐清赏。讵谓胥人不戒，帙有舛讹，业不习于专攻，事不成于居肆，兹苦窳冒售，而视听眩惑，杨墨或将泣之，穆之又将笑之已。且仆于仕学两端，均是草草，而且代斫代庖，越俎伤手，人明我昧，辜功应是丘陵耳。不日得卸，宜亟窜长白之阿，都不知有寒燠也。台下亦信之乎。台谕以无事为事，不作申韩辈刻礉，真刀笔吏所不能窥，业已奉惟谨矣。敢告从者。《诗宿》补换一套，再奉一部，幸检入。

升清军兵备谢各部院禀帖

职技穷鼯鼠，识囿酰鸡，真于世无所重轻。年来冒昧从事，承乏商洛，又不获临商洛，仡仡治之，直往来藩臬两署间，捉襟见肘，骛东失西，丛脞之咎，与日月俱积，亟宜摈斥以谢秦人。不谓台台雅度，垂念积薪，谬见推毂。遂于七月下旬，报升清军道副使，是为非分之获，逾涯之宠，得若惊而履若坠，莫识承藉谓何也。即拟驰叩阶墀，只申感私，缘署中一空，司篆未有安顿，辗转踟蹰，欲往中止。稍俟得代，便当竭蹶。此中竟憧憧，未有宁晷，万祈矜亮。

简任廉所给谏

白门相将，顿忘薄劣。无但以掖垣枌榆，两有关涉，想分缘宿世，默默交洽，意气殷恳，不言而喻，将有人不及知，亦不及谋者。不肖盖夜日循省，视为交游第一事。未几而双龙分剖，旷渺音辉，历岁如许，一介莫属，是使齐鲁襟裾翻同吴越，则人事参差，而机会之不我与也。偻指计数，十有六度霜已。岁华流驶，双鬓如星，回首为增感慨。长兄被命西土，欣幸同时，玉树芝兰，不厌披拂。更因候役之东，得附小讯，抒我勤眷。蕴藻之羞，亦存明信，鉴纳是祈。

简任念峰

在昔语昆弟辉映之美，不曰合璧，则曰双桂，谓其交盛似之。如翁丈昆弟，匪直科名并耀，又以忠孝世其家，共载淳朴不漓，有万石门内之风焉。不肖早从南省，游于仲兄，已勤向往，独恨识翁丈之迟。而今也同被新命，同有事秦中，吾将分玉润而挹桂芬，向所企慕，今所熏濡，可不谓生平厚遭与？弹冠之庆，与伐木之歌，不肖殆踊跃不居焉。候人兹东，得附尺一，并有以问仲兄。抠承在睫，不尽觎缕。

报刘单石举主

士人涉世，非患厄，患罔所究于遇耳。遇不遇，关适，有可究与无可究，关实，士患无实耳。遇通塞于何与，患奚庸焉。如某诚朽株败絮，于世安裨。且少不如人也，而今老，朽败之绪，其庸几何，而烦恩师之太息，则以当年嘘植，历久系深情耳。若某则自分已审，宜昕夕息机无用，东山之东可栖耳。而又辱见贺，顾谊重，概却恶敢。敬拜锦补，昭宠私，衔感在鬲无射也。伏惟崇照，不宣悉。

简李翼轩廉访

《诗宿》之纂，不肖诚局识井蛙，不忖而冒为之，又不忖而以序请，谓碌碌自夙，如秃物处囊，无颖堪脱，托附青云或几耳。翁台不鄙夷也，珠玉名篇，慨然唾付，连城十乘，烂焉生辉，第意存奖借，词多溢美，不肖所惊骇心目，掩耳而疾走者，感私固倍九鼎已。乡缘尘坌汩汩，形神委顿，考订未悉，坐是刷送稽迟，不敏之罪，自文不能，翁台亦见原乎。又念集出割缀，类多放愻，校之又校，容有重收，再欲施工，未免河清之叹。总之事由人起，亦须人竟。闻东南又有纂者，登山探海，世果不乏，何必刘生邪。翁台盖代豪贤，一勘百了，希针砭毋吝。

上孙立亭太宰

台台之德度凝重，屹然镇定不渝也，殷彝周鼎埒焉。若亭亭贞干，磊磊英姿，不挫风霜，直凌霄汉，又如苍松古柏，挺拔扶疏，直使万卉互换，颓然自失，非常格概。独盖代而景慕群心，非一日已。至其一蹶于直谏而节弥彰，再归于陈乞而望弥重，衡门考盘之乐，谢城市而屏嚣尘，亦既蝉蜕物表，不矫自回已。乃天民先觉，任莫终辞，帝赉良弼，中兴为烈。今兹特简，千载一时，益信台台惇德于铄，主上之离照乾断，夐难窥测，十余年朝政之美，此为第一。台台宜感激知遇，幡然即出，未应肥遁自甘，致孤舆望。某孱劣，罔所比数，顾亦夙荷甄收，溲渤笼贮，宁有当也。惟是会际登崇，欣欣鸣豫，端不为一身一家之庆而止。闻报后，即拟申贺，缘少候清宴，薄有申展，又不敢以绮语进，区区悃臆，布在荒笺，冀幸台烛。

报胡慕东都谏

客岁苍头都门旋，得奉瑶札，次于披对。比来，拟再上尺一，间阔是纾，无奈邮符难觅，空费踟蹰，疏莽抱愆，回环自讼。陡来芳讯，恍堕五云。方今朝家多事，议论纷纭，如孟门伊阙之流，翻腾不定。定之者中流砥柱，屹然高揭，则老掌科之谓哉。昔人有言，静之徐清。老掌科得此机括，故不难挺竖一身，便作乾坤砥柱，根茎夙定，分量夐别。不肖盖倾企向往焉。愿精神日固，气日盎，昌言载矢，帝攸师，王攸拜，将在兹已，又数功名邪。郑副将忠诚慷慨，质有其文，共事逾再稔，干髙相映，不类世局，良托附知己焉。兹辱相属，敢不益敦胶漆，共成形影，翼行辅立，百尔相将，寸丹可渝，此君始可负耳。敢布腹心，不腆侑往，统希鉴涵。摇摇星汉，不任瞻溯。

简朱兰隅太史

《诗宿》获弁名篇，遂与李本宁先生作琮璜交映，陋室夜光相袭已。感切。属者北中以舌戈唇矛，纷纷角胜。门下寂历白门，玉堂潇洒，日耦坟典，而江山递共清赏，就中乐不渝经，贞不连俗，处不争之地，游各得之天，畴从而唇舌之。以是知恬憺之味，冲然收趣为多。向来目南中吏隐，如门下更是真仙已。快快。诗就梓有日，亟拟赍致，苦乏便羽。会有藩司吏往役，得附行李，并有薄展。此书头绪烦多，剖析未当，与篇章重复，字画鲁鱼，应是不少。门下大雅超诣，相知自夙，兰芬吐露，便作针砭，即瑕瑜不能相掩，用之当书肆一腐，亦自甘心。何如何如。渴思题扇，并墨妙数种，归玩，不羡珊瑚木难也。匆猝不既卷曲。

简段青岩

司马子长之文章，不尽在左国，世本诸书，而在遍历区宇之名胜。杜陵诗擅博雅，览之者亦不专读尽世间书，又须走尽世间路。为是真实文字，真正学问，罔不资游涉，豁心目，由法象，瀹性灵，孰可名，孰不可名，孰可见，孰不可见，心可得而会，口不可得而言，神可得而授，人不可得而知，文学固在兹焉。仁丈之博雅绝伦也，蓄潴宏邃，不啻烟海。年来历塞北汉南，莽旷险阻之概，疏耸奇丽之观，一一收拾胸中，冥搜象外，有万斛载之而莫竟，一掬包之而有余者。其自今关西夫子，归之中原文献，而高山景行之思，丽泽观法之益，不肖又什伯恒人焉。惟是西奔羲驭，难觅鲁阳之戈，东驶颓波，莫施一苇之障，徒企羡登天耳已。别来两月，那禁蓬心。又念岁序入腊，仁丈之间关鞅掌未歇也。向来清苦，宜申只候。薄羞涓滴，岂曰成享。一时共事之情，千里几席之雅，惟仁丈函纳。不它喙。

简孙蓝石少司徒

世路功名，人每羡早发，尤羡晚荣，两者希括。乃灼灼园花，朝芬夕瘁，固不若涧畔松，始迟迟，不失晚翠，有足多者。如台丈英年高第，发称早已，比掖垣司直，进以忠，归以孝，忤权罔避，丕树令名，竟曷阂黑头公辅，是他人求名未必得，台丈独无意干名，而崇功令名归焉。始知天挺松柏，坚贞自夙，罔歆于舜华，亦罔翳于蓬蒿，究之承云湛露，翼日凌霜，百年为岁，千祀为期。弟重羡吾榜中正人，真无腼松柏之概，区区樗栎，亦分辉矣。无论往事，即如此岁之开府王畿，抑貂珰，歌鸿雁，撑持抚绥，近代鲜匹。持此直星辰曳履，羽毛冯风尔尔。眼前孙立老，华宗样子，宁须遐慕，跂予望之。日叨腆遗未报，会锦旋，有兹薄展，木李那宜答琼玖。又咫尺株守，莫获面觌。悬睇下私，尚需嗣底。不既。

答马讱庵年丈

忆当年集朱夫子门墙者，十九兄弟，一时埙篪金兰之谊，视同籍有加焉。至老丈横彩笔于如椽，抗词源于倒峡，盖并驾屠丈称雄已。尔时老丈以忧归，弗克久御，深用驰溯，无奈风烟间阔，又往往升沉殊轨，悠悠者思，而茫茫者界，尺一断讯，是为弟疏莽之罪，非不知亲同门，而老丈倍宜亲也。何物假缘，倏有世兄入秦，捧芝函琼玖而相掷，又得拜诗文二刻，回环把玩，则见卿云纠缦，明月辉扬，娱目赏心，不胜眷然之况。始信东南材薮，绝胜昆山，老丈尤其最胜与。弟老矣，学焉非事，歆艳什袭，只存向往。附此声谢，并有薄将见私。渭北江东，摇摇安泊。伏惟鉴在。

报张凤麓参知

士人涉世，格惟恐其不遒上，而诣惟恐其不纯融耳。若台下之居心砥行，一禀帝则，程先民，节爱则印诸临潼之棠荫，端凝则证诸留台之谏草，比其陈臬而宪纪霜清，开藩而疆圉风静，畴不知偃师之有高贤，颂首阳之有灵也。而仆得从白下燕台，与西秦之于役，尺尺寸寸，步步武武，何尝不神挹心醉，著蔡攸归亡射邪。无奈仆樗散匪材，萍踪不定，浮沉牢落，间阔有年，徒廑美人之思，为诵白驹之什。乍奉瑶华，恍如天堕，恨不能缩地一申悃款，犹是千里旷莽也。仆今衰劣，大不似两都面孔，时时系情桑梓，旦暮抽簪，正无足齿。伫台下东山早起，毕霖雨舟楫之施，庶不孤望苍生耳。人旋短勒布复，不既勤眷。

简张岐东 万历三十七年己酉

汝水秦关，渺不相及，矧老公祖避嚣在告已，又远念加以岁时之礼，事属抉格，于情为溢，所逡巡未敢承也。肃璧谢。是后，老公祖吃紧功课只在清虚啬事，固保元真，挺此身，便钟后身。步步远迹，声声妙响，不贤于碌碌红尘万倍乎。

恃在同袍，不惮琐聒，幸毋讶。

报杜明寰参戎

在昔耻随陆无武，绛灌无文，岂非以经纬两端，并道而驰，匪鸿材畴兼之。门下韬钤衣钵，生长榆塞，熊罴不二，兔罝干城，犹云有本如是。乃如学探坟典，大业缥缃，结客英豪，不难折节，雍容都雅之风，冲粹安恬之度，诎指宇内，如门下几何人哉。仆虽嗜典籍，茫无窥睹，浪操铅椠，尚隔藩篱，堇堇空名，受知国士，腆施猥及，以别业叙文相属也。仆窃念绮园佳丽，名公篇什，弁言隆重，宜付如椽之笔。仆何人斯，而堪是尸，式有成命，乃从尘牍际搦管抽思，就绪良苦。盖稿凡五易，迟回数日，精力既竭，流览竟属支离也。置粪佛首，惧钟罪业，门下哂之。不妨姑置覆瓿，别索曷害。大贶洪郯拜命，不腆小展，惟幸鉴存，可胜延伫。文章家不贵作谀，仆又非工谀者，故叙中美少而规切多。万里千秋两大业，均系属门下不鲜，直愧不文耳。审得趣十有二三，幸郢政付梓，仍惠十数帙，足流芳胜。又白。

报李祥宇加惠采儿

大人长者，念粉榆小子，业不可支，又珍腆暨也，宜何如佩。佳刻谨拜惠，俾开蔀斗，迈焉蒸蒸。明德亦何直万镒，它归璧，匪所安也。伏幸委照。

上黄梓山抚台

清解逃军，乃本道职掌最急者。有司之检查无法，则事几壅。押解之贿纵多端，则文徒扰，职是以严督有司之清解，毋凭里书。刊刻经行之长单，责令填注，亦稍有次第已。惟西安四卫，捉拿逃军者，经管役少，比较衙门太多，十羊九牧，棰楚不堪，又误跟捉无益。近日镇抚张文威，感激条陈，要将比较，归并都司与本道，都司单月，本道双月，比后即解，将他衙门比较，尽行裁革。似有专责而简便，上易举，下易遵，非啖蜡画饼之谈可比。近经议定，尚未呈台台，莫敢率尔从事。今将前项缘由，备叙详情，伫望裁示，庶便振刷，有裨戎行。

答贾宜川明孝

郡邑阙志，与家谱阙同。谱阙，则族属无统。志阙，则政令无章，而观刑罔攸树立。宜川向阙志而今修，用考政论世，历若指掌，即是而官与政可知已。况速就而公私不扰，更有足多。足下举斯心为政，何事不擘画应手邪。羡之羡之。并谢教言之辱。

报傅金沙年丈

天涯知己，雅自依依，第尘坌交侵，梭流永日，每一驰溯，怪闻问之疏耳。蘧使远临，加之腆贶，缁衣申好，感何有极。过渝诸大夫，便询动定，辄道整暇，夫涸而愈辨者才，注而不竭者度，此时此地此官，仁丈尚掉茅视之，无忧烦难已。若弟则万万不能，铅刀莫断，况岁久更无铓乎。早早收拾，免贻观笑。附谢厚雅。

谢薛明吾县主

自我牧父之莅长白也，张百纪而奠四民，殖嘉谷而清泮水，其何物何堅，弗乂而康，是用举林林有众，登之春台，此时我长白山川，倍增色媚，草木蕃殖，欣欣雨露中耳。如不肖寒家，老者以域跻仁寿而获引年，壮者以政崇惇大而蒙闿泽，少者以化敦棫朴而兢劝厉，即不肖方役役外服，只事之弗躬也，犹勤念于远而表宅里，敷之荣宠。夫不肖窃禄位而靡足称述，表宅乌足树风也，而适是牧父，类之厚矣，感固曷容敉焉。家中动定，越岁甫知，坐是久稽闻问，迹蹈疏莽，大非中所安也。豚儿东归，薄将云谢。仆未几斋捧，便归里长侍家慈，鼓腹化育，正有期也。

简刘少溪

门下之习吏事而叶舆情也，盖自谐族党焉知之，而今果有征焉。京师何地，金吾何识，乃躬夷夷，理熙熙，则又奚官奚事不胜乎。陕州雍豫之交，地称善而冲，官亚守而剧，然而易于守，尊于幕，此中调停有道，俯仰咸宜，其要无咎，其用柔中，门下所宿习也，仆何虑。直弥久弥厉，弥安弥贞，令人谓士元非百里才，三年内外，且有乔陟，则生平知己，伫望有眷眷耳。喜是荣莅，爰有薄展。二十年之交雅，盘飧未足舒也。冀幸亮察。

答韩溥子婿

向疏闻问，可是缺然。比家僮西来，携得华牍，勤眷相念，隆谊关切，感甚。阅书信知与令兄析爨，子壮出分，挽近常事，无足为诧，但兄弟天伦，可分者家，不可歧者同气，克恭厥兄，即是孝亲第一步。闺闼臧获之言，一切勿听，谗毋自作，隙毋自生，便好做个圣矣，莫效流俗，令所厚者薄也。秀才读书大事，最怕分心米盐，遂荒学业，流光易掷，后悔难追，愿言日懋。薄将稍佐营建，还愧戋戋，幸笑而置之。英奴定非常品，好生教之。二姐三姐，时常共小女，牵我远念。进表后，九月抵里，团聚有日，为我一一说知。不尽卷曲。

报张濠滨大司徒

仰惟老公祖，三朝耆旧，一德昭融，宛然揭金岳洪河之概，宇内企向无已者。矧某素叨宇下，承休心醉，尤不容一日去怀邪。只缘叨役会城，日汩汩风尘牛马，迹远门墙，闻问疏莽，负罪已不可逭。又荷轸存，被之腆贶，将胡以自容焉。重违明命，黾勉拜惠之辱。九顿附谢，嗣容申展。

简史文溪

别来忽不觉腊三涉也，生平莫逆，聚散萍流，谈之惘然。兹岁仆叨领斋捧，入京有期，便堪倾倒。僦舍一事，最属紧切，其宽窄疏密易见，而就中美恶难知也。盛使有通达可任者，烦同小价看定一宅，仍立一房状，器具在中，务前后宽便而居之安，端是厚幸。恃爱琐渎，崇鉴是祈。

谢陈鹾台遗夫直

斋捧之役，仰奉俞允，戢感无量。方先期经营表笺册籍诸务，惟虔惟毖，祈无陨越于下，而任使效罔疚也。猥荷台注，颁以夫直，德意隆重，九鼎攸戴，肃此具禀申谢。伏谒有日，当展下私，恳祈台鉴。

谢黄梓山抚台见惠夫直

职分量已盈，志甘息轨，又系情老母，陟屺为劳，幸而只奉宪令，得肩斋捧，竣役之后，便当投劾而归也。谛望云霄，遂因阔绝。猥辱台慈轸注，下颁夫直，事出抶格，顿令惊神。理宜躬谢，只缘束于禁例，上谒未敢。肃此具禀台台，聊明下悃。伏惟崇鉴，幸甚。

谢陈还冲年丈馈贶

斋捧之役，客岁即力图焉，继蒙两台见留，爰迄兹岁，始幸获允。夫岂谓薄劣兹躯，足胜巨典，良东注白云，情殷陟屺，固将乘八月嵩呼之竣，伸百年乌哺之私，兼之息翼故林，少延残喘尔尔。何物仰荷轸存，被之鼎贶，雅谊隆重，讵所宜蒙。惟是贶馈为词，重违未敢，黾勉拜命，嗣容申展，伏乞崇烛。

简李本宁

翁丈文品卓荦，那不向往，若向往最专一者实弟。居常谓东坡文，翩翩逸气，凌轹千古，其涉世纡回跌宕，不啻黄河之九折。翁丈大致，放悲此老，而妙文过之，要非漫语。盖时时从坡公文字与翁作两挈照映，谓苏逸有平处、单处，没结煞处，翁丈则无之。翁丈平而缊奇，浓而居淡，有不可磨灭之识，不可抑遏之气，而归之冲然，此自千古所独，坡翁视此，一间未达也。弟固非佞人者，如此话说，深蓄而时吐之。朋辈不十分可语，弗为语也。直时时倾企，不啻丘陵向泰山，恨效法无阶耳，翁丈亦有意提携否？顷拜翰贶，稽如许，才得一展，应不为讶，顾匪区区所安也。薄旅上羞，鉴纳为幸。诸不尽。

谢徐斗南观察见贶

华祝嵩呼之巨典，匪人曷可使也。而不肖焉属，方虞于礼度未闲，朝常未考，天颜咫尺，栗栗焉陨越于下是惧，而诒当事之耻耳。乃辱珍台台，深为不肖企羡，且骊驹莫戒，而纯镠鼎贶先之，其为君之路马邪，而亟崇重，情文交驰，直令不肖承兹，彷徨汗悚，而莫为容也。重违雅谊，勉拜嘉匆匆，罔克留别。鄙悰衔佩，嗣拟舒陈。伏惟澄照。

报王霁宇总督

以台丈壮猷制虏，捷如飙，朗如鉴，是何难长缨而系，尺棰而使。亟在饷给兵强，殿最明，赏罚信，登高而招，事集响噏间耳。愿台丈颛虑强餐，经营毕力，树无前骏伐，令海内知三槐世哲，崇紘埒九鼎，莫敢侮视，而一时交游，亦剩分不遏之光，徼固不薄耳。弟无似，向来蒙覆翼，叨优渥，不啻三五，循省之，犹自阙然未报。何物弗督过，又洒施三千里外，而敷之隆宠，知未厌无，亦映不肖弟身，甘冒昧为壑邪。既洟涊拜命之辱，秋日斋捧，拟专力操不腆方物，上叩台墀，且谢不敏焉。伏幸垂察。

简陈葵庵

仁丈杜门许时，将关心药裹邪？抑维摩公之待问邪？仆间一叩阍人，莫获通谒，无那忡忡。微侦知仁丈此日实不病，百尔堪承，且前此三篆力辞，一无芥蒂。红尘内如仁丈高概有几，仆窃附同心，正亦生色。第仁丈春秋鼎盛，一射足洞七札，伸手可扶昆仑，业已涉世，未了业缘，就是随方普度，何妨作宰官身，出世有真，家国俱得，似不宜遽作别想。以理以时，即当急出视事，内则惬望于六亲，外则畅玄于九有，无量功德，恐不尽以苦空为高也。仆语鄙而情真，自同骨肉，难比常人，仰希采择，谨毋曰盲人指路也。伫有报章。

谢杨按台送进表夫直

斋捧之役，偶属非才。典未熟于朝常，享重虞乎弗克。方惧陨越于下，以忝嘉命，是用兢兢。乃辱轸台台，颁之夫金甚腆，非常之惠，良用逡巡。肃此九顿勉承，永肩明德。具禀驰谢，冀幸台烛。

答党中畤孝廉

读来札缅缅数百言，无言不吐露真赤，根极理要。又批阅制举义一二首，各词旨精妙，不腐不靡，廊庙珪璋度也。不佞虽老，犹当伫见腾踏，云霄轩举，恢拓尊人之绪，扬不遏之光，不佞亦剩微荣施焉。怔忡起于焦劳，大不宜有，养气者勿忘勿助，自无此病。功名付之天命则心闲，闲与寻常人疏懒大不相侔，勿忘勿助，此间真有节度，如丹家火候，紧慢不得，只在自修自证耳。足下试向静中存想，应有入处。不佞亲老身病，目下应斋捧阙下，便当解组长往，了此勾当。小刻三种附览，诸怀莫殚。

上督府冲吾顾公

以职之至愚极陋，无与比数也。摧抑沦落之余，几于萎薾，匠师罔睨，分甘沟断耳已。讵意年来，遭逢台台，旷度超识，远迈世局，不谓职薄劣宜摈也，翻以椎鲁无它肠，猥荷荐达，冒迁一官。是歌不从牛角，而被举齐桓，言堇出堂下，而携手叔向。每早夜伏思，谓生平知遇之最，无逾台台。衔佩隐衷，百绾千结，不在颊舌。顷又蒙台台批允斋捧，早时未敢拜辞，谓尚有待。比三月之杪，以职司盐法，例当迎鹾台于潼关，时守巡两道，止一闵大参陪巡按台，熊大参从潼关入署篆司印务。职碌碌，完鹾台三处巡历，迄四月廿二日，始得回道。中缘衰年脾弱，侧无僮仆，饮食大不适口，脾病委顿，黧瘦不堪，见者胥怜。比日日杜门，频进药裹，辅以家常滋味，始回生理。念台节今驻固原，远介千里，亟欲往叩阶墀，禀承指诲，恍惚未能。肃此披沥肝膈，仰控台台，冀幸委照。更乞诏示一二不肖长吏，庶便遵奉报部施行。职沐恩深重，喁向曷极，临禀彷徨，五云悬注。言言底里，端非设饰，万恳怜察。

上于抚台

李宪长实无大恙，徒以时事感触，不谋于众，陡欲乞休。职力止之不得，欲面又不得也。此君清操苦心，仕路罕匹，万万不宜放归。且比例张方伯不伦，彼病而此不病，何可同日而语。又恐制台识破机括，翻成不美之局，似不如大计后别作料理为得耳。乞台台就中主持，胜职等力量百倍。事关地方，语涉粗直，仰希台亮更秘之。不胜悚仄。

上于念东抚台

职待罪秦中，不觉三载。当任商洛，代庖守巡两道时，刑名职掌，干办犹见爽快，一事之行，上易知，下易达，尺寸可程也。自叨迁今职，翻觉屯闷累坠，多不称职，清军无效，节省驿传无效，禁私盐、通官盐无效，犹得失相半耳。惟有军屯粮草，查比最难。彼屯地佃户，四外星散，非如民粮止在境内也。佃户种田不纳者有数，屯头旗甲官职之侵牟者无穷，勾摄属下，对质何凭，月终查比分数，止据簿籍开列，一官一职，朴责空烦。且识字又多雇倩，如团沙击水，百无成效。细查各卫所屯官名下，历年负欠，多至数千。弊既难以骤清，法又难以尽用，方拟呈究，又念将离地方，头绪烦多，收拾费力，踟蹰中止。敢乞台台，即牌行本道，委官分头查核，根极弊源，庶见清楚。职虽行，犹有厚望焉。冒昧仰控，冀幸台烛。

上于抚台

昨蒙台台以地方官评猥询及职，岂谓职有鉴裁，足佐下风，为其直耳。直者生理，不枉是非之心。以职视一时同游诸君，虽高明沉潜殊禀邪，均才优负荷，而行无轶越，于地方有裨无害，且皆富于春秋，轩轩有云霄致。孰如职驽钝偃蹇，久不谐世，而犬马之齿又长，无以逾人而止益其疚。故此番计典，三秦汰一员，当用职，诚亦朽不可雕，青黄之无所用，委之沟断，或泛泛江湖为快耳。且毛遂不嫌自荐，职又嫌自劾乎？一段朴直，天日可鉴。惟台台亮察。

报闵鲁岳

连令此举，亦云知敬贤已。事不碍法纪而敦友谊，固可受也。阅遗贾君书，果是殷婉。古贤士抱仁服义，有王侯极意慕向而不得宾者，又何疑贾君之于门下。居以静漠，而浮以真醇，彼惟恐失之耳。数日不见叔度，政不知鄙吝何似。诘朝无事，希见枉，三二日便作趋跄状，无复容与。谨告从者。

报王霁宇

某无似，浮沉世路，浪尔悠悠，犹自戴白发，再上长安，不避缁尘汩没，亦足嗤也。宠光之注，采菽之风，老年丈犹为我愿之乎，非其任已。游倦亲老，方亟作归计，日神绕长白敝庐。翰贶仰辱，以劳故人，谊诚厚，负有余惭耳。勉拜命，附兹申悰，无那县驰，不宣备。

谢周心铭抚台

斋捧之役，职不能仰叩台墀，具禀而遂行也。迹涉疏莽，殊为慊慊，乃勤眷一念，曷尝不辗转周回，如车轮时荡腹邪。职出门即病，至陕州始汗，犹席大庇，徐徐言迈无恙，得随诸大夫共入都门，竣嵩呼之大典，则职之危而就安也幸已。又仰廑远念，被之厚饷，盖赋无衣于同袍，台台之为谊至都，而职也夙负简旷之罪，适兹倍有洊忍耳。肃此申谢，百顿而向西极。伏惟台鉴。

秦中各部院禀帖

职碌碌一切悠谬，比领斋捧之役，倍叨恩贶，宠数逾涯。乃出途即病，九日始汗，大惧弗克，幸时日稍宽，沿途摄愈。诣阙日，犹能逐队趋跄，苟完大庆，畴非台庇。事竣，拟疏乞休，有朋力止，宜听大计处分。遂以八月二十六日辞朝，向台台请假，省觐老母，稍畅陟屺之思。久缺抠承，时勤瞻注，肃此勒状上陈，伏惟台烛。

答陈云洲年兄贺儿乡荐

诸世兄森森玉树也，日以秋赋集历下，三千英俊，那不严事。豚儿辈托在世讲，不隔形骸，意攀附为幸耳。不谓诸兄见遗，训儿猥见收，力田逢年，各有期，总难预计。假诸兄从是弥养，事半而功且倍，如豚儿晚捷，乌足云也。辱仁丈乔梓重夙昔，动色相和，五世兄远过示宠，张艳赤帜，似是将海上霞来，撩天煜爚，骇视闾里，情文何殷笃邪。区区仰戴，九鼎曷啻。薄附见私，惟幸挥存，可胜翘企。不宣备。

答陈梦玮茂才

世丈久应腾踏，霜蹄犹蹶，端是何解。愿言淬砺，会须有时。豚子何知，猥以世讲相属，向来依附，不减骨肉，雅自生平厚遭。训儿晚徼寸进，式被宠灵，又荷锦标之锡，心乎爱矣。不佞不奉色笑，七载于兹，闻问缺然，殊惭负。世丈犹殷勤奖借，谊极优渥，更爱隆于德，诏以止足之义，是将卸尘鞅而放烟霞，翩翩旷逸，实获我心，感曷容敉。琼玖之贶，报则木桃。琐琐如是，冀幸挥存。

田粮呈稿

呈为仍旧起科事，照得田有高下，粮亦随之。地势未可移易，粮额岂容代输。我长山田赋，远从旧额，近自清丈，各田各赋，紊乱不得。今有城北奸民孙攀等，攒钱告状，要将洼地钱粮，摊派城南里分。生等据耳目闻见，城北洼地受潦者，水后落淤，落淤者，收谷三倍。彼实惯讼，不惯纳粮，果水淹，控愬蠲免可也，假若额粮别洒，事属紊乱，法度难容。矧是困极之民，那禁加派，替人挑担，荼毒何辜，即城南民蠢，亦不坐受。呈乞体念与情，田粮各仍其旧，庶息民争便益。

答王仪部讳九叙

门下渭南治行，三秦无两。彼利用柔也而柔之，乃柔非脂韦；利用刚也而刚之，乃刚非操切。大弦小弦之均节，水大盐梅之调剂，令渭上士女，咸濡沫闿泽之中，恬而适，若而循轨，久愈慕，去而思咏倍切。人于是知门下治行，果无两于三秦。而不佞衰劣余生，犹得从诸大夫后目击盛美，窃艳分辉不薄也。政成上征车，正自分内。不佞何人，而敢冒为功邪。

报孙蓝石司徒

弟风尘外吏，见九列巨卿，宜呐呐不敢出一语，直视须眉而止。乃弟弗工此，惟知三十年同袍兄弟，参商易而趣膝难，谈辄侈口，饮辄大嚼，欢然道平生曲折万状，漫无忌讳。匪弟敢肆，固知千顷叔度，贤于元礼龙门远耳。裴英为忠谏后，乃尔食贫，功曹之补，志在涓滴，良亦堪怜。台丈念厥先，而开导生事，遂属之弟，即日向熊丈言之。业许之效劳广积，宜有呈词批允，方的。朔日其期也，敢告从者。诸不悉。

报董翼明右伯

翁丈今所谓劳心疆圉重臣也，夷视羁縻，夏视安集，不夷不夏之种视所操纵而静躁，宁以己意怒且喜，直以正名定分，慎固封守为吁谋。十年塞上，计划万全，翁丈之功，在社稷不薄已。属奏凯虞廷，准荷锡彤弓，晋秩登等，兹翁丈异数伟构，答向来拮据边事之辰也。某宿附桑梓，又年来陪役三秦，荣光之借又何减埙篪递应。都门兹役，敢不左右贵价，以告成事，臂指依附，自外曷敢。匆匆附报，不悉。

简陆企云

仆居常讪指，生平的的知己者，如吾友几何人哉。神有所独注而不能分，谊有所独笃而不容替，适来适去之境，南北东西之辙，何尝不千里几席，情文交畅。述之乎不容口，戢之乎不容敉。则仆与吾友之生平，端非自今，殆宿世之真缘乎。岁丙午往复瀛海，备叨厚款，别来便作契阔。功名之会，仆宜退而未退，吾友宜向用而勿用，则人事之舛错，而时数之偶然耳。仆行入斋捧竣役，准作长往，知己天涯，趣膝何日。兹凭便羽，一效起居，愿闻家室之状。中年后，爱养最属吃紧，吾友有意乎。薄旅旌思，仰希旄顿，可胜延结。

谢顾抚台复命保荐

职行能薄劣，景入衰迟，循省区区，亟宜引退。客岁误蒙台台题升今职，智小谋大，已属不堪，感悚交集，每虞覆悚。不谓台台复命，又列荐剡。好而忘丑，美浮其实，是台台之覆露无已。职情衔佩，亦莫知所底止已，直仰怵清禁，谒谢莫敢，肃此遣官代叩。摇摇下悃，别俟摅陈，伏惟台鉴，幸甚。

斋捧禀辞各院

职也无良，乃冒昧从事不觉三年，每静思，上之不能佐明德而多旷瘝，下之不能因人情而近操切，中之不能居巽软而涉迂戆，辜功缕数莫殚已。兹斋捧且行，迄无瞻承之地，又念老母方待职左右以引天年，身外一官，足付流水，割一线之绪，遂无鞅之怀。是殷勤伫诸台台者，献岁大计，得以年老休致，幸莫厚焉。惟是仰荷甄陶，罔攸报塞，台躔渐远，能勿依依。濒发长安，肃此代申九顿。倘蒙委照，衔戢无涯。

报杨岱宇计部

昔人因敌制变，或行军增灶，或唱筹量沙，此亦机会所乘，随宜斡转。敌可懵而懵之，我可幻而幻之，偶一为之可耳。比来边计，委大可虞。京运既如涸渊，民运又如早岁，戎马充斥，虏情反复，孰有要于榆塞者。士不宿饱不可用，食不预计不可支。示下以情，而讲求处置，日有孜孜，枢在抚台。而趣饷之檄，不绝于道，此在翁丈。必有渊诣之思，确至之画，可为者毕力，不可为者宁耐，多方以待之，总之尽吾心耳。翁丈方焦思国事，又以不肖报札为念，勤使者远从塞上，赍厚遗之，用情过渥，感且怀惭，拟嗣展又迫东发，苦无余晷，杂刻附上，聊著遐思，伏惟麾顿。

简王霁宇年丈

建酋叵测，如虎狼眈眈砥齿，比闻作摇尾乞怜状，悔罪乞款，此岂非台丈英略处置，雅足服其心，制其命，伐谋乎将然未然之间与？第恐若以退为进，阴设伏于阳施，彼弛我，我复示隙，非所为御狡虏而制边陲之术也。牖户衣袽，未雨先济，台丈应图之已。太上有弗陈之师，宣圣有必克之战，弟为台丈拭目焉。弟久叨渥眷，顷又拜珍腆自秦，感且彷徨，愧乏报塞。兹入斋捧，喜郊圻密迩台垣也。肃裁尺楮，恭上起居，溪毛之展，聊以申明信百一，称谢云乎哉。伏惟函纳，可任喁向。不它暨。

简满咸宁

别来许时疏问，念固不谖也。比食寝何似？困，亨；贞，大人吉。好作白圭三复，应自受用。天日开霁，匪昕伊夕，跂予望之。不腆供一餐，幸内。骻草草。

简曹贞予都谏

某亲老身病，亟欲乞休，缘迩大计，惧涉规避，未敢。惟是依恋慈闱，希心莱彩，纵逸汰黜，解组实甘。文凭限期，乞老掌科特宽朱限于来岁六月，得了心事，感逾九鼎。冒昧仰干，冀幸台察。

简胡肖山

恭惟台下，斗枢龙采，飞揭层霄，雅知汉水通虚，那须槎泛，仙踪缥缈，真可望不可攀耳。不谓幺麡豚儿，从困顿摧折之余，获一日受知台下。窃念盐车垂耳，未易逢怜，伯乐过而物色，千金声价，突尔高张。士诎于不知已，而信于知已。功德崇兹，足敌造物，则台下今日事哉。仆碌碌世尘，百无一竖，所视贱息，赖台下收录门墙，孰曰恩造减于所生，盖夜日诵之矣。五云在睇，抠侍无阶。薄庀爰上起居，未敢名谢。伏惟崇照，可任县驰。

报闵曾全

缅惟台台，廓度澄襟，荒秽并纳，即卑卑不肖，倾盖生平，视白头如新之交，弗啻径庭阔已。更念不肖性疏莽而行直致，多所挂漏，至于簿牍之际，尤不得其要领，人法几于骫骳，利弊几于混淆，擢发程罪几于无算，非台台夙怜椎鲁无它也，那不偾辕覆辙，不可救药，则不肖之荷德台台，当与高深俱耳。林壑依依，应无出日，此意已悉前札矣，惟台台鉴之。训儿迟迟小捷，恶足为艳。翰贶之重，不远二千里匪颁，谊何腆以渥也。拜之洪谬，附兹鸣谢，亦幸亮察。

报王续泉

训儿盖九试而后见收，彼恶有脱颖之具，射雕之手，徒以寻行数墨，绳趋矩步，屡摧折而莫休，迟若岁而仅奏小捷，总是耐烦心性，拙钝工夫。天或怜之，而令生子之岁，即滥乡书，同心者遂欣欣相贺，以为奇也，而实未有奇也。仁丈高年息事，尚念及此，久要平生之谊，于斯毕征，曷啻顶踵为感也。爰念仁丈，操行纯白，澹泊明志，学不惭于明经，而道能宏于先觉，足自乐，亦足自老。弟何尝不寤寐清尘，思一握话，用展数十霜契阔，恨琐琐牵惹未能，乃先施竟出仁丈，道不远而人自远之，固嗛嗛于衷耳。远荷注存，薄将附往。缘此际事如波涌，曾无暇晷，惧报谢之迟也，伏惟亮察。

简曲带溪 万历三十八年庚戌

虞廷四岳，明目达聪，即封山浚川之烈，从欲风动之休，匪是莫阶也，乃亲家今日当之。向来中外障塞，大赖疏通，群后之德让且臻，四表之被格莫御，重华骏茂，惟时乃功，不肖盖拭目俟焉。接报日，不肖曾驰贺潭府，区区有将，未蒙麾顿，兹不敢再渎也，空函作候，聊布喜私。训儿荷亲家优遇，至意宛然，感均次骨，庶几针砭毋靳。又贯草草。

与刘特倩

足下丰颖绝伦，乘以砥淬，致极乎瑰玮之意行，而以大道为归也，何论功名邪。功名者道之絮余，非足下难事，兹其时已。顷训儿北上，护者返舍，知足下已在都门，得朋之庆，顿为鼓发，望之非浅浅也。不腆卷资见意，幸笑置之。

与韩禹甸

足下持清白，绍康伯家风，并诗礼箕裘，羹墙步武，曾不以霜蹄数蹶，而灰志乎千里，究且青云为归焉。志不分而神凝，古人良不我欺也。顷阅蜀贤书，知足下果褎然魁选，喜极欲舞，端不为私，榜中得一大贤，不啻庸流十数辈，春闱放胆，雄飞目睫间耳。训儿在都门，胡以加策，令毋蹉跎，跂予望之。

答韩惺庵中丞

释氏不难拚身饲虎狼，事若不情，尚甘心焉。彼有所甚重，则身犹轻。矧名与身，身与货，分两又何如哉。弟前番之出，以完封典；此番之出，尚希表竖。今老矣，老马策之不前，胸喘肤汗，就中有何受用。栈豆之恋，圉仆得以易之，奴隶得以棰之，不縻若而林谷散栖，何不愉快之有。而又谁尤怨，恨自计不早，听人言而少独断，令疏草尚稽尘案，冯妇为笑士林，悔止此耳，它非所敢知也。此后良辰美景，赏心乐事，愿与亲家共之。乐亦何必丝竹，自有山水清佳在。苦海无边，回头是岸，那能棒打尚不回头邪。亲家爱我什伯恒人，教言种种，真切可铭肺鬲，抵金石，业九顿承之已。吾辈往来，寻常失位相吊者，做这个题目滋味却长，又幸崇瞩。

答韩振庵

老氏有言："宠辱若惊，贵大患若身。"宠人所骛而患伏，患不知而惊得失，人之通患，仆敢谓脱然乎。第世故谙于阅历，世味尝于险阻，乾坤圣人，操健顺简易之概，险阻不迷，渊矣远矣。仆根茎钝劣，再冒险阻，垂老而役役不休。彼衔我者麾我，投热病以凉剂，呼盹睡以惊觉。彼麾我者，进我者也；衔我者，爱我者也。我自平等，那计炎凉。我自怡然，那程得失。名与身孰亲，太上之金针不浅矣。回头转步，此时已晚，若复作苦何益。仆诎指生平，亲家最知我爱我，宜有此诲，千金九鼎，未足为多。仆不欣然承之，非夫也。且为学日益，为道日损，益何如损，学未闻道，虽多何为。日新之谓盛德，欲损耳。拱璧驷马，孰与进道。仆虽老犹当勉旃，以副至意，一切浮游之景，渐渐脱卸，用不负亲家爱我。失位相唁，知己之常，第无劳见枉更佳，从容谈笑，何时不可。冀幸垂察。

谢阖学诸友寿母九十

不肖某碌碌无奇，乃四十年前一老诸生，既于世无所重轻，于乡俗又安所裨补，足膺盼睐，属者席庇。老母算登九帙，固优游难老之为快，亦人子喜惧交并之时，讵敢望贺。不谓诸君子师友协心，祝嘏载举，七之日，衣冠如云，俨临圭筚，称兕觥，错珠玉，情礼殷蕃，向来未有。不肖某曷啻云感也，是宜效顶踵，百顿未足云谢。除矢报永永外，肃此披沥衷赤，上干清览，惟垂察愫私是企。

谢王养吾立宇二侍御寿母九十

老母凭借宠灵，算登九帙，不肖某拘挛咫尺，愧靡所光扬之。不谓台下，眷眷世讲，爰有鸿举，既以子而颂母，还以母而誉孙子，类永锡而孝不匮，台下之注德不肖渥矣，又大费骤莫酬也，可奈何？拟九顿门屏申悃，惧溷清尘焉，未果，肃此宣谢，并归璧大币，明所不敢当者。伏幸垂察。

报李晴原左伯

老公祖慧日普照，膏露沾濡，齐鲁均焉。如不肖某，受廛又不远历下，雅化先暨，滋息生于油油，向荣勃于欣欣，衡门泌水，夫畴非阳春攸盎，而考盘绰有余容也。顾先今岐轨，动定差池，曾不能一入会城，瞻承台范，慰数十年私心仰止，分缘又何舛邪。不谓老公祖甫竣朝天，不惮烦猥，犹注廑不肖，俨然被翰腆相劳，不识凉德曷以肩兹，扪中有震悚耳。九顿拜命，并申激感之悃，惟祟鉴幸甚。

报杜日章参戎

仆有母九帙，向拟归，学昔人娱亲斑舞，未谐也。此日依隐衡门，共家兄盘桓绕膝，婆娑为乐，似不以三公易一日，门下尚惜其不用邪？不用为用，用之不勤，胜用多已。直年来与门下意气相许，铅椠顾相劘也，乃竟无缘抵掌，端属嗛嗛，门下犹深念邪？不者河山层阑，问馈胡来哉。仆向称寡昧，文园大半荆榛，再辱鸿碑之委，可是逡巡，勉缀无当，五岳草堂诗补向攸阙，竟属饾饤，统徯诏示。云鸿匪乏，摇摇瞻溯。

简周怀白

门下南金竹箭，致用咸宜，向吴人小梗，彼自鬼蜮豺狼耳。乃先阕门下誉藻，且从是规条，更用闳畅，河西之命，殆开府建牙前矛邪。仆虽衰病，林莽栖迟，不有明月之珠辉映乎。秦风信悍，不作幻巧，却与吾辈相应，视理吴政悬绝已。之网之纪，燕及朋友，于门下喁望焉。琐刻五种侑往。

简王养吾

昨谒谢，匆匆晤语，那能倾倒。若台下抵任一事，省之由人，断之由我，人不可必，而同心者有断金之利，我能制义，而蠖屈者即天飞之阶，圣贤事业，正不区区较量寸尺，但存吾真我，忘吾幻我，如是至足，故不较量，其谓如何。

谢闵曾泉

夫石于玉亡当也，而玉不择石，石弗自遁于玉，亦相通与？仁丈知不肖石也，第赝非碔砆之匹，故自通籍迄今日，星霜易，云泥阔矣，犹是雅念系属，什伯勤恳，曾不知藜藿可捐，衡岩足委也。宠之讯之，惠而饩之，是何志意之殷殷蔼蔼、洞洞焯焯邪？将玉温善蓄，终不鄙他山之石与？九霄超义，戴固不忘，匪颖舌能悉也。山中老农忧旱，四月杪，雨幸沾足，状似有秋，庶优游卒岁，时时耳樵歌渔唱，剩有余容。举慰注存，山人薄将，非玄非缥，溪毛攸展，麾顿是希。

谢常诚所

以不肖之当先糠秕也，适台下凌竞乘之，自是阊阖之躅。即不肖之丑不足覆，乃台下振一臂，即更不肖一辙；树一伐，即消不肖一业。究之弊窟毕室，宿垢毕除，则台下之于不肖有洪造，不可谓不逢已。山中老农，还时时喁向台下，日新富有之表植，思一闻问无繇也。顷使命翩翩遥下，情词郑重，为锡甚腆，蓬茅奥渫，顾何荷兹高义，奉而震慑。俸金领如数，统此九顿声谢。戋戋侑往，麾顿为荣。

答赵含所

八月十九日，贵属场官杨云霁，斋到台札，兼有腆贶。爰饩家慈，所为存故旧而布悃款甚至，殆不鄙岩穴濩落，而谊有加焉。始知惇德君子，情游太古，视尘交万里已。仰惟台丈，粹履冲襟，高标远韵，不炫才而弘剸剧，不居美而惠房皇。只今转运，便阶调鼎，毋谓溷神，毋虞称诎，盈缩剂量之机宜，从胸中，挥掌上，台丈作用，当不让江淮刘氏在唐也，愿言懋之。询杨子知伯父蔗境康强，期颐不啻，天之笃佑仁人乃尔。薄将一芹，愿言麾顿。杨子卑卑场官，夙狎长白之社，今隶法台，二天在瞩，倘怜渠丁年伟干，足效一指而嘘履之，尚有寸尺前途邪。可胜衔戢。

报赵博平汝中

在昔孔门学者务实，弗竞藻缋，即文学言语，并揭四科，乃弁诸德行驱事攸拓，如颜为邦，雍南面，答讵虚答，美讵溢美，要有各当者存耳。吾友笃实自夙，问学深沉，仆鼎重不以今日，今既得百里而主之，势足勤宣，猷足展底，英声茂树，足究其真，愿令终如始，无腼作古圣里人。仆虽沦落，尚借荣施焉。山居不阅除目，不知吾友已仕诸东郡，缺然一问，蚤辱翰腆之暨，附兹鸣臆，区区欲效，方式图之。不备。

报方钟岳年丈

弟犬马齿颇先仁丈，程材则百不逮一，未可同年语也。惟有椎鲁不欺之概，夙受知仁丈。牙琴钟奏，赏讵人谋。客秋于役都门，虽鞭弭周旋，时聆謦欬，无奈缁尘扰扰，致缺委蛇，才有往复，便界聚散。雨绝天而叶委地，畴维之，又畴回之。矧弟也已遁岩穴，迹成睽迕，眷神龙于霄汉，徒有光辉悬企，缀属末由也已。若乃倚伏前算，饮河满腹，达人贵足，不愿余，则弟缘久涉，稍尔窥厥端倪，似无烦卜季主也。老母九十无恙，日婆娑膝下，不乏孙子，良尔快事。又过辱奖借尔尔，同心摇摇，宛侍几席，愿言勉树。熊生归，漫附小讯。长天浩渺，直欲翻飞，那胜延结。再告熊生之技，较往更精深也。不次。

谢闵曾泉参知

台下之殷恳相视也，讵以才谓可录，伎俩足程邪。惟是载斤斤不昧之衷，操硁硁莫渝之概，颇似成人之次，久要不忘乎。只此气味，容诉合台下，曾不较玉与他山之石也。比而宜，怡愉而偕，历终竟其犹始，阅寥落其如华，孔德之容，惟道是从。则太上所挟以游于世，不琭琭自多者，台下始神隔独得，又同然皆得焉。江湖之滨，钟鼎之门，乃有澎湃峻嶒如台下，世味毫不滓也，谁谓古今人不相及邪。不肖得悬车以老，喜兄弟无故，相与龙钟舞彩于九十慈亲之侧，亦有以自宽自老已，好向知己道之。瑶札纯镠，拜命之辱。吏还小勒述谢，附展溪毛，殊不罄卷曲百一。长安天际，庶几照存。

简冯少墟

某三年窃禄名区，弛张际，百不中窾，往往凭气用事，虽浮慕道腴，知所乡往，其如一暴十寒何。惟狂克念作圣，狂其宿证，念则弗克，距圣不千里邪。别后更寒之者至，恐遂弥狂，惟有斗室收摄，揭谛要言，毋令尘汩，毋受欺迷，稍不失本来面目，犹似迩关西夫子耳。一官白首，足甘脱屣，余年取乐，不向世局。有吏西旋，附兹见臆，不尽县驰。

谢刘华石总河见饷

东省无水利而多水患，彼大河之滨与淤均足厉民，而利难收于灌溉，大不似秦之泾渭。乃自老师总河渠，漕粟如期，饱食百万，又不闻寒宣房瓠子沈璧马之烦苦，则精诚夙夜，而疏沦决排之豫耳。若忧水忧旱，焦劳什伯，正忠荩效于笃棐，仁爱浃于穷檐，是将歌叙锡玄圭而告成功已。百揆熙载，那逊崇伯子哉。阅台札知有骨肉凄婉，良足萦怀，然亦人世时有。沧流聚散，不累达人，老师应自慰耳。某有九十而羸之母，一病再月，幸而稍疗，实冯台庇，又荷鼎颁之充庭也，感曷容喙。灯前拂楮呜谢，摇摇下况，百顿不宣。

报刘华石荐师

老师掺謇谔端亮之英姿，于纷纶世故，洞毫毛而悉端委，孰是纠而可眩，猥而不可厘也。今且出总河已，治水巨任，水治而明德远，故勋华御而神禹宅揆。平成天地，永赖司空，匪直挟灵秘，役儿丁，将邦勤家节，清白通而玄精诣，九州之水，条条就检，无难也。某固知老师之优负审已，顾河急在漕，漕急东土，比岁之不乂，民用嗷嗷，待泽孔亟。老师固家国一并者，方以胼胝答官家，以呴沫苏万姓，只台德先，所铸造东人无量。而又暇加念于三十年一老门生，被瑶华之音，而叨纯镠之贶也。将白发非贱，而赤心尚可扪邪，感顶踵不啻已。某久托宇下，值兹衮钺之东，宜有瞻承，直丘壑自分，未敢仰溷台躔。或一芹可展，征所为向往不迷者，容有期乎。云汉焦心，勒谢草草，冀幸崇烛。

报胡肖山明府

以不佞耳目邹人颂德不容口，恩命诞被，奕世麻光，获上治民，并已。作牧如门下，几何人邪。世谊相望，喁向殷切，宜有展，无那因成懒，懒成旷，盖徒瞻紫氛于邹峄，属青琐以宿芒，乃闻问乌有也，讵所能安。翰腼之暨，恍惚云堕，信是及乌，顾扪循下体，震慑葑菲，逡巡拜命之辱。短勒鸣谢，莫罄衷私，伏惟澄照。

燕喜堂集卷十三

书牍

简胡肖山明府万历三十九年辛亥

尼父需召用，志在东周，三年铭课有成耳。今明府所凭所历，牧邹越三年，洽政治而润生民，不周之东，功之成邪。且雉膏见食，金铉鼎耳逮之已。仆濩落余生，熏灼莫采，能不色飞神注。第所怵清严，通讯未敢。比岁蜡，顾辱隆施，自是青云之贲，而岩穴之光，朽废如仆，亦将何以凝承邪。勉缀俚言，附以不腆旌私，摇摇回向，冀幸垂察。

力辞夫役帖

青白夫役，曩辞数数，未蒙见信，仍腼受，非所安也。林下衰飒之人，悬车是常，倦游为的，舆隶安用。用急者，在邑冲疲。邑东连三府，西接省会，旁午送迎，时有重差重雇不敷者，大是烦苦，无用之占役，如何不亟归还邪。事有确然之准，情有适然之宜，非明府畴能见信，底清净宁一为快乎！不它及。

简白石友人

顷儿辈羁贵邑，门下实昕夕命之，而神不滑，又损饷饷儿，贤者急人忘自急，仆什伯怀臆，而只尺焉莫将，似忘不可忘已。疏慵堪讨，乃门下置之也，仆固自讼如此。昔原宪不善病而善贫，门下比如何。薄上起居，更谢不敏。

简陈鑫源廉访

老公祖之荷廷推也，久已。往中格不下，比推今观察，命即下。此非老公祖有遭，亦海岱有灵，式逢明德焉耳。岁侵，民瘁告急，又无奈盗贼多有，黎庶闵闵，真不啻农夫望岁。幸老公祖临驭，厉清霜，晅煦日，疏之风恬，溉之雨澍，当治起而民滋殖，衮衣绣裳之来，慰东人不浅也。往奉教南中，睹武库考功之芳轨，而涵湛真谊，寤寐于今。更与邹尔瞻密理交淬有日，当神益盎，性益冲，迪蹈益粹，即伯玉臻化不过。西江之水，东土之膏，殆不知所止极。某山中疲癃，喜宏张化瑟，千里汎汎，殊为踊跃，不腆旌私，正不可已，麾顿是匄。不宣备。

报杨洙源明府

程伯子有言:“见吕晦[1]叔不得不少，见司马君实不得不多。”夫相见之言，多寡难定，或不厌多，讵为听言者度迟邪。亦责重而时事孔棘，又逢会心，语不觉多耳。第程伯子多多益善，若生语多不中肯，如庸医设剂，杂姜桂于芒硝大黄之中，而未谙君臣佐使之宜，徒尔误人还自误。生方内讼，继今相对，好如禅家默证，了在言先，省却多少谆聒，更觉快乐。乃老父母嘉言不讳，是大雅不废蒭荛，而葑菲弗捐下体，良致钦。未敢矜侈，堕口舌地狱，世沦苦海莫脱耳。生念老父母真恳一腔，汪度千顷，直足包罗无界，而又以盖代才运之，安所不究，但永言三德，享受五极，是使长白童叟世世奉无碍金仙也。陈公祖慧眼灼知，生尚居赘，何谢焉。权量宜谨，始触网者，惩其尤而弗苛，或藏恕于严之道乎。何如何如。宅门查仍旧亦得，骤更未便，从容晤语。不次。

答赵博平

客岁远辱相存，隆施湛被，锦轴光荣，所为遇故人甚笃，仆虽闷闷，能不戢怀。第林壑衰白，疏慵特甚，久阙焉一价行李，匪薄是甘，抑有攸待，迹莫能解耳。吾友不鄙，又勤清问，良用滋惭。解友来，知博陵芳轨，不作巧宦，良用叹服。夫山水不厌高深，辉光骏发笃实，吾友贤者，作用迪真，不谓拙。且悃愊之吏，不日计而月计，比及三年，便殊期月，讵拙于前邪？有基无坏，有蕴必章，实政实心，日酝日芳，吾友足慰焉。仆生平鸠拙，老更有加，不知忠告谓何，独思积累日久，愿睹辉光耳。解友归辔附声，只尺千里，可胜瞻注。

简杨洙源明府

清丈千百年事，急在慎简公正，天地之道公而已。公何容易，无家，无行，无才干，均弗能公，弗公则弗正。要在慎始，查多田赋，有乡望，晓事体，精

---

① “晦”，底本作“诲”。吕公著，字晦叔，据实修改。

力强干，真足倚办者，始付之。事在为民请命，未宜以非类参，非礼使，不妨折节，不妨奖率，不妨切谕，要诸神明，善结此局，然须界大区以立网，连细号以为目。人任一区，鱼鳞丈妥，旬月报竣，臧否足核。明府方就区抽丈，洞如观火，而又严密收单，关防造册，务复田亩旧额，不至欺隐亏少。如往年九千顷，抹作七千顷。及挪移等则奸弊，弊则痛惩。此明府永赖宏伐，世世尸祝未艾也。应有意乎，老生拭目。

报龚仰南

仆与兄丈，南北交遊，风尘荏苒，不觉遂五十余载。犬马贱齿，亦遂奔七十如流也。缅惟仆进不能底展猷为以裨世，退不能振起顽懦以匡俗，生也腼颜，扪省汗堕。兄丈徒以故人义，远勤注想，才寿母，旋寿子，隆施华衮，来也源源，宝曷啻乎百朋，戴且延于累叶。友生之谊，揭揭云霄，第不知老莱子当年亦有此交否也。接盛伻，始知丘嫂于客腊仙逝，老景失鹤侣，易作悒悒，兄长能无绁乎。好铲悼内为鼓盆，漆园迈安仁远矣。短牍报命，附以戋戋见私。神情摇曳，直欲束地三千归咫尺也。伏惟澄照。

简曲带溪 万历四十年壬子

先慈见背，仰荷垂愍，号泣修奠，仁人长者之视故旧如此，不孝倘一日不死邪，曷能谖德。吾邑官民多故，日就凋瘵，紧关受害，只在收头挨甲。挨甲则贫顶富差，立见覆败。盖衙门利收头之多，溪壑常患不满，他邑有如是害否？忽忆条鞭之法，题自亲家，原议收头免佥富户，召募守柜，官为起解，安累贫民。章丘自茅二岑刻碑信行，迄今不改，闾阎益富，长山独苦。咎在当年豪党倡议，阻挠不及，今空便陈告，荼毒何极。又思陈告批查甚易，虑左右不利召募，从中掣肘，止为官不为穷民，吾侪若不出力，终于废格，正如漕米议折，岁可省三千金。闻该房欲暗申缴原文，情弊显然。能救一命，胜造七级浮图，亲家得毋意乎。此事不欺人，不害人，不是闲管，百年身家之计，吾侪与齐民等耳。监司及署君处，愿亲家主张，或不孝亦附名一札，便济此事，不则犹画饼耳。在疚披沥，伏幸亮察。

报王完虚明府

不孝盖以嘉靖壬子三月失怙，抵今岁，又当壬子三月，而先慈见背。是二亲之变，或以六十年之前，或以六十年之后，曾不知疾徐何以，而怛悼均切焉。台下抱乾坤父母之衷，罔遗拓落，以不孝瞻承在夙也，闵然于先慈大故，而华诔丰奠，载以瑶札之谆勤，如兹周恻，感不独草土余息耳已。此日逢先母生辰，复展哀些，悲痛何极。苫块际，勒此申谢，荒迷不次，嗣有抒陈，伏幸仁瞩。

简曲李二丈

昨乡民见卢公回县，虑复挨甲佥收头，一佥难变也，亟索公帖，借力于郝少尹处，向卢公再申前意。庶几煬灶不得欢咻，狂澜犹堪砥障，似亦一着。不孝闻言，即代草一书，令人投少尹，取有回音，谨传览左右。事机之际，先发后闻，要亦只将德意，颛擅之罪，应不为讨。

再简卢念东别驾

乃者以敝邑瘠甚，失在收头挨甲。生等询谋佥同，陈乞老公祖台下，许诺施行。第未奉手札，尚属恍惚，骤难帖怀，是用移书郝少尹，冀得协赞，意固无它。比少尹即持小启，仰呈台下，式取进止。千岁机括，万民命脉，正在此时，不得不再渎焉。生等窃念拯溺救焚者，利在急，而诀痈拔毒者，患在需。一息之急，一息之造，需则安所待命焉。且惠惟恐其不博，泽惟恐其不长，近习所妒，闾阎之大利，须臾抉择，千百年之膏沐，甚易知，甚易行也。不敢远引，只如杨洙源明府急切为民，不惮兴革，故视事半载，便有去思。夫杨公岂不严哉？独以人穷是闵，遽得民心，惜在事不久耳。近乡民所控，生等所乞，乃杨公欲行未竟者，留行台下。审台下集思广益，断断申恳，上必不曰市恩，民必不曰多事。即凭城依社之辈，弗利夺市，多方阻挠，弗计也。计在乎利永且洿，痈毒焚溺之去，而欢欣感戴隆长尔。地方利弊，地方人能言之，生等不必一一关说，但求集议明妥，急申当事，人莫阻挠，就千百年好事，阂台下无量无边功德焉。此最上菩提，开花结果，立见显验，老公祖应果毅身之无疑也。乡民有状，有议单，方逡巡待命，伫望诏示，洒然见德。生等不胜喁向，不尽颖舌，事成碑竖不朽已。

报李翼轩

里居索寞，苦无对谈之侣，日讪指当世贤豪，必曰李先生。李先生云：“近作扁舟浮泛，如鸱夷子，大难物色。”盖益知先生旷度，直轩举宇内，而太清之与概，烟火且尽，宜无病，疸安出哉。将崇奉服食，容有过误，作爱翻厉，所不免与。不孝盖自客岁杪，稍是入耳，要一叩清胜无由也。突奉瑶札，喜臻勿药，几能属肃然乎白下，抵掌剧谈乎。鹡鸰相逮，意外适遭，应是坡翁磨蝎未了，计当脱尽。文章大业，老亦当休，玉振便是声铿结局，大成非竟一阕耳。如何如何。不孝只此衰年，先慈见背，总总大事，苦孰如之。草土余息，远叨翰惠，故人心上尔。冯人作信，百缕萦萦，可胜县睇。

简邹南皋

吾兄弟同心之雅，指不多屈，何形影相附之日少，而风烟间阔之日长也。百年几何，不孝业七十有一焉，而先慈兹岁九十有二而见背。忆先壬子，失先君，抵今又是壬子。不孝殆命逢水厄，逃之莫能，了此便无事关心，任冯度寂。勋猷名世，奕叶流辉，专盼仁丈耳已。韩舍亲有事名邦，得附小讯。《诗宿》一部，计三套，二十四册，刻板留关中者，今呈览。声律末技，爰毕痴心，何可不视仁丈。亡羊博簺，应是见哂。不次。

简隐庵

金仙酒古未有方，亦不用曲，盖不孝意裁之，而强名之耳。只用最好蒸酒，浸以甜美枝圆枸杞、好西葡萄，泥封，隔岁续用自佳，一药无庸也。此惟海蟾知方，惟韩众知味，两下都是真仙，不偶然已。但莫醉着为妙。不它举。

与安两川

收头召商事不成，吾死亦不瞑目。丈夫做好人，行好事，岂为身家，要千万人均便耳。无奈近习小辈多方沮挠，豪家无识者亦不乐吾辈成事，是诚何心。殊不知事成贫富俱利，利贫不利富，亦非善法。此事左提右挈，全仗赖亲家。闻来日阖学递呈，乡民递状，乞令得力人往县一为，更看署公意若何，急作料理。不孝心欲碎，气欲竭，何得不仗鼎力竟成之，免贻嗤笑，不尽卷曲。

答石一第侄婿

收头召募，救民水火，贫富均安利焉。此吾邑第一好事，谁不愿速成之。今乡民有状，阖学有呈，足矣。生等又书乞卢公祖至再，开陈甚明，得荷面允。

若另具呈词一节，事体少见，草率不得，非敢自为尊大也。此话昨面启卢公祖，已是唯唯，只消申文带出与乡宦曲通政等面议。挨甲累民，召募便民，情词相同等语便是。不然，则该房只管措勒，好事何时得行，惹怨不少。贤亲倘见该房，好一言之。彼吏书亦同乡井人也，独无一点良心乎？想想就知该不。

答郝澄滨少尹

收头召募，原议二十二家，似不为少。正如章丘县，大倍长山，九柜止用二十七人。昔治高平，一百六十一里，于时未行条鞭，秋粮大户，止八柜一十六人，收夏税四人，丁银四人，如是者六年，不曾累一大户，只在处置得宜耳。老父母不信，徐问高平百姓可知已。敝邑收头，挨甲不累宦家，召募于宦家亦无所利。利在小民，却亦不累富户，彼有工食，无赔苦。官倾销吏解，添搭盘费不少，查盘不复累及募役，便无受累去处。不孝夜日想算如此，乞再延访独断，好事不教它人做也。彼异议者，当察其心焉。

又

收头乍募，人习见向来之苦也，其谁欲之，彼特未知肯綮耳。如明白谕知，募役定不作苦，人便乐从。选法，不妨仍从阖县二七甲内，令殷实有力者肩之，但有容隐诡寄等奸弊，严绳以法，务须一定不移，始克有济。不者，恐更改烦多，损精神，骇观听，无益也。此明府视篆第一义，民所瞻仰，当事者于此征能焉。昨晚匆猝，裁答未周，晓来想起，再布蒭荛，幸贳狂躁。不次。

为先考妣乞志铭书柢王霁宇大司马

伏念孤早失所天，茕茕在疚，未亡属母，荼茹有年，虽知始作成，功用不同哉。若语于仰蹢清白，中勤缔造，俯佑后人者，则先考之矩镬，开自草茅，先妣之拊摩，遂兼师保，均从劳毕爱，秉义殚慈，或于六十载之前，或于六十载之后，所树艺孤等以镃基汗简之事，而稍稍振发焉者，固两尊人不泯之绪，孤之永矢夙夜，莫释于怀者。属兹夺恃，痛搅今昔，风木长悲，寸肠千转。兹窀穸在理，欲托千秋，不有金石之章，台斗之望，泉壤曷由赉锡。为是不揣凉薄，冒渎崇严，非不知军国方握，什伯劻勷，独以横槊余暇，不难挥洒。东山草木，宿企恩光。矧付托有年，业蒙勤恤，志铭大物，徼惠三能，得奉俞允，使不孝孤藉手以报罔极，是先人郁遏生前者，名篇实式僭之，又曷啻百朋贻也。谫陋有状，荐以不腆之庀。苫块余生，造膝无地。衔情百顿，意盎毫端。

又

台丈被新命久矣，朝家难代者，得毋以陵京左臂，肩之甚巨，须雄才足蹑芳躅。始简付与，亦云郑重已。宸思渊涵，草野真莫测也。不孝顷罹家难，仰荷轸存，注施隆重，循省何堪，惟有中镂不忘耳。志铭一节，义弗当渎，辗转几时，独计亲切显贵、勋名盖代者，孰如台丈。雅知文不足囿，而文在兹，是用冒昧陈乞，伫仰鸿笔一挥焉。式徼宠灵，传之未艾。应荷亮原，弗加诃责。临楮悚负，不尽不尽。

简靳习鲁参知

老公祖之在齐鲁，昔文星今福星也。敝邑尤亟焉，酉与子两科，一解一亚，速肖有征已。惟是收头挨甲一事，小民苦极。比岁乡民，告复条鞭召募，只求个不挨甲耳。第召募全在有司调剂，假令召募市棍，则多渔取，多侵费；召募中户，而不以羡银充耗纳，仍是官居利而募者受害，谁应募邪。但愿募必殷实，及什伍保结，则用二十二家，可省二百余家作鱼肉。而又将羡银，发倾加耗，起解足费，何人不受利益。若乃每两外加三分之说，原是吏书迁就，奉承有司，应驳。禄米果难解，九分一斗则多，七分亦足，不足则借漕粮羡补之甚易，无庸加派也。大抵敝邑受害，从衙蠹生，不严刷，不足厚下。此番蒙允，更望申饬官吏，毋开弊窦，是所眷眷耳。

谢龚仰南奠唁

不孝宿罪如丘，犹腼视息，乃祸家慈，是用痛心疾首，有玷知己之为愧。不意愍衅，远彻南天，鹤发仙人，仰勤注轸，奠而诔，诔而恤。向也以不孝而寿母，今也以奠母而并恤，不孝礼何优以渥，谊何周以隆也。不孝生平交游，无论仕隐，比如晨星，堇堇仁丈有恒，而不孝多所旷阙，每一念至，汗辄浃体，是举相存，大是世局希有。不孝盖捧诵鼎翰，三复些词，曾不觉一字一泪之挥洒则融于真，融于素，范张管鲍，奕世衔情，颖舌能悉乎。时方总总，薄有所将，未堪名谢。春明无恙，好构一文字，祝颂大年。伏惟渊映，不宣备。

简钟龙源求撰二亲墓表

先慈在殡，蚤荷奠恤，谊为周至，想望絮酒之风已。重念窀穸之事，藏志，列表，士大夫家皆然，不孝无似，亦忝大夫之后。二亲一志，则乞诸王霁宇丈矣。所有墓表，略于志而体大，用表幽潜，岿然垄上者，谁宜之？惟是清德也贵，真品也孚，鸿笔也美爱以传。先考妣起自田家，略似偕隐，虽迹未抗于青云，而诞有不孝，与被麻荣，似亦有足述者。不孝于斯时，长望北海，则泱泱大国，五色之管如椽，一洒则珠玑错落，一揭则象纬昭回，且藻词逸致，抒自清真，必有不食烟火之气，弗经人道之语，令太丘淳质，从里闾而宣曜，孝娥芳烈，等江水以流长，畴不为文，而台下独莅盟牛耳，称雄也。不孝方凭借宠灵，力不能致诸二亲者，托名篇以阐未耀，不汶汶桑梓而止，其自丘垄内外，亡论有情无情，无息有息，那弗沾承洪润，膏沐未歇邪。襄事渐迩，砻石悬企，礼当躬诣台墀，百顿上请，缘日来冒寒肩剧，病躯莫克，肃遣小豚，薄操仪状，冒昧渎尊，庶几慨然作表，不诃非分而求也。披沥赤诚，百口相累，伏幸怜察。

贺王邹平擢南户部主政

台下牧邹之惠且劳也，一日足当百年，况五年赢乎。盖精之流注为德，德之周浃为泽，德注则向慕等于孔迩，泽浃则孚格长于讴歌。无阂之仁，不磨之绩，是学道爱人之君子。彼无恶，此无射，广早誉而施未艾者，惟台下能之，它人未易企也。顾汉廷循吏，往往征拜九卿，或玺书劳慰，或黄金横赐，今台下堇堇迁小司徒，又列陪京，足酬劳惠邪？其以东南财薮，非洞取予之算者，于利权无当，非关肥瘠之忧者，于主计罔裨，溷而愈辨者才，撼而愈镇者节，此亦惟台下能之。行且拓梁邹余绪，坐筹八埏，如庖丁技奏，十二牛遄刃一朝，又曷效弗臻，曷通弗跻。股肱耳目，虞廷方倚毗也，暇引汉循乎。区区岩穴，叨德润甚匝，图报无以。观兹荣命，喜溢莺迁，直束制，罔敢一叩阶墀，所为忡忡耳。不腆旌私，大惧輶亵，伏惟涵纳。

简王丹衷明府

收头免挨甲苦累，百世之利也。敝邑瘝民，惟仁明父母攸恃焉。今日所急，只在雇募有方，雇募之方，泛求不得，营求不得，不泛不营之间，在老父母必有洞朗之见，确至之理，通变宜民之术，令富者不得规避，贫者不至惊骇。不离雇募，而不受束缚于雇募。事在详审独断，有利无弊，朝发而夕可被民，镌石而德洽诸久，畴谓俄顷之不足千百年乎。幸留神焉。不肖不祥之人，未宜论事，第桑梓之虑，关情甚切，不得不披沥台下，知台下仁人长者，急于纾倒悬而脱水火也。冒昧仰干，伏乞亮察。

谢钟龙源撰成二亲墓表

君子疾没世而名不称，夫不称直汶汶耳，君子曷疾焉。有名，必有所以名，有所以名，始见称于君子而无疚。盖称者与见称者，名实宾主，相待而章。以今观仁丈所为表墓二亲者，语不怵而抒以真，体不靡而居以厚，神情闲远而宛于致，殆根据实际而表称乎。称，欲其称也。表，表乎衷也。行弗由衷，行固病；言弗由衷，言亦病。行病胡称，言病将名称胡重而不称之足疾乎。某不肖独状亲自信不诬，若仁丈不诬之概盖朝野，所华衮二亲者，似亦信某之不诬而表诸衷。名以实而不诬也。不诬，固省无疚，没世曷疾。不识二亲，微何缘于君子，而君子之表乎表乎。昭不恶青旻，幽不恶黄墟，颖封人之锡类，乃见诸忠直骨鲠之臣，锡仁孝于无穷也。是日有匍匐之往，晏归，接篇翰，若捧拱璧，熟读则感生凄切，将安置报。拟酌觞沧海，冈陵松柏之耳。葬期严寒，似不敢勤车骑，方将百顿阶墀乎襄事。不能尽，不能画。

谢王霁宇年兄送志铭草

二亲一志，盖商度许时而后请，诚倾企台躔，发晶光，映泉壤，于军国劻勷者，似未宜也。乃台丈不督孟浪，慨然俞允，旋获奉琬琰之章，用托贞珉，以不朽二亲，而不肖只伸永慕，则台丈之造岩穴紘且邈已，矧原贽又掷还也。大道之行，不独亲其亲，子其子，一至是哉。不肖有彷徨悚负已耳。材官索报，九顿附兹，未殚下私，其嗣乎。不次。

谢王霁宇大司马

顷不揣庳琐，谬以志先重托，仰干台座，冀映千霜，亦甚逡巡已。不谓台丈轸旧谊而莫之峻绝，一洒鸿藻，丽于金石，遂令夜光希世，永媚泉台，殁者若生，生者发艳，此之隆惠，戴伉九鼎。若乃不腆之庀，未抵溪毛，犹是掷还，虽泰岱罔藉尘，如区区芹悰未释何。爰念长安千里，走谢未能，为肃使，捧戋戋，望崇申展，遥旌百顿，筐弗实而明信，容亦鉴止，受固光于辞耳。恭审台丈当军国劳勚，而衷抱或郁，似非元老攸宜，豫之九四，由豫而志大行，胡不畅然，畅则孤亦窃庥焉。可胜延伫。

谢丁东湖万历四十一年癸丑

门下当朝鼎贵，众望攸归。顷小儿早上南宫，骤荷知遇，延诸华屋，既获即次之安，又时时授餐，用谊周至，骨肉无加焉。爰惟仆悬车有年，丘壑一叟，无足重轻，门下过听相知之奖借，爱仆而推及小儿，德隆安报，惟有衔戢。兹苍头北役，布讯尺一，薄庀见私，冀幸莞纳，可任翘企。

简李临泉

仆婆娑霜鬓，世事无关，耕读二课外，匪所闻也。训儿攻苦有年，希心一第，早上长安。旅邸主人之事，微仁丈谁也先容。始知陈平戴德于无知，而冯唐洪禅于魏尚，与小儿逢遇，事不同而情一耳。北羽系素，聊摅感私，田间举止如是，毋笑琐琐也。临风悬企，把袂何辰，言之气结。

简史文溪

客岁小儿北上，草草布讯，翻辱琼答，勤恳怀旧，不减当年，且推爱仆者以逮小儿，食之饮之，披豁对之，遂顿忘长安之逆旅，而三冬温于春已。高义薄苍旻，古道敻流俗，有是哉。仆颓然老矣，犹能诵伐木，嗅如兰，而深叹门下之品之倬也，浮感云乎哉。苍头北役，短勒明私，佐以不腆之将。田间措大，琐琐堪噱，挥存是匄。

简高风翥年丈

恭欣赐环，知日月竟作普照，惟是昔英锐，今老成，留得硬脊梁铁汉子，撑持世界，可贺，老丈勉矣。此时极欲一晤，弟为衰绖抱病，绝迹城中，山村泊淡，仅有浊胶，老丈肯见枉话旧邪？则弟固扶杖而翘企。真切真切。

与王丹衷明府

仆已衰老，自宜理乱不闻，罔预世事，免于群小之愠，多口之憎，是杜门自固之上策，贤于尚口乃穷多矣。无奈敝邑小民，不堪挨甲收粮之苦，昨岁谋诸父老，申白当事，得从雇募，庶解倒悬。台下不难排邪说而力行，是小民更生之辰也。但巧于规避之人，多方沮挠；首鼠两端之人，专事媚悦。或谓利小民不利大家，或谓便闾阎不便官府，致费踟蹰，耽阁时日。此害政之大者，无识者不能言，有识者又避讳不敢言，谁复言之。仆为是不辞逆耳，不避嫌怨，再向台下有言。大约雇募原为苏阖县赤子耳，但恐苏息之中仍累募役，彼非赤子耶？为今之计，莫如遵奉原详，参以今议。原详倾销正银之外，羡银应给解户者与无蕲。今议纳户每两出贴费二分，无论士民，一例处给补敷。其士大夫家，仆即写一长单知会，不分本县外县，但种本县地土者，约令照例出二分贴费，方收正粮。贴费募役另贮，备解时搭使，不累募者。募者无累，则后来谁复疑畏，不欣然应募哉。大抵进言难，听言尤难。进言之难，难在忠直而不欺；听言之难，难在沉毅而独断。语云："千人之诺诺，不如一士之谔谔。"故知谔谔与诺诺之别也，则听言又何难之有。且佛家不惮割体肉以饲馁虎，虎尚可救，况小民；身尚可舍，况此身而外者乎。一慈一勇，兹听言之根茎，把握端在己也。仆奄奄待尽之人，何足重轻，只有这一点义气，不先私而后公，可对天地鬼神者。台下能终听之，听之而小民受利，仆即夕死可矣。事关公议，不惮激切，伏惟原亮毋罪，可任悚息。论事不切直，不如勿言。故古人对君，不妨动以危词，激以流涕，期言之见庸耳。仆启事亦惟如是，冀幸垂察。又行。

谢莱芜宗人为训儿登第竖旗

丘嫂大故，迟闻，旋值多事，缺然一展，嗛嗛十分。乃蒙贺训儿叨中，彩旗佳品，翩翩远掷，谊诚厚，不益重吾愧悚耶。除旗果羊酒领惠外，双币璧谢。又闻五弟传说止吊，期于十月往送。虽见相体，何能自安，方与同家商确之，好作料理。八帖谢宗人。不尽。

报刘特倩孝廉

足下绩学渊竑，洞达时务，足雄宇内，视一甲第唾手耳，不知屡蹶南宫也何以？将力田须逢年乎？抑承蜩丈人之言，容有旨也，味道腴，屏世□[①]，如是三年，于单刀突出重围何有？愿言日懋，以慰故人。顷以先慈大故，仰荷轸存，被之珍腆，迴轶恒格，拜之不任悚仄焉。野人蔑以见私，所庀戋戋，伏惟涵纳。冗次不既卷曲。

① 底本原文此处缺一字。

简李涑玉观察

仰惟老公祖人龙当世，大雅登坛，海上建牙，东方按堵，行当开府全齐，底绥士女，即谫劣如仆，倾企良有日已。又闻老公祖诗学有纂，珠玉在撷，不似坊间诸梓之滥也。仆亦曾纂《诗宿》，刻诸关中，吹似滥竽，敢用尘览，不知可解长夏盹睡否？老公祖倘忘其固陋，而怜臭味相肖乎，应携而示之，可胜延伫。

简王曙峰

乃者为训儿徼冒，枉车骑，插锦标，被宠甚渥，缺然展报。昨范儿晋谒，乃荷隆遇，扶格相款也。侯晋阳震世奇才，宿经品题，岳岳拔起，训儿非其俦已。偶同举，应从赏鉴，更劳摛芳韵，标以双龙，直足令士林脍炙。因候知训，顾训也何当乎。若亲家所推爱大雅，固无不至已，感与世戢。汉唐二刻，向拓自关中，似不恶，检奉清玩。想望秋后一扳话为适，览胜远岫，亲家有此兴否？训儿近拟号青岳，敢用附闻。不次。

与曲文

收解最苦是挨甲，最好是雇募。雇募不用无藉，不累小户，亦不累大家，要在有司处置得宜耳。如今处有十二两工食，每百两有一两一钱羡银，又得二分贴费，能者谁不愿募。不如是，如何可行，邑民何日安枕。况此法倡自白东阿，题准自亲家。弟直申明初议，欲救万家之疾苦，岂曰咈人从欲，自作聪明邪？亲家幸照拂之，会单呈览。

谕众帖

收头累人，无如挨甲，向来多少人家受害。依条鞭法，复行召募，此破豪家之规避，救小民之疾苦，生岂为利己害人哉。如今召募收头，有十二两工食，每解百两有一两一钱之耗费，又纳户每银一两有二分贴费。看这三项，有多少便宜，休说富家易做，就是平等人家，做着亦不费力，只靠着好父母官耳。这些事情，平心一看了然，若各执偏私，十年也成不得一件好事。大概常人私己，只晓得趋利避害，没有公道心肠，那勾做出好事来。彼东攀西扯，贪图无厌，必要尽割人肉，贴在自家身上，全不管天理王法，怎么行得，不该如此。我今开导明白，大家体谅，免得胡涂缠绕。望之望之。

答徐孟明

日有他往，失迓车骑，嗛嗛可知。恰奉手教，草略裁答。召商之议，收头止二十二名。召募，募殷实有力者，彼有产可据，有籍可考，酌定不移，一举可决，何至纷纭如市，攀扯更变，未有已时乎。仆初心直为吾邑小民，受挨甲无限之苦，又习见条鞭召募之便，如章丘茅二岑之奉行有法，彼民久受利益，故锐意赞成，岂为自利，自利则挨甲不累宦家，召募亦不役宦家，利害不关，有何私心，天日可鉴。米之役，七人罔利，议所未闻。今日之事，仆善作不必善成，好谋而成，得门下斟酌画一，主持行之，自佳。明道有言，天下事非一家私议。仆非安石，又逢门下如明道，佐成好事，应在目睫。窃思二十二家之募，既奉明文，又有贴费，数外添一名不可，添出是乱囮也。二七甲，阖县有一百二十六甲，止役二十二人，绰绰有余，演破甲分何为。三八四九有好户，明后年不用人乎？设欲拣选一二百家，轮流役去尽好，不知此时做得及否。又佥揭头役，有司按籍独断，十不失一。如欲取决，自有公直老成，可备印证，难信左右之人，士大夫亦难关其说也。二分贴费，原恐吝一两一钱之羡银，即尽发，亦不足用，不得已而从众议。收法纳法，门下好共学校有识者再一商榷请县，大都万法一心，心者，当事行法之心耳。仆虽老，良心不昧，师善而协克一良所自许，誓与门下共成好事。倘不可成，听彼翻天覆地，我辈听之已耳。婆娑世界，那尽由己，只管得自家一点心耳，门下幸留意焉。县主书另移。不尽。

答王毋衷明府

县可修，不可泛举。泛举，公私均未便，恐上未允。要而不泛，在老父母博访独断，不肖何能置喙邪。原稿璧上，兴革大事，年来为收头一节，不啻千言万语，济得甚事。事本有头绪，不理头绪，越做越棼。如今不定二十二家，听人攀扯，多至五七十余家，是否初议，是否明文，万非所望于老父母者。老父母有意造福乎？幸及今毅然奋发，酌定归一，自二十二家之外，不添一名。只要解费尽给，人人肯做，此外非不肖所及知也。事关公议，不惮激切，不识忌讳，伏幸亮察。明日不肖邀徐海曙，至城隍庙，再一商量奉报。

又

二分贴费原非得已之论，欲安收头之心耳。老父母既发念恻然，公给解费，真天地父母之量，世世福泽未艾者。不肖当与数万赤子，永永尸祝焉。只有二十二家之外，一切不用，更属妥当，法行如流无疑也。糠尽米佳，沙尽珠现，总在力行何如。老生攸谬，止抱赤心，幸电剖，行见功德碑峨峨竖已。不尽。

与徐孟明

前帖行后，县主又掷一札云，解费县给，不用二分贴费已。如此，又安虑邪？只仰仗鼎力，二十二家之外，不增一人，方无可訾。惟善人能受进言，惟知者不失言。仆诚无赖，心欲碎，唇欲腐已。提携无靳，非门下其孰能焉。来日以下部疮瘍罢往。又闻。

简王宏庭藩参

向老公祖治梁邹，相距舍许，数年窃委润不薄已，缺焉展觐，疏旷可知。比待罪贵省，又三年，通德之里，俨然倾企，非不过则式，诣则虔。时老公祖方在朝端，竟亦想象而归也。年来天祚东人，老公祖以掖垣隆贵开藩兹土，士无贤不肖，均切向往，某更有加焉。乃踟蹰未散申候，知始事当剧，而酬酢之溷清尘耳。顷训儿徼冒，实藉宠灵，老公祖既为表里树声已，又有以奖借樗散也，命之曰“乔梓映芳”。不知老公祖何如注爱，乃荣施有加无已也。山中野人，被之惊喜，于何报称。兹薄有所将见悃，极知辎亵，惟鉴涵幸甚。

又

比来议论烦多，朋家作仇，国是纷纭莫决，老公祖挺然英概，立朝不阿，虽乡曲亦无所回互，隆寒松柏，正气如是，真无腼家声已。然则守藩之视谏垣，可程轩与轾乎？鼎衡事业，前途未艾，愿怡然居之，世方征品焉。不肖林壑衰白，于世无关，只念敝邑萧条之甚，举目可怜。非土不足养人，产不足供税也，弊在收解无法，出纳未平，小鲜而烈烹，弱肉而强食，溪壑难填，骨髓易竭，是老公祖盖载中事，不得不急鸣者。不然，则骤言何敢。别有说帖，所匄电瞩。

自矢帖

生一年老致仕乡官，素不分外做事，人人皆知。年来因乡民条议收解，改挨甲为雇募，雇募省万家惊恐，也要教募役稳便，后人欢喜应当，无论贫富公私，俱无妨碍，有何不好？不意有近习小人，惯恋衙门，向新募收头挟诈，未遂科求，便作毒计害之，令募役寸步难行，未知作何结局。想来募役不是门户差役，官雇守柜勾销耳，怎禁得小人取觅作害。到这时候，生力尽而心如灰冷，只得退避。又近日多病相苦，要紧的是性命，自救不暇，又管得地方疾苦哉。以后誓杜门谢客，足迹不入城市，一字不通官府，省得许多烦恼，以保残年。敬布肺鬲，乡里相谅。幸甚。

与冯月祯观察

老公祖秉玉宪而临照三齐也，三齐士女，方欣欣见德，等于衮衣之觏，而岁星之映拂，乃倏有祝厘之行，信天子万年足庆，倘圣天子笃眷劳臣，特简留左右作翼股肱，将遂逖迹三齐，见德无几乎。宿缘如某，正不知缘于何值，瞻对于何辰也，是用忡忡焉。不腆敝邑，十数年来，长吏多故，而代庖者错踵，遂令邑如毁，百室如荼。只今有淳朴驯谨之王令，不沾沾炫异，而一段悃愊之真，雅与地方相宜。惟不日计而月计，则襄城刘方，足见效乎汉循，容不诬乎。入京咨访，幸老公祖有以露覆之。编氓视父母，意非凉薄，老公祖应是鉴原，非无端甘作说客也。诸不备。

答王丹衷明府

总河小札，出之林莽，九牛一毛，安见为德，明府乃云感邪。毛公所谓不可不忘者，愿共之明府。车骑无勤，免众窥浅深耳。新旧粮之缓急，上握柄，下寄命，民不能必诸上，而上制缓急，执中而用诸民，大智包仁，一轨明府，蒭荛何知焉。询度周及，明府亦太冲虚已。使者暮至，眊眊篝灯草勒，不既卷曲。

简王丹衷明府

仆也瓠落余生，与世渐远，怕入城市，乃父母之邦，礼度关涉，谢绝又所未能，兹悃甚真。昨以婚礼进城，家事尔。顾过辱轸存，被之异数，待以上宾之礼，谊诚优厚。然而修国荣于野人，享爰居以秩祀，无亦令受之澳忍，置身几无地乎。且大夫固以折节为恭，野人则以恬静为尚，简淡相与，滋味深长，意念浃洽，罕见同几席也。惟共敦道义，久要不忘，隆莫隆于此已。是后愿老父母以时宜待诸贵人，而纯以古道待仆，越简越重，越澹越亲，何等超卓。令人曰：叔季煽古风，自明府始，不讵最盛事哉。至于简札礼节，一切均望率先，同归古道。伫固喁喁，不它举。

答王丹衷明府

顷再枉车骑，锡予稠迭，仆家之湛被宠灵，真不浅鲜。比走叩门屏，清光咫尺，惟是仆服衰隔越，忡忡未释，方更图申展焉。昨谕荐剡一事，仆甚关心，但林壑之人，援上非事，亡论按台难干，即干渎右辖陈公亦未攸宜。此公素敦高雅，玉壶冰心，仆所敬惮。渠年来不鄙下走，数礼鄙庐，徒以恬默自持，无忘菅蒯，企彼风尚，直伉古人。设不揣有诸，似乖夙昔，且必使尽欢竭忠而后已，全交之道，恐不其然。仆为是逡巡，欲言中止，非敢自外，轻负恩私，止以小信难胶，行止贵慎，扪心度义，竟阁墨卿，种种真赤，天日可鉴。不者，则父母子民之谊谓何耶。仆日来痰晕，几不能支，稽迟报命，死罪死罪。

答马康庄太史

不佞当年之攀附尊翁也，遨潞泽者六载，外吏甘苦，那不尝，那不关切，何必影与形也。今世丈昆璧双耀，丈且鼎甲，世知白眉最良，区区倍羡。小儿辈，固景升豚犬子耳。比训儿叨第，又厕馆选，后尘强瞠，步趋安措。惟世丈肯加呴植，微宠灵不薄，感且世世，鼎翰远掷，奉也彷徨。王明府之在敝邑，相视什伯常人。不佞亦严事无爽，苟足自效，何爱犬马。日者于旧知斋捧冯公，总河刘公处，均已不揣，作地道，颇见信验。若按台一荐，则岩穴绵力，委莫施。以直指风裁，分缘隔越，漫应误事，罪且倍于控辞。老生迂直，枝梧何敢，惟世丈怜察。

报史盘石

吾丈雅度含真，飞才轶代，生来玉堂仙品。比果简木天，读秘书，蓄植钧轴，如探囊取给，践膴优优，自是山川孕育，世德滋培，名贤间出不虚耳。一时人士，欣幸弹冠，矧宿昔仪向如仆乎。训儿素蹇劣，安望腾踏，迩亦汗喘驰逐，攀缘历试，虽神骏弗斥驽骀，如扪循非匹何。若以引以翼，俾毋道踣，区区殷嘱焉。向缺一讯，瑶华遽先，疏庸之罪，自贯不能已。草勒布覆，靡所底展，早晚有以申愫，伏惟鉴在。

答焦湛一计部

初秋以小儿家累累台下，营舟利涉，不震不渝，更叨惠馆谷，弗至落莫，怀佩不忘。岁云暮矣，斗室烘榾拙，政自萧疏，突然下蘧使，问遗交加，注存款至，不识林壑余生，胡辱云霄乎，眷眷若是。然则菅蒯勿捐，而韭薤之蒙采茹，知台下雅度，日随阳春盎发也。为忆安德为河漕要区，军国在握，台下缉理绵密，岁事上计，度坻京充羡，足饱数十万貔貅，则关中酂侯功第一，无兢维人，四方训之已。仆虽衰劣，尚凭借宠灵，歌颂明德未艾耳。呵冻草勒，薄言感私，并九顿使者见愫，不既愿吐。

报李翼铭 万历四十二年甲寅

学道爱人之君子，凄作秋，暖作春，曷猷弗嘼，曷誉弗彰，盖信友获上治民之机相流贯，大圣已言之矣。成安素驯，门下更牛刀恢恢，故誉命盎于四讫之弦歌，有以也。猥云爱助，其畴信之。门下顾勤恳见德，分俸相饷，谊敦而湛被渥矣。洪涊拜惠，八行见悰。不戬。

答丁初阳年丈

弟素谫陋，仁丈宿知，乃从业制举时晤辄论艺，披露腹心，岂具有取，知弟之朴而真耳。弟常年吾榜兄弟，有王懋钦之淹雅，傅伯俊之灵秀，邢子愿之奇杰，一时鼎力称雄，海内共闻焉。今皆即世，雅自堪怜，硕果不食，赖仁丈晚岁登坛，大增气色。著作之富，直争胜武库琼林，览者自失。顾以诗序相委，其谓《诗宿》主人，似亦足言邪。不知剽窃者终乏渊诣，钝根者难跻上乘，借指听于聋瞽，乌有哉。若以夙谊，取在信以传信，自外又不敢耳。日来有叔弟之变，悲悼伤神，殊无佳况。稍俟，得熟阅大篇，略窥真际，容有孟浪语，依溷记室，还自逡巡也。叨惠藤屏，并奉扇头佳什，谨拜嘉。弟有效颦二簏，洎训儿馆课四册，附上请教，可任悚仄。

与林学瞿

仙眷来斯，应多乐事，同心之庆，什伯寻常，尚未布私悃也。为念大人安土而敦仁，仁敦土安，心逸日休，作德者何乐如之，仆盖眷眷焉。连日读次崖先生集，大有感慨。其文笃实而光辉，笃实是文根干，光辉是文花果，两者和合，德日新，是命大畜，可以为文矣。文家率务修词而乏根本，春华安裨。理学家又往往填实，庸腐不悦人目。此老之文，炼如金，蔼如玉，姿采若新发于硎，真有德有言君子。程朱还，堇见虚斋，虚斋邃于理，未见经济。此老凡疏列时宜，擘画中窾，远之晁贾，近代苏长公，亦不是过，文又恶足尽之。原本付儿辈传览，不孤大雅，别臆续殚。

答许仰亭光禄

世路交驰，过瞬掷去，纵有素心人，缔深岁月，又何难一旦委如遗迹。不肖之承辉宇下，爰自长安，晤言几何，参商顿隔，又判然升沉异路也。讵期隆德菅蒯萦思，跃跃天衢，尚尔注存泥淖，问之遗之，春温泽浃，始信倾盖匪浅，千里几席，存乎人耳。李成安德度愉蔼，族党归心，比分社畿南，获奉矩矱，培灌复殷，得以委蛇从事，布展四封，政之弗疚，声之日起，尺寸可希。里人窃映，繄明公是赖，衔戢何极。缅望留都，根本重地，卿贰延登，伫践揆席，亮工熙载。鄙悰可胜瞻溯，惟幸照拂。

与王中条郡丞

某当年治举子业，每悬想三江奥区，人文玉立，思一挹芳润亡繇也。比师事贵里毛梅谷先生，披承绪论，曾挟子书相付，诏以玄致。更爱陈霁岩文机超爽，与许见鲁之奔放，兼而摹之，虽乏渊诣，乃用博寸尺，猎浮名，所神受中吴多已。老公祖固三吴闻人也，从作宰，迄于治郡，玄化沃膏，注齐氓不浅。而某受廛一曲，徒向往而登龙未谐，耿耿已耳。子岁豚儿辈，猥荷与进，湛沐恩私。训儿更鼓发耳提，徼冒一第，又滥竽乎词林。两世之茹秀东南，功德未可量也。望风承霁，应是何朝。羽便上起居，台烛是句。

简刘定宇总督

老年丈天挺人豪之概，宇内胥钦，尤严塞上。乃弟严老丈也，又无待塞上知之。守河间，主清净而力饶，宏奠丽而民乂，耳诸任丘张丈者，千真万真，卓乎不可继也。乞今则军中一范，殿上一夔，出入均劳，万邦攸宪。夫老丈今日之恢拓，亦根柢之浚发耳。之纪之纲，台鼎旂常，弟敬拭目焉。兹敝邑丞郝君汴，赴任广宁监正，濒发，草此上起居，更为郝君祈恳台庇，诚怜渠五年敝邑，真心惠政洽也，老丈能无意乎。别久郁况，那罄颖舌。

答郭学博万历四十三年乙卯

年华迅驶，宛如东波，回澜无术，遂成衰老。比来高枕病肺，药裹关心，一切付之茫茫，惟有系情交游，晨星四顾，延伫时勤渠耳。缅惟老丈，抱一含淳，振铎南国，业已有日，士子当沨沨顾化，袚濯一新，志行声华，信朋友而获上，端自不诬。仆林壑朽废之人，政无能仰佐万一也。痰嗽作苦，草此勒报，可是悚仄，伏幸亮察。

报杨洙源明府

小斋过午兀坐，忽报有西讯，询之，乃牧父远相存者。仆追忆都门瑶札，奉诸岁前，缺然未报为罪，兹又翩翩三札，下愚父子，并分俸相饩，何殷殷雅念，勤轸故人，平仲交善，证之久敬审已。顾仆则何德，而辱台下缱绻若是，感与愧俱焉。太谷浇犷，不易格，仆从昔知之，牧父独能格诸数月，果世事有穷，穷通事办，无穷则眩瞀疲顿而竟莫理。大机尤在精诚，精诚可渡虎，驯鳄，射穿石。盖维皇均降，孰是犬牛性，而天容伪哉。则太谷亦犹长白也，所视可期月，成三年，肇于俄顷功化，而崇深于悠久。惟牧父永誉夙夜，宏敷四海，仆更藉宠灵无涯耳。九顿谢使者，阔思万折，颖舌莫殚。

简带溪丈

应试增额，既凭借宠灵定已。若召募收头，止令勾销守柜而免解纳，正亲家当年题疏，百世不可易者。比年条议申允，两院复据议吾邑通行一省，是千载一时也。乃吾邑吏胥，百计沮挠，说道不利于县官，不如仍挨甲收解。是何言与，是何言与！果尔，是吾邑倒悬之苦，纾更无日已。始之终之，不遗余力，非亲家其畴身是。激切仰恳，百口相累，亲家幸毋忘缓颊。伫有报章。

谢焦涵一见饷

仆曩役关中，旧学荒落，未应抗师席，侈口论文也。无赖说铃，是秋虫壁响，不自嫌其唧唧，世丈尚德之乎？仆思之，缘宿钟则缔深，衷默券则谊固。所为从铅椠，作世讲，以仆未竟，而训儿徼天幸于癸丑之役，逐凤翼龙鳞之后尘，仆固不知其所以然而然也。沙河不恶，借重拊摩，自是士女厚遭，顾逸足昂骧，挟一息千里之势，便宜跨腾风云，登闳九万，百里能久靰邪。翰腆之暨，勤致都门，其来远矣。时方忧旱，触耳嗷嗷，花封可是如何。想学道爱人之君子，到处当岁星也。

谢蔡郡丞有饷

仆椎鲁迂拙之人，昔从关内，幸共事高贤，星霜三易，不为不久，徒以此中不诡，真赤披映，受台下洞达之知，可是宿缘。暨岁己酉，各以职业，背道分驰，顿觉天涯之阔，乃数年悃款载衷，室远人迩，曷尝不依依洛水商山间也。

顷阅仕籍，始知台下复除郡登州，辄发旧想，亟欲裁咫尺，上候福履，力固不能也。乃过辱珍存，勤翰腆于八百里之外。蛩音空谷，出之骤闻，顿令衡茅生色，家人亦交口侈颂，高谊古人希有焉，感何容射。训儿驽钝下承，年来徼冒非分，良切悚仄，曷敢自多，更重荷奖借，尤证通家之雅。时荒旱殷忧，以日为岁。短勒抒谢，不既卷曲，所希崇照。

简吴赞敬郡伯

老公祖抚有三十城，台芒流照，所为疏弊蠹，鬯膏泽者，既见效优渥，颂声四讫，口吻莫殚。惟是敝邑尪羸，闾里萧条为甚。据今膏腴之田，出卖临县者几半，乃税粮收解，偏累敝邑穷民，委不堪命。盖从壬子年乡民有状条陈，要如条鞭原议，大户二十二家，俱召募殷实人户充应，止令守柜及勾销赤历，粮银听纳户自行秤兑封记，亲手投柜。完日，官公同拆柜，合封秤兑，倾销完足，将京边钱粮，委该管官吏，赴上解纳，省向来衙役需索与收头一切赔苦，事属便宜。通详批查数次，覆核明妥，批允准行在卷。至上年十月内，复蒙本府案验，奉两院通行，内称粮银千两以上委官，五百两上下委吏解纳，文移甚明。彼时该房吏书，未缴依准，至今年，乡民闻有通行，复行禀县，又据原议，具申照详公文，仰求明示，至今未见批下，尚难遵行。事关地方利病，公而非私，为是不揣猥劣，冒昧开陈，专为疲民请命，毫无不肖之心。设有利图，敢以死誓。惟老公祖俯谅区区，急赐允行，万民衔感世世。

简冯映垣明府

顷叨侍绮筵，情文笃挚，感不容口。仄闻督发官兵，铁山剿寇，犁其巢窟，大足快心。只今盗贼，在在夜夜有之，不比平昔，真是可畏。必练乡兵，严保甲，痛惩贼盗，重赏擒贼之人，盗始弭，地方得安枕，不者，恐家家自危也。亟望留神。催征一事，明府业有次第，民将乐输，但不可遏籴。遏籴，伯者所禁，又不便于催征，公私交困，似当疏通为便。生冒昧狂言，冀幸采择，死罪死罪。

答龚仰南

仆与老丈，南北相望，真寤寐湖山莫释也。独促膝把臂之无阶，令底里倾倒之无自，徒有郁怀嗛嗛耳。比辱公郎文旆倏尔相过，遂瞻玉树，不时奉犀谭，斐亹足开蔀斗之迷。更悉于老丈清胜宽闲，鹤停鹄举之概，知方来享受未艾也。

公郎轩度朗识，资学并茅，久拟骏发，兹欣北上，将翱翔成均，友天下善士，蒸蒸向往，亦胡益弗收，胡美弗臻邪。祖鞭且挥，琨当起舞，直乏绕朝之赠，戋戋有庀，曷足明私。此中宛委，惟知我鲍子谅之。匆匆短勒，莫罄百一。

简胡怀南万历四十四年丙辰

官部署，往往冷南中而北是艳，又觭重天曹霄迥，不思虞廷宅揆，偏属司空，时有所急，亦何必近君为。禹固尝八年于外，而后告成于元圭之锡，又安见南司空之足薄也。仁丈缮部之擢，虽属量移，实维历试，底绩后，百揆在总何难，愿早命驾。仆夙附同心，又小儿黄口青衿，年来遇被折节，感不容喙。兹喜莺迁，恍若秣陵江上共游也。不腆匪享，聊以旌私，麾顿煞有余荣，可胜喁伫。

答周海门

二十年不奉清光，汩汩风尘，支离日甚，即向禀承白下者，堪服没齿，无奈筑基不定，澄汰弗净，日月一至，温养几何，回环今昔，忽恍如寐耳已。客岁小春，从北来苍头，接鼎翰，始知老丈以斋捧入京。训儿得一再觌德，沃聆教言，响振金石，乍通聋瞶。来札更眷注薄劣，开以性命之谈，知老丈养深培固，念念拔彼岸，功德无量，如钝根何。惟重念崦嵫颓景，得丧孰多。方细绎究境，以无负顶针至意，是属真赤。久稽裁答，罪负因循。兹率题作报，意绪摇摇，二水三山，曷缘披豁。伏惟崇照。

简王熙明守备

宇内渐多事，可虑者不但边鄙，南徐、北德、中清源，均是门户咽喉，而清源尤重。彼人烦杂而衅易启，非博大精明者提兵弹制，胜任固难。门下在事颇久，能练士持筹，严不苛，宽不纵，大中机宜，军民安堵，则文武忠孝之符也。崇功令名，方来未艾，愿言懋思。不既。

贺张华东给谏即吉

年来大祲，百尔无聊，即西眷仙峰，丰棱可挹，顾一介行李未往，疏莽之罪，政自难湔。比闻禫礼告竣，援琴可鼓，早晚上公交车，夕掖垣，以明以听，弼直重华，俾从欲风动之理，再睹今日，是亦岩穴幽人之快也。谊当仰叩阶墀，只申贺悃，恰有公举羁绁，坐是未能。不腆旌私，又乌当夙昔百一，匄惟鉴纳，悚负何极。

简韩晶宇

从来国是难清，横议难息，直须正人在事，而后能剖决之。则以沉几卓识，持以凝定，屹然有砥柱中流之势，故不动声色，而立断绰有余暇，正如韩忠献公诸君子是已。年来庙堂上议论烦多，纷纭莫决，盖起于各设藩篱，各持意见，不胜不止，不溃不休，公道泯泯焉耳。独喜亲家之识力超绝，压贲育，诎仪秦，担当国事，又复有难清难息者哉。目前枝撑，早已肇将来定策元勋之业。仆虽老，而靖共犹报寸衷，敬为亲家拭目。愿言日懋，以副喁向。不尽。

答沈华东方伯

钱粮收头疾苦，无如敝邑。近年乡民屡控，愿从条鞭法，召募殷实人役，守柜勾销，纳户自封投柜，完日倾销，官吏解纳，其火耗等项，俱动羡银，不累募役，法莫良焉。此议屡经驳议，已蒙三院详允，通行六府，无奈衙役多方沮挠，并去其籍，止有石碑可据，视为虚文，如何区处。老公祖福星东土，应有利民石画，严行查核，仍将埋没沮挠衙役重惩一二，以儆将来，庶法行无碍，利垂永久。此举公而非私，宦家岂有利焉。事情始末具载碑稿，洎贵司文案可查，万恳留神省览施行，不胜厚幸。

贺王霁宇年丈次子还家

年谊等雁行，槐荫滋奕世。弟所盱豫于老年丈者，匪浅鲜已。顷闻令次公翩翩归里，是鹓鸰来，就丹穴，而合浦复还明珠也。昔霍去病出自侧室，而成骠骑，近闽中林氏三尚书，实产诸一爱姬，旧传盛事，与贵府并而为三已。弟喜也欲狂，宜躬贺。稍侦知杜门谢客，未敢仰溷清尘。一芹之将，布诸小力，所匄鉴慺慺而麾顿，幸甚。

答张高阳明府

天佑吾民，明府之莅政也，屡降甘霖，四野沾足，光景年来未有，何幸如之。所论催征一事，既轸民穷，又急公家，忠爱两至。与厘奸革弊，待士民，防收纳，一切规画，可谓竭心思，无遗法矣。其现征钱粮分数，有题本与明文可查，更望发一明示，令小民的的易遵。且责里老，未若责欠多花户便，稽查户丁，亦须着落各里里老，同各甲真正户头，从实开报，欺瞒罪之。总之明府以仁心行仁政，承蜩解牛，进乎技便是道耳。教言之辱，造次奉复。不它举。

答振庵

别后萦思，岁序渐改，比曾以尺素起居，知抵未？瑶笺远辱，雅荷注存，又叨二事之贶。夫青毡白雪之朋，相看道味，一字堪把，何必侑，有侑累从者，与吾侪何居焉。彼中与游，不妨泊淡相将，世无尽密之交，无概浓之趣，设浓密而乏深长，亦未足奇也。黄先生古作，雄杰快人，大是作者，制义高美，已几于化，火候到，便飞升，遘之未易易也。吾丈加意丽泽，剩有入处。仆衰甚，只贤贤一念不歇。彼中庳湿，徐徐宜，更须谨摄，静修胜如药裹。长年人久耽博弈，亦耗心血，仆躬涉之已。贤婿节俭克家，日日课子，忍自堕落，无庸深虑。唔间，应道乃翁意。二诗箧览教。

谢洪高平寄去思碑刻万历四十五年丁巳

某迂戆之性，所由来已，当其释褐为吏，试割挥刀，血气任凭，事多过激，比后悔业已无及。洎谬奉征书北上也，一时百姓攀号，景似不恶，徒以一二抵牾，触当锋锷，加之南省罪言，大于众怒，虽蒙外补，竟媒蘖从令，落职归来。五载省愆，为亲强出，又浮沉南北，久而后悬车也。若去思一碑，不在当年，而在三十余稔之后，非台下虚中观理，务洞其真，覆垢略暇，曷由臻是。始信士有神洽，不必交臂，区区衔感，颖舌端不能殚，惟时语儿辈，共效犬马忱耳。详阅兴革事宜，具悉苦心，遂收实效，究令泫人受福，利赖无涯。台下之崇功令名，应不知所底止矣。再此申臆，愿言亮察。

谢高平乡绅郭桂轩等立祠竖碑

夫祠以生祝，碑以永思，在昔贤守令实心任事，大能为地方兴利除害，久而不忘者始宜之。如某承乏名区，虽经六载，无奈才力孱绵，性资褊急，程功未有，而以激亢悠谬取罪地方者，更仆未易数也。今兹盛举，爰在数十年后，好而忘丑，爱而加膝，故人雅谊无如已。独实不副名，循省多愧，惧遗笑来兹，为一时诸君子累，是用不宁耳。小札述感，专启未能，希传览副墨，并致名帖见意。

披承无地，临楮神摇。

谢高平张孝廉遗去思碑刻

祠碑之举，不佞匪宜，昔召伯流咏甘棠，细候腾欢竹马，何武萦思于既去，羊公堕泪于岘石，诸君子品高才巨，膏泽优渥，崇功令名，人人代代服也。不佞何人，牧泫何勚，且解任三十六稔于兹，一旦门下追忆曩昔，略瑕类而许粗直，忘局曲而重方寸，曰：“是不诈之齐人，破甑之孟敏，拔一二于千百靦缕之中。”遂谋众祠且碑之，峭然烂然，荣光表竖。乃门下怀雅一日，而侈余不朽之声称，谊信笃挚，顾色泽嫫姆，而享敝帚以千金，名乎实乎，宜弗宜乎。无论愧前代诸贤，左右顾盼，即视见素公抑又何如，是班宁歆于非伦，混碔砆于结绿，不佞固重有汗颜耳。门下卓颖绝尘，开悟自夙，不佞肉眼，尚喜遘于舞象之日，云霄万里，瞬转而是。不佞鹄伫，与训儿同，孝廉非驻足地，用是相砥，愿言日跻。厚雅难酬，惟有鬲镂，戋戋之庇，等于于鸿毛，藉以明私耳，伏匄照存，幸甚。

简张明府

台下莅长数月，化行沨沨，颂不容口，如吏免支也，收头免解纳也，政柄一而听断之无冤也，御众宽而待士之有礼也。其它善政，不可枚举。不肖何荣置喙，只缘比晤询荛，卒然无对，偶有所闻，传自道路，不敢不告。谓近有三二巧诈儇薄之徒，借口向上，时得进甘言，阴坏善政，如霰先雪，殊属可畏。就催征言之，明府谕粮谷分数即停比，彼云鞭打快牛，最拂舆情。明府谕征粮，新旧只侭一般，彼劝并追，不知专则易办，并则难行。古人用一缓二，况连荒之后，一时并征，势必两误，且令民违怨逃匿，公私交困，谁尸其责？昔杨明府曾示并征，时训儿未第，恃爱一言，立去告示，至今诵美。目前催征，万望如明府初意，持之有终，仍痛绝佞人，俾勿近前一言，便做成千百年好事，即卓鲁不得专美于前。盖佞人辈闪倏狡猃，朋比为奸，外甘中毒，历年贡谀害事，不利官府，的的有据，定宜急绝，一清耳目。至于宦家钱粮，不妨严催，间有带亲戚地亩者，速谕退出，钱粮自然清楚。药言苦口，死罪死罪。

简韩伯让文学

本年谷黍，初旱，雨后蝗蝻与子蝗交啖，或倒发成灰，收获十不二三，有尽付乌有者。子绵斤钱三十，衣食租税，家户不知所出，赖菽荞胜卯辰二秋，里人或免离徙耳。阅邸报江南告灾，江北如何？亲家禄薄，亦足逭啼号乎？念地方卑湿，容易中人，日望啬神葆和，迓天庥，视玉树森发，为最快事。不肖衰甚，善忘，独昕夕不忘亲家，知亲家意念不殊也。草此布候，诗箑侑往。

简王澹所郡丞

不肖夙负湖山之兴，顾南北萍踪，曾不能买舟向西湖一游，徒有寤寐，寄怀于望湖十歌，付钱塘龚老友见素。如台下宁淡自盟，实潴纳烟波万顷，敛之则世氛不入而生理渊渟，注之则品汇渐涵而膏泽普被。即今为行河使者，方左右总揆，裨益军国，地方胥沐恩波，仁人长者之惠利宏远已。企羡企羡。属有南翼，敢布尺牍。区区下私，仰希崇鉴，可任悚仄。

燕喜堂集卷十四

平播赞画

上蔡见麓太宰万历二十一年癸巳十二月，公年五十二岁

某碌碌无奇，潦倒有日，西事滥与，委非所宜。第业已身许，敢以险恶为解乎。清觌数语，足当石画，敢不祗奉。职用不迷，露覆在睇，台鉴是希。

上杨后山大中丞

台旆言旋，职适在发，展觌无分，只抱憧憧耳。又自惟才非折冲，识难料敌，西事谬参，未知作何结局，兢兢日夕，仰期无负。惟省事惜费，不使师老财匮，兵连祸结为本耳。彼中情形，至彼图度另报。匆匆赴事，不暨寒暄，伏惟台鉴。

上周卫阳大司马十二月二十日，次和州

台台节钺旧京，计周桑土，江汉波恬，既已纾主忧于东南，而本根占不拔矣。周公宅洛，乃言底绩，我觏衮衣，燕台行式歌耳。某材至劣劣，年来得服役曹中，叨寄一枝，曾未有尺寸表竖，足称任使。台台徒以使过之仁，罔求备一人之谊，殷勤嘘植，庶几昂襄。乃如西事重大，讵宜樗散，猥荷推毂，尤深悚负。第闻勇士不废轼蛙，忠臣岂惮叱驭，某何人斯，敢爱发肤，而虚国士之知乎。濒行赐饯，重以厚贶相加，羁绁增重，岂胜衔戢。匆匆于迈，率然布谢台端，不备不虔，统希矜亮。

谢萧鹤侣侍御十二月二十日，次和州

恭惟门下，劲节英风，清标藻誉，既已播满朝阳，众归赤帜，匪直区区不肖向往之勤耳已也。如不肖濩落有年，戎曹从事，尺寸罔裨，西事滥竽，只深悚息，敢沾沾自喜，以得色大君子门墙，而邀之宠荣，以窃为艳？必不然矣。乃门下独系情桑梓而优与之，既叨祖饯，又辱大饩之颁，以增重客子，而出途遂以油

油也，则门下之为意至都，而感莫知所底止矣。匆匆勒谢，鄙悃嗣陈，伏惟亮察。

柬张蓝田年丈万历二十二年甲午正月，公年五十三岁

弟除日抵蕲水，元旦诣县署朝贺，得老丈手札，知岁前发和州宿广济之日，与长途跋涉之劳，二日为期之画，恨不欲促膝倾倒，出斗酒相劳为快也。乃台旆又不果至，无亦是与隶之弗给，与泥涂之难于驰驱乎？良缘天吝，殊为怏怏。弟欲更迟老丈，为扰地主已三日，而又留，即主人称贤乎，不替于初，弟安敢竭若欢，不遗余力，以就尾生之信，而自处不宁也。三日遂发，度前途逼近邢堂翁，弟又迟老丈而共谒，乃寸衷固无刻不县驰耳。

柬陈应虹少司徒万历二十二年甲午正月

某曩役秦中，得觌承台范，沃于慈诲甚渥。一经濩落，便尔十年，无由奉颜色，申薄讯，嗛嗛可知已。兹复有川贵之行，得出仙里，审通德之交洽，羡卿云之弥望，独以不获抠叩阶墀为恨耳。倘凭借宠灵，得树寸尺，犹是承觌有日，知竟如何。途次罔攸申悃，万悬[1]亮原。

上石东泉大司马

乡竣于部赋，仰荷题覆，猥叨纪录，既服鸿私，川贵之役，又不难推毂后进，俾负弩邢公，介张子而从事焉。岂其夙负有足佐筹箸万一，无亦台台欲使过不废，且洞于椎鲁无他肠，剪拂而驱策之，以几效桑榆，无忝十八年一陈腐士，则台台于不肖真有大造，而感奋宁啻什伯邪。得咨后，以腊[2]十八日发金陵，陆路前驰，无那荆蜀道恶，加以冰滑，迄二月十一日始抵重庆，早夜奉邢公，次第图彼中事，得窾会应另驰报，用副勤拳。职可胜悚负翘企之至。

柬董敏轩职方

曩役濩泽，即从同游处得门下英懿大都，私心已向往不置。比门下射策彤廷，继司理大梁乎，时时闻门下为政，达肺石之沉冤，却暮金之隐愧，声华烨熤，

---

① “悬”，底本作“戀”，据文意改。

② “腊”，底本作“蜡”，据文意改。

海岱崇深，无但区区薄劣，袭芬桑梓焉已也。职方隆重，枢要所关，赖门下远度壮犹，四陲无恐。若乃川贵之役，不肖何知，剪拂而推毂之，实门下从中主持，俾承乏驰驱，望之寸尺，谊孰加焉。席庀以蜡月十八日发金陵，迄二月十一日始抵重庆，羊肠鸟道，雨雪霏霏，不敢言劳矣。方从蓝田丈黾勉夙夜，冀无腼处幕借筹之意。第大兵未集，元戎未至，须宁耐次第为之。重发轻为，总所未敢。伏惟崇照。

报胡对岳副宪

门下风标轶代，士类左袒，即不肖拓落有年，欲奉颜色无从乎，乃此中向往实殷矣。西来服役，何裨寸尺，惟获周旋疆场，庶几从棨戟内一望台芒，足惬副生平，为幸良厚。匆匆抵界，申候不遑，早拜翰腆之辱，用谊周至，悚负何极。伻旋，率然勒谢，缕缕莫罄，澄亮是希。

上邢昆田少司马二月十七日

不肖蒙台台推毂，谬有此行，敢流连光景，迁延时日，以孤厚托？惟是途次待张郎中，几三四日；楚蜀间阻，雨雪险道，又旬余日，坐是驰驱不前，以无逭后时之罪，而夜日悚仄，迄今气结未平也。台台亦俯亮区区邪？二月朔日薄暮，抵万县，乃楼船日中已发，不得已仍遵陆兼行，以六日小午至长寿，候台台于江上。肃役驰报，稍慰拳拳，并谢不敏，伏惟崇照，职可胜颙望悬恋之至。

柬孟连洙银台

光霁一分，悠悠万里。东人社中，去不肖曾不加少，而不肖独不能驱释枌榆之味，尤不能驱释于长者芝兰之味，无那离索何也。马千户来拜门下手书之惠，殷勤捧读，重逾拱璧，又以知门下相念真切，更属望西事早襄，北旋有日，知猝能副此否。邢堂翁算无遗策，酋有悔祸之心，但欲听勘，而不欲远出，尚抱疑畏。时下刘帅未到，大兵未集，比集又畝蒸难入林箐雾毒之乡，不得不稍待耳。门下见诸老，及吾乡诸丈，幸悉此意。苦匆匆难遍启也，当嗣图之。

柬陈警亭年丈

顷拜翰贶，率然置复，曾不及一齿播事，嗛嗛可知。杨酋旬月来，遣人申愬者再，约先至松坎，听王丰舆使君临勘，然后引见两道，以及制府。其致词颇驯，待宣谕使者亦颇尽礼。且修筑馆舍，以伫官使之临，就笠似有期也。敢告从者，俚句明私，足博一笑。不尽。

柬吴昇环年丈

昨晤谭中丞公，道老丈曾齿劣弟得附雁行，且谓老丈拮据守籓已迄三载，雅资望深崇，治行趋绝，行膺擢不次无疑已。实此老先谈，弟据正对，谫薄自分，又何能禅赞盛美也。播酋将出，王重庆已抵安稳宣谕，李易二丈洎两弟亦次第赴綦江有日矣。敢布诸下执事。不备宣。

柬张蓝田年丈

归来接刘省吾将军书，更询来使，则知巫山提兵尚二千有七百，而五百家丁不与焉。此辈久暴露于外，已属不堪，顾令聚散莫适，进退无门，而又不恤其私，罔以糊口。此中方再四商度，簿书往返，时日耽延，讵成事体。矧主帅再挂弹章，安有佳贶，不知此际胡以驭枵腹，而煮无米之粥乎？倘有他虞，恐制府难尽委抚台，而吾兄弟亦不免袖手旁观之悔。二矛重乔，河上逍遥，抵今只为口实，矧事有不止此者乎？吾兄幸一裁酌之。伫有报章，不次。

报朱鉴塘少司寇

恭欣新命，遂贰秋卿，台阶辅辰，直是转盼间耳。弟踊跃弹冠，未有以贺，何至辱荣施也。西征滥役，委非所宜，堂翁不知而误推毂之，恐庙堂未必俞也。行者宜赆，赆而暨行止未必之人，真情溢乎礼矣。第尊贶未敢遽辞，局蹐暂承，稍俟作展，伏惟崇照。

谢四川缙绅伍象明萧鹤侣黄胤浦等八君

西事滥竽，极知蚊负，然业已身许，敢以险阻为解乎。彼中情形，总难悬断，宜剿宜抚，邢公必自有说。仆惭非毛遂，敢希脱颖，亦因人成事之十九人耳。又惟今日国事，易言而难于行，以海内虚耗，四徼多事，兵力大诎，不任诛求，应不独川贵省尔也。可省则省，犹足延尫羸命脉，门下其谓如何？雅谊种种，附谢不悉。

谢同乡孟连洙柳赓虞等十五位

某至不类，南中再役，宁有兢思。门下徒以枌榆之谊，绨袍之雅，于故人百有缱绻，置报无以焉。滥竽西事，委非所胜，然邢翁之相与无几，遽而推毂，本本原原，明德又恶可忘也。江干宠饯，增色客子，独无奈河梁之感何。风尘浪迹，踟蹰钟云，伏惟崇鉴。

报谭岳南大中丞

远人负固以壅广运，直须台下走一檄底定之，绰有余裕。乃庙堂过计而有督台之遣，督台又过听而举职以充幕职之末。夫职岂闲远略也者，而堪此负荷，以无诒台下之恧邪。石画确示，日有翘企，奉之何敢失坠。匆匆入界，申候弗先，顾辱台札相劳，珍错充庭，对使拜嘉，岂胜饱德之感。卤率附谢，大惧弗虔，伏惟崇鉴。

柬杨见鹤年丈

客秋以部差告竣，赖鼎力主持，题覆纪录，感曷维已。川贵之役，又题覆赞尽，苟充任使。自惟军旅未闲，中乏伎俩，又播酋拥众负险，疑畏观望，招之未必肯来，剿之又未易易，盖无米求粥，几成画饼，空拳格兽，反噬堪虞。必欲集兵转饷以了此事，势须骚动地方，讹言可畏，非老丈从中翼覆之，何由克济。时下军门上任，一面驰檄招抚，一面移文调集，倘招之不可，舍剿宜无之耳。弟以冬杪十八日发金陵，迄二月十一日始抵重庆，蜀道艰难，并以雨雪，盖难之难耳。老丈委蛇华省，公有余暇，亦齿及区区劳顿否？羽便寄声，鄙悰不罄百一，伏惟崇照。

柬吴南台都谏

弟年逾知非，颠毛种种，生平伎俩，几能越寻常步武之间。川贵冒役，委非所胜，加之播事，似小而实大，似易而实难。彼兵食俱饶，而我一无所具。彼凭险固，我难仰攻。彼为主而我为客，我躬劳而彼躬佚。剿之未易，惟有议抚。夫抚而易易也，则何待于今日。然势又不得不以抚先之，看生灵造物何如耳。大都抚须旬月，稍烦安插，剿则未敢预期也，惟庙堂之上，假便宜，宽岁月，省议论，俾任事者四体舒布，不抱首尾之恐，成功始有期乎。大柄主持，方在老丈，幸留神裁察焉。弟以蜡月十八日发金陵，迄二月十一日抵重庆，迟迟为雨雪险阻之故，敬闻诸下执事。

柬杨敬吾都谏

比来主上无阙，不烦谏草，剩有余暇，可知愉快。仆半生碌碌，尺寸罔裨，川贵之行，原非希冀，惟是当事者不知仆之不肖，而误庸之，仆亦遂冒昧承事，而踊跃叱驭以往。盖发程于嘉平之十八日，以及二月十一日始抵重庆。山川雨雪，蜀道艰难，要臣子所宜备尝，未敢自命苦也。倘播酋亟焉悔祸，入夏可襄，如其不然，大烦料理。盖虚实强弱之形，主客劳逸之势，顺逆向背之情，不谋不预，不可以应猝，固为难耳。迩年用兵之际，每有烦言，播事反复，尤多枝节，非朝廷付之大臣，一切不问，宜取成功，谁敢任之。足下方主持国计，卓有石画，不但以私交之谊，而后庇覆之也。企切企切。

报董韦吾年丈

来札谈播事，力主剿除，一伸国威，一为横罹锋镝之赤子消愤地下，雅不欲依违首鼠坐失事机，自是昌言石画，无以易此。第庙堂意有所属，督翁方在筹划，先来后至，事岂同科，文告武功，并行不悖。申令不熟，兵食未集，固难议战。果令之而玩侮如故，则以既集之兵，食已充之饷，乘时遘会，谁敢耽缓。弟碌碌堂下，何俾寸尺，然窃闻当事者意指如此，敢布腹心。惟老丈终始提诲，不胜大愿。初至倥偬，不既覼缕。

答谭岳南中丞

亟拜鼎惠，既深戢感，惟是始抵巴渝，拮据从事，曾不能肃一介行李，叩台墀而鸣下悃，疏莽为罪，弥也何从。顾又猥荷隆施，至于充庭错篚，骇目惊心，初不知区区薄劣，胡以勤眷注而惠源源也。不惟緊物，惟德攸承，其何敢不九顿而嘉是贮，以锲内暨永永也。申展之私，实恳寤寐。播事处分，台下业有次第，督台区画，何异面谈。至于檄催兵饷，事非可已。师先声而后实，事有备而无患。乃督台嫌于激切，殊用不宁也。西事且襄，知瞻对台光有日。殷繁斯况，便谐倾倒。附谢不庄。

柬周海门

署中日油油相从，不知为乐，拮据而就万里，始知道路之间关，人情之崄巇，孰与吾兄弟左右股肱，日荣卫周洽，城府不设之为快也。吾兄其能忘此乎。顷播酋得檄后，令三役来申白督台，欲听勘而不欲远出，尚属犹豫。督台又极力譬晓之，期于三月二十日报夺。时下刘帅未到，大兵未集，比集，又当溽暑。夜郎山谷盘曲，林箐茂密，多毒雾而不便食息，匪此酋急出听勘，于襄尚未有期也。此事关官家非细，吾兄虽优游华省，亦何尝不引天下为己任，故不惮谆切上闻，冀承石画，藉而副塞当事，无陨越于下，以点玷知己，是所眷眷耳。岁前次和州曾布小折，二月十一日始席庇抵重庆，无恙，独天涯回首，无那摇摇。薄训归鸿，惟有尺素，所幸亮察。

柬韩惺庵中丞

巴渝署中，无日不共毕子谈吾丈处塞雄风。今虽暂栖般阳乎，乃东事且剖，又云中保障之茂勚，烂然在目。业上诸司马，独不当作券河山，载盟府而纪太常乎。则吾丈恐不能久耽泉石，不日应脂辖秣驷，上长安古道，入为官家股肱，享九鼎千钟未艾也。不肖铅刀驽马，驱割非事，用而从事军旅，滥竽借箸，只暂尸素耳已，何伐之与有。播酋似有出意，尚未就绪，看旬日内外何如尔。小僮东辔，聊上起居。鄙悰不罄百一，所希崇亮，无那翘企。

柬韩振庵

华发为郎，为郎而服役万里，目中有此奇事否？业障未尽，百尔消磨，应须待火性了当，望如木鸡，而后稍稍以近地处之，北人归北为便耳。乡小札勉吾丈大业，似迂非迂，听之煞有受用处。盐撒酱瓮，决定不酸，少盐，则酱有恶趣，食之作呕。丈肯听我说不？三官今读何书？讲书也未？乘龙佳婿，两下一般光彩，丈休作睡里梦里，暮雨朝云，忘却过庭诗礼。一笑。漳纱二端，银铰川扇六柄，寄三官见意。日者播酋遣三役哀恳军门，似有悔过之意，旬日内外，便见条理。附闻诸下执事。

报陈虚舟年丈

同袍兄弟，历十余载不一聚首，而聚首乃在巴渝，萍托清流，信不知孰使散而孰使合哉。匆匆一晤，微欢寸膏，天涯郁陶之况，犹是缺然，而吾丈早赋骊驹矣。重维南阳细候，方谢竹马之迎，而倏忽命使，度陇传梅，劳芳韵之相袭，愧琼投而莫副，直用局蹐不宁耳。对使登嘉，率然占谢。又辱轸播事，深荷同舟之雅。第此酋方在徘徊，归命莫必，霜明信义，在渠举足间耳。不宁方来，谁假后至，宠灵式藉，以无作同袍之恧。可任翘企。

报李信亭方岳

播事善后，奉台檄宜效一得，直赞画从事帷幄，止备筹咨，安稳趋陪，亦惟是制台相命，义难推诿。若复谬参后事，列名公移，即不敢为异以干严谴，只恐无地方之责，而强颜地方之事，越俎又重不宁耳。惟门下亮察，更望委婉于两台处。不宣。

柬沈东霍廉访

十余年仅一把臂，歆蒸为虐，人事纷庞，曾不展底里百一，剖袂又复匆匆也，可是惘然。播事草草就绪，难厌众心。第此酋囚服接送，蒲伏听理，呼参旗则震慑失色，曳升阶则矍顾不前，须王太守保护无他，方进步武，此亦足以明朝家三尺之凛凛，足夺此酋之魄矣。乃奏民犹作讹言，几摇当事之听，作事之难与听言之难均哉。不肖腼颜佐幕，寸筹未抒，诚不知竟以何者杜口妒，而追颠趾，所恃老公祖居间，稍以无恐。又自惟矢心不欺，天日可对，岂以老公祖一世豪杰，而不洞其中乎。善后疏月半可发，既发，不肖辈无复切身之事，萧萧归辔，三巴又作天涯已。萍流聚散，那能自持。二扇曾恳妙洒，并金诺栈道大篇，得爽然见惠为感，有余力更望缤纷而示，稍迟即奉教无期也。惟幸亮察。

报邢昆田左司马甲午十二月十一日

台旆在发，负弩未躬，江干谛望，以日为岁。覆本十一日薄暮始得奉旨依拟行，全抄未到，度十三日方有。询梁朝千户，知台旆尚驻蒲城，遥飞紫气，依依若接。幼官易唐以梁，业与张郎中启周堂翁欣聆焉。坐行二粮，取彼与此，即解衣衣之何害。两属拟十四日辞陵，十六日辞堂，十八日寅时起行，兼程而进，奉觌应有期矣。耽乐是从，于谊何敢。率然勒状，用布诸下执事。悚息莫任，亦幸亮察。

柬马在田使君万历二十三年乙未，公年五十四岁

迩者以文事相委，棼庞意绪，重愧弗工，负吾丈任使多矣。川贵之役，当事者不知弟之弗类，而引之宾幕，几折冲樽俎之事，兹何异借听于声邪。然业已谬许之而效驰驱矣。丈胡以诏我。

上衷洪溪大中丞

客岁邢堂翁题差人往，未敢以尺楮上尘台览。比得旨匆匆就道，又不能具启左右，谢台台注念之深，勤切培植之德，只今犹是憧憧也。爰惟台台，方提揆玉宪，独座维尊，师济百僚，禀度而微宠者宁谓无人，乃台台犹倍怜菅蒯，系情一故吏不置，既策之以驰驱，又宽之于大计，煦妪覆载，语感尚为薄耳。川贵之行，发程于冬杪十八日，迄二月十一日始抵重庆，途中山川险阻，雨雪霏霏，真有欲速而不能达者，非敢次且为也，台台其亦亮原乎。播事久为人误，颇烦料理，空言而谕下之，恐不能得。邢堂翁筹算颇熟，誓不作摇摇之见，须庙堂假便宜，省议论，宽以岁月，始足措置停妥，而无后患，惟台台力主持之。初役棼庞，率然布讯左右。区区瞻恋，伏惟亮察。

柬刘省吾都督

得门下壮士，十一拥护，起坐生光，不枉是从戎也。感切。不日当只役安稳，更从门下乞一二东弓，并矢若箙，令家僮稍操习之，更觉神王。第不知门下今有余不耳？敢以为请。

柬李肖城都督

小童间习操弓，苦无良具，门下跨海东征，应有高丽弓矢，超轶在彀者，肯损珍一二，作儒生照乘之珠，则不佞实凭借宠灵不薄耳。缘不日有安稳之役，聊拈武备，冒有今请，知门下无嫌越求也。主臣。

柬谢瑞符茂才

通家骨肉，疴痒相及，不佞所微惠门下不薄矣。江干握别，天涯遂阔，知己之念，何日不殷。川中风气难习，人情称是，勉强枝梧，幸而播事就绪，归

程在睫，是何敢垂涎功名，弋获非分，得早贲丘园，俯仰自适，大属愉快，愿如是足耳。足下绩学有年，游泳需化，青云伫足尔尔，愿言自勖。东鸿可讯，尺素相将，并附一芹之悃。令亲无恙，方拟伴我过里门，始旋白下。蜀山吴水，两地悠悠。不备宣。

柬毕白阳司理乙未九月十一日

云间尺度，倏尔三年，乃仁恕平明之理，固已星流荐剡，道侈口碑。夫既不难于三吴，更不知盘错谓何，霜锋犹惮理邪。天曹妙选，提镜人群行门下是承矣。不佞华发为郎，从戎万里，生来碌碌，敢用咨嗟。犹幸播酋就勘，稍结前局，早晚归鞭，夷犹丘壑，伫门下云霄事业，为烨故人耳已。令伯兄瓢泊东西，终非所安，方今家政，一操桥梓，去其所弗便而投以所适，在门下举足便重，此君性固雅驯，亦知戴德，因其势而利导之不亦犹亡羊补牢，尚未伤于晚乎。不者，渠长年零落，风雨啾啾，一夫泣隅，满堂黯色，门下亦未为光大之致耳。抱恙率然布此，殊不宣心，所希澄亮。

柬沈东霍观察乙未九月二十五日

播事苟完，实台下宠灵是藉，又早遂游子归计，固为愉快，何更望日下长安乎。华发凌人，即署尚有颜色否？二箑区区，以干大篇。初不谓台下失摄，又为剧苦乃尔。第所徼拟作世珍，故渴求若此。不肖阳月初发，候制府于夔城，瀼西寻胜，待放愁颜，直又恨促膝无以耳。亦幸亮察。

报乔皓畦年丈乙未九月十九日

渝州从事，弟实赘疣，骄酋就理，亦庙堂石画，制府壮猷，蜀赤子未应劫厄之造，不佞弟何力之有焉。惟是凭借宠灵，以弗至决裂，大为同袍辱恧，则弟业徼惠不薄耳。而又以老丈都旆倥偬，暖席无暇之日，遽勤信使，并以珍腆相加，何老丈用情周至，即造次亦乃尔，感不知底止矣。舟灯披水浒拨闷，骤奉瑶札，如堕九霄，率然削牍抒谢，悫思未豁，晤言知应有缘否？别制府时，约于八日发重庆，屈指以十四日抵夔，恰闻传牌下矣。锦城之行，老丈自主，制府拟得善后本旨意，即疏复命而行，第不知遽允回部也未，弟总难定执耳。不尽。

柬易霍冈

白帝之饯，缱绻无已，感何有极。开元寺手卷，势难远携。疾书遂不能佳，姑塞明命，所希照存。

谢耿明庵使君送舟

江上一尊，遂成万里。两官舫远托洪津，飘飘无恙。乃五日旋抵荆南，足称大快。其自不佞而下若而人，均切无涯之岁。榜人西棹，漫附尺牍为谢。

报薛龙华侍御

要荒异内服之臣，难纯用汉法。矧播酋宣虐七姓，事岂无因，当事者不揣其本而齐其末，始则遽信奏民之驾诬而峻处之，已又无上事而遽脱之，已又不察彼己之情形利害而遽兵之，兵又有至有不至，而至于丧师辱国，义当席藁待罪，静听处分。方且曲为掩护，过于张皇，顺奏民之欲而蒙其欺，甚杨酋之罪而失甚实，以思石之事，较白石之事，孰真孰赝，孰大孰小，而必欲淆乱白黑，以眩惑听睹，此其为国之忠与不忠，为谋之拙与不拙，又不待智者而后知也。黔蜀一体，自是公义，然非在事者同舟谊笃，去尔我之藩篱，又非有深识都顾、卓抱孤忠如台下者，抗颜而主持之，即制府能无寡助之虞乎？不肖碌碌堂下，原非脱颖之人，直一念不欺，夙所自矢，安稳承勘，猥列班行。设杨酋可假，解献为诬，乃与五君甘心，则皇天后土实临之。杨酋久羁重庆，从行者谁不习见，彼尚云假也，将何事不可罔乎？台下来札，洞晰秋毫，重荷同心之义，故不惮喋喋布复。

柬东省诸郡邑长

不佞万里从戎，穷年返辔，虽给有应付可藉出途，顾中间羁绁之困，道路之难，盖不可言。此日将抵化区，春风待拂。一卒一马，知费经营。惟是归计匆匆，末由缩地，从容等待，游子无聊，辄此冒昧乞陈，仰干盻睐，得假须臾之速，可胜踊跃之欢。亦幸亮察。

淯川县 通许县 兰阳县 曹县 城武县 金乡县 济宁州 宁阳县 泰安州 莱芜县 淄川县

柬颜神镇会友

不佞弟万里长征，穷年返辔，归途雨雪，苦不胜言。过贵镇雅欲只叩门屏，郁思倾倒，恨时势不能也。不腆聊作公仪，寒冬一酌，极知辎亵，惟恃优容。又诸宪丈稍有升沉，交情不二，伯光丈幸查照当年友数寄之。杓山日没抵青石关，夜分，区区真不能悉也，毋曰恝然。旦日路径崎岖，急趁淄川，无勤寓宿杯酌之事，千万。

柬许绳斋民部

南中再奉瑶札，情文周至，怀不可驱，恨迢迢迂阻天涯耳。西川从事，委属滥竽，叨转秋曹，胥从大庇。又惟北辔可期，抠承有地，则喜而后可知也。赁房一节，猝遂为难，小仆又事体生涩，力难独任，敢烦贵价将之，觅一便区，要在东西适中之处，只身数仆，不须太阔，直内外有章，左右有邻，旧不为人所弃也者而居之，衔私固不浅耳。恃爱琐渎，仰希台亮。

柬张元冲大中丞乙未十二月朔日

西征之役，祖饯维廑，转盻天涯，遂成万里。惟是瞻斗杓于京华，蔼卿云之灿烂，稍以寄徘徊而申向往。台下亦远鉴区区，视蓝田丈无以异邪。播事苟完，乌有策树，顷仰席台庇，冒迁一级，觉淹蹇渐有起色，敢希意陇蜀，垂涎非分，犯道家之炯戒，干清议而勿恤邪？直督台业有叙疏，贱名或溷于中，部覆可期。疑有外服之转，果尔，则给由之事莫谐，老亲之封无日，安用此官为也？敢乞台台与当事者婉悉此意，容抵部考满后区处，即循资量移不离省署，庶一命可沾，不枉顾复劬劳耳。白省庵素托知己，亟望道此，亦情通理顺，非无交而妄求也。百惟崇亮，抠承在睫，故不喋喋。

报江念所黔抚万历二十四年丙申九月，公年五十五岁

播酋作梗数年，今虽革面，竟属羁縻，未可以一切绳也。彼五司七姓力不能敌，又相持猝不相下，衅端易启，且西南民力疲矣。就中调剂，台丈宜有石画，令帖然大定，造福百年，不贤于拓地千里乎？惟幸裁察。

报邢昆田大中丞

杨酋献木，人颇信其无他，而惟台台洞烛其幽隐，真可谓诛心之论。但已蒙部覆，又奉明旨俞允，一时力争不得。且台台业已完局，彼中自有地主，五司庇护，殊难为功，台台直毕力所能尔尔。当事之人，向来一切如是，可将奈何。瞻对何辰，可胜怅惘。

上邢昆田大司马万历二十七年己亥闰四月初一日，公年五十八岁

东事结局，劳苦功高，献俘之役，大足除凶雪耻，伸堂堂天朝之威已。第中间议论，尚亦参差，赖政府与萧堂翁主持，遂竟一切付法，然亦当稍稍言之。若某则从差官处得状甚悉，自堪舌战，以明苦心。杨掌科勘应无地，早晚凯旋，歌朋至燕喜耳。某向四推不点，陪推下川南巡道偏点，昨见李太宰促某星速抵任，仍要调紧关地方，专役播事。夫播事赞画无效，蹭蹬有年，又承彼破败之余，遽以相付，即臣子义在从王，推诿其敢，不知于事体若何，想台台正不忘情也。播酋罪状，什伯曩昔，颇具黔直指疏中，计将安出？五司割而祸惨，大是可怜，不知又作何收拾？某就道有期，秉承石画，延伫纂切。更有何将材可用，幸密示以备咨询。

留别西曹诸寅丈

某久悃清尘，叨陪末议。缔金石而孔固，湛芝兰以袭芳。偶猎一阶，别将万里。爰征已事，托下悃于薄羞。所望同心，鉴衷私而麾顿。

报杨济寰中丞己亥又四月九日

弟顷岁从邢司马往堪播酋，无能效一筹以佐当事。未几而狡酋复逞，恣睢两江，弟亦何得无罪？日叨新命，实以右参议巡臬泸州一带，此地非密迩播酋，大烦拮据者与？眷惟老公祖盖代绝才，何难小丑，胸守宿贮，应有千百年石画，足奠贵里，正不但引翼区区已也，幸勿靳真切教之。不他及。

报张蓝田年丈

同袍三百辈，如吾两兄弟，同今为郎，又共巴渝之役，埙呜篪和，分缘良

不偶已。六年郎署，弟私心希一近道，与仁丈声响相及，庶不索寞。而今为泸水游也，是无论地渐不毛，一行万里之为苦，不亦有合江残扰，桀酋可虞，而又无仁丈诏督之，则畴指之南，以令不迷耶。天下事信由人任，顾兵饷难集，节制弗豫，弟于事今又不为客而为主，则胡能不早夜彷徨，蚊负滋惧无已乎？惟仁丈教之。

留谢大老

职材至驽下，那堪驱策，泸合之命，讵所宜蒙。惟是宿禀矩诲，自矢勿欺，狗马当竭，捐縻非所吝耳。日当濒发，猥荷缱绻之注，隆文异数，被之若惊，正不知报塞谓何耳。役旋短勒，聊布感私，伏惟台鉴。幸甚。

谢旧同僚

弟悠谬无当，分甘陆沉，偶尔冒迁，宠灵是徼。方循省薄劣，宿挹清尘，兰契白云，佩斯无斁。濒行更勤眷相注，礼数稠叠，骨肉深情，正不知何修适是，而报塞又何以耳。力旋率尔声谢，九霄转盼，无那延结。

谢萧堂翁

职材至沕暗，世故不深，一遭颠覆，十载莫振。比年从事台台，谬司庶狱，自惟堂下之身，隙中之见，求情难恕，敢谓无冤。惟是台台以枌榆关念，曲赐嘘覆，既免吏议，又猎尺寸之移，饮水思源，能忘衔结？临行更仰荷宠招，谦光隆礼，超轶惊神，不知所承藉谓何也。一出都门，台躔渐隔，摇摇瞻溯，宁有已极。惟幸照拂，职不胜悚负依恋之至。

报李榕崖己亥七月十二日

西南师命，不肖业已拜官，势不容不竭蹶冒暑，亟充一臂之乏，而不知负岱以蚊，尝铅刀乎犀革，非其质已。饮冰受事，真莫为容，又曷当门下勤切加念，隆礼骈臻，是何僚宜之厚，而湛被之优渥耶。泸阳刚抵，百尔倥偬，恨一介行李未往，辱大雅又不敢不肃承之。逡巡九顿，早晚当有申展。衔念台慈，颖舌莫罄。

又

老掌科策播情形，洞如观火。第川东补牢于亡羊，吾辈震邻而矍索，事理如是，能不皇皇，就中稍示整暇耳。永宁新兵饷赏，夜来与杨二守商之，渠云计窘，势不得不取足藩司也，然业已呈请制台矣。敬闻诸下执事。

永宁宣抚司木价议回军门

永宁派木，前道果是扰事，适来督木道议罢良是。第前发木银，今欲即抵兵饷，只恐银属画饼，而土兵不能以枵腹待，重自可虞。如台谕饷兵如例，而木银姑置之勿问，以俟成功充赏，可谓虑之审已。职敬奉以从事，保无异故。

免撤永宁土兵议

永宁兵，素亦播酋所惮，彼惧我调发，虚声恐喝，不独欲牵制永宁，且谋弱我。酋谋甚狡，台台来札，洞烛酋肺肠，诚留土兵防守，不必发回，是谓知彼知己之概，何患一酋邪。粮饷时给，自是用兵紧关，但泸储且空，接济未到，职用是夜日焦心，急需藩饷，不啻燃眉，乞谕速发，且催各州县查照原议，逑运本色，以充饷馈。再查泸合兵已万余，分步要害，稍足吐气。又念多而未精，似宜责令领兵官，稍汰老弱，或发回另换，或径回地方不用，庶兵精而饷亦省耳。乞台台酌示。

募兵汰兵防兵议

昨陈李辈所言募兵，未敢信以为真，即有之，亦须拔十得五，通候调发，庶免靡费。然亦未可竣绝，恐一二无赖反生他肠可虑。王参将原领镇兵，即日[①]遣官旗押回。合江兵，诚宜拣汰，职即檄杨游击奉行。职往再简，初土兵果扰地方，近日有宣抚令剑，本道又密察之，似无足虑。各兵万余，分布合江者，九千二百八十员名，泸州三千五十六员名。纳溪地小，今止发土兵一千，以指挥魏绍祖同长官刘谦协管之，发有禁扰牌面。眼前兵事，渐有头绪，直忧乏饷与器甲不堪耳。火药事，职抵泸方检宪牌出，促州差官市买，尚未举行，容即日督责之。

① “日”，底本作“目”，据文意改。

上李霖寰制台

水西阳顺阴逆，向来已然，不但今日，即本年六月内綦江之变，房参将亦杀死水西兵千余已，而杨酋以男妇千人偿之，水西不受，只索赔银，此人人共知者。今又兵逼永宁，扎营二十三处，适来永宁把总张仕德，面禀本道，说奢世绩差人来告，二十三营内有播州十营，水西十三营，彼以借路为名，安有好意，大率水西欲送还奢世统相构杨酋，欲恐喝永宁，撤回调兵，渠得狂逞耳，此意明白易见。据今情形，杨酋必不能无事，而泸合之兵，寡且不精，上无可恃之将，下无分部之人，盔甲未具，器械不堪，粮饷有九月便无十月，如是则战既非策，守亦徒老师匮财耳。本道反复思维，永宁调来兵决不可轻易发回，而兵将俱少，速宜为计。盖綦江通播止一路，而合江、纳溪、永宁、泸州卫处处可抵泸州，即合江通播路径不下三二十处，酋不来则已，倘来正难为计。如近时贵州偏桥之役，以二万兵投虎口，则合江亦大可虑已。且川东川南势无重轻，而川东兵多，又有大将，泸合以一参一游分部之，无论有事之日，相持不相下，彼其権轻易玩，力绵易侮，即三尺童子知之，此时须合江得一大将方足弹压，计刘綎必不可得，万鏊尚可暂留合江否也？知万不如刘，还胜觅远水救近渴耳。台台向亦有意，愿熟计之。昨有文讨武职，分部各兵，统望早发，剥床燃眉之计，不得不尔，非故作声势以耸听睹也。伏惟台裁，幸甚。

报李榕崖宪副

播酋牵制永宁，想欲恐喝该司，撤回土兵弱我耳。合江调度自不可缓，彼中有兵八千，统以游戎，业有专责。王参戎委守泸州，原无合江之责，且参游不甚悬绝，体统又不相下，似难一柄而两持之也。

报万梅轩总戎

永宁告急，此中委无兵可应，应以三土府之兵，此门下为计之周也，但乌撒镇雄各有说，未敢擅调，乌蒙兵当即移文调往。所谕募兵，果是何项募兵，敢问。火器方才开局，尚未成造，先有文请乞制台，亦未发到，苦无以应，只好发硝黄无多耳。诸不尽。

报刘省吾总戎

蜀中无将无兵，门下所知也。川南之兵，往往取足土司，而土司近又多事，如乌撒之两安相持，镇雄之水西入赘，永宁之牵制安杨。且播州奸细容易混杂土兵中，大属可虑，得门下先声振詟之，庶凭保无虞耳。又自綦江残破，合江震怒，五亩堡之防守，竟成画饼，只为口实耳。大率今日兵事，重东而轻南，轻南则不佞岂能安枕，门下至日幸两重而经营耳。知己之仰，手足不啻，所希亮察。

报李榕崖

廿三日弟放赏合江，得台札，匆匆一读，未即奉报，真是缺然。抵泸之次夕，再详来教，始知论乌撒承继，不泥成案，不用汉法，止以人情便易与向来土夷故习折衷，便自十分痛快。且绍庆父子既有沾益，又羡盐仓，此谚所谓爱羊又爱马也。不知当时何以具题容易，阶祸未了乎。然事已至此，可奈何，吾辈直拭目待之。叙南六县，弟足迹未到，莫睹要害何区，如来教守兴文建武，谅属灼知，然弟窃念全靠永宁耳。永宁安，杨酋必不敢忤视武兴，而泸州卫路亦未便，惟江门易抵纳溪可虑耳。泸合虽差有防守，敢云万全？图度正皇皇也。合江防守已用曹吴二君已，曹尚在荆夔之间，紧要利害，只在旬日，而内地方大计，全赖擘画。师命不可以请，先民业已言之矣，幸毋复云。不尽。

上李霖寰司马

永宁欲撤兵二千以自完，此亦人情，但合江尚难轻动，姑以纳溪千人付还之，为既得新兵防守，前项可省。又据奢土妇与吴参将所请，欲得五千兵守夹子口，则永宁之河西后溪一带无事，而江门泸州卫以至纳溪，皆得安枕。为守室不如守户，夹子口正一路门户，本道虽未履其地，按图而覆，正自了然。此议似当准从，但兵欲精拔，粮无虚冒，又本道吃紧责任，不敢轻信诸人耳。杨游击移守江津，欲带建武兵往，细思此兵豢养川南，数至千五六百，素称惯战，去此则合江无兵已。本道方日日冀得强兵二万，以备大举，而又谁能撒手见在，舍其田而芸人之田邪。事关封守，依违莫敢，惟台台深谅是句。罗志渡泸州第一隘口，兵少尚不敢屯扎，须大众集而一切完具，乃可驻此作计。早晚稍萃众至二千，屯安溪坝，此坝乃门户第二层。前议尚未悉者，肃报台台知之。

上李霖寰司马

合江防守曹希彬已奉简命，则杨敏政得代后，当往江津无疑。乃九月二十九日，合江王知县申文，议留杨游击防守如旧，以徇诸乡民交恳，想自真情。第恐成命无收回之理，数易非官人之体，且留之于杨诚便，而曹则今日綦江，明日合江，翻转又不知何地，擘画何时定乎，愿台台裁决之。刘总兵且到重庆，彼有壮士五千，势必自随，非川南可望。而川南兵如抟沙，又如晨星落落，本道每中夜一思，不能成寐，可奈何。陕西山东兵来未？不知数目若干，及有将统领否？本道欲多得北兵以吐气。盖两道势无重轻，合江与綦江，目前亦无缓急，彼酋知綦江已破，而重庆之力完也，倘一旦并力合江，轻舟下泸水，大是可虞。舟罅漏而恶冲突，谁则䟽之。本道诚急望台台遣将发兵，两道平平分布，令封守足赖，而狡酋不敢忤视，则本道区区狗马之私，可凭借策树万一耳。酋兵逾二十万，火弩俱足，铜丝缠竿枪数万竿，良马数千匹，一切衣物俱备，又高下、主客、劳逸之势甚相悬，真不可易与而轻发，发必当机乃可，愿台台熟计之。本道已奉命力肩播永，不知乌撒等四府可分任否，乞台台酌示。事关职守，冒昧上干，可胜悚仄。

上李霖寰司马

买马檄到，即差一舍人赍文往永宁，谕令宣抚司召买如数，夜日望之。比三十日舍人操一文归报，则该抚以彼中多故，无马可市为辞。初亦怪之，及细思彼中与敌相持，势亦孔棘，是时何人不甲，何马不鞍，虽则自卫，实为内地屏蔽，无马相应，似亦人情。况入卫六千，亦随有马，彼力已殚，过求非事，恨本道见事之不早也。此外惟建昌有马，第地方各有司存，鞭长不及马腹，须台台下一檄责成之，何患云锦之不骈集耶。前讨火器未见发到，原文亦未批示，惟是军机最重火器，十分吃紧，开局打造，只得汲汲，顾未知的数多寡，遽难定执，事关军兴，取给库藏，又何敢冒昧从事，急望速赐批发，庶奉行有据，工用早完，而大举为有期也。兵将与川东并重，又恳台台之注念。无任忺忺。

柬刘省吾总戎己亥八月

播酋不道，年来数数跳梁，令合江动摇，綦江残破，一时两川骚然，人无固志。当事者日征兵集饷，亟谋大举，惟盱衡门下之早至，无亦是义旗破胆，先声夺气。则门下一身，真足系西南百万生灵命脉，而释重瞳宵旰拊髀之深思，重不啻九鼎耳。不佞一介书生，戎行未谙，泸合之任，畀蚊以山，而又脱卸不得，提携引翼，非门下其畴是恃？计程偻指，此日应抵渝州矣，不佞瞻瑞色于卿云，听来苏于时雨，欢欣踊跃，倍众什伯，独株守江阳，又以劻勷鞅掌，弗获躬前驱执殳之役。不腆斯将，聊以志喜，乃戋戋竟是包羞也。

报万梅轩总戎

乌撒兵因两调不便，详请制府两已之，批呈俱在。不佞似难启齿，倘门下必欲用之，别作料理可也。乌蒙兵果有一万，便可借以大举。不佞即覆请制府，一面行牌调御合江已。其合江五千土兵，却发回永宁，听门下用之。鄙意谓门下倘驻节赤水，兼毕节、永宁、泸州卫并入提督，则西南一带安堵，且进取成功，取之掌上。门下其有意乎？敬闻诸下执事。

报来熙庵

永宁兵信，近复寂然，向所报抚兵小胜，杀播酋头目一二，原未指有姓名，恐无的据不敢深信。然播兵既稍失利，必思一逞，真不可不力为之备，当如论再丁宁奢氏，洎吴参戎知之。刘大将军且到，到则川东一路，势如按堵，而川南尤属可虞。弟近闻制台欲留万总戎，坐镇永宁一带，未审果否，倘有之，更见周密。监军借重，最为得人，道在迩而远求何谓也。王伸老一切馈遗皆不受，真是倔强。泸州座船缺乏，要津所苦，蒙谕令州官拨一红船撑去，不知中意与否。新直指且到，吾辈势须一往。弟的发九日，台丈应何日发渝州也？

上李霖寰司马

乌撒安效良兵，万总兵必欲调用，顾业已奉台谕罢之已。乌蒙兵原取一千，渠愿以万应，闻此兵最劲，素为播酋所惮可用，但彼称带马六千，所费不赀，又难持一切裁抑，本道议准彼带二千马匹若何？昨奉台谕，令一智勇官往督永宁兵事，思无其人。偶闻万总兵差人道台台许留本总驻镇永宁一带甚善，若令吴参将守夹子口，而以本总驻永宁，兼制赤水、毕节、泸州卫，则纳溪一路无恙。本道得专力奉泸合也，当以乌蒙万兵御合江，却撤永宁兵五千还该抚，听万总兵调度，势更顺便。敢请台裁。李茹等兵，入选者二千有奇，即发隘口练守。又王元爵募兵且至，至则另严选之。大约欲事剿，则永宁、合江两路各须提兵三万，而运饷策应者不与焉。五路兵十五万，尚视贼兵为少，更愿台台熟计之。督饷自司道外，东南两路似应得两好府佐分理之，更觉容易照管。又禀台裁。

柬万梅轩总戎

门下秉钺西南，惇大镇静，雅有祭杜之风，即播酋猖狂，亦其故态，直所犯情罪，日异而月不同耳。此时举动，正难草草，且代者将至，息肩有期，密防而若无事，以不用之用行之，计彼亦敛爪不发耳。门下其谓如何？兵饷日日催州，又催各县，仍屡行呈禀制台，并移文藩司接济，试看一二日如何。时下应支，责令泸州借给，即倾藏而出不恤也。地方苦情，在事者均有责焉，若玩愒视事，不佞何敢。

报李榕[①]崖

兵事难言，川南事更难言也。无米责炊，不能得诸巧妇，况拙妇乎，严旨听之耳已。永宁兵初甚悍，迩稍就轨，则门下威棱震叠之效，不佞弟受赐多矣。戎事不用书生，乃武弁又畏缩特甚，不知何人当出头任事。王参戎闻西边告警，恐难久于江阳，则周守备又难骤遣，鲁指挥少不更事，可令在泸供役，吴朱二弁，幸严督速来。有名在兹，无如文法何耳。且中间有费调停处，又难付颖舌也。

报吴环江参将

日为永宁告急，无兵可发，议调逯郭二氏兵，及见李榕老关文云，此兵未经呈允，似难径调。今且呈请，已得请后，须行叙州府一精选之，方可收用。泸帑饷赏不抵十月之费，先请未到，明日又差人力请。已别札索杨子杰聂化等饷银千两，业于初七日解讫。附告从者。

报吴中宇都阃

合江托重，不啻泰华之倚。事在同舟，安得不矢心共济以报官家邪。旧兵月饷，当如谕起九月十六日。新兵易集而难精，此中收二千余，皆奉令制台点选者，一二日即发千人抵麾下。却取回马边五百，仍隶周守备项下。建武千兵

① “榕”，底本作“容”，据实改。

留合江，而以重庆六百付杨峒老，此不佞力请制府者，昨与杨峒老言之矣，乞门下再为申恳。不次。

上李霖寰司马

初六日台台以安插奢世统，差潘千户到，即差一舍人赍文同往。毕节道计处事在彼中，真由本道不得。前此已差魏指挥往，尚未归报。此番要妥当，除是安置乌撒方得，第恐乌撒又不宜，世统又生别心，总之土妇好争，不灭不休耳。安疆臣母凤氏甚晓事体，亦颇能制其子。大举届期，台台肯捐二百金，办花币银牌，遣一得力官持文往劳之，因留彼察若动静顺逆状，不时密报，则疆臣决不敢以兵助播，而大事可为也，大家所虑惟此。永宁撤兵二千，一如台谕。建武兵东移江津，甚不宜于川南，得以重庆六百付杨游击足已。王继先、袁年事，已密谕王指挥图之，但得彼二目真心向内，不在早晚，早了翻恐惹事。按台进省，例应随众往谒，缘地方事重，不敢骤往。待李兵备谒后，请彼驻泸州，本道始便一行。且有应面陈台台者，敢以为请。兵渐云集，饷银每忧不给，万恳作计，不大费又安集大事。

报曹希彬副将

合江除建武千兵外，谁足恃者，势必留之。其先调重庆建武兵六百，即付杨峒山管辖，此制府意也，早晚批详到已。永宁兵骄悍不足恃，稍稍且将易去。门下东征有旧兵，用之甚便，新募当再议之。山陕兵且来，制府许平分东南二道，的不相欺。播酋势不能无事，地方重托，不啻九鼎，万毋轻动。奉教自有期也。

报吴从周都阃

鸷鸟先匿而后击，则今日信宜用静，然静在不露色相耳。就间用间，以携二贼党，此古名将所不废，而今能废之乎？但不堕彼计，最是紧关。门下老成持重，深密不泄，何施不可。制府倚重门下，不日当秘以告之。

上李霖寰司马

大举需兵甚急，孰非禀度而行者，但迩时各将官纷纷征调，务在充数，恐半为功名半不为功名也。想来将官建白，凡事关兵饷，无论当否，似应一一行司道查议而后台裁。是不惟默寓节制，而事体亦大妥当，饷馈亦可节省。川南一带，永宁似无足虑，而虑在合江。彼无高山大川之险，而逼近贼巢，兵未集而反渐撤去，乌蒙兵又不可得，设贼知单薄，卒然冲突，可奈何，望台台加意。安溪坝、罗志渡二隘，非临时不敢屯兵，屯兵非各劲兵数千提以谋勇之将则不可，要害之地，真难尝试而漫为之也。向来奉文募兵，今得李茹、王元爵、黄道光、戴鸣凤、黄迪吉、温良玉各名下劲兵三千八百有奇，俱本道程石严选，今且分部训练，册报请粮已。荆襄火药，初十日又差一人往催督之。比闻台台将移驻东南，似属尚早，须临大举乃可耳。紧要粮饷未完，难以鼓舞士气，本道以头须为白，各将官又屡以侦[①]探间谍无赏不劝为言，此亦紧关当议，彼却不敢条陈也。迩请二府佐分理饷事，未知赐允行否。一切多虑，匆匆不能毕吐，亟伫石画，以慰愁思。

上李霖寰司马

十月十二日投文内，接得五亩堡防守千户吴承宗、名邑把总张绳武公文一角，内装赤水里永兴镇归化长官袁年，用私记关防公文一角。朱语投为困极边灵，备陈下悃，恳恩怜悯，俯允归华以救倒悬事。文内情词谆恳，不下千言，大抵欲内附以伸父冤，许伊操练该下兵士，在彼造册呈报，应变事宜，临事上呈等语。此举是否真情，尚难逆睹，但年与贼有不共戴天之雠，彼亦人子，似不我欺。但大兵未集，几事贵密，纵难峻拒，亦难轻易受降，或者阳应而温谕之，临时观变，庶不疏莽。除防守公文，并袁年来文，俱封住衙内收藏另议外，止写一密帖与防守二官，慎密遵守，续听军门宪令施行。今略摘情节，上请台台，还应如何应彼，如何结彼之心，事关机宜，委难轻率，伏乞裁示，以便只承。

上李霖寰司马

十三日舍人马祥来自雄镇，云调兵二千应赴永宁者，初三日眼见土知府陇澄犒以牛酒发行已。渠带回公文一角，内称自愿报效，大举时有目把统率进剿期于成功，不愿受将官节制，且有先年征九丝事例可据，似亦当俯从之。又探得陇知府濒发水西时，杨酋曾遣人赆以黄金百两，白金四百两，不受；已又馈妇女四十，亦不受。果尔，则澄亦可用。本道当即发一文奖谕之，更宜布朝廷威灵，台台恩信，功成应受上赏，保无相负。台台似更当下一檄密奖，彼亦不

① “侦”，底本作“贞”，据文意改。

愿令杨酋知也。敢请台裁。

报曹希彬副将

永宁撤回千兵，听伊自卫，此奉制府明文，难于相抗，不得已行文长官陈希儒撤之。试问他每意若何，设彼兵已足，兵不愿回，不妨另作料理，不然直听之耳。吴中宇与门下莫逆，便是地方之福，不佞亦徼宠无量，愿终始同心，利害不摇，方称管鲍，不佞亦自附百年之好未艾也，见吴公幸为言之。又王继祖指挥所统劲兵一千二百名，似是整齐可用。新募王元爵等兵，仆验其力，武艺全未，今付顾南阳千户领去训练。此二官似堪作二丈中军者，幸裁度之。二丈兵须分统事务和衷，兵少者陆续补去，期足四万而止，泸州期万余而止。大举之日，泸兵即分遣将领前赴策应，止留数千守郡城耳。东征旧兵，度何日可到，到齐即望相报，以便查明给饷。北兵想次月可到，或亦分得近万，再得马湖调土兵万数，所争应亦无凭。新兵似只堪防御，临阵难恃，亟望门下酌之。地方事重，吾辈皆卧薪尝胆以报朝廷可也。此帖希视诸吴公。

简程居左方伯沈太素廉宪

十四日卯时，据合江防守曹副将吴都司并合江县公文，抄据永宁宣抚司土官奢世续，发与合江防守该管目把说帖，内称播酋点兵数万，刻期要犯合江。据报未悉真伪，但患思预防，事须有备。今合江兵不满万，众寡莫敌，又火器需用甚急，前讨未发，事在燃眉，伫仰速发佐急，无任翘企。不备。

上李霖寰司马

贼有意犯合江，知合江险不足恃，而兵寡耳。建武兵已为杨游击带去，留兵之命，十四日方得，即日遣舍人赍文，星夜舟赴江津调取已。得此兵亦尚少，设急发泸兵二千，令一将领速赴策应，军器缺少，止发无几。前讨火器，暨今需絮被脑包，万望督发。袁年等陈乞，作何答应，并乞台裁。诸匆匆不能悉举。

报万梅轩总戎

此时甚苦乏兵，乌撤兵岂不欲调，为沾益盐仓相持耳。蒙谕当再请制台，乌蒙兵制台檄调发川东，恐合江不可得也。防播劳勚，贼数月不敢内窥，门下功在社稷，不为小已，不知从何处媒櫱。即重庆哗士，门下已尽法处之，更有何咎，愿毋介怀。西南一路，长城视门下，讵能释之。合江水运即如谕，咨访进兵机括，总伫望聚米相诏。奢世统事，业两遣官舍，持文会毕节道议处，尚未回报。此事冷中有热，平中有奇，真不可忽心者，然惟门下识此着，敬受教矣。不尽。

答来熙庵

张谢二监军孰东孰南，不知几时可到。蔺人宜援，合江谨备，台丈之虑甚审已。第川南大势单薄，何如渝州有台丈提衡于上，而又有刘大将军佐之，川以东遂如九鼎。今合江夜日惴惴而，各兵更调不常，永宁兵又无固志，乌蒙初调千人，彼应以万，乃制府檄征五千，弟遣一力伴往已，镇雄四千不知果有之否。此中兵事，真如抟沙与渴者之待梅，应与何时就绪？王伸老眷属之舟，泸州称已发去，乃又化为乌有邪。此中事事如此，恨无秦法处之，可奈何。不尽。

简吴环江参将

募兵请详，今奉制府允行已，但以叙兵二千抵正数，而新募止令补足，此殆为饷馈计耳。愿门下大加振饬，以壮先声，令夹口安如泰山，则门下固是长城也。不佞以右臂托重门下，而斤斤奉合江犹惧不给，不知门下何以诏督之。草草。

上李霖寰司马

十七日本道接贵宁道一书，始知奢世统已为水西攘去。此事虽二祖之朝亦所时有，况在叔世乎。于今安氏最强，雄据西南，莫可动摇。矧播事方在收拾，水西观望，意未可知，似不如将计就计，勿复强归，只移檄贵州，取水西敛戢世统不复挑衅一结，便足置之不问，仍檄永宁谨备，共保无虞耳。乞台台裁酌之。

上李霖寰司马

十八日未时，接合江防守副总兵曹希彬等公文，内称哨探杨酋委官集兵，欲犯合江，已经把截路口，哨探不通。据此则贼势渐急，大属可虑。近选募兵虽壮，但无衣无械，难责驱敌，此外又无兵可发。权宜于贮泸别项，借支发行，正以兵事贵速，不得不尔。万乞檄行布政司，多发饷银，期足泸合永纳等处兵三月之费，本道决不敢违例滥给，虚糜正饷。仍急发北兵数千，运掉折冲，事关职守，震切于邻，正不难奋身报效，而难于兵饷之不足，惟台慈垂察焉。

简程居左方伯

合江声势甚急，而兵饷不充，无从劝借，脱巾之虑，何异剥肤，敢乞老公祖即发帑金三万，贮之泸库，缓急足恃。不肖得容易动众，无增愁苦，是老公祖为地方百万生灵造福无涯也。激切上恳，仰希台亮。若无端糜费，出纳不明，罪在区区。不尽。

柬曹副将吴都司

此时所急，想应不专守城，仍要加意罗志渡。盖向来不敢保此隘，只畏挑衅，设事急而以此隘委之，徒斤斤城守，待贼渡而后堵截无及已。鄙意于此处，严谨哨探，事急即发兵三千把截，一面飞报，再促兵策应，方是万全之术。幸门下详酌见示，无嫌异同也。

答王太宇参戎

兵将以多寡临时均派，进兵以道路险夷为多寡，各将之前后有伦，行军之功罪不爽，如来教言言中窾已。至于因能授任，柄在制台，不佞恶敢与知。惟是屯兵郡城以固根本，令敌人批捣无由，而进退狼狈，则守将之用，果不可忽，而石画确无以易耳。敬用佩服，以当蓍蔡，率然声谢。不悉。

答吴寰江参戎

辱手教知兵屯夹子口正在此日，仆无用西顾，为已募兵衣械未备，何以驱之赴敌。饷当急发，即饷银已尽借与之。永宁既不利芒兵，即当调发合江，此亦制台后命也。奢氏可谕令安心，必不相累，但要他协力御贼耳。别帖收览，奢兵见屯七隘，连内地约兵若干，我兵现在若干，尚需若干，亟望晰示，以便调集。不尽。

答吴文杰参将

十四日酉时，接到华札，并奢世续说帖，始知有此消息，实时飞报曹南老，令伊提备，不拘虚与实也。夹子口关系要害，敢不佐门下力图之？只是兵不凑手，合江又更单弱，不佞夜日焦心，不能一蹴如意，幸时时诏督。不尽。

简杨敏政游击

十四日酉时，得吴环江书，说杨酋将大犯合江，仆甚患之，建武兵一千，需之甚急。适又接到批详，准留合江防御，万望早发。又十一日另文呈请，将重庆先调建武兵六百归诸门下，似觉两便。总希亮察，毋深督过。不备。

报吴从周都司

袁年、王继先投顺想真，但事体重大，须呈请军门，俟有成算而后可定，径付执照，恐无此理。若彼情未真，得我执照，来不阻挠，怎么收拾，谁担干纪？如今只好好应之，执照之说，稍稍等待，就与盟誓不妨，万望留神。此意即达曹南老知之。

答吴环江参戎

夹子口西南第一要隘，既借重门下弹压，事关兵饷，不佞自当亟图以相佐佑，且谆谆向制台陈乞已。门下幸养威蓄锐，以待时发是望。

柬程居左方伯沈太素廉宪

自綦江蹂躏后，添兵易将，议论纷纷，第往往急川东一带，而川南若在所缓，然不知贼之冲突非一路，我兵之攻贼亦非一路，况川南地方，如永、纳、泸、合，一切通播路径不下二十余处，路多则备兵宜多，备兵多则粮饷器具亦无所不多，而守之尤凛凛也。今一切未备，可奈何？区区狗马，不惜捐糜，而忧事之决裂，主持提携亟望台下。顾不能面请指授，与时时禀度而行也。万乞亮察。

答吴中宇都阃

兵机在握，动静惟时，总恃二丈计确而行之。惟无忘制台之言，兵寡不足分布，不佞求之若渴，苦泸兵仅有三千耳。镇雄兵二千且到，到即发去，意欲专令彼守一要隘，再选一官，领汉兵千人共之，并寓羁縻，如何？幸速教下。他兵续到，无不亟遣。李茹千兵早晚亦到合江已。王继祖可作吾帐中军，即应给一牌，顾南阳不妨别委。袁王内附果真，大是可喜，然须待临时做事方确。又当探袁谟口气如何，得彼更妙。功成裂土，端不负之。但要彼以文来，我以人往可也。二丈同心，何坚不破。不佞徼惠宠灵不浅，伫望督诲。

报梅琼宇

奢世统原不安静，又欲借势水西以修宿怨，安得无此行也。然既归水西，挽之不可，恐亦不必强挽，不如将计就计，谕令安静无哗，足以自老，且取一水西印结，保无异故，计固止此耳。昨以此具禀制府，想亦与吾辈议论同也。安氏势力重大，恐受嗾播酋，借兵阴助，老掌科当默默物色之，更多方以笼络之。又奢世续欲得一武职弹压界上，以杜争端，此事专听老掌科指挥，得数年安静。世统或老死，始可罢手。夷情最恶，全赖安顿，斯川贵两无事耳。草草。

报李榕[1]崖

合江侦报，日有至者，又抄到杨酋聚兵犯泸合牌稿，狡酋声东击西，总未可知，顾衣袽之戒，自不容不皇皇也。制台促驺从且归，事理固然，不佞弟亦不敢容易往已。敬闻诸下执事。

上李霖寰司马

峨嵋惊土夷，早退为幸，设不然，而史道遄往，水运大可虑也。且本道夷汉错处，一切弹压，如何作计，按台出巡，如何料理。即近日按台有字相闻，免阅审录册，极其体悉，亦须得一道陪随，而后本道得一意兵事。又稍闻黎州马氏不靖，恐兰台不能脱卸，押运之役，尚念乏人。大举在睫，亟欲驰赴台阶，一受约束。廿三日曾写一牌戒行已，为谢监军留中止，此衷真是憧憧也。俟监

① “榕”，底本作“容”，据实改。

军西迈，本道便堪东发，瞻承有日，旋辔合江，何敢濡滞。向台台曾许另发一牌相提揆，尚未奉到，夜日望之。运夫事，东南不能归一，昨与史道商同，不致矛盾足已。

又

合江兵，建武为最，两次为刘总兵调去，而不相闻也。李场兵已发夹子口防守已，刘总兵亦径调去，其无乃攘臂而仍之乎。向来俱谈兵多，而临期偏少，如永宁收拾且五万，足厌众意。今合江又去曹希彬五千，渐渐寡弱。台台视本道向来志气若何，而今堪此邪？调兵不经本道，衣甲不经本道，则兵道似为赘疣，而职掌几于废坠，殊为扼腕，望台台申严之。合江所恃惟镇雄兵，而乌蒙兵且到永宁，赏犒皆不可少。事前鼓舞，胜于后时。早晚具文呈请，乞酌量给发。诸容再陈。云云。

又

连日与监军道点马湖兵，殊不见佳。兵务精不务多，见在严选，恨进取之具，猝难副手耳。镇雄兵又到二千，来日抵教场阅之。永宁浮桥，已专属之该抚已。合江方在料理，委官至者七八，有文呈报，方力督未至者，出月便参呈之。运官运夫守催，期限甚急，本道方以日为岁也。云云。

报吴少武总戎

大率募兵者只希粮饷，故托虚名，几堪实用。且合江募兵多已，李长年之兵，似亦无所用之。袁年王继先素闻兵少，且投降真伪尚未可知，收粮恐堕彼计中也，宜稍静以观其变。

上李霖寰司马

运夫绵甲器械，守催不啻三五，日来始有至者，度初十内运夫器械始可完，而绵甲尚迟五日，又差人星夜督之已。袁年王继先妻子未质，中有观望未可知。总之大兵一集，势同拉朽，彼恶足为轻重也。合江广陕兵变，广兵理屈，陕兵不是较少，三将官委无主使情由，此自公论。镇雄与马湖土兵两番斗杀，性自犬羊，然本道适值其变，岂非材望素轻，不堪弹压，亟宜摈斥，不敢诿罪他人，惟台台垂察焉。兵斗情形，载在公文。度两下终不能无事，惟调镇雄兵于永宁，庶免互相攻击耳。

又

台檄要撤陕兵赴永宁，委宜奉令，但查时日已迫，如甘肃战将几何。况陕马远来罢顿，死者十之二三，再调永宁，战马将尽，人宁有固志乎？今大将在彼，广陕兵已相安，动不如静。镇雄马湖兵仇杀，初欲调陇兵永宁，彼不肯从，只欲进夹子口一路，令马湖兵别路徐进，如此亦无不可。本道已捐赀两劳而两解之，庶几不复修怨，而合江事可为耳。大举在目，甚不宜三军有此，第夷性难驯，血气易动，在事者以均平处之，以恩信结之，始得，如汉法未易行也。台台此时，于官兵美恶，那不分明，第时下需人甚急，一动百摇，恐属未便。惟本道樗散无当，不妨更易，别用雄才，区区良所安耳。顷语蔡马湖亦是此意。浮言芥蒂，偏护一边，本道万万不敢。伏乞台照，不既悚仄。

上李霖寰司马

镇雄马湖兵之斗杀，盖以卮酒生祸耳。乃初四初五两度相戕，在马湖攻镇雄而误杀李茹之兵，在李茹附镇雄以作狡兔之窟，歃血之后，李茹与镇雄东西犄角，欲攻马湖之兵，是李茹初无罪而后罪大也。马湖兵初四日先犯镇雄，而镇雄怒，彼时镇雄兵少于马湖，固马湖胜而镇雄少挫，如土知州胡维尧之行李被劫，长官晏庆润之逾垣而遁，此屈不在镇雄而在马湖也。初五日本道侦知镇雄情状，旋至教场，遣巡捕指挥刘安世同塘报百户岳凤鸣，俱到沙湾，呼镇雄中军李万宾、千总李弯等三人，仍呼马湖中军陈名世、旗牌蔡重等，各至教场，责令对天歃血，勿复修怨，彼亦各盟誓饮酒而退。初不知镇雄和解非真也，当本道教场登车际，闻镇雄兵与李茹土兵两下鸣角呐喊，显有甘心马湖兵之状，即传令南关马湖兵进城。彼初犹不听，欲出交锋，本道令蔡知府前麾若兵，而本道遮镇雄兵不许妄进陈溪口，逼近南关路也。彼时镇雄兵飞弩追赶，欲杀马湖之兵，本道发令旗止之，一面驱马湖兵进城。马湖兵有数十登埤，持满欲射镇雄者，本道方至南门，麾令马湖兵下城。是时马湖兵鳞集衢巷，人情汹汹，令此兵出北门，彼惮莫往。则日薄高春已，本道始传令闭六门，守以镇抚李世爵千户虞邦等六人。而南关马湖兵尚百余人，镇雄兵夕亦往彼，挨门找寻。马湖兵闻变，即出关杀。时天已黄昏，又隔关外，难以查考。旦日行查，止见关外有死尸二躯，莫辨何兵，即令地方掩埋之。是为初六日也。于时六门戒严，马湖兵终不敢出，而镇雄兵尚扎陈溪口未动。七日戒谕各安静。八日给二月正饷。本道又自办银牌花红，约费三十余金，先召马湖四司正副长官，并头目三四人劳之。后至陈溪口登舟，召镇雄胡知州、晏庆润辈三五人各劳之。旋取船三十余只，勒令渡江之东，而令戴鸣凤、黄道光二枝兵拒堵江上，不得再返。九日，始分发两路，而本道以是日午后始舟发合江也。此事出自土兵，难用汉法，李茹汉人，又方阻土兵，未可遽付三尺，会须有时耳。本道身无片长，仅抱忠赤，与物无机心，临下无偏党，苟可解纷，锋镝不避，独人情崄巇，不但土夷，仓卒又难论法，似应镇静，以待来兹。就中曲折，询土人当自知之。若掩罪以为功，卖人以自贤，本道宁九死不愿为险侧小人也。伏惟台鉴。

报吴少武元戎

兵汰而又汰，运务更而又更，所以旬日内未可齐集，今亦稍就绪已。战马系敝道抽取者，百匹止少十五。今发银一百二十两，责令江安市买，不知几日可完。泸兵缓发，止以镇雄、马湖兵斗杀相持，泸人汹汹，是以迟迟，九日始尽行矣，分发事容更商之。黄迪吉新募兵，甚不然之，向未请粮。杜广兵谢监军汰过，方欲请粮，而史丈以查点不到，欲罢之，亦遂不果。此中事体纷纭，殊难料理，大率类此，非不佞敢泄泄也。进期十二，尚有两朝，诸凡必请教而后可底行，草率不得，望龙节稍留为幸。

上李霖寰司马

进剿大事，吴将军受寄阃外，谁得挠之，但大兵分布须与监军暨本道议定，然后妥帖。乃初六日即发兵一万五千名前去，诚慷慨赴事，不作逗留，岂不壮之。但泸合一带兵马，永宁分去一万，而镇雄马湖兵方在震撼，矧押运未齐，粮饷未发，似当如台檄发以十二，未宜六日行也，然今已行矣。本道之至合江，实在初十，最烦料理。如陕兵不愿与广兵同行，则责守五亩堡间之，而以吴承宗堡军一百五十名，并合江先国胜兵千名，守岗门、里黑二隘，庶泸合安枕无事也。镇雄马湖兵相仇，则先发镇雄兵于夹子口，令随大将，而马湖六千余兵，本道与蔡知府调度策应，不惟免两兵雠杀，而冲锋出奇，亦各有人，似是妥帖。至如押运兵调往川东二千，则合江不足，不得已续收杜广陈朝选兵补之，要亦只奉台谕，非敢自专也。永宁运夫，守道主之，而发自纳溪。合江运夫，本道主之，而发自泸州。今泸州运夫已到，十一日可尽至合江，永宁一路，委非本道责也。兵运衣械之事，土兵相构之苦，本道肝肠欲碎，尚惧以慢事获罪，惟台台念时日无多，增损数易，人情恍惚，有司惶惑，未免耽阁，而无督本道泄泄也，则厚幸耳。万惟台亮。此日又稍闻广兵为奢兵掩杀数十人，未知的否，果尔，则主帅任情偏护之过，不知究竟如何也，可为寒心。云云。

报谢凤渚

运议频易，竟致耽阁，当时固已知之矣。但事分两道，则永宁运夫，史丈促之，而非弟所能及也。抽马止泸州卫解到十四匹，今尽送台下，弟再催督其余。入山犒赏，先已责令径报，今尚未至乎？亦只据见在，不难数之台下，指顾足已。镇雄、马湖兵，初十日尽离泸州，弟稍释忧虑，实借宠灵，无任延伫。

上崔振峰侍御

刑名本道职掌，出巡事宜，诚亦频数促之，不遗余力。奈何尚未到手，而师期已逼，业于本月初九日发泸州，十日至合江，催发兵饷，而吴帅以九日行已。时下要隘急当防守，陕兵另宜安顿，镇雄、马湖兵势须隔别，皆吴帅未了事，而本道不容缓图者，总之足勤轸注非私也。官评早晚赍上，伏惟亮察。云云。

报吴少武总戎

兵饷诸务，虽至愚极陋之人知重之，而不佞独汶汶此哉。督趣之使，羽檄之驰，旁午而弗克如愿，茹荼不啻苦已。迩来当事者，每厌川南多兵，黄迪吉新报兵数，原未敢请，骤欲用之颇难，不知兵见在否。督运事制台暂委吴中宇而今已行，陈张二守备又不知何时可到，不得已暂借司游戎一次，二官应即至已。运夫即日可到，来朝可行，愿门下稍留一日，庶觉两便。临楮驰切。

上李霖寰司马

事无要于兵饷，本道性又褊急者，运夫自议定以来，不啻十数辈促之，顾往往以期会抵塞。比初四五日，南溪夫半到泸州，半赴纳溪，则两道异行之故。据原行先后，实总应运合江也，而以改掣迟。泸州夫八千有奇，早已点齐，委戴经历、李县丞押赴合江者。江安夫，本道初七日亲查，止少一十七名耳。隆昌夫，报道先行，蔡知府查点，今俱未到，适节催人至，细问之，则云因土兵众多争渡，舟子往往沉船，或放之乎无人之境，有司不急搜括，遂至误事如此，刻下又差三人往督已。如明日不来，即锁官解赴辕门，本道亦席藁待罪，勿恤也。惟台台怜察。云云。

上李霖寰司马

向来谓兵犹火，体贴未真，迩亲尝始知之。然不作刻薄，不用狡诈，就中驾驭，稍示羁縻，汉法施之汉兵，夷兵不尽汉法，今日之事，如此而已。闻黄郎马氏行不百里而返，彼简居深处，最畏远涉，生痘固其习也，亦只听之耳。倘泸州昨日有此兵，恐无今日泸州已。营中正苦乏风励官，得一梅同知便消饥渴，当令随营理兵食；而合江出纳，仍李同知肩之，两称任使。彭县知县郑须德抱疾，而耳稍重听，用之军前未便，窃欲以寇南溪易之，当以文请。浙兵难驭，须属梅同知调度。镇雄兵仍须专官督之，未有人也。马湖兵止知蔡知府，难付他手。吴总兵性如烈火，而又难进言，本道以平易处之，就中能救正一分足已，然不敢诡随也。时下紧急无如运饷，十三日发一小运往，待大营扎定，即发大运。仰廑轸注，敢布情实，伏惟台鉴。

又

马湖兵之骚扰，几倍芒部，据十二日泸州申报打抢军器者，非芒部，乃马湖也。如之何可与芒部同路乎。今的以马湖属蔡守节制，由二郎坝路，芒部兵谢监军亦畏迁祸，不欲移之永宁，即永宁终归一路，非两部之福也。无已其留守夹子口，而以刘谦等兵三千，随本道征进，似觉两便。初议留陕兵守五亩堡，徐察三将，雅不欲远来守隘，愿围随本道弭患，广兵又将策竖，似可从之。大兵已进，他无足忧，止合江三隘，逼近贼巢，实通娄山关一路，此处须用兵堵截，以防贼冲突泸合，及劫夺粮饷之害。今拨李茹兵九百余名，曾高五百名，陈朝选三百九十名，并千户吴承宗旧兵一百五十名，守五亩堡，而以先国胜五百四十名，同百户朱奇守里黑。如岗门隘口三处，防守颇难，以杨文忠三百，再益以李长年新兵八百名，协守之。与合江城守劲兵张献忠等一千二百名，俱听司游击王知县调度，有事则互相应援，无事则各守信地，唇齿依倚，似堪保障。陈世贤随吴将军往，袁年解赴辕门，乞附循之，蔡人即吾人也。王继先不见投降，当一问之。

报周时烈通判

合江大兵已发，见在无几，欲移会布置，恐耽时日，不揣僭处分已。马湖兵新旧八千，敬遣从麾下，惟所气使。仆围随亦须有人，敢留陕兵洎刘谦等土兵三千名，戴凤鸣、黄道光七百余名，临时仍督策应。浙兵到日，仍促赴禀令麾下。镇雄兵桀骜难御，姑置之夹子口以备缓急何如？入山燕赏，官兵见在征进者，与吴中宇官兵数目，统希疏示，以便支发。不备宣。

上李霖寰司马

适得史道一札，谓合江兵进岩门，永宁兵进亭子头，不知此是台指否？夫岩门之险，合江一路之远，而兵半于永宁也。虽成事在天，而谋不可不预，不预而冒昧图之，亦恶乎中窾耶？愿台台一决之也。镇雄兵无陇澄来，不蒙其利而受其害，可恨马湖兵散漫无统，蔡知府似不能独制，彼具文请一将官，未敢遽呈，为该府先请未允，而直付之大将，大将又旗牌督行甚急，添将恐非其时也。十四日，军器、衣甲、运米，始皆到合，而本道以十五日长发矣。干戈倥偬，无由一叩阶墀，驽钝誓竭，以报国士之遇，惟终始露覆之。

又

袁年之降为真，王继先称降而不奉质，无一介行李来也，日来告者纷纷焉，岂尽他人主使。吴总兵昨过彼地方，止出一见，未可准信。本道欲汲汲前去，恐伊怀二心，反受其乱。当断而断，敢禀台裁。此事大有关系，伫仰宪令，免费踟蹰。岩门关攻打，专付此路，是否妥当，百恳主持，须并力而攻之始得，机会未可失也。不既悚息。

报吴少武总戎

泸阳土兵之事不小已，初九日稍稍宁帖，匆匆就道，谓十日至合江，禀请石画，端不误十二日出师定期，讵意门下遄发邪。兵贵神速，在门下真不可测，如裹粮之易竭何。饷馈一事，仆十分苦心，独无奈有司耽阁，无长绳以系之耳，仆岂泄泄者哉。今粮运接踵至矣，门下肯宁耐一二日，接济何难，过急无益也。马完八十五匹，十五匹从江安买之，恨不能到，又更苦已。守道马解到几何？敢问。军旅大事，书生茫然，伫仰提诲。押运兵三千犹少，黄迪吉兵，门下已应调川东矣，此地颇觉露肘，门下亦念之邪？王继先中抱狐疑，故尔观望，吾辈似不可轻信。李春先兵已先发，李春先仆携即到，马湖八千，永宁五千，顷刻便如林也，愿门下持重。仆十五日发合江，敢告。从者李春先，先送门下奔走。不尽。

报谢凤渚

芒部骄兵，既不利于泸，独利永宁邪？弟牌调之夹子口，迄今未尽去泸，弟虑未释焉。大将军六日发兵，九日出合江，士赍五日粮以进，何太急也。合江三要隘，一切置之不问，而粮饷未集，画箸未借，恐非临事而惧，而弟有余惧矣。

弟暗于当机，又逢此老，不知作何结局。永合兵分两路遂尔判然，如所谓亭子头、岩门关乎？恐非事也。多寡难易劳逸之间，是兵家一大机括，功名尚属小事，如弟半年苦心何？翁台试与史丈更商之。防守分布谬自弟出，敢请诏督。不尽。

上崔振峰侍御

向奉台札，怜本道拮据戎事，免阅囚册。夫兵刑岂二事哉。独以才非兼济，时会纷员，即每每据案而食，分宵而寐，所补苴时事几何，而大举已到眉睫已。比为土兵交哄，泸人震骇，本道委曲调停，数日帖定，初九日始发合江也。吴将军急于赴事，粮未集而即行，亦在九日，两不相值，尚未一决机宜。本道又以粮运械甲十辈促之，未至者不惮频琐严督之，至十四日始缅缅蔽江而下，殷忧稍释十一耳。饷乏忧饷，给又多可虞者，坐是留合江四日，一切料理有绪而后发。第合江一路，迂曲险峻，隘口更多，分而守之，聚攻始无挂碍。得大将稍稍持重，而不轻用其锋，乃保完全乎。出巡事未效尺寸，夜日悚惕。官评迷谬雌黄，聊用塞责，仰希台亮。

上李霖寰司马

日蒙锡燕，未展谢私。自惟军旅之中，而有俎豆之事。丈人出师以律，文告方新。大君有命正邦，湛恩斯涉。乃知雷霆雨露，不废交伸。益信地水云天，何妨宴乐。伏惟台鉴。幸甚。

答蔡马湖宗宪

酋固多诈，彼素蓄相肖者数人以备缓急，而遂用之今日。昨耳报亟白两台，比知赝而后愧悔悠谬，两台即不之过，宁甘厚颜乎。两台回札，怪主帅易欺，而门下不规切之，半月之内寂然也。如此则两道之言，未为无见。继自今惟一意攻坉，必荡平而后已，他不必入耳也。水西费处，万惟加意，要路处前备杨酋，后备安氏，彼能上天入地乎。粮运令绳绳往，断桥可立，粟不可胜食已。

答张郡丞鳌

淫雨作苦，居者犹难，矧门下拮据行役，视居者不啻什伯艰难乎。躬率群僚，又严督夫役前驰，彼非豚鱼，应知感动，但从彼来者类能口门下胼胝之状，即制台亦屡有慰词，今以其一附览，览竟付回。运夫淋漓夜日，耳之弗堪，而忍目之邪。不知何日贼擒，何日班师也。大湾堆米甚多，须得万夫，当尽发去。葫芦脑堆米若干，需夫若干，有则分头促往。所需职官，实难其人，不知邵泸州今在何所，可移之此否。适接来文，即批叙边厅亟查行之。水运群小当处者，即径处之，吾辈手足相将，宁护鼠哉，宜即此意告郡守可也。

又

门下不出，则伐木构桥，与移舟渡夫之事，谁为之？而跋涉身先之役，谁甘之也？急公勤事，不恤胼胝，皇天后土鉴之已。更番夫隔日一催，拮据在理其几乎。葫芦脑催运官，今属之朱朝辅，仍兼查塘马塘兵事。青冈坡修桥，则黄道光可任也，业已责成之矣。此复。

答寇南溪克顺

负运艰难，吾辈夜日念之，无奈彼不急公何。近议夫直，自合江陆运至营者六钱，而葫豆一斗在内，不止如足下所云。大湾至营近，亦加之四钱，总是不少，不知西路如何？向苦无夫，比者稍稍夫集，又苦积雨断桥，三军枵腹，什伯堪怜，恨不能躬饷之也。此意幸传语共事知之，庶无爽事。桃竹坝天生桥别是一径，路捷而至大湾，无忧溪涨已。贼以计缓师，在事者不察而误听，制台深恨，切责之，应倍力攻坉，旦夕可下，然不合并诸路不可也。

报吴少武将军

诸兵应进，应饷，应守。不佞因兵食未齐，在后催督，无由瞻对。念军机重大，事难遥度，不揣庸愚，僭行分布，良非得已。分布之后，移会有文，想尘电览，惟是陈震等四百九十九名，只因李春先曾克扣粮银，各兵不服，奈何？今令陈震、谭春环领兵前去，遣李春先单骑往，一听钧裁。郭继隆乃敝年侄，姑留在不佞处。杜广、黄迪吉，当时投状军门，自愿募兵，原非令募，比制台有行，厌苦募多，遂不请粮。彼自合江百姓，未离乡井，各自乐业，何曾误彼，门下宁轻信之邪？今临时分兵，调去永宁一万，川东千有五百，而兵始不敷，不得不将杜、黄二新兵请收押运，事亦非可已也。镇雄兵不受约束，此时又难发回，听彼进取可矣。江安欠战马十五，今又守催，马湖土兵八千，十六日准发合江，得此振军威。不佞提五千余在后，相为联络，何忧进取。只有岩门攻打，非合永宁兵未可，吾辈极应移会。粮运且至，门下宽心。袁年事体似妥。王陈二酋，深信不得，随兵似放虎自卫，恐非完策。袁鏊情形如何，并烦驾驭，无堕若计可也。百尔纷庞，颖舌莫吐，冀幸照拂。再乞门下稍留，以定大议，不佞待兵粮尽过即前矣。

报邵泸州崇雅

镇雄兵未行，是吾心腹之患。彼若嫌粮少，分外难给，不如于战马内量增三二十匹与之可也。一切便宜，惟门下是听，令到即多方促之，必得行而后已。运夫西望，食不下咽。制台一日三催，急于星火。闻总镇兵饥饿不能前进，万一鼓噪，仆与门下皆危矣。绵甲火药，兵器锹锄之类，诸兵不得则不发，此是何等景象，门下能不加意邪？别事抛下，专心督责军务，尚可出仆水火也。至望至望。

报史纬瞻

泸地有此斗兵，致勤忧念，弟罪大矣。所幸城中无恙，仙眷平安，区区聊足宽耳。马湖兵计定进儒溪路了，此一边闻镇雄兵去泸者强半，弟今促之至夹子口，待不肖经过，审伊情状，或永宁，或江津，任其所之。彼夷狄禽兽，真不得而强也。李茹兵骆正远，初四日为马湖兵误杀，彼初五日投诉敝道，人情耳，何谓鼓噪，彼附会者何心邪？大将已发合江者四日，广兵又先三日，而运夫隔于土兵争渡，舟子往往沉船，无从过渡，是不肖命数迍邅也，可奈何？十三日，合江用六百兵一运，稍接济之，看来日众运至乎。苦苦不尽。

上李霖寰司马

泸合调集汉土兵，计数不少，一分布偏是不足。如永宁以两道一运，将携去兵万有二百，本道不欲，能靳勿往乎？泸州日来震竦，赖有申于朝提叙兵防御。本道始行，镇雄兵又恋往要挟，月粮之外恣索行粮，邵知州无奈应之，得银后，十五日方往夹子口。叙兵之撤，恐非计也。永宁调去兵，十二日之后，饷者饷，进者进，或又有别急征发，即本道移文调取，恐属画饼。泸人破胆，乡官尚乞一大将，多兵弹压，而忍遽撤为？本道为泸人计切，不得已别措抵数，而留叙兵，为彼十分可用耳。陕兵初议守五亩堡，为避广兵，比详议，乃随本道进剿，盖本道曾待罪陇右，秦人颇不厌之，本道亦以朴鲁见宜秦人，三将周旋，最称得意，临时又调川东，彼方从川东来也。十五日，陕马渡江桥，马无脚涩，一渡而浮桥半沉，马有溺死者，坐是运夫万余，隔江不得渡。种种业障，几禁苦楚。本道驻燕坝，方令人守催王知县并司游击，庳水搭桥，十六日傍晚方完，十七日运始全发已。时本道以募兵八百自随，刘谦兵又不敢调到箐口，防平吞仁怀一着。八百兵岂过箐者耶？愿台台熟计之。本道念念皆真，言言皆实，即人不尽知，而台台知之甚晢。临期变置，愁苦无聊，且泸州堂奥，合江门户，本道乃护家者，安得不虑。倘台台念分布一定，又无忘东南两重之言，与本道向来拮据万状，怜其不足，无或移易，尚可展布。吴总兵处，本道不难调停。分布之议，则大将未及，而本道僭主张者，台台幸照拂之。川南两路须合兵，难信永宁路之言，是在台台一决。云云。

报邵泸州崇雅

十六日从燕坝两接翰教，深荷不忘。江阳去土兵便足安枕，实赖调停，行当令两台知之。于今时事最要无如饷运，合江一路，崎岖迂远，即加募夫三千，尚虞阻滞，势须募足四万，而甲队长在外始得，容再请教。饷米征督，万望毕力相佐。所幸亮察。

上李霖寰司马

汉土官兵，不敢异视，而族类自亲，北人见北人又更亲。陕西三将，谨恪笃诚而壮健，所提兵秋毫无犯，合江人类能口之，而捍卫若手足，暮夜无倦怠，寂静若衔枚，本道谓舍是无可倚者。设马边兵不西调，建武兵在合江，仁怀里无观望，而郭通绪杨保辈，不在仁怀窥伺，则本道单骑亦可深入，安借陕兵为也。马帅处想尚有延宁兵，河西兵不妨遥制。事体如何，地方便宜，台台例得上请，则司道似宜得此于台台，不是抗令，惟台台垂察焉。

简吴中宇

粮运为浮桥损坏，又迟一日，十七日绳绳往矣。到彼十里外，望特遣中军迎之，勿令饥兵抢夺，乃属厚幸。仆尚留此三二日，待粮运衣械各齐足，门下信到始长发，望门下宁耐。不任企切。

简蔡马湖

大将军需兵甚亟，又闻西路监军并督饷二道已抵蔺州，则吾辈不遑启处，独前途情形，尚尔未悉，冒进又似不可。窃意门下当先发兵五千，差人押送总镇，听其进剿；留三千护吾辈行，徐徐而进，觉于事理稳便。文马二兵且到，须觅一的当旗牌督促之，更严禁骚扰以张法纪。不佞方汲汲整搠兵饷，发脚处委付得人，而后一意深入，中间窾会，幸时时相示。不悉。

答蔡知府宗宪赵州同世德

古人谓围师勿遏，在今日有不可深泥者。贼与水西，唇齿狐兔之情，贿赂缔结之厚，即三尺童子知之也。一为所愚，将使杨酋化为乌有。而向来大劳大费，胡以偿之？神怒人怨，胡以纾之？故不佞惓惓告制台，直愿谕水西把截，无恃彼攻，但概言无通贼使，便是报效之实，不必血战为功也。以门下视之何如？于今推车傍崖，半肩难歇，饷馈之供，不佞盖毕力图之，庶几充足。前之不继，则运夫三万回者不满五千，比夫与米称足已，又隔水旬余，飞渡无策。运事之难，向来未遘，即尽瘁不敢言劳，行阵艰难备尝，区区恒念功成在睫，官家应不相负，惟竟一篑之力耳。

燕喜堂集卷十五

平播赞画

上李霖寰司马

合江进兵，看来进娄山为便，止以长滩箐路径甚恶，人不乐往，是以吴帅舍此路而取道箐口，是不难直前而难顾后。袁年真降无疑，上中二赤水之称降，非真也。彼陈世贤质非真妻，王继先妻子不出，直觇胜负以为向背，而吾无以制其死命，将邀截后路与劫夺粮饷之事，种种可虞。本道夜日思之，惟有顿镇雄兵于野漏子，是为娄山总路，隘口最险，守此则合江一路可以省兵，可以运饷，一切无虑，而大事可成也。不则畏首畏尾，进不能如永宁之顺适，退又不能如永宁之坦夷，岂谓计出万全耶？区区揣摩，更采访舆论如此，惟台台诏督之。吴帅斩曾九以谢陕兵，怨可释已。蔡守能立斩畲福，劫掠亦应息乎？本道尚驻合境，一督粮运，一规进取，更专候台谕，所为处观望以塞祸萌者，非奉令弗敢也。再奉台谕，切戒杀降，是真好生之心，德均洪造，当三五申饬之。运夫行者十七，但梅同知不能猝至，魏新繁苦辞不肯进营，幸有孙归州至，再得南溪寇令，文职足已。刘承职守备，亦以十七日到合江。云云。

又

粮运事，十七十八日，燕子坝查运过米一千九百八十石，夫则南溪江安隆昌者。泸运夫尽到，尚未渡江。合江夫系续募，亦未行也。方差人提锁运官，立责发行。又使人视合江水运可达而不误事否，议定取船，庶免纷更。据报袁鳌令五百兵驾言摘茶，分明窥探，方使人侦探果真，并仁怀观望有据，则蚕食当举，马湖甘肃兵不为无用，而运道益无虑矣。乞台台立断示下，免失事机。随营运收正官，新繁县死推不往，孙归州欲往而行李未备，寇南溪候考察未来也，方改委荣县令往，而以三佐领相付。此事甚关心者，敢白台端。

报吴少武将军

黄选王谟之兵，昨制台差旗牌调川东押运，不佞极力诤之，留暂守泸，俟得代方可调动。李茹兵汉四而土六，近李茹差出兵，稍稍随镇雄兵入西路，而又有逃去者，谢史二丈惧镇兵迁祸，遣旗令逆止境上，不容西发。镇官把昨以文来请，业差官仍调守野磊子，锁住娄山来路，不知果奔命否。李茹汉兵可城守，土兵不宜城守，容到彼再酌之。马湖兵尚扎未发有三端，一候文马二土兵，一让粮饷先过，一则别有斟酌也。待妥帖，专人驰报，不一。

柬吴少武

稍闻刘省吾兵两次交锋，初小胜，次日伤损颇多。酋久历戎行，善伏善诱，非兵足食足不可轻动，非势定不可轻战，非左右前后联络策应一切俱备不可轻试。鸷鸟将击，先匿其形，矧贼党方在肘腋，戎心叵测，须灼见情形，万无一失，而后雷霆迅发，无疑也。恃在同舟，敢效一得，惟门下裁酌之。

上李霖寰司马

进兵之路，在泸州时，三道共吴帅议定，同进二郎坝中变分路，则西路别有机括，本道揣知而请，非不经心，恐是台台意也。吴帅久细，无如彼何，当从容开导之。镇雄兵昨遣人唤伊长官晏庆润来叩情状，议定方作去就，骤遣之，恐方驻内地，难为地方。合江四将官，僭议令刘承职张本押运，司懋官督马湖兵，陈嗣昌防守合江，责令驻五亩堡，兼制里黑门、岗门二隘，似觉停当。王继先似不可杀，但系本内人犯，为意叵测，不易置，终属可虑，彼与袁年不同也。就近调度，且缓随营，本道敬共明命，罔敢渝越，庶分台台猷念乎。

报吴少武将军

饷事万分紧切，干系端在区区。肥瘠秦越，即至愚极陋之人，此时应亦不敢，而况仆亦有知识乎。心力欲竭，唇吻欲干，而二千余石始就道，大众迁延，一鞭驱之不得，恨不欲斩一以谢三军，而又非一臂之任，当绳其最后者以报门下。饷米旦日可抵军中，拊循勉慰，亟伫洪慈。

简司游击懋官

合江防御，守三堡不如总扎大鱼湾，以吴承宗、朱奇分督之，俱听门下节制。仍不时查考，如擅离信地者，即正军法，卖放者捆打号令，方保万全。惟门下加意。

简吴少武将军

领运收放，事无要于此者，乃诸吏率苦辞不往，至有欲自尽以脱壳者，孰如乐荣县之勇于任事，闻命束装，无几微难色乎。以此君之才之志，可平吞夜郎，饷事又恶足虑。此制台选择而使，以佐三军之司命，端不枉知人善任也。乞门下破格优遇之，渠踊跃自效，于共济乎何有。不备宣。

上李霖寰司马

天下事近人者可行。师行粮食，恒人类能言之，独吴帅任情任气，全不顾人，即自身亦不照管，世安有先期七日发兵而不一相闻，并众寡饥饱之弗顾，而直罪他人，此为近人与否？古良将椎牛飨士，不言出兵，或投醪上流，得士死力，看是何等俊伟，而今帅若此。本道才力绵薄，未闲兵事，第业已在事，何敢逡巡。台台视南路一兵一粟，一器一缕，孰非本道苦心者，而目为泄泄。彼非指摘委官也，藏身不恕，难与论理，就中曲折，惟台台独知独谅之耳。本道素无机心，颇负正气，目前兵饷大事，尽力撑持，没紧关口舌，一切不问，无怨可修，而直先国家之急，臣子大义，如斯而已。台台亦信此否？马湖兵七千，昨发，止留旧土兵一千三十余人，摆列箐口，防寇邀粮。他兵二千七百九十名，各连珠扎营防运。募夫倍派，今已严行，早晚守催无怠。总兵战马百匹，奉有明文者，先完八十五匹。江安县续动饷银八十两，买马一十五匹，二十日已经报完已。合江县五亩、岗门、里黑三堡，分而守之则不足，今纵不能越长滩箐守野磊子，而以二千余兵并力守大鱼湾，长江可恃，何忧乎娄山一路冲出耶？王继先三岁稚子，昨来投见，本道自办银牌十六枚，赏及其仆，而以稚子安置袁年妻寓，俱在合江。陈世贤妾，本道拟置之叙南，稍隔别之可也。合江城小，而距贼巢甚迩，不可不防。袁鏊出降，而吴帅捆打四十，已听曹吴等三将劝解保放。如此举动，直不可晓。彼应杀即杀之耳，不应杀即勿问可也，既纳之，又挞之，既挞之，又纵之，匹夫亦能胜予，况鏊尚有足恃者。彼或学步七纵，未可知也。降目出兵，万不可信，即袁初兵尚用不了，又放虎自卫乎？本道诚迂阔书生，不敢做破格事。镇雄兵一两日头领人到，便好处分。另报，两路兵合攻岩门，此策万全，先得区区之心已，敢不惟命。近地催僭，且莫深入，本道亦恪遵以行，待发尽头运，续募报有起程，才敢进发。步塘摆递十五讫，马塘难处，不得已责各州县设处六十马应急，猝难完备。浙兵索马，本道之计穷已、无已，令合江募夫五十名，代挑行李可乎？

又

东南当分路，永合当合哨，但娄山之旁，别有间路可出野磊子长滩箐，渡大鱼湾直冲合江。此路最属要害，向来一犯马街河，再焚五亩堡，俱从此来。吴帅初至，不闻此语，匆匆师出未议，本道不得不谆谆也。今守以二千募兵不多，若镇雄兵一意守此，则二千兵可调发，不则移镇兵川东，彼方在夹子口，头目到可定也。廿三日王继先差人告有奢兵掠界者，本道遣镇抚李世爵并长官郘明邦，持牌安之，而以一文止刘谦勿逞犯令，想自敛戢。进兵发二万四千，数已不少，策应兵三千，待本道抵二郎坝再发。有总向募兵一千，临期化为乌有，为伊夸诈而剥削，东西奔走不定，稍俟付三尺，不密惧害成也。饷馈不时，罪在主者，设非土兵之变，本道早至合江。而吴帅发病以时耶？安有此。台台应谅之矣。合令畏事之过，又难骤易奈何。泸守铁汉，十倍恒人，寇克顺取补病官之缺，闻今押运永宁也。王继先未洞肺肠，不得不防。然粮运何尝不发，而蹈迟疑耶？本道庸谬，万不能作逡巡事，恨去台台之远耳。

简谢风渚

弟日为饷事所苦，以日为岁。夫频促而后齐，桥频搭而不固，桃花涨水，两渡艰难，王合江又太宽缓，亦何取公绰之不欲而藉猝应乎。兵事之虑，难在破竹，冲锋须奢兵强者当之。临期鼓发，应用何术，悬赏如何为格，统希裁示，以便只承，早晚更开款上请云。

上李霖寰司马

仁怀观望七而归顺三，洞若观火，台台欲姑舍是以风来者，真溯洞无涯之度，天地父母之心也，敢不只若。安鸾现在贼所，罗刚万不可信。刚从前罪重，万死不足赎。彼又贼腹心也，妻孥囤上，荆棘腹中，必欲降之祸且不测，惟利吾厚饵乃可。又恐无赖居间，饵去而鱼不来耶奈何。惟台台熟计之。谢监军、史宪副皆有沉着，乞更一商，本道未可凭也。司懋官领马湖兵，陈嗣昌守城，刘承职张本押运，已有文请，乞台台批定不易，无复虑已。新繁疆行掩泪，丈夫中妇女哉。荣县才力绝人而闪倏，正好军前用之。彼二人趦趄，几误营中收放。合江有公绰之不欲，才力亦如之。时无一佐领，易置非时，昨已行叙边厅，选风力一委官，代理夫马船只事，不误军机足矣。本道鞭弭既出，难返合江，且吴帅燥烈，非本道柔之不可，策应非就近亦不可。转输一事，台台若委定卢道暂督，不旬日得代熊分守，兵与饷两道奉职掌分领之，何忧庖不治而用尸为。

永宁多土兵而汉兵少，似亦难分。合江兵仅仅三万，毕竟另是一营，各要立功，不可分也。若欲调镇雄兵用，直一旗牌之力耳，望台台亟行，不则尚逗留也。马湖兵惟蜀将可领，司懋官得之己，蔡守禀帖未领到。陈世贤妄，方欲发叙府安置，闻令今已之。云云。

又

原派夫一万五千零，尽负米而往已。续募夫，泸州千名已到，是第二次者。各县二三次募夫，尚无一到，见今急催，又闻南溪江安，俱亲运永宁，教官恐不济事，捉襟露肘，其今日之谓乎？本道不在合江，却在运道之冲，催官催夫甚便，非避事也，避过往人事耳。不然，山栖荒凉，夜日暴露，何为乎？吴帅催粮固当，本道激切，宁减帅心，但运粮亦有次数，续募一朝难集，但当拚命催督耳。蔡守禀帖才到，马湖兵此时已到土城矣。一千扎箐口护运，非本道自随者。本道稍留他兵，一作弹压，一备策应，似亦非迂。如本道一兵不留，专理饷事，大乖宿愿，恐非所堪。区区下私，颇具前禀。日来心受怔忡，脾土不化，强勉事事，急欲从军，那能如三日新妇，深居不出邪。士信知己，亟望台台。吴帅处恐不可无刘生也。本道诚未敢掣肘，只欲济事。仁怀处置，两禀已详，稍待完局，别作料理。本道才本碌碌，至勇猛赴事，真实居心，台台亦所夙谅，稍加鼓舞，应自衔德，得脱治粟，便离苦海。志士不忘在沟壑，台台宁靳之乎。

又

镇雄兵，本道初不欲调，后因乌撒相争，乌蒙迟疑，不得已而用之。今既难用之川南，须审伊头目，如不愿去，移之川东，愿去，听之已耳。督运无人，本道自难深入，顾已出不可复返，有志亦难灰颓，亟释饷负，提兵前驰，所亟望台台不浅。陕浙二客兵，均难冲锋，只合策应。浙兵二十五日发行矣，陕兵暂留，不妨策应，本道绝不敢私之。吴帅来合江也迟，去合江也骤，难例刘帅，彼中久有大将，事事便宜。即如马匹一事，川南临时抽取，多少费力，孰如一千三百马俱用之川东乎。孤远之踪，罢敝之地，事事难以如意，只有台台相怜，犹可展布，不则如多少事烦何。郁郁心绪，万乞崇瞩。

又

饷米进营者，四千六百余石，士可无饥已。催前运，攒后运，是所汲汲，恨无长缨系之耳。合江春涨流急，浮桥往往冲碎，有司不足恃，该吏捉之不能得，则以中军官领兵刷船，渡运夫、浙兵前去。军前差人，一马候至二三日。合江马，将官径骑进营不返，事固不通，顾县官不为设处夫马应付，若不闻也者，而摽使者于门外，又无一佐领可责成，本道之计穷矣，欲处之则素无显过，欲易之遽难凑手，不知台台宜何如为计，而令军务通达也。何处有风力官，可以互调，正在此时。伫仰台裁。云云。

又

阃外付将军，天子不得而制。柔弱者生之徒，非曰能之愿学焉，敢掣肘大将为。合江兵三万，发行者二万六千九百余名。陕兵并张仕德二千土兵未发，专待参将蓝芳威与本道同进到彼，交付吴帅，听伊调度，作正作奇，为剿为援，恶乎不可。本道居此何为哉。九变雅奏，非一阕即竟；千金狐裘，非一腋即成。分中有合，合中有分，才是节度，区区志意如斯而已。永合兵至二郎坝，会而复分良是，但彼路认攻亭子头，却令此路攻岩门关，中间兵力有多寡，路径有险夷，攻取有难易，岩门之攻，此路当之，未可计日，必须克期夹攻，不分彼此，才堪济事。吴帅轻易，固难以文法绳之，维持调护自不可少。此时攻隘为下，攻心为上，宛转招抚，或以利诱，酋未上囤，我兵四集，方克敌有日，全胜无虞。一阵之捷，一隅之克，酋计方深，一或上囤，后事未可知也。镇雄兵昨遣人至夹子口，视之无有也，想赴永宁，差官未返，返得端委，便驰报。蔡守募兵自将，梅同知似难干预，有司懋官可已。凯旋未卜，地方多事，合令如孟公绰，谁堪易者。彼有意从戎，愿作督阵，倘将此好题目与他，而代以能者，事后改调，亦足保全，惟台台垂察焉。

又

本道十五日，以军容出合江，扎燕子坝，营建肃宁，实临孔道，以便稽查兵饷，兼作声援，待饷事请有归落，便好提兵前去，共图进取，无他也。头运进营米四千六百石，吴帅战马百匹，抽买完足。合江马乘去不返，果非事体，县官不以文请，亦可怪也。孙归州英敏绝伦，若令孙知州管合江事，而令王塾督阵，似两不废。王尹吏才未优，却谙兵事，留心久矣。合江饷米，见贮八千有奇，方在支放。水运州县未解者，二万四千有奇。泸州改征米，完过一万二千，除支给官兵外，尽解永宁，其余尚未完解。仓谷向半解到泸，有文发回。今许碾解三分之一，即当催督。近移会饷道，虑饷不足，渠回有手本，谓两路派粮二十万，用之不竭。本道谓兵期难定，食贵有余，又有文会之已。台台昨讶增募运夫之迟，此中有故。前蒙台檄谓募夫增否，当与总兵计议而行，彼近回手本，犹谓不必增募，不得已竟从增募，料事固亦难哉。吴帅比两次书来相促，事关军务，意气勃勃，惟台台亮察。

又

迩承台檄，委本道监纪督饷，责任隆重，均宜恪供。但监纪须近营垒，督饷驻内地，监纪须带兵马三二千自卫，督饷则摆塘侦探、防护之兵，不过数百人而止。事体不同，势难兼摄。查得分守道熊参议牌到有日，此时入境，粮运之事，是其职掌，似应责成专理，不至匮乏。至于纪验功次，稽查钱粮，军旅之事，头绪烦多，侭有可做，不惮勔勦。此区区真心，可矢天日，业已文请，伏候台裁。陕兵今亦气平矣，犹须本道领之。

报蓝芳威参将

门下英风伟度，宇内左袒，顷在东征，每从邸报中欣艳令名，更仰勋伐之茂。蜀南何幸，得借威灵，以消氛祲。不佞碌碌无奇，同舟谊切，日望提携。时下大兵已进，所留三千，可备门下驰驱。伫仰旦夕俨临，庶不后时。瞻承在睫，便堪倾倒。不尽。

报吴少武将军

水西播州，唇齿狐兔之思重已。彼犹豫观望，视雌雄为向皆，当急向制台言之。偏桥兵力单弱，衣械未备，徒手安能搏虎，此亦在制台震竦之。永宁一路兵六万，今议攻亭子头，而以岩门付本路，今我当其难，而彼居其易，制台业已允行，难以口舌诤也。成事不专在人，不佞当共门下力筹之。招诱之术，非厚赏不可，须付托得人，毋使饵去而鱼不来，乃为胜算，门下应自不误。奢兵斩关，宜歆以悬赏。浙兵三千，二十四日前发矣。袁年准兵三百责与募兵二千守野磊子，此隘留两关，可卫内地，往贼兵临马街子，烧五亩堡，俱出此隘，捣宕宜虑，为是重根本耳，昨按君亦以为言也。陕兵踊跃用命，到彼时望门下加意抚之。三将枭雄，蜀中无有，何者非手足乎？王继先、袁鳌不知可留兵在营否，门下熟计。不佞于二酋，亦以无事处之，令彼释虑。此时重在大敌，幺麽二子恶足道。泸有黄选等精兵一千，恨无可以易之。周大谟兵大半佳，亦难割舍居守。镇雄兵贪纵难驭，泸人梦亦惧之，敢令护城乎。得李茹散兵复聚，可将四百汉兵守泸，别抽三百补之，则城守精兵可来赴敌。诸凡机宜，颙伫早定，更乞慎重图之，万无一失。不佞所凭借宠灵不薄耳。至祝。二月二十九日某顿首。

上李霖寰司马

按台发到功票，装贮一箱，昨开视，始知有传宪副公文一角，功票亦二千张。第闻传中途而返，不知代者谁氏，及有功票否也？本道之入，断不可已。彼中钱粮总核，功级辨验，关系不小。杀降掠众，总干宪典。廪饩虚縻，饷将安继？恐非一郡守能办。但本道决不随营，令大将多所顾虑。百里而内，非逼非遥，一缄之信易通，侦探之足速达。大将来问，尽心告之。彼堪独断，一切勿问。懦者必厉其气，骄者稍敛其锋。不纵疏莽，不听犹豫，直仰体台台至意，而以镇定处之，庶无爽事，全胜可期。水西兵未入哨，意且若何？偏桥兵少而衣械未具，不知应何如振饬？监军魏养蒙少参，最有担当，本道在河东与西曹，相习甚深，可任大事。彼才识远迈本道，非阿也。吴帅日有信来，亦肯商议，自是善事，天下无不可与之人固如此。饷事一面整饬，一面候代，台台幸速示下。司懋官初三日起程，陈嗣昌二十七日已至五亩堡，渐规野磊子把守。袁年准兵三百，令与募兵表里守野磊子，切诫我兵勿扰，彼兵勿疑，更责令彼兵一意侦探，仍听陈嗣昌查考，不至虚冒。他无束缚以厌彼意，牌行简明，内地可无虑已。查饷夫有中道逸者，方严拿正法，庶罔后艰。潦略上闻，统希台鉴。

答邵泸州崇雅

不佞早非投笔，晚效请缨，筹莫售于劻勷，志徒怀夫踊跃。地临燕坝，选旺盛以开营。望入丁山，揭肃宁而取义。采薇欲赋，壮猷谁奏于襄。细柳驰思，分阃那堪真将。至烦轸念，亟辱腆施。惠何减于椎牛，情亦窥夫善饭。感殷五内，谢付一缄。不备。

报李郡丞廷谦

饷事如猬，微门下处以镇定，鲜不舛已。泸夫运米二百三十石余，鄙意仍令发大营接济，事先远难耳。护兵百里而内，宜责赴合江自领，但要分班。今有牌行二守备遵行之，委官果少。取用亦难其人，得李培似亦足已。吴国藩果真疟否？然亦放手不得。昨劳起居，附谢。

上李霖寰司马

粮运极廑周虑，本道敢不惕若以佐军兴。今一程安一舍人，各付以小令旗令箭，其往其来，一程断送一程。官夫护兵违慢者，不时塘报，仍从中分界，以文武二职督之，而刘张二守备总其大凡可乎？本道在营还须数日，待兵付蓝参将路上停妥。王继先处，数日前遣牌风谕已还。今日酋当抵营，见过付差官押往重庆，听候处分。袁鏊受捆后，本道亦以牌往招，不日当有消息。另文驰报，三酋入茳，粮运无复虑已。刘谦心路，本道夙知，自有驾驭。彼兵一千，伊父刘国用奢妇取去督大兵。谦少年易与，戢之何敢妄动。不日兵且发行，水运一节，本道初至合江，即着实讲求一番。既行，各官又询土人，大家俱谓难做，尚在踌躇。然已调到泸纳船三十六只，今蒙台谕，请尝试之。

又

审得镇雄头目，有意进野磊子捷路，攻娄山关。若益以陕兵一千七百，张仕德等土兵三千，守隘乡勇二千，戴鸣凤四百有奇，可得兵一万二千人，共进此路作奇兵，而统以蓝芳威参将，直捣娄山，出酋不意，似是神速，又适陕镇二兵之愿。粮各持十日，后即继之。临发费百金之犒，望准开销。更乞密谕吴帅知之，旬日内当即发行已。李茹簸弄镇雄兵与马湖兵相杀，大震泸人，泸人无男女老少皆愿食其肉。此时彼兵因克饷解散，只身来见，随鞭之三百，收狱合江，早晚当以文请，愿正法以谢泸人，本道非私怒也。

又

昨计非尝试漫为者，彼谓此路险僻之甚，又将地挖掘七丈，人不能飞度，而不知有可以度。袁年吐露甚真，浅深斟酌须娄山岩门，一时打动，贼兵分裂。此兵乘间道而入，贼不及谋，便自得意。粮饷不妨分运，以夫二万饷正兵，以一万饷奇兵，本道毕力承之，期于济事。然此议独可告台台，吴帅性躁欠密，又怪陕兵，且莫使闻。待兵发而后告之，且云意出台台，本道不敢居也。袁初、袁切兵久欲报效，昨为吴帅捆袁鳌推托不出，且云候本道带去，本道即不入营。闻此兵最精，不可不调三二千用之。近吴帅移会之数四千三百，望台台裁示。此事慎虑而后图之，集思而后决之，主持独断，是在台台。本道得请后，密令发兵，只云将赴大营也。兵贵阴谋，本道不知兵，窃有志焉。乞惟台鉴。

简傅伯俊年丈

客岁萧寺之别，不胜怅怅。若将谓断蓬飞絮，几能凑泊，讵意在巴蜀乎。仁丈九霄玉树，八解真身，未应作郡，第此地此时，又不可无仁丈拊循之，且有门庭之寇，以待驱除，佛力广大，兵革易摧，胜百万之师远已。弟赋材庳暗，仁丈所习，爇地之任，弟岂其质，乃山已付蚊，卸之不得，又往往以迂戆忤当事，即不见丑，亦不见好。仁丈在焉，有人乎缪公之侧已。弟扎营燕子坝，未返合江，稍有经营，不废转输，晤制台幸为齿及。兵发，弟即返城市无疑也。兵事尚密，未敢辄闻从者，幸亮察。

上李霖寰司马

本道不察时宜，不揣非分，强欲提兵进取，而辞饷事，致干督责，罪又何辞。但中实无他，事非规避，偶见蔡守提兵深入，便欲着鞭，总之拘泥恒格，踊跃用兵，诿诿渎请。亦且谓台台汪度，百尔皆收，兼恃夙昔应许策竖而不知言之频数，有乖任使，不敏之罪，自贯亦不能已。但区区心事，原自不欺，守道守官，敢存伎俩？惟台台以拙视之而无谓巧，以戆视之而无谓倨，即斥逐岩穴，犹感知己，且深服台台之能容也。东望台躔，瞻承未敢，方拮据水陆二运以候处分。百惟崇照，临禀局蹐。云云。

又

王继先之出，万不得已而出也。彼孩提育杨酋处，受恩深重，那知朝廷，非但目盲，正亦盲于心已。既来归降，又以二百精兵自随，利刃在胯，分明有杨酋听勘情状。本道麾去其兵，见在者各令解刃，交李长年，止准以八力自随，十二仆挑担食物。彼实犹豫，语多枝节，未可准信。如见台台，即当留之重庆，子在合江，妻在囤中可也。此酋不归，则播酋少一耳目。进兵运饷，无所不可，万不宜收用彼兵。彼之心路，视袁年悬绝霄壤，原来恩怨各自不同，无怪其然耳。惟台台垂察焉。

报傅伯俊年丈

春明别绪，转换巴渝，天亦有意，人则如何，不待言已。重庆难治，不专在酋，土风民情，与泸角起，太刚则折，太柔则废，不竞不絿，敷政优游，非仁丈莫能已。弟一至江阳，灰心莫状，又不能与时俯仰以循宦套，恐贤者犹难容也。老母八旬，弟亦衰病，宜致为臣而归。有师命不可以请，待播事于襄，便堪拂袖，知止知足。弟亦筹之熟已，直好向仁丈言之。制台屡有字督过，为辞饷而急治兵。弟过泥监纪之文，遂违督饷之指，顿兵营垒，中有筹度，非少年孟浪为也。今袁王就绪，綦酋谋稍伐，弟不难挈兵而授金坛者，不日当返轸合江，专精饷馈。此事之难，难在当初三五纷更，令人莫把提耳。仁丈从容当自知之。神情脉脉，一水盈盈，秃颖不能悉也。

上李霖寰司马

饷事最急而最难，难在饷集，犹之可也，惟是运夫难集而易散，缓之误事，急之又难，人人诛之而重惧激变。据本道初议募运如募兵，饷道再议月给六钱，如本折兼支，则月给银四钱四分，米二斗，亦自不少。近闻饷道每夫挑米三斗，止给银二钱一分，抵米三斗，良亦省费，但恐一道两行，似非事体。合江路险之极，不比永宁，昨运夫有挤堕山涧而死者，一往伤心，刀锯难御。本道处处安塘，催攒两渡，拨官堵截暮夜之逸，计则已穷，况欲省费乎。省费费生，过费难继，如何而可。方今公私交诎，财力俱殚，多方讲求，是在藩司，释今不务，后将何及，银米皆当虑也。

又

昨审奸细穆正，称酋重兵在娄山、岩门二关，而以奇兵二枝各三千，出刀子、佛子二箐口。袁鍫报酋兵万余扎温水，温水距上赤水才三十里，则长滩箐一路可虞。陈嗣昌虽提李长年曾高先国胜等兵二千守此路，而摆塘用一百五十，此路为合江第一要隘，设有警，兵尚不足，恐未可勤。陕兵即发江津，所虑兵数不多，马不耐险，人不习地利，贼又出没叵测，似应令佐镇雄兵策应，难责冲锋。客兵之用，似是如此，非为彼游说也。三将佷是老成，本道各赠之数金，领兵头目亦稍捐资犒劳，怜伊被广兵荼毒耳。二兵应援，刘帅益壮，全盛可期已。永、合二路兵，合之双美，分则不然，似当并力进剿，布置要井井有条耳。如必欲分路，则听大将共监军再三商确万全，而后从事，不则恐难为大将也。降民男妇二千，聚防未便，食又安出？且安氏若降，数将万余，最是一件关心事，急应议处。袁初兵今已随营，不得东调。李长年平平无奇，难领袁初之兵。蓝芳威、良国臣，不知何人先到，到即付以镇雄之兵耳。如迟则畬世威非川将乎？粮运参前倚衡，无之非是，守催之人尽矣。此日水陆发七百石，募兵渐渐还已，还即发运。新募，可十五以前尽到，的不敢推迟以干大戾。云云。

报吴少武总戎庚子三月初七

大师一出，兵不血刃，多众投降，正自可喜。行粮宜即给之，但今所难在饷，更难在运。初议运夫一万五千，续增五百，若谓足已。比仔细打算，再加一倍，仅足少推迟，尚不足也，况又水运用夫乎。降民移粟，委属不能，何如移民就粟，押发各州县碾仓谷计口授之，犹或可为，太多亦难瞻给，幸与监军道商之。仆已经呈详，计十一日得请，然不可不早计。收放正官，随营无恙，若往来道路，真是不可，门下之虑审已。提诲之辱，附谢不宣。

答蔡马湖宗宪

受降盛事，须早安插，以二千男妇团而守之，非五七百兵不可，即守之无恙已，彼口实又将安出？粮运不继，倍增募夫，亦难卒至，日坐针毡，宜及今详监军道，就近计处。不佞初七日已详制台，专候处分，恐又等待不得，须早早分头安插就粟为便，又省防闲也。

上李霖寰司马

保宁张同知，苦心粮运，至废寝食。此日刷船十五只，足装四百余石，来日可发已。船只若齐，一运可三千石，往返日期直视头运为纪。陕兵初八日遵合江陆往，为选二乡导随之。镇雄兵五千未到，到时计定即发，不敢草率，亦不敢迟疑也。李茹为长官余跃之婿，向以招兵永宁，大为奢土妇所恶，面愬本道言犹在耳。茹兵群讼剥削，本道得此情，而后摘发之。初非孟浪，处过即牌数茹克粮之罪，而弗及其他。其兵近千，本道又汰之，留八百六十六名，而令邵明邦、戴鸣凤、黄道光三人分督无哗。茹下狱次日即毙，此足以谢泸人已。死后斩首，似亦可省，惟台台裁之。初二日穿崖囤斩级多功，军威颇震，饷馈是急，本道自当汲汲也。

报谢凤渚

翁台无地方之责，犹是不遑启处，百尔经营，矧弟叨封守者乎。燕坝屯扎再旬，料理兵饷，为制台促运。弟于六日返合江，此时兵尽发入，运犹寥寥，不啻针毡而坐。水运才试，看是如何。催船催夫之役，旁午在道，常惧不给，可奈何。别处犹可，泸民推奸避事，无所不至；运到，又往往从间道去，恨无长剑诛之。大湾护饷最急，幸檄大将军摘兵防守，此路兵发尽矣。袁初等向缺奖赏，难以频劳。昨以文移会，幸速裁示。穿崖囤第一奇捷，端赖石画，此后势如破竹。穆照、袁鳌等三百精兵，毕命刘帅之手，贼其气夺乎。岩门之攻，非协力不可。应合应分，总难胶固，在翁台图度，事机不可失也。无那翘企。

柬吴少武

门下英风伟略，所向无前，开手便自奇绝，从此势如破竹已。愿慎终如始，共保万全，不佞厚窃荣施焉。把总戴鸣凤提兵六百，今遣归麾下，立功自赎。彼原以百户防守永镇堡，能擒三堂大盗，只以玉石不分，蒙遣松潘。彼少年有胆，武艺精通，可备门下缓急，愿青盼之，想应不负。至祝。

上李霖寰司马

事关宗社，又逢知己，犬马力何敢自爱，而不以效捐縻耶。饷事告急，夜日焦思，所恨运道太险，冲泥更难。闻运夫有深堕殒身者，百计逃逸，职此之由。泸州夫称最多，人称最顽，即正官督运，亦难为功，况一新任州佐乎？戴经历责伊分领，推调先行，昨欲挞之，为用人紧急姑贯。今又取曾思美照磨以三职，押一万七千夫，而分以十七散员，一塘一催，一渡一把，如是而夫犹逃去，惟有原籍行提正法耳。陆运修路修桥，责李同知。水运挂厢盘滩，修理船只，整顿什物，责张同知。而张同知又帮理陆运，无所不宜。大抵此路运饷，难与永宁数倍，彼尽经抚地，路径宽平而直捷，绝无可虑，此路屡经深箐，路险而远，一运往复，人情十分作苦。彼蚩蠢无知之民，止惜身命，又乌知终事之为何物而不逃匿耶？水运虽迟，人不甚劳，又虑初夏淫雨逆流，上滩险阻可虞，但得诸将勠力，逆酋早歼，便好结局，不者应不可知已。永合兵数至足，不宜再增，只转运护饷之为兢兢耳。逆酋善伏善截，善劫夜垒，望台台丁宁主帅，共保万全。今日见红旗官开报，初一日首功什九，属永宁长官，果尔，则汉兵安所事事而损饷，为乞台台再查切责之。刘帅昨来塘报，似亦甚之之辞。查吴帅原扎二郎坝，无退舍二百里之事，入门见妒，恐不独女子为然耳，愿台台密察。合江至吼滩图，乃本道遣一画工随袁年至彼画出者，吼滩以上略焉。看来此路甚险，守之为急。当时杨酋二次出没，穿石架木，凭他作用，无人物色，今架已朽而工作难，除是轻赍奇兵方可，马兵万万不能也。伏候台裁。

又庚子三月十一日

陕兵东向报有期已。镇雄兵十一日奉差旗牌取，文到则初十日发夹子口，十二日好到合江，十三日支粮，十四五便可赴江津。刘帅得此二枝兵，壮气十倍，且酋绝不知此，迅雷不及掩耳，今日之谓乎。野磊子设关把截，袁年可嘉，无庸调转。王继先身在羁縻，非其本心，兵似无所用之，即用之必不用命。彼与酋见德不见怨，而路人视我，故本道终不敢信，而直兽畜之耳。袁鍪说来未来，适又令袁年持一牌风切之，宁作后夫，到则付川东解上，不敢邀功也。渠若有兵，用之攻关为妙。此路添水运，护兵尚少，无可移川东者。袁年兵四百，蒙允收粮，当即给之。吴帅提兵三万五千，连永宁将近十万，宜无所事益兵，若机会未乘，安插未定，不妨稍待，但难太迟。川东有功，望台台飞驰一檄报之，彼自技痒，迟疑不得。诸汉土将领，更乞激励，以观来兹。司游击濒行，本道曾规之奋臂，决不敢逡巡如儒生也。此时得到蔡守，便轻快矣。孙知州卧病，王塾守印杜门，舆隶观望，愈益不展，事事烦本道振厉，未得爽快，并告台台。

报崔振峰仕御

饷事急需，不惮拮据，但合江陆运最难，犹惧泥滑。昨闻运夫失足，有堕不测之溪者。初番竣役，归者生心，中道逃亡，颇烦勾摄。泸州夫多而最顽，抟之如沙，捉之如鬼，郎委一经历，一州同，十余小官，弗能禁也。郡知州又奉文留泸，多饷在焉，未敢抛置。本道一日一守催，旧者未到，新者迟来，刀锯难施，文网空密，苦莫苦于此已。隆昌、南溪、江安三令在此，夫颇得力，合江千夫易理也。目下粮运到营者仅仅糊口，水运千石有奇，月尽方到，括船州县公差四出，尽到可得三百只，梅雨未降，便于舟挽，稍缓又惧涨急险滩可虑，运固难哉。本道愁思纠缠，头须为白。安桃罗三村，降者鳞集，安插是急，业移文监军饷道议处，久聚未便饷之，又更难也，惟分布各处，赡以仓储似便。赤水仁怀三酋内附，即不皆真纯，不愈于疾视我乎。蜂虿犹毒，柔之为是，本道仰承台诲，亦知所以与之矣。始谋多歧，为伊观望，今皆以无事处之，保无异故。袁鳌见在合江，将解重庆，敢告台端。

上李霖寰司马

袁鳌已到，而无妻子质也，本道责令伊子袁正芳到此作质，而后令伊弟袁好归。此人机警而足智，又近贼巢，长子在海龙囤，即质之犹虑生心，敢轻信夷狄乎。兵报数多，多收糜饷。先是吴帅收伊三百守梅溪，梅溪近刀子箐而箐难守，故守梅溪是已。今许收一百名共袁年守野磊子，一分其势，一令袁年觇之耳。昨议先解东监军道，闻张大参往贵州，恐属未便，径解辕门，实非敢邀功也，乞台台为一言之，庶不负夙昔之雅。昨审袁好，入隘止带新茶三包，见收寄店主处，攘夺之事，的确无此风闻之误耳。袁鳌冠带扎付，望亟赏之。彼见袁年被冠裳，煞有歆羡。具在禀中。

答蔡马湖宗宪

大将留心招抚，吉祥善事，但受降如受敌，未可忽也。桃红滩降者二千，尚未安顿。安村万二之众，越烦料理。罗刚必不肯降，彼罪重而恋播固当。穆照中铅弹未死，称死者伪耳。马湖兵劲而多，须策之立功，勿逊诸人。李茹三百鞭死，尚有余辜，吾辈心平如水，安敢作恶，惟门下亮察。东川奇捷数数已，大将技痒，宜有振励，周旋无阙之计，端赖石画。不佞拮据饷事，进营未有期也。不它及。

报吴少武总戎

杨应龙第五子以栋，业已阵亡，得报甚真，酋魄夺已。敬闻。

报谢凤渚

陕广镇马之兵，交哄未协，势不能复聚，而又未易分发也。先发之兵乏粮，转运之夫未集而骤发，兵进弗虞艰食也。仁怀赤水，当其观望未决，抚剿未定，而箐口之运道可忧也。三者非无事事，弟不肖亦一治兵之官，有地方之责，即暂留四千余兵，凭高列栅而居之，稍作声势，以杜未然，而又作调停纾饷之计，如是而止据皮毛，谓以多兵自卫，则刘生将妄人乎。长滩野磊，酋所出没，马街五亩之变，雅是覆辙，大将之行，曾不一顾，弟不分布之，而谁分布者。月余苦心，生平未有，独不能面觌制台一吐之，而制台又未悉端委，无惑见督。今兵已发矣，仁怀赤水三酋长次第出降矣，运道无虑矣，刘生又理运合江，不进营矣。不知制台视刘生何如？乃刘生实非孟浪者，直才能不逮中庸，而又不闲世局，于用莫适，得今日酋擒，明日刘生自劾归，而称觞八旬之母，不复问人间事，何不适者，而役役自苦为，亦不智之甚耳。川东押运，取足川南二千，今又取二千五百，舍其田而芸人之田，恐无是理也。川东押运兵六千，合江水陆二运，应护良多，弟不知所处已。石宝调兵，弟自唯唯。箐口青岗一带，别作料理。大湾守饷，取给西路可也，此路兵无余已。正官押运有行，但泸合蒙留，南溪奉委，隆昌浮肿大病，止有江安耳。顷大将移会，此路累经播界，林箐甚深，正官不可令押运往来，恐堕酋计，方详两台商决之。递运之法，此亦计行，为救急未能耳。台下更详诏督以便只承。意绪棼杂，殊难殚布，冀幸亮察。

上李霖寰司马

蒙台台调兵川东，急川东耳，但川南有甚不可忽者。贼声东击西何常之有，彼若东惮刘帅，西惮吴帅，各虚扎大营以张声势，却令一将提奇兵抄出间道，径冲泸合，恐智者不及谋也。如此则把隘护饷之兵似难再撤。本道年来拮据葺理，专为地方，地方之弗固，即台台欲曲庇本道无由已。矧各兵已分信地，去一枝则露一空，空一隙则耽一忧，非敢为佞也。镇雄兵已尽到，苦不肯东，只愿从隘出攻其无备，本道强之弗得，敢取衷台台，作何计策，逐之断断不可。蓝梁二将谁有兵管，无者可以此付之，外帮以三二千，出奇制胜似无不可。惟台台亮察，本道毫无私也。冒昧陈乞，可任悚息。

上李霖寰司马

比闻川东湖北往往报捷，又蓝芳威到能驾驭土兵，方在踊跃，陡耳贵州事，殊令气短。贵州何地，兹何时，而宜有此？又不敢以就中机括向人言也。狐兔之喻，人人类能言之，独无如贵竹大酋何，又拉芒部守以自张，彼一传岂胜众咻，关亏几能垂涕，固大可虞耳。矧国是不明，人心不古，贼有善贿善间，小人易于甘饴，而三军不难恐喝。闾阎之中，财尽力殚，非攸往夙吉，大烦料理，又不知何以扶贵竹而保奢世统之不扰永宁。永宁奢妇势若秋蓬，倘有内顾，又是一种可虑，即泸合亦震于邻矣。主帅任性，大拂永宁众心，乞台台详谕善处之。鄙见诚迂，亦是杞人之忧也。运事夜日焦心，重为运夫所苦，比来数日，稍有涯畔，米去万余石矣。陈世贤无事羁合，恐彼自疑谋于二袁，携与俱往，止留其妾与侄，似亦无妨。李长年颇有微劳，人亦不醇，彼兵多虚冒，到川东却难遮饰。袁洋柯名之事，有闻不敢不告也。王继先妻在仁怀，囤上近遣一贩密觇，见厅有甲二百身，叩其妇云："上司不喜我家，我家兵胜似他家，却不用我的。"又问他还向播州向外司，他说："向播州做甚？"据此亦是真情。彼造甲拥兵，似防分儿父子，然既置巴渝，难骤遣归，俟酋灭归之未晚。不者，待彼兵真正用命，竖有奇功，亦足归之，仍质子于合江可也。陈嗣昌才识平平，彼欲集土汉兵二万，又待酋将困而后举，此一田父事耳。第间道深入，宜用押运贵竹，何计振饬，得彼处站定，贼不敢渡乌江，而水西寝其阴谋，事始易为耳。将官似难再易，再易又是几时，反堕贼计。使功不如使过，惟台台留意。冒昧之谈，万惟矜亮。

上崔振峰侍御

本道昨审奸细，彼称郭通续扎兵岩门之外，地名小水田。今斩获郭通绪等四百余首功处，距小水田五里，始知关外有兵，委应扫荡，非妄也。郭通续为酋提调第二人，其一杨珠，通绪向扰合江地方捉袁子升入播者，今杀此足谢合人，袁年益踊跃用命，诸酋目应落胆已。适又闻罗网将出降，未审真伪。网枭雄不减通续，綦江飞练之事，彼实为之。

报张芝阳年文

娄山关破，台丈前茅，夺岩门亦在二日内。宫角不同声而同于节，枘凿不同形而同于用，其今日二帅之谓乎。第已得地利，更须人和，合则双美，离则异是，愿台丈以此时时规刘帅，弟于吴帅亦然。机会之来，间不容发，智者要识时耳。

上李霖寰司马

蓝参将不爱数十金之惠，以结欢镇雄兵目，而竟不能得其心。岂惟不得，胡继尧又敢于侮慢，若将谓州官可抗参将，而不知土知州难与流官同日而语。夫礼节难责之夷狄，犹可言也。彼兵不受点查，不造名册，向与谢监军查之而不得，与蓝参将查之而不得。一发进山，多半亡去，李万宾去一千矣，而胡维尧回文止称去万宾一人。晏庆润尚该兵二千，今止五百。胡维尧名虽一千，仅有四百。桑来鹏募兵一千，仅有三百。彼一则惮于深入，一则嗛嗛马湖，一则招集多亡命之徒，逐饵而来，掉臂而去，无足为异，而重负豢养之恩，有辜调集之意，可恨甚矣。为今之计，不得不清其虚冒，而彼不听，不听而麾去，彼必厚索行粮，莫可餍足，而后怏怏以行，所至劫掠，公私受害，势所必至，又难以三尺随之，不识当如何处置。窃欲先散桑来鹏一千，台台据李万宾分兵而东行文径削一千，稍迟又去胡维尧一千，最后晏庆润亦不自安而求解去，彼所余无几，去之固无难也。张同知力行水运，重为乐荣县所苦，彼不务急公，而务表暴其长以方人短，实未足为长也。天下事莫病于用智而自私，如荣县蹈之已。张同知不似闽人，目中希觏，水运方行而沮挠，殊误军机，即不欲台台谯责之，顾不敢不于台台乎闻之也。两厅禀帖抄览，乐荣县大有才名，本道独嫌其偏私耳。

上李霖寰司马

饷米折支一斗，因近议有此，行查西路，续据马同知所报乃尔，故据以移会，彼不愿则亦已矣。连日运夫未回，寥寥起运，今日装发水运米一千八百六十石。又博谋于众，行文泸合等七州县，急其僧夫万余接济，每运以二十日为期，人给银四钱。起运即以僧官及住持统之，中亦分甲长百总如民夫例，彼却有次第、有规矩。闻西征九县松潘，往往行之甚便，恨知之晚。贼拒坉自守，果无复出之理，独有刀子箐一路未经扫荡，不得不防，计在万全耳。

答吴岷岳

门下大隐在市，又觅青山邪？杖藜临壑，采药看云，门下逍遥游无之非是。矧门下又甚康强也，不伐以斧，便是神仙。视不佞役役尘缰，汩汩业海，敝心力而怔忡，举头须而憔悴，何啻霄壤悬绝邪。吴帅已破岩门，各路官兵十一日俱集酋屯而绕之，不啻数十重也，破屯之计，令将安出？愿门下探奇指授，奉作蓍荆。旦莫贼擒，不佞便从此逝矣。

上李霖寰司马

安銮昨见本道犒而问之，稍知贼状。彼以万众归降，始犹烦虑，今视却成真也。彼一子质屯，更多亲识在焉。大之可以俘酋，次之可得罗网，彼族众力大，雅自可使。又有乡导破屯之功，与画工向守志，皆当厚待。石辰亦有用，与刘虞元相等。李长年因人成事耳，台台试更质之。运夫二运不返，扑捉未获，新增一万又未到，总之署印官不足恃。僧夫牌已行去，泸僧称彼应粮夫，又捣火药，恳以为辞，无奈多方催之。时下方出示，借合江城市民一次，每名给银五钱，果得二三千，可纾目前之急。昨蒙谕以运准粮，行去未有以报，邵知州曾言难也。卤率抒陈，仰希台亮。

答蔡马湖宗宪

大兵已逼贼巢，取屯应在朝夕。就中作用，全赖石画。如内溃则需诸人，环攻则取诸己。用吾所明，无行吾所忌。总之制人，而不制于人耳。功成视门下显擢，不佞便称此抽簪，可谐返哺。门下勉之矣。

报蓝云鹏参戎

刘帅得龙爪屯，吴帅得养马城，又攻破水铁二关，贼势已去七分矣。扫箐驱伏，找梯填堑，此时下总戎作用，以待楚黔兵集，而后攻贼屯，想元凶授首可期已。门下不必技痒，是后待门下而底定者不少也。

上李霖寰司马

事有握之掌上而成于独运者易为之，而惟运事以千万其人、千万其心，收与发不同量，文与武非一心，将与兵不相应，出与入不皆齐，上哺覆而下顾鱼肉，即贤者不免觖望，而况齐民乎？上知理之亦不免顾此而失彼，又何异乎本道之庸庸也。若乃共事诸寮，莹敏之不多得，而举职之有难易，固其所耳。就中弊端，情形易见，直本道能操其要，而不能一一遥制，则亦势之所穷，而补苴罅漏未遑耳。台台亦幸招抚。芒兵散而复聚，骤难驱逐，不得已减数一千五百而暂饷之，俟有宪檄处分，便是结局，而本道始消此业障。盖自用兵以来，诸僚无如本道苦，即犬马毕力，恶足齿也，总惟台照。

上李霖寰司马

营兵残虐运夫，其状非一。运夫盘费衣服，十九被夺，回头不逃则病，不则饿死。此等苦情，本道屡欲言之，为梅张二同知劝勿言，言之恐台台切责大将，而大将泄怒于众。此时方用将用兵，只得隐忍，大非本心已。又念兵出乌合，大将亦末如何，一二县官尚不能自制左右，况制数万兵乎。若营中有一司道弹压，应不至此，而今晚已。熊道驻二郎坝应自得力，大湾水运与约束营兵，似须得宪檄恳切论之，庶足相济。本道庸劣，然亦日无暇晷，手不停披，心无时不焦劳，总为运事，非敢谓司道提纲便尔优游，亦未尝放一告牌、准一词状，屑屑不急之务，安得有别项分心也。此时直一息尚存耳，台台实照临之。仓谷碾米，陆续可给兵饷，然亦旁午催督，不遗余力，运夫更倍切也。

报吴少武总戎

罗国明、袁鼎等兵，勠[1]力勤王，饷馈宜以时给之。敬谢教言之辱，大功垂成，拭目燕喜。谬有一言之进，播贼据险而多诈，防之须密，犹是第二义耳。富贵功名之际，虎视眈眈者，不但一人，容易起争，争则阶祸。矧水西力大，戎心叵测，狐兔唇齿之心，彼实甚重，播贼又饵之深已，万一应合，大属可虑，此不可不加意处之，况同在后路，又更可虞。彼非酉阳、石砫比也，门下其谓如何？

报熊石门

夫数逾四万，水陆何不给者，无奈往者不返，增者不来，塘兵差尽，继以护城，任尔程督，又无奈署事教职，佯病推死，吹不得，炙不得，视千言万语若不闻，

① “勠”，底本作“戮”，据文意改。

令旗令箭为故事，封杻封锁为套笼，则黔驴之技穷已。今遣骁雄千户虞邦，持一牌一单，往提新旧夫役，更拿催提之人，庶几纷纷至乎。逃夫不走近路，而远出綦江，江津川民如鼠，独无待捕之邪，亦只见心劳日拙耳。刻下具文白两台，责成东路郡县堵截之，终不然出湖贵乎。此时发去大湾夫一千六百有奇，运兵搜得二千余，于本等工食外，每日又加二分，彼亦乐往。僧夫才得四百人，续当益众，方催之。二尹泣血，不肖心燃，翁台应亦忡忡也，幸有以诏指之。

报熊石门

运夫至四万无加已，乃所患不在来少，而患逃众。二运夫三万入营，回者不满四千，至于起新拘旧，檄督人催，不肖竭心力而无裨于事，即有米，有夫往邪？又无奈两渡阻隔，手足耳目之弗及，匪翁丈畴经理之。编竹为筏，酌量济渡，似是今日急务。桥难成而易坏，不足恃也。未到夫当更严促，营兵待哺急切，乞翁丈以隔水谕之，得免脱巾，便是厚幸。

上李霖寰大司马

本道至不敏，以台台提揆运事，什伯焦劳，方一意分猷，庶几绳绳源源，饱歌营垒。不谓募夫二运甫完，十逃七八，西逃未已，又出綦江，诚不惮迂途数百里，而敢于负上，是乱民也。堵截之计，川南莫由，势须行重庆府，差官要路领兵把守，可截则截，可解则解。彼计已穷，终由故道。了得三运，大事且完，然后专用新夫，堪以接济。水运堆米二万包，所苦夫少，今催[1]去新夫一千六百名，护守兵亦千六七百，借运一次，加以工食，彼使乐往，而营中不苦乏食已。镇雄兵散而复聚，多方弥缝，本道责以大义，减数一千四百名，而暂饷之，俟宪檄处分，便足结局，本道始消此业障。总惟台照，可既悚息。

上李霖寰司马

两关之间，吼滩赵洋水丁山小溪一带，名虽受降，反侧尚多，然未尝不可恩结。恩结惟廉才文职能之，而武弁不可也。武弁岂无贤者，而骤难其人，又难以亲信人当之。此辈十九贪淫，方席假威势，恣意横行，彼中人不敢言而敢怒，始犹畏大兵在境，旦夕临之，必为齑粉，而隐忍相从，实非本意。俟大兵已退，

① “催”，底本作“摧”，据文意改。

积怨在心，中有雄长，驾言称乱，而不知祸之所从起，始谓在事者之为谋疏也。重复调兵，骚然多事，官不胜苦，民不胜疲，此由一二小人作孽，流毒未已，胡可不慎于今邪。近日文职如张同知、寇知县才且贤者，随事可任。王塾外柔而内刚，不阿不套，品自难得，彼闲于兵事，深于人情，虽无锋铓，却多实用，今之招安尽是妥帖。武弁如申于朝、王继祖，贫富不同，并称廉干。大则蓝芳威参将，千金结客，百务皆通，能武能文，不贪不刻，谋略又什伯恒人，当是武弁白眉，一时极选，他将不深知，刘、吴二帅远不如也，刘、吴长于戡定而短于安集。师之上六实载李应祥曾以贿败。陈璘名将，东征海上一捷赖之吐气，只是年已古稀，风烛可虑。童元镇绝不知伊端委，何敢妄对。千总吴伟靖、塘报官杨茂，义气深重，掺守端洁，二子正亦难得，可允任使。是后望台台用人，广询博访，谋诸道府贤者，彼各有责任，各思砥砺，应不敢胡乱开报，自取罪戾。彼若徇情受贿，则三尺之凛凛也，又何难去一人以安百姓。本道方倾耳大捷，便当自劾而去，世未有白头之参议，又有八旬老母在堂上，而腼颜仕途，为众观笑，何益耶。冒昧指陈，职守焉在，罔敢默耳，唯台台谅察。

上李霖寰大中丞

积雨淫淫，山峻水深，此何但陆运艰难，不有诸滩险恶，舟运更抱多忧乎。此非敢自诿，而时势则然，可奈何？日来新夫并僧夫稍集，时有催发，所恨淫潦。大湾堆米，发去夫逾四千，得此接济，少救燃眉。取新换旧之夫，殆十辈促之，罔敢后。张同知行役水运，至葫芦脑而返，往复者十三日。两滩牵挽之难，彼手一小旗，便衣濡足，为诸役倡。水浸牵路，以百兵相度开之，遂成坦途，即治家无如此切者。领运各员役，勤惰功罪，随时处置，仍有纪录，以券来兹，不敢草草。镇雄兵闻撤去，颇有怨言，方屯扎马街子欲渡，本道先一夕牌行劲兵千总张献忠将船画舣北岸，一时运夫畏惮，不敢渡江而南。本道遣一风厉官同赵旗牌谕之，敢掠运夫者杀无赦，却取十二舟令运夫取渡三江口而前，直抵元清寺，与土兵绝不相值也。两日来诫谕多方，彼亦敛戢，马街子居民各无恙，但五月粮饷业已支讫，万万不能扣还，以其所余即作行粮可也。此外亦稍稍捐犒，所重在一方赤子，不敢惜费。归路责令从僻径，不许泸纳，似亦可矣。伊称十三日方行，行后另报。合江兵有从营中寄信者，称水西人往往上下贼埔无禁，殊不可晓。又云与曹希彬争路，总之狐兔情殷，香饵易浼，彼两姓之缔结，非一日矣。戎狄豺狼，不可信也。后路易取，吴帅与水西共之，中间变幻大属可虑。此时非台台多方纠察，又得一风厉稳重之官弹压而调停之，万万不可，盖目前不患贼不灭而患有贼外之贼。台台毋过信安氏，谓本道迂阔也。冒昧上渎，伏惟崇鉴。

上李霖寰大中丞

募夫二运三万，归者不满四千，此非官亏其直，实人情规避与其中，大不得已耳。即如魏知县揭报尚多，人米未到者方在严提，提来又非原役，网罗刀锯，懊恨靡施。至于沿途攒运官，虽不能时时往来，疲于道路，如仅凭快皂，姑用塞责，目不击负载之状，足不履险阻之境，是虢虢靡及之罪人也，本道屡檄督过之，尚不能画如人意。比来积雨，山水汹涌之甚，断桥隔渡，往来不通者数日，营中端可念也。五月十四日来发去夫一万二千余，往大湾者十之七，张同知暂诣葫芦脑，一催攒之，合江发运，则苏指挥、游典史均可委用。运不患不发，而患前路迁延耳。更班夫二日一催，尚无至者，署官良可恨哉。镇雄兵归路颇驯，怵台台威灵耳。顷为合江诸铺请增铺兵，殊非漫然。彼递送公文何累，累在公差络绎，有伴送挑担，永夜追呼，风雨火把，家口震撼不宁诸苦，往往逃窜，三二十里无接递者。此台台未见，而本道得于目击，恨昨文未及也。播师早班，便是大家之福，不者累止此乎。

上李霖寰大中丞

四万之众，驱之赴敌，未有不罹锋镝寒暑物故者，亦未有不脱逃者。昨奉通行，业已移文稽查，而营中未报。比有差人向土司调补者，本道以佯问得之，而在事者每每讳言，谓川南一路全胜而无败，安有死伤，此夫亦重名而失实，雷同居货，而罔恤征输之苦耳。本道处远，难于遥度，须赖监军道时一抽查虚冒，将头领处置一二，彼始有忌惮，然本道亦不敢不留心也。运夫一闻讹言，便觉涣散，本道多方而谕，厉禁而督，庶无爽事。五月初至二十日止，已发米六千五百石有奇。夫役入者一万五千有奇，乃初八九营中乏米则四月夫少之故。本道重谯让各有司，安得以积雨隔渡为解乎？运事之难，生平未尝，盖从是始知行军之要先食，端有区画也。镇雄兵过泸不扰，昨得申指挥禀帖，今已尘览，总台台恩威结之耳。赵胜已招到合江，任焕尚留彼观望，第二人一体，赵降，任亦当来也，俟俱至而后解发。

上李霖寰大中丞

土兵不受点查，何论镇雄，即永宁近属马同知稍稍精核，剚刃相向，教场之事几起。矧镇雄兵席水西之势，晏庆润又水西之人，彼恶闻酋败，而欣幸我兵之弗利，又安受点查为。使受查，则本道与谢监军可点诸沙湾，与蓝参将可点诸合江教场矣。彼不是驰马，便是之玄走阵，诘之无花名册，少之则夸称换班，削之则坚拒不从，持之急又恐激而变，彼晏胡二酋长往往形之话柄，见之文移。职素非懦夫，惟渐晓世故，斟酌驾驭，保无异故，如此而已矣。若大渔湾行查一节，则蓝参将、王知县、岳百户皆曾移以文，讨兵实数均谓不能，又何怪焉。一千二百兵之说，职闻言即报，未暇详察，总是赤心。其后彼招新抵旧，挪东补西，妆成圈套，牢不可破。昨报散兵之数，盖三诘之而后从者，彼当时要挟泸州行粮银五百九十二两，及胡维尧混赖马粮，与临行需索之状，职费力多少，令彼心肯，才省得一千五百金而肯以易给之乎。台台如不信职言，请以问张李二同知、泸合二长吏及一方士民，得其端委，即罪职无能，甘心焉。攻坉之事又换一局，不知胡以制水西，早捽播酋之首。营中将领，有送妇女十数口向夔府者，非总镇中军乎。别兵得功，往往逼借广兵，令将士抱忿而不敢出一语，此成何礼？台台直嘱监军道就近约束，莫谓出职口也。幸甚幸甚。适闻守道回永宁，何如令驻泸州并两路催督甚便。蓝参将[①]已到大湾矣。

上李霖寰大中丞

永宁观望，不畏我畏水西耶？水西势日以炽，党日以烦，彼兔窟镇雄未足也，又婚缔东川，股掌乌撒，又何怪荡芥永宁，而奢妇之震慑唯唯邪。奢妇受指，或非本心，职当微伺切谕，且责成左右用事之人，必不敢至，回面水西恣睢，独不有沭兵弹压，令贵州在事诸君最练者从中柔之，时晓以大义，结以恩信，要紧头目用术笼络，而更多方颠倒焉。此中诸将，倍加激厉，刻期责成，止令水西把截后路，莫通贼使，事尽可为也。关内外降民众多，岂无观望，加意分散，孤其党与，似是要着。台台宜责成监军计划，或徙或抚，因势利导，无所不可。王合江二十一日往播地已，彼或不能大作，而善察人情，不至孟浪。又封疆密迩相关也，稍有安戢，亦是好事。县印暂付胡教谕，而吴一凤驿丞管巡捕夫马事，应亦不误。饷银索之藩司，回文不继，令将取足重庆已，事宜急不宜缓，缓将奈何？按台处不敢敷具禀，亦知与台台同心也。

---

① “将”，原脱，据文意补。

上李霖寰大中丞

台台官登九列，咫尺公孤，每念具庆承欢，滋庥未艾，天性之乐，于世希有。不谓封公倏焉仙游，而又适台台秉钺讨贼之会，方寸万里，叩地吁天，知台台悲楚深已。职奔走宇下，夙服鸿私，情贯休戚，能无忉怛，即匍匐往吊，用展区区。重惟大兵围坉，需饷孔急，兼奉台檄凛严，急公是督，为此逡巡中止，稍俟异日。窃思提衡人伦，君亲并重，乃时有独重，义有专承，金革重于缞绖，则衣墨亦可临戎。矧旧有夺情起复之事，况台台已在军中乎。于今功在垂成，贼如游釜，恨诸将无同心之义，而营垒无统制之人，懈怠可虞，散漫可虑。设贼乘间而突犯，或取道而别图，则把柄属人，事机莫挽，可将奈何。此职所勤恳台台，宜节哀讨贼是急，务襄大举，以慰宸衷，而雪中外神人之愤，斯不枉移孝作忠，而锡类莫大焉。台台幸审之也。若乃拮据饷事，不遑启处，上分忧于台台，下足食乎军旅，则职之分义攸属。简书可畏，终始淬厉，盟在深衷，决不敢恣意偷安，以干大戾，惟台台垂察焉。

平播手稿至此忽阙，谨按《明史》约略抄入，使后之览者得窥全豹：

万历二十八年庚子五月二十八日，八路兵大集海龙囤下，筑长围更番迭攻。海龙囤者，贼所倚天险，飞鸟腾猿不能逾者，自是贼坐困穷崖，知兵在颈矣。会总督李化龙号霖寰闻父丧，诏以缞墨视师。化龙跣而草檄，益治军。念贼囤前陡绝，势难飞越，令马孔英率劲兵壁其间，余并力攻后囤。时方苦雨，将士驰淖中，苦战。六月四日，天忽开朗。五日，刘綎身先士卒，进克土城。应龙益迫，夜散数千金募死士拒战，诸苗皆骇散无应者，起提刀自巡垒，见四面火光烛天，彷徨长叹，泣语妻子曰：“吾不能复顾若矣。”诘朝，我师遂登囤，破大城入。应龙仓皇同爱妾二，阖室缢，且自焚。吴广获其子朝栋及妾田雌凤，急觅尸出焰中，广中火毒失声，几绝，顷而苏。计出师至灭贼，百十有四日，生获朝栋、兆龙等百余人。播贼平，总督露布以闻。

拟讨平播州露布草代作

禹服括九州而贡赋，声名无间朔南。尧天规万有以甄陶，率俾难分遐迩。先王固是耀德，盛世谁能去兵。盖上帝好生，容有时乎摧折。而神武不杀，讵宜废乎威严。道如此乎相成，世赖兹而长治。[1]

---

① 底本批注：“第一段，起冒冠裳总言声教广讫。”

恭惟皇帝陛下，乾行四德，离照万方。法自近而不疏，冯河称断。泽无远而弗届，感神惟诚。戴齿均骸，含生切脉，八埏邈矣。堂奥包岳渎以宅中，四夷茫然。山海入梯航而献赆，占风候月。即穿胸儋耳之种，岂曰无心，纳子称臣。纵雕题椎髻之伦，敢云越志。昆明万里，汇为太液之波。大宛千蹄，育作天闲之驷。春秋之义无外，诗书所称何加。①

乃有贼酋杨应龙、子杨朝栋等，世济其凶，天夺其鉴。蒙有唐以来之官爵，徼冒为多。锡夜郎一带之土田，滋培已厚。倘稍知臣子靖共之义，何难保祖宗创守之基。乃沐猴不任衣冠，动作只凭狂躁。彼厕鼠甘同臭秽，浸淫那顾廉隅。欲无涯大似豺狼，性好杀又如枭獍。绌章缝而不用，要以愚民。妒寮采而弗容，惟知快意。堂名忠孝，罔思君亲体统之森严。地错楚黔，敢恃山谷盘旋之险固。只缘从军而贡木，殊恩曾被飞鱼。遂敢陈戟而设阍，显罚未蒙豮豕。彼五司何罪，听憸壬之鼓煽，而荼毒交加。纵七姓有辜，并存没以支离，而淫凶最惨。是尚恣睢乎部曲，已而轥轹乎县官。白石口诱杀汉兵，幸徼恩贷。飞练堡计坑将领，弥肆跳梁。盖素恃盆成括之有才，宁虑身将见杀。殆自矜臧武仲之多智，讵知君未可要。倚拷噬为爪牙，恶苗厚饵。作逋逃之渊薮，亡命偏收。雄心不惮称孤，胜气岂忘跃马。②

张吾国纪，宜兴问罪之师。歼厥渠魁，用示止戈之武。独念要荒远略，自昔恒治以不治而威以不威。粤稽干羽休风，亦惟是七旬之敷而三苗之格。帝纮式廓，尚缓后夫之诛。王网弘开，犹任前禽之逸。庶几悔悟，咸与维新。③

顾鷙鷙敢于怙终，而猖狂卒至决裂。抄合江于野磊，故为五亩之焚。犯綦江于娄山，爰有二将之殒。公行劫掠，大纵虔刘。白叟黄童，莫必悠悠之命。朱颜绿鬓，尽为累累之囚。凶残无奈鸱张，酸楚那堪狼狈。樵苏何计，闾阎动鼙鼓之哀。羽檄交驰，城郭盛妖氛之气。一时恶少，尽欲效尤。几种夷酋，半怀观望。全蜀星河摇曳，重瞳宵旰焦劳。伫望廓清，宜资卓荦。④

而臣以章缝末品，朴遬非材，偶诏起于田间，遂谬膺乎军事。控四蜀而兼综湖贵，柄在专征。奉三锡而滥秉钺旄，义当灭贼。顾适承武备久弛之后，又无奈人心未定之时。东眷渝州，惧不终日。南怀泸水，恍若临深。偏桥殊苦无兵，贵竹并虞艰食。重念羽毛未具，姑戢翼而不飞。直需网罟并陈，免临渊而徒羡。臣谨会同巡抚湖广都察院右佥都御史支可大、巡抚湖广偏沅等处地方督察院右

① 底本批注："第二段，颂圣得体。"

② 底本批注："第三段，叙贼情势，以渐而深，语语克肖。"

③ 底本批注："第四段，皇恩浩荡，不即剿除。"

④ 底本批注："第五段，贼势猖獗，天讨必加。"

佥都御史郭子章，谓夫事关三省，动必万全。谊切同舟，护惜不遗余力。疴犹在体，驱除须赖多方。或安人心，或作士气。内葺理而外持镇静，计颇效于谢安。阴不足而阳示有余，灶频增于虞诩。征兵之使四出，环秦庭而乞赋无衣。寄阃之礼三推，忆巨鹿而重麾拊髀。大将分屯乎细柳，幺麿数尽于枯杨。①

乃迷谬而不思，尚凭陵而莫戢。深沟高垒，将据胜以老吾师。缮甲厉兵，良伺机以逞彼志。第螳迷辙底，怒则何为。而鱼纵釜中，身其余几。弄兵恃险，婴累卵于泰山。乐祸幸灾，引千金于毫发。自作之孽，人则何尤。②

于是广召塞上之兵，大集何魁之将。五都豪侠，跃跃从军。百粤精强，翩翩奏技。秦称孔武，罗孟贲夏育之雄。浙号能文，搜伯越灭吴之士。鹰扬侈谭于齐客，喜建功勋。骏声偏重于燕台，为怜慷慨。蜀有武侯之芳躅，还期七纵七擒。将高吴汉之英风，方拟八战八克。众兼收夫汉土，更连黔国之师。力必协以贵湖，旋订黄龙之约。在四川则綦江、南川、合江、永宁，路分而为四。在四路则刘綎、马孔英、吴广、曹希彬，人各当其一。贵州兵以乌江、沙溪分二路，而总诸李应祥。湖广兵以白泥、龙泉分二路，而总诸陈璘。于时虎头猿臂，八方萃入彀之英雄。夏服绿沉，百步得穿杨之妙技。有严有翼，共武服而旗旐央央。如汉如江，启戎行而威灵濯濯。若乃承制监军，则川东以参政张栋，川南以参政谢诏，贵州以按察使杨寅秋，湖广以按察使胡桂芳，参议魏养蒙，而军政肃。督饷纪功，则参政张文耀以綦江，佥事徐仲佳以南川，参议刘一相以合江，副使史旌贤以永宁，参议梅国楼以乌江，副使洪澄源以沙溪，参议詹启东、副使王应霖以白泥，副使陈与相、路云龙以龙泉，而兵饷理。③

峙粮兼水陆之运，宁使待饥。步伐申止齐之威，共瞻丕赫。八路并斩关而入，一时多解甲而降。方且阵结鱼丽，勇先鸷击。犹恐借辅车唇齿之势，遂以分主客劳逸之形。周我堤防，剪渠羽翼。瞰前高后下，贼巢瑕隙足乘。度食足兵强，我众投超可使。环攻设伏，仗云梯星炮之神机。绝坉巉岩，渐瓦解土崩之失势。业已惊心而落胆，尚将诈死以偷生。彼缓我师，我摧彼力。鸟穷必攫，深严纳侮之条。草蔓难图，肃示容奸之罚。纠虔借尚方之剑，激发凭内帑之金。④

贼存何敢言家，岵陟谩劳瞻父。讣音惊传于绝域，勉留猥荷于遥天。抱万结之衷肠，望云渺渺。滥九重之心膂，向日炎炎。事难适夫两全，身惟拼乎一死。

① 底本批注："第六段，奉命专征，会同讨贼。"

② 底本批注："第七段，详叙贼不投降。"

③ 底本批注："第八段，兵威之盛，计防之周。"

④ 底本批注："第九段，贼渐破败，战防愈严。"

以天之道，奉主之威。篑土可盈，敢靳为山之力。尾闾非远，定收至海之功。①

矢方娇于熊渠，石顿穿于羽没。五端掉弄，鼫鼠之技易穷。三窟善藏，狡兔之谋竟拙。飞龙飞虎，虽峭壁以无庸。花苗黑苗，举束手而待毙。擢筋断脰，纵横乎养鸡养马之墟。流矢长缨，跐跋乎杨珠杨名之辈。电扫星驰，三十万巢穴，倏尔成空。摧枯拉朽，指挥间根株，萧然尽拔。始信宝刀铁骑，自伐之媒。也知七子二孙，待烹之狗。落花流水，宛妻女之无依。飞絮沾泥，恨族姻之弗别。顾酋自经而蹈火，面目仅存。犹象因齿而焚身，枭雄安在。②

讯执已成聚落，首功不啻丘陵。筑京观可示来兹，勒铜标谩夸已事。不由大举，孰奏奇勋。拓数千里之封疆，开亿万年之郡县。戎翟因而夺气，流汗走僵。将军从此开颜，告成饮至。櫜弓卧鼓，息壮士之呻吟。归马放牛，恣农夫之耕耨。盖天心厌乱，易以清明。而民意恶劳，投之闲适。③

此皆庙谟夙定，圣烈于昭。克鬼方不待三年，足掩高宗之美。通蜀使仅来二物，何言汉武之才。朱鹭铙歌，媚锦江而酣玉垒。红尘驿骑，朝剑阁而暮函关。旄头祲气全消，辰极星辉尽拱。昔人以柳易播，薄之弗居。今日用夏变夷，麾之弗去。回瘴乡为乐土，矜人起鸿雁之歌。被毡毳以衣冠，拭目快威仪之睹。化瑟张而勿扰，熙熙乎跻赤子于春台。太牢享而不知，诩诩然囿樊人于蝶梦。事诚有绪，臣则何功。伫封守于丸泥，便归休乎魏博。④

平播吟代作

夜郎有鸱张，傲睨黔蜀间。林深翳白日，蚁封雄泰山。顾惜复何有，刈人当草菅。长鲸习出没，得意弄潺湲。一朝激雷霆，掊击冥与顽。壮猷简方叔，殷勤注时艰。四牡讵青牛，迢迢西出关。不惮剑阁险，宁催烈士颜。磊落擅英概，便自了群策。越人洞肺肠，一垣那能隔。指顾见风云，擘来总石画。所暖非我席，彷徨赋攸索。东尽百粤豪，西致三秦客。习战取昆明，坚甲穷犀革。劲气视鹰扬，横空厉千尺。狡兔余窟穴，目兹断魂魄。花苗信穷奇，黑苗亦烦剧。九股种类殊，招致云狼藉。多众弥多岐，何以敌秋奕。绝坉倚嵯峨，无奈五丁辟。恃粮支几何，焉望海陵积。如彼累卵危，乘以千钧石。二月杕杜歌，六月戈殳释。鲸鲵剪若麻，京观侈往昔。向也空呶呶，一旦首领掷。妻孥为俘囚，断蓬又安适。过眼成燎毛，

---

① 底本批注："第十段，贼寇未平，不听丁艰。"

② 底本批注："第十一段，大破贼众，剿灭无余。"

③ 底本批注："第十二段，奏凯荡平气象。"

④ 底本批注："第十三段，归功朝廷，颂美有体。"

回首为丘泽。铮铮兹勋伐，万人俱辟易。我亦处幕中，虚薄惭一得。奉身从矢石，秉度蕲不忒。多算出明公，渊懿畴窥测。功成在十旬，有获自毕戈。大厦眷榱题，丹雘亦蒙饰。亟欲磨洪堐，用纪鸿烁德。所愧非江淹，笔端乏五色。纪之待旗常，更托燕然勒。昭回日月新，万年未可蚀。

西征篇代作

伺夜枭，食田禽，樊地纡曲林莽深。蒙茸隔日常阴阴，幺么黠虏挟岖嵚。咆哮更踯躅，豺虎应何心。爪牙未必果似巨，不难啖寝皮肉快我襟。向来天地务包络，恢恢未肯从焚林。两阶次第干羽舞，何故蠢兹负舜禹。双轮更耀碧落间，魑魅猖狂敢予侮。倏而昏，倏而旦，有人伸手拂云汉。西南半壁尽支撑，燕赵千年见桢干。早时坟典与韬钤，殿邦此日为周翰。劲气吐长虹，英锋触雷焕。凭陵直欲踏昆仑，蓬莱弱水难中断。程材程勇识绝伦，治粟治兵真多算。操来一柄鲁阳戈，要回日驭叱羲和。将军任挥霍，壮士敢蹉跎。鄙获膂力恨不尽，镆铘嫌钝尚磋磨。风霆生叱咤，云物乱旌旗。层崖不禁五丁斧，决策何妨六出奇。狡兔三窟未为寡，突然一击嗟崩瓦。苗兵十万亦何为，淋漓膏血润草野。昆吾切玉正不虚，由叔穿杨技有余。如公大略古来少，凯奏十旬戡定了。疆理山川指顾间，驱除瘴疠天晴皎。公来节钺肃蚕丛，公入还听曳履声。曳履文昌通帝座，只消呼吸见升平。

铙歌十二章

玉节亭亭太白西，岷峨不共此君齐。直将剑戟摇星斗，六月寒风动马嘶。

霜为号令日为戈，神将遥从雾里过。试看貔貅三十万，分明杀气倒星河。

玉弩金钲发日光，彩笔白旆掩扶桑。将军一鼓层关破，不分西南话竹王。

二月驱兵六月回，海龙虚险尽成灰。风雷可是天公怒，便仗峨眉也自摧。

浪说长鲸嗅海波，只将三尺断幺麽。雄锋未许天骄横，一道寒光起太阿。

几载曾探宝秘书，金陵玉垒事何如。从知仙李根茎别，也怪丹图兆不虚。曩甲午在留都，占兆平播，探得李姓，今不爽已。

羽扇麾兵往事奇，曾于泸水渡旌旗。于今缞绖临戎者，拜表长号亦出师。

贼虏残躯今有无，魂消妻子泣皇都。不因借得周王剑，那彀西南万里苏。

一洗腥臊天汉倾，夜郎此日顿清明。谩夸已事余刀剑，换取春牛带雨耕。

江水滔滔纪南国，武功大定还文德。朱鹭铙歌马上裁，好将铜柱千秋勒。

碣石功名僰地春，丹青竹帛更何人。试看恒岳天边色，不枉崧高孕甫申。

文飞五色扬霄汉，武抵三巴辟夜郎。曳履星辰头尚黑，锦江玉垒赠辉光。

上李霖寰大中丞

台台平播之功，十倍九丝，但未知谷粟之外何物可献官家。彼九丝尚有铜鼓，宣告郊庙，此时似不可无物，军前大费，不可无补。彼播酋八百余载之蓄聚，未必尽入水西，重泉深锢，代有秘藏，彼即不令人知，终不出巢穴，焚化之区，可细细相度掘发也。大兵尚在，恐有夜发，似宜责赞理官，督诸将饷，严谨夜徼，保无渗漏，且杨朝栋母子可问也。谢监军再以书来，颇有长往之意。此君忠厚正直，职所向慕，谓是挽近希有，地方安集，似宜借重，未可遽听其归。若职之迂阔无当，母老身病，留此无用，早晚将钱粮销算明白，便好投劾而归。吴帅胜气凌人，绝少退让，以众力破囤，而欲尽攘有之，功虽成，恐众难甘，洞凿调停，就中分析，惟台台是望。职毫无偏党，齿颊非宜，直欲结局全美，无开他衅，后来有事，好责人用命也。名利场中，非上智谁能委蛇，台台应烛此矣。马湖兵将到，职方料理其事，稍俟上谒，禀承宪度。

上李霖寰大中丞

比奉台檄，取文武功次优劣甚急，即宜驰报以副所需，缘事体重大，稍有咨访，共众之义，不可废也。若乃各官之材品与治兵治饷之优劣，则分数明白，一印证便自了了，五日之内，胪列以呈，的不敢误。酋藏乌有，殊是可疑，若谓递之水西，则家口俱在，宁忍尽捐以付他人？若谓库藏用尽，则兵士所掠尽多，又安从得？初封库藏，是否公同？次后看守，是否一边？最后开库检点，是否对众？皆可问也。委官韦训导一揭，语多揣摩，未审的否，不敢不呈视台台，乞留神详察之。地界久委王知县密查，永宁前申似有希冀，是何可听韦子之言是已。运夫苦甚，委官久暴露于外，亦多疲病，当如何处？川南留兵，似应十分之四，为运道远且难耳。职薄有区画，未敢为然，容早晚列请。曹武惠之装，寥寥图书，不知今可探鸱夷子相属舢舻否？固有倘来，最易分辨，审可为未可失时矣，愿台台中蓄之。酋尸与妻子之获，实赖安罗辈指示，而就中作用者舒自清，自清刘国用之所习也。大约机括如此，韦训导誊揭并览。

上李霖寰大中丞

善后事亦纷纶已，总之择人为急，尤要者是一兵道，非精力十倍，而又老成练达者，未易胜也。高推官兼才，职虽不识面，固习闻之，第恐少年喜事，水清无大鱼，且以七品升佥宪，官加四级，似是迩时所无。更惟新造之区，非得四品风宪服色临之，苗民不知为尊，彼习见宣慰之金带黄伞为贵倨，而骤见佥宪服色，恐玩易起。正如使海外者，加服色以耀远人，播州虽非海外，亦西南荒徼，似应慎择堪升四品者畀之为确。张鳌守新郡，台台之见无容易也，寇克顺调彼雅宜，不知可量加衔否，总候台裁。

上李霖寰大中丞

赤水仁怀三头目，始虑作梗，业以文告来之，似宜安定，不可动扰，但就中情形不同，处之应有差等。如袁年一意雪愤，首来投降，妻女二弟俱纳为质，真诚无二，待之宜厚。王继先双目俱盲，持疑观望，其后事势穷蹙始来投见，又多兵自卫，责之有名，见在辕门，处之甚易，迁徙变置，恶乎不可。袁鳌兄弟众多，力颇富强，归向之意不纯，迩来亦多出入，侵占掳掠以自封殖，在播地时时有之，此人终非安静，当与袁年、王继先一并唤至辕门，面质情词，得其要领，实时分别区处，则功罪赏罚，昭然不爽，不烦一镞之力，事体亦觉妥帖，惟台台裁决之。

上李霖寰大中丞

善后兵已选建武八百有奇，合江劲兵，令县选过，方送道复选，务求精壮。袁鳌感疾，尚未到，应无他肠。安罗三月二十一日至泸，讯之，各愿得世官，而重迁徙，彼实避难而来，势须多方驾驭，太骤不可，乞台台向在事者言之。计册今方就绪，缘归来时日匆迫，难于尽妥，若恣意爱憎乎何敢。职实无状，亟宜汰黜，承台谕又不敢不以罪状上呈，自炫非所安也。万惟台鉴。

报傅全沙年丈

破坉耗财，纷纷如猬，是诚难诘。当时八道不能制，而今欲取足一人，能否？吴帅粗硬而拙拗，口过时时有之，即弟亦厌薄其人。第大功已成，一切包荒为贵，倘操之太急，彼计屈力穷，何难匹夫之谅。功臣自杀，所损不小，吾辈在旁，似亦均有责焉。盖自昔豪杰举事，每务存体令，可训来兹，随声附和无益也。如见制台，我辈当真切言之。如何如何。

报史维瞻[①]

饥欲食，劳欲息，则今日善后之兵与此方罢顿之民，总之可念，而息民尤急焉，翁丈之虑审已。管粮通判昨奉制台议特设播地，仍以黄平判列衔重庆似妥。川南水运止綦江，而綦江饷米直听善后兵轮番支给，民亦何劳之有。早晚具呈，果得请，便好奉行。谢教之辱。

报刘省吾将军

数年交游，两番从事，令巴人悚息刘将军，并知有山东刘生也，岂谓不奇哉。攻坉再破其坚，门下之功谁不敛衽，顷为吴公愤愤，不得不从旁调停耳，偏党非丈夫事也，门下其谓如何？买舟东下，抑欲计作陶朱乎？第不知西施共载否？浣沙倚棹，五两秋风，此行恐不为鲈鱼也。四方无事，足少优游，恐竟家食不得。龙颜拊髀，当就田间推毂已。

报史纬瞻

望后入省，台丈先之，弟亦不时追随也。纪功告竣，当有以报按君，鹿鸣宴犹其次耳，太平宴似不可迟，迟则费往来，大家不便，更不便于谢凤老洎刘大将军也。叙南印用张，则建武印用王，甚妥，昨业向熊丈口之矣，愿台丈决之。俘获妇女，十七化为乌有，巫山云雨，由来说梦，无怪乎将士乃尔。我辈既莫

---

① 《燕喜堂集》卷一、卷六、卷十四、卷十五皆作“史纬瞻”，此“史维瞻”或即“史纬瞻”之误。

如何，只据实报制台听处分耳。谨告从者。

答吴环江参戎中秋礼

中秋明月，万古欣赏，乃或残贼未殄，壮士无欢，情境交并，几成伟构。有如门下，提数万貔貅，剪西南蛇豕，能使瘴疠一清，氛祲毕扫，觉玉宇之空澄，喜夜郎之光被。既消余暑，早是中秋。于时大开北海之樽，载款南楼之月，清辉入座，款傍广寒，颢气披襟，宛临素女，自不知身世之何许，而此夕为何夕也。不佞共事一时，同心千里，末由促膝金罍，共挹玉盘之彩，侧身东望，有美青霄，徒是摇摇心旌耳。不腆之羞，聊代壶浆，惟不彼而麾顿之，悚负何极。

谢吴环江参戎

太白高而旄头失彩，三巴之月视往岁什伯增辉，则门下扫荡之功，一麾万里，应使蟾蜍吐气，素女增妍，谁羡鲁阳之戈，顿诧吴刚之斧，顾未有以贺也。有俨翰贶，飞下重关，而色泽之发逸兴于南楼，怀清光于僰地，盈盈一水，情切而旷若云霄，直欲往从无翮耳。拂笺抒愫，瞻溯为劳，少选另有申展，应蒙拂照。

又

日渝州从诸大夫后，耳制台论议，初永、合兵各三千，领以二将，继欲半省，未定也。合江路今选叙府兵八百余名，合江劲兵又将严选千名，益以王元爵之五百，不足，当从合江诸募兵内更搜之，何难取盈，但恐制台尚有变更耳。叙兵领粮后，择日遣往。

候李棠轩宗伯庚子十月廿九日

日者濒发江阳，辱拜鼎贶，卤率勒报，自分为罪。重惟阁下，躬资迪哲，咀味道腴，分义揭于达尊，天民身乎先觉，后生考问，奔走宜预。而乃礼旷先施，情缄未发，行几堕于流俗，谊难趾乎古道，又恶用监司在事，秉礼维风为也。独有神情向往，注睇斗山，方视型范以靡他，奉荆蓍而不易，所可自信，亦足自明于有道长者之侧，抠承诹问有期耳。方今播寇虽戡，一切纷纭寡绪，百姓之疮痍未起，余孽之反侧未消，汉土之疆理未定，草草善后，挈授匪宜，事孰可忧于是，正不知阁下系情桑梓，何以诏指南而不迷也。不腆斯将，起居台候，异日更觅便一叩阶墀。吐露向来郁积，亦幸亮原。

又

舆中把玩八刻，恍如披对。又自惟通籍弗早，执鞭弗躬，志徒切于登龙，文当作乎责沉，即簿书之吏，负笈无时，独不可为侯芭之事乎？愿毋麾门墙耳。附上《露布草》四册，此物体裁学究，语多鄙俚，乌当大方之观，惟斤削是匄。

报吴少武总戎

永宁争界之说，有通有蔽，蔽在求安罗淘洪与分儿之垂涎仁怀也。业已行牌止之，取有官目结状，具呈两台矣。若乃缉麻李博似是藺地，难以议割，况无上事而改流乎。近日喜事少年，越俎言事不自知，其大谬不然。不佞曾微语当事，应不能行，来教实获我心也。

上李霖寰大中丞

职奉违台范，逾月于今，何日不依依也。题叙善后本，想已发行，了此二事，台台便有余暇已。但大兵之后，事属草创，头绪繁多，群小乘机以购利，人情疑惧而不安，扰之则骇，镇之则定，盖蹇解萃涣之相承，圣人见之审已。愿台台作计百年，做名臣不朽事业，正此时也。古谓逆取顺守，况我取之至顺，畛域早定，纷争自息，在台台指顾间耳。川南多事，只为土司，如安绍庆攻劫乌撒，大修宿怨，残破已极，最难收拾。印信在彼，空城在此，远夷得志，地方之忧也。水西屡肆侵扰，乌蒙贡金被掠，难伸汉法，毕竟如何。永宁愦愦老妇，不晓事体，日日申扰，总是下人拨制，昨已严谕，似应知止。刘国用行府提解，尚未受理。朱朝贵初报为宣抚司人，及查不然，报者之讹也。杨酋已灭，川南似宜安枕，而反多事，职之罪劣，可见于此，得早罢斥，犹逭罪戾，惟台台亮察。

报傅全沙年丈

仁丈亦有难言心事邪？孔子之于阳货，遇不绝，孙不诎，谁得病之，乃人有不谅仁丈者，异哉。久之事明论定，于日月何疚焉。弟与高君无怨德，即有怨，弟不善修，那更无此。永宁土夷，弟何昵，只为朱朝贵狂逞于仁赤，彼中土人愬合江，合江申而弟转呈，谓是永宁人生事，讵知为刘总镇麾下，而高君听之乎。比牌行永宁，渠惧罪有文分剖，才知此状，然已转报军门矣。弟无机心，焉有机事，彼不知而误疑者听之尔。计事且濒过，此何难拂袖，已自知封侯无骨，食藿有肠，甘心也。此可为知己道，便中不妨向当事委宛白之。昨来人绝未言喘，谓是邮筒所致，缺然裁答，问之则批已发无及也。敬闻诸下执事。

上李霖寰大中丞

高推官长往，职初不知由，比闻渠临行谓是川南逐之，则大骇。职与若毫无瑕隙，亦无关风马牛。朱朝贵一事，只为合江具申，随据转呈，复移文切责宣抚，谓是刘国用私人耳。比入省见按台，才知为刘总兵麾下，于该抚无与。职安有机阱陷高君？曾参不杀人，羊祜又岂耽人者。往晋中叨首荐，一二同袍毁之，当事相示，职不校，亦不与辨，彼时方有英气，业已然，况抵今涉世颇深，胜气消磨殆尽邪。永宁土夷，职何昵，直禽兽蓄之，不纵不激，纵则狂逞，激则亦非完计，总之以台台之心为心，更不负朝廷耳，夫庸知有今日。第高君实才，职实至不肖，愿罢斥以谢高君，且谢台台，万乞台瞩。

报郭恭冈

久奉瑶札，缺然裁报，按迹而督责，则疏莽因循之罪，弟何辞焉。惟是弟来以播事拮据焦劳，几无以为生也。徼天之幸，元兇授首，颇快舆情，则又以疆理多事，边鄙分争，无但汉土兵民，攘臂而仍为难驭，即地方在事，又往往横以胸臆，岐以尔我，意内戈矛，风流满眼，忧谗畏讥之念，又何啻逆酋衡命之难耶。弟坐是日无好况，尘积文房，一缄之涩，仁丈能亮之乎。广右不恶，矧天门龙水之间，种种名胜，足供眺赏。“自公多暇延参佐，江汉风流万古情”，昔语为今日设矣。第不知阅目会心，临风把酒，仁丈亦齿及刘生不也？自惟狗马力疲，霜华入鬓，家慈日耄，世故参差，弟直需计事之完，便好拂袖东山，优游岁月，清光又更远已。同心契阔，肠抱九回，孰与江流曲折，临楮脉脉，应照拂之。不尽。

上李霖寰大中丞

职材至驽下，少不如人，台台所知也。迩备员泸合，谬分播事，一辐之任，承毂几何，所不偾辕，实宪度方圆操纵，机宜自适，职直奉以奔走，不希诡遇，遂以信台台而逭大戾，业属深幸，而又以狗马勤渠，滥竽叙疏，品题溢美，情见乎词，更厕于优升厚赉之列，千金敝帚，台慈笃至无加焉。顾揣分既盈，论齿已暮，好而蔽恶，不废寸长，职感恩诚什伯真切，顾局蹐高厚，负荷之无从耳。二十五日薄暮，接司抄，即拟驰谢台墀，兼候颜色，缘奉委踏看地方，正在移会，未敢遽往。憧憧此念，江水俱潆。稍俟毕役，便当竭蹶，伏惟台鉴，临禀可胜悚负喁望之至。

报张助所万历二十九年辛丑，公年六十岁

播蔺疆界，向未曾履其地，亦未究心，与彼与此，总难悬断。台下既巡行周匝，询问得真，便好主持共完此局。体国之谊，安有异同。至于仁丈亦犹岐路，各分属取便，总视上裁。盖杨酋未灭之先，以不粘播为幸，而粘者焦劳，于今荡平，东南何择。天下无千年之人，亦非一家之事，虚心处分，一了百了。不肖如此头颅，早晚丘壑，一垄可耕，安问世事。瑶札之辱，聊此布私，区区无他，所希台鉴。

上李霖寰大中丞辛丑正月

职自十七日发省城，二十六日遵合江、仁怀而土城矣。疆事当毕此心力，一以清正为主，况川东二道，有概于中。职虽无能，亦有立志，干鬲可吐，仰恃照拂。平播大家有作，职不娴于诗，顾乐观其盛，春风杨柳，鸣效鸽鹏，中心所不能已耳，万恳督削。

又辛丑二月

职蒙委会勘播界，敢不矢心天目，用副任使，但年前约期未定，新年自省城归来，亟入播地，则川东二道，业已次第行矣。职于正月二十七日至仁怀，永宁目把刘国用来见，职力责把持罪状，速令往谕奢妇，投献界上，归播地土，渠唯唯去。二十八日至流东溪，距土城一日之程，溪边驻扎，念就彼非事，使人持文唤袁初、袁起龙叔侄听谕，渠以三十日午后来见。职初以报效从征，台台德意谕之，次举疆界事为言，渠即呶呶肆辩，极陈不可状，初诿之永宁，继举往日三事难职。一谓往岁平九丝之后，有一廖姓小土官，归顺刘显总兵，后为本管镇雄府知府陇清抄杀，廖大费赎身，背刘归陇如故。一举袁子升事。一举往日官家不能庇五司七姓事。又说从来属蔺不属播。职诘以与赤水袁氏同族否，渠应远族。职说既是一族，安得不属播乎。渠说彼看守祖坟，后被播酋威逼附之。又说若是播地，杨酋有兵十万，土官止兵三五千，他如何不来攻我？种种摭辩，屡易其词。职力斥之曰："尔所谓知其一，不知其二，见杨酋始事，而不见杨酋之终事，且强口争辩，自取祸为？今要改土为流，加汝官爵，朝廷与军门老爷何负于汝，汝饶舌乃尔。快具一文书来。"渠翌日具文到，职仍持前说不变。职见渠执拗，难以语言下之，只得起马回来。渠带兵约三百人相送，

职停车诃责之，说道："太平时候，尔带兵夸张何为？司道体统颇重，知府道旁迎接，左右尽行回避，尔多大土官，敢尔尔？不学好人，偏要学杨酋，是诚何心？"渠惶恐叩头请罪，说以后再不敢了。又曾责他不接守东道告示可恶，渠推诿怕宣抚司，不敢接受，总是支吾之词。又永宁宣抚司，三十日又具一控愬申文，令头目田有玉、罗名式二人来见，极言渠有功无罪，不甘削地之状，又说奢土妇在后溪候见，职止之。比返至仁怀，田罗二目又诡言奢妇误闻职前往二郎坝，别路赶去求见，此必目把用谋止住，恐奢妇一切许口，此辈不得志了。大抵疆事，讲之于大兵未撤之先易易，如今空讲甚难。事关土夷，文网难施，将压之以兵，又似非计。职反复思惟，止有再三晓譬，就中量有予夺，尚可为也，容与川东二道商议停妥奉报。事关善后，草率不得。台台以天下万世为心，职虽庸谬，何敢与以己私，自干大戾，伏惟台照。

柬张芝阳年文

平播之咏如林，雄篇出，便当拔去立赤帜，不知匠心何遽乃尔。想气吞七泽，跨祝融峰而上之，匪直胸中万卷耳。弟今日神气尽如小巫已，愿终身北面。

上李霖寰大中丞

疆界事，职向来止具一呈，原因永宁有文，讲仁赤安罗淘洪地方，即差官持文切责，因取奢妇并目把输伏结状到道，据此转报。其他地方何属，目未睹，念未到，呈文中一字未及，皆可案覆。不知当初建议善后者何怨于职，而阴中之，目为左袒土夷，以快其志。职念二十年知己如台台，应不入彼之言而有不信职之心。第时时奉督责严令，反复词指，不觉震悚。适来台札，又举江念所参石东老事为言，夫石东老亦非宵人，直彼暗于当机，拙于用术也，遂至误国误身。今以台台主持于上，职等分猷宣力于下，剿播则剿，清界则清，可疾可徐，于中自有节度，要以不负朝廷，不负台台为主，似与石意见不同，又安有背公行私，反不如陈恩之忠于安氏，彼直吠尧之犬耳。当时大兵未举之先，职虽书生，未谙大事，然亦不主庙堂瓜分之议，不信水西观望之谋，似亦耿耿自负，艰难险阻，无一不尝，亦无一不甘之如饴，至于平定而遽毁节，惟土夷是庇，此所谓豺狼不食其余者，以台台熟视职，畴昔果肯自底弗类、自干三尺否？地方大事，职未尝不与监军暨守兵道会议，似是佥同，非出臆见，但未悉向来端委，未敢悬断，疑于懦不任事，而实非也。矧"拱璧驷马，不如进道，身与名货，孰亲孰多"，职诵服此言久矣，宁能背之以乖夙昔？明有法度，幽有鬼神，惟台台照拂，庶令职终足自信，不为诟病，是高厚之德也。台札发自正月，职以二月十二日始奉到。于中曲折，昨禀颇具，不敢再渎，又幸亮察。

报徐韦承

顷别台慈，便有入播之役，乃至合江而两张丈已出，入流东溪，而山险泥滑难前也，遂呼袁初叔侄，剀切谕之，彼屹不为动，且有骄悖之言，并助所丈告示不受。刘国用口应而归谋，未见爽然。比曹仁怀又报大坎界上，蔺人阻立界石。总之空言无当，弄兵又非善事，惟有据掌故而晓譬，庶可为耳。吾丈一抵地方，石画即定，纵括蔺州而郡县之，弟亦踊跃而承也。吾丈经理烦劳，缺然申候，实式图焉。

上李霖寰大中丞

人亦孰自暴其短而不自炫所长？如职之碌碌无奇也，夫又何长可睹，而往往以不韪之名挂吏议，不自暴而人暴之，生平无复言已。惟削迹匿名，竟世丘壑，得以不死之心还造物，形影尚足怡也，摈斥甘心焉。惟是台台向来蔽于夙昔，爱而忘媸，是使鄙夫蒙国士之遇，而自戕自溺，翻以伤台台藻鉴，九死未足赎耳。朔日闻报，三日买舟而东矣。洄注台光，跬步万里，伏惟崇鉴，幸甚。

又

久戴鸿私，愧乏报补。比缘负谴，谒谢无颜。五云三台之伫，虚自憧憧耳。行出蜀疆，计非得勘合不可。长途万里，家累纠缠，敢乞恩台下，今昔如念，应荷隆施，归当与三齐人士诵明德无底极也。临禀可胜延结悚负之至。

答张助所

樊地之役，不肖虽蚊负一隅乎，匪台丈断以大义，申凛凛霜宪迅督，则本路四万兵那能奋臂用命共收全捷，是不肖之免戮蜀南者，尺寸胥明德耳。播蔺疆事，台丈独得要领，毅然担承，而不肖以负罪行，不终佐佑，兹不肖所嗛嗛于中，仰睐擘画成之耳。天下事非一人任，尤非庸懦辈所任，信然哉。不肖念台丈精心廓度，不难参两，又何难纬武经文，树伐掀揭，三能四辅之烈，不肖殆拭目俟之已。逐臣狼狈，顾影滋惭，何至恧轸存而暨及便蕃若是，宠灵攸戴，九鼎尚为薄乎。舟次涪陵，篝灯漫裁，九顿而上使者。伏惟澄照，可任县驰。

报郭清宇

川中自平播而来，无甚稀奇，只多了一二憸壬，扰无事而为多事，坐此疆界未定，此辈去则土汉相宜，地方安枕无事已。今不敢指其人也。不肖母老身病，万无腼颜再出之理。考盘而乐，有以卒岁，敢告从者。小吏范起龙旧侍左右，今遣上叩。鸡蔞之余无几，附致一尝，不日驰一力布悃。不他及。

报吴中宇

戈船东下，肤公耀日出之邦。犀节南飞，武烈定夜郎之境。天生不偶，国士无双。挂弓拟向扶桑，仗剑直窥沧海。共赤鸟而作瑞，尚父所以兴周。叩黄石而受书，留侯因之佐汉。何缘宿世，得拜下风。泸水发倾盖之欢，白头莫数。符阳壮长城之势，炎徼增辉。比振熊罴，载恢社稷。岩门关一鼓之力，夺贼险而大树旌旗。海龙坉十旬之功，歼渠魁而并收族党。使八百年酋虏，顿为飘瓦虚舟。令数千里幅员，悉入版章土宇。定功保大，载扬彤管之芬。开国承家，永奉丹书之誓。某周旋櫜鞬，席宠灵以为光。覆匿垢瑕，窃汪洋而作润。愧无副塞，翻辱殊施。受言只有逡巡，对使聊陈梗概。咏投桃而报李，何如被以琼瑶。念结绶与弹冠，还自惭夫衰白。仰惟崇瞩，可任县驰。

顼阳子启札

顷阳子启札刻启札序

启札小技，取具亦足，非如表与笺之关巨也。奚是侈而绚之，砻且鍜之，音节按之。急非先务，操自媒则浅矣，博人悦则劳矣，弋名烁则卑矣。构之剖心，竟于菑木。智者弗尔，惟余盖习。兹释褐良需，始难构也。知构已，庸以疏也。苦疏致缛，苦庸致警，勤已。乃缛警犹非其至，艰而索致，薄乎云尔。余拈若者二十年，才似有镜，就之颇不苦。用是蒙一二见赏，令梓之给于耳目。夫剪彩非真花也，郢曲无贵巴也。启札如是便足耳邪目邪？吾闻之解牛亦进于技，承蜩乃凝于神。夫粗乌匪精，技乌匪神，器乌匪道。余兹刻亦挈道之瓦砾视人也，劳与卑浅曷知焉。万历己酉三月壬辰济南刘一相惟衡甫题于宪署之敞云楼。

顷阳子启札卷之一

除拜类

上朱金庭座师

侧闻考绩，遂荷恩纶。官阶进宫[1]保之崇，荣登一品。世赏列中书之贵，切近三垣。盖鱼水君臣，喜起流通于殿陛。而盐梅舟楫，交修媲美于阿衡。当尼父矩心浑化之时，适周公桥梓并辉之日。木从绳而归正，非大人畴能格君。鼎有实而慎之，故黄耳急需用铉。为念逍遥楼上，挟来悉万里阳春。还从会稽山头，布出是九州禹绩。有谢太傅镇浮之雅量，即捷奏淝水而不惊。如王沂公当国之雍容[2]，能调和宫闱而胥豫。谁晓嘉谋之入告，我知采菲之无遗。威凤食琅玕，举四海欣聆风采。应龙作雷雨，尽八荒盎发精神。况是鲰生，夙叨鼓铸。伏衡茆而遥瞻气色，庆云绕北阙霏微。溯桃李之旧列门墙，化育倚东风骀荡。敢申尺牍，仰溷台墀。纵溪毛无当于王公，在岩穴亦存夫明信。可胜倾企，伏乞鉴涵。

上孙立亭太宰

东山超起，海隅伫奏升平。北斗昭回，宸极式增煜爚。会元老安车而就道，向文昌曳履以传声。道可大行，世真有造。恭惟某官，三朝弼亮，九鼎均调。承天意以觉民，独抱内沟之耻。法圣人之用世，讵同荷蒉之流。属简帝心，起从冢宰。以向来之其难其慎，待今日之惟一惟和。通鱼水于君臣，精神契合。假风云于龙虎，气度昂骧。是将拔宜用未用之鸿才，相与树当为未为之骏业。蒲轮已下，枚卜方殷。览烟景于韶华，趁东风好因劝驾。践沙堤于新筑，望北阙亟赴朝天。某马渤安庸，药笼宿贮。感温公之起洛，庆元佑之得人。晓日流莺，喜作上林之啭。清秋逸鹤，时闻霄汉之音。敢布一芹，只申寸悃。词亦援夫贶馈，敬有蓄于币先。伏乞鉴涵，可胜厚幸。

---

① “宫”，底本作“官”，据文意改。

② “如王沂公当国之雍容”，底本作“如王沂公之当国雍容”，据对仗规则及文意改。

上萧仰岱大司马

鲁用仲尼摄相事，司寇维官。汉留酂侯守关中，饷兵乃职。岂如元老由秋部而夏乡，顿令朝端喜弹冠而结绶。恭惟某官，器涵渤澥，望起岱宗。智略俨方平，宗社爰需镇抚。威名如张咏，机宜正赖剸裁。岁大旱，直作之霖。天未阴，能彻彼土。天下安危注意，庭中谋断兼须。帷幄秘筹，子房决胜乎千里。庙堂英略，匈奴款塞于五原。爰擢莞枢，渐邻秘阁。宠荣烜赫，象悬北斗之前。声价巍峨，威詟荒服之外。大类中国相司马，可知异谋寝淮南。腰横之玉如虹，通辉玄极。肘后之章似斗，才铸黄金。更恢子姓之簪缨，永匹山河之带砺。某曩从鸠署，曾获豹窥。陈力无能，止戒府辜于狱货。惟明克允，夙钦迈德于民怀。今也进司马而统六师，遂则并中书而称两府。喉舌之尊如昨，华夷之柄维新。敢布荒笺，聊摅下臆。想元龙湖海之气，茹纳不遗。仰姬公衮绣之华，硕肤未艾。

贺督府霖寰李公考绩加右都御史

司马专征事业，并峨嵋之峻。中台执法班联，视喉舌之尊。劻勷方效于西维，恩命俨临乎北极。偶聆朝报，顿起欢腾。恭惟某官，卓识绝伦，远猷经世。作天民之先觉，道足要汤。为岁旱之甘霖，象求惟说。文章华国，盖尝振铎于嵩洛海岱之间。武略匡时，亦既建牙于玄菟乐浪之境。至今得人为盛，由来树绩独多。属虞帝考绩而陟，明眷武侯鞠躬而瘁。遂由卿贰，爰进中丞。纠虔而仕路肃清，人推独座。挞伐而妖气净扫，民囿同春。玉垒祥光，动干旄而献彩。锦江秀色，映犀豸以交辉。岂非阵演六花，传卫公之衣钵。从此勋开百叶，跨张氏之貂蝉。大夫赋采芑而佐中兴，明主许分茅而广世泽。某惭为驭吏，喜覯衮衣。揭云汉以为章，共瞻纶綍。勒鼎彝而著绩，不数公孤。穆如清风，愿上仲山之诵。好是懿德，载赓吉甫之诗。

公贺延绥涂抚台升副都御史

重地莫如榆塞，人亘长城。英明宿振柏台，邦须为宪。卓荦秋防之勚，昭回夏省之章。秩晋崇阶，宠膺特简。恭惟某官，西江渊德，北极魁罡。学以圣人为宗，业以名世自任。曾持白简，彤庭六月生寒。迩接黄龙，幕府三边执契。语今要害，急在延绥。多战士而地不毛，尚首功而兵有制。徐未得疾未得，匠心洞因应之机。损有时益有时，神理适盈虚之数。丰棱则崆峒使节，倚长剑于天端。飞动则星宿浮槎，穷支机于河渚。俱道军中韩范，更优塞上金汤。固壁垒于太山，静有常撼之莫可。收人心于流水，动不括投之咸宜。铁骑欲荡龙城，乌号并穿虎石。借箸称万全之义旅，当机奏百胜之奇勋。核之而实副鸿名，不枉建牙吹角。策之而功应懋赏，行将开国承家。且进一班，还惊三锡。丈夫树功荒裔，史用特书。明主注意边臣，宠皆异数。某等班联文武，技惭剑书。羡盖世之谋，猷望隆霄汉。期格天之事业，名著鼎钟。拓自秦中，欣从宇下。肆有溪毛之展抱吝，惟是戋戋。只同葵萼之倾由衷，式存耿耿。伏惟烛照，无那旌摇。

贺张诚宇开府楚中

盖楚甸莽旷，山川最雄诸夏。惟吉甫并包，文武足宪万邦。彼其众产荆扬而多心，矧其时苦征求而到骨。亟需填抚，式籍宠灵。恭惟某官，居德淳庞，含真洞朗。由来不设城府，生平独饬廉隅。乃若花县流春，东渐滩而西被泫。洎夫掖垣直夕，左补阙而右拾遗。肃清耳目之班，凝定股肱之选。同朝甚喜，当宁委心。顷缘楚服为江汉上游，又念兴都乃汤沐重地。将卧赤子于衽席之上，端赖仁贤。遂擢白眉于俦伍之中，爰资莫丽。若巨室之获大木，真岁旱而作甘霖。出治道于同民，投所宜而蠲所苦。继心思以仁政，下因泽而上因陵。岂惟不负官家，亦且堪酬海宇。某也窃附弹冠之侣，式歌伐木之诗。服不如新，好庆衮衣之载锡。人惟求旧，能忘菅蒯之相将。布在一芹，怀存万缕。受之惟是心至，望之方在俨然。

贺牛春宇开府南赣

恭惟某官，性湛灵珠，概雄底柱。乘骢辇路，行且止以章威。屈轶朝端，佞之入而即指。法伸三尺，风动四方。信是迈种之英，能俾从欲以治。盖柱史提揆宪纪，亭亭揭英棱于秋霜。而士师职掌平反，蔼蔼动哀矜于春日。是为辅世长民之德，雅称经文纬武之才。顷拜中丞，俨临南赣。幅员襟裾四省，大费经论。蛮夷错杂五溪，式资弹压。控上流而敷化，执大象以宅尊。用黜竞绿，庶事何难底绩。政崇简易，百年可卜升平。正不但跻公孤以为荣，方且将共禹稷而媲美。某编氓自夙，仙里居今。得由泾渭之区，喜见衣冠之盛。敢申不腆，用展下私。望清荫于三槐，匏系无由登画阁。眷紫气于北斗，瑶光端自丽层霄。仰伫鉴函，俯从茹纳。

迎于念东府台

通材夙优经济，吉甫以文武宪邦。名贤茂拓勋庸，中立实安危系望。惟当宁念勤乎西土，忽简书只奉于北辰。遭际殊荣，具瞻喁望。恭惟某官，湛湛济水，岩岩泰山。非求田问舍之人，乃忧国奉公之选。当其处则海岱生辉，及其升而邦家增重。乔松之挺，干千尺不挫风霜。禹鼎之作，镇万钧依光日月。熙帝载有车之用，思皇士为国之桢。塞渊而騋牝三千，赋佶闲于鲁颂。扶摇而鲲鹏九万，托逍遥于庄游。被命秦雍，爰清陆海。介边陲而作镇，抚夷夏以为宗。经纬相宜，式王度如金如玉。竞絿罔用，顺帝则不识不知。凡此下民，行纳诸富寿安逸之域。蠢伊小丑，将收之范围鼓铸之中。正不烦磨楯，墨而作檄文。会须见铸景，钟而纪功德。可是长风巨浪，匪徒人貌荣名。某宿厕里人，今帡夏屋。视桑梓而恭敬，敢轶纠虔。奉鞭弭以周旋，倍增恺怿。伫八鸾之肃肃，歌四牡之骓骓。东首倾神，为候真人之气。西征作赋，方钦大雅之风。

迎崔振峰侍御

台下阁风清，夐出汉廷之右。简书霜凛，仰徯蜀驭之前。是将遏乱略以佑王家，宁止警官邪而张国纪。威行揽辔，泽望随车。恭惟某官，植节高严，维风正直。取明珠于颔下，何惮批鳞。作鸣凤于朝阳，肯同仗马。分三苗而有北，实重译之指南。独立推雄，重瞳特简。属巴渝之多事，伫绣斧之英棱。肃寮则激浊扬清，畴不只若。御下则风行草偃，焉用杀为。固知入目妍媸，鉴常空而莫遁。还想藏形魑魅，鼎方铸而不逢。行瞻铜柱之高标，载听凯歌之燕喜。方来玉节清光，遥丽于秋江。快睹金根真气，蚤分乎兑泽。某泸阳从事，蓟北识荆。是何徼有二天，端自摄夫三尺。敢驰下吏，敬迓前茅。株守方兢，未释鸱张之丑。星言夙驾，式腾雀跃之欢。所幸台端，无遗葑体。

迎杨寒质侍御

秦地河山，伫三台之照拂。汉廷耳目，奉六察以澄清。是将宣威福以敉封疆，暂尔辍论思而提纲纪。凤书天下，骢马星驰。恭惟某官，德直而温，材弘且毅。生唐虞夏后之国，作文武吉甫之臣。蕊榜蜚英，蚤见五云璀璨。花封制锦，直教两地辉煌。政成遂上征车，论定爰登柱史。俨乾坤之謇谔，凛山岳之动摇。会西土罹鱼肉于貂珰，赖观风而问俗。眷北辰闵萧条于陆海，须激浊以扬清。丰峻埋轮，贪残解绶。志雄揽辔，憔悴来苏。一时寮采弹冠，万里关河生色。敢修故事，奉迓前旌。伫仪凤于岐山，和鸣国家之盛。想登龙于元礼，胥钦风裁之隆。

迎茶台穆侍御

茶马重寄，华夷大防。威灵仰伫，澄清法纪。难容假借内之欲绳私贩，全赖纲维外之欲藉强兵。式资骐骥，惟是宪台，阅历提揆而律度斯张。即今都旆，飞扬瞻注而神情兢爽。共钦约束有要有伦，大拓经纶不茹不吐。商既莫容垄断，番亦难售狡谋。玉节风驰，便天马西来之会。衮衣日丽，正秦关东望之辰。某巡察代庖，观刑拭目。谨遥驰乎一骑，恍瞻挹于三台。

简李光素侍御

老公祖学探烟海，谊薄云天。顷驻节于长芦，曾匪颁于敝里。感均彝鼎，报乏涓埃。忽闻飞度干旄，未及瞻承台斗。西流紫气晶光，遥忆乘骢。东曳青阳瑞霭，先分露冕。敢申不腆，聊布下私。倘蒙麾顿之荣，稍足勤眷之思。

贺程居左方伯擢大京兆

旬宣茂勚，声华交盎于东西。京兆崇阶，地步更悬乎南北。特膺简在，宜贺登崇。恭惟某官，命世鸿材，圣朝耆硕。奋庸三纪，进不骤而位日尊。纲纪四方，劳弗施而誉自起。比居方岳，已长诸侯。顾齐藩之职业易修，而益州之经营独苦。岁事则焦心贡品，岂惟虑蜀道之艰难。军兴则蒿目脱巾，何异拯己身之饥溺。乃筹划若倒囊而出，即投之髋髀游刃恢恢。且整暇如挥麈而谈，纵杂以兵戈折冲易易。用是蜚声帝阙，从而擢尹神京。广汉之接下，和颜于今趾美。张敞之绳奸，尽法方号得人。既生辇毂之春，又是公孤之地。庙堂生色，夷夏腾欢。某旧列编民，迩叨寮采。喜正人之向用，基世道之平康。敢布一芹，宁云八簋。歌盈庭之振鹭，共羡于飞。伫司鼎以和羹，爰立作相。所希鉴纳，可任光辉。

贺盛匊泉方伯

春风漾锦水韶华，动薇省之光。明月照峨眉瑞色，发槐阶之秀。属兹初政，莫御均欢。矧当年猥附于弹冠，会今日又从而接羽。恭惟某官，葱茏宝树，闪烁龙渊。粉署题名，共羡才贤清切。朔方著绩，曾歌猃狁于襄。才非囿乎方隅，任奋武揆文，柄随投而辄效。中闺设乎城府，耻操术用数，人亦何所不容。久历亭衢，爰登膴仕。益州天府，坤维奠而方岳独尊。诸葛人龙，汉鼎扶而西南底定。岂惟中丞建节，直须指顾之间。行见上宰调元，再睹清宁之烈。某卑卑无当，耿耿有怀。喜干旄已莅华阳，恨鞅掌方羁播事。鱼书可赠，越在荒堅。凤彩遥瞻，宛如霄汉。倘泰山不让土壤，弥见巍峨。信溪毛可荐王公，只存明信。那堪震慑，倍有县驰。

贺李龙峰年丈

驻节金微劳勚，垺平羌俊伟。策勋御陛诏班，跻行省尊崇。信人臣遭际之殊，为朋辈交游之庆。恭惟某官，冀方豪杰，圣世鼎彝。敭历中外者有年，建竖边陲者不少。西戎北虏，折冲樽俎悠然。马饱士闲，贮腹甲兵凛若。翊中兴于六月，奏上绩于三边。天听虽高，偏鉴卧勤之烈。军功为最，顿加登等之荣。诏拜紫薇，名位视中书之贵宠。光生画戟，须臾晋开府之勋阶。一时胥动弹冠，九列行看曳履。同袍增色，绝域扬芬。敢从喜起之真，聊展豫鸣之贺。所羞不腆，尚觊有容。

贺李瞻宇秩满加方伯

三年茂勚，控边鄙而山定不摇。四岳崇阶，迈寻常而班联顿迥。式表金汤之绩，荣生夷夏之观。适是弹冠，能无动色。恭惟某官，才雄三辅，品轶万人。能大受不可小知，以文事而兼武备。当其持筹，司计已收方略于胸中。迨夫握宪，论兵遂制机宜于掌上。命诸天子，城彼朔方。出车歌南仲之彭彭，挞虏翊周宣之赫赫。贺兰峻揭英丰，当万里长城。花马泓渟旷度，实三军司命。谋成戒惧，义重简书。程威武则先声震叠于毡裘，阅功勋则积伐峥嵘于岁月。用勤简在，罔靳隆施。即从节镇之区，便拜行省之贵。建牙开府，拭目非遥。勒鼎铭钟，倾心而注。某分藩僻壤，钦望高山。会兹景命之辰，用发同心之庆。片言抒悃，文不至而情深。束帛旌私，贲安庸而陋甚。惟以协恭之谊，鉴兹燕喜之忱。仰荷挥存，可胜鸣豫。

贺周敬松廉访

锦江玉垒，十五年再睹威仪。西楚东齐，三千里遽成寮采。谁哉缔构，莫已欢腾。恭惟某官，岳立方城，渊渟汉水。宛生民之先觉，为士类之羽仪。早射策于枫宸，珪璋妙誉。继含香于粉署，黼黻鸿猷。才裕为邦则守韶迄三年，去思更深来暮。望隆治蜀则持宪将六稔，吏畏倍切民怀。惟是野鹤闲云，难为羁束。辄欲长林丰草，任作逍遥。顾乐寄东山，雅系苍生之望。而岁逢大旱，怎消霖雨之思。圣明之寤寐维殷，岩穴之弓旌遂逮。固知邓林荆璞，取重明堂。应是鱼凫蚕丛，再蒙大厦。揆文奋武，经纶而禹甸肃清。赤舄衮衣，士女胥周公是庆。矧如薄劣，厚傲荣施。新巡北即旧巡南，好寻芳轨。萝附松而葭附玉，猥列同寅。敢申不腆之将，式表无涯之喜。卿云五色，瞻瑞霭于葱茏。明月三巴，鉴寸心于旷邈。于兹挥顿，曷既豫鸣。

贺王敬宇廉访

明三千而敕法，雅赖纠虔。总百二以司绳，亟需端亮。宿深简在，遂荷登崇。恭惟某官，耆旧三朝，忱恂九德。于生民为先觉，有不获若内沟中。作吾道之主盟，纵未贤忍置度外。信是黄钟大吕，还称美玉精金。久栖迟平水之阳，正自考盘而乐。继分臬秦关之重，共推折狱惟良。课吏则六计为严，弼教则五刑克允。大著平明之誉，以推廉访之尊。骤下黄麻，俾综玉宪。众之弗若，于训何难操三尺以振朝常。政之罔协，于中便可清庶僚以佐上理。喜而不寐，冠为以弹。伫看开府建牙，还视趋朝曳履。只申下悃，爰有薄将。偶尔续貂，知不嫌于琐尾。仰希朗鉴，庸见纳乎幺麿。

贺李祥宇廉访

嘉师监在，于祥刑善人为宝。从欲治期，于风动迈德是咨。眷惟西土之遐，亟藉上台之映。庆从鼓舞，辞发欢忻。恭惟某官，至性好生，真心报国。视八埏即为一体，火必热水必寒。奉三尺直抵万钧，式如金式如玉。蓟北之英声骏播，汉南之淑问旁流。谓是西方圣人，又云鲁国儒者。曾代匮而综钱谷，似雪霜之凛厉而神涸愈莹。溯清斋而诵如来，蔼阳春之温和而情怡自盎。商霖素望，已征祷雨之虔。汉法从宽，都伫入关之蚤。喜一时之新命，惬万姓之积怀。念观察百二之维艰，亦曰人有九德。握刑罚三千之最巨，须夫计用六廉。以之论囚，可信能澄渭水。资乃课吏，雅知顿肃周官。盖欢声已满秦郊，况宿习有如齐士。昔也翁参知而我参少，已洽藩宣。今也我由旧而翁由新，式瞻宪纪。日仰三槐之覆露，还看五桂之芬芳。惟法驾其遄临，庶岁星其流照。将之不腆，愿以毋麾。

贺张助所廉访

倚剑崆峒北斗，还均煜爚。建牙涪水三巴，早见澄清。爰动色于弹冠，实委心乎倾盖。恭惟某官，人歌孝友，绪启貂蝉。蜚总角之英声，共瞻嵩洛。负垂绅之正气，推重公卿。职以溷而愈明，才以猝而立办。盖尝再司钱谷，兵商举服其廉平。亦既历试边庭，夷夏并衔其威惠。顷缘用武，特借持筹。假观察以治军储令，则秋霜烈日。作藩宣而提宪纪仁，斯草偃风行。想从进履圯桥，定是受书黄石。烛酋情如观火，讵待揣摩。抒奇策若探囊，那窥端委。行见鲸鲵就戮，更看江汉朝宗。揭钟鼎之令名，竖保衡之骏业。某同寅谊切，接壤情殷。顷承謦欬之余，未底涓埃之悃。木桃可赠，托永好于深情。葑菲斯将，或不遗乎下体。得蒙鉴纳，无任恺愉。

贺马岐冈参知

拥松州而树屏，甘棠萦去后之思。控巴子以开藩，竹马慰来苏之望。重逢何幸，共事为荣。恭惟某官，龙德正中，岳神生甫。霜清柏府，肃白简以生风。地近螭头，翊重瞳而正色。邦之司直，能使大臣法小臣廉。国有典刑，庶几一至鲁再至道。长阳叱驭，非是遗亲。幽谷生春，元从吹律。门三过而不入，共称大禹之勤。官历久而不迁，何害更生之节。然而向之积薪罔叹，时至即行。今之求旧有由，功收非晚。骥程千里，蝇猥附以生辉。玉价连城，葭谬依而著彩。岂其秦楚，始命同袍。敢曰萧朱，亦曾结绶。喜参知阶隆三品，称行省之中书。羡顺庆民有二天，望建牙而开府。感之鸣豫，雅欲申虔。久缘羁绁于戎行，遂尔因循于贺悃。文则疏而情密，应鉴区区。室是远而思存，亦知眷眷。

贺王弘岳参知

梁邹绕长白之墟，雅称梓里。泸水接凌云之派，均是川南。景星入望以呈祥，卿月分辉而载赏。恭惟某官，器凝大吕，度豁沧溟。掇上第而向枫宸，奥衍天人妙策。擢大行而涣汗号，蜚扬华夏骏声。旋拜掖垣，屡勤奏牍。自是九苞彩凤，应晓日以叫阊阖。宁如一叶寒蝉，恋秋风而縻沆瀣。嗣有分藩之命，再登执法之司。阅历中州者数年，绩在治河而治旅。回翔四品者再考，用跻之翰以之屏。文武足宪，万邦人歌吉甫。宅后宜登，三事班右周官。坐见底海隅于安澜，还喜勒勋名于铸鼎。某既同枌社，又附夕郎。薄劣而提控一陬，台躔载瞩。艰难而拮据庶务，悚覆攸虞。幸叨寮采之余，大作生平之快。感逢嘉会，顿发欢情。

荐束帛以倾诚，竟存可吝。仰衮衣之在鉴，曷任县驰。

简陈苏岭参知

秦塞遥连，莫急玉关之锁钥。楚材远驭，即恬青海之波涛。邓林奇挺干霄，郢客希声飞雪。殷勤属望，寮采欣瞻。恭惟某官，物表冲融，理中清远。鼎千钧而卓树，舟万斛而并包。意气则崆峒之长剑倚天，负荷则蓬岛之神鳌跨海。方城汉水，归呴噏动静之间。竹箭南金，寄标格精神之表。盖上士居冲而抱一，藏用之用常玄。至人息踵以怡真，无为之为甚适。南阳司牧，接召杜之芳规。洛下专城，宛龚黄之懿烈。玉节导汝坟雅化，櫜钥周南。金徽疏江汉仁风，仪刑西伯。荷重瞳之特简，控西极以开藩。谓近说必致远来，知经文可兼纬武。制驭那烦表饵，要执伐谋先声。讵在鼓鼙，机操全胜。则壮犹方叔，何难猃狁之襄。而思治周宣，弘藉采薇之绩。诗由此再歌天保，人从此共喜河清。某东土竖儒，雍州从事。仁声义问交游，习耳于周知。衮衣绣裳光范，伫恭乎晋接。讵但微识荆之厚幸，还将发御李之深欢。咫尺漫裁，台躔希照。

简刘显斋参知

苏弹迅发于睢疆，威行有赫。文昌密运乎上辅，照暨无涯。寮采具曰羽仪，黎元需为命脉。眷兹关内，颙若天中。恭惟某官，凤藻流云，龙光袭日。同是卯金之裔，偏承藜火之辉。还想科名，放悲伯仲。直念黎阳之治行，高泫氏者千寻。更惟白下之持筹，跨舟楫者百倍。江南文物，雅见雍容。泸水干戈，竟成虚幻。顷滥竽乎商洛，曾代庖于藩垣。综三十七属之簿书，每虞丛脞。担年有六月之憔悴，只益辜功。幸弛荷于朱明，喜登崇乎赤绂。授乌获以禹鼎，举类掉毛。骋腰褭于康庄，捷如逐电。行揆文而奋武，伫开府以建牙。羌笛弄塞上梅花，玉关春度。宛马饱汉家苜蓿，青海波恬。取才仰给于东南，借箸频烦乎西北。盖天生吉甫，原为中兴。而德举仲山，实资补衮。千人后而万人杰，赤帜焉依。玉为色而金为声，白眉是瞩。缅缅灞桥竹马，愿棨戟之遄临。摇摇太华星旌，副云霓之夙望。入关紫气烟煴，敷百二祯祥。聚井珠躔璀璨，作华夷瞻注。岂惟不佞，独窃荣施。

贺李槐墅参知

燕山巴水溯飘蓬，多少风尘。杖钺褰帷羡仙驭，光昭日月。爰抚今而忆昔，辄述旧以迎新。可是欢忻，顿忘琐猥。恭惟某官，祥钟河洛，藻掞风云。曾向西曹，聆玉屑霏霏错落。如从上苑，酌金茎湛湛澄鲜。获遇真人，足称伟构。一自南川之役，遂虚北海之樽。虽梦里芝兰万里，犹通臭味。而天边鸿雁几番，不度衡茆。雅知浮沉去往之靡常，顿使形影埙篪之契阔。欲往从之莫得，空赋离居。眷萃止以曷期，有烦寤叹。讵忆朔方之命，骤来社稷之臣。是将足食而足兵，控灵州之要害。须藉能文而能武，运幕府之枢机。师以不战为威，策以制人为上。祭征虏轻裘缓带，由来儒将雍容。羊叔子保境息民，自是规模宏远。此亦寓折冲乎樽俎，治内贤于治夷。那需疲中国于羌胡，耘人辍乎耘己。固万年之计，而三事之阶也。某学易未见天心，诵诗莫通国政。独快意真才，简迪是吾道之大行。更倾神知己，且临乃生平之厚幸。豫发弹冠之庆，兑生丽泽之滋。敢布荒笺，只申末悃。采蘩式荐，表明德于公侯。遵渚兴歌，企衮衣乎之子。所希遄莅，爰副遐思。

贺郑养冲参知

汉之广矣，方寤寐而企清尘。邦之彦兮，遂明扬而当师锡。用参大政，为表群僚。矧襄郧巴蜀之交，为岐郢丰镐之障。开藩式重，维翰须良。选于众而举皋，觉斯民者属尹。道在迩而非远，仅一转移。政由旧而更新，不烦布置。喜横腰之宝带，黄金烂熳生花。羡入觐之衮衣，孔雀翩翩舄彩。只看跬步，便登开府之尊。才接眉衡，蚤丽层霄之上。向星辰而曳履，拟王贡以弹冠。情溢而拙于修词，为庆拔茅之泰。物纤而深于见志，好赓采菲之诗。不我遐遗，亦云厚幸。

贺熊眉愚参知

喆人闻道先吾，神理夙勤于向往。佳会拜官同日，明王默握乎化权。均兹商洛之区，递有籓宣之责。我其糠秕，翁则鼎彝。曩从秋署为郎，棘寺之平反夙注。兹喜日边受诏，薇垣之馡馥堪依。或以少参而迁，或以大参而莅。紫芝未饱，抛入长安。蓝玉有灵，邀来仙侣。曾是宦游之迹，而非宿昔之缘。虽沧溟之浩渺无涯，污潢自失。而琼树之菁华非偶，草木欣荣。掩迷谬于前车，通聩聋乎后觉。矧金茎宝露久浥尚方，而馔酒飞霖原传巴蜀。计星轺自九天而下，伫仙槎乘八月而临。挥续命之真膏，泽流法水。普幽岩之朗照，仁景慧灯。是将由不肖以暨群黎，讵枉慕显名而臻厚实。此之为幸，端自殊常。敢因往役之俦，辄附上交之礼。伐薄可吝，鉴内是祈。

简秦湛若参知

西台之晤言，倾盖便浃神情。东齐之使命，褰帷载沾优渥。分缘信徼诸宿世，宠灵复假于同寅。遇夐非常，喜令不寐。恭惟某官，澄神河洛，峻概斗山。挟万人必往之英锋，恢六合并包之伟度。经文纬武，谓宜出颇牧而入皋夔。大略雄才，直足跨风霆而依日月。才作燕云之保障，又膺秦朔之封疆。盖圣王急在穷边，选择而使俾豪杰。乘兹佳会，惠可底行。讵惟寮采弹冠，顿为邦家生色。策逾表饵，单于系颈何难。人是干城，黼扆焦思顿豁。某滥竽陈臬，托厦编氓，鸿德之颂方殷，龙节之瞻倍切。飞来紫气，缥缥欲拂函关。瑞奕青莲，缈缈方萦太华。跂予而望，颙若有孚。

贺顾悦庵观察三载考绩

棠阴递茂，声华偏重于西川。瓜候已过，简在方殷于北阙。式弹冠而交庆，喜奕叶之重光。恭惟某官，德懋象贤，业修经世。过庭诗礼，可与立亦可与言。对策贤良，正其谊不谋其利。始含香于粉署，遂草奏于明光。世务已闲大夫，不难从政。专城而治郡国，最号得人。比绍先而秉宪蜀中，实建节而治兵越巂。彼其人杂居夷汉，譬野兽犷悍难驯。矧其地僻在西南，于中华声名渐隔。顺时操纵，劳化瑟之均调。与势推移，类持弓而审固。烹鲜难于大国，妙在沉几。利器别于盘根，法惟中窾。政有怛而词尚体要，持此移风。上好信而民皆用情，其谁贰志。迻三年而报政，俨列辟之观刑。固知善用周官，有关雎麟趾之意。更忆无改父道，多箕裘弓冶之思。盖移孝为忠，有家之浚明何忝。而信友获上，凡事之豫立可知。是用感格于枫宸，可信方来乎朱绂。汉循茂绩，九卿之征拜斌斌。虞典明扬，四岳之畴咨汲汲。于邦家为盛事，即寮采亦光辉。示我周行，歌孔昭而无斁。有谟入告，奉后德以罔愆。眷五云于三台，我欲赠君青玉案。谢客星于帝座，君其借我富春山。不腆之将，永以为好。

贺汪和宇观察

临戎作镇，威棱载震松山。持节论兵，气色偏增锦水。属兹厚幸，可禁豫鸣。恭惟某官，凝远风标，宏深天韵。学既优而从政，则海邦两控恢恢，宣制锦之芳猷。实既胜而得名，则画省再迁烨烨，擅含香之雅望。盖用之治狱，雅自不冤。而施于诘戎，亦云其克。眷岐周之旧国，化理宜新。想凤皇之来仪，循良为瑞。心同煦日，人五袴而麦两岐。脚有阳春，前召父而后杜母。既奏保厘之绩，遂擢风纪之司。秉玉宪于维州，霜清月皎。洒金茎之膏露，时和年丰。方将用夏而变夷，宁止揆文而奋武。某叨东山之桑梓，逢西蜀之鹤琴。动竹马于细侯寮采，与儿童共喜。瞻青牛乎老子神仙，将瑞气遥分。敢布戋戋，只申款款。倘惟意而不惟物，信可亲而亦可宗。

贺邢泽宇观察

百年豪杰，挺生原为邦家。千里金汤，保障兼资文武。有如今日，谁拟明公。洞天文于胸中，握兵机于掌上。呼吸而风云飞动，雅称戡定之才。纵横而波浪翻腾，宿号折冲之选。士林纷纷，左袒岂但多闻。砥柱矫矫，中流共推独立。声华蔚起，简在攸隆。遂从汧陇之墟，移镇皋兰之塞。拥金城而提玉宪，边庭号令霜严。敦礼乐而说诗书，棨戟晶光日涌。胆寒西虏，那烦青海惊涛。顾辍北辰，最喜黄沙布暖。功名远播，是将建节钺以登坛。夷夏绥怀，旋且列棘槐而独座。剖符而铭带砺，雄威巩万里河山。策绩而勒丹青，大业炳千秋日月。某官同寮采，欣际宠荣。韩公拟绝天骄，蚤见受降城之频筑。充国图形麟阁，还因制羌虏之多方。敢布贺私，以照燕喜。倘溪毛足申明信，乞台斗普暨光辉。

简陈葵庵观察

湘江臭茝，佩之实遍九垓。合浦明珠，照也岂直十乘。达士不可以乡曲而论，至人亦随所注厝而宜。有幸依归，微从缘分。恭惟某官，湖山结秀，齐鲁司盟。蚤振轨于艺林，先登赤帜。旋含香于粉署，草奏明光。记曾晋接于鸠曹，片言惊座。犹自殷勤乎瓠落，属意更生。虽未尝投辖以毕欢，雅自许弹冠而生庆。东山苦李，或介念于疏庸。北海高风，雅系情乎左右。无那浮沉之浪迹，攀附末繇。何知商洛之备员，步趋有地。穰穰关陕，号为陆海之区。奕奕声华，荷此军储之寄。以营根本，用制边陲。在朝家为得人，于寮采为嘉会。逐十二之朋以游百二，足快意于生平。从东人之杰以抚西人，庶逭责乎瘝旷。盖龚遂老而貌寝，治郡收益于忠言。子奇少而才雄，相国伫蜚乎藻誉。谊真关切，望自维殷。敢因候者之行，聊奏谫焉之记。不腆犒从，毋摽是祈。

简李介石观察

陇山作界东西，其于秦为重镇。吉甫宪邦文武，得之周乃中兴。天宝生才，后克用乂。喜弹冠而交庆，伫命驾以遄飞。恭惟某官，玉树高标，金茎饱挹。

根培仙李，绵绵远畼玄风。望揭龙门，奕奕夐超凡格。彤廷射策，忆壬辰领袖时髦。司理明刑，闻大酉祝尸迈德。旧京主计运筹，不数研桑。平水专城勤抚，曷殊召杜。士歌蟋蟀，有陶唐氏之遗风。郡集凤凰，宛黄次公之芳躅。万里声华，骏茂简在帝心。九重纶綍，辉煌顿膺皇眷。提揆玉宪，胥钦网纪之司。掩映金方，行懋藩宣之绩。是明主欲登上理，须赖高贤。而同寅意切协恭，式瞻宏度。念秦晋仅一河之隔，想干旄应不日而临。岁星之指在雍，大旱之徯惟雨。虽彼中老者少者，式攀辕卧辙以遮留。乃此地士耶民耶，眷衮衣绣裳而欣喜。人注西方之美，瑞流东井之光。只尺荒笺，高明炯鉴。入函谷愿分真气，向长安蚤接清辉。

简段青岩督学

天中豪俊，文章苞二气之苏。关内誉髦，陶冶伫一时之选。矧兹寮采，雅企范型。东南共瞩文星，西北允怀乡月。恭惟某官，系从太尉，诗跨临淄。擢第成龙，桃浪占禹门春暖。承流渡虎，花封散桐汭韶华。由夏省而晋春曹，入秦关乃从荆楚。武备复闲，文事何必宣尼。樽俎还寓，折冲更优平仲。恰送参知乎塞上，又瞻使节于台端。河洛真传，重设皋比之座。湖湘瑞霭，先流函谷之辉。何幸樗材，得熏兰馥。归之惟是心至，应不斥山东鄙人。望之何异云飞，早得侍河南夫子。则宪邦吉甫，雍州百二增雄。而泮水僖公，陆海三千竞奋。其为踊跃，莫罄名言。

简袁鹤野观察

恭惟某官，淮海维扬之俊，唐虞弼直之臣。器重鼎彝，德居蓍蔡。九霄玉树，积县寤寐之思。太乙钩陈，时切枢机之仰。欲通籍则苦于介绍之无从，想登龙则阻于声华之顿隔。徒勤瞻注，莫副抠承。讵图帝简之良，为臬秦关之重。秉六条而检察，汉官再睹威仪。控八水以澄清，周甸还隆教化。爰惟逸格，驻华表原自仙姿。遽尔来仪，映岐山式当圣瑞。眷西雍宿称陆海，喜姑射乃见神人。向执鞭频拟无阶，堇入梅花之梦。兹揽辔俨临有日，窃分柏府之光。矧拙工代斫，徒勤惧存伤手。乃大车积中，不败攸往从心。盖士庶罔或不钦，而寮采尤为属望。敢驰一介，向叩五云。泛水灵槎，会蚤探斗牛之境。临关瑞霭，定先飞丰镐之春。不腆将私，有严式鉴。受之惟是心至，仁并子舆。交也而有道存，义倾尼父。

贺常诚所少参

恭惟某官，仙骨棱棱，原自云霄之品。天曹烨烨，旧连台斗之光。九列崇班，久应峻陟。两台外历，尚待回翔。盖帝尧弘历试之仁，验之底绩。而吉甫允中兴之佐，伫繄宪邦。名以表竖而彰，业自从容而懋。比岁雄关之坐镇，威并惠以旁流。由来使节之宣猷，武与文而并用。取征已事，作计方来。以为疆圉之襟喉，不减边陲之要害。与其迁官而易地，孰若就地以拜官。上之而冠盖不烦，车徒不顿，已蒙金紫之荣。下之而耳目相习，神情相关，坐享熙恬之庆。况贤声日增于旧，而高爵立进于新。某溲渤维姿，参苓接臭。拔茅茹以其汇，喜阳德之方亨。和庶官惟尔能，羡周公之复见。敢驰一介，肃上八行。布踊跃于弹冠，庸驽生色。瞻明扬于师锡，衮白腾欢。不腆斯将，毋挥是匄。

贺高东溟世丈开府浙中

络江海以提封疆，宇视浙中为最。秉文武而为宪填，抚从掌上而挥。洊登揆路之尊，为仰曾霄之近。居然伟构，蔚以生芬。恭惟某官，慧照珠莹，安贞玉立。天与包荒之度，神融坦率之真。应龙之变化无端，嘘为云注为雨。威凤之辉煌有象，祥虞阙瑞周文。久簪笔而立朝，每批鳞而补阙。述行苇之忠厚，元气务培。儆未雨之绸缪，侮予默息。及夫衡文振铎，则彼都人士起偷窳而兢奋菁莪。已而敕法贯城，则嘉石敝民戴平明而载歌矢砥。奕奕乎公辅之望，洋洋耳舆论攸归。简在重瞳，遂被东南之命。临兹要地，式当节钺之隆。左越右吴，据上游式宣上德。直经横纬，拓名理以治名区。讵令衣冠文物之都，少敦朴真纯之味。定使兵强食足之地，无揭竿奋臂之虞。安社稷以称臣，挟风云而应运。一时盛事，百代鸿名。某情托婚姻，义倾金石。瞩鸿毛顺风之快，适世非常。冒蒹葭倚玉之荣，同人深庆。只申芹悃，展有溪毛。三十年胶漆维殷，愿续贤臣之颂。二千里关山间阔，爰赓采芑之诗。伏匄鉴存，莫胜恺豫。

迎江静峰右伯

虞询岳以达聪，式重明扬之典。楚惟善以为宝，载张无竞之风。从外台表竖之崇纮，拜行省中书之贵倨。庶僚企向，夏屋欢承。恭惟某官，葆性含真，懋修厥德。操白雪阳春之调，跨洞庭云梦之潴。金百炼以澄姿，光动辉辉领日月。玉连城而抵价，流芒奕奕属虹霓。居如山之镇定而有常，至虚能受。动若水之流通而不滞，大智常融。典礼则神人上下允谐，抡才则牝牡骊黄弗囿。西江东鲁，提揆之绩峥嵘。北蓟南徐，拊循之声蔚茂。大类方城，高揭作环宇之具瞻。还因陆海，称雄藉至人而树屏。乐易并和风甘雨，不枉岐丰。威灵拟烈日秋霜，漫云秦汉。地以人而增重，民与事而咸熙。某久托黔萌，式钦鸿度。会奉旬宣之命，喜邻台斗之桓。得附一撼，聊摅寸臆。惟爽然其就道，方颙若以为观。

上督府冲吾顾公

恭惟台台，翼扶日月，鼎竖乾坤。经文纬武铉才，内夏外夷普向。顷从开府，爰晋制台。四镇归指掌之间，三秦托衽席之上。呼吸提衡，造化真不言而信不怒而威。卷舒佐佑，朝家何令之弗行禁之弗止。语芒曜则丕赫台阶，眷宠灵则伫登枢要。端是庶僚之庆，蔚为下土之光。某分属攀援，感深嘘植。属兹盛美，莫遂瞻承。敢将匕筋之悃诚，冀幸夔龙之照拂。殷勤千里，翘跂万端。

贺邢昆田起南大司马

楚风欲竞，叔敖辄奋海滨。晋祚当昌，安石便膺司马。可就登庸之会，以征交泰之期。恭惟台下，旷度函空，灵锋耀颖。遇疾风为劲草，壮砥柱于狂澜。盖尝备胡云中，开府护神京右臂。已则贰枢白下，矢谟抗江表先声。一镞不烦夜郎，能文即武。三箭倏清日出，有勇皆谋。四夷倾向知名，八柱高擎寰宇。抵今事势，厝火未然。赖有豪贤，见形于影。意气倡一门之忠孝，昂藏系九有之安危。由端亮遂结，主知久劳拊髀。赞谋猷爰归，后德为许致身。南国之纪何隆，北斗之司匪浅。俱道山东宰相三十年，出入均劳。何论江左夷吾千万里，升平尽乐。端不负舟楫盐梅之寄，何难剖河山带砺之盟。某九牛一毛，太仓半菽。愧不弘而不毅，又焉有而焉无。乃夹土余沙，还收埏埴。而略皮相马，顿失骊黄。向来之剪拂未忘，此日之荣光欣羡。青霞日丽，碧幢分海若之春。黄鸟时鸣，玉管发江城之瑞。好将不腆，聊展下私。衮衣我觏有期，曳履阁声载彻。

代上许少薇大中丞

自昔重强贵之臣，下宰相者，御史大夫是急。熙朝严弼直之选，总耳目者，贤能异等为优。有如忠孝之宿敦，雅称纠虔之巨荷。恭惟某官，毓神八浙，符象三能。当其出牧之年，已受卓异之赏。掖垣继陟，献替为多。比由都谏而晋清卿，弥著公辅之望。洎自四岳而尹京兆，不受中贵之挠。江右之填抚勋隆，中台之嵬峨特起。一时倾动，是将正朝廷以正百官。三事旋登，端不负生民而负天子。弹冠胥庆，拭目生辉。某谬役乘骢，骏奔下走。于人身如附臂一指，在宫室则寄栋微榱。感会奋庸，可胜恺豫。想龙光亟宜承序，躬申燕雀之欢。顾绵质偶患采薪，日理参苓之饵。敢摅悃臆，上控台端。芜词未足明心，俯增局蹐。大智何难周物，仰恃优容。

贺黄钟梅抚台拜南大司马

风清画阁，敉宁收海岱之墟。斗斡钟陵，耆硕揽枢机之柄。任最隆于留守，简夙在于帝心。可是具瞻，顿令胥庆。恭惟某官，大道不器，至诚感神。中通理而美罔加，度汪洋而津莫测。审八风于师旷，畴拟精心。调六马于王良，共推远驭。荡魔有剑，默握之而气色蜚腾。和众如琴，时鸣焉而郁湮宣鬯。盖自为廉访，迄登峻抚台。式王度如玉如金，为卿士之网之纪。敷政而竞絿，罔事优优者遂逾十年。轸依而宵旰，维勤孜孜者真同一日。虽以貂珰之横，乘夫灾沴之频。所欣大厦之云连，更荷阳春之日永。固知龙德中正，施普见田。谁谓天听至高，誉闻当宁。为念均劳乎出入，宜教曳履于星辰。八座勋名，何以南何以北。三台位望，咨汝翼咨汝为。天之生才不虚，人之名世非偶。岂壮頔而终除苋陆，温太真江左风生。是刚肠而善赋梅花，宋广平开元绩茂。某编氓下走，槁项陈人。蒙倒屣于泺水之阳，常延颈于绛霄之上。会兹乔陟，当是脂车。拟效攀辕，方有萱堂之恋。那能借寇，空瞻熊轼之飞。芹曝将私，鉴涵式伫。

贺林学博登第

在初一晤，企竦非凡。比及三年，喜登上第。都道儒林生色，还从学海清澜。恭惟门下，名重箕裘。士钦山斗，天民夙称。先觉人杰，那步后尘。倚马万言，才致翩翩。敏妙焚舟已渡，丰神磊磊豪贤。盖不飞，而飞则冲天，乃冥鸿之逸翮。殆方震，而震即辟地，信应龙之雄姿。仍乌帽以更新，试罗蓝而添媚。孔铎清耳，鹓班乍听，胪音皋比传经，鹭序亲御辟古。慕陶夔之烈躅，近踪贞肃之徽猷。其尚懋思，以剖共望。区区续展，渺渺攸悬。

贺刘特倩学博登第

鸿词飞洒江东，遇合有缘。雁塔名高蓟北，峥嵘在始。膏之沃而光烨，蠖以诎而获信。快发同心，荣生旧馆。恭惟门下，捷才倚马，洞识解牛。宿探二酉之藏，弘负三才之略。趋庭受训，据所闻不过雅言。学易绝编，乃所得直归象罔。德业务日新而日富，磋磨端弥密以弥精。久擢秋闱，迟登春榜。虽囊粟稍资乎讲席，岂好为师。乃泓池脱迹乎应龙，原非常物。作霖雨乘夫大旱，为盐梅伫尔和羹。未艾精神，跃跃欲扶天毂。方来表竖，铮铮定整人寰。庆讵有涯，喜真不寐。此日溪毛之展，向来金石之怀。阘者毋麾，野人厚幸。

顷阳子启札卷之二

闻问类

谢高东溟大理许婚小孙

青松之挺干霄，谁意茑萝获附。沧海之波浴日，尽教河伯生惊。况交游久协乎金兰，已气味融流乎肺隔。直以贤愚异品，遂令庭径殊科。登棘邻槐，跬步上公之列。三能四辅，呼吸帝座之通。桥之不如，梓将安仿。门来题凤，嵇叔夜默喻相嘲。子育拟豚，刘荆州称孤亦枉。总为樗而为栎，庸是子而是孙。视有余惭，雅知非匹。何缘徼得，倚宝树以蒹葭。骤许姻连，待蓝田之玉杵。遂令筚门圭窦，映阀阅以分辉。还应淄水白山，充蹇修而为理。可知天幸，不是人谋。仰台德之谦光，忘年忘势。保良因之恒久，不震不渝。谩云齐郑为国之匪伦，且喜凤凰叶占之告庆。据秦关而喁望，赤牍攸将。采涧藻以明虔，寸衷可掬。伏惟澄照，无任县驰。

答王养吾为侄纳币

中郎翩翩，宝树应谢传之无忧。右军坦坦，东床发郗家之深庆。矧从早岁，获奉嘉盟。玉帛之贶已繁，非特奠雁。凤凰之占允叶，专拟乘龙。再辱多仪，便为过腆。顾瑶章诞被昭然，戒有良辰。而驷马攸临式用，宣之隆宠。敢不只俟，以迩清尘。

为有文孙通媒韩惺庵中丞

男生愿有室，凡父母自昔为然。妇欲逊吾家，贵门楣于今为烈。不图非分，愿缔良缘。兹以范儿所生第二孙，微婚于亲家第二令孙女。齐郑之大小胥忘，子女之婚姻是缔。萝能施柏，非地气则以天工。斧执伐柯，以人谋成夫物类。吉蠲某日，邀冰君某某，叩阍潭府，奠雁台墀。九顿之礼载伸，百岁之欢伊始。虽序方溽暑，冠裳同褦襶之踪。乃英发祝融，百宝殖四时之盛。昭其未艾，蕲在分辉。盖此日孔雀之屏，肇他年梁鸿之案。庶平地吹箫之子，匹高楼跨凤之仙。

敢布荒笺，式陈下悃。

上朱金庭座师

甘盘旧学，开陈久注于殷宗。司鼎殊班，弼亮式资乎元老。骏发台垣之彩，伫观裨海之清。矧是鲰生，夙叨鼓铸。恭惟某官，温恭载德，齐圣格天。崇政说书，苦口不难于折柳。传严惟肖，沃心雅待于从绳。自会稽山水之间，界内阁丝纶之寄。是知邦之为宝，在贤不在珍。从此富之所藏，以民不以国。盖舜汤举皋尹，而化理维新。如龙虎会风云，而神机莫测。某程才则散，论品为凡。蚤滥竽而见收，弁髦何补。迭索瘢而受摘，睽诟居惭。方息轨于悬车，乃考盘乎在涧。顾官家已相司马，即夷狄因而敕边。威望如斯，师承乃尔。开万间之大厦而山坚海溢，总属帡幪。闻重译之来朝而穴处岩栖，顿生踊跃。一芹可布，宁禁野人。尺牍于将，敢弛下走。仰之王能畏相，于缉熙单厥心。俯之说也交修，以朝夕辅台德。殆不止三十六年宰辅，又何难二十四考中书。

上周卫阳大司马

职闻周公宅洛邑，姬箓永昌。酂侯守关中，汉基不拔。宗臣计安乎社稷，鸿伐茂勒于鼎彝。恭惟某官，泰度包荒，坤贞厚载。三年留守，缉根本以绸缪。重译来朝，占海波而帖顺。戢干戈而櫜弓矢，懿德时陈。敦礼乐而说诗书，谦光可挹。敉宁树绩，见士女之绥怀。保乂宣猷，喜歌谣之弥满。盖大人镇世，未须声色之劳。而圣主驭臣，已洞股肱之素。属兹奏最，快睹荣施。行晋级于上公，曳辰作贲。业疏恩于奕世，载德无涯。某夙湛鸿私，宁禁雀跃。仪未申乎筐篚，情徒切于涓埃。谫陋八行，望钟陵而布悃。殷勤九顿，诵赤舄以扬辉。

上董扩庵大司寇

恭惟某官，海水贮胸，天风振羽。职隆由狱，诵式敬于苏公。道贵法天，戒任刑于董子。盖仁人不计功利，宁辞秋宪之久淹。乃明君加意隆平，直欲春台之并上。固知皋夔在列，刑清而乐即谐。安用张赵多谋，水烦而鱼不育。将论道广厦细旃之上，须登庸明刑弼教之臣。某橐役鸠曹，获胆凤采。眷持平之似水，愿学未能。拥镇定以如山，景行仰止。也知狱货非宝，辜功之府何为。更念折民惟刑，降典之初最要。凛焉三尺，灼于四方。无奈有泸水之行，遂顿隔乡云之丽。届夜郎而从事，日简戈殳。及露布之遄非，遽蒙弹射。任素苍乎未剖，结樵牧以为朋。一讯莫通，庶僚安在。会有上林之羽，可通荒徼之书。丘园之束帛于将，戋戋负吝。师保之崇班立陟，赫赫具瞻。

上李霖寰尚书

台垣高揭，依光窃俪于繁星。岩穴卑栖，顿起只因乎附骥。水木本源之意，辗转寤寐之真。久未申虔，殊为负悚。恭惟某官，百年间气，一代法程。论文则大河之滨泰山之壤，欣欣桃李峥嵘。程武则玄菟之塞蚕业之墟，肃肃雪霜凛烈。剪夜郎真同拉朽，抑洪水何异疏渠。卓哉命世真才，允矣生民先觉。格天骏业，恢弘端赖阿衡。浴日奇功，表竖还优国老。汗流僵走，斗山之望弥崇。大吕黄钟，瓦缶之音遂邈。矧如薄劣，倍荷高深。忆获御于白门，赠言郑重。想蒙嘘于锦里，明德綦隆。几煨烬竟复燃之恩逾九鼎，即子孙亦共戴也感切三生。顾以沦落之余，积旷起居之节。顷微一命，悬注五云。贡尺牍以明私，为惭不斐。荐溪毛而证信，恶足名羞。须知大觉皈依，毋摒法坛之外。可恃包荒泰度，并收连茹之中。谛望悠悠，承风拂拂。

上黄钟梅大中丞

东山久映岁星，受兹多福。北阙今虚台席，爰伫方升。惟天下之仁人，系寰中之巨望。有如薄劣，倍荷隆施。恭惟某官，星宿洪河，谷城仙石。于明堂为鼎吕，若和羹作盐梅。贮湖海于胸中，漫言千顷。洒珠玑于笔底，直俪九丘。似博物之张茂先，乃更华而有实。类惠人之郑子产，未须猛济以宽。化瑟弘张，庶矣齐变鲁而鲁变至道。从绳则正，直同益戒禹而禹拜昌言。在秦誓称有容之臣，于泰爻著包荒之德。四方水旱必以闻，百姓溺饥如是急。居然名世，允矣真人。某往御李于巴渝，已叨容接。继倒屣于济水，再被谦光。中心藏以不忘，仰事缺然有失。绳之以罪，抑又何辞。兹当小刻之告成，宜向骚坛就正。爰敕薄将而载展，聊因芹献明私。居秦而回向朐门，枌榆撩况。依斗而顾瞻法象，喉舌宅尊。傥泰山不让微尘，即卷石亦堪生色。伏惟崇鉴，莫已县驰。

报杨济寰中丞

恭惟某官，间世真才，康时硕辅。蚤登琐闼，伏蒲壮敢谏之风。洊历旬宣，行省低敉宁之绩。遂膺特简，俾陟中丞。地当百粤之区，险有三江之胜。向桂林而开府，节钺霜清。为槐宰之前茅，夔龙日近。提揆十部，即山壑海溢之域仰企来苏。感格群苗，纵断发文身之人并欣时若。方棨戟遥临之日，正冕旒释顾之辰。矧是同袍，弹冠之切。睹兹远翰，拱璧何殊。注瑞霭于天南，怀令仪于蓟北。所望闵蒸黎之凋瘵，先保障而后茧丝。念时事之纷纶，文作经而武作纬。伫瞻星履，旋柄斗枢。

简王霁宇年丈

恭惟某官，参两闳才，鼎彝峻望。九万里逍遥搏翮，便拂青冥。五百年磅礴储精，常扶赤县。世衍槐堂之荫，家增玉树之辉。暂寄东山，行趋北阙。作盐梅作舟楫，伫看霖雨寰区。为稷契为夔龙，喜起股肱元首。某同袍自夙，附骥无能。衰庸而谬役荒垩，顾影空惭碌碌。简在而旋膺熙载，宅揆共戴巍巍。预效弹冠，行输曝背。愿言澄照，毋责莽疏。

简王敬宇太仆

龙归洞湿，贮为万壑烟霞。凤去台空，飞傍九霄日月。为羡达人轨辙，雅存士类羽仪。仰以弥高，汰焉在后。恭惟某官，天民先觉，吾道主盟。抱良士之瞿瞿，有陶唐氏流风余韵。慕白驹之皎皎，似空谷中旷迹希声。立朝之日无多，解组之思倍切。标同兰雪，一味清芬。声拟松涛，十分秀爽。冠内台外台之豸，玉壶常浸冰心。踪南海北海之鹏，苍莽直横云翼。红尘不挂，栖真希紫府高丰。玄览无方，得一似函关妙躅。遽从姑射，顿谢长安。宅澹漠以无营，讵但足廉顽而立懦。觉澄虚之为快，便将同羽化以仙游。攀附无缘，企怀罔斁。为食芹而欲献，爰削牍必申虔。虽泌水之乐忘饥，闲情自远。而在涧之苹可采，明信于昭。伏乞鉴存，讵胜欣幸。

报周心铭侍御

东南赤子，最怜丰沛之遗。禁籞清班，暂借淮扬之重。霜威只肃，汤沐沾恩。眷惟门下之声华，雅是朝端之领袖。矢心皓洁，奉冰玉以纠虔。持法平明，揭日星而为照。英风揽辔，贪墨胆寒。直节埋轮，奸雄气夺。有来鼎翰，知行部之有期。何物葑菲，辱同心之见轸。云霄缈缈，依紫电以乘骢。江汉滔滔，厉清霜而持斧。眷言柏府，入践台垣。

简张计部

千万镒明月之珍，产从合浦。五百里德星之灿，占在颍川。天为国而生才，人闻风而兴慕。矧余历下，固是通家。恭惟某官，玉质金相，周情孔思。应岐山之彩凤，喜睹联翩。拟沧海之神龙，惊看变化。德盛而不狎侮，日新而有辉光。巧若拙，辩若讷，智若愚，玄览依稀老氏。无断常，无中边，无净垢，真常直肖化人。用以不用而神，成以无成为妙。顷操边计，实阅帝心。饷桓桓远戍之兵，欲其投石而超距。负切切恫瘝之念，为能挟纩以投醪。如萧相之守关中，所营根本。似充国之制羌虏，专急屯田。可称社稷之臣，不负简书之寄。某西秦共事，北斗崇瞻。只缘鳖躠风尘，未委涓埃河岳。罪诚疏莽，惧以彷徨。兹申不腆之将，聊展无涯之况。礼为虚而诚为实，千里遥挹清光。仪不及而享不成，寸悃愿言炯鉴。摇摇欲对，琐琐靡殚。

报陈剑华刘陶宇杨衡毓

不佞夙钦鼎望，更慕玄风。方恨御李之无从，讵意识荆之有分。江阳重地，朴遬非材。矧四郊多垒之时，正五位焦思之日。某权非应猝，愧胶柱以难调。责在除残，每卧薪而未释。方拟取裁于耆硕，奉蓍蔡以斤斤。那期垂注夫幺麿，走翰伻而赫赫。充庭夺目，逾分惊心。第求友而未先施，只增局蹐。故有嘉而莫敢拜，竟是逡巡。归璧之意可原，报琼之私在戢。仰希澄照，可那冰兢。

简谢凤渚监军

恭惟某官，才名瑚琏，意气干将。擅经纬于人群，作蓍荆于区夏。从膺师锡，久历戎行。挞虏控番，劳勚宿征于西北。捣虚批亢，持筹更借于东南。耀日麾幢，拂山川而动色。清霜剑戟，竦魑魅以寒心。神机不数韬钤，任变化九地九天，握诸紫府。胜算疑从指顾，伫恩威七擒七纵，著在鬼方。信是棼人，运数尽枯杨。无负天子，旌旗过细柳。龙光倾企，露布先成。某受事江阳，顾瞻岳秀。斤斤尺度，方禀承唯诺之间。纳纳包荒，更希冀呴舄之末。骤闻税驾，失迓前茅。往一介以输悰，适当于役。奖三军而待命，拟在崇朝。

简李本阳参知

恭惟某官，雄飞仕国，茂宰王畿。当机流制锦之徽，践省播含香之誉。时则治神人和上下，典礼惟寅。日思退补过进尽忠，夙夜匪懈。是不但学探四库，跨胥臣之多闻。实则宜厦作万间，如杜甫之雅意。久符舆望，默叶宸衷。念三秦辐辏之区，关中最急。察庶府贤才之会，台下独奇。简畀方隆，企怀共切。矧如不肖，代斫为大匠之羞。信是虚庸，神气类小巫之索。盖居前拟为糠秕，乘风宜在簸扬。愿藏疾得托薮川，处浊总归茹纳。望西来之紫气，从东注之岚光。千里云霓慰其苏于夙驾，一时山斗应徯志于欣瞻。短勒明私，薄将侑往。伏惟麾顿幸甚。

报韩绵源

乃者播酋不道，险阻是凭。罔思汤网之开恩，不遗乎禽兽。辄谓海波之渺暴，可恣于鲸鲵。遂兴问罪之师，深入不毛之地。犯毒蛇而蒙瘴疠，壮士横戈。宿林莽而度巉岩，疲民转饷。供亿不胜顿敝，闾阎无奈烦骚。在官府递操文法以相绳，在黔萌似服田畴而望岁。惟余不敏，从事于斯。非刘晏之通才，治粟乃兼水陆。似阳城之拙政，催科宁掩辜功。方在焦思，何当辗转。以天之道，与翁之施。二十万之貔貅雷轰电掣，百千年之巢窟拉朽摧枯。堪笑应龙之愚，竟作焚身之象。一妻七子咸就槛车，铁骑黑苗皆为齑粉。始信向来缔构，只为结祸之胎。也知往事猖狂，端是速亡之券。盖粤王授首，请缨不待终军。而猃狁于襄，元老还称方叔。文墨亦何所用，封疆自此无虞。式藉宠灵，得逃显罚。琼章远被，掷之应作金声。铙曲可传，怀之足为世宝。敢因蘧使，辄附荒笺。

报张司理

向役戎州，已附同心之雅。迩游燕市，又追逆旅之欢。气洽金兰，情均肺腑。故尝忆茂先博物，犹滋议华实之间。庸敢望吉甫宪邦，喜饮御孝友之仲。式从今日，再见古人。又以濩落余生，得仕商於重地。望风通德，景铄非遥。溯美聚星，符占有幸。时切缁衣之想，忽惊瑶札之临。挹若象贤，蔼兹世谊。不惟繄物，宝真意于琳琅。如见其人，盎春风于几席。敢登嘉乎四事，抵载锡夫百朋。自愧孱绵，曷当隆渥。走墨卿而洒素悃，望紫气于云中。飞莫邪而合干将，眷白虹于日下。可胜延伫，倍有踯躅。

报王敷庵明府

眷清真于姑射，缥缈悬思。辱轸注于鸠曹，翩翻被命。有来宠锡，式服鸿私。自惟潦倒余生，酷似冯唐白首。敢云陆沈玩世，猥同方朔金门。委之则器局易盈，斗筲从政。过之而匠师弗睨，樗栎非才。自甘分于投篸，更牵情乎返哺。居不足以延誉，谁取先容。去不足以成名，何当大雅。饩分常禄，推食斯隆。念属幺麿，饮醇欲醉。敢凭银鹿，抒缱绻于八行。难报琼投，负屏营乎四体。凉仪将悃，崇鉴是祈。

报庞丹徒

恭惟某官，祥钟汶水，行景尼山。学之为圣人徒，措之即王者事。排云阊阖，胪传动五色之占。开社金焦，都会拥三吴之胜。仁风翔洽，驯雉攸征。膏雨沾濡，瑞禾遂荐。播能声于制锦，奏上理于鸣琴。白叟黄童，含哺春台之蔼。千门万户入眸，秋月之辉。卓绩已盎于朝端，崇陟何难于禁近。股肱耳目弼直，无愧四邻。舟楫盐梅交修，时惟一德。某枌榆有幸，樗栎何堪。昔承乏于陪垣，罪深唇吻。继谬迁于秦陇，身冒风波。盖家食者数年，复包羞乎一出。南曹容与，二毛惭负于窥形。北斗昭回，五夜每勤于览象。有来韩腆，雅荷轸存。顾涓埃胡益于高深，乃萤烛不麾诸日月。瞻承有分，衔戢无涯。敢因银鹿之言旋，得附管城之琐语。所蕲澄照，更戴宠私。

报王弘庭

骊驹且赋殷勤，还切缁衣。圭宝生辉郑重，何殊白璧。不惟繄物，如见其人。恭惟某官，命世真才，天民先觉。毓真八水，接家学之渊源。奏瑞五云，表朝廷之柱础。当剖符而梁邹载握，美锦属制于良工。念驯雉而风俗还醇，卓吏远追乎芳轨。故不以茧丝先保障，而务从鸾凤戒鹰鹯。画阁风清，漠漠顾帘春永。琴台月净，泠泠单父秋光。岂惟世清白于关西，实则绝群伦于冀北。弦歌声远，沨沨识学道之心。桃李蹊成，蔼蔼佩不言之化。即如豚犬，并厕钧陶。濒河之委润为多，接壤之归心已久。仁声四讫，膺简在于重瞳。华秩初分，伫寅清乎三礼。向歌来暮，今动去思。为萦折柳之悰，恨衰白蹉跎而未果。翻辱投琼之雅，抚幺麿震慑以难居。九顿勉承，八行见悃。谛听拔之禁近，作耳目于天朝。还期畀以惠畴，庸股肱乎帝载。固丘壑一时之庆，实邦家百世之光。

报汪邹平

霜清晓日，夙钦玉映之辉。春扇柔风，猥荷琼投之暨。在明府德渊于含垢，举葑体而不遗。顾鄙人迹旷于穷檐，逼花封而缺展。方殷自讼，敢觊荣施。适脂车欲发之辰，乃蘧使方来之会。衡门起色，从白岳以流霞。彩笔惊人，似江淹之入梦。漫裁尺牍，聊展区悰，早晚抠承，不负登龙之想。瞻依载切，迥殊分烛之光。

答隆昌熊进士

仆受材臃肿，逼景衰迟。当年无所能人，此日那容置喙。追惟叙泸从事，值干戈倥偬之时。恰逢庚子开科，擢珪璋特达之彦。龙骧顿起，凤藻流辉。只缘去位匆匆，遂尔寄声泯泯。顷以播劳之诠次犬马，亦在甄收。再叨商密之官联藩屏，犹然株守。兼之承乏，俾我代庖。适当省会要区，时阅往来诸节。顷报长卿之拥传，声动题桥。忽惊飞鸟之遄过，空传赐履。礼未申乎东道，情倍切于西驰。驿使何来，猥奉梅花佳信。岐山暂驻，遥瞻凤羽祥光。几回欲往从之，安得似出岫白云舒卷。百尔末由也已，只烦将挥毫赤牍徘徊。伏匄照存，可堪延结。

简吾党应试诸生

十年砥淬昆吾，便堪切玉。万里纵横鹏鸟，立见抟风。事业定掩前徽，进取何难远驭。敢忘劝驾，伫望释褐。恭惟诸文元足下，学探宝秘，志切云霄。眷长白便欲登泰山，临孝津还思跨沧海。有先天下后天下之概，忧乐那局寻常。无食求饱衣求温之图，意气都居宏远。岁当乡举，瑞映里闾。桂子冉冉生香，槐花纷纷促试。或草就名都之赋，便拟纸贵长安。或携将照乘之珠，为羡光分贝阙。信是枌榆厚幸，行看廊庙同升。乐君子作邦家之光，喜吾党发山川之秀。不佞宿称迂腐，浪赴功名。独存无人无我之心，大切俱立俱达之庆。漫从西国，喁向东藩。咫尺之书漫裁，涓埃之悃是展。力不能借一臂，知雄姿足伉五丁。卷宜稍佐三场，期鏖战还登首甲。伏惟黾勉，可任瞻驰。

报王曙峰缔姻

三槐之挺昂霄，久叨大芘。列戟之辉耀日，雅慕高攀。喜作合偶徼于皇天，顿嘉盟有缘乎奕世。恭惟台下，才名盖代，簪笏承家。凤丽桓台不止三推薛氏，龙依膝下行将八媲荀君。方森森日茂孙枝，更烨烨弘滋玉蕊。食也纵须河鲤，某则曷若齐姜。讵意长公，不遗下体。女孙学步，愧理丝未解青黄。麟趾凝祥，欣耀颖已征头角。能赞佛定从佛宝，蚤趋庭立见庭芳。乃辱议婚，爰勤走使。应是蹇修为理，缱绻由来。敢邀百两相将，绸缪斯结。佳期及冰之未泮，乐事如日之方升。只报瑶华，还惭下里。惟欣承乎大雅，式配命乎永言。

谢韩确庵许婚淳孙

疆连淄白，论交欢不减枌榆。世藉朱陈，愿攀附久存松柏。谁意赤绳之系，即从蓝玉之钟。缅吾辈识自髫年，预定盍簪之雅。迄于今老垂星鬓，讵胜投漆之怀。尤幸迩来，越添分数。列贤书不五则七，敦齿让若埙与篪。举六郡中最近最切之交游，堇两膝下世弟世兄之愉快。缘缴宿世，合作诸天。一生女而愿有家，从冬之迈。一生男而愿有室，在暑之徂。谓是年家，又通姻眷。颍水之陈荀聚会，好应德星。关东之齐郑连昏，那拘非耦。颇似葭而倚玉，倍欣松不择萝。眷合卺即属同袍，不枉天孙纂组。听鹿鸣旋开凤吹，也增月老光华。由兹多历春秋，日见骈臻福禄。于铄哉白头，二老盎起，一段精神。相将乎青眼，百年鼓发，十分踊跃。输悰俪语，嗣叩仙居。

贺毕白阳初举子

盖闻海中仙果，生来那复嫌迟。天上祥麟，降下共欣为瑞。适是南讹之景，诞而东国之豪。燕翼从兹，诒谋更远。恭惟门下，珪璋底粹，兰雪含清。慎祥刑冤净江南，领都水漕通蓟北。比徐淮之观察，多保障之吁谋。虽时日居代几何，而规摹次第具举。尚亦有利，休且无疆。顾久虚弓冶之传，应有待箕裘之绍。某自契合之日，幸倚玉即伫孕蓝田。公今览揆之辰，喜弄珠便流辉合浦。有是子乎是父，堂构之揭千年。由得天而得人，鼎钟之延百世。顿教鸣豫，端起交欢。亲其亲，不独亲其亲。子其子，不独子其子。于斯际也，能无汤饼之歆。惟此时然，恰是炎蒸之候。未应褦襶，杂佩之将。稍待秋风，抠承可副。惟同人乎知我，爰摛辞以明心。踊跃如驰，荣光若接。

候刘华石总河

随系丈夫，失小子旧附门墙。蹇利西南，见大人好承光霁。积抱勤眷之悃，未伸奔走之恭。可是缺然，徒思俨若。恭惟老师台下，龙渊骏发，凤律钧调。曾执法于殿中，冠惠文于柱下，风行辇毂，问但豺狼。洎夫列京兆而抗貂珰，会见谢苞苴而整畿甸。久应开府，暂向华封。比安车亟伫夫登崇，乃治水独掺乎遗大。行所无事，克勤于邦。蒙照重瞳，以平成而嘉懋绩。使宅百揆，不矜伐而惟汝贤。剩有光华，尚怀遗佚。顷拜承筐之惠，顿叨加膝之荣。享敝帚以千金，彷徨莫措。重销魂乎九鼎，报称曷繇。加之痾病侵寻，遂至因循疏莽。那存事长，安论报琼。迩乃取给蚕缫，付能机织。从素丝成经纬，非五色何敢言文。因比类务绸缪，据二缣稍亦不恶。并以杂佩，聊言下私。盖曝背元献诸野人，庶采葑无遗乎下体。物有薄而匪慢，迹虽睽而实亲。仙丹视河上之公，千里霏霏气紫。玄草忆子云之拙，百年炯炯垂青。幸甚至哉，心乎爱矣。

答王康宇为女孙纳币

得婿喜在乘龙，会公郎恰游泮水。生女虽谐跨凤，讶神仙偏降桓台。为识青箱，宿钟蓝玉。恭惟某官，薇省扬芬，槐堂济美。管操五色，池头鹫鹭增辉。才擅三长，阁下丝纶吐气。世箕裘于祖祢，仁让可风。联伯仲之埙篪，宫商叶奏。殆不止世禄而由礼，又何虞燕翼以诒谋。生有仲谋，迥殊刘表。惟是葑菲之采，并下体以不遗。蚤蒙羔雁之修，爰女孙乎是字。抵此及笄之候，又叨纳币之荣。闺有孟光陋似之，而直需举案。镜来温峤妙过之，而未肯绝裾。已征坦腹于东床，所虑于归之百两。业膺明命，敢爱下陈。入也那俟戎服，谢树之光华可挹。美矣未须粉傅，荀郎之馡馥堪欣。纵八簋不备于献酬，好两姓永言乎伉俪。恪遵廿四，欢洽万千。

贺王邹平以考绩受封二代洎初举子

恭审台下，顷以奏最貤封，复举令器。切惟春盎花封，布二物生成之大德。日晴纶阁，开百年臣子之荣光。况联翩灿灿珠辉，信福祉源源川至。可胜燕喜，为效卮言。恭惟台下，至性含淳，中孚洽志。大孝宁徒劳力，精忠尤鼓真心。阅三年茹檗梁邹，抵清济水。啚四域鸣琴单父，佐理虞风。冲和共云物悠扬，坦荡将海鸥亲狎。神情太古，曰慈曰俭曰莫先。中正无邪，而庶而富而立教。案牍清乎卧阁，羡顾帘不卷风恬。仙凫倏欲朝京，眷王舄时飞日近。续上周官为最，褒来汉吏章循。五色鸾笺，领得凤衔之珏。百年谖草，欢承乌哺之私。阿举宁馨，惟贤惟德。雅知笃祜，不震不渝。光浚发而裕后昆，伫见珥貂奕叶。指河山而盟带砺，安居化日光天。畿甸扬芬，东人胥庆。某材均樗栎，猥列章缝。密迩受廛，更延下榻。倒屣则蒸蒸意气，题门则煜煜光华。感讵能鸣，欣生盱豫。无琼瑶之杂佩，丘园束帛戋戋。有葵藿之寸心，旭旦祥光拂拂。其惟炯鉴，式副下悰。

谢王完虚明府

蔼蔼周之吉士，好切缁衣。坦坦履之幽人，分甘白贲。昨申燕喜，莫罄芹私。胡为来也充庭，顿使蒙之汗体。恭惟台下，名高三辅，望揭五云。花县春融浒水，仙山焕彩。槐堂昼永萱花，桂子扬芬。鸣琴而不下堂皇，风传魏阙。制锦而将依衮冕，日近长安。何物丛桂之小山，猥辱周行之好我。琼瑶置报木桃，无贵先施。驽马曷营伯乐，为之流盼。适是蝴蝶晓梦，栩栩庄生。忽惊银鹿朝来，翩翩颜字。似龙团接卢仝之手，宛尼丘见伯玉之人。物与志以胥隆，愧从感乎交集。庆帝纶之有赫，宝墨分辉。拜我朱之孔杨，绣裳载德。还叨鼎饩，余藉璧旋。野人之悃愊难名，愿福禄永绵苗裔。天子之股肱有待，伫锡书倏下梁邹。岂徒窃润乎九里之河，更拟托庇乎万间之厦。漫言何敢，崇鉴是希。

答韩隐庵封君为孙纳币

瑞莫抵于茂孙枝，幸吾家之倚玉。吉莫先于求庶士，见南国之标梅。业缔良缘，又来嘉礼。信是门楣之喜，以令仆御之勤。恭惟吾丈，止水澄神，闲云适性。龙德而隐为父，奚翅能慈。豹变而文厥子，因之开大。螭头簪笔，宇内向风。殆将盛美而俱忘，一任安恬之为乐。鼎烹宜享，蔬素攸耽。宝诰荐膺，轩车罔御。五岳之踪欲遍，尚注婚姻。百年之计良殷，亦惟孙子。忽睹云笺之堕，再申月老之盟。事郑重而有加，不妨及腊。意绸缪而可掬，安俟泮冰。但闻双雁之雍鸣，应是八鸾之至止。一芹可荐，宁诮野人。四座均欢，便云盛举。接春信梅花馡馥，还思结实调羹。阅岁华烛影辉煌，伫见画堂合卺。女有家而男有室，祖孙父子未央。周公拜而鲁公随，带砺河山奕世。茑萝窃庇，松柏昂襄。

报施误生见饷

菅蒯何当于丝枲，古道罔捐。人旧还等于衣新，高风可挹。示周行足，征好我不遐遗，乃见包荒。追忆当年，隆施今日。缅惟足下行踪，莫喆艺撷菁华。粤时流直叩玄关，击三千更抟九万。方其操笔纵横，驱呵风霆。及乎立朝嘘噏，斡旋世界。真心与神可对，旷度匪夷所思。缘分曷修，徼伯仲埙篪之好。交情初缔，从文章神骨之奇。洞音乎流水高山，想钟叶伯牙蚤通天籁。奏绩乎一匡九合，看管酬鲍叔远迈风尘。又承筐乎是将，今负颜之孔厚。于何置报，只有荒笺。更愿曲牖乎小顽，相视永敦乎世。用歌伐木，其利断金。

答沈学博

某与门下，里接枌榆，宝邻珠玉。恨抠承之不蚤，徒饥惄以为殷。客岁嘉平，远颁翰札。维以太孺人三十余年之苦节，谒惭古女史千百有祀之芳徽。爰诏腐儒，谬当纂组。时方值先慈窀穸之理，百尔经营。遂久虚执事葑菲之收，片词濡滞。厥繇职此，有隐堪原。兹稍暇获简牍之披，于熟覆了柏舟之概。为忆令母行同我母，零丁称未亡人。更钦德门宠荷旌门，光耀成不朽事。顿生感激，聊有抒陈。诗拟诸唐，欲步随州之躅。传列于汉，空高子政之才。作者非黄绢之辞，直一泪一言，洒出足添江水。歌者乃巴人之调，愧弥高弥寡，和来可并阳春。所丐鉴涵，可胜悚负。

简李云许世丈

北海汪洋，孕出豪贤之选。东山濩落，惊来观听之新。可是宿缘，谬通世讲。恭惟某官，材称盖代，声动寰区。风云归吐纳之奇，日月际升平之会。彤廷射策，纵横礼乐三千。畿甸分符，乳哺蒸黎十万。公好恶作民父母，举贤才何论侧微。擘画一新，猷为迥别。虽曰幅陨百里，已见宰天下之权舆。洵哉气象三台，可使立朝端而疏附。作士林之翘楚，翊世运之昌明。何幸儿曹，猥尘骥尾。会逢羽便，缀八行以抒陈。聊布衷私，望层霄而披沥。伏惟澄照，曷已瞻驰。

答惺庵丈以四月十九日为女孙纳币

小孙女久奉嘉盟，未闲内则。方诏以箕帚之事，敢重勤玉帛之将。兹辱华笺，欲颁佳币。吉蠲有日，凭义卦之纯乾。宾御如云，应周爻之和兑。亦尝侧闻乎俎豆，自当攸摄以威仪。倒屣及期，高轩喁望。

公启钱抚台免县正应朝

年景甚荒，人情叵测。上之全齐，填抚总注望于台台。下之小邑，安全又亟须乎县令。盖县令如一家父母，亲临实百姓瞻依。不但拊摩，尤资保障。在平时已属要职，矧凶岁更难侧离。兹当朝觐之期，应在报部之数。若听入觐，弗蒙奏留。则地方苦无官，势必须乎委署。顾代庖易生玩，人又多计苞苴。泽乏涓涓，害常种种。治乱绳而棼扰，恐纵横刀剑，谁清渤海之滨。苟借寇而未能，将骚动鼓桴，那禁颍川之盗。又看得本县冯知县，宽却有制，廉以生威。士民真是归心，疆圉亟需为命。顾留县视事，免令应朝。念主张在元老宪邦，兼资文武。伫旋转同圣人用世，久协经权。万民休戚攸关，四境安危匪细。某等怀殷桑梓，乞向斗台。举非同于无因，恩共徼乎大庇。绝无矫饰，伏冀允从，幸甚幸甚。

简吴赞敬郡伯

台下慈抱春温，介严冰冽。出纳存公平正大之体，政刑协张弛阖辟之宜。掌运经纶，三十城咸归奠丽。洒周雨露，百万众都入侵涵。矧惠风披拂于林泉，俾野老优游乎耕凿。畴非洪造，式戴永言。每欲登叩无阶，徒是企怀若渴。敢申尺牍，聊布寸衷。伏丐鉴原，可胜悚负。

简沈彦威学博

世丈浙水育神，泽宫抗矢。高第名登十一，玄言妙契五千。为爱清虚，弗耽案牍。方将恢张旧业，漱芳润于诗书。咀味道真，弥广崇夫德业。放悲尼圣，丕振先声。步武天民，弘开后觉。度人关乎自度，师道正有余师。莫御昂骧，万里曾霄瞬息。更多表著，连城和璧光华。仆猥附通家，式钦高谊。属齐城初开绛帐，喜豚儿得挹清尘。鼓铸有洪炉，顽钝咸收大造。裁成惟喆匠，偏颇亦在弥纶。敢上荒笺，聊明鄙悃。倘蒙洞烛，曷已欣承。

简督学吴公

斯文有脉，斗山敻起于云霄。吾道将兴，礼乐弘敷于海岱。沨沨化洽，济济材蕃。恭惟某官，浙水神龙，虞廷威凤。昔含香而奏事，誉藻明光。今秉铎以兴贤，望隆舄奕。纯诚格类如七十子向慕之真，县鉴题才见齐鲁人踊跃之甚。某等制科忝列，风轨攸钦。亦步亦趋，愧后瞠之莫即。先知先觉，喜有因而可宗。敢陈底里之言，原出共公之愿。不惮缓颊，伏匄推心。

谢督学吴公增邑科举三名

在昔里选通行，固畴咨乡老。于今学官广厉，则特重文衡。非识度之超常，那拘挛之顿豁。恭惟某官，星辉伯乐，笔扫千军。才谞岳岳兼人，德器恢恢容物。兔罝方咏，宁废野人。葑菲并收，弗遗下体。属以士逢乎大比，仰祈额拓于当年。事未前闻，倏承俞允。拔茅茹而汇进，喜弹冠结绶一时，鼓动三阳。将桂萼之高攀，吸玉露金飚万里，翱翔八月。微恩施乎异数，开汲引于方来。事类私而义则公，谋从众而断诸独。美同秦誓实能容，有利公家。颂起泮宫欣淑问，丕宣明德。懿兹不朽，荷以无涯。

顷阳子启札卷之三

答谢类

谢孙蓝石年丈见贺迁秩

双鬓刀骚，栖息只堪丘壑。一官潦倒，叙迁枉缀班行。株朽恶庸，绘施焉及。恭惟某官，标凌太华，度漭洪河。周礼行人，使四方而不辱。汉庭内史，愿拾遗而不遑。伎俩羞比赵张京兆之规，浩乎其大。经略足追韩范中丞之烈，邈矣寡俦。宅尊而德益谦光，念旧而丽滋兑泽。有如不肖，素乏片长。只缘追逐南宫，遂获悠容北海。迩游天府，更密仙居。事大夫之贤，自惭疏莽。怀简书之畏，未赋归来。偶为当路所怜，有意积薪之久。移兹跬步，尚尔岐丰。忆信友而得君，漫称前定。讵处囊而脱颖，还笑失时。取老马之识途，惜加鞭而乏力。误蒙轸注，为眷朋侪。摛黄绢之新词，将诸银鹿。展缁衣之笃好，咏彼毛诗。第隆礼殊常，匪宜加夫敝帚。而深情未艾，胡以报于投琼。寄意长风，衔真下走。

谢王霁宇年丈见赆

恭惟某官，洞晓夷情，久临边镇。西襟喉于全晋，南锁钥于神京。紫塞风清，识方叔壮犹之著。彤廷日永，发周人燕喜之章。伫卿贰之延登，信枢机之坐绾。禁中颇牧，将出入以均劳。殿上夔龙，美都俞之共济。某猥叨世讲，倍溢欢私。顾惟臃肿之材，岂有匠师之睨。属兹于役，眷在遐方。地将入乎不毛，时且际乎多事。虎负嵎而侮视，壮滋惭。鲸排浪以恣睢，长戈谁试。区区非任，蹇蹇空勤。何当置念之殷，遂动弹冠之庆。驰材官于上谷，千里风尘。惊殊锡于衡茆，五云色泽。漫将短勒，聊布下悰。可胜镂结之深情，所幸台光之委照。

谢李霖寰大中丞授饩营中

职自惟谬役从戎，实专司饷。身未擐夫甲胄，卧薪尝胆空勤。手未援乎鼓枹，蒿目焦心徒切。即日严糗糒之事，以舳舻以负载，期慰饱歌。顾时惟道路之艰，而沮泽而巉岩，每虞枵腹。厥初罔济，真局蹐以靡容。抵后稍饶，奉规条而逭戾。

食已浮矣，劳何有焉。乃汪汪相度无涯，顿亹亹鸿私覃被。兼金作饩，饱德醉心。台檄疏恩，神惊汗浃。盖在武弁，出九死一生之力，而文士只持议论，宁与同功。又如饷夫，躬胼手胝足之劳，而官司仅治簿书，岂堪厚飨。拜而震慑，感以回环。锦水摇摇，眷清光之下济。峨嵋奕奕，表令德之昭垂。九顿明虔，寸衷俱往。

谢沈太素中丞加礼

恭惟某官，才猷盖代，勋伐堪铭。蚤起家于司空，以水治水。继提衡于关内，以人治人。历七闽与三巴，越成风乎运斧。东人何幸，召伯来旬。适貂珰恣溪壑之辰，罄山林而空杼柚。赖衮舄当翰屏之寄，竭耳目而继心思。道以清净为宗，似治齐之曹相。政务安全为本，惬渤海之王生。五载勤渠，九重简在。会中土久难于填抚，适大廷博采于臣邻。谓一时四岳之贤，孰如台下。而嵩山洛水之会，遂付掌中。似乎左吾人以右蔡人，无那用王臣而奠王土。台芒日丽，谁能久驻福星。岩穴云深，又辱荣施敝帚。也知黍谷，假驺律以扬春。缅想槐阶，向尧天而生色。庇兹衰朽，剩有光华。

谢茶台荐举

切以伏车非骥，也迎伯乐长鸣。断木欹沟，恰有匠师过睨。诎不知而获信知己，误蒙举而复荷举先。有此奇遭，可胜欣幸。恭惟某官，神澄太始，量括扶舆。道先觉则天民，德辅台诸帝赉。入当簪笔，壮气色于九重。出乃乘骢，荡妖氛乎四国。负舟楫盐梅之望，时乃启沃朕心。作骨鲠药石之臣，爰取弥缝衮阙。众胥企向，独树表仪。顷以绣斧按秦中，更摄茶台取关内。神羊之威震叠，望风解绶者纷纷。鸣凤之彩辉煌，丕式见德者翼翼。迩促还朝之驾，将陈入告之谟。镜别妍媸，睿览动千秋之赏。笼收溲渤，玄机回八表之春。嫫母而粉黛横施，樗栎而青黄骤饰。无武真如随贾，那更少文。推贤乃倍郑韩，顿忘不肖。矧是生平希觏夤缘，未微于先容。惟其职业有关濩落，遽怜乎前积。感均鸿造，谊激深衷。顾台阶展觌以无从，只涓滴载输而莫御。东山未品，应多西晋之缘。北海通家，愿上南山之祝。伏蕲崇鉴，无那县驰。

谢李龙峰年丈加礼

风云万里，鼓同袍喜溢弹冠。日月重明，伫特简显膺开府。顷有溪毛之展，聊申弁雀之私。情抶寻常，文惭疏莽。恭惟某官，人伦冠冕，宗社干城。三十年鞭着常先，居然快睹。八千里髀消欲尽，也自分荣。襟期讵藉仪文，报礼还勤眷注。金微缈缈，飞铁骑于流云。琼玖纷纷，眷木桃而惭色。逡巡未已，郑重曷当。顾惟却之为不恭，是用受之而弗报。望流沙之紫气，想象真仙。溯星宿之洪波，汪洋叔度。日作夔龙之耦，时钦黼黻之章。委琐绨袍，不枉青云，依附庄严宝鼎。并增白发，光华感激，相将衷虔式布。所觊台芒乎下烛，那云尘坌不长辉。

答董翼明见贺

时当员缺，偶署宪司。代庖有类尸人，耘彼遂沦舍己。负山可惧，焉用蚊为。欲度方迷，觊蒙津指。不是弹冠之会，误遗拱璧之章。有所闻而遽来，心乎爱也为独至。未有处而受馈，颜之厚也讵能安。为是冰兢，敢辞珍腆。宿知爱我以德，罔罪却之不恭。犹自彷徨，可胜喁望。

答王泾谷见贺

台下经纬万象之才，茹纳八荒之度。曩从燕市，饱挹龙光。今役秦关，再叨洪庇。仰靖边为要塞，须揆文奋武，取重兼资。惟方叔克壮犹，好协力同心，乃言底绩。才握符而视事，未折简以明私。讵意从烽烟斥堠之间，乃勤注左提右挈之意。挥文通之彩笔，五色分辉。咏郑伯之缁衣，三章见悃。自惟蹇劣，乃被荣施。识郑重于兼金，等绸缪于杂佩。双龙有气，想需时合并延津。八斗殊才，直一意归依膝下。相看明月，敬拜下风。方亟图一介行李之驰，窃比诸千里命驾之谊。

答田平寰见贺

某无所能人，曰攸好德。昔释褐而剖符泫氏，曾望气而物色析城。知有高贤英锋欲起，恨为俗吏臭茝未交。久而承乏鸠曹，适是诘戎司马。虽邦政邦禁，论职业各有司存。乃不曲不挠，仰丰棱雅勤向往。比纠纷仕路，南北相岐，更幻迹飘飖，升沉殊轨。徒烦梦寐，莫遂枢趋。讵意从风尘沦落之余，遽尔附寮采寅恭之好。矧契封商密，乃至人过化之区，而陇水关山又不肖旧游之地。五云属切，一介未通。辱芳讯于先施，更叨鼎惠。恨漂踪之初泊，莫效涓私。拜以逡巡，感惟局蹐。眷箕畴之卿月，何限晶光。诵吉甫之清风，可胜瞻注。少需图展，幸鉴区悰。

答邢泽宇见贺

恰登城而西望，陇云密属秦川。忽飞骑以东来，银鹿式将瑶札。纯镠在贶，郑重有加。蔓草蒙濡，欣荣载睹。自惟材均拥肿，烛之武少不如人。那更业止尘编，杨子云老不晓事。顷缘播勚，再厕官联。莫莫商山，惭愧茹芝之叟。洋洋洛水，缅怀定鼎之臣。卓尔高贤，收兹下体。隆先施于朋友，嘤鸣见黄鸟之风。许追附于驽骀，矫首释白驹之叹。感内心外心之并至，宛同声同气之相求。湛德无涯，衔中莫替。方諏日布涓涓之悃，好临风抒眷眷之私。亦幸台端，俯垂丙照。

谢祁念东参知戊申元旦草

不肖社栎余生，野鸥疏性。束钝根之障圂，未探玄真。苦尘鞅之羁栖，莫窥净域。眇不睹日，纵烛盘曲喻终属支离。聩不受音，即韶濩并陈安聆节奏。顷自入关之后，追陪接轸之余。虽旅进旅退之纷员，独殷向往。而在前在后之瞻顾，式倍勤惓。窃谓元礼峻绝于龙门，未若叔度汪洋于千顷。岂其玩世，甘和光以同尘。端欲行仁，任平心而率物。揭圣学之赤帜，讵但令三秦士子驯习归依。作吾道之白眉，又顿教东土鄙人倾城效法。方嗅芸荪之馡馥，日密日亲。将分宝椟之弢藏，时欣时玩。极生平快意之事，在交游迈德之英。讵意和璧连城，敚诸有力。遂将隋珠照乘，偏鉴彼方。岂建牙濒化国之祥风，要假真人以觉译。方振振发净坛之秘旨，好挟正印以开通。总是分缘薄厚之不齐，故尔取益浅深之靡定。涧有兰而吐苾，无地不芳。石逖玉而失辉，其何能淑。加之代庖，而簿牍填委。因之疲神，而术业隳隤。一别容辉，五更蓂荚。关塞讵鸿雁，胡为乎尺帛未将。陇头时忆梅花，只烦尔魂梦空度。堕为俗物，几自外于指南。尚悯颛蒙，劳轸存乎窔奥。兼金特贶，珍果还分。洒甘露以杨柳之枝，嘘阳春于幽燕之谷。戴之喁向，诵以回环。兹乘新正之暇，稍解杂沓之务。澄神斗室，摅臆荒笺。溪毛亦可，上羞式存明信。几席安论，千里所系精神。为问倾盖与白头，果孰新而孰旧。又思醴甘泊水淡，抑奚短而奚长。持此久要，交应无腼。倩长安之皓月，凭虚爽为报金微。邀渭水之清波，转流澌复传青海。总希炯鉴，莫御县驰。

谢李瞻宇回礼

顷为莺迁，顿生燕喜。效弹冠而称庆，行瞻麟阁中兴。仰逸足以腾欢，不枉骏图遐慕。一缣之贡，有愧玄黄。千里之函，聊申干鬲。讵意高贤雅量，取其意不责其文。翻令薄往厚来，惊于心复骇于目。信是琼瑶之报，那堪桃李之羞。紫塞风云，日驰想军中韩范。皇猷黼黻，时延登天上夔龙。则五百年之名世不孤，而亿万载之鸿勋未艾。抒情寸管，难禁摇摇。流睇台阶，转深亹亹。

答祁念东加礼

宿号文章山斗，为誉髦斯士之襟裾。迩称龙虎风云，秉节钺遐荒之枢筦。顿觉金微吐焰，谩云玉塞无春。盖以樽俎而兼折冲，御虏止消掌上。果是甲兵而麈谈笑，筹边直在目中。妙算平羌策十二，锱铢不爽。奇谋定远提四九，吸呼相通。飞飞剑气耀天山，直夺诸夷之魄。肃肃军容摇宿海，遂称万里之雄。想金兰投契之朋，乃文武宪邦之选。错培塿于嵩华，难较崇卑。委流潦于沧溟，安窥深浅。独缱绻长安之交好，方经纶要塞之戎机。一介行李未先，迹甘疏莽。几度踟蹰莫决，意枉思量。翻勒芳讯于瑶华，更惠兼金之舄奕。文溢情而郑重，宛接芝眉。今并昔以勤眷，倍怀台范。旋拟苍头之遣，聊输赤牍之忱。暂佈谢私，伏惟照拂。

谢郑养冲见贺

力田之与逢年，难程工拙。退尺之视进寸，那较速迟。故或黑头而作上公，亦有没齿而淹下位。为忆传经之刘子，三纪尚未迁官。又思原道之韩公，七试还难收录。矧如不佞，真是散材。学书学剑以无成，亦犹荑稗。得陇得蜀之再蹶，宁耐崎岖。老马何恨于服车，积薪未宜夫开阁。偶来商山洛水，获逐大贤高良。宿世何营，不堕之渊而加之膝。兹生有幸，尚怜其旧而与其新。藐尔项斯，颇吃交游之力。非干毛遂，顿生脱颖之心。遂陟一阶，端属万幸。缘风尘之骚屑，未布涓私。忽琼玖之缤纷，仰勤郑重。自愧数盐而问马，鼯鼠之枝易穷。何当因情以生文，银鹿之颁甚腆。顾兹剪拂，永戴隆施。眷威凤之摩空，羽仪莫替。效驽骀之追武，策励方殷。矢报有期，于铄希鉴。

答徐斗南见贺

同寅鸠署，清芬宿湛于芝兰。尺素鱼书，远问积疏于棨戟。每动天涯之想，忽来云际之章。鼎惠攸肩，龙光若挹。自惟行能素劣，攻玉弗抵于他山。更忆名位日崇，贮笥恶庸夫敝帚。为轸燕台之旧谊，更欣秦地之同游。好用缁衣，惜风尘之凋敝。命将银鹿，识台座之殷勤。文并质以称隆，感与惭而并溢。逡巡登觋，捧琼玖不觉神摇。谫陋陈词，望棘槐那轨意往。幸容少选，载展区怀。

送诸僚谢礼

三十载风尘敝帚，那膺宝椟之荣。五百年名世高贤，遽辱葑菲之眷。银镠亟觋，捧以惊心。鼎翰流辉，承之炫目。谓是谊均寮采，顿忘品介贤愚。戢佩隐衷，蚤应报塞。只缘下走，混牛马以分劳。漫仰崇阶，等云霄以共阔。于情则施不先而处后，羞言伐木之风。论礼则敬虽蓄而未将，安在报琼之义。殊云疏莽，有腼洪深。兹簿书留寸晷之暇，念山斗系千寻之望。愿抠承而莫遂，折简相将。抱企慕以方勤，束戋见悃。竟存可吝，恶足明私。所祈煜爚上台，常烛萧条远裔。受之惟是心至，亦曰包荒。进之无异膝加，宁忘翊戴。

谢见贺诸僚

某三十年风尘受汩，真成无水而沉。方寸地神理还存，那敢它途以进。固知间间闲闲之有辨，尽教牛我马我以能安。偶只役于秦中，误包荒于台下。好而不知其恶，即嫫如嫫母时发容颜。短而或录其长，纵材属樗栌均蒙收录。爱拟加之乎膝，感维佩之在衷。比叨量移，雅知非分。方循墙而欲走，乃损惠以彰施。敝帚恶庸，而昌千金之飨。罢驽焉适，顿遭一盻之荣。顾岐凤之彩辉煌，羽仪非远。而黔驴之技蹇劣，蹄啮靡施。每瞻云于耄耋之亲，当爱日乎庭闱之眷。宁敢久縻升斗，鸡口是程。亟谋归贲丘园，牛衣可卧。独有灌培之德，草木亦戴欣欣。如兹雕缋之光，朽腐亦增烨烨。寸心无射，束帛是将。委涓滴于沧流，企岐嶒乎华岳。匪报而永以为好，旨远而词不能文。惟幸鉴思，罔孤喁向。

报崔登吾

恭惟某官，谊薄云天，度钟渊海。黄钟大吕，鸿姿莫与匹隆。翠柏苍松，古色夐超流俗。人人宜北面而事，在在指南车以推。乃某也历下鄙人，贯城从事。黄金台畔，误蒙国士之知。函谷关头，再睹真人之气。生平厚幸，宿世奇缘。顾匆匆邂逅之间，并杯棬而莫展。直耿耿去留之介，宛台斗以常县。陇山无可折之梅，汉水逗泳思之赋。真成旷渺，徒抱勤眷。不谓雅意珍存，直几筵乎千里。遂烦大伻垂问，堕翰觋于层霄。明故人心上之欢，文鸳在绮。发旅邸天涯之梦，芳草生烟。欲往从之无由，惟佩服而莫射。湘沅多芷，好分秦地之春。太华有莲，亦佐楚天之寿。漫裁为报，澄照是祈。

谢熊眉愚参知有饷

伏以锦窥西蜀，报章不让天孙。施类东家，颦效枉烦人力。徒以在前之糠秕，谬叨非分之琼瑶。可信一陂，直横千顷。恭惟某官，有容乃大，闻道吾先。昔曾燕市遨游，蚤悉梁园风雅。既殷向往，未奉齐盟。顷从尘氛汩没之余，却为玉树瞻依之地。天开商洛，为理颇似蹇修。人类驽骀，物色猥蒙伯乐。只惭白发，难附青云。独一念郁勃精诚，愿投胶漆。想三生绸缪缘分，原协金兰。既拜同地之官，又奉一朝之命。不腆羔雉，为展先容。何物木桃，翻麈厚报。地非阙里，诧蘧使之殷勤。人不夷吾，得叔牙之契合。抚兹衰朽，星河拂拭光华。湛以隆施，鼎吕情文郑重。服之无斁，莫之与京。拜手扬言，为谢紫芝分晔晔。扪心述感，还凭青鸟布眷眷。冀幸台垣，烛私下走。

谢郑养冲惠新茶

长安纷绕，讵堪九陌之嚣尘。汉水澄清，忽堕三危之瑞露。珠蕊疑分玉垒，耀华似托金茎。想武夷之真人，灵根殖远。擢丹丘之仙颖，绝味通玄。始知阆苑醍醐，涤烦疴于入口。不数湘江兰芷，勤企慕于行吟。撷一叶已占清奇，破七瓯更通灵圣。凌空傅翼，从逸格之翩翩。疏滞宿肠，觉清风之习习。是台垣之为惠甚大，而凡品之受益弘多。叩四皓于商山，紫芝犹薄。揖群仙于蓬岛，瑶草齐芬。方将汲取于金沙玉液，需之火候。坐见香浮乎碧乳黄芽，助向丹田。宁是独醒，敢忘溢美。效卢君之拜赐，未报茶歌。羡陆氏之品尝，再翻水鉴。伏惟澄照，可任县驰。

答南弦浦

窃闻社栎弗庸于匠氏，亦保天年。驽骀偶顾于孙阳，谬添声价。无那驱驰之未效，有孤策辔之虚施。顷从沦落之余，再缀旬宣之末。控商山而回洛水，虽封疆载览雄图。以樽俎而寓折冲，愧才猷终艰大受。方抱临渊之惧，敢当采菲之勤。错筐篚以玄黄，披兹骇目。洒珠玑于咳唾，诵以惊心。况迩缘倥偬于长征，尚旷阙情文于大雅。过高门而空式，讵不肖所以事贤。食旧德而莫酬，信无知几同弃物。逡巡拜命，着嘉袜而举足莫忘。震慑隆施，归大伻而琐言布复。尚需晷隙，颛候台端。

答薛献我祠部

切惟山能兴云致雨，奠丽斯崇。治能通变宜民，封疆始赖。控驭既当一路，帡幪何止万人。眷兹商洛之区，实处山谷之会。众难驯而易于启衅，峻法未必能行。地疾耕而难免于饥，深仁乃徐见德。仆材均臃肿，负荷奚堪景入衰迟，精神余几。措铅刀于宰割，疲来贻笑庖丁。责驽骀以驰驱，麾去空烦伯乐。矧浃旬之受事，正暖席而未遑。移而之他，政非专一。利未穷乎源委，兴以无从。弊宜究其指归，怅焉徒切。正岐路眩摇之靡定，望指南提诲以方殷。忽辱瑶函，爰颁鼎惠。情则好我承筐而不废周行，善于诱人匪面而言提其耳。顾雅意在成乎美，容怜才而失其真。感极愧生，礼惊宠侈。载玄黄而稠叠，烂倍舒霞。洒金玉以辉煌，光分彩日。论有嘉似应亟拜，顾揣分非所宜蒙。勉受佳编，资开后觉。仰凤鸣于玄扈，伫奉德音。漱熊耳之丹泉，行分委润。敢忘攀附，自失依归。

答赵顺庵使君见贺

尧天焕纶綍之章，草莱动色。楚甸来琼瑶之贶，邸舍生辉。盖因其亲以及人之亲，将不惟物而惟德其物。感何容教，报矣奚从。恭惟某官，学续河汾，志存禹稷。孝以扬名为大，讵徒用力而用劳。忠以致主为忱，庶几有冯而有翼。花封两驭，践令仪潘宰之芳尘。竹马重逢，美行部细侯之雅度。已见桂阳明月，还思沂水春风。召伯行仁，荫甘棠于蔽芾。平阳好静，付吏事于酣歌。阜成原锡类之弘，崇礼眷朋侪之好。曩从玉壁，得识荆州。既藏垢而掩瑕，更弹冠而结绶。当年入觐，每蚤夜以论心。客岁同游，倍欢呼而趣膝。盖其生同甲子，假有天缘。加以义协金兰，允称人合。某顷由郎署，报常职于三年。遂自田家，昌宠荣于一旦。命以名别以器，惧彝章副称之为难。式如玉式如金，宁臣子寻常之宜得。何来鼎翰，式广孝思。有赫衮褒，复切奖籍。始信行侔曾闵，联四海于同胞。也知谊重漆胶，轻千金于一诺。蒙兹缱绻，殊是逡巡。埒高厚以难名，镂肺肠而载德。所愿熊罴叶吉，喜瞻子姓之绳绳。凤凰于飞，再睹卷阿之翙翙。薄抒赤牍，遥寄青云。

报吴挺庵年丈

海滨握千里之符，闾泽爰从日出。师帅课三年之最，隆恩宜荷天施。庆遭际以弹冠，辱轸存而拜惠。恭惟某官，学探烟海，标出云霄。始宰花封，孔迩播真阳之诵。继登法署，惟明疏嘉石之冤。敭历有年，声华丕赫。四明出守黄堂，肃而霜镜无私。五马行春绿野，清而朱轓增胜。被无襦以多袴，惠政常温。脱佩剑以易牛，乱绳毕理。更伐狡谋于日本，肯容作溷于鲸波。梅秀远芬，蓟北雪花堪映。瓜期倏届，甬东风诏将临。直劝驾之无从，幸盍簪之可冀。猥承芳讯，知采菲而下体不遗。载锡兼金，感同袍而无衣辄赋。丹山赤水，眷缥缈以驰思。秋省白云，用徘徊而布谢。侑之不腆，旌我下私。咫尺挹清光，愿以九卿征入。从容谭契阔，不从十日交欢。覼缕难宣，照原是句。

报熊忠浒恤部

金科载布，常愿无刑。玉镜攸临，可知旁烛。广好生于虞帝，辙迹山东。代祝纲于成汤，声施海外。阳春有脚，信幽谷之吹嘘。明月无尘，照圆扉之冤抑。求其生而不得八百起，大敝心思。必无憾而后安廿四人，谁诒命脉。此堇会城之支县，已占载道之口碑。循是周行，更多再造。于门驷马，由来豁狱于覆盆。王氏三槐，共说取偿于左券。兹惟执事，乃擅福星。不肖家本齐人，官叨同宿。识荆未卜，恨历下之空过。御李何期，眷都门之至止。远勤瑶札，煌煌乎堕五色于云间。深荷琼投，累累然集八珍于圭窦。慰情老母，衔德鲰生。敢因蘧使之旋，聊布尺书之悃。仰惟崇照，可那县驰。

代谢政府

作乂惟贤，万国仰垂衣之烈。出师以律，九重劳拊髀之思。讵期一线之材，冒忝三隅之寄。推恩有自，省己维兢。恭惟某官，间世真儒，佐王硕彦。提揆密勿，经纶四海之才。作范人群，囊橐九州之度。致太平于有象，偶因戡乱以观兵。调元化于无垠，是用定功而保大。凡志士必俾效用，而微材得荷廉收。如某者尾琐庸流，驽骀末品。系单于于阙下，虽慕英风。颛节制于师中，岂闲将略。自信无书于政府，恭承推毂于元戎。实滥望涯，敢当分外。代庖人而治俎，取诮应多。驱蚊蚋以负山，虚庸是惧。但念受知于国士，当毕竭其愚忠。遂加淬砺于铅刀，庶仰酬乎知己。谨修尺牍，用展区悰。伏愿汇拔泰茅，共睹圣人之有作。禧凝鼎铉，载恢大业于无疆。勒绩燕然，相业共长天而不老。图形麟阁，芳名同旭日以于昭。

答马进士之骐

南山桥而北山梓，森森递发青云。裘习治而箕习弓，奕奕那同白屋。忆当年南宫追躅，喜此日北海通家。遗我瑶华，企君玉映。恭惟某官，文成七步，敌学万人。挥彩笔不数江生，语白眉偏钟马氏。过庭式训，还能志在春秋。集颖动占，可信德回星宿。每念东溟之巨浸，衍诸西极真源。更惟清庙之奇珍，种自蓝田秘宝。眷言丁丑，谬上春官。射策偶逐尊人，附骥应惭下走。六年泫氏，比邻分上党之光。十载青山，朋旧切南阳之梦。顾荆州之子，豚犬漫尔兴嗟。而丹穴之产，凤皇惊看扬彩。祥飞汉水，则泛槎之博望，飘飘直抵银河。神降崧高，则举德之仲山，翼翼可司喉舌。于家克肖，为国之桢。温饱非图，咏梅花已窥英概。鼎鼐可列，吟华岳蚤见崇跻。我知庆所由滋，伫望引之勿替。其惟怀旧，惠此好音。享敝帚以千金，何来物色。辱庸驽之一顾，顿起精神。况尺牍缅缅珠玑，更毫颖言言肺腑。佩之无射，仍将谛视子孙。晤也何期，亟愿披承兰雪。区悰如缕，展款别笺。幸流明月之辉，不废秦关之照。

报杨滨州

夏阳之闾泽鸿滋，去思罔射。渤海之芳猷覃布，来暮方歌。信行仁之有征，讵用爱之能助。恭惟某官，瀛洲仙品，圣世真才。擢桂清秋，颢气承芬乎玉露。垂帘永昼，惠风解愠于黎元。传闻制锦之徽，倍羡鸣琴之雅。五年作牧，三辅称雄。及其鹤唳九皋，丕振云霄逸响。遂以车庸五马，式沾雨露浓恩。也知一路甘棠，便作三齐大厦。剑买牛而刀买犊，农狎深耕。风不烈而波不扬，海通远译。能安全即称良吏，矧陶淑尤见肤功。仆夙向斗山，比联桑梓。既以代庖关内而濡染知贤，兼之窃润水滨而欢欣戴德。曷当遐注，谬荷荣施。充庭之珍贶缤纷，入目之瑶华悃款。交新而情惟系旧，东秦宁异西秦。成俗而政本化民，至鲁还应至道。薄占言谢，崇鉴是希。

谢袁鹤野明府

夜光照乘，不需缋以为荣。汗血绝尘，每望风而企竦。敢云推毂，猥荷投琼。恭惟某官，道擅主盟，才儞名世。俪金茎而度爽，匹玉屑以飞英。腹笥翃藏，举四库五车之储而并撷芳润。词坛蔚起，极龙翔凤舞之概而蚤播声华。夐脱颖于制科，遂分符乎名甸。豫章春蔼，黔萌欣凫舄之光。江汉秋澄，朱绂采鹤琴之誉。乃如铮铮硎刃，四顾宁睹全牛。以至肃肃封疆，五漏几闻吠犬。践更不扰，租税先登。虽云抚字心劳，谁谓催科政拙。某镐京窃禄，舟楫是程。尺寸无奇，漫切缁衣之好。春秋非乏，由来赤社之供。茂勋可怀，旌言敢后。惟是修明夫令甲，岂其市价乎恩私。矧寥索尘词，未作花封之艳。乃殷勤驿使，倏分梅国之春。嘉贶攸临，彷徨靡措。濡毫想像，鸣銜戢于无涯。瞻宿徘徊，览祥辉于莫釹。侑之束帛，载是区悰。

行营答邵泸州

不佞虿非投笔，晚效请缨。筹莫售于勖勦，志徒怀夫踊跃。地临燕埧，选旺胜以开营。望入丁山，揭肃宁而取义。采薇欲赋壮犹，谁奏于襄。细柳驰思分阃，那堪真将。至烦殷念，亟辱贶施。惠何减于椎牛，情亦窥夫善饭。感倾五内，谢付一缄。

谢吴稷山

旷度同人无我，不嫌糠秕前驱。庸德先施未能，遽荷琼瑶。遐锡受之局蹐，戴也崚嶒。恭惟某官，学握根宗，言刋枝叶。贺世现岐山之凤，明瑞宗周。呈奇来渥水之龙，作歌炎汉。才分符乎玉壁，便洒露于金茎。农狎野而百谷用登，何异先王率育。瞽陈诗而四封俗美，还欣旧域维新。沨沨然邑流弦颂之声，楚楚焉士得灭明之选。可征期月，化起俄顷。自惟承乏乎当年，食浮人而未称。孰与宣猷乎此日，名并实而相成。东慕方殷，西音未布。菅蒯何当轸注，瑶华早被隆施。距河山表里以神交，恍如瞻霁。想气味芝兰之默叶，雅喜承风。九顿登嘉，八行抒悃。行且有溪毛之展，拟当从仙里而将。

答张亳州

恭惟某官，好仁无尚，治郡有声。亲贤每赋缁衣，折节能倾赤舄。迩从子马，论学更欲知人。误注更生，传经那能博物。徒以备员乎上国，因之猥辱夫先施。俪承筐者玄黄，物均明德。览盈牍者珠玉，文溢深情。虽孔御未亲，尚在斗山之企。而膺门非远，应谐饥渴之怀。顾惭陋于葑菲，获承芬乎兰茝。逡巡拜惠，感激扬言。薄有一芹之将，爰附五云之使。仰希鉴止，庶几挥存。

答张鸣梧明府

华发霜明，山馆惊飞白雪。瑶函星丽，仙童骤接蓝关。客里生春，天涯念旧。仰龙光之向烛，宛謦欬之聆承。自惟濩落余生，偶尔叨分一路。迢迢上郡，郎宿空瞻。种种悰私，卿云倍切。辱隆施于琼玖，缘系属于松萝。遂拜登杂佩之精奇，更完上匪颁之金币。

谢诸僚见贶贲捧

某学惭达礼，仕效宾王。既非前席之英，又愧后车之叟。只多白发，尚有丹心。属当岁事之修，爰有华封之祝。人不必选择而使，乃畀疏庸。役真属冒昧而承，可胜澳涊。自度使四方不能专对，况用享天子尤难。真成诵三百亦奚以为，恐竟作匪人弗克。也知病渴，良企洒于层霄。徒具朴忠，莫能录陈一鉴。漫因修礼而如器，强将秣马以脂车。仰辰极之高悬，效列星之拱向。征从六月非笃于襄，颂作万年愿瞻丕赫。纵此身之鞅掌，岂王事之独贤。方将藉庆典以省慈闱，便足脱樊笼以舒野况。觉龙光之顿远，侍燕喜以无期。一介靡虔，寸衷实歉。直以同袍至谊，遽殷勤为赋无衣。倍怜行役维艰，俯劳勉载歌有杕。既不敢等于在齐之未处，遂偃然居夫为壑之能甘。九顿布私，五云县注。所有未将之悃，还应有待而摅。伏匄鉴思，毋谯疏莽。幸甚幸甚。

谢郑养冲参知再惠新茶

汉水直通银汉，人历五云。芽茶比胜金芽，产从三月。雅称仙品，足涤烦疴。自惟病渴之相如，久企柏梁膏露。何幸品茶之鸿渐，时分阳羡珠蕾。赐拜希奇，情衔郑重。至味式均玉液，玄珍宝拟丹砂。自煎而纱帽笼头，啜将七碗。入吸而烟霞生腋，傲睨五侯。撷将瑶草蓬莱，嚼动灵芝香雾。为忆去年之风致，清芬能沁诗脾。更欣此日之襟期，潇洒顿蠲非想。感何容射，札以鸣私。仰匄台垣，俯垂丙照。

答张鸣梧明府见贺

人有黑头而作三公，仆须皓首而登一级。自是韶华易迈，敢云河水难清。骤叨圣主之恩私，雨露还滋蒲柳。正赖高贤之庇覆，春秋实共枌榆。顾惟素弄毛锥与之兵，如夏虫惊神乎冰雪。又念生居陋巷授之传，似驽马竭蹶于山陵。

何有昂骧，方兹震慑。不谓仰勤轸念，遂尔遥奉德音。誉重南金，愧披沙而乌有。义倾北海，恍入座以交欢。顾瑶华已被光荣，乃鼎贶难胜优渥。敢因归璧，非惜连城，幸照拂之。

答王完虚明府贺儿乡荐

驽劣曷庸，谬荷千金之顾。瑶题载锡，顿生四壁之光。爱切及乌，感倾跃鹊。恭惟台下，空群冀北，揭望斗南。仁不遗亲达孝，每征于锡类。忠存为国高风，尤亟于兴贤。好不减乎缁衣，礼罔遗夫圭窦。即如豚犬，漫学箕裘。画龙几于无成，题凤真其宿愧。读父书已非妙品，况无可读之书。学操缦亦欲安弦，颇似滥掺之缦。为笑十年一剑，拂拭诚劳。敢云三献连城，光辉欲吐。所赖仙山之有气，灵机遥畅鹤笙。也知闿泽之无涯，雅化弘滋桃李。士常为士，乡书偶挂鲰生。斯焉取斯，台德式存矩矱。方深戢佩，未效涓埃。何当注念之勤，渠重辱隆施之诞被。树风声表厥宅里，岂其有淑堪旌。似诗人采及葑菲，何幸下体弗弃。情隆九鼎，厦托万间。踊跃拜嘉，何限瞻依之念。荒唐勒报，只余衔接之私。方诹日以输诚，冀容光之普照。

谢王完虚明府贺儿乡荐

顷度花封，猥叨燕喜。维时倥偬，乃行者之赴家。无奈简疏，相见焉而乏体。比归里社，溷入嚣尘。亲交之酬应不遑，昕夕之顿罢为甚。尚稽申候，亟辱隆施。缘有子之登科，并老生而溢美。门非题凤，视嵇家殊觉光荣。儿则称豚，想荆州竟多悚惧。惟是琼瑶洊被，顿令蓬荜生辉。币拥玄黄，实与文而交凑。花分烂熳，心与目而胥惊。想葑体未忍见遗，知慈泽常流莫御。河润那拘九里，台光直丽层霄。感切莫支，服真无斁。薄陈明悰，付尺一以相将。朗鉴在县，冀微尘之毕录。

答秦中诸寮贺儿乡荐

仆学未通方，业非启后。只存占毕，有子略读父书。漫守镃基，力田少登年谷。岂曰璞怀莫剖，亦犹貂敝空归。羽毛愧鸿鹄之修，敢卑燕雀。驰骋谢骅骝之逸，堇列驽骀。谁作指南，屡经败北。眷夭桃而莫赋，有如归妹愆期。嗟兰佩兮未纕，那倩蹇修为理。幸过时否，滥厕科名。效毛遂之锥囊，难称脱颖。焚孟明之舟楫，稍见收功。即小胜曷敢自多，若大敌尚怀余怯。进之兰省，安效其长。策繄枫宸，还惭非质。乃翁也爱而欲加之膝，于人也跻而喜陟其巅。信是宇内之公心，亦出朋侪之私好。兼金载锡，情不减于缁衣。远道相存，宠顿增于白发。敢凭归使，聊布谢私。仰二华八水之灵光，伫四辅三能之骏业。

答陈少溪年丈贺儿乡荐

胄起神明，畴拟重华之绪。子称豚犬，真同刘表之庸。偶滥厕于贤科，觉冒荣乎非分。曷当大雅，剩为腾欢。恭惟仁丈，北海应龙，南山蔚豹。蓝玉之钟合璧，昆吾之淬十年。尚尔栖迟，未蒙简拔。如儿鸿训者，品居驽下，学涉支离。盖尝八蹶棘围，敢望三翻禹浪。惟是缘钟宿世，有元方季方之彦，观以相摩。况乎好续通家，非一材一艺之伦，感而兴起。麻中之蓬亦挺，榆边之莺习飞。乡书再猎夫七名，幸事敢矜乎半点。有烦轸注，过辱揄扬。币错玄黄，大似缁衣之好。筐承稠叠，郁为圭宝之辉。爱则酡兮欲加之膝，情之溢也永镂诸怀。辙有拜嘉，不啻百朋之锡。何以报德，愿赓三寿之诗。布悃荒题，冀垂丙照。

答陈沧州见贺

瀛海风恬，缥缈度来鸿使。衡门日暖，殷勤注向豚儿。偶缘吹动于滥竽，遽尔光分乎载锡。信是枌榆照拂，敢云桥梓芬芳。好发缁衣，不受关河之圉。情隆白璧，顿为蓬荜之辉。惟续食劝驾之有因，故素餐伐檀之弗计。取焉非货，自信攸凭。却之弗恭，折衷未敢。所拜在饩佩，多珍之惠。厥归为玄黄，佳币之将。有以先之，爱固盘干一体。莫或替也，感将注乎百年。漫勒荒笺，仰祈洞烛。

答刘平台学博贺儿乡荐

西鲁声华，久叶埙篪之奏。东齐步武，谬叨桥梓之荣。偶名数再，徼夫少阳。溯提诲敢忘诸夫子，方殷向往莫效衷私。何当雅念之肫勤，遽辱好音之遐被。玄黄交贲，光分不减琼瑶。鞋袜并臻，德佩胥隆左右。衣之新而人旧，宛若披襟。带不下而道存，俨然函丈。傥孺子可教，得竟致乎青云。则圯上相师，永颂美乎黄石。况是五百年宗盟之托，何殊七十子悦服之诚。附有薄将，聊明下悃。幸贳不专之罪，尤肩无量之慈。

谢顾念复惠南品

春日载阳，犹滞兕觥之举。食芹而美，徒廑野老之怀。何物台端，有来珍异。洞庭之收霜后，嶰谷之产冬余。湖水风菱，北方希觏。吴园香芋，东土未尝。加以白酒酥花，并命姑苏奇品。微何缘分，乃辱惠施。谓是五色灵芝，缥缈仙翁遗海上。还疑三危瑞露，葳蕤金掌堕云中。恰从老母开樽，遂共大兄鼓掌。扪心顾养，敢云崇伯子堪追。锡类称仁，试比颍封人更愈。抽毫裁谢，附使鸣私。笑披梅萼春风，喁向扶桑旭日。虔蕲澄照，无那县驰。

答丁虹野茂才

世不乏翩翩公子，我则取侃侃正人。味迥脱于膏粱，是为日迈。用先进于礼乐，讵逐时流。仰丰颖之孤骞，想箕裘之未艾。恭惟世丈，人中天挺，月上星稀。湛秋水以为神，从凌冰而铸格。一目而十行，俱下闻见尤超。片言而九鼎，式陈证修默喻。名驹汗血冀北，遂以空群。武库龙渊犀革，立能判断。伟哉桥梓，映山南山北以交辉。吹彼埙篪，真难弟难兄而和奏。望琅琊于濒海，夙动遐思。攻璞玉以他山，乃系小子。数年欣合，等天伦血脉融通。一旦过临，恍仙侣芝车来贲。直恨倚庐之日，靡纾下榻之欢。嗛嗛于兹，憧憧未释。再勤远骑，展悃款于瑶华。又辱承筐，荐错珍乎圭窦。不惟繄物，至以是心。声气之相应相求，取与岂伤廉伤惠。念报礼当因成享，乃宅忱莫可殚私。枉用踟蹰，只殷衔结。一缄作舌，宛千折以飞驰。数卷咏言，历百年而回向。从此玲珑宝树，便当璀璨明堂。策我豚儿，离夫窠臼。幸甚幸甚。

谢临轩宗侯贺训儿登第

切以某占毕腐儒，壮岁曾叨一第。浮沉浪度，荣名敢觊重沾。况训儿淹蹇多年，那梦想登庸有日。属兹微冒，猥荷记存。恭惟殿下，周序天球，汉家宝鼎。吐哺时勤折节，务施雅自能亲。业宿承接引惓惓，登龙踊跃。只内顾生来碌碌，题凤参差。偶斑窥于管中，获骤入乎彀内。为裘者冶子，虽云补缀有条。徒读乃父书，讵曰变通适用。何当眷注，遂逮宠私。下北海鸾笺，知弘仁之锡类。眷南金鼎贶，感旷礼以惊心。九顿隆施，八行漫勒。伏惟崇烛，可任县驰。

谢陈鑫源右伯贺训儿登第

岩壑幽栖，衰飒那殊蒲柳。台衡光贲，勤渠属念梓桥。偶尔时名，乌称世美。置故人于心上，来宠锡于云中。被之震惊，感焉乾惕。恭惟某官，两仪间气，一代真儒。学有渊源，不欲另标门户。仕怀恬淡，率多养重丘园。非皦皦以希声，殆怡怡而乐道。顷从诏起，师锡明杨。揆玉宪而六计肃清，行周官之法度。晋薇垣而庶土交正，通禹贡之货财。乃神常定而溷弥清，钱谷即颐真之府。更位日高而节愈折，衡茅介遗佚之朋。适是豚儿，谬尘蕊榜。谓之读父书则可，若云授以

政则难。况某何人，久惭凉德。致身乏策，空存许国丹心。教子无方，枉是劳生白首。值兹非望，翻切惧思。谁意殷注于台端，遂荷腆遗乎圭窦。昨先表里，业树风声。今复驰书，厚损廪饩。礼源源而踵至，谊亹亹以膏施。遂使空谷白驹，耸彷徨而再四。为受高贤青眼，愿镂结乎万千。伏几短裁，斋心覃布。其惟鉴止，所受弘多。

九日谢王曙峰贺训儿馆选

窃念某也，虚昂骧于七尺，燕翼何能？更看训儿，学愧悚于五车，词林非分。适是弓旌之会，复叨馆阁之游。梦卜诚殷，纵岩野岂均帝赉。箕裘虽世，顾弓冶罔效人官。谬荷注存，有来宠渥。乌爱原因庇屋，即一芹关两世之宠绥。菊开幸不逢霜，正九日徼百年之覆露。为施已侈，于谊何胜。敬拜登食品之芬馨，附璧谢衮衣之隆重。其惟台烛，无那县驰。

谢耿省亭侍御贺儿馆选

小儿训世类荆州，误登藜阁。学虽慕古，操缦奚适于安弦。业未专门，居肆讵堪于成事。只殷悚负，顾辱褒嘉。衮衣之锡焜煌，叨焉非分。鼎实之颁芬苾，荷以知慈。肃归在笥之珍，爰饱充庖之德。衔将永世，语莫殚心。

答毕白阳观察贺儿馆选

木天清禁幺麿，误简非伦。草土余生寥落，倏肩荣问。从表里河山之域，锡门窦圭筚之光。旧谊弥敦，勤施未艾。恭惟某官，汪洋宇度，纯懿证修。取人恒贵能真，爱物每矜其拙。有如不佞，久荷优容。白发星星，谓是久要之侣。

丹心耿耿，尚余先进之风。纵野无伤忘机，易狎以兹。并怜其子略实，直摭其名。儿训何知，词林偶缀。呻占空久，非马南郡门下之康成。铅椠徒操，讵孔北海座中之德祖。是泉深而繘短，乃有质而无文。步武虽前，未受传心之印。牙期宿合，偏欣入耳之音。缁衣不厌改为，青眼那堪鉴赏。十年一剑，惭目龙渊。千里长途，安需驽钝。只以仰而桥俯而梓，见称述于姬公。敢为东启明西长庚，訾施行乎周雅。百年湛德，两世衔情。

谢刘念南有贶

仰仁贤之芳轨，高出云霄。许儿辈之从游，包容荒秽。于三生属厚幸，又千里被荣施。拜以惊心，率然报命。恭惟某官，栖神物表，卓树寰中。宁澹澄真，讵是逐流九品。冲虚应世，要还无兢淳风。在西楚则卓荦楚材，七泽咸归吐纳。至东齐则甄陶齐士，一时尽入炉锤。即如豚犬幺麿，尚置参苓箧笥。时蒙接引，聊破冥顽。仆以落寞之人，又抱疏慵之癖。曾将家世，委令标题。文不足而质余，取存芳洁。今为烈而古慕，原抱孤贞。洎夫踪迹萍分，独是神情向往。玄沪之波流摇曳，放悲龙光。金山之气势嵯峨，凛钦台德。君子所过者化，仁声之入也深。有美驺虞，回周南之上理。最怜棫朴，椓清庙之宏材。如区区父子之伦，辱蔼蔼金兰之契。何当大雅，远荷注存。适兹悬艾之辰，遽作投琼之会。从天中暨下里，鼎重衡茆。进蘧使问何为，道隆修省。宜缁衣兮莫敝，觉白贲之生辉。花满河阳，想在在盎然春色。声蜚帝阙，恣翩翩突尔雄飞。九顿抒陈，寸衷依恋。附有溪毛之展，仰希台照之垂。

谢馆中诸年家见贺初度

仆汲深绠短，历远筋疲。信适世乎匪宜，好投闲而自废。顷逢初度，转以兴嗟。少之既弗如人，老又浑不晓事。只羞白首，敢望青云。讵期题凤之门，追逐见龙之德。相将形影，为念梓桥。曲体爱日之情，遂有添筹之举。醵金称寿，谋焉仰荷佥同。秘阁敷文，誉也真属溢美。爰登锦轴，寄向衡茆。列官阶则玉笋金瓯，爰迈夔龙之武。阅姓氏则珠联璧合，咸集蓬阆之仙。光动下除，春生陋巷。顾朽株败絮，几堪宠藉瀛洲。而骇目惊神，窃拟拔升霄汉。惟是小顽儌冒，蝇附骥而狗续貂。遂尔大雅轸存，崇侏儒而饰嫫姆。三生伟构，百倍萦私。欲报称而无从，为精虔而布悃。伏愿诸老世丈，芳兰共佩，丽泽弘滋。学将周孔为宗，婆娑乎礼乐诗书道德仁义之府。业视皇王作轨，羽翼乎财成辅相协和风动之朝。开寿域于八荒，揭鸿名于千祀。

答越玉峰有贶

衡门逸叟，向来岩壑为朋。渤海少卿，仰辱翰怦作责。如斯大雅，可是久要。相将转忆生平，渐被尤为亲切。恭惟某官，望悬北斗，交缔南川。追思凫鸥泛泛之身，适遘戎马垓垓之日。敵干砺刃，胥赖营图。峙粮聚茭，式凭接济。十旬而逆酋授首，一时之戮力称雄。矧善作善成，遂以经纶草昧。信能文能武，是云保障功高。诏起劳臣，领兹名郡。治乱绳解之唾手，化佩犊格自因心。舄越蜚声，循良茂实。深发故人之彩，尚勤敝帚之怀。惠我兼金，辉兹蔀屋。顿觉阳春嘘拂，直令朽木精神。顾受者倦而施者方来，只殷悚负。即衣惟新而人惟求旧，可卜元亨。稽首登嘉，祓心报命。摇摇笼水，神随东注之波。缈缈卿云，光动北极之象。

答稷山解生启衷

某颓龄浮七，尺寸曷长。有子虽三，才名俱劣。偶长者获微天幸，于年来猎得科名。仍简词林，几同疣赘。方震慑贻讥乎濡鹈，遽殷勤发庆于弹冠。遥掷琳琅，荣肩革衮。深长注望，只缘千里同心。扪省滋惭，安辱三秋命驾。襟期在映，真率无它。

谢施误生见贺初度

百年知遇，微自宿缘。一德融通，受兹笃眷。最是敦庞之友，偏殷故旧之怀。属有腆加，缘乎初度。以兼金充鼎实，从上国掷瑶华。嘉惠老人，欢娱末齿。辉飞夺目，宛收合浦之珍。回向因心，还展汾阳之好。顾惟毂推于当日，无意而遭。岂期簪盍已多年，抵今犹注。人能忆旧，爱与俱新。适际悬弧，溯居诸而存问。何当隆馈，下林壑以敷荣。爱屋而并及乌，进人而加之膝。勤眷未厌，重朋从那减宗亲。久要不忘，今成人何惭古道。来源源而靡报，真负琼瑶。怀耿耿以滋羞，漫无涯涘。所幸幺麿之子，叨陪鹓鹭之行。世讲可修，眷棨戟簪缨礼乐衣冠之盛。皇图需翊，喜乾坤日月河山带砺之盟。但犬马未毕之余年，胥云汉昭回之流贲。肺肠兹吐，耳目如亲。

答秦翼风观察

台下裨海神龙，清朝威凤。嘘气则沛施霖雨，来仪则扇动淳风。众好翼飞，举齐鲁观刑而向道。丕式见德，向汝坟涤旧以维新。是真黼黻黄猷，究且弥纶造化。某章缝末品，丘壑潜夫。自东自西，服出中心之悦。有体有用，慕为正学之宗。大雅攸钦，宠灵洊被。会兹羽便，聊布涓私。悠悠不尽之怀，耿耿欲明之悃。仰祈炯鉴，只切瞻驰。

答王晦生明府

庆云在卷，明月分辉。觉林壑生媚欣欣，仰台衡注情恳恳。恭惟台下，才名盖代，局度昂霄。容众而矜不能，居高而常善下。爱民好士，绣江飞笼水之春。近说远来，簧岭透白山之脉。治行居第一，声华展也无双。钦四邻耳目股肱，佐元后都俞吁咈。宿勤喁向，顷布涓私。愧用享之未成，辱报琼而滋惧。逡巡拜命，卤莽陈词。惟斗枢流蔀屋之光，俾樗散戴阳和之煦。可胜鸣豫，为荷咸临。

答年侄两黄慎余年丈公子

伏以当庭兰桂，生来映发书香。屏迹渔樵，老去尚烦记忆。只以夙叨夫世讲，因之猥荷乎先施。古谊犹存，深衷所戢。恭惟两世兄丹山鹭鹭，沧海蛟龙。挺不世出之资，奉所雅言之训。闻无异而操修持异，齿非先而知觉能先。不鄙豚儿，相将燕市。诚溯想四十年通籍公交车之谊，更敦盟伯仲氏曷簪丽泽之交。梓樛卷尚抱于桥，情倾锡类。胶融液复投诸漆，缔密良缘。爰有筐承，居然鼎重。拜焉震慑，繄高厚乎无加。戴以殷酦，存肺鬲而罔斁。附兹不腆，聊展末私。相望可任依依，披豁尚属渺渺。伏惟澄照，仰注蕃厘。

顷阳子启札卷之四

令节类

谢肃王年礼

藩开万里皋兰，海外耆雄风之暨。本固千年盘石，天边分晓日之光。何物阳春，有来渥宠。恭惟大名，藩肃王贤，殿下聪明，间出仁厚。独钟奉带砺之昌符，天作山而星作海。镇华夷之要地，内顺治而外威严。衍天潢泼泼之春，临帝室熙熙之景。乐存为善，化国之日堪娱。义重亲贤，下士之光可挹。职昔备员于陇右，已湛恩私。今署守于关中，尤勤睇望。徒以簿书烦猥，遂令闻问阔疏。九万云霄，子夜频摇清梦。三千剑戟，韶华再媚新年。讵意睿怀，过廑远念。传人间之彩胜，煜爚惊神。分天上之屠苏，芬芳逮下。袭之为庆，感固可鸣。挥八斗之长才，伫见西藩承北极。拓千间之大厦，还同地久护天长。

谢秦僚元日饷

年华速驶，怪梅柳容易催人。礼数特优，珠玑殷勤逮下。回环生庆，豫乐同春。恭惟某官德盎，好生敛时福极。葆元真而中和位育，泼泼皆春。执大象而恬憺静虚，融融无迹。亟为人乎已逾有，太牢之享胥欣。愿为后也先不居，上善之风备蔼。属兹献岁，念暨同寅。走银鹿以相存，凭玉梅而见信。荣分彩仗，东风偏拂秦关。惠微辛盘，西国顿怡齐客。最识真人之浩畅，还钦泰度之汪洋。大鹏九万里搏风，直从呼吸。灵椿八千年握算，犹是春秋。佐元后调玉烛之苏，应名世作金铉之辅。跂予而望，颙若有孚。

谢元日饷

鬓点霜华，那觉韶华入眼。使传梅信，翻教春信惊神。盖在风尘簿牍之中，遂少优游闲适之趣。感逢嘉贶，倍触遐思。恭惟某官，星纬储真，扶舆耸秀。肖乾行而不息，恢泰度以包荒。冲和蔼蔼如春，漫吹邹律。明哲煌煌似旦，快睹龙光。方将胥九有以登台，偶尔厕三秦而被暖。续貂非分，空怀企向之私。

附骥无能，每阙敬共之节。值兹献岁，蚤荷荣施。有来云锦生辉，若傍霓旌丽彩。顾惟齿颓犬马，历荏苒枉自兴嗟。何当惠微琼瑶，抚孱绵只弥增愧。重逾大吕，不惟物而以人。遥忆仁风，乃以贤暨不肖。承之九顿，恭上八行。方为筐筥之将，冀幸台垣之烛。

谢王中岳总戎元旦有饷

伏以赤舄凝禧，羡幕府声华夙播。青阳渐启，感将军礼数特宽。应从三锡之余，遂溥五辛之惠。恭惟某官，和钟元气，略握神功。仗钺登坛，真内夏外夷之大厦。拥旄作镇，竖掀天揭地之鸿猷。好贤更切缁衣，隆礼不遗华发。喜乾坤之交泰，茅茹汇征。协文武以同庥，春台胥度。乃有椒花之远贶，顿生柏署之清辉。充庭而不见其人，那禁时行时止。多仪而即成夫享，式征一德一心。欣欣盎秦地之春，隐隐托华胥之梦。感凭羽骑，聊布谢私。伏冀辕门，俯垂丙照。

谢周怀白计部贺正

春光欲动，早来南使赠梅花。秋署空惭，会向东风怀玉树。投琼滋愧，献岁同欢。缅惟某官，道会一元，学深五礼。擅江淹之彩笔，安用雕虫。迈刘晏之通才，何难司榷。盖百千亿万之算，真烛照数计于胸中。而舟车水陆之输，直左提右挈于掌上。文成经国，武裕折冲。志期剪乎鲸鲵，劳忍辞夫霜雪。岁华荏苒，最怜客里逢春。星使驰骋，谁谓年来忆旧。感辛盘之欲荐，勤银鹿之式颁。珍错穷奇，庭实缤纷而动色。馨香萃旨，家人踊跃以生欣。具识轸存，可当郑重。雨露蓟门，先杨柳凯旋之日依依。功名汉阁，续麒麟翼赞之谟赫赫。跂予而待，感极而鸣。

报张文兹郡守贺正

天心顼动，一阳业勤清问。月正载临，元日又荷隆情。自惟濩落余生，华发尚淹乎郎署。允宜亟还初服，考盘托迹于衡门。窃禄怀鼫鼠之惭，负乘惧寇戎之至。年光载易，几堪蒲柳之姿。邸舍萧条，谁忆椒花之颂。同心几席，辱惠琼瑶。客里新春，感温文而倍暖。河边芳草，凭淑气以生辉。德不孤而有邻，自愧疏庸之无当。施虽勤而不厌，可知大雅之弗渝。辄勒荒笺，用陈谢悃。附有戋戋之庀，聊申耿耿之私。所匄鉴存，曷胜悚负。

为秦中诸僚贺正

占云太史，祥光开秦地之春。捧日仙官，瑞霭作尧年之庆。和通三朔，喜溢庶寮。恭惟某官，中律含真，大钧毓则。才兼资乎文武式当，万里金城。几先炳于柔刚堪剂，九重玉鼎。管调嶰竹，鬯黍谷以春融。露洒扶桑，冒海隅之日出。适是蓂抽之始，雅当椒献之辰。为问青皇，道新禧之茂衍。敬传紫塞，报淑气之无涯。柳色飞烟，笑灞上军容何如细柳。梅花带雪，想陇头春信即欲调梅。为布涓私，敢羞揆席。效祥乌之送喜，夔龙与国祚长清。想图燕之生欢，剑履荷帝心永眷。总气和形和之应三元，导五福以洪滋。溯得天得地之繇一德，叶万灵而允殖。

为秦中诸僚贺正

秦地风烟万里，都欢情有脚之春。尧天日月一新，敬拭目无疆之祜。业看调鼎，化浃泽霖。揭庶曜独占岁星，临三边允当司契。恭惟某官，元真铸性，恬漠栖神。道以明觉为自然，光华始旦。念以好生为主本，怙冒同春。长善葆元，得舆厚下。梅花远韵，清芬绝半点浮埃。黍谷太和，煦妪从一吹布暖。又何论黄沙青海，总教成化日光天。方岁功槖钥之开通，实君子弥纶之抒发。柔飔变柳，黄金绾紫塞韶光。好雨知时，绿草送朱旗媚色。达人宇度，应把酒而迓东皇。跨世风流，想饯腊还歌子夜。军中为乐，角里腾欢。某蹩躠风尘，觉容华逐时渐改。顾瞻台斗，喜瑞霭与岁弘滋。敢将柏叶之虔，用代千龄之祝。羡徐徐风清玉树，似化国之无营。看杲杲日丽扶桑，想蓬莱之非远。为添踊跃，式展勤渠。

为王金阳计部贺正己酉岁

伏以谟谋军国，仁风盎紫塞之春。镇定华夷，令德普青阳之庆。岁临作噩，人更开祥。恭惟某官，性括一元，学通三极。执恢恢之大象，何物弗容。握默默之真诠，无行不与。非但说经如戴感，重瞳稠迭以陈筵。还能吹律拟邹向，幽谷融通而布暖。先觉续三千年之道脉，冲襟畅十万里之和风。化身应是岁星，普慧尽皈。福曜有如不肖，宿囿同仁。方斗柄之转东，台垣生色。感雁行之向北，龙塞驰情。欲往从之陇坂长，何以报之梅花发。意同鸠献，佐上善之好生。礼愧桃投，乞包荒之泰度。

谢李新城年礼

春从艮起，先到花封。李本仙根，亦通草莽。未效辛盘之悃，遽烦蘧使之颁。嘘枯柳于条风，漫随鼓舞。接新梅于驿骑，剩挹芬芳。惟是岁岁宠颁，信勤施而未厌。其若骎骎衰劣，觉矢报以无从。九顿登嘉，扪省徒滋乎汗浃。八行附谢，彷徨只切于冰兢。仰匄台端，俯垂丙鉴。

督府端午礼二司

控三边而执契，威棱倍耀朱明。向五日以开樽，喜气遥连紫塞。为忆军中之乐，真同天上之奇。百倍精神，庶僚忻忻。恭惟某官，中兴名世，登等重臣。冬日生温，被之则三军挟纩。夏云流霭，拓之则万里并包。佐圣主育物于对时，诘戎兵洞机乎观火。长缨在握，累累系颈名王。寿缕遥分，隐隐追踪老氏。兹临五月，乃届端阳。君子之德风翊，鼓熏而解愠。天地之寤夏法，布德于好生。乐以众不仅以身，醉醇醪者十万。有诸中必形诸外，舞剑戟者三千。阴阳姤而品物咸章，细柳营徐听黄鸟。将相调而五兵不试，玉门塞却贡旅獒。是将沐九有以兰汤，何但苏万民以梅雨。职等叨膺藩臬，均荷帡幪。想洛浦之明珰以娱令节，羡崆峒之长剑莫已欢呼。爰举常仪，竟同疏节。泛菖蒲以桑落，樽俎宁阂折冲。移蓬岛于原州，烽燧全销诸垒。

郧院端阳

朱明载启，扬鼓铸于咸熙。赤舄遥瞻，揭辉煌于并育。天中瑞蔼，阃外腾欢。恭惟某官，毓粹坤维，凝精乾曜。蚤乘骢而执斧，绣衣分日月之光。继开府以建牙，玉节领封疆之重。自楚至秦而嵩洛，为宪多方。合养与教而甲兵，所操大柄。威则等秋冬之肃，惠则侔春夏之苏。景运天开，正逢五日。庆胥众协，定发千祥。揭明镜于晴空，应出汉江清澈。颁寿丝于帝阙，还惊龙凤葳蕤。浴兰则喜动弹冠，画鹢则歌传竞渡。信是一时盛事，可知三省同欣。职承乏契封，夙钦台度。感时和而物阜，想神豫而郊游。莺聒耳于青林，不妨共笙簧迭奏。麦迎眸乎翠浪，偏宜衬红紫交辉。欲趋侍以末由，乃守株而自圉。一芹之布，敢曰多仪。千里之将，亦惟少展。仰蕲鉴纳，曷任瞻驰。

郧院端阳

景入南讹，汉水发朱明之丽。望倾北斗，太和扬赤舄之光。浴兰为羡弹冠，画鹢更欣载酒。式倾葵萼，以戴阳辉。恭惟某官，德耀寰区，仁孚草木。仰明威于烈日，三尺无私。佐解愠于熏风，五弦再作。适是蟾蜍之令节，偏增棨戟之晶光。当午槐龙，映碧幢而披拂。凌晨艾虎，傍金缕以飞扬。向来帝阙传丝，此日江天悬镜。青青蒲剑，楚岁时那见妖氛。馥馥霞觞，秦河山剩分佳气。遘兹淑景，倍起欢私。敢申天节之忱，敬上台垣之迥。徼宠灵于续命，愿百年常奉清尘。分符缯以辟兵，通四海胥蒙大造。

按台端午三司

景丽南讹，禀威棱于烈日。化行西国，畅阳德于熏风。弹冠喜浴兰汤，进爵还馨蒲酌。葵倾希照，芹献为恭。仰惟某官，正色纠虔，昌言卫道。明同观火，官常与民隐周知。仁茂对时，幽谷与穷帘并煦。起龙霖于八水，则解貂珰以苏憔悴，欣欣茇舍沾濡。揭玉镜于三秦，则拥绣斧以屏豺狼，闪闪江心鼓铸。辰临午节，履迓千祥。辟兵不假灵符，神羊有彩御厉。未烦蒲剑，骢马称雄。曾分天上寿丝，却续寰中命脉。鹿角与纠纷共解，敢忘擘画之恢弘。枭音胥敛戢无哗，越信发踪之奇伟。职等材均萧艾，品出菰芦。久沐芳华，仰朱明而袭采。式承节奏，伫黄鸟以迁乔。心旌等榴火同悬，气味随菱舟竞爽。在涧之苹，可采明信攸将。来浦之佩，方新恩光载挹。愿言丙烛，只切冰兢。

郧院中秋

楚天寥旷，庾公楼皓月偏宜。秦地徘徊，博望槎明河伫望。浪为参佐，莫挹风流。眷言千顷之陂，宁减十分之兴。恭惟某官，澄心罔翳，泰度无垠。夺瑞魄于银蟾，遂登卿月。凌金波之玉兔，渐迩台垣。三方之企向维殷，万姓之绥怀备至。适兹秋正，仰在霄虚。眷素璧之光华，浩浩方流逸兴。想芳樽之倾倒，飘飘那惜清狂。滉漾则八水三湘，晶光入赏。飞扬则太和少室，彩秀全收。肯负良宵，真成乐事。某昧同见斗，陋似窥天。繁星顿失于空明，窔窔方需乎照拂。关山月满，龙光遥系东南。阊阖晴辉，雁阵倍怜西北。槐阶驰恋，桂醑攸陈。殷勤佐一夜之欢呼，踊跃散五云之精爽。秋光不老，识素娥灵药相将。桂子袭芬，计青史芳声未艾。仰希炯鉴，可任耿私。

饷汪和宇中秋

松州甸远，天光拂西海以澄鲜。桂子香飘，使节拥南楼而浩畅。诚极目月卿之府，早惊心云汉之章。过辱隆施，未申末悃。恭惟某官，清虚湛宇，粹白冲襟。晶莹疑摘银蟾，皎洁直凌玉兔。乘槎入斗，茫茫纵八月之观。对影挥杯，跃跃托千秋之兴。属兹令节，顿发精神。逍遥欲到广寒，便揖仙子。飞爽思乘牛渚，为爱冰轮。才上梅梁，掩映动美人之赋。再吹画角，徘徊发塞上之吟。某仰盼流光，式怀远韵。一樽欲共，惜迢迢旷阻关山。千里攸同，依依回翔棨戟。薄修筐筥，愧乏琼瑶。眷紫塞之寒威，衣授宁须九月。想玉除之霰色，人违似隔三秋。雁字将之，蕙风承只。

饷汪和宇九日

霜清西塞，羡崆峒倚剑之雄风。菊绽东篱，正幕府开樽之乐日。眷美人于天上，卜乐地于云间。曩辱来鸿，今方送酒。恭惟某官，凌霄绝品，作赋长才。悦安称社稷之臣，旷远有烟霞之致。具堪济胜，登高矫健于乘风。兴逸探奇，眺远冥搜于到海。兹逢佳序，转忆清标。遥露已团，沆瀣吸金茎之气。轻霞远度，霏微拂玉树之辉。畅怀乎地迥天高，援笔序滕王之阁。寄意乎澧兰沅芷，登蘋摅楚客之词。戏马当台，岂谓军中无乐。宴宾落帽，可凭醉里闲情。江枫冷而人不知，望之盈盈一水。寒草腓而秋已老，即之渺渺千山。独深桑梓之怀，共惜茱萸之节。更叨远惠，重愧先施。竹酒澄芬，愿佐登临之兴。鱼书展曲，宁如歌笑之频。惟鉴区区，可胜恋恋。

谢葵发吾观察九日饷

西徼风清，戏马偏宜。抚景临邛，地迥佩茱。遥忆登高，正殷勤荐俎于兰羞，定潇洒衔杯于菊圃。未抒末臆，空切遐思。恭惟某官，逸兴翩翩，雄才奕奕。操行映寒潭之洁，风裁拟霜野之威。会此良辰，载游胜地。高云敛色，瞻玉宇之澄澄。晓露凄清，觉金飙之肃肃。暮芝绿而年桂丹，佳卉丽秋原之日。洞箫吹而雅琴奏，畅怀追佳节之欢。英落可餐，觞飞轻度。盖奋武揆文之政，绰有余暇。而深秋远眺之时，悠然多兴。玳宴应曲终而罢，瑶章会景暮而成。某远迹江阳，仰窥云际。步障拥台阶而著彩，蒨葱悬隔风尘。玉山抱蓝水以生寒，啸傲疑从霄汉。无缘陪赏，翻荷隆施。把菊坐东篱，乏千载陶公之雅。参军怀落帽，想一时幕府之娱。信尔徘徊，容吾申展。

谢重阳加礼

万里悲秋，共客天涯之邈。重阳过眼，偏惊物候之新。何如幕燕以先归，每登高而思故国。幸有渚鸿之并集，又把菊而忆同袍。忽来邺下之书，不减江州之使。参军落帽，狂喜交并。费氏囊萸，愁烦顿豁。占谢言于尺楮，冀炯鉴于台慈。

郧院长至

天地大德曰生，从阳一脉。文武吉甫为宪，允服万邦。敢因亚威之昌期，爰效一芹之末悃。恭惟某官，真含太乙，粹育坤维。宅宥密以洗心，宝冲和而进道。立朝正色，虽寒生白简清霜。与物皆春，常暖布青阳旭日。据六合上游，而开府华夏之宗。控三藩要地，以提衡枢机之重。介兹景福，适是履长。占云则瑞起登台，测景则祥征立表。珠星璧月，晶光流棨戟之辉。郢雪湘兰，芳洁入华胥之梦。滔滔江汉，纪南国安见震渝。勉勉我王，正四方式需规划。载歌川至，还羡椿龄。某材诎一筹，署兼三路。蚊负山乎悚惕，只藉宠灵。蠡测海于幺膺，惟知浩荡。敢循岁事，爰举恒仪。仿野人曝背之忱，展尊酒用缶之义。睇台垣乎缥缈，远放春光。拱帝座以辉煌，永扶泰运。

答卢龙岩长至礼

履长之庆显膺，偏厚于仁人。载锡之光嘉惠，蚤承乎大雅。敢修不腆，托诵无疆。恭惟某官，绝调阳春，满腔生意。建牙开府，调玉律以畅玄明。肆乐寝兵，捧金瓯而翼皇极。是宜景福于昭，与璧月争辉。更羡炽昌绵远，并珠星孕瑞。维州淑气，葱郁先占。帝阙恩光，殷勤洊被。悦怿已倾于寮采，敬共未布于涓埃。翻辱隆施，窃殷悚负。戋戋肃致，表亚岁以申虔。穆穆深思，眷升辰而效祝。所蕲涵内，式服鸿私。

谢卢龙岩长至礼

时维亚岁，喜动初阳。瞻紫气于维州，方深悦怿。布黄钟于缇室，未展涓涯。何物轸存，有来优渥。恭惟某官，望隆璧月，瑞应珠星。鹤眇眇以负霜，胥钦高洁。兰芬芬而出雪，倍溢精神。敛多福于箕畴，羡启祥于周正。乃如不佞，方抱隐忧。候在寝兵，无奈纷员。布戎马禁存发室，那堪征集乱郊关。恨疏莽于事贤，顾殷勤而逮惠。芳芸分馥，愿言明德满西川。阳律迎和，共仰天庥从北极。漫裁尺楮，附谢台阶。

谢卢龙岩长至礼

某将发锦官，骤临蘧使。知是履长之锡，翩翩飞下五云。应分来复之享，跃跃喜通六管。阳回驺律，纵重阴幽谷稍敛寒威。而梅发江城，即迢递陇头蚤传春信。顾一介行李未往，实寸心辗转靡宁。黾勉拜嘉，仓皇报命。

顷阳子启札卷之五

诞日类

寿朱金庭座师

五百岁名世真儒，黄耇受无疆之祜。三十年及门小子，白头兴有秩之歌。感际会之昌明，喜年所之多历。敢申末悃，式介台端。恭惟某官，道握玄珠，宠来朱绂。蚤翻经于藜阁，清分太乙之辉。旋奉诏于石渠，雅称上方之指。章成云汉佐周王，寿考以作人。度用璧珪象武公，进修之睿圣。位愈尊而心愈下，吐握恒勤。德弥邵而年弥高，期颐未艾。躬典丝纶之寄，恰逢弧矢之辰。序届清秋，先酌金茎之液。天流明月，偏生玉瓒之光。帡幪开大厦千间，多士殷勤而效祝。指顾巩皇舆万载，明神呵护以凝祥。信令德之渊纮，迓玄禧之滋殖。有如小子，久服鸿私。嘘桃李于风恬，欣欣大造。睹冈陵之日永，跃跃长年。爰布荒笺，仰尘记室。九天鹤唳，想缑山子晋吹笙。两阙凤仪，识虞廷后夔典乐。人温温其似玉，既心和气和而形和。福弥弥以如川，且下寿中寿而上寿。佺期作耦，旦奭成仙。

寿李霖寰大中丞

功收定远，燕颔万里封侯。祝上大年，羽葆三川动色。韶华正媚，览揆偏宜升恒喜。日月常新，颂祷与蒸黎共切。恭惟某官，毓真恒岳，发庆仙源。致虚象帝之先，抱一得形而上。器局挟函牛之鼎，陋盎缶而绰见恢恢。丰神托入汉之槎，抚斗牛而共瞻渺渺。在周家蔚柱石，于璇极是长庚。常静不摇，六鳌负地。彰施有赫，一柱擎天。比来作镇金微，早见独持玉节。扫欃枪于井络，威名直抗青霄。应昴宿于星躔，阀阅光昭炎汉。高悬玉镜，照阴邪不隔山川。凝养金丹，葆元神已征龙虎。计五百年之豪杰，应八千岁为春秋。眷此昌辰，适当奏凯。礼成饮至，既欣欣修司马之常。人共祝鳌，复浩浩迓如川之祉。信是长生有诀，息以踵，不以喉。由来经世称平，治以机，不以智。和天倪而曼衍，乌知我与物为歧。舒鹏背而逍遥，讵问蜩与鸠并眩。职叨栖宇下，浪迹江阳。恭睹庆于悬弧，恨缺申于笼鸽。羡春风遍吹，花鸟总解欢娱。感时雨沾足，桑麻俱生舞蹈。觚使圆而雕使朴，期还太古之风。牛已放而马已归，永佐成周之盛。

寿徐理斋司马

天生良弼，原翊运于中兴。世有真仙，定娱真于未艾。挹辉南极，快睹西秦。恭惟某官，三辅雄才，百年间气。自扶风而发轫，遂拔掖垣。由内史以累劳，爰登督府。三边在握，八柱堪擎。绸牖户而桑土周，拱神京而金汤固。于金韩范，在昔夔龙。可知夷夏之伦，胥荷帡幪之庆。中和啓为嘉淑，既已得天得地而得人。岳渎注为精神，便超下寿中寿而上寿。举八荒有喜色，况一时之同声。豫极而鸣，不减凤麟奕彩。欢腾欲舞，还增日月光华。雅宜鹤飞，奏曲于台阶。无那鸠拙，牵情于株守。台躔延伫，徒劳缱绻之悰。涓滴委输，伏匄高明之烛。

寿周心铭大中丞公生于十月，误传七月

风清西塞，壮犹需重长城。极耀南天，瑞霭旁流率土。况是弹冠之旧侣，恰逢受算之昌辰。喜极而鸣，情殷可掬。恭惟某官，气充磅礴，神宅元真。玄感融通，蚤悟咸虚之理。空言尽屏，具占兑说之深。当年持斧乘骢驭四郡，生灵严而不刻。此日建牙开府策三边，戎虏静而有谋。天山扬玉节之光华，星宿吐金微之气色。逼九霄而敞幕府，夜收沆瀣凄清。拥万灶而列戎行，朝视貔貅整肃。威生指顾信玉门，关戢戈櫜矢之期。略示整暇见羊叔，子缓带轻裘之雅。贡獒西旅，著诫虽勤。献雉越裳，㧑谦弥至。精不摇，形不役，似曾闻道崆峒。居善地，心善渊，何异抱真函谷。是不但阀阅勋庸天上，控河山百二以称雄。实则已姓名图箓仙班，举春秋八千以为纪。其材均臃肿，品属驽骀。缅惟附骥之荣，徼自释褐之会。顷从蹶起，又玷官联。皇览重逢，最是雁行。知候清秋初度，偏宜鹤舞及时。紫芝可荐于商山，绿甲好陈诸洛水。祝蕃厘于未艾，戴嘘覆者，如冬之日，夏之云。滋生理于无涯，接步武者，若凤之毛，麟之趾。敬兹拭目，符我扬言。

寿周心铭大中丞

赤舄姬公，世藉咸熙之理。白云王母，谣分不老之春。为羡长庚，乃明西极。曾是绨袍之侣，可无束帛之陈。恭惟某官，镇定山凝，澄深渊映。商彝周鼎，由来宇度淳庞。越箭吴钩，畴拟才情兢爽。静有常而动不括，武可纬而文可经。万里玉关，呼吸春光飞度。九重金阙，葳蕤露洒沾濡。会兹阳月之临，喜作大

年之庆。卮甘而泛，从桂醑疑得天香。桃鲜而荐，自瑶池果称仙品。为乐不妨剑舞，临风那有笳鸣。青海波恬，明月好相将浩饮。天山雪霁，晴云偏漾拂清歌。草无待于忘忧，境更殊乎胥梦。为忆三千组练，欣欣奉醉里神仙。还看九万扶摇，莽莽脱尘中骚屑。矧如薄劣，有幸畴昔。再入长安，倍切陇西之望。旧因泫氏，宁忘濩泽之依。虽地步遐隔于云泥，乃攀附独殷乎龙凤。壶奖欲献，佐掠日以餐霞。斗柄遥瞻，祝凌虚而通帝。

寿黄梓山大中丞

东山潴粹，飘飘仅见真人。西塞廓清，奕奕方滋景福。畴为允殖，我则腾欢。敢拜手以扬言，实斋心而布悃。恭惟某官，仁而有勇，详固不烦。机心尽而鸥并，元气充而魔却。成人有要，独游礼乐之中。大造能均，那爽栽培之理。松历寒而常自挺，金百炼而更不亏。乃从经济之中，蚤悟摄持之理。怒无涉滥，即麾兵而挞虏，还自冲夷。喜则疏恩，随下隶与乞儿，总归嘘覆。四裔肃橐，矢戢戈之骏烈。三军衔枚[①]，醪挟纩之深仁。始知叔度，陂边莫测汪洋之极。更想黄公，石上蚤传方略之奇。指顾而竖万里之长城，皇图载巩。噢咻而起朔方之凋瘵，寿域同跻。申王度如玉如金，觐耿光是行是训。只存精白，洊履台垣。根茎常盎常生，寿考愈凝愈固。五百年出真名世，三十载有敝绨袍。王自得师，不乞言而宪老。人惟求旧，虽异地而同心。敢从皇览之辰，为上天保之诵。冰桃雪藕，只须瑶池之王母相供。紫气青牛，便拟函谷之老聃方现。职惟上林春色，当年曾附骥南宫。而晚岁分藩，此日复承风西土。感五福已征五事，集百顺何啻百年。喜极而鸣，遑恤词同下里。食甘而献，宁嫌事类野人。伏匄麾存，可胜欣幸。

寿黄梓山大中丞

祝融孕宝于司方，沐浴弘滋日月。甲子初周于历数，绵长载赋冈陵。策纪轩辕，祚明台斗。信是得天之庆，好输泛海之筹。恭惟某官，家接蓬瀛，学探宝秘。冰霜挟骨清冷，原具仙姿。金玉为相粹美，式服王度。曾临叶县，飞舄通灵。再历平阳，藐姑益爽。缥缈云中之守，栖泊而不受风尘。翱翔天上之英，应运而交绥夷夏。况朔方凋瘁，亟需续命。真膏而石上韬钤，独得太平要髓。呴之则三军和暖，不数挟纩投醪。嗡之则万垒凄清，那敢弯弓牧马。醍醐飞洒，瓮分玛瑙之春。太液回津，波映扶桑之日。夷落胥钦司马，蚤敕安边。穷荒突

① “枚”，底本作“投”，据文意改。

起长城，那烦筑塞。盖仙人敷掌，即现三花。而化国流光，便呈七宝。云布天水流地，逍遥无碍之乡。猿进果鸟衔花，馡馥下生之旦。朱明绕丽，何限光华。绛节生芳，无穷瑞蔼。想函关紫气起于玄之又玄，而净土金莲根诸法本无法。共臻寿域，极乐生天。某习障未消，缔缘自宿。绨袍依恋，久叨覆被之慈。骥尾追攀，弘受昂骧之益。届兹令诞，莫禁欢呼。精虔已托瓣香，志意遥县幕府。郭令公天边勋业，应满中书。王子晋月下仙游，常凌缑氏。

寿董贞复侍御

青阳启候，春光已满三秦。皇揽揆初，台履茂膺百祉。海屋之仙筹递献，柏台之喜气为酴。敢荐芜词，用抒贺臆。恭惟某官，澄神浙水，高蹈会稽。学已契夫先天，仁欲同乎率土。太微执法，肃风棱不假冰霜。骢马行方，甾德化具沾草木。属兹大簇，又会上元。芳时适应，夫悬弧福。极明征于观火，沸笙歌乎夜月。飘飘乐意相关，醉池馆之春风。蔼蔼阳和可掬，终南瑞霭已作。金茎柱下，玄同还浮紫气。卜多男而多寿，应如阜与如川。某谊切绨袍，恩承大厦。欣逢绛诞，愿纾鸽以冲天。只隔青霄，将插花而无地。托物而昭兹明，信有涧溪沼沚之毛。因言而代彼兕，觥进耄耋期颐之算。所蕲鉴纳，尤湛鸿私。

寿崔振峰侍御

五云深护柏台，瑞霭飞香。四蜀周巡锦水，长春献媚。盖名世之兴不偶，而大年之算难穷。适是悬弧，共欣敛福。恭惟某官，祥征梦燕，岳遂生申。当其浚发于邦畿，近圣神而毓秀。及其登庸乎殿陛，作耳目于钦邻。指佞同屈轶之风棱，埋轮继张纲之步武。乃秋霜不废冬日，裨海倾心。即激浊直欲扬清，群寮让德。迩行益部，大整坤维。峨嵋月上千寻，江汉波澄万里。鲸鲵欲剪，挥长剑于惊湍。骢马先声，怵短狐而夺魄。会兹奇捷，爰届昌辰。天生社稷之臣，人仰凤麟之瑞。泰运开八荒之寿域，宜尔昌尔艾，以莫不增。讦谟贻万世之金城，将载赓载歌，亦孔之厚。职愧为土梗，得坐壶天。庆览揆之遭逢，仰台阶之煜爚。顾惟斤斤戎事，怀燕喜以踟蹰。可知蔼蔼吉人，拓鸿慈而茹纳。一芹未展，三祝维勤。

寿盛匊泉年丈

薇省开祥，玉露得新秋之润。芝田扶寿，金风吹晓日之芳。散瑞霭于同袍，敬扬言于司衮。恭惟某官，人当名世，道以治身。桥因梓而愈辉，武并文而为宪。九边指掌，缙云靖海外之妖氛。历试诸艰，方岳擅蜀中之屏翰。适此军兴之会，可堪营缉之劳。聚二十万之师而供亿牢骚，谁是御烦以整。仅一百日之力而凶残诛戮，顿能摧陷为清。乃知筹划折冲，原非两事。还忆干戈俎豆，曾试当年。握鼎峙之雄藩，行且建牙开府。收金天之沆瀣，雅宜炼髓凝神。欣兹橐弓卧鼓之期，正届初度揆予之候。庆宴与寿筵交错，火梨并雪藕交陈。崇玉垒以为肴，那羡瑶池之品。酌锦江而代酒，谩夸北海之樽。员峤蓬莱，恍临仙境。青牛紫气，遥望真人。某附骥非材，登龙有分。弱姿蒲柳，翘珠树于瀛洲。凡族乌鸾，挹凤凰于霄汉。昌辰溢喜，恭贺阻趋。引三寿以为朋，讵止崇跻三事。援九如而致祝，长令仁遍九垓。不腆之羞，有容是匄。

谢盛匊泉年丈答寿礼

紫薇高拱，庆云连五色之辉。锦水初澄，卿月映三巴之彩。适瑶池之毕，御冰桃雪藕遥分。念海屋之添，筹丹液绛霞深护。惟是卢敖逸驾，天外奚从。也知子晋吹笙，山头暂驻。友太和而师清净，十二楼明月可栖。骖白鹿而冠芙蓉，未央殿云车欲到。某向来附骥，此日怀仙。感使下于青鸾，拜惠来于银阙。五芝六草，茹之似有真缘。金母木公，望之那能作侣。片言声谢，三岛萦思。

寿沈太素年文

天涯万里深衷，孰切于同袍。鹤算千年乐意，更逢乎初度。长养是为大夏，滋培宜尔长庚。敢效添筹，用昭连茹。恭惟老年丈台下，九霄玉树，三岛神仙。雄文雅迈西京，谩夸斑马。蓄德浩如东海，讵逊骞牛。治河迈贾鲁之踪，造士播僖公之颂。莅霜台以秉宪，水鉴无私。嘘蔀屋以生春，幽隐毕达。筹兵则械攻火攻，毕具恢恢，布心上之经论。率属则廉善廉敬，为先凛凛，示王章之煜爚。乃于公治狱，因人和以感天和。而箕子衍畴，从五事以征五福。信是得清而厚，何疑俾福而康。丹箓有名，宁止擅人间之富贵。洪崖不老，定应餐海外之烟霞。某附骥有年，续貂非匹。喜昌辰之览揆，庆云五色分辉。望法座之凝禧，卿月千秋著彩。只将鸽放，以咏鹤飞。即刘郎终隔天台，而沈约宛然风致。锦江作醴，徼德醉于十分。玉垒为肴，当寿筵之一篚。仰希涵鉴，那禁欢呼。

寿张芝阳年丈

恭审二月十七日，实为仁丈览揆之辰。媚景宜人，才过花朝有二。太和为友，那知椿算几千。惟是同袍，谬通仙籍。繄茫茫地分齐楚，何缘追骏于燕台。恰累累川控东南，又幸属櫜于播事。铅刀巨阙，判利钝于径庭。而美玉蒹葭，借光辉于色泽。盖自有生之日，与今共事之时。人力何庸，应荷玄穹之佐佑。交情最古，宁如尘俗之浮湛。在某也，文不足而质有余，惟日月迈征之汲汲。在丈也，取其长而覆其短，直芝兰臭味之蒸蒸。感会悬弧，如日始旦。宜申笼鸽，我心则夷。顾孤踪偶滞于泸阳，而仙仗尚游乎锦水。望真人之紫气，霏微玉垒生烟。受秘诀于赤松，想象丹图有分。敢将不腆，遥祝无疆。羡桃实不惮三偷，岁星难老。看桑田已经几变，沧海于今。愿分太乙之丹，永作洪崖之侣。

寿李祥宇参知

根盘仙李，常依日月之光。瑞启长庚，还佑地天之泰。欣逢户辟，庆向阳明。道宁止于康身，德孰如乎辅世。恭惟某官，含真毓粹，抱一处和。鹤表昂霄，荡浮云而历翮。蟾精吐海，转卿月以流辉。景际南讹，人依北阙。生生色色，何来飞紫气于秦关。郁郁葱葱，会见洒金茎于汉主。乃知福陈，向五翼皇极以开征。伫看台位，登三符玄穹而注眷。有如绵劣，叨庇崇深。既匿垢而掩瑕，稔醉心而饱德。兹者辰逢皇览，紫薇缥缈开樽。正如玉秀蓝田，翠霭氤氲射斗。可信无疆之祜，式陈不斐之词。八千祀为春秋，灵椿未艾。元恺递为子姓，屈轶方兴。长举霞觞，时集珠履。

寿蔡发吾观察

天开英喆，正清秋寥廓之辰。人履纯禧，恰重九登临之后。凡兹寮采，均是欢腾。矧幺麿共在川南，似神仙可逢海上。恭惟某官，秀钟间气，道会元真。神抱一而不盈，守尚玄而弗耀。乃八闽赤帜，独高月旦之评。而万选青钱，蚤擅春曹之誉。沆瀣酌柏梁之露，相如且拜下风。澄清伸六辔之威，孟博遥同逸轨。至其安民和众，熙熙然囿寒谷于同春。与夫纬武经文，奕奕乎畅遐壑而共泰。机通玉烛，形气浃于心和。序爽金飙，霜露飞而景旷。初度好揖西母，长生更受东公。火枣可分，特入瀛洲之境。壶天自阔，还同日月之长。某品格最凡，丰标是企。瞻九霄之掩映，庆云五色相辉。注三岛之葱茏，阆苑诸仙为友。敢修筐筥，式布涓埃。想峨眉已醉真人，知武夷旧生福地。仰希接引，可任勤惓。

贱辰谢李榕崖有饷

某高堂有母，诵陟屺以兴嗟。委质为臣，念食芹而未献。于生为枉，将老不知。偶经初度之辰，翻动故乡之感。误勤眷注，骤荷隆施。载赤牍以为章，光分泸水。托缁衣以明好，谊等岷山。雅知贡禹，交情莫御弹冠之喜。未识荣期，乐事安能带索之歌。方顾衾顾影以滋惭，岂立德立功之不朽。况四郊多垒，将职守之谓何。而千里馈粮，信忧虞之未释。提携是恃，日望惓惓。启处不遑，时维汲汲。猥辱兼金之锡，永肩采菲之仁。寸楮明私，涓诚嗣展。

报蔡发吾谢寿礼

霞觞缥缈慕真仙，遥忆蓬莱。露掌霏微乞长生，谬分沆瀣。有道宁忧不得，小年其又何知。比昌辰恰值悬弧，适佳节偏宜泛菊。西方颢气，映冰桃雪藕以凄清。北海开樽，荐火枣交梨而酣畅。一芹之献，百禄是遒。卿月谁拟长辉，庆云载歌复旦。讵谓琼浆可洒，翩翩遥下青鸾。亦知玉篆早题，望望高悬紫府。想邛州之竹杖，九节通灵。乏博望之仙槎，层霄遐隔。殷勤抒谢，缱绻凝神。

报熊石门有饷贱辰

霜华入鬓，觉白驹容易奔过。兰臭同心，烦银鹿隆施下贲。特深激感，敢布涓私。念翁台弘覆翼之仁，计亭毒茂栽培之理。被阳春于蒲柳，不欲先摧。委雨露于蒹葭，难酬宏造。愿以金章作莱彩，自寿而仰寿慈闱。还看赤舄有姬公，鲁昌而更昌周祚。驰情一介，冀寸肠可抒。眷眷望色散台，恨尺牍攸陈。草草所希崇鉴，可那凝神。

报王见峰司徒贺家母八十并采儿游泮

须右军之世美，才殖芝兰。据刘表之后人，足称豚犬。适来徼幸，难望声华。惟是萱堂逾大耋之年，正当菽水效承欢之日。流春晖于寸草，昂首而承。怀夙哺于慈乌，扪心且愧。何知俯仰，并荷宠灵。有苾充庭，已饱安期之枣。无疆惟算，宁忘海屋之筹。偕子姓以拜荣施，肃赫蹄而申末臆。伏蕲丙鉴，可奈神驰。

贺萧岳峰少傅洎一品夫人偕寿八十

天署三台光耀，常连辰极。人跻双寿精神，宿应长庚。多历尧年，还登仙箓。洪庇宁忘鸠省，清歌欲奏鹤飞。恭惟某官，七政玑衡，四维柱础。秉赋则乾坤合德，操修则金玉为标。既辅世而长民，常履信而思顺。有容乃大，信沧海不择细流。动惟厥时，若岁旱用作霖雨。比其功成身退，越是心逸日休。殷勤诵白圭之诗，庶几睿圣。潇洒游清虚之府，要眇玄同。倬彼夫人，相吾少传。鸡鸣告儆，宛然女士之宗。螽羽流祥，均属邦家之彦。据其德配，曾何异合璧连珠。当此年齐，又大类苍松古柏。始则一悬弧一设帨，介三朔七夕之良。已而穷相倚达相毗，均由耋进耄之算。南山东海，流峙攸班。金母木共，东西一揆。讪指向来希有，旌心莫御佥同。计微尘无当于泰山，乃曝背喜陈于冬日。继此而臻上寿，效款款好颂九如。只今而戒仆夫，望岩岩用申百顿。伏惟临照，无那萦神。

杨洙源明府寿启

玄腊肇起青阳，名世诞贞元会。合泰来遂祛否往，庶民切父母瞻依。大吕之数浸昌，无射之声允叶。兕觥是酌，福禄攸欣。恭惟台下，天上金仙，关中紫气。学春秋而明五始，附龙凤而依九重。想华山始毓豪贤，将毗社稷。溯长白宿称福地，幸睹鹤笙。鸣琴邕五弦之风，悬弧定四方之事。锡青茅俨临敝邑，闵黔首积困无年。薄敛省刑，俾壮者日敏其德。惠风时雨，令瘁者立见其苏。忆斯人亦莫不生，乃明公则玉质金相，生为杰出。阅裨海原非乏宰，若牧父则夏云冬日，品列高超。寸肠时浃万家，片晷辄周百祀。缁衣可咏，白璧流辉。好恶似禹，畴之平民乐只乎君子。盐梅从传，岩之筑天大任于是人。以莫不增，等山川之流峙。自求多福，齐日月之升恒。寿域弘开，未艾东人之覆露。颂声远播，宁殊西国之甘棠。寿筵布诸黄发之老人，法驾愿乘素娥之皓魄。只申燕喜，毋靳龙光。

徐太淑人寿启

婺星流照，从江北悬企江南。萱草滋荣，羡长春祝申长白。分缘在夙，踊跃不居。恭惟台下，至孝因心，弘仁锡类。性定便能凝命，欢承大庆引年。属兹圣明，服大历四十有三之祀。实维太母，衍福畴八十届五之期。百岁已振先声，千龄直将递数。霞蔚云蒸之奕叶，两阶宝树葱茏。金辉玉映之真仙，西极瑶池煜爚。神人胥怿，遐迩饫闻。某稔服恩私，注存薄劣。晴晖恋旧，顾深义于璇题。化雨开来，博浮名于禁苑。广亲亲还因子子，宛切切不废偲偲。于友道乎无加，乃今人所未有。胡由报称，只是永言。适此昌辰，动兹恺豫。无那阻遥于天堑，曷遵展觌于堂皇。涧毛聊有抒陈，塞雁托之闻问。眷陵阳之昼锦，爰颂九如。说沧海之桑田，习经三见。

谢王康宇见贺初度

好托朱陈，大庇为藏老拙。质存樗栎，不才徼有天年。猥逢初度之辰，仰荷隆施之贲。文偕情匝，感与愧滋。恭惟某官，心极含元，家声震世。青箱映发，由来克笃忠贞。玉树扶疏，所在胥钦丰采。以兹下走，那望后尘。不谓女萝，获施松柏。分缘在宿，膏华被嫫姆之媸。岁月如驰，降诞忆桑弧之陋。瑶笺璀璨，分将奎壁光芒。鼎贶缤纷，睹此玄黄煜爚。自笑年华之虚掷，纵古稀于迈，恒河乌算一沙。曷当大雅之轸存，乃郑重有加，筐篚谬膺三锡。往来异数，薄劣殊遭。拜食品之芬芳，真醉心而饱德。顾瑰琦之投赠，重骇目以惊魂。只因赵璧之堪珍，宁有秦城之可吝。九顿而归使者，八行为谢台前。抱勤眷有待而申，希流照旁通莫罄。

顼阳子启札卷之六

宴饮类

请屠侍御观八卦台

羲皇启运神明，肇八卦之台。天使行春瑞霭，鼓三阳之泰。迹存心印，境触身游。非徒玩物以娱情，实则居今而稽古。矧台下家传奥易，龙图远溯秦川。如职流学惭绝编，豸绣躬承陇塞。物华天宝，忍大雅不陟其巅。泽媚山辉，待行旌而增其丽盘。无珍错直怀茹血之风，座近斗山厚徼续貂之幸。傥挥驺驭，可任鹏鸣。

代会请严云岑侍御

霜清薄海，寒光壮柏府森森。日荡小春，瑞色映花骢蔼蔼。欲接真人之气，须经柱史之临。敢采溪毛，僭扳台驭。恭惟某官，祥钟吴岕，价重燕台。从柱后以惠文，风生屈轶。向螭头而载笔，威抗神羊。骏声已播于三陲，鸿范遂隆乎百辟。何缘东土，得奉南金。既云法象太微，拂灵光而作肃。更是阳春有脚，疏恺泽以含熙。盖天道恶杀而好生，常多煦妪。斯仁人济威而用惠，每溢慈祥。至如宇下之群僚，总属篋中之一饵。鉴冰壶而剔厉，敢玩纠虔。入旸谷以夷犹，倍怀嘘覆。矧值论囚之后，雅为疏虑之辰。露冷秋芹，献味甘同乎野叟。霜留寒菊，泛香好试于浊醪。白峦之秀色纷纶，借迎法驾。笼水之澄鲜缭绕，为伫龙光。愿停四牡之尘，宁止十朋之锡。

会请刘华石荐师

观风冀豫，蚤瞻玉辔之光。服谊门墙，喜迓兰台之彩。询谋有举悃款，是将愆拟月日。借地称觞，因春介寿。捧琼枝于玄圃，冀瀼瀼膏露之倾盘。吐瑞霭于苍龙，望烂烂卿云之团户。眷然绣斧，至止几筵。

初秋邀徐钟岳督学回自青州

题才不废南讹，光照发朱明之丽。旷度直均北海，汪洋动河伯之惊。喜是刀头，款从座上。开襟斗酒交欢，愿续于十年。挥麈玄谈名理，只承于一旦。凉飔有意，纵卜夜以何妨。新月可邀，喜逢秋而更媚。惟不厌山林之气，庶获分珠玉之辉。

伍冲吾邀帖

两都踪迹浮沉，尽似飘蓬十载。参差契阔，偏能入梦。属兹行部，适值炎蒸。愿追河朔之欢，僭有杯棬之理。礼文脱略，殷勤好展于生平。笑语绸缪，薄劣顿忘夫衰白。何言蕴藻，亦曰神情。惟是轩车，毋遗蓬荜。

会请赵昆海明府

高标玉立映蒹葭，久切皈依。好景霜清谛琴鹤，有来至止。一芹愿展，众悃攸摅。吉蠲月日，载汛衡茆，僭攀车骑。喜凤律吹嘘幽谷，十月生春。纵龙门峻绝云霄，一朝御李。芬芳入嗅，飞来仙梵。栴檀潇洒，离尘饱挹。金茎露屑斋心，鹄伫倾耳鸾锵。

会请邹平王弘庭明府

绝尘玉镜，入长白已悉群材。见底冰壶，仪太清不烦设饰。是用倾城而快睹，可无小集以申虔。吉蠲某日，敬汛筚门，僭攀驺驭。喜条风之变柳，黄金邀骏马以骄嘶。伫晓日之飞花，绿蚁罄芳樽而告赏。一朝乐事，百岁襟期。

会请李丹衷明府

岁星拂照，四封扬来暮之歌。福地欣融，八篮徼同春之庆。情深倾企，义共瞻承。恭惟某官，玉案真仙，天球上瑞。帝简不难于历试，民碞顾畏以如伤。二麦之雨随车，雅符灵贶。三农之欢击壤，足证舆情。便培桃李于公门，会跃鱼龙乎禹浪。下厅山鸟也解忘机，单父瑶琴何难坐理。生等猥附荐绅之列，仰叨覆翼之慈。五色庆云炫目，良殷于快睹。片言宝鼎，凝神倍切于躬聆。吉蠲月日，敬袚下除，僭攀台驭。潘花陶柳，飞来座上见精神。蛙鼓莺簧，博得胸中真浩荡。愿言临幸，弘藉宠灵。

邀张在田明府

青阳有脚，山林戴煦妪之慈。绿草何心，雨露切瞻依之象。顾兹薄劣，久服鸿私。衔铸造以难鸣，触别离而动念。肃乩月日，衡茆汛扫，迟招摇注向以分辉。花鸟精神，眷法从翩翻而蚤贲。苟野芹乎毋吐，即敝帚有余荣。

邀张在田明府游长白

副岳有灵，蚤发登临之兴。春光如许，宁忘浩荡之游。盖日永则政多暇，好觅胜探奇以踪白兔。且人同则情弥畅，便凌虚长啸何负青山。仰企高轩，耽怀逸赏。吉蠲某日，月邻皓望。境会肃然。敢希寸晷之欢，用展一尊之悃。叩天倪于紫阙，想精神与毛骨皆清。托仙迹于丹丘，庶叶县得王乔益重。敢曰白云寄傲，愿从明月分辉。

请别张在田明府

春来纵燕市之游，藉宠灵谬叨一秩。秋去作秦关之客，念瞻依偏注五云。愿就黄花，遂迎墨绶。吉蠲月日，别筵载设，展殷勤涓滴之私。荒径有缘，伫法从光辉之暨。傥深谊不忘乎顾复，便区衷永佩乎恩私。敢布陋笺，仰希崇鉴。

请崔郡丞送弟子入学

紫气真仙，别是瀛洲逸格。青衿稚子，博来芹泮清辉。盖罗才不废兔罝之野人，而得士常需棫朴之雅化。兹某生等，才攻章句，学焉在蒙昧之途。猥荷章缝，进也适离明之候。闾阎何幸，笾豆将窥。吉蠲某日，送学者仿昔人鼓箧之游雅，肄三而孙业。望大夫干旄之莅马，列五以为荣。秩秩宾筵，卒度式踪乎卫武。油油色笑，广心愿佐于僖公。

为新进弟子员公请邓吴二学博

高开之度，为标人思取则。良治之模，惟肖物荷甄收。惟大人抱赤子之心，固小子懋成人之德。兹二十有二生者，璞未开而待琢，弓欲正而须檠。眷此青衿，被诸黄口。适孔铎之丕振，来厕宫墙。会邹律之能嘘，畅和燕谷。式諏月日，偕兹群少，修我芳卮。委披拂于春风，举欣欣而若醉。沐沾濡乎化雨，实浩浩以相忘。当不孤棫朴之槱薪，应倍感匠师之雕饰。

邀薛明吾令君

大德不备城府，宇度包荒。野人未理杯棬，礼文疏莽。顷叨晋接，蚤挹谦光。顾上交之谓何，乃先施之犹阙。恭惟台下，衷廛延揽，谊属精诚。湛卿月以流辉，泛庆云而舄彩。调成白雪，讵止晋称莫强。概轧青霄，果是仁难为众。托恢恢万间之厦，嘘蔼蔼百里之春。盖由学溯真诠，挟月窟天根之秘密。是以神调化瑟，拓文经武纬之规摹。花界春风，大媚扶桑之日。桂轮秋色，顿开衡岳之云。饮人以和，藏身惟恕。满副执杓之侣，共欣于野之同。虚往实归，贤愚蒙益。用上敬下，遐迩蜚声。自惟尺寸无奇，三十载风尘漫浪。为念官家有幸，呼吸里疆圉敉宁。邑共沾濡，生尤沦浃。欲借鸲鹉之巧啭，代拙辅为写韶华。恨无博望之浮槎，御清虚遂探牛渚。谨諏月日，载陈八簋，叩演三车。张弗弛明圣莫能，乐且耽咏歌可作。直从挥麈啚一脉之阳和，行见朝宗戴九重之赉锡。

为淳孙请冰君帖

藐兹嫡孙，生愿有室。慕秦楼之跨凤，凡鸟何惭。相伐木之须柯，良媒是急。顷蒙韩确庵亲家不彼，将以令孙女见婚。吉蠲月日，肃陈八簋，布款三台。月下许时，想望老人佳缔。冰前词组，好谐子姓宿缘。桃华占春色十分，遥通红叶。玉杵和仙丹一粒，蚤种蓝田。惠然肯来，服之莫斁。辄将赤牍，预叩瑶阶。

暮春邀王丹衷明府

花县十分，色泽飞绕闾阎。山村一带，烟霞逢迎轩盖。是政通人和之会，即对时育物之辰。想望清辉，只申延款。肃占月日，豆觞载理，棨戟攸攀。义稍取于留春，情式倾于就日。顾影则婆娑霜鬓，偏怜逼目韶华。举头则灼烁台芒，宁靳赏心逸豫。爰勤鹄伫，以奉龙光。

请范质公司李

都旆巡方，法星流照。恩并威而畅洽，遐与近而胥钦。仆忝年家，缘儆宿世。盘飧可具，匪置璧以存私。野老维怀，爰采芹而式献。百年之谊，一酌之欢。所匄遄临，可胜渥宠。

请冯映垣明府

郎宿才辉，旋见俄顷功化。丘园是贲，亟须咫尺龙光。况朱明绚采于榴花，好绿醑微欢于槐宰。恭惟台下，性存灵觉，道擅主盟。存履信思顺之风，弘体仁长人之度。下车未弥两月，贤声已播四方。抚字寓催科罢诛求，那作闾阎之扰。平明良折狱惟克允，伫看囹圄之空。迎熏而单父琴鸣，媚景则河阳花满。早证循良大较，何须考课。方知喜动衡茆，拟申樽俎。远地山村寥落，虽庖羞之兼味为难。高轩棨戟俨临，庶芹献之寸衷获展。式蠲某日，喁望上台。愿分蔀屋之辉，共听流莺之哢。

顷阳子启札卷之七

饯送类

送赵准台侍御

持斧宣威江汉，表澄清之概。及瓜受代干旄，扬舄奕之辉。来斯蜀道增雄，入则虞廷生色。敢驰下吏，爰佐长驱。恭惟某官，问学承家，精神协帝。蚤视鋻坡之草，旋供柱后之班。白简飞霜，象太微而执法。乌台映日，叫阊阖以披衷。比叱驭而邛坂载驰，作忠臣即为孝子。更埋轮而豺狼是问，司邦直弥嗇家声。百寮祓濯而改观，五位彷徨而侧席。遂匆匆以揽辔，借寇何从。式缈缈于行旌，瞻云倍切。金茎露掌，羡沆瀣之独分。玉笋仙班，觉崇严之隔绝。只增悬恋，莫写区悰。缘拮据始事乎江阳，故奔走少承乎宇下。殷勤一介，拥护三巴。方衔念于涓涯，冀鉴流乎高朗。

饯李丹衷明府入觐

诸侯执玉，行分北极之辉。单父鸣琴，入和南熏之奏。骊驹欲赋，祖席攸张。恭惟某官，骏发三秦，鸿探四部。抱璠玙以定品，错经纬以为章。当其射策，金门已荷重瞳之委照。迨夫剖符，青社孰如历试之勤渠。以清则畏人知，岂惠而暗为政。醇醪可酝，希心台上之风。燥湿能调，弘裨建中之化。可也已征于期月，念兹不负于名言。兹当入觐之期，载展朝宗之礼。清风两袖，翩翩喜溢朝天。明月一庭，皎皎遂能彻陛。入蜀以鹤琴见赏，还朝惟图籍无它。筅水肃山都作赠行之色，黄童白叟均烦孔迩之怀。我辈何人，更叨异数。眷仪刑之非远，如彼伐柯。触缱绻之有加，能无折柳。式诹月日，溪毛祗荐，都旆攸牵。百里福星，假斯须而照拂。三台曳履，生企羡于光华。载歌杕杜之诗，徼宠襜帷之驻。倪蒙临况，剩藉荣施。

会饯邓斗垣学博

惟敦而学居半，士庆得师。取人而拔其尤，君宜入彀。盖丹山威凤，自非羽成五色，安肯仪庭。而沧海神龙，定须雷动三春，方乘跃浪。恭惟某官，挺生百粤，高出群英。蚤奋迹于乡书，已称擢桂。继抡文于兰省，未遽看花。遂成长白之游，用作誉髦之轨。寸长必录，狐裘萃腋于千金。远徙何难，鹏翮行搏乎万里。兹县官续食计偕之日，正先生处囊脱颖之时。一鸣顿使人惊，三献能令玉剖。某等通家谊切，先觉情殷。感风云际会之非常，伫向彤庭设策。念鞭弭前驱之未得，直将祖席明私。吉蠲月日，薄旅肴核，仰拔车骑。借文星而拂照，俎豆生光。介孔铎以聆音，韦弦可佩。从此揖青霄之客，犹然眷白璧之辉。尚亦肯来，无或见彼。

附　录

附录一　刘一相年表

嘉靖二十一年壬寅（1542）　一岁

十月二十五日子刻生。字惟衡，初号静所。

嘉靖二十五年丙午（1546）　五岁

梦一人，语曰:“公性自静，胡不以‘顷阳’易之？”觉而喜，遂更号“顷阳”。

嘉靖三十一年壬子（1552）　十一岁

父天赐病逝。临终，指一相曰：“属之读，务竟成，无废我逆知，若当用诗书耀吾冢也。”母如其言，延师教一相，岁加供，督加严。学殖日厚，喜诵古文词，为文深入，不沿袭陈词滥调。

嘉靖三十九年庚申（1560）　十九岁

娶妻同里孟氏，生于嘉靖二十七年十月二十二日亥刻。

嘉靖四十一年壬戌（1562）　二十一岁

补弟子员第一人。是岁，邑大夫季试士，辄首推一相，旋饩学宫，每试多弁诸士。家贫无书屋，寒冬促构数椽，伐新木、掘生土为筑，不旬日茅覆成，即下楗其中。燎木削枅栌之余，为燠土木，湿液滴沥如雨，衣籍染点，竟日夜读弗顾，而手龟足浮肿如瘤。

隆庆四年庚午（1570）　二十九岁

中山东省试第七人。

隆庆五年辛未（1571）　三十岁

落第归。遴秦汉迄有宋名篇数百首，言言成诵。

万历二年甲戌（1574）　三十三岁

再不售。复取六经拔章什脍炙足裨宏构者又数百条，既毕诵，令门人执简默覆，不爽只字。

万历四年丙子（1576）　三十五岁

入胄监，大司成戴愚斋先生特器重，拔弁成均士，曰：“如某某琳琅端雅，才品并佳，恐海内士不多得。”

万历五年丁丑（1577）　三十六岁

举进士，名列第七。

六月，授山西高平令，在任六载。

万历十年壬午（1582） 四十一岁

分较晋闱，得士凡十人，两省元俱属一相拔。又所得士先后服官，政率循卓，有异闻。

万历十一年癸未（1583） 四十二岁

行取，已考注北吏垣，易南吏科给事中。疏凡十余上，其最著者如《定国是》一疏，掊击故相张居正余党。

任陇右道佥事，有政声。

万历十四年丙戌（1586） 四十五岁

以知县降闲散。军民感念，于西城玉泉山为一相建生祠。里居四载，奉母课子。

万历十八年庚寅（1590） 四十九岁

补茂山卫知事，之任不数日即告归。参知冯仰芹邀游塞上，纵观居庸、紫荆之胜。

万历十九年辛卯（1591） 五十岁

升稷山县知事。治稷二载，稷人戴之。

万历二十年壬辰（1592） 五十一岁

升南驾部主事。自稷借道旋里。

万历二十一年癸巳（1593） 五十二岁

春，之南驾部，专理船政，其间著《船政要览》一编。

万历二十二年甲午（1594） 五十三岁

播酋叛乱，黔蜀骚动，邢昆田大司马请一相赞画其事。一相冒雪取夷陵道抵重庆，侦酋情事。后与张蓝田偕诸道府深入，逼酋巢之安稳驿，戡定。

万历二十三年乙未（1595） 五十四岁

升刑部河南清吏司员外郎。

万历二十四年丙申（1596） 五十五岁

奏满，受恩命。是岁，两宫火灾。

万历二十五年丁酉（1597） 五十六岁

皇宫复毁三殿两门。圣怒，公车之章寥寥，一相上疏极谏，大略谓："猜疑日烦、刑罚日峻、诛求日急，三者大拂人心、乖天意，灾变所繇仍也。"侃侃二千余言，皆群臣所不敢言者。

万历二十六年戊戌（1598） 五十七岁

借差归省，旋改四川司正郎。

万历二十七年己亥（1599） 五十八岁

播酋叛乱再起，一相奉特敕以少参备兵叙泸。

万历二十八年庚子（1600）　五十九岁

二月，将出师，镇雄、马湖兵内讧，一相和解之。行军劳苦，拮据粮运，头须为白。六月六日，破海龙坉。播平，踏看疆界，建议兵燹初定，与民休息。

万历二十九年辛丑（1601）　六十岁

大计，竟遭拾遗诬坐，致平调。乡居，遍搜李唐而上古集，汇为二十八卷，命名《诗宿》。

万历三十三年乙巳（1605）　六十四岁

冬，枢部覆叙播功，钦赏银二十两，准复职。

万历三十四年丙午（1606）　六十五岁

补贵州都清道，未任。甫出都，旋改商洛道。任内刊刻《诗宿》二十八卷。

万历三十六年戊申（1608）　六十七岁

升清军兵备道副使。详稽掌故、厘宿蠹。赍捧濒行，市商百余人环跽交衢，攀舆号泣。

万历三十七年己酉（1609）　六十八岁

念母且九十，乞休归。

刊刻《顷阳子启札》七卷。

万历四十年壬子（1612）　七十一岁

三月，母年九十二，不病而逝。

万历四十一年癸丑（1613）　七十二岁

子鸿训进士及第，入词林，读中秘书。

万历四十六年戊午（1618）　七十七岁

乡居。感乡邑挨甲收受之累，谋之邑长，且亟请之上大夫，迟徊五载，始允招商之议，幸檄吾邑，勒石县前示永久。并德仓漕米数千石，尽行改折，免五百里输纳苦。

天启元年辛酉（1621）　八十岁

秋，妻卒，得寿七十有四。

天启三年癸亥（1623）　八十二岁

冬仲，夜梦邑大夫赠户扁，题“四四”两字，觉有异。

天启四年甲子（1624）　八十三岁

四月十二日巳刻卒，得寿八十有三。

始祖善兴，徙自宁津，卜长山南二十里太和庄，家焉。善兴生谦，谦生拳，拳生达，达生元，元生玺，玺生伯能，伯能生天赐，天赐生二人，长一桂，次一相。

子三，长鸿训，次鸿范，次鸿采。女一，适淄川韩卿扬子太学生溥。孙男五，出鸿训者三：孔中，孔和，孔武；出鸿范者二：孔修，孔大。

附录二 先考妣行略

（明）刘鸿训 撰文
阮爱东 点校

天启甲子献岁，孤鸿训勉从府君指，再入春明。不弥三阅月，遽闻府君大故。麻衣成，即陛辞，犯暑南奔，食寝眆乱，水火弗中理，仅不死。归，哭府君于堂。则又自孤舞象以来所历，府君乡国屯亨、坚白独往之状，触在手泽，一瞬一周，涕泪不自禁，目益眩悠，忽如有失。故蚤图所以纪府君，不能也。盖惟不及诀，故痛淫，痛淫则追思不就列，况孤病不能思乎？弟辈若三二老友从旁为孤称说，奈聩聩何？然已奉形家言，归壤有筮，又都门一二大老俨然临况木主，微有叩请，不见鄙夷，将何持而往？乃杜却，亟理药饵，再阅月始有惺存，勉勒《略》，自多挂漏，然为琐、为溢、为不蒙，皆匪人子之真爱其亲者。且以罔赐言之君子，孤则何敢？

谨按，府君讳□□，字惟衡，初号静所。岁丙戌，忽梦一人语府君曰：“公性自静，胡不以‘顷阳’易之？”觉而喜，遂更号“顷阳”云。我始祖善兴徙自宁津，卜长山南二十里太和庄，家焉。善兴生谦，谦生拳，拳生达，达生元，元生玺，是为府君曾祖，恪勤朴茂，乡有孟翁者以不贰称之，生伯能，大有隐德。齿且黄耇，一日忽昏仆如病风状而非也，家人环救，不逾时，觉，辄起，曰：“适玄帝盛幡幢来招我，云：‘尔善人，素无别号，今以‘古玄’命汝。’”异哉！性简重，耽读竺乾、柱下书，喜蔬食，一帛衣可二十年，语步不爽寸尺。厥后，子姓中人品享受，率以得古玄祖之多少为程。生余大父天赐、叔大父天爵。大父用府君恩命，赠承德郎、刑部河南清吏司署员外郎事主事。大父洁行孝友，树德施义，诒后人食报无穷，及大母高太安人苦节淑特之事，载在王大司马《志》中，不覆述。大父生二人，长伯氏一桂，次府君。府君甫十一岁，大父蚤病，逝。剧时，招高太安人，指伯氏曰：“是儿不类儒，我生不克业儒，而尚慕儒业。”指府君曰：“属之读，务竟成，无废我逆知，若当用诗书耀吾家也。”大母竟如大父弥留言，延师教府君，岁加供，督加严。家惟捐瘠数亩、牛二角，与邻人斜连耒耜，为嫠孤卒岁计值。朱明五日，当礼西席，罔所厝，即择一牛之硕好者易五金，强半入西席，始即安，里人心折大母高识。府君学日殖，为文深入，不袭它人吻，喜诵古文词。嘉靖壬戌，补弟子员第一人，时府君年二十有一。

是岁，邑大夫季试士，辄首府君，旋饩学宫，每试多弁诸士。乃徒步携书簏往赴较，其尝也，一车一蹇，不假于人，曰“安余素”。家贫无书屋，寒冬促构数椽，伐新木、掘生土为筑，不旬日茅覆成，即下楗其中。燎木削枅栌之余，为燠土木，湿液滴沥如雨，衣籍染点，竟日夜读弗顾，而手龟足浮肿如瘤矣。庚午，中山东省试第七人。辛未，落第归，遴秦汉迄有宋名篇亡虑数百首，言言成诵。甲戌，再不售，复取六经拔章什脍炙足裨宏构者又数百条，既毕诵，令门人执简默覆，不爽只字。丙子，入胄监，大司成戴愚斋先生特器重，拔弁成均士，曰：“如某某琳琅端雅，才品并佳，恐海内士不多得。”明年丁丑，举进士，复第七人。时闱中拟元数日，竟以北卷，抑为《羲经》第二人，属金庭朱先生所拔。先生出语府君曰：“公之不为第一人，匪主试者意，实某逊谢之过也。”然制举之言一出，已藉甚艺林、纸贵长安矣。乃府君不务夸诩，敝帚视之，今历五十年，尚可悬国门、质词坛也。

本年六月，授晋之高平令。时江陵秉国，务久任，府君历二考，抚字勤劳，境内日殷阜。邑有豪右赫奕，噬乡人如虎而抟击时闻者，府君廉其仆之首恶，闻诸直指，得遣戍，土人稍安枕，而蔑抑之囮已不可救矣。逾六年，子惠沁人腹。去之日，士民攀号，乃竟畏豪势，不敢为府君立尸祝焉。越二十余年，豪焰既灰，诸父老宿儒憣然追叹而为之祠，立石纪往事如昨。又逾年，一孝廉始为府君言之。六载苦心，久如逝水，顾安所得，何武去后之思邪？可为泫然。己卯、壬午，分较晋闱，得士凡十人，两省元俱属府君拔。又所得士先后服官，政率循卓，有异闻。如今少司空白君之为选郎以执持削籍，周君一梧之治苏门以击强御迕贵人解任去，其它骏伟表时，与府君同一质直骨力者十且六七，是亦声气之求，而兰畹之同风也。癸未，行取，已考注北吏垣。一府佐解银入都门，衔晋令时所要不满志，投揭权要，立易南吏科给事中，府君不为动。越旬日，府佐以侵尅解银下比部狱，诸荐抻以为诋诬循良之报。吁！亦偶然耳。入留垣疏凡十余上，其最著，如故相余党棼淆黑白如哄，府君出《定国是》一疏，划然掊击，以正直忠厚诸君子为标。皇祖赫然震怒，欲如《疏》中所指尽加斥治，赖政府力解，而明旨有“切责姑饶”之语。翌日举朝入谢过，盖未出掖门而龂龂衔之者，矢不令府君有尺寸前趾矣。仕路三黜，此实基之。亡何，升陇右道佥事，莅任不周岁，剔蠹扇秕，部氓大利赖。如秦州旧输西镇饲刍不数千束，费浮千余金，秦大病。往治兵于秦者讵不以争？未得也。时大司马李公次溪抚三秦，府君列是役累民状如毒痛剥身，书凡三上，李公勉从之，许岁输银七十余两而止。允文到日，秦军民少长男妇，无不欢而泣、泣而歌颂者，不啻赐租、复家之诏下山东也。丙戌大计，以知县降闲散，且离秦，城中数千家悲号震天地。即日，诸军民于西城玉泉山负土构木，为府君建生祠二区，盖军民各一，今屹然与李白祠并峙。且秦自国初二百余年，治兵使者不啻百易，未闻尸祝一人，而有之自府君始，可询也。至诚孑惠神于感人，政不必久于秦耳。

里居四载，日奉高大母匕箸，课三孤读，不问生产。破缃素数千卷，每一卷卒业，辄摘录示我曹。今绚然箧中，不啻珠累玉储也。庚寅，补茂山卫知事，之任不数日即告归。参知冯仰芹先生强府君一游塞上，纵观居庸、紫荆之胜，诸将吏送迎馈遗悉谢绝，归矣。辛卯，升稷山县知事，治稷二年，一如筮仕时，无迁客漫不事事态，稷人戴之。壬辰，升南驾部主事。自稷旋里，悬橐示儿辈曰：“尔试简西来行李，曾有稷之一钱不？”儿辈喜谓府君曰：“吾父视刘宠且异矣。”癸巳春，之南驾部，专理船政。艅艎如鳞集，夫匠万指，新故舱造，料理庞杂，于中衙胥旗甲之弊椒不可问。府君蚤夜殚精力注，为《船政要览》一编，规条程量，纤细必列，下至木削、钉头，无不综核如陶长沙者。乃拨运有期、回空有禁，令贡珰卫弁不得如昔滥役而积猾，见年亦无所售其借口遭风盗、鬻敝舟之奸。后十年，孙月峰公来总留枢，得《要览》一刻玩之，击节叹服，因寓书朱金庭相国云：“如此真才，今何在？任何官？胡不及时大用？”岂知磨蝎守命，已浮沉秦地，将赋《归来》矣。

甲午，播酋跳梁，黔蜀骚动，显皇帝遣南少司马邢公往图之。邢与周大司马夙重府君，特疏请赞画其事。时廷议剿、勘互争，府君冒雪取夷陵道抵重庆，侦知酋情事，笑曰：“杨应龙穴中斗鼠耳，何遽以兵？”遂抗议主勘。邢公韪之，即属府君与蓝田张公偕诸道府深入，逼酋巢之安稳驿，勘焉。酋至，谬为稽颡，实拥恶苗数万，俾酋妾田氏严阵以伺。时同事者数酋罪，声色过厉，酋虽匍匐阶下，怒形頬眦，几不测。府君神气闲定，徐呼酋名曰：“尔先世恪守忠顺，尔何鷙鷔至此？彼赍之五司七姓，日供尔刀俎不足，尔罪尚可贳乎？第皇恩宽大，念尔有从征微劳，姑贷尔。尔乃不能贷奏民邪？于铄王师，何难荡尔一鸟巢也？尔自度之！”夫寥寥坦夷数言，为酋开示罪福耳。酋遽感泣，叩头流血，献首恶十二人，入赎银四万两，仍留爱子可栋为质，勘局以完。是役也，遣重臣、宿将且观之兵，不足折酋之气，府君从容谭笑，令悍酋弭耳。时二千石王君在旁，谓酋曰：“你刘祖爷说的是。”酋始服。非府君一人之功，谁之功也？然府君耻自伐，不冀人知，人亦无知之者。假令后之镇蜀者稍有戎索，或不至耗官家金钱数百万，慱荒徼尺幅，致水蔺狐兔之悲，兵连祸结，诒西南数十年之忧，迄今不可收拾也。

乙未，升刑部河南清吏司员外郎。是冬，叙勘播功。奉旨查有相应郎中员缺推补，赏银二十两。会倭奴侵朝鲜，东鄙弗靖，南省台疏荐边才，首推府君。太宰采舆论，以职方正郎请。值神庙静摄，启事什九中留。厥后始知李大将军如松窃弄魁柄，以职方非其习昵，不可，且憾府君对朝抻有慢易语，致不报。

此李顺衡辽抚密谓府君者，嗟嗟，将军竟何如哉！征府君，眼未始不慧耳。乃弥兢兢，奉职西署，暇则与诸名公订社谈诗，盱衡千古，视冷曹陶然也。丙申，奏满，受恩命。是岁，两宫灾。丁酉，复毁三殿两门。圣怒蕴隆，公车之章寥寥也。府君方栖迟郎署，忠耿勃发不逊留垣时，于是上疏极谏，大略谓："猜疑日烦、刑罚日峻、诛求日急，三者大拂人心、乖天意，灾变所繇仍也。"侃侃二千余言，胥诸臣所不敢言者。疏上，诸僚侪大为府君危，赖圣度如天，置弗批答。同曹郎曾君可东平反弗协，致刘给事疏纠，赃迹秽甚，末段泛蔑西曹一二语，府君艴然曰："曾污则射曾耳，何得概加诋毁，短志士气，且鄙夷西曹无贤者邪？"因出揭，代十三署抒不平之鸣，词甚劲，不啻面加谯让，刘亦语塞，诸寅友咋舌韪之。戊戌，借差归省，旋改四川司正郎。都城探丸、椎埋之奸宾繁有徒，各衙门一参送，则大珰及强有力辄以钱神故纷为关说，三尺几冯凌矣。故大司寇每攒眉摇笔、出入莫决者，则批发四川司。或冤狱哀号，数以求听于某司某青旻，为言至则如律立剖不少假，遂成铁案，迄今都城之尸祝府君者不一姓。

己亥，播酋以当事之激，复猖獗，残破綦江等处，势岌岌，府君奉特敕以少参备兵叙泸。时兵将未集，府君飞檄调永宁、镇雄诸土司兵，分屯泸、合要害，以遏酋北突之谋。寻捐赀抉格，广募土著，不数旬，应募之士，合主客、土汉不下五万众。复虞饷之不给，则又奖率诸土司，使各输粟军前，以宽民力。选廉干佐领，分局缮制器械，务求破阵长技。于是分营列寨以需师期，而战守有具矣。有乡兵头领周老虎、熊似龙者，泸市恶少也，窥得一青衿杨春芳饶家赀，即诬以窝藏奸细，擅领兵围其居，攘掠殆尽。杨生渡江奔诉，府君密遣一备御禽老虎，杖杀之，似龙逃匿。复使人绐之曰："周既死，数百人可无领袖邪？"似龙果出投，见，亦杖杀之，择一廉勇者领其众。军士股立弁，泸人大欢。谢凤翥参知秉手向府君曰："老先生真降龙伏虎手也。"庚子二月，将出师。时镇雄、马湖兵分屯泸城内外，可万三千人，杯杓之忿遽大哄，乘墉对垒，浮尸江面。府君闻变，呼轻舆，率二三材官，冒矢石入乱军，睨若无人，徐以旗招二目把至，勉以急公战、戒私斗，呼酒来，勒令歃血和解，两军唯唯而退。此际，匪府君在，几无泸已。泸民观者复扬言曰："唆令相杀者，领兵官李茹也。"府君心知之，恐亡命，佯为充耳。抵合江营，茹以橐鞬见，方数其罪，毙杖下，泸人悦服。又，两军斗时，实镇雄先杀人。盖苗众犷悍，其目把燕庆润，又夷之奸黠者。府君密白督台，尽返其五千众，且以润罪微语土知府陇澄。润还，澄立斩之，胥府君镇静中作用也。师次合江之燕子坝，会淫雨，府君露栖布帐，坐卧之具尽委泥淖，指挥旁午，目不交睫，旬日头须为白。其最艰则拮据峙粻，飞挽于悬崖削壁之间，十钟仅达一石，乃不决一夫臀、不扼一吏颈，而士马腾饱，卒绝庚癸呼，亦难矣。厥后，三省八路虽云合力入剿，而合江一路将士取道独险，转战独力，斩馘收降独多。六月六日破海龙坉，酋已雉经自焚，赖本路将士投身烈焰中，攫酋躯出，不则元凶立烬无冯已。且酋之子孙妻孥悉属本路俘获，无一脱者，而本路五万众又皆府君辛楚之所调集，付之一不虐士卒、不惜死之吴大将军广，而将军解甲殒身，曾无上赏，何怪乎呕心白首之监司仅仅列名铜柱，而鸟尽弓藏也？

先是，选兵蔺州，女宣抚奢世绪持金银器具及代行帐千金为献，曰“如例”，府君立叱去，无纤入。及播平后踏看疆界，则水、蔺、播三土司实土相错，从来称戈，不无侵失。督台李公用张廉访、高司李谋，按图索之水、蔺，二土司大哗。府君曰：“兵燹初定，姑与疮痍之众休息可也。况安、奢占地，皆畴昔夺之杨氏，非攫之官家者，恐无益于索，且启之衅。”繇是张高二君不怿，且以受贿诋，而督台之疑成矣。辛丑，大计，拾遗竟诬坐，致府君平调焉。不数年，水西觖望，渐狂逞。李芳麓侍御按蜀，始纠论昔之为谋弗臧，而特举府君持议之正，娓娓数百言，深憾媒孽府君者，盖逆知水蔺之祸，不待今日矣。惜二十年后，西南焦头烂额，庙堂竟无追念茂陵徐生者，可为浩叹。

时拂衣归，萧然行李，惟娄门一片石耳。乃叹曰：“高达夫五十始为诗。予幼牵帖括，未能兼此。往再令晋中，初理《骚》《雅》，业有类次古唐之意。顾数年兵刑鞅掌，未竟绪。今里居岑寂，政可效昔人玩弄迂事。”乃遍搜李唐而上古集，破数千卷，各卒业，仿唐应德《稗编》之法，剪截鳞次，户榻墙牖，曹汇如列。维时得术山人良知，间引不孝辈品骘较雠，五易裘葛，汇为二十八卷，命名《诗宿》，独以山家食贫，不足佐锲以传。

乙巳冬，枢部覆叙播功，钦赏银二十两，准复职。因叹曰：“吾箧中列宿可吐芒矣！”丙午，补贵州都清道，未任。闻少宰杨公云：“刘君再游万里，复令之贵竹，苦矣。料其人，必孤介君子也。”府君亦不往干。讵意甫出都，旋改商洛道。念关中文物故都，杀青易就，因走书李翼轩、朱兰隅两公，征之序，以竟此志。会藩臬几空署，府君移驻省会，兼摄六篆，文案如山，抱牍之吏如蚁。府君剖决如流水，无滞，虽尘庋久远，罔不翻阅，甲允乙驳，吏胥不克舞智而阴阳之，视诸署充布，时倍森竦，诸台叹严敏焉。稽赎锾，则为前任诸监司代抵，各属库贮数千金，羡则捐修城、赈贫、兴学。付《诗宿》于梨枣，余则籍之遗来者。垂白胥吏咸诧，得未曾有。戊申，升清军兵备道副使，职掌繁杂，舞文之薮也，莅此者数以不职劾去。府君详稽掌故、厘宿蠹，如：清军则卧批之，匦手自启闭；屯政则收纳之，弁严按核；邮传则滥假之，裁不避津要；备兵则破例较阅城营，两操必躬督。仍三试武学诸生，拔其尤，薪水而提诲之，得智勇廉干数人，已登隽会举而未获大用，恬静不赇进，则府君之所养也。

其他惠商、便民之政，未易更仆如。赍捧濒行，市商百余人环跽交衢，酌酒进曰：“自上台莅秦，遍摄诸篆，越三岁，官民平市，不亏一钱。”攀舆号泣不忍闻，秦人异之，亦足觇府君一班矣。

己酉，念大母且九十，亟乞休归，友人挽之力，竟借入贺万寿行。既出关，藩臬及全陕诸属夫金之馈何啻千百，府君概谢绝，清风两袖，自比古人。又，旧事，守令暨监牧大吏入都必有投遗，府君垂橐而入，无所将，大非时局。又，大计伊迩，入贺者台省铨曹送殿最数纸，任书所知，用佐察典。府君曰：“衰庸应斥，惟予一人耳，它非所知。”而司察诸君，益不相原矣。陛辞归，闻不孝孤中省试，亦第七人，喜曰：“青箱可寄，更不复令人间呼小草矣。”岂意当路厌薄古道，以皤皤不涅，坐老例致仕。又，闻计前中州孔侍御首以卓异属府君，而苛责筐篚者力沮之，曰：“齿迈矣！”夫沮亦何损？适遂初耳。既县车，汛治一斋，理邺架万余卷，丹铅且遍。倦则兀然一蒲，披混元服，栩栩移时。间邀韩氏诸君子为五老社，月一聚，肴筵简啬，相与为出世谭，情致澹远，宛矣香山、洛下之风焉。壬子春三月，大母高太安人龄九十二，不病而逝，时府君年七十有一，尚过哀。里中老友执《礼经》饮酒处内之说，左右慰解，弗应。是岁冬杪，毕封树，一准先民，观者则之。癸丑，鸿训成进士、入词林，读中秘书，府君益喜，加匕箸，时手书北寄，勉孤以三无负，曰：“老夫生平清谨自矢，儿幸无相忘。”孤用是惴惴，每自讼驽劣，无它伎俩可取世资者，而徼冒乃尔，良以府君所至。喜造士，所造士无不脱颖而出、翱翔中外者，胥一时名流，曷可胜举？孤亦偶承荫藉，为府君一光验盛德事耳，又何敢负府君哉！戊午春，偶梦高牙大纛，自云中下一椽史，类仙吏，持手版来迓，府君麾之去。觉则神思弗僭，手足浸弱，虽未痿痹，而五十余年占跸之苦辛、忠爱之郁结、操持之勤渠、兵刑簿牍之劳瘁，盖于播之役已微见龙钟，恃骨力清胜，弗为念。然积劳成火，郁火为痫，时有瘥作，而泉石萧散之岁月，尽消劘于药裹中矣。慨自庚戌里居，每痛吾邑挨甲收受之累，如蚕食编户，相率递尽耳。乃累岁焦舌秃颖不能得，痛益甚，因极力谋邑长，且亟请之上大夫，迟徊五载，始允招商之议，幸檄吾邑，勒石县前示永久。并德仓漕米数千石，尽行改折，免五百里输纳苦，不可谓生于长、不负长人者邪！

辛酉秋，先恭人病逝，府君悲悼甚，曰：“老景哪堪此！”然每自宽，日共术山人凭几静对，扬榷古今，或坐胡床，偕二三方外友钓于孝水之涘，或小眺南村松墅，逸趣自饶也。癸亥冬仲，夜梦邑大夫赠户扁，题“四四”两字，觉知有异，密诫苍头勿告儿辈。然犹每食饘粥三四盂，料元气脉脉长也。闻孤量移宫允，且以今上覃恩，府君再晋阶中议大夫、资治尹，加喜曰：“尔奉使东国，苦甚。吾闻史官居里中无迁秩者，或政府轸尔劳，可之任，一觐冲主朝讲之盛，无重念老人。老人之欢也。”孤泫然辞，不可，日促之行。乃奉命以甲子入春勉，别膝下。何意仅两越月，即以孟夏，为天启四年四月十二日，府君登玄穹矣，“四四”之谓邪？闻先数日，自绝粒，灵府清虚。易箦前日，夙兴，呼巾栉。两弟劝止无过劳，府君正色曰：“如何不胜栉沐？”比弹冠正襟，趋坐堂中，息已不属。诸子姓、亲知相守至夜分，忽开眼环视，喜曰：“好，好！”无它语，似无憾于人间世矣。我府君考终哉，嗟嗟！奈不孝孤之不获一诀也，心痛曷极！

府君嶙峋颀干，岳峙渊渟，丰准博颔，眉骨隆起，音琅琅如鸾鹤之鸣，修髯尺许可数。一日与正一真人并游都市，市儿群聚，争识张正一面孔，咸误指府君，曰：“宛矣仙人，殊哉！”或曰：“若为正一，此非是。”市儿哗然唾笑，同游者每举为谑浪云。府君强毅沉挚，务自信，不辨訾謷。故含沙之射，所入不免。其最可叹惋，如：高平时易活税为死税以便商，弹者曰府君“改用活税”；播事两度，不受一馈，曰“胁制将领而索之赂”，曰“土司之贿”。如千古咏“千谤无片实”，又云“庶以白黑谗，显此泾渭质”，府君之谓也。府君文宗六经、诗企陶谢，为四六韵语，食顷可数百言。所著启札既寿梓，其它古文辞若歌什，未质宇内，则不孝辈之任也。嗟嗟！自髫至暮，抱婴赤心不少变。目不识阿堵何物，乃跋历畏途三十余年，无择言、择行，而一遇艰大，奋身独往无返顾。恐海内宦游人如府君混沌未凿者不再见，何怪乎听人揶揄，漠不修怨，而三仕三已也？

礼曰：“士一娶二人。”府君不置侧室，结发偕老，惟我母先恭人一配耳。先年我母殁，宜有志窀中。以鸿训海外来，病甚，又徇葬家山运之言，急襄事，草勒一状，颇冗，悉未敢并上，致累名公剪撮。兹谨再案：先恭人孟氏，同里孟翁文灿女。尝闻孟翁豪有力，乡取平，邑令取衷，有古剧孟、郭翁伯之意。我母生数月，里有彭姓，家殷富，力请约婚，外祖厉叱妁人曰：“吾女当贵，彼枭雏岂鸾匹邪？”亡何，吾家往征名，外祖喜曰：“连理之兆，二姓夙叶。”且闵余大母霜帷之凄，曰：“当蚤归吾女，伴刘氏节姑。”不数年，果于嘉靖庚申母龄甫十有三，即归矣。性至孝，事大母六十年，纤琐无疏节。比大母垂老，益慎毖，即栉盥厕牏之细，不以假人。府君每秉手谢曰：“尔笃姑如此，可逭余戾。”府君自诸生至孝廉，藉甚于乡，乡之誉髦多负笈从者，岁入束脡可数十金，恣伯父取给。母曰：“宜恭伯氏，吾笥中无新裁，弗恤也。”迨丁丑，府君既食禄，始小构厅事一二楼居，诸子侄各受室，弗克聚，又艰两营。母力劝府君曰：“田惟瘦，屋惟高完，悉宜逊伯氏。但受东垣狭地，徐图之，藏身可耳。”府君叹曰：“我非伯鸾，汝真孟德耀矣。胡不可者？”府君为令、为谏官、为南北曹郎、为监司者四，率执法介特不阿。母时伺颜色，颂佛偈一二言宽平之，匡助居多。为不孝三人东西南北延师友十余辈，母加意供给，食饮必选择，不丰美不以致肆舍。诸师友每别去，咸泣下，声谢户外，且传诵“能以中馈佐缁衣之好，无如刘母者”。府君每昼晤一人，暮入必述其懿美，或语貌行持未强人意，吾母辄按所述声响品其人之始卒休咎，不争一发。故府君尝谓儿辈曰：“尔母慧有力，善知人，可与图大。不屑屑兢寸尺而较铢两，芝醴根源亦容有之，则汝外祖豪举洞识之以也。”母既膺吾父荣享，又不孝所徼大官之饩，玉粒金钱，每岁走家僮遣送不乏。乃居恒身无尺帛，即布素，率取儿女浣敝之余，百衲千纴御之，藜葵之盘以佐脱粟，不蓄一钱。或有入，悉以时六亲之举火而盖臧获之无衣，曰慈曰俭，母之宝也。宿病胃脘，百作百愈，无害。从府君川南万里，土兵之变，惊怵不去怀。舆病北归，足皮脱数寸，老医不辨何证，且戒后事，亦无害。又颐养二十年，以不孝微覃恩晋封恭人，方相庆期永世。只以不孝朝鲜之役，辽路梗塞，闻航海归舟溺者再，病中忧念，遂不起。幸不孝生返子舍，甫十三日而见背已。

我母生于嘉靖二十七年十月二十二日亥刻，卒于天启元年七月十三日巳刻，得寿七十有四。府君生于嘉靖二十一年十月二十五日子刻，卒于天启四年四月十二日巳刻，得寿八十有三。丈夫子三：长即孤鸿训，左春坊左谕德兼翰林院侍讲，娶通政使司通政使曲迁乔女，蚤卒，继丧太学生王东汉女；次鸿范，廪例国子生，娶衡藩典宝边臣女，卒，继娶廪生曲迁中女；次鸿采，增生，娶衡藩仪宾聂三乐女。女一，适文水知县淄川韩卿扬子太学生溥。孙男五，出鸿训者三：孔中，聘淄川举人韩源女；孔和，聘四川布政使司经历邹平王廷荐女；孔武，聘淄川举人韩岱女。出鸿范者二：孔修，娶浙江巡抚淄川高举女；孔大，聘常州府通判王象奎女。卜于天启五年正月二十四日，奉厝祖兆左方之前数武。

夫双玉并瘗，副之贞珉，敢以不质之言辱先人哉？爰念府君生平耻言人过，多奖借，乃受蔑，不务自劳勚，如未尝有。比归老，日益静嘿。或友人诵府君所历，曰:“虚泡微尘，乌足覆说？”然云鹤空度，尚遗音影，而况盖棺论定，弗垢弗滓，无不可诏示子姓者？又自壬辰以来，孤训、范率居守，代理家政，独采往从宦邸，其于府君心迹行事，夙条记如缕，罔所遗。因草一帙示孤，孤读之悲喜交集，曰：“府君之所不欲言与孤之所不能悉者，吾弟能言之有据。”历历直书，无只字臆拟者，政不孝孤不为琐溢不蒙语之意，并以似大君子，乞鸿笔赐之斧藻，即过而存之，以志府君一世之拙。府君死且不朽，不孝辈亦死且不朽。斯顶斯踵，宁足为报邪？临呈不任涕零。

附录三 山西泽州高平县举东乡石末镇乡约碑记

刘一相

赐进士第文林郎前刑部知高平县事兼试文武巳郎解丁丑会魁山东长山刘一相撰。条议乡约保甲事宜并图式附后。乡约规：

约内十家为一甲，十甲为一保，一保之内择殷实老成、众所推服者一人，为约保，立为一约。约中推其年高有德、众所敬信者一人，为约长，以主一约之事。又推二人为约副，以辅约长行事，并书约中之善恶。又推读书知礼者二人，为约史，以解说圣谕之义理。又推二人为约赞，以赞约中之理，仪其各保。约保每遇约期，各拘来约中之人，一齐赴约。□□约所择先师庙，每月朔望两日为约期。各□保长先一日将约所打扫洁净，摆设香案，上立圣谕牌面。次早集众赴约，习仪听讲。若有疾病事故者，许先期告于约长，注明在簿，如无故不赴约者，约保查访其情，告于约长，附登过簿。

约所悬钟鼓，每至约期寅时，于会所击钟七十二声，擂鼓一通，约众俱与木铎。一人执牌，二人振铎，遍村倡和圣教以警众。钟二十四声，鼓一通，约众本家行礼毕，至会所大门外，东西序立，以南为□。钟十二声，鼓一通，约赞同直月者出迎，赴所序立。宣读圣谕，则约史出位，向上拱立，高声宣读。以毕，约赞复唱鞠躬，行五拜三叩头之礼。以毕，仍分班站立东西，约史出位讲解，只照□义俗说，便晓圣谕六句中道理。各听讲毕，约赞又高声唱谢讲，各相一揖就位，有茶进。茶毕，又擂鼓一通，约赞复唱，请行彰善戒恶之典。如约中或有善恶可书者，照次书之。倘有不平事情，亦于是日讲明，不得停忿蓄怨以成大隙。以上完毕，约赞复唱彻□，各相一揖而退，长者前行，少者随后，不许越次。宜谨并具酒食，以为佚游之渐。

同约父兄子弟，各宜仰体圣谕，孝友和睦，毋惰职业。倘有户婚争斗一切小忿，互相劝什，或闻之约长、保副，从公问其曲直，与之分别明白，两相输服，以杜后言，勿使轻讼。如其理曲而恃强不服者，呈官究治。若事情重大者，即特呈报，不在此例，但不得擅行决罚，以滋□断。该管里老，亦不许另行受词，以繁约谊。

每约中置簿三扇，约长送县□□一扇开载约内人姓名，一扇为善簿，一扇为过簿。凡约中有善恶昭著者，许各约保于朔望日告于约长，对众公审，某人有何善可称，某人有何恶可记。其善者即当播扬，极口称赞，登诸善簿，以候季终类，送旌善亭以劝其有过者。劝谕改图再三不悛，乃书恶簿，亦候季终类，送申明亭示戒。其间所举善恶有妨公道、不协乡评者，亦将约保，书于过簿，以警其后，务要公心处约。若其家善者虽雠不得而蔽恶者，虽亲不得而私，如此则不失乎公是公非，而人将感化矣。

乡无善俗，盖由蒙养弗端，长益浮靡之所致也。今后约内父兄之有子弟者，各要择其学术明正、行止端方、衣冠肃整者，延请训诲子弟，各家父兄务须隆礼尊敬，毋得因循旧染，习为偷簿。如子弟八九岁，初来学者，即将圣谕衍义抄誊习读。每日令其仿书熟诵，又为俗说，讲解发明，使童穉之年不失天性之良，庶几到长而凶狠不作矣。教民成俗，莫善于此。所择蒙师，仍籍其姓名，该司优待，若能善教其子弟，因而感化其父兄，遵行圣谕，蔼然为善者，约长公举另行奖赏，即为社师州县礼待，免其杂差。罢闲吏农，反主文书手教唆之徒，不许滥充师长，窃取美名，坏人心术。

世家宦族，生员举监之家，素能循守礼法，不当一概查编，只恐家丁远族不能保其□人循礼而守法也。姑以编入乡约，以为民之观望，苟能纠率同志，自立为约如朱文公吕蓝田司马温公之所谓乡义社之类，以之德业相劝，过失相规，则声闻具达，民乐景从，转簿还淳，其力犹易。孟子云："宦室之所慕，一国慕之。"岂不信乎此。又职之所属望，于士夫守家者不为浅也。

时维明万历八年岁次庚辰六月穀旦立，约长李兆誊书，王玉田世宽刻。